KB253026

현대시의 해부

김준오 선생 유고집

현대시의 해부

김준오 선생 유고집

새미

유고집 『현대시의 해부』가 나오기까지

어느 새 설초(雪草) 김준오 선생님 10주기가 되었습니다. 저희들은 여전히 선생님의 존재와 부재 사이의 엄청난 거리를 실감하고 있습니다. 선생님께서는 살아 계실 때, 나름대로 철저한 저술 계획 아래 학술 저서와 비평서를 펴내셨습니다. 선생님의 저술 계획에 따른 마지막 저서는, 선생님 가신 지 1주년에 유고집 형식으로 발간한 『문학사와 장르』였습니다.

이번 유고집 『현대시의 해부』는 저희들이 고심 끝에 발간하기로 한 선생님의 저서입니다. 저희들이 고심한 이유는, 선생님께서 늘 일정한 계획 아래 저서를 내신 까닭에, 그동안 저서에 포함되지 않은 원고를 묶어서 저서로 내는 것이 혹시 만에 하나 선생님의 뜻에 어긋난 부분은 없지 않을까 하는 점 때문이었습니다. 고심 끝에, 그동안 묶이지 않은 선생님의 원고를 묶어 저서로 발간하는 것이 선생님의 귀한 글들이 사장되지 않고 학계와 비평계에 제대로 활용되는 길이며, 이것이 궁극적으로 학계와 비평계에 도움을 주는 길이 되고 선생님의 뜻에도 어긋나지 않는 일이라고 판단하여, 10주기를 맞아 발간하게 되었습니다.

선생님께서는, 평생을 '현대시'에 집중하여 비평과 연구를 해오셨습니다. 이번 유고집 『현대시의 해부』는 그동안 선생님의 비평집에 수록되지 않은, 현대시에 대한 비평을 묶은 것입니다. '유고 비평집'이라 할 수 있는 이 저서는, 전체적으로 현대 시사와 지역을 고려하여 전체 2부로 구성되었습니다.

제1부 「시인과 작품의 깊이(1)」은 이육사에서부터 장정일까지 현대

시사를 장식하고 있는 시인들에 대한 작가론과 작품론으로 구성되어 있습니다. 여기에서, 선생님의 예리한 비평적 안목에 의하여 한국 현대 시인과 그 작품이 해석에서 평가까지 수행되고 있습니다. 제2부 「시인과 작품의 깊이(2)」는 선생님께서 특별히 관심을 가지셨던 지역 시인들에 대한 작가론과 작품론으로 구성되어 있습니다. 여기에서도, 선생님의 예리한 비평적 안목에 의하여 한국 현대 시인으로서 지역 시인과 그 작품이 해석에서 평가까지 수행되고 있습니다.

선생님 10주기를 맞이하여, 선생님의 유고집을 펴내는 데 여러 분의 도움이 있었습니다. 특별히 유고집을 출간해준 새미출판사의 정찬용 사장님께 감사의 말씀을 드립니다. 이 유고집이 설초 김준오 선생님의 한국 문학에 대한 열정을 다시 한번 확인하는 자리가 되며, 한국 문학 연구와 비평에 새로운 안목을 제공하는 계기가 되기를 기대해 봅니다.

2009년 3월
설초 김준오 선생님 가신 지 10주기를 맞으며
10주기 기념 준비위원회 일동 삼가 씀

목차

2. 시인과 작품의 깊이(2)

제1장 ▮ 시인과 작품의 깊이(1)

육사시와 알레고리

식민지 시대의 한국 현대시에 접근할 때 사회역사적 상황이라는 문학외적 문맥을 고려하는 것은 지극히 당연한 일이고 또 요청사항일 수 있다. 시인의 전기적 요소가 해석학적 가치를 띤다는 사실을 감안하면 상황론은 언제나 당위성을 획득한다. 그러나 이것은 흔히 시해석의 금기사항인 알레고리적 경직성에 빠지게 해서 이른바 창조적 오독을 방해하거나 논리적 부적절성을 낳는 근거가 되기도 한다.

육사시의 경우 우리는 특히 이런 알레고리적 유혹을 심하게 느낀다. 왜냐하면 육사는 식민지 시대의 드문 저항시인으로 이미 우리에게 각인되어 있기 때문이다. 육사시가 전통의 「선비정신」의 산물인 것은 이론의 여지가 없다. 그리고 이 선비정신이 육사시로 하여금 여성주의 시전통을 극복한, 현대시사에서 예외적인 자리에 놓이게 한 사실도 간과할 수 없다.

무엇보다 육사시에 있어서 그 태도의 가열성이 행위와 정신의 동질

적 가열성에 기인하며, 이 동질성이 다름 아닌 선비정신으로 환원된다
는 정신사적 해석은 매우 설득력이 있다. 사실 육사의 삶 자체가 혁명
적이나 영웅적인 것으로 기술될 만큼 벌써 경험적 가치를 띠고 있다.
그래서 육사시의 경우 시와 사람이 일치되는 것으로 보는 기상론, 그
러니까 표현론적 관점이 필연적으로 요청되는 것이다. 이것은 육사시
에 접근하는 공통된, 그래서 가장 일반화된 출발점이다.

　비록 육사가 남긴 작품 편수는 빈약하지만 <청포도>, <절정>,
<광야> 등은 육사의 선비정신이 예술적으로 형상화되고 변주된, 그
래서 육사시의 경향들을 뚜렷이 변별시키는 주목되는 작품들이다. 그
럼에도 불구하고 우리의 저장반응은 이런 변별성을 무시하거나 의미
생산에 있어서 아포리아로 작용하는 것이다.

　향수의 서정이 주선율이 된 <청포도>는 느릿한 호흡의 여유와 품
위 있는 감각적 이미지로써 적절하게 미적 거리를 확보한, 전형적인
서정시다. 소재 선택과 소재를 다루는 시인의 태도(특히 마지막 연의
「아이야」와 같은 관습적 표현 등)는 확실히 귀족적이고 전통적이다.
말하자면 <청포도>는 선비 고유의 풍류까지 느끼게 하는 가장 서정
적인 작품이다.

　문제는 역시 선비정신에서 촉발된, 그리고 육사시의 가장 주목할 만
한 색인인 예언자적 기능, 또는 「기다림」의 태도에 있다. 육사가 회상
하고 동경한 고향은 매우 풍요롭고 평화스럽다. 이 향토적 풍경의 설
정 자체가 정신적 저항이라고 했을 때 우리는 이미 알레고리적 반응
속에 들어 앉아 있다. 고난의 노래가 아니라서 사치스럽고 투쟁 없는
기다림으로 어떻게 미래의 희망을 성취할 수 있는가라는 힐난성의 기
술도 저항시의 차원에서 내린 평가다. <청포도>의 핵심은, 그래서 아
포리아가 발생하는 곳은 바로 육사가 기다리는 「청포를 입은 손님」이다.

문맥상으로 고향을 떠나 외지에서 유랑하는 이「고달픈」손님은 시상이 바뀌는 3연의「흰 돛 단 배」와 유기적 관계에 놓인다. 이 두 이미지를 육사에 대한 선입관에서 알레고리로 해석한다면 배는「잃어버린 조국」이 되고 손님은「조국을 찾아 투쟁하는 지사」가 된다. 알레고리의 이런 과치적 사고를 어느 정도 벗어나 이 손님에는 육사 자신도 내포된다는, 그러니까 일인칭 화자인「나」와 손님의「그」가 일치될 수 있다는 견해도 있다. 이와는 달리 흰 돛 단 배가 밀려오는 것이 민족해방의 날을 상징한다면 손님은 바로 이 행방의 상징이 되는데 이 손님에 광복의 기쁨 대신「고달픈」의 모순된 수식어가 자리해서 이런 알레고리적 해석은 아포리아가 되어 버린다. 이런 문맥의 고려 없이 손님은「미래의 희망」(곧 광복의 염원)으로 읽히기도 하고 아예 축자적으로 육사와 교분이 두터웠던「청담의 객」으로 읽히기도 한다.

육사시에서 <청포도>가 서정주의 계열을 대표한다면 <절정>은 가장 육사다운 시풍인 태도의 가열성으로 매우 주목되고 있는 저항시다. 식민지 시대의 현대시에서 흔히 볼 수 있는 자학적 서정시이나 열등의식이 스며들 틈이 전혀 없을 정도로 <절정>은 강인한 기개의, 선비정신으로서의 저항의지와 절명지적 극한상황이 상승 작용하여 고유한 태도의 강렬성을 환기한다. 상상하기조차 어려운 극한상황의 설정과 태도의 가열성에도 불구하고 시상이 극도로 압축되어 고도의 상징성을 띠고 있는 것은 사실 여간 놀랍지 않다. 이런 압축의 원리와 상징성이 당대 삼엄한 검열의 제약성에 기인한다 해도 이 때문에 육사시는 물론 시인 육사가 조금도 훼손되지는 않는다.

매우 당연하지만 <절정>에 관한 한 우리의 관심은「한국시가 닿은 고도의 상징성」으로 경탄해 마지않는 결말 시행「겨울은 강철로 된 무지갠가 보다」로 집중된다. 강철과 무지개라는 이 두 이질적 이미지가 당돌하게 연결된 것은 확실히 우리 시사의 희귀와 예외가 아닐 수 없다. 흔히 이 충격적 기상(奇想)에서 육사의 정신적 여유나 달관을 엿보는 것은 결코 무리가 아니다.

여기서 문제의 「무지개」는 우선 초월 또는 구원의 의미로 읽힌다. 「절대적인 시미(詩美)의 세계」로의 탈출, 곧 「정서적 탈출」로 해석하는 것은 이런 문맥에 놓인다. 또한 「자학 없는 미래적 선취」의 가능성으로 읽었을 때 이것은 미래를 확신하고 기다리는 예언적 요소와 연관된다. 따라서 모순된 그 두 이미지의 결합을, 극한상황의 절망이 오히려 강렬한 희망이 되는 역설로, 또는 「굳은 의지와 동경」의 긴장체계로 해석하는 것도 이에 수렴된다. 그러나 <절정>을 식민지 시대의 저항시의 절정으로 규정하면서 무지개를 감정적 초극 또는 탈출의 상징으로 해석하는 것은 논리적 모순이며 예언적 기능과 연결시키는 것도 육사시를 획일화하는 일종의 알레고리적 태도다.

이런 점에서 비극의 관점은 논리적으로 매우 유용하다. 여기서 비극이란 아리스토텔레스적 개념, 곧 재인식과 역전으로 정의되는 「복잡성의 비극」(아리스토텔레스가 비극양식 중 최고의 유형으로 지목한)을 상기하면 사정은 보다 자명해진다. 「비극적 황홀」이란 애란시인 예이츠의 비극적 감각을 <절정>에서 발견한 비교문학적 해석이다. 이런 해석에 의하면 서구와는 달리 동양에서의 비극은 허구가 아니라 시인 자신이 그 주인공이 되는 비극, 곧 시인이 실제의 삶으로서 비극의 한가운데 놓여 있음을 깨닫는 것이다. 따라서 육사의 경우 비극은 미학이 아니라 바로 생존방식이며 「강철로 된 무지개」를 비롯한 <절정>의 이미지들은 「수사학의 저쪽」에 있는 「즉물적 표현」이다. 「무너진 도와 참 삶을 회복하는 비극적 자기 확인의 언어」도 비극의 관점에 서 있다.

문제의 이 시행에서 보조관념인 「강철로 된 무지개」에 의해서 주어
이자 원관념인 겨울이 절망 또는 죽음의 상징인 동시에 재생의 의미도
함축한다는 것은 매우 주목할 만한 신화비평적 비극관이다. 이에 의하
면 패배 혹은 좌절을 매개로 정신적 완성에 이르는 것이 비극의 본질
이므로 결국 「강철로 된 무지개」는 비극적 삶의 인식과 그 초월을 상
징한다. 여기서 초월이 비극에 있어서 역전의 등가물임은 말할 필요도
없다.

육사시에서 <광야>만큼 예언적 기능이 우세하고 이와 호응해서
남성적인 어조가 지배하는 작품은 없다. 그 광활한 서사시적 공간과
「까마득한 날」로부터 「다시 천고의 뒤」로 이어지는 그 시간적 무한성
의 작품세계는 <절정>과는 매우 대조적이다. 작품이 환기하는 대륙적
인 웅혼한 기품과 의지 그리고 정신적 여유는 가히 지사적이고 심지어
영웅적이다. 그러나 <광야>는 첫 연부터 어법상의 애매성을 보인다.

첫 연의 마지막 시행 「어디 닭 우는 소리 들렸으랴」에서 「들렸으랴」
를 「들렸으리라」의 축약이라고 보는 견해가 있다. 그러나 옛글에서
「-리아→ 랴」, 「-리오→ 료」로 축약되지만 「-리라」가 「랴」로 축약
되는 것은 음운규칙상 있을 수도 없고 그런 용례도 물론 없다. 더구나
문맥상 「어디」와의 호응관계에서도 「들렸으리라」로 해석할 수 없다.
따라서 이 축약설을 시어의 비문법성, 그러니까 규범으로부터 이탈이
라는 이른바 「시적 자유」로도 변명될 수 없다.

그러나 <광야>에서 우리의 관심은 정작 「백마 타고 오는 초인」에
초점화된다. 항일투사로 보는 것은 순전히 알레고리적 해석이며 문맥
상으로 보면 육사와 같은 민족시인일 수도 있다. 개인이 아니라 「모든
사람」의 집합명사로 해석하는 홍미로운 견해도 있다. 그러나 대부분
의 해석은 「초인의지」라는 인격적 의미로 모아진다. 「초인의지를 바

탕으로 한 기다림」의 태도를 상징화한 것으로 해석한 것 역시 이 범주에 속한다. 의지와 기다림의 인격적 의미들은 모두 미래지향적인 것으로 수렴되며 그만큼 <광야>는 예언적 기능이 압도하고 있는 것이다.

육사시가 유난히 신념과 연관되어 있으며 이 신념이 육사의 세계관 또는 이념이라는 사실을 강조할 필요가 있다. 시형식과 이런 세계관 사이의 관계는 필연적이며 적어도 자의적인 것은 아니다. 왜냐하면 세계관은 시형식을 생산하고 따라서 시형식 자체는 벌써 하나의 세계관 이며 삶에 대한 태도이기 때문이다. <절정>을 비롯한 육사시들의 놀랄 만한 압축성과 상징성을 짧은 장르인 시의 본질로서라든가 심리적 거리 조정의 미학적 차원에서가 아니라 육사의 추상적이고 보편적 세계관, 곧 유교적 이념의 산물로 볼 수 있다. 이런 관점에 서면 육사시는 당대 사회적 현실의 리얼리티를 드러내려는 「발견적인 노력」이라기 보다 「자신의 이념을 확인하는 수단」이라는 해석이 가능해진다. 조선조 양반 사대부가 시가를 선호하고 소설을 금기시한 현상은 이와 무관하지 않다. 사실 고전문학에서 시는 지배계층의 장르가 되어 왔다. 육사시의 숭고한 단순성, 간결성은 내용에 응집력을 부여하는 형식의 산물이자, 응집력 있는 조직체로서의 유교적 이념의 산물이며 그리고 그 응집력 있는 고도의 상징체계는 당대 역사적 현실에 대한 태도다.

허무와 비의지적 자아

— 유치환의 「깃발」

1.

의지·허무·생명 등의 말들은 청마 시를 논하는 자리에서 거의 빠짐없이 쓰이는 기술적 용어들이다. 청마는 의지의 시인, 더 구체적으로 '허무의 의지'를 수용한 시인으로 불리어 왔고 또 이런 문학적 초상으로 문학사에서 중요한 자기 위치를 확보했다.

허무의 의지는 청마시의 가장 본질적 특징이다. 1954년에 간행된 『청마시집』 서문에서 청마 자신이 밝힌 것처럼 허무의 의지라 할 때의 '허무'란 '일체의 인간사와는 무관하다'는 의미다. 따라서 허무의 의지란 일체의 인간적 감정을 초극하고, 냉혹하고 비정한 인간이 되겠다는 의지다.

그러나 청마의 허무는 그의 정신 편력과 병행해서 다양하게 변모하는 모호성을 띠고 있다. 이것은 죽음에 대한 그의 태도에서 출발한다. 이 경우의 죽음은 생명의 일회성과 유한성의 다른 말에 지나지 않는다. 따라서 최초의 허무는 그냥 평범하게 감상적 허무다. 여기서 청마는 크게 두 상반된 시적 자아를 제시한다.

죽음은 한편으로 쉴새 없는 죽음의 협박 앞에서 목숨 같지 않았던 일제 말기의 극한 상황이라는 역사적 차원과 결부된다. 역사적 차원에서 그의 시적 자아는 자학적 분노와 야성적 생명 의지를 보여준다. 이 비정적 자아는 결국 기독교의 인격신(인간사에 관여하는 신)과 대조되는 그의 독특한 비인격신(인간사와 무관한 신)을 만남으로써 범신론적 자연애의 종교적 자아로 승화된다. 이 문맥에서 청마의 태도는 반인간주의로 일관한다.

죽음은 다른 한편으로 인간의 숙명적 조건으로서 보편적인 존재론의 차원에 놓인다. 여기서의 죽음은 역설적으로 생명에의 강한 애착을 유발시키면서 청마의 연가류에서 느낄 수 있는 것처럼 인간 존재에 대한 연민과 애수를 낳게 한다. 이 문맥에서 시적 자아는 인간주의 태도로 일관한다. 물론 이 시적 자아도 궁극적으로 그의 비인격신의 섭리에 따르는 종교적인 자아로 수렴된다.

「깃발」은 후자의 출발점에 놓인다. 이 작품은 초기시의 한 주조인 연민과 애수의 서정을 통하여 존재론적 차원의 허무의 문제를 제기하고 있다. 그것은 의지가 감상적 허무에 압도되어 있는 초기시의 시적 자아를 대표적으로 표상하고 있다.

2.

「깃발」은 1936년 『조선문단』의 종간호에 발표되었다.

이것은 소리 없는 아우성
저 푸른 해원을 향하여 흔드는
영원한 노스탤지어의 손수건
순정은 물결같이 바람에 나부끼고
오로지 맑고 곧은 이념의 푯대 끝에
애수는 백로처럼 날개를 펴다.
아! 누구던가?
이렇게 슬프고도 애닯은 마음을
맨처음 공중에 달 줄을 안 그는.

　전체가 단련, 9행으로 된 이 소품은 비유적인 비교와 반어적인 대조 사이의 긴장이 무엇보다도 우리의 관심을 끈다. 실상 이 작품의 시적 성공의 비밀은 여기 있다.「깃발」에서 비유가 시의 존재 양식으로서 의의를 띤다면 아이러니는 인간의 존재 양식으로서 의의를 띤다. 이 두 존재 양식은 시에 대한 우리의 가장 기본적 관심이라 할 만하다. 그만큼「깃발」은 교과서적인, 즉 규범적인 작품이다.

　청마시는 대부분 진술에 의존하고 있다. 진술이란 사상과 감정을 이미지로써 환기시키지 않고 직접적으로 표현하는 것이다. 이것은 청마가 역설적으로 '나는 시인이 아니다. ……진실한 시는 마침내 시가 아니어도 좋다'고 선언할 만큼 체험의 시적 변용보다 체험 그 자체를 중시했기 때문이다. 그에게 시는 제2의적 가치에 지나지 않는다. 그러나「깃발」은 진술보다는 이미지에 의존하고 있다. 그 대신「깃발」의 이미지는 청마시의 이미지들의 일반적 경향처럼 수사적 차원에 머물러 있다. 이것은 청마가 체험의 윤리적 의미를 중시한 만큼 주로 관념을 전달하기 위한 수단으로서 이미지를 사용하고 있기 때문이다. 청마시의 이미지는 현대시가 지향하는 절대적 심상, 그러니까 현실의 모방적 요소가 전연 없는, 스스로 존재하는 자립적 이미지와 대립된다. 청마시의 이미지는 관념 전달을 위한 비유적 이미지이며 따라서 청마시는 '존재의 시'가 아니라 '의미의 시'가 된다. 청마시는 휠라이트의 용어를 빌면 치환은유적이다. 다시 말하면, 청마시의 이미지는 인간성과 인간의 존재 양식을 반영하는데 기여한다. 「깃발」의 비유적 이미지의 기능도 여기 있다. 「깃발」의 비유적 구조는 중심 이미지인 깃발에 '아우성', '손수건', '순정', '애수', '마음' 등 5개의 보조 관념이 연결된 확장 은유의 형태를 취하고 있다. 원관념과 보조관념들 사이의 비교는 현대의 '절연'(絶緣 depaysment)의 시에서 볼 수 있는 이미지의 폭력적 결합과는 거리가 멀지만 참신하고 인상적이다. 「깃발」의 이런 비유적 구조에 대해서 한 평자는 '아마 「깃발」에서 느낄 수 있는 힘은 바로 그 이미지가 중심이 되어 계속 일으키는 파동감, 즉 상징성이 형성하는 자장 같은 것'이라고 하여 깃발의 비유적 이미지가 또한 몹시도 역동적인 근거를 제시했다. 확실히 깃발의 중심 이미지가 차례로 5개의 보조 관념들과 만남으로써 마치 한 중심점에서 물결이 여러 개의 동심원을 그려 나가며 번지는 것과 같은 역동적 파동감(이것은 깃발이 바람과 결합된 시적 배경에서 더욱 강화된다)을 우리는 느낄 수 있다. 이처럼 보조 관념을 참신하게 인상적으로 결합시킨 파동감을 통해 청마는 테마를 효과적으로 제시한다. 깃발은 '아우성·손수건·순정'을 만날 때까지 이상향에 대한 동경의 상징이다. 특히 '이념의 푯대'에서 알수 있듯이 외곬으로 이상향에 집념하는 의지의 상징이다. 동시에 그것은 '애수·마음'을 만남으로써 이상향에 끝내 도달하지 못하는 감상적 마음의 상징이다. 그리고 푸른 빛깔과 흰 빛깔의 이미지가 이 두 가지 마음의 상태에 적절히 대응하고 있는 것도 간과할 수 없다.

그러나 이 두 가지 마음 상태는 변증법적인 통일을 이룩하지 못하고 대립적 갈등 그 자체로 머물러 있다. 더구나 이상향에 대한 동경이 의지로까지 발전하면서도 결국 좌절의 비애로 「깃발」은 귀결지었다. 「깃발」이 감상적 허무를 주조로 한 이유는 여기 있다.

「깃발」에서 우리는 인간 본성과 인간의 존재 양식이 띤 모순과 부조리를 재발견할 수 있다. 이상향(이것을 영원의 차원으로 한정하면 뜻은 더욱 명백해진다)에 도달할 수 없는 것을 뻔히 알면서도 시지프스 신처럼 무모하게 이상향에 도달하려는 모순과 부조리를 「깃발」은 인간의 존재 양식으로 제시하고 있는 것이다. 여기서 「깃발」의 아이러니가 발생한다.

형식적 측면에 보면 아이러니는 원래 반비유적 언어다. 비유가 언어의 창조적 차원을 강조하는데 반하여 아이러니는 언어의 교활한 차원을 강조한다. 그러나 아이러니는 사물에 대한 폭넓은 인식을 가능케 하고 그만큼 지적 세련미를 준다. N.프라이가 리얼리즘과 냉혹한 관찰에서 아이러니가 출발한다고 말한 것은 아이러니의 인식적 기능을 염두에 둔 것이다. 그래서 심지어 그는 아이러니를 리얼리즘 대신으로 사용하기까지 했다. 이런 아이러니의 가장 본질적 특징은 상충·대조·부조화다. 이것은 아이러니가 사물에 대해서 여러 시점에서 바라보는 포괄적인 성격을 띰을 의미한다. 이 상충·대조·부조화는 한 시적 자아가 한 말과 작자가 의미한 것 사이에, 동일한 시적 자아가 한 말과 자기가 의미했던 것 사이에, 한 시적 자아가 한 말과 독자가 진실이라고 알고 있는 것 사이에, 그리고 독자가 기대한 것과 실제의 경우 사이에 일어난다.

우리는 앞에서 「깃발」의 의미 구조가 이상향에 대한 동경의 마음과 그 이상향에 끝내 도달할 수 없다는 좌절의 마음을 보았다. 이 두 가지 마음에서 두 개의 시적 자아를 상정할 수 있다. 아이러니에 고유한, 전형적 인물인 에이론*Eiron*과 알라존*Alazon*이 그것이다. 전자의 아이덴 티티 형성 요소는 동경·의지·이상인데 반하여 후자의 그것은 환멸 ·감상·현실이다.

알라존은 원래 바보·허풍선이다. 그는 자기를 실제 이상의 존재로 가장하거나 사물을 실제보다 '과장'하는 기만적 인물이다. 반면에 에이론은 영리한 자다. 그는 알라존과 달리 자신을 실제 이하로 '비하'시키거나 사물을 '과소'하게 말하는 인간이다. 아이러니의 시를 흔히 기지의 싸움이라 하는데 이 싸움에서 궁극적 승리는 알라존에 대한 에이론의 승리로 끝난다. 「깃발」에서도 무모하게 이상향에 도달하려는 알라존은 이상향에 도달할 수 없음을 알고 있는 에이론에게 패배한다. 이 패배는 이념적 의지의 좌절이며 의지에 대한 감상적 허무의 승리를 의미한다.

중요한 것은 이 두 개의 자아가 실상 한 시적 자아에게 속한다는 사실이다. 「깃발」의 아이러니가 '겸손한' 아이러니로 불릴 수 있는 근거는 여기 있다. 겸손은 아이러니의 고유한 파트너이며 진정한 아이러니는 겸손한 아이러니다. 에이론에게 알라존은 적이다. 따라서 겸손한 아이러니는 적과의 근본적 유사성을 지니고 있으며 이 적을 필요로 하고 이 적에 빚지고 있으면서 적의 밖에서 적을 바라보는 관찰자인 동시에 또한 자기 내부에 그 적을 지니고 있어 적과 동질적인 것이라는 감각에 의존한다. 여기서 겸손한 아이러니는 어리석음의 체험을 통해서만 그 어리석음을 초극해서 어느 정도의 발전을 위한 충분한 '인성'을 소유할 수 있다는 자아 형성의 윤리적 의미를 띠고 있다.

「깃발」의 시적 자아가 에이론과 알라존을 공유하고 있는 것은 그가 동경과 환멸을 공유한다는 의미다. 동경과 환멸은 낭만적 아이러니의 핵심이다. 낭만적 아이러니는 문화적 속물주의에 대한 예술적 반항으로서 일어난 일종의 아이러니다. 이것은 현실과 이상, 유한적인 것과 무한한 것, 유한아와 절대아, 자연과 정신, 감성적 세계와 이성적 세계 등의 대립 의식에서 기인한다. 여기서 끊임없는 자기 기도와 자기 초월이 수행된다. 그것은 한 마디로 역동적이다.

무한한 것과 이상 세계에 대한 동경은 유한한 인간 존재에 내재하는 본능적 감정이다. 그러나 유한한 인간이 절대아인 신과는 결코 끝내 합일되지 않고 현실 세계를 이상 세계로 초월·승화되지 않는다는 한계 의식과 실존 의식에서 낭만적 아이러니는 필연적으로 환멸의 애수로 귀결한다. 「깃발」의 시적 자아는 알라존으로서 열렬하게 이상 세계를 동경하다가 '아! 누구인가?/이렇게 슬프고도 애닲은 마음을/맨처음 공중에 달 줄을 안 그는.' 하고 환멸의 비애에 빠진다. 낭만적 아이러니는 이처럼 점강법을 밟는다.

이상향의 열렬한 동경은 시적 자아의 한계 의식에서 사실상 언제나 환멸로 귀결되기 마련이다. 말하자면 동경 그 자체가 환멸이다. 그러나 바로 이 점에서 시적 자아는 알라존이 아니라 에이론이다. 그는 이상 세계의 동경에만 빠져 있는 알라존을 연민하고 슬퍼한다. 그러면서도 유한한 인간이기에 이상향을 동경하게 마련인 알라존의 어리석음을 연민할 뿐 아니라 자신의 내부에 그 본질로서 간직하고 있다. 여기서 에이론으로서 시적 자아의 겸손이 발생하고 인간 존재의 운명적 불가피성이 있다. 말하자면 그는 불가피하게 알라존이면서도 동시에 이 알라존을 연민하는 에이론이다. 동경과 환멸이 대립적으로 서로를 영원화함으로써 「깃발」은 인간 존재의 모순성을 결과적 확실성으로 보여준다.

3.

청마는 「깃발」에서 모순과 부조리를 통해 인간 본성과 인간 존재의 리얼리티를 보여 주었다. 이상향에 대한 동경과 의지가 환멸과 비애로 귀결되는 과정 속에서 청마는 '너무나 인간적인 측면'을 분명하게 드러내었다. 그는 「바위」를 필두로 한 일련의 시에서 비정하고 의지적인 자아를 제시했다. 이 비정적 자아들은 반인간주의 태도로 일관했다. 그러나 연가류에서 볼 수 있는 것처럼 그는 또한 비정적 자아와 맞서는, 정감적이고 인간적인 자아도 제시했다. 그는 인간 존재의 허무, 곧 죽음(역사적 차원의 죽음이건, 보편적이고 존재론적 차원의 죽음이건)의 인간 조건을 통해 생명에 대한 강한 애착과 연민을 느꼈다. 생명에 대한 이런 연민에서 의지보다 정감적이고 인간주의적인 자아상이 탄생했고 이것은 청마의 개인시사에서 비정적 자아와 더불어 2대 주류를 형성하고 있으며 실제 그의 개성적 측면이기도 했다. 「깃발」은 인간주의적 자아를 제시한, 그의 초기시를 대표한 작품이다.

정한모의 「멸입(滅入)」
─「멸입」의 양면성

I. 50년대 시인의 불행

　50년대 시인들은 매우 불행한 시대에 등장한 불행한 시인들이다. 그들은 일제말의 암흑기를 체험했고 해방공간에는 격심한 좌·우 이데올로기의 대립·갈등을 겪었고 무엇보다 6·25사변의 비극을 체험했다.

　정한모 시인도 해방공간에 등장한 전후 시인이다. 전후의 시인답게 그는 선동적 구호의 정치시나 청록파의 전통적 서정시와는 다른 개성적 목소리를 들려주었다. 그러나 그가 본격적인 창작활동으로써 문단의 주목을 받기 시작한 것은 50년대 후반이었다.

　50년도에 상재된 그의 첫 시집『카오스의 사족』은 두 번째 시집『여백을 위한 서정』(59년)과 더불어 그의 초기시의 특징을 집약하고 있다. 첫 시집의 제목 자체가 암시하고 있듯이 그의 초기시들은 해방공간에서 6·25사변으로 이어지는 극도의 혼란과 전쟁의 한계상황이 중요한 모티프가 되어 있다. 다시 말하면 역사적 시련과 여기서 비롯되는 좌절의 체험을 형상화한 것이 그의 초기시의 주된 초상이다.

그러나 대부분 역사적 시련과 좌절의 체험으로부터 촉발되었음에도 불구하고 그의 초기시들의 어조는 결코 격해지는 법 없이 매우 낮고 차분하다. 그는 고전주의적인 절제의 시인이다. 「멸입」은 이런 초기시의 특징을 대표하는 작품이다. 「멸입」은 결코 문제시대에 태어난 문제작이 아니다. 그 대신 그것은 같은 초기작인 「바람 속에서 I」과 함께 규범적이고 교과서적인 서정시다. 서정시란 무엇인가. 서정시는 어떻게 씌어지는가의 질문에 대해서 「멸입」은 주목할 만한 정답이 되기 때문이다.

II. 사물시와 시선이동

「멸입」은 우선 잘 정제된 사물시처럼 보인다. 이것이 「멸입」의 첫인상이다. 사실 이 작품은 서정시의 품격을 그대로 지니고 있다. 늦가을의 서정을 환기시키는 이 작품은 화자의 시간인식에서 출발한다.

> 한 개 돌 속에
> 하루가 소리없이 저물어 가듯이
> 그렇게 옮기어 가는
> 整然한 움직임 속에서

화자에게 자연적 시간의 흐름은 매우 정확하고 그래서 어쩐지 냉혹하기조차 하다. 이것은 화자에게 자연적 시간의 흐름이 바로 소멸의 과정이기 때문이다. 가을은 소멸의 계절이라는 명제가 이미 첫 연에 함축되어 있다. 그러나 이 작품의 전경은 어디까지나 가을의 풍경을 묘사한 시각적 이미지에 있다. 이것이 「멸입」을 사물시처럼 보이게 한 근거다. 둘째 연은 탁월한 시적 기교로 느껴질 만큼 시각적 이미지로 이루어지는 조형미가 두드러지게 드러난다.

> 미루나무의 裸像
> 모여드는 遠景을 흔들어 줄
> 바람도 없이

   둘째 연의 흥미로운 점은 묘사된 것과 반대되는 장면을 상상할 수 있도록 한 점이다. 만약 바람이 불었다면 흔들리는 나무 가지 사이로 보이는 원경도 흔들렸을 것이다. 그러나 바람이 불지 않는 상태의 미루나무 나상도, 나뭇가지 사이로 보이는 원경도 정지되어 있을 수밖에 없다. 이 정적 이미지가 도리어 '소조한'이란 투영체 형용사가 불필요한 만큼 가을의 적막감을 더욱 인상 깊게 환기시킨다.
   정과 동의 양면성은 「멸입」에서 의미심장하다. 왜냐하면 이것은 다음에 구체적으로 추적할 주제와 깊이 관련되어 있기 때문이다. 첫 연에서 '한 개 돌'의 정적 이미지와 시간흐름의 동적 이미지가 융합되어 있는데 반하여, 둘째 연의 시각적 이미지들은 모두 정적이다. 「멸입」에서 동적인 것은 시간의 흐름 이외에 화자의 시선이다. 실상 「멸입」에서 또하나 주목되는 것이 이 화자의 시선이다. 왜냐하면 화자의 시선의 이동에 따라 시상이 전개되기 때문이다. 화자의 시선은 둘째 연의 미루나무 나상과 원경을 출발점으로 해서 이동하기 시작하여 셋째, 넷째 연을 구성한다.

이루어 온 밝은 빛깔과 보람과
모두 다 가라앉은 줄기를 더듬어 올라 가면
끝 가지 아슬히 사라져
하늘이 된다.

처음 미루나무 앞에 서서 원경쪽으로 향했던 화자의 시선은 이제 그 미루나무의 줄기를 타고 상승해서 드디어 하늘과 혼연일체가 되는 '끝 가지'까지 이동한다.

이처럼 「멸입」은 입이 다 떨어진 미루나무를 중심소재로 하여 화자의 시선의 이동에 따라 늦가을의 적막한 풍경을 묘사했기 때문에 사물시의 인상을 강하게 풍기고 있다. 사물시란 원래 사상의 체계적인 추상화를 거부하고 사물만으로 이루어진 일종의 순수시다. 사물에 대한 화자의 판단이 보류되어 있기 때문에 사물시는 이미지만으로 독자의 주의를 지배한다. 시각적 이미지가 전경이 되어 있고, 이 시각적 이미지를 상관물로 하여 관념이 아니라 늦가을의 적막과 공허의 정서를 환기하고 있으며, 화자의 시선의 변화를 분명히 의식하면서도 정작 화자의 존재가 좀처럼 인식되지 않는 점에서 「멸입」은 일단 사물시의 범주에 든다.

그러나 「멸입」은 결코 단순한 사물시가 아니다. 왜냐하면 이 작품에서 우리는 시인의 직관을 발견할 수 있기 때문이다. 이 직관적 인식은 '감춤'이라는 서정시 고유의 본질 그대로 철저하게 은폐되어 있다. '멸입'이라는 제목 자체에 이미 함축되어 있듯이 직관적 인식은 시각적 이미지 속에, 그리고 이 이미지가 환기하는 정서 속에 분간할 수 없을 정도로 용해되어 있다. 이런 점에서 「멸입」은 오히려 상징시다. 사물시가 표면적 주제라면 상징시는 이면적 주제다. 그렇다면 시각적 이

미지와 그리고 이것이 환기하는 정서 속에 완전히 용해된 인식적 의미
는 무엇인가.

III. 감춤의 서정적 깊이

인간은 흔히 나무에 비유된다. 이런 선입관은 그러나 「멸입」을 상
징시로 보게 되는 중요한 관건이 된다. 이런 관점에서 보면 첫 연에서
화자가 자연적 시간의 냉혹한 흐름을 인식한 것은 바로 인간이 어쩔
수 없는 시간적 존재임을 암시한다. 시간은 인간의 실존적 조건이다.
따라서 미루나무가 봄, 여름, 가을을 지나면서 '이루어 온 많은 빛깔과
보람'(미류나무의 무성했던 푸른잎들)을 누려 온 과정은 바로 인생을
상징한다. 그러나 이제 미루나무는 잎이 다 떨어져 버린 겨울의 문턱
에 와 있다. 미루나무의 나상은 종말에 선 인간의 모습이다. 미루나무
의 나상을 비롯하여 '소리없이 저물어 가듯이', '바람도 없이', '아슬히
사라져'의 시어들은 모두 소멸의 계열체에 속한다. 이것은 우리에게
적막과 공허의 정서로 전달된다.

그러나 「멸입」에서 우리가 적막과 공허의 정서만을 느끼지 않듯이
인식적 의미는 소멸의 부정적 태도에만 있지 않다. 「멸입」은 제목 자
체가 함축하고 있듯이 또 다른 인식적 의미를 띠고 있다. 여기서 우리
는 다시 한번 셋째, 넷째 연에 나타난 화자의 시선에 주목할 필요가 있
다.

이루어 온 많은 빛깔과 보람과
모두 다 가라앉은 줄기를 더듬어 올라가면

끝 가지 아슬히

하늘이 된다.

여기서 화자의 시선은 물론 미루나무의 줄기에서 가지로, 그리고 가지끝의 하늘로 상승한다. 이것은 수직의 방향이다. 화자의 시선이 수평의 방향일 때 나무는 곧 냉혹한 자연적 시간에 지배되고 소멸의 의미를 띠지만 수직의 방향일 때 나무는 이제 이런 자연적 시간의 지배를 벗어난다. 그러므로 끝 가지와 하늘이 혼연일체가 되는 경지는 소멸이 아닌 완성의 의미를 환기하고 어쩌면 구원의 의미조차 함축하고 있는 듯하다. 제목의 '멸입'이 다분히 종교적 뉘앙스를 띠고 있는 것은 이 때문이다. 이것이 단순한 소멸과 '멸입' 사이의 차이다. 그리하여 「멸입」은 상이한 직관이 합일되는 서정적 깊이를 가지고 있는 것이다. 수평과 수직의 시선에 의해 「멸입」은 자연적 시간의 '초월'이 아닌 '초극'을 보여 준다.

IV. 극기의 시학

「멸입」이 표면적 주제로 보면 사물시이지만 이면적 주제로 보면 교묘하게 상징시가 되는 것은 정한모 시인이 철저한 절제의 시인이기 때문이다.

절제의 다른 말은 극기이다. 극기는 우리에게 매우 낯익은 전통적 덕목이다. 그러나 극기는 시인의 경우 단순히 윤리적 차원에만 머물지 않는다. 이것은 시인에게 가장 기본적인, 그래서 가장 일반적인 시창작 방법이라는 미학적 의의를 가진다. 시창작 과정이란 경험적 자아를 벗어나는 과정(이것은 현대 몰개성론의 시관이며 조선조 양반 사대부들에 의해 창작된 시가 문학의 원천)이다. 경험적 자아를 벗어나는 과정의 결과는 이 경험적 자아와는 다른 시적 자아가 되거나 비인간화의 시처럼 극단적으로 인간성이 배제되거나 추상화되는 경지다.

이런 극기의 과정은 또한 형식과 감정, 형식과 관념 사이의 싸움이다. 잘 다듬어진 서정시란 물론 시인이 표현하고 싶은 감정과 관념에 지배되는 것이 아니라 이것들을 지배할 때 탄생된다.

「멸입」은 과장된 정서도 없듯이 관념의 노출도 없다. 정한모 시인은 정서든 관념이든 주제에 대해서보다 표현양식에 초점을 둔다. 그에게 무절제한 상상력은 찾아볼 수 없다. 서정시란 무엇이며 어떻게 씌이지는가의 질문에 대해 '멸입'이 정답이 되는, 그래서 규범적 작품이 되는 이유가 여기 있다.

극기는 그가 해방공간과 6·25의 역사적 시련을 체험한데서 온 그의 삶의 태도이자 시작태도였다고 볼 수 있다. 미루나무에게 자연적 시간의 냉혹한 흐름은 그가 체험한 비정한 역사적 시간에 등가되는 것이다. 따라서 그의 초기시 「멸입」은 역사적 시련을 극복한 하나의 양상으로서도 당대적 의의를 띤다 하겠다.

서정주의와 시인의 고뇌

– 김민부의 시세계

1.

시인은 원래 정체*identity*가 없다고 말한 키츠를 사회심리학자 에리슨은 남들 같으면 한 평생 걸려 겨우 도달할 수 있는(그래서 많은 사람이 끝내 이 경지에 도달하지 못하는) 경지, 곧 달관의 경지를 20대에 이미 도달한 시인으로 격찬했다. 이런 격찬의 타당성 문제는 차치하고서라도 키츠는 영국 낭만시인들 가운데서 제일 먼저 태어나서 26세를 일기로 제일 먼저 죽은 시인이다. 조숙한 만큼 그는 요절했다.

고등학교 시절에 이미 시쓰기는 끝나 버렸다고 술회되는 김민부 시인은 매우 놀랍게도 10대에 벌써 첫시집 『항아리』(1956년)를 상재했고, 1958년 그의 시조작품인 「균열」이 한국일보 신춘문예에 당선되어 김정한, 이주홍, 이영도 등 많은 선배 문인들이 성대하게 당선축하회를 베풀어 줄 정도로 장래가 촉망되는 시인이었지만 그도 31세의 젊은 나이로 아깝게 요절했다. 그는 시적 자아와 사회적 자아의 격심한 갈등으로 짧은 생애의 대부분을 낭비했으며 특히 방송국의 전속작가로 시작에 전념하지 못해 첫시집의 18편과 68년에 상재된 두번째 시집 『나부와 새』의 38편(같은 제목의 「균열」이 두 편 실려 있는데 신춘문예 당선작 「균열」은 단시조 3수로 구성된 연시조였지만 이 시집에는 둘째 수만 수록되어 있고 또하나의 「균열」은 역시 바위의 균열을 제재로 한 자유시여서 개작의 인상을 다분히 주고 있다) 그리고 이 두 시집에 수록되지 못한 「서시」, 「기다리는 마음」, 「석류」, 「古寺」, 「딸기밭에서」 등 5편, 해서 모두 61편의 작품밖에 남겨 놓지 못한 것도 아직 그를 기억하고 있는 사람들에게는 매우 안타까운 일이다.

2.

　김민부 시인은 첫시집의 후기에서 "산문적인 요소와 감각적인 경험 세계를 배제함으로써 순박한 경지에서 감동의 미를 추구하는 것"이 자신의 시정신임을 천명했는데 이것은 그대로 그 자신의 시작품을 한정하는 그의 시학이다. 말하자면 그의 시는 계보학적으로 순수시 계열에 놓인다. 따라서 그의 경우 시와 삶은 엄격히 분리되며 그의 시세계는 사회역사적 현실이 배제된 순수한 서정의 세계일 수밖에 없다.
　현대시사에서 50년대는 전통시가 주류를 형성하고 있던 시기에 해당한다. 순수시로서 김민부 시인의 출발점은 우선 전통주의에서 찾을 수 있다. "종일 푸섶이나 뜯고/산양처럼 살자"(「산양」)의, 전통적 자연 친화의 태도는 "산이 날 에워싸고/살아라 한다"는 저 청록파의 가락에 닿아 있다. 「산그늘」, 「들꽃」, 「산」 등 그의 초기 시편들에서 자연시가 주종을 이루고, 자연의 사물이 서정의 주된 원천이 되고 있는 것 자체가 벌써 전통적이다. 이런 전통적 자연친화가 '지금 여기'의 현실로부터 도피하는 한 방법론임은 말할 필요가 없다.

그의 자연시에 투영체 형용사들이 많이 사용되고 있는 것은 순전히 서정주의라는 전통적 발상법을 추수한 데 기인하는 것이다. 또한 그의 전통적 서정은 「소」에서처럼 호롱불, 봉창, 오뉘, 심청전, 다박솔, 마을에 서는 장 등 토속적 이미지들에 의해서 환기되기도 한다.

낯익은 자연의 언어를 비롯하여 고어와 고유어를 선택하고 종속구문에 의존하여 창조되는, 부드러운 서정적 어조는 그의 순수시로서의 전통시들이 갖는 지배적인 인상이다. 그러나 무엇보다 중요한 사실은 그의 전통시편들이 그가 말한 "내면적인 고전 선율"을 (『항아리』 후기) 추구한 점이다. 전통시조 형식의 변형인 「균열」, 「기러기」, 「석류」, 「古陶」 등과 가요시로서 잘 알려진, 전통 3음보의 「기다리는 마음」은 향토적이고 토속적 세계의 탐구와 함께 우리 가락을 탐구한 그의 전통주의의 산물들이다. 그의 시편들이 대부분 단형의 서정소품들인 사실은 이와 무관하지 않다.

사실 그의 시의 호흡은 매우 짧다. 언어절약의 이 짧은 호흡은 원론적으로 말해서 사상과 감정의 절제에 등가되어 시의 어조를 넋두리의 차원으로 전락시키는 법이 없다. 그 대신 비교적 시행이 긴 자유시나 산문시는 그의 시적 체질에 맞지 않아 매우 부자연스럽다.

50년대 전통시에 대립했던 모더니즘시는 60년대에는 순수시의 이름으로 참여시와 대립했다. 모더니즘적 경향은 그의 순수시에 있어서 또 하나의 주목할 만한 측면이다. 말하자면 그의 순수시는 전통지향적인 것과 모더니즘 경향의 양면성을 띠고 있는 셈이다.

시인의 시점이 사물의 표면에만 머문 현상주의는 그의 모더니즘시가 띠고 있는 한 양상이다.

공원엔/개가 한 마리/가고 있었다/벤치엔/예수같은 사나이가/빨래처럼 널려 있었고/사나이의 미간에/죽은 신문지 우에/눈이 내리고 있었다.

—「은지화Ⅱ」

이미지들이 매우 신선하고 선명하다. 과거시제로써 사물과 시간적 거리를 유지하는 관찰자 시점은 투영체 형용사로써 사물을 서정적으로 처리하던 그의 전통시의 태도와는 명백히 대조된다. 고독과 우수, 좌절의 서정이 배경으로 깔려 있는 이런 현상주의는 시선이 사물의 표면에만 머물고 있는 만큼 사회역사적 현실을 배제하는 요인으로 작용하고 있는 것이다. 「은지화Ⅰ」, 「단장Ⅱ」도 감각적 묘사로 감정이 절제된 현상주의의 모더니즘적 성격을 뚜렷이 띠고 있다.

몽따쥬기법에 의해 실제 사물들의 질서를, 그러니까 현실의 모습들을 해체하는 추상화는 그의 모더니즘 경향의 가장 두드러진 한 목록이다. 여기서 그의 시어는 다른 모더니즘시들의 본질적 경향처럼 언어의 일상적 용법인 표상적 기능이 무화되거나 극소화되어 우리가 접근하기 어려운 익명의 어떤 내면공간을 창조하는 데 기여한다. 「나부와 새」는 참조기능이 무화된 절대은유와 몽따쥬기법에 의하여 현실로부터 해방된 추상세계를 전형적으로 보여 준다.

그것은 숱한 달빛이 착종하는 꽃밭이었다/램프가 켜져 있는 밀실/어디선가 새가 울면/풍금 소리를 들으면서/주위의 달빛을 진동하며/짙은 꽃내의 밀도 속에서/나부의 육체는 흔들린다.

이미지와 장면들을 비논리적으로 조립한, 그래서 단상들의 집합과 같은 단형의 「엽서Ⅱ」와 「어떤 판화」는 몽따쥬의 낯설게 하기의 효과에 힘입어 우리에게 신선한 감수성을 부여한다. 전통시와 비교해서 종속구문을 지양하고 병렬구문이나 병치구조가 상대적으로 우세한 것도 그의 모더니즘시의 한 특징이다. 그러나 「비가Ⅲ」를 비롯한 그의 일련의 추상시들은 신선한 감수성 대신 생경한 관념어와 한자어의 남용과 부박한 교양이라는 50년대적 모더니즘시의 한계를 벗어나지 못하고 있다.

가요시 「기다리는 마음」과 「석류」는 연가류다. 그의 시에서 '바다'를 "여자대학교의 기숙사 같은 거"(「바다」)로 비유한 참신한 이미지에서 확인할 수 있듯이 그의 시적 이미지의 형성은 대부분 여성과 관련되어 있다. 그러나 이런 연가류보다는 연가류의 변형으로서 쾌락주의적이고 탐미주의적 색조에 주목할 필요가 있다. 왜냐하면 이것은 김민부시의 또 하나의 의미심장한 양상이기 때문이다. 시조형식의 「조춘」에서 봄의 서정은 다음과 같이 탐미주의의 정조로 개성화된다.

밤이면 취하나니/술잔은 엎어지고/비창(扉窓)엔 복사꽃이/무데기로 내려도/내 육신 버릴 데 없이/살 부비는 댄/저승 같은 봄.

그러나 그는 순수한 쾌락주의자도 탐미주의자도 아니다. 의인화된 술과의 대화형식인 「봄날의 시」에서 알 수 있듯이 쾌락주의는 시인을 괴롭혔던 삶의 고뇌와 구분되지 않기 때문이다. 그래서 「목탄으로 쓴 시」에서 쾌락주의는 "푸주깐 딸년에게 청혼을 하자/너는 술청에서/술보다 더 많이 살을 팔고/나는 너의 기둥서방 되리 …"처럼 자기붕괴로부터 오히려 쾌감을 느끼는 자학적 어조의 퇴폐주의로까지 변주되기도 한다.

김민부시에서 쾌락주의가 의미심장한 근거는 이것이 그의 시의 마지막 표정인 고통스러운 자기인식을 촉발시킨 데 있다. 이 자기인식의 시편에서 우리는 그의 전통시나 모더니즘시에 결여된 삶의 고뇌뿐만 아니라 내적 갈등이 드러나는 시적 정직성을 비로소 보게 된다. 따라서 이런 자기인식의 시편에서 내적 독백이나 고백적 어조를 쉽게 발견하게 되는 것은 지극히 당연한 일이다. 회상 형식의 「비가Ⅱ」는 비가라기보다 참회의 시이며 「기별」에서는 죄의식이 일종의 강박관념으로서 그를 괴롭히고 있다. "아내가 꽃행상을 나가고/난 찬 술을 마신다"의 「추일」에서 자기인식은 현실에 적응하지 못하는 낭만적 자아의 무력감으로 구체화되고 있으며 「구름」은 이상이 현실 앞에 철저하게 좌절되는 절망감을 "비장하게 나자빠져" 있는 구름의 이미지로 형상화하고 있다. 「목탄으로 쓴 시Ⅱ」에서는 "사기도 절도도 못하는 신세"라는 역설의 자학적 어조로 자기인식을 고백한다. "저승같은 봄"(「조춘」), "능욕같이 슬픈 가랑잎을 맞으며"(「추일」)와 같은 독특한 비유적 이미지들도 자기저주적이다. 그의 심미의식에 기인하지만 그의 시어들은 일관되게 품위를 유지하고 있다. 그러나 그의 이런 아어주의(雅語主義)가 여기서 잠깐 시정어(市井語)와 비어의 차원으로 전락하고 있는 것은 매우 흥미롭다.

김민부 시인의 자기인식은 삶의 인식과 구분되지 않는다. 그의 경우 자기인식은 사회적 자아와의 갈등이 그 단초가 되기 때문이다. 이 자기인식이 죽음과 결부될 때, 그러니까 죽음으로 표상될 때 그 극점에 놓인다. "내가/누운 자리에서/찻잔 속에/남은 죽음을/핥고 있을 때 …"(「새」)의 자기인식은 "남은 죽음"이라는 삶의 무의미로 대치되면서 진한 소외감으로 환기되고 있다. 「별리Ⅰ」은 제목이 시사하듯 이별가다. 술과 이별의 정한은 이별가의 관습적 제재들이다. 그러나 다분히 관능적이고 또 퇴폐적인 그의 이별가는 이런 상투성과는 거리가 먼, 고통스러운 자기인식으로 채워지고 있다. 여기서의 자기인식도 다음과 같이 '죽음'의 시어를 획득한다.

> 술잔 속에/반쯤 술이 있었다/네 육체의 반쯤 죽음이 머물고 …/
> …(중략)… /나도 반쯤은 죽어 있었단다.

비록 회상형식의 심리적 거리를 충분히 유지하고 있지만 죽음으로서의 자아의 재발견은 자기모멸 내지 자기방기의 좌절감 이외 아무것도 아니다.

흔히 많은 시인들에게 시쓰기는 일종의 자기구원의 방편일 수 있고 실제 많은 시인들은 그렇게 인식하고 있다. 이것은 시에서 현실세계를 배제하겠다는, 순수시로서의 그의 미학적 거점일 수 있다. 그는 시에 대하여 일종의 결백증을 지니고 있다. 그러나 서정주의의 전통시로부터 출발해서 후기시의 자기인식으로 시적 편력을 마감한 그의 경우 시쓰기는 구원이 되지 못했고 바로 이 지점에 그의 요절의 의미가 놓인다.

그의 전통시든, 모더니즘적 경향의 시든, 그리고 쾌락지향적인 시든, 자기인식의 시든, 그의 시가 환기하는 서정의 빛깔은 매우 어둡다. 이 어둠의 서정이 사실주의적 시와는 본질적으로 거리가 먼 그의 시에서는 결코 시대적 조건의 반영이 아님은 물론이다. 그러나 어둠의 서정을 자기인식의 시에서처럼 세계의 책임이 아니라 오히려 자신의 비극적 결함에 기인시킨 그의 시적 정직성은 여간 소중하지 않다. 그래서 제2시집 『나부와 새』를 묶어 놓고 "난 너무 괴로워하지 않고 살았나보다"고 한 술회에 우리는 공감하지 않을 수 없다. 그는 결코 위대한 시인이 아니라 조그마한 시인이었다.

어둠의 정조를 주조로 한 그의 시세계에서 「서시」를 발견하게 되는 것은 우리의 기쁨이다. 여러 장면들이 병렬되고 있는 환유적 구성의 이 「서시」에서 섬세한 감각적 묘사에 의하여 형성되는 투명하고 신선한 이미지들만이 그리고 순수한 고백적 어조만이 시적 매력이 아니다. 이 작품 역시 죽음을 매개로 자기인식이 촉발되고 있다. 그럼에도 불구하고 환기되는 서정은 어둡지도 그렇다고 밝지도 않는 미묘한 복합성을 띠고 있다. 굳이 동양시학의 용어를 빌린다면 「서시」의 서정은 애이불비(哀而不悲)하고 낙이불음(樂而不淫)한, 예외적인 것이다. 만약 이 요절한 시인을 우리가 아직도 잊지 않고 기억한다면 그의 유명한 가요시보다는 이 「서시」가 아닐까 한다.

> 나는 때때로 죽음과 조우한다/조락한 가랑잎/여자의 손톱에 빛나는 햇살/찻집의 조롱 속에 갇혀 있는 새의 눈망울/그 눈망울 속에 얹혀 있는 가느디 가는 핏발/내가 살고 있는 아파트의 창문에 퍼덕이는 빨래 … /죽음은 그렇게 내게로 온다/어떤 날은 숨 쉴 때마다 괴로웠다/죽음은 내 영혼에 때를 묻히고 간다/그래서 내 영혼은 늘 정결하지가 않다.

날개없는 인간의 싸움

─ 이승훈의 시

　인간은 세계내존재이면서 탈존(脫存 ek −sistenz)이다. 그는 세계 속에 피투(被投)된 존재이면서 이 존재를 초월해서 자기계획과 세계계획을 몽상한다. 특히 시인의 상상력은 실제와 이념 사이를 자유롭게 왕래하면서 생의 이념을 초시간적 차원으로까지 추구한다. 그러나 비전이 빈약하기 때문이 아니라 시인의 상상력이 세계의 직접적 현실성을 초월하지 못하고 세계내존재에 머물도록 강요당했을 때 그는 비극적 결함의 불행한 시인이 될 수밖에 없다. 이것은 시인의 자아가 세계와 도무지 동일성을 이룰 수 없다는 절망적 부정의식에 사로잡혀 있는 상태다. 이승훈의 「천사와 싸우는 야곱」(『심상』 12월호)은 세계와 어울릴 수 없다는 비극적 확신의 이런 부정의식이 주조를 이루고 있다.

　「야곱」중의 첫 작품 「전쟁」은 다음과 같이 시작된다.

전쟁만 조용히 지속된다/하아얀 전화의 공포만/상어같은 공포만/
상어같은 기쁨만/상어같은 인생만/조용히 지속된다/지속되는 것만
이 사랑스럽다/네모 반듯한 생각이/불타고 남은 하늘이

　실존주의 개념을 빌리지 않더라도 전쟁은 인간실존의 한계상황이
다. 이 상황은 인간이 자기 존재에 대한 우려가 극단화된, 가장 비인간
화되는 극한상황이다. '하아얀 전화'의 공포나 '상어같은' 공포, 기쁨,
인생은 한계상황의 그것이지 '인간적'이라고 명명할 수 없는 것이다.
그것은 인간적 관점이 거부당했을 때만이 느끼는 상황의식이다. 말하
자면 그것은 인간의 세계 속에 존재하면서도 인간의 세계에 속하지 않
는 일종의 익명적 정조다.
　전쟁이라는 한계상황은 인간이 도저히 피할 수 없는 상황이면서 어
떤 극적 초월(구원)이 절박한 이중성을 띠고 있다. 이것이 이 작품의 전
쟁이 가진 비극적 무게다. 그러나 이 작품은 '전쟁만 조용히 지속한다'
가 변주적으로 반복되면서 주선율을 이루고 있다. 이것은 그 절박한
초월(구원)이 불가능함을 의미한다.

어느날 길바닥에/내려 앉은 하늘이/조용히 한숨을 쉰다/괴로운
구름/사방의 노동자/2천년의 행복/어느날 문득/날개 부러지던 소리

　신약성서의 야곱은 여러 가지 시험을 인내하여 신의 구원을 받았으
나 현대의 야곱에게는 조용히 지속되는 전쟁의 시험속에서도 그 구원
이 전면 약속되어 있지 않다. 그는 불행한 시지푸스일 뿐이다. 그가 만
난 시험은 신도 체념해 버린 25시적 절망의 상황이다. 이것이 '어느날
문득/날개 부러지던 소리'가 가진 알레고리적 의미이다. '지속'되는 전

쟁에 절망하고 '날개'가 부러진데 절망하는, 이중의 절망이 현대의 야곱에게 엄연한 실존적 상황으로 소여되어 있는 것이다.

> 세계엔 전쟁만 지속된다/이제 나는 혼자다/그대 몸에서 새를 꺼
> 내도/새는 이미 뼈다귀/이제 나는 혼자다.

'이제 나는 혼자다'의 소외의식은 전쟁만이 지속되는 세계에 대한 깊은 혐오감이다. 이 혐오감은 여러 가지 시험을 극복했던 야곱의 지혜(새)로써도 이 세계를 초월할 수 없다는, 어디에고 구원이 기다리고 있지 않다는 절망의식으로 재확인된다.

> 갈매기 같은/행복이란 아아 나는/잘 모른다/전쟁만 조용히 지속
> 된다/날지 못하는 시간만/날으는 꿈속의 거리만/오늘 불타면서/재가
> 되는 천국

'날지 못하는 시간'과 '날으는 꿈속의 거리' 사이를 방황하면서 이 시인은 안타깝게 오열하고 있다. 여기서 우리는 투명한 의식을 지닌 현대문명인에게 어쩌면 운명적일지도 모르는 부정적 아이덴티티를 보게 된다. 이 작품이 감상에 흐르지도, 안일하게 도피적 자세를 취하지도 않고 리얼리티를 지닌 시적 건강을 가진 이유는 여기 있다.

이렇게 「전쟁」은 세계내존재와 탈존, 자아와 세계의 교섭이라는 문명인의 곤혹스러운 존재양식의 문제를 던지고 있다.

우리가 '하아얀 전화'와 '상어'의 이미저리에서 느낀 것은 비인간적 싸늘함이었다. 이 비인간화에 대하여 작품 「매」는 대결의 자세를 보여준다.

푸른 너의/털과 피로/이 몸을 덮으라//하늘에 자빠져/빛나는 뿌리로/이 시간을 덮으라//화강암 심장을/누런 꽃처럼 마르는 피와/혼인케 하라//불쌍한 인간만이/어디서 싸우는 외로운 대낮에/이 살의 化石을 너의 털과 피로 덮으라//밤새도록 벌어지는/이 커단 입을/털과 피로 덮으라/이 생각을 덮으라/이 소리를 덮으라.

'매'는 시적 자아가 선택한 일종의 비자기(非自己)다. 이것은 그의 진정한 자아와 대립되는, 비정하고 공격적인 존재다. 말하자면 그것은 가장 비인간적 존재의 하나다. 이때의 비자기는 아이러니컬하게 그에게는 세계의 비인간화에 대결하는 갑옷과 무기가 된다. '이 몸'과 '이 시간', '이 추억' '이 생각', '이 소리'로써는 비인간적 세계와의 싸움에 승산이 없다. 매의 털과 피로써 '화강암 심장'과 '살의 화석'을 덮을 때 그는 세계의 비인간화로부터 자기 자신을 지킬 수 있다.

절망하여 자기 자신이 되기를 바라지 않는 것은 키엘케고르가 정의한 3가지 절망 가운데 하나다. 이 작품의 시적 자아는 매의 비자기를 선택함으로써 스스로 자기 자신이고자 원하지 않고 있다. 그러나 그는 결코 비인간적인 존재인 매가 될 수는 없다. 왜냐하면 매로의 탈존은 존재의 승화가 아니라 존재의 포기거나 타락이기 때문이다. 그것은 어디까지나 세계와 대결하는 가면일 뿐이다. 자기 자신을 벗어나려 하면서도 자신을 벗어나지 못하는 곳에 이 작품의 시적 자아가 지닌 인간적 고뇌가 있다.

이승훈은 난해한 시를 쓰는 시인으로 보통 알려져 있다. 시의 난해성의 극단적 증세에 우리는 고립주의라는 이름을 붙인다. 이것은 시가 시인 자신이외의 어떤 테마도 갖지 않는다든가 시인이 어떤 제재에 대한 자기감정을 타인과 공유할 필요성을 느끼지 않는 태도다. 일체의 외부적 대상을 거부하고 시적 자아만의, 그 은밀한 내면적 세계 속에 침잠하려는 유아론적 고립주의는 타인이 알아차릴 수 없는 어떤 사물이나 리얼리티를 일상언어가 아니라 특수한 상징적 고안의 자기언어로써 표현하기 때문에 시는 분해불가능한 암호일 수밖에 없다. 이것도 부정의식에서 촉발된 세계에 대한 대결의 자세임은 물론이다.

이승훈은 이 유아론과 가까운 거리에 있었다. 「야곱」에서도 난해성은 가시지 않고 있다. 「전쟁」의 '네모 반듯한 생각이/불타고 남은 하늘이'와 '갈매기 같은 행복'은 그 대표적 예다. 그러나 우리의 공통관심사인 실존의 문제를 끝까지 시적 긴장으로 이끌어 간 그의 깔끔한 화술은 시적 개성을 한층 친밀하게 느끼게 한다.

해체주의와 존재론적 은유
— 오규원의 시

1

> 들은 길을 모두 구부린다
> 도식주의자가 못되는 이들(平野)이
> 몸을 풀어
> 나도 길처럼 구부러진다.

이것은 연작시 「巡禮」의 서장이다. 자신의 시론(또는 시정신)을 갖
지 않는 시인이 없듯이 이 서장은 오규원 시에 접근하는 데 결정적 단
서가 될 그의 시론이 집약되어 있어 대뜸 이 글의 첫머리로 전경화시
켜 인용하지 않을 수 없었다. 그렇다면 오규원의 시론은 무엇인가.

이미 대충 눈치를 챘겠지만 오규원 시인에게 완성된 것, 고정적인
것, 관습화되고 자동화된 것, 이데올로기적으로 경직된 관념 등에 대
해서 누구보다 예민하게 거부의 반응을 보인다. 기존의 모든 것을 의
심하고 심지어 우리의 상식과 기대지평을 서슴없이 전도시키고 위반

하는 해체주의는 「순례」와 같은 초기작들뿐만 아니라 최근작에 이르기까지 오규원 시를 일관되게 지탱하는 그의 시론이자 세계관이다.

오규원 시인은 30년대 이상처럼 끊임없이 변화를 추구한다. 그는 결코 체질적으로 안주할 줄 모른다. 「순례」의 제목이 함축하듯이 안주할 줄 모르는 방황으로부터 그가 "영원히 집이 없을 사람들이 보인다"로 시인의 운명을 예감한 것은 지극히 당연한 일이다. '바람'의 동적 이미지가 오규원 시의 핵심이미지로서 변주적으로 반복되는 점도 필연적이다. '흔들림'의 동적 이미지는 그의 해체주의 시론의 표상이며 삶의 원리다.

바람이 분다 살아봐야겠다

그래서 생명적이란, 곧 살아 있다는 것은 바람에 의해서 나뭇잎이 흔들리듯이 끊임없는 '흔들림'이다. 이것은 우리가 자동적으로 믿고 있는 자명한 삶이란 실상 완성된 것이 없고 확정된 것이 없는, 가능성의 상태임을 표상한다.

살아 있는 것은 흔들리면서/ 튼튼한 줄기를 얻고/ 잎은 흔들려서 스스로/ 살아 있는 몸인 것을 증명한다.// 바람은 오늘도 분다/ 수많은 잎은 제각기/ 몸을 얽는 하루를 가누고/ 들판의 슬픔 하나 들판의 고독 하나/ 들판의 고통 하나도/ 다른 곳에서 바람에 쏠리며/ 자기를 헤집고 있다.// 피하지 마라/ 빈 들에 가서 깨닫는 그것/ 우리가 늘 흔들리고 있음을.
— 「만물은 흔들리면서」

일체의 선입관을 괄호 속에 묶고 '남과 다르게' 사물을 보는 자는 단

독자일 수밖에 없다. 오규원 시인은 타인들의 체계에 대하여 언제나 단독자로서 맞선다. 따라서 그의 슬픔과 고독과 고통은 남과 나눌 수 없는 '하나'일 뿐이며 "제 혼자 슬픈 비"(「비가 와도 이제는」)다. 이 단독자 이미지는 「개봉동과 장미」에서는 타협하지 않는, 그래서 우리가 접근하기 어려운 국외자의 이미지(장미)로 변주되기도 한다. 그러나 여기서 놓칠 수 없는 것은 오규원 시인의 시간의식이다. 초기 시의 주조인 '흔들림'이란 실상 그의 시간체험(의식)의 반영이라 해도 결코 지나치지 않다. 시간이 그에게 '변화' 또는 '생성'의 유일한 가능성으로 체험되고 있는 것이다. "시간은 '무엇'인가를 끊임없이 말한다"(복간 『순례』「서」)는 그의 시간의식이 또한 그의 시를 지탱한다. 말하자면 변화의 가능성으로서 시간성이 그의 해체주의적 시론과 매우 자연스럽게 상봉하게 되는 것이다.

> 호명하지 않아도 밤은 온다.
> —「호명하지 않아도」

알튀세의 이데올로기는 "모든 개인을 호출하거나 부른다"는 것이다. 다시 말하면 모든 개인은 이데올로기의 구속으로부터 빠져나갈 수가 없다. "거기, 당신?" 하고 부르면 되돌아보아야 하는 것이 이데올로기다. 시간은 인간이 피할 수 없는 한계상황일 뿐 아니라 바로 실존적 조건이다. 그러나 시간의식에서도 오규원 시인의 태도는 당연히 단독자적이다.

> 발맞추어 다시 그런 시간의 반복되는 행진을 그리고 그리고로만
> 발맞추는 사람을 빠져나와 고독하게 길 위에 발자국을 찍는 시간과.
> —「행진」

4개 연의 끝을 접속격 조사 '과'로 통일시켜 병치시킨 독특한 시형식은('과'는 결코 공동격조사가 아니다!) 벌써 이 점을 시사한다. 그러나 시인이 유난히 시간성에 주목한 것은 인간의 실존적 조건으로 시간성이 어디까지나 '변화'로 체험되는 사실에 있다. 그의 시가 "실존은 본질에 앞선다"는 실존주의 명제를 자주 테마로 채용하고 있는 사실은 우연이 아니다.

> 　　명사로 부를 수는 없으나/ 동사로/ 거기 있음을 확신하는/ 명사로 부를 때까지/ 오오래 서늘한 발자국 소리를/ 그곳에서 내는.
> 　　　　　　　　　　　　　　　　　　　　　　　　　—「별장·2—소리」

　실존주의에서 인간의 운명(의미)은 미리 주어진 것, 정해진 것이 아니다. 그는 무엇이든지 될 수 있는 가능성 가운데 놓여 있는 존재다. 사르트르 식으로 말하면 인간은 '자유에 처단된' 존재다. 그래서 인간의 삶이란 끊임없이 자기를 만들어 가는 과정이다. 실존주의는 해체주의의 원조다. 실존이 구체적 상황 속의 구체적 개인, 곧 끊임없이 만들어지는 자기라면 본질은 이 실존들의 총화다. 그래서 실존은 본질에 앞선다. 언어학적 비유를 빌린다면 본질은 명사이지만 실존은 동사다.
　죽음은 시간적 존재인 인간이 피할 수 없는 한계상황이다. 실존의 가능성을 무화시키는 이 한계상황은 시인이 해체주의적 관점에서는 그가 그토록 반발해마지 않았던 고정된 것, 관습적인 것, 완결되고 확정된 것의 등가물이다.

> 　　아무도 죽음을 부축할 수 없다/ 기댈 곳이 없어 죽음은 눕는다/ 그러나 움켜쥔/ 죽음의 손은 펴지지 않는다/ 잡힌 사람들은 그의 손에

서 떠나지 못한다// …(中略)… // 움직여라 죽음이여/ 그대는 풀잎
하나 흔들지 못한다.

—「기댈 곳이 없어 죽음」

80년대 초「이 시대의 죽음 또는 우화」에서 죽음은 '지금 여기'의
문제적 인간상으로서의 소시민의 알레고리였다. 그러나 오규원의 초
기 시편들은(특히 실존주의적 시간의식에 근거한 작품들) 존재의 근본
적이고 본질적인 문제를 다룬다. 그에게 시는 무엇보다 인식의 틀이
다. 여기서 우리는 지금까지 미루어 왔던, 그의 초기 시의 가장 지배적
인 시문법으로서 '존재론적 은유'를 말하지 않을 수 없다. 이것은 그의
해체주의 시론에 미리 약속되어 있는 '전복'의 기법이다.

2.

존재론적ontological 은유란 어떤 행위나 정서, 사건, 관념 등을 '실체'
로 보는 것에 바탕을 둔 언어행위다. 요컨대 비물질적인 것을 물질적
인 실체로 특히 인간의 실체로 간주하는 데서 발생하는 일종의 비유적
언어행위다. 따라서 물질적 대상의 체험이 존재론적 은유를 만들어 내
는 토대다. 예컨대 "추악한 인격"은 우리 신체의 일부인 얼굴을 형용
하는 데(체험) 쓰이는 '추악한'의 형용사가 비물질적인 인격에 전이되
어 쓰인 존재론적 은유다. 이런 존재론적 은유가 실제생활에서도 많이
활용되고 있음에도 불구하고 은유로 느껴지지 않는 것은 이것이 매우
제한된 목적에만 기여하기 때문이다.

오규원 시인은 이 존재론적 은유를 즐겨 선택함으로써 일상어의 문

법을 해체한다. 그는 추상을 추상으로 보지 않는다. 「기댈 곳이 없어 죽음은」에서 죽음을 의인화한 것은 비물질적인 것을 육체적인 것과 상상적으로 동일시한 산물이다.

예를 좀더 들어보자.

① 절망은 혼자 아름답다(「아무리 색칠을 해도」)
② 관절을 앓는 소리를 건져 올려서(「산과 주저 앉은 바다」)
③ 말은 내몸에 와 죄를 짓고(「序·2」)
④ 잠이 혼자 먼저 잠들고
⑤ 어둠을 다시 두텁게 깔아 놓으며(「호명하지 않아도」)

①과 ②는 절망과 소리를 실체로 간주한 존재론적 은유인데 ①의 경우 "혼자"는 양적 단위의 기준이 하나 더 첨가된, 곧 실체와 양이 겹친 존재론적 은유다. ③과 ④는 동일화의 기준으로서 존재론적 은유다. 다시 말하면 비인간적 존재를 인간과 동일시하는 의인법이 가장 대표적인 존재론적 은유다. ⑤는 어둠의 비물질적인 것을 "두텁게"의 양적 단위로 묘사함으로써 존재론적 은유가 발생한 사례다.

이런 존재론적 은유는 시가 구체성을 획득하는 형상화의 방법이다. 그러나 은유가 인식의 틀이듯이 오규원 시인에게 이것은 방법론적 수준이라기보다 추상적인 것, 관념적인 것에서 현실적인 것(삶), 물질적인 것, 생명적인 것을 읽어 내는 그의 해체주의적 세계관의 산물이다. 이런 점에서 그의 시쓰기는 관념에서 출발한다.

비물질적인 것을 물질적인 것으로 지각하는 그의 독특한 시문법은 언어 그 자체를 제재로 하거나 테마로 한 일련의 작품들에서 뚜렷이 나타난다. 현대시사에서 오규원 시인만큼 언어에 집요한 관심을 보인 시인은 사실 흔하지 않다. 그는 언어실험자라기보다 언어탐구자다. 필자는 계간『작가세계』(1994년 겨울호)가 마련한 '오규원특집'에서 그의 연작시「한 잎의 女子」,「손」등 후기작들을 분석하면서 언어가 시인의 체험을 표현하는 수단이라는 자명한 진리가 시인의 체험이 언어를 형상화하는 수단으로 전도되는 그 놀라운 반란을 발견하고 해체주의적 시관이라고 기술한 적이 있었다. 이런 충격적 전복의 징후는 이미 그의 초기 시에서도 발견할 수 있는 것이다.

> 나를 만나려거든/ 나 대신 그 낱말이 있는 곳에 가 보라/ 차라리
> 그 낱말을 따라/ 다른 길로 가보라.
> ─「만남이 무엇인지도 모르고」

언어에 대한 시인의 이런 깊은 신뢰는 어디에서 연유하는 것일까. 여기서도 추상적 기호에 지나지 않는 언어를 인격화, 실체화하는 존재론적 은유가 구사된 사실에 일단 주목할 필요가 있다. 그에게 언어는 사물을 지시하거나 의미를 가리키는 추상적 기호가 아니라 그 자체 또다른 종류의 사물이다. 사르트르처럼 시에 있어서(산문과는 달리) 언어는 물질적 특질로서 시인에게 주어진다. 언어는 빛깔이며 냄새이고 소리이며 살아 있는 인간의 육신처럼 호흡하고 움직이는 실체다. 시에서 "말들은 말이기에 앞서 사물이며, 말이 되자마자 다시 사물로 되어버린다"(이스톱). 언어가 사물을 위해 존재하는 것인지 또는 사물이 언어를 위해 존재하는 것인지를 결정하지 못하고 긴장하고 갈등하는 자리에 시인은 놓여 있다. 이것이 오규원 시인이 시인이 되는 거점이다. 말하자면 그에게 언어는 표현매체이자 동시에 표현대상이다. 매체가 바로 내용이다. 이런 별난 해체주의 시론에서 언어가 객체가 아니라

"언어인 나"(「당신의 땅」)처럼 주체로 격상되는 놀라운 전도현상까지 가능한 것이다.

그러나 언어에 대한 오규원 시인의 태도(인식)는 분열되어 있다. 다음 시처럼 그는 언어에 대한 신뢰를 또 서슴없이 철회하기도 한다.

> 땅은 말이 없습니다/ 말은 몸에 와 죄를 짓고/ 말을 너무 믿는 자
> 의 어린 신앙은/ 들판에 홀로 나를 잠재웁니다.
> —「序·2」

이런 언어불신은 말할 필요 없이 말이 더 이상 사물이 되지 못하고 실재*reality*가 아니기 때문이다. 그의 언어불신은 「별장 3편」의 「像」과 「말」을 비롯하여 후기 시에 갈수록 더욱 심화되지만 그의 현실인식이 그가 신뢰하던 언어의 수난시대로 대치되고 있는 데서 그 실마리를 잡을 수 있다.

> 내 목소리 속의/ 감탄사의 장음과/ 부호들이/ 등불이 꺼진 캄캄한/
> 모음 속에서/ 살해되고 있다/ 부드럽고 연한/ 장음의 사지가 찢어져/
> 땅바닥에 뒹굴고.
> —「母音과 數字」

그가 인식한 현실에서 더구나 관습화되고 자동화되고 고정된 기존 체제에서 사물로서, 실재로서의 언어는 더 이상 유통될 수가 없다. 말들은 끊임없이 방황하고(「바람은 뒷뜰에 와」) "품에 와 안겨 흐느끼는 수많은 언어"를 시인은 달래기도 한다(「序·3」). 그에게 언어의 부재는 실재의 부재의 등가물이다. 그래서 하이데거가 횔데를린의 시에서 신이 부재 하는 어둡고 가난한 시대임에도 불구하고 신의 도래를 예감

하고 있는 것을 발견했듯이 오규원 시인은 우리 시대가 말이 필요한 때임을 인식한다. 그러나,

> 말의 말이 아니라 말의 빛이 필요한 때.
>
> ─「웃음」

이것이 초기 시에 반영된 그의 현실인식이고 시대인식이다. 현실에서 유통되는 언어는 약속된 객관적 기호임에도 불구하고 실재와 무관한 가상의 언어로 시인은 불신하지 않을 수 없다. 현실에는 실재가 없다! 실재는 시 속에서만 보존되거나 추구된다.

> 나는 미국문학사를 읽은 후 지금까지 에밀리 딕킨슨을 좋아하는데, 좋아하는 그녀의 신장 머리칼의 길이 눈의 크기 그런 것은 하나 모른다. 그녀의 몸에 까만 사마귀 하나 있는지 없는지도 모른다. 그러나 나는 가끔 그녀의 몸에 까만 사마귀가 하나 있다고 적는다.
>
> ─「詩」

시 속에서만 실재가 보존되고 추구된다는 그의 태도가 뒷날 현실이 현실(실재)이 아니라 "등기되지 않는 현실", 곧 환상이 바로 현실(실재)이라는 전도된 인식으로(「楊平洞·2」) 전개되는 것은 결코 놀라운 일이 아니다. 작품 「詩」는 제목처럼 시에 앞서 그의 '시론'이다. 이 시론이 현실과 상상('환상') 사이의 고의적인 괴리로 표상되고 있는 것이다. 언어를 대상으로 한 그의 일련의 초기 시들의 언어가 그러므로 불가피하게 '메타 언어적'이듯이 자신의 시론을 개진한 점에서 「詩」도 일종의 메타시다. 윤동주의 「서시」와 「쉽게 쓰여진 詩」를 혼성모방한 「아름다움은 남의 나라」도 물론 메타시의 한 변형이다. 근본적으로 언

어를 반성하고 시를 반성하는 이런 메타성은 초기 시의 또 하나 주목
할 만한 특징적 양상이다.

오규원 시인에게 추상은 도식주의, 세속주의, 기존의 관념체계에 훼
손되지 않거나 왜곡되지 않는 실재나 순수자아다.

> 그러나 그대여, 모든 것이 다 있는 그대와 나는, 뭉쳐서 독립한 저
> 어둠을 옷 벗고 만날 수 있는가.
>
> ―「어둠의 힘」

물론 여기서 '어둠'은 그의 별난 의미의 추상이다. 그의 시는 이런
추상을 지향하는 긴장이고 안타까움이다. 어둠과 "옷 벗고 만날 수 있
는가"(그의 시 도처에 '옷 벗다'의 행위가 반복되는데 유의할 필요가
있다)의 질문 그 자체가 바로 그 답이다. 이 훼손되지 않는 자아의 이미
지는 연작시「序」에서는 '국외자'의 이미지로 제시되고「金씨의 마을」
에서는 여기에 수난자의 이미지가 덧붙여진다.

이제 이 글의 결론으로서 장시「金씨의 마을」을 분석해야 할 차례
가 왔다. 여기서도 시인론으로서의 메타성이 함축되어 있는 점이 특히
주목해야 할 사항이다.

필요 이상으로 말이 많은 장시「金씨의 마을」은 30년대 이상의 작
품세계(또는 작가정신)를 탐색한 것이다. 이것은「날개」의 프롤로그
일부를 인용하여 똑같이 작품의 프롤로그로 설정한 패러디적 구성면
이나 작품 도처에「날개」의 외출 모티프와 작중인물의 잠재의식적 독
백들을 인유의 원천으로 채용한 데서 확인할 수 있다. 오규원 시인은
이 '金씨의 마을'을 달리 "관념의 마을"이라고 부른다. 말하자면 이 마
을은 현실세계가 아니라 작품세계, 상상의 세계, 환상의 세계, 요컨대

그가 처음부터 의존했던 시적 근원으로서의 추상세계다.

> 내가 사는 마을은 소설가 森씨의
> 유작의 음산한 무대

여기서 오규원 시인이 발견하고 주장하고 싶었던 것은 무엇인가. 그 것은 한 예술가가 기만적 이데올로기와 역사(현실)의 폭력 그리고 세속주의에 의해 파괴되고 훼손되기 마련인 비극성이었고, 그래서 세속적 기준의 윤리도덕이나 현실과 환상의 경계선을 끊임없이 해체할 수 밖에 없는 당위성이었고, "출옥하는 평온/ 출옥하는 마을"처럼, "바다를 이탈한 또 하나의 파도"처럼 그리고 "언어의 뚜껑을 열고 나와/ 다시 독립하는 언어"와 같은 일탈이었다. 다시 말하면 그의 해체주의시론의 모델은 이런 국외자로서의 '森씨', 곧 이상이었다. 오규원 시인은 이상에게 신집혀 있다.

> 오늘도 관념의 마을에 가서/ 나는 보았다/ 森씨의 썩은 뼈가/ 별이 되는 것을/ 「아스피린 아다링」이/ 언어가 되고/ 그곳에서/ 단 한 사람이 숨어서/ 미래를 훔치고 부활하는 것을.

언어를 집요하게 탐구대상으로 하고 언어를 독특하게 해체주의적으로 육화시킨 점에서 오규원 시는 우리 현대시사에서 예외적인 자리에 놓인다. 시집『순례』의 시편들과 같이 그의 초기 시들은 아직 '지금 여기'의 구체적 삶의 문제보다 인간실존과 삶의 근본적이고 본질적인 문제를 심도 있게 천착한다. 시인과 시 그리고 언어에 대한 메타적 성찰도 여기에 내포된다. 초기 시는 매우 상징적이고 상징적인 것만큼 시의 깊이를 획득하고 있다. 그의 해체주의적 시론과 존재론적 은유를 거점으로 그의 개인적 시사(詩史)는 끊임없는 변화의 연속이다. 시집 복간의 진정한 의의는 이런 변화를 재발견하게 해 준 데 있지 않을까.

문명비판시와 존재 탐구

─이형기 시집『죽지 않는 도시』

1.

현대시의 한 뚜렷한 유형으로 문명비판시를 지목하는 데 주저하는 사람은 이제 아무도 없다. 직접적이든 간접적이든 많은 현대시들은 문명비판을 함축하고 있으며, 이것은 90년대시의 확실한 전망으로까지 예감되기도 한다. 최근에는 생태학적 관점의 우울한 환경오염시 형태로 문명비판시는 착실하게 전개되어 가고 있다. 이형기 의『죽지 않는 도시』는 이런 문명비판시의 전형으로 집약된다. 그의 문명비판시들은 종말론이나 허무주의의 색조를 짙게 띠고 있어서 여간 의미심장하지 않다.

이형기는 도시의 세속적 삶이나 문명화 과정에 대하여 유난히 알레르기성의 저장반응을 보인다. 사실 이형기 만큼 일관되고 철저하게 문명과 세속을 비판해 온 시인은 그리 흔하지 않다. 그에게 문명비판시는 현대시의 단순한 범주적 차원이 아니다. 시집『죽지 않는 도시』는

현대시가 왜 '본질적'으로 문명비판시이어야 하는가를 극명하게 보인
다. 그래서 이제 그는 어렵지 않게 문명비판시인으로 우리에게 각인되
어 있다.

이형기 시인의 경우 이런 문명비판시들이 풍자시가 되는 것은 매우
자연스러운 현상이다. 그에게 문명비판은 더할 나위 없이 풍자시의 가
능성이다. 주지하다시피 전통 서정시의 초기시들과는 달리 그는 풍자
에 능한 시인이다. 그의 문명비판시들에 동원된 기교들은 모두 풍자적
기교들이다. 그가 시집 서문에서 매우 간명하게 "파괴 부정의 정신"을
시정신으로 천명한 시론도 세계를 공격하면서도 세계의 개선을 의도
하는 풍자의 본질과 딱 맞아 떨어지는 것이다.

2.

풍자시는 풍자의 효과를 높이기 위해 캐리카츄어에서 볼 수 있듯이
흔히 대상의 어떤 특징을 과장해서 왜곡시킨다. 문명비판시에서 종말
론은 이런 풍자적 과장의 산물이며 이것은 순전히 시적 상상력의 몫이
다. 다시 말하면 시인의 상상력은 풍자적 목적을 위해 '지금 여기'의
있는 그대로의 현실을 근거로 앞으로 우리가 필연적으로 부닥치게 될
가능한 세계를 예견하고 예감하는 것이다. 이런 점에서 이형기 의 상
상력은 예견 예감의 기능이고 그 형상화의 능력이다.

> 그러나 결코 죽을 수는 없는/차가운 디엔에이의 위력/스스로 개
> 발한 첨단의 생명공학이/죽음에의 길마저 차단해 버린 문명의 막바
> 지에서/시민들의 소망은 하나밖에 없다/아 죽고 싶다.

이것은 문명이 자연법칙을 파괴했을 때를 가상해 본 표제시 <죽지 않는 도시>의 결말부분이다. 영원한 세계나 영생을 동경하는 과거의 낭만시나 종교시와는 달리 영생불사가 꿈이 아니라 현실화되었을 경우 이 세계가 얼마나 가공스러운가를 이 작품은 충격적으로 환기한다. 여기서 아이러니와 역설의 기교는 풍자적 목적에 효과적으로 기여한다.

아이러니는 이형기 의 풍자시에서 지배적인 기교가 되어 왔다. 주로 아이러니를 채용하는 한, 시인의 풍자적 어조는 현대의 다른 풍자시와는 달리 경박하지도 않고 시어 선택에 있어 악담·야유의 저급문체도 좀처럼 찾아 볼 수 없다. 풍자는 진지성과 거리가 먼 장르다. 그러나 종말론적 관점의 그의 풍자시는 오히려 진지하고 심각한 어조까지 띠고 있다. 산문시 <겨울의 죽음>에서 시인은 인간이 겨울의 추위 때문이 아니라 따뜻함 때문에 죽는다는, 언어도단의 역설을 통해 풍요로운 산업사회를 비판하기도 하고 <석녀(石女)들의 마을>에서는 꽃들이 더 이상 열매를 맺지 못하는 문명의 종말을 반어적 어조로 비꼬기도 한다. <폐차장에서>는 문명의 종말이 하나의 "쇠로 된 거대한 무덤"으로 제시되면서 시인의 진지한 어조가 가장 고조된다.

> 그것은 쇠로 된 시체들이/쇠로 된 거대한 무덤 하나로만 가득 차 있는/문명의 폐허/그리고 우리가 거기서 와 거기로 돌아가는 우리의 고향.

문명의 필연적 몰락을 확신하는 시인의 상상력은 <메갈로폴리스의 공룡들>에서는 문명세계가 한 치의 여유도 없이 거대한 쓰레기 더미로 화하는 종말을 예감하기도 한다. 여기서 시인은 풍자적 과장을 위해 가능한 한 공포의 이미지들을 선택한다. 시인의 종말론은 지구를 비롯한 천체들을 언제 끊어질 지 모르는 실에 매달린 풍선들에 비유한 <만유인력>에서는 우주의 종말로까지 과장된다.

서사문학사가 인물의 왜소화 과정으로 대표되듯이 문명비판시는 또한 양식상으로 '하락의 지속성'을 그 구조원리로 지닌다. 여기서 '하락의 지속성'이란 운명의 전환이 없는, 그러니까 역전의 계기가 없는 비극의 한 유형이다. 이것은 현대의 다른 문명비판시처럼 이형기의 풍자시에서도 그의 종말론적 관점과 호응해서 필연적으로 채용되는 양식이다.

정신의 물화는 가장 낯익은 그래서 가장 관습적인 대상이다. <병아리>에서 시인은 동물우화의 풍자 수법을 구사해서 "암탉들은 실제로/사랑하지 않았기에 더 많은 달걀을 낳는다"처럼 "오직 생산!"만을 다그치는 산업사회의 비정을 고발한다. <우리 시대의 소>에서는 "요즘은 먹고 살찌기가 바빠서 울 새도 없다/다만 몸무게 하나로만 말하는/우리 시대의 소 비육우"로 형상화된 정신의 물화가 욕망의 잔인성으로 폭로되며, 이것은 이형기 의 특유의 아이러니 어조가 지배하는 <두 공장>에서는 "불황을 모르는 두 공장/예식장 영안실"의 날카로운 은유를 획득한다. 이 儀式의 물화는 도시의 세속적 일상성의 현주소를 극명하게 드러내는 제재이며 따라서 매우 적절한 풍자적 대상이다. 문명비판이 세속비판으로 집중되는 것은 일반적 양상이다.

흔히 근대성으로 기술되는 '시간축소'는 우리의 삶의 태도와 세계관의 문제와 연결되어 풍자적 대상이 된다. 새삼 강조할 필요 없이 이것은 지속적 하락의 중요한 목록이다. <라면봉지>는 다음과 같이 단정적 담론으로 우리의 시간 축소의 퍼스펙티브를 지적한다.

과정은 없고 결론만 있다.

이것은 의도상 제목이 이미 시사하듯 즉석에서 처분가능하도록 하는 소비자본주의 내지 상업주의의 비판까지 함축하고 있다. <깡통에서 나온 아이들>에서 과정을 생략하는 이런 태도는 안일과 쾌락만 추구하고 고통을 외면하는 훼손된 인간상으로 제시된다.

> 행복한 깡통/행복밖에 모르는 깡통/먹고 먹고 또 먹고/끊임없이
> 빈 깡통 내버리는 새 깡통/마침내는 쓰레기의 산이 되는 깡통.//그
> 아이들은 깡통에서 나왔다/실수나 괴로운 중간과정을 모조리 건너
> 뛴 채/기성품 정답으로만 있는 아이들/그리고 아아 그것뿐인 아이들
> 이 거리에 넘친다.

여기서 '하락의 지속' 양식은 시인이 다분히 세대간의 갈등형태로 풍자적 인물을 '아이들'로 설정한 데서 암시된다. 윤동주의 <서시>와 서정주의 <자화상>을 패러디화하여 편집한 <시의 나라>는 예술마저 즉석에서 수용되어야 한다는 자본주의 문화논리와 이것의 산물인 '결과의 예술'로서 키취시를 풍자한 점에서(그래서 이 작품은 '자기반영적'이다) 여간 흥미롭지 않다.

아이러니와 더불어 패러디는 이형기 시인의 문명비판시에서 지배적인 풍자기교다. 이색적으로 <이삭줍기>와 <만종>을 패러디화한 <서울로 이사 온 밀레의 이웃>에서 하락의 지속은 농촌 해체의 현상으로 제시되고 있다. <장님 아나롯다>는 인유에 의존하여 고통을 외면하는 세속적 인간을, 소외서정을 매개로 비판하고 있다. 그래서 <겨울 기다리기>에서처럼 시인에게 고통과 절망의 선택이 오히려

인간을 인간답게 하는 조건이 된다.

"사건 사고는/아무리 커도 하루만에 잊는다"(<까마귀>)는 도시인의 망각증은 시간축소의 한 부정적 변형이다. 시인은 이 망각증을 현대적 무의식으로서의 일상성으로 매도한다. 이런 무의식은 쾌락을 장르적 미덕으로 한 고려속요 <만전춘별사>를 패로디한 <신만전춘>에서 볼 수 있듯이 도덕적 무감각으로 전개되기 때문에 풍자의 대상이 되는 것이다. 그래서 우리는 "인간들아 너희들이 없어도/지구는 이처럼 평화롭게 건재한다"(<어느 공원>)는 시인의 반인간주의 선언을 매우 당연하게 받아들일 수밖에 없다. 풍자란 원래 독자의 공감 위에서만 성립되는 장르다. 풍자가에게는 형식에 관한 한 자유가 부여되어 있지만 시점이 공적 시점으로 제한되는 것은 이때문이다.

주체의 죽음은 지속적 하락의 또 하나 주목되는 양상이다. <자화상>은 주체의 정립이 불가능한 상황을 상징적으로 환기하지만 <번호>에서는 이것이 조직사회의 일상적이고 구체적인 삶의 조건으로 제시된다.

> 육사의 번호는 이름이 되어/고통과 슬픔을 긍지로 바꾸었다/하지만 나의 번호는/긍지가 필요없는 익명의 기호/컴퓨터의 소프트웨어는/이름이 아니라 숫자라고 차갑게 말한다.

여기서 주체의 죽음은 익명화다. 식민지시대 저항시인 이육사와 현재 화자 사이의 명백한 대조를 통해 시인은 인간의 필연적인 왜소화과정을 효과적으로 시사한다. 이 작품에서 지속적 하락의 양식은 위대성이 소시민성으로 치환되어 가는 정신사적 문맥에 놓이지만 <마지막 희망>에서는 주체의 죽음이 풍자적 과장에 의해 보다 비극적 모습으로 나타난다.

> 그러나 죽는 것만은/누구도 대신해주지 못한다/내가 직접 죽을
> 수밖에 없다//아 안심이다/그래도 내가 꼭 나라야만 되는 일/마지막
> 희망 하나 아직 남아 있으니!

최저자아는 확실히 희극적이라기에는 너무도 비극적이다. 시인의 역설과 아이러니는 여간 놀랍지 않다. 현진건의 단편 <운수 좋은 날>을 패로디화한 <타조>도 다분히 자학적인 어조로 시인의 죽음이라는 상징적 사건을 다룬 점에서 매우 시사적이고 의미심장하다. 시인의 흔적(이름)만 남아 있고 시인은 더 이상 존재하지 않는 <타조>의 예사롭지 않는 시세계는 문명사회 속에서 과연 시인은 존재할 수 있는가라는 심각한 문제를 함축하고 있다.

위선과 기만도 낯익은 풍자적 대상이다. 그러나 다른 현대시처럼 이형기 시인의 문명비판시도 위선과 기만이 개인적, 도덕적 수준에만 머물러 있지 않다. 그것은 기표와 기의가 분리되고, 언어가 참조대상을 상실할 뿐만 아니라 그 자체가 참조대상이 되는, 그러니까 실재(현실)를 반영하는 이미지가 이제는 실재 없이도 존재하고 스스로가 실재가 된다는 문명사적 이데올로기적 문맥에 놓인다. 여기서 문명비판시의 언어는 언어(이미지)를 반성하는 메타기능을 띠게 마련이다. 다시 말하면 이형기 시인의 문명비판시는 필연적으로 냉담한 메타시가 되는 것이다. <여름 없는 여름>에서 기호와 이미지 그 자체가 일종의 소비재로, 그러니까 상품으로 제공된다. 달리 말하면 시민들이 여름이 아니라 여름에 대한 광고의 담론을, 달콤한 상업주의적 이미지를 "통째로 삼키는" 도시풍경을 묘사한다.

아 저기 캘린더 속에 숫자로/그리고 여행사의 광고 포스터 속에/
화려한 원색의 바캉스 상품으로/이 도시의 여름은 있다.

물화된 욕망의 전략을 짜는 상업주의의 기만은 <우체부 김씨>와
환경오염시 <비디오 피피엠>에서도 폭로된다. 걸프만 전쟁의 T.V
실황중계를 제재로 한 <전쟁놀이>에서 전쟁은 놀랍게도 더 이상 심
각한 한계상황이 아니라 "스릴 만점 우리 시대의 전쟁놀이다." 왜냐하
면 이미지가 실재(전쟁)를 반영한다기보다 그 실재를 조종하고 심지어
실재 그 자체가 되기 때문이다. 한계상황인 전쟁은 결코 풍자의 대상
이 될 수 없다. 그러나 전쟁의 기호화와 소비재로 제공되는 전쟁은 풍
자의 대상이 된다. 이 풍자는 물론 자본주의 이데올로기를 허위의식으
로 비판한다.

우리 시대의 전쟁놀이는/그래서 더욱 흥행성이 높다/누구를 위한
무슨 축제인가.

종말론적 관점과 하락의 지속, 그리고 메타형식들을 동심원들로 한
이형기의 문명비판시들이 허무의식과 조우하는 것은 지극히 당연한
일이다. 시집『죽지 않는 도시』의 3·4부의 시편들은 허무주의가 그
주선율이다. 여기서 그의 태도는 보다 사색적이고 시적 사유는 실존주
의적이다.

시인이 서문에서 이미 밝혔듯이 허무주의는 근본적으로 그의 존재
론이다. 이것은 <놀이터 풍경>과 <모래성>에서는 동일한 것의 영
원한 반복, 곧 영겁회귀의 극단적 허무주의로 제시된다.

> 그래서 하느님은 히품을 하고/그래서 개미들은 이런 제기랄/죽기
> 살기로 쳇바퀴를 돌고 있다.
>
> —<놀이터 풍경>

이때 권태는 실존의 근본구조로 환기된다. 말하자면 시인은 실존주의자답게 권태를 선험적으로 주어진 인간조건으로 인식한다.

부조리는 그의 허무주의시에서 간과될 수 없는 존재론의 주제다. 이것은 <과녁>에서는 목적의 무화, 그러니까 목적의 무의미로 변주되고 "길을 길이라 하면 이미 길이 아니리라"는 노자의 역설로 끝나는 <길>에서는 인간의 삶의 과정이란 "언제나 실종의 확인만으로 그치는 노역"에 지나지 않는다는, 그러니까 무모한 시행착오의 재생산일 뿐이라는 절망을 수반하기도 한다.

허무주의시에서 시인의 시적 사유는 <말의 안방>에서 볼 수 있듯이 '존재와 무'라는 유개념의 근원으로까지 소급된다. 존재가 소멸될수록 강화되는 것이 허무임은 자명한 이치다. 존재와 허무 사이의 긴장 가운데 놓인 <비의 나라>에서는 역설의 기교마저 주제적인 것이 된다.

> 확실한 소유는 아무 것도 없고/오직 상실만이 확실하게 남아서/
> 나의 왕권을 강화해 준다.

시가 일인칭 시점으로 진술되는 일반적 관습과는 달리 이형기 시인의 경우 이런 장르적 조건은 좀처럼 준수되지 않는다. 그러나 "나는 평생을 일해서 나의 파멸을 벌었다"는 자학적 어조의 <상처 감추기>는 예외적으로 사적 시점이다. 여기서 시인은 철저하게 고통에 처단된 존

재이고 이런 존재조건에서 시는 본질적으로 고통의 언어일 수밖에 없다. 그래서 시인은 다음과 같이 세계를 저주하는 목소리로 진한 허무감을 다시 한번 환기시킨다.

> 비밀에는 스스로를 지키는 힘이 있다/차가운 저주가 있다/나의
> 시를 해독하는 자는/반드시 저 사막으로 쫓겨나 죽으리라/그리고 이
> 세상 마지막 날까지//끝내 아물 수가 없는 상처/오직 그것만이 우리
> 들 각자의/세계의 폐허위에 살아남는다/시를 왜 쉽게 쓸 것인가.

시인의 이런 절망적 저주는 시인이 소외된 존재가 아니라 스스로 소외를 선택한 존재임을 암시한다.

러시아 형식주의자에게 '낯설게 하기'가 예술의 본질이듯이 소외화는 역사와 사회를 다르게 읽는 예술의 기능이다. 존재탐구의 바탕인 허무의식은 시인의 언명처럼 관습이나 제도 등 일체의 기존의 틀을 해체하고 부정하는 시정신이다. 바로 이 지점에서 궁극적으로 그의 미학적 거점이 확보된다. 시인은 자동화된 일상성에 안주하지 않는, 언제나 고통으로 의식이 깨어 있는 해체주의자다. 그는 "꽃다운 도시 파리"를 "하루 아침에 우울로 가득" 채운 보들레르에게서 이것을 목격한다. 추모형식의 <보들레르>에서 시인은 보들레르를 부르조아 사회에 있어서 오직 숙명적으로 고뇌할 수밖에 없는 해체주의자로 해석한다.

> 태어날 때부터/가슴에 비수처럼 꽂힌 뉘우침을 안고/심연으로 몸
> 을 던진 당신은/절망을 확인하는 자멸의 불꽃/또는 권태의 하품을
> 내뱉는다.

기존의 틀을 파괴하고 부정하는 허무의식은 "절망을 확인하는 자멸"의 고통을 감수해야 하는 역설적인 것이다. 그래서 해체주의자로서 이형기 시인에게 시인이란 본질적으로 고통의 타고난 감지자다. 고통은 시인을 시인답게 하고 시는 이 고통의 산물이다. 보들레르의 재발견은 시인 자신의 재발견이다. 드디어 우리는 갑작스런 불의의 사고로 궤도를 완전히 이탈한 우주선의 비행사가 그 광막한 우주 공간에서 "환자만의 고독한 더듬이로/블랙홀을 찾아가는", 그래서 "끝까지 방황하는 미아"가 될 수밖에 없는(<우주선 취한 배>) 이미지에서 허무의 한 극단을 인상깊게 보게 된다.

3.

시집 『죽지 않는 도시』의 시편들 중 <빗속으로 떠나는 가을 여행>은 축축한 소외의 서정으로 문명비판을 간접화하고 있다. 그러나 이런 서정주의는 이형기 시인의 경우 예외적인 것이다. 이형기는 반서정주의 계열에 속한다. 이것은 풍자적인 문명비판시나 존재탐구의 허무주의시가 파괴부정의 시정신에 근거한 데서 이미 잠재되어 있는 것이다. 이형기시는 냉담한 성찰이다. 그에게 현대시는 본질적으로 문명비판시이듯이 또한 본질적으로 '차가운 장르'다. 이형기시는 더러는 상징적이지만(더 정확히 말하면 알레고리적이지만) 투명한 서술체고 가능한 한 사적 시점을 피하고 삼인칭 관찰자 시점을 견지하는 시형식은 모두 이 차가운 장르와 무관하지 않다. 시집 『죽지 않는 도시』의 시들은 쉽게 읽혀지지만 우리에게는 쓴약이다.

이수익 시의 두 얼굴

1.

시인의 특이한 사물인식에 우리는 흔히 편리하게 '시적'이라는 관형사를 에피세트로 갖다 붙인다. 이것은 실상 시각의 문제다. 사물을 보는 특이한 시각에서 촉발되는 시적 인식은 우리에게 그 피사체의 리얼리티와 미적 쾌감을 환기시킨다.

이수익 시인의 최신작들을 대할 때 필자의 관심을 이끈 것은 이런 사물을 보는 이런 특이한 시각과 인식 행위였다. 그는 언젠가 「나의 주제, 나의 세계」란 신문 칼럼난에서 다음과 같이 자기 시의 미학을 소개했다.

> 그러나 내 눈길은 한 사내의 팔과 목이 달아난 上半身의 토르소에 가 머물렀다. 그곳에는 가혹한 형벌의 자국이 찍혀 있었다. 잘려나간 팔과 목에는 무슨 필연의 곡절이 신화처럼 푸르게 살아 있을 것이다.
>
> 그러나 그보다도, 결코 아름다울 수 없는 저 破壞의 구도가 어찌

아름다운 비너스 女神像과 같은 장소에 뎃상의 한 소재로 놓여져 있는가? 한 사내가 끔찍이 당한 처형의 순간을 상상하던 나는 이번에는 엉뚱하게도 한 美的 대상으로서 토르소의 가치를 생각해 보지 않을 수가 없었다.

나는 다시 한 번 천천히 그 悲劇的인 裸身의 형상을 바라다보았다. 이 때 받은 나의 느낌은 비록 두 팔과 목이 달아났다고 하더라도 토르소, 그것은 너무나도 완벽하게 한 미적 대상으로서의 구도를 이루고 있는 것이었다.

어쩌면 그의 불완전한 파괴의 구도 자체가 파괴를 극복하고서 마침내 하나의 완전을 획득하고 있는 듯이 보였다. 그것은 다시 토르소의 喪失에서 올 뿐이다. 喪失은 얼마나 아름다운가?

토르소torso에 대한 그의 관심은 팔과 목이 잘려나간 '파괴의 구도'에서 시작된다. 목판 팔이 잘려나간 이 비미적 뎃상으로부터 '가혹한 형벌'을 몽상한 그의 상상력은 이윽고 '파괴를 극복하고서 마침내 하나의 완전을 획득하고' 있는 듯한 미적 대상으로 인식한다. 여기에 그는 '상실'의 미라는 명칭을 부여한다.

이것은 그의 괴기주의가 아니라 인간의 본질이 그 존재론적 근거를 갖는, 샤르트르의 「缺乏」이나 중요한 미학적 규범인 「파격」의 개념과 동일선관에 놓인다. 이런 그의 특이한 사물인식과 태도는 그의 상점, 또는 세계관이라고 불러도 좋으리라. 왜냐하면 그것은 하나의 '선택'이기 때문이다.

그는 올 한 해 동안 「빈 컵의 노래」등 5편(『현대시학』 2월호)을 비롯하여 「지뢰밭」(『월간조선』 5월호), 「손」(『월간문학』 7월호), 「장작패기」등 2편(『현대문학』 7월호), 「명지쪽을 바라보며」(『문학사상』 7월호), 「기억」(『한국문학』 8월호), 「소지」(『현대시학』 9월호) 등 12편을 발표했다.

'이수익 시의 두 얼굴'이란 제목은 이 12편의 작품에서 받은 인상을 요약한 것이다. 이 인상은 그가 그려낸 자아상에도 그의 시의 심미성에도 투영되어 있다. 이런 제목 밑에서 그의 특이한 시적 인상을 한국 현대시의 한 양상으로 반성해 보고 싶다.

2.

사물을 보는 시각이란 결국 이 시각의 주체인 자아의 문제로 귀결된다. 「장작패기」는 알레고리의 윤리적 의미에 앞서 우선 이런 문제에서 흥미를 끈다.

> 장작을 팬다,/野性의 힘을 고운도끼날이 공중에서/번쩍/포물선으로 떨어지자/부드러운 木質에는 성난 짐승의 잇자국이 물리고/하향게 뿜어나오는 나무의 피의/향기,/온 뜰에 가득하다./물어라,/이빨이 아니면 잇몸으로라도/저 쐐기처럼 박히는 金屬의 自慢을/물고서 놓지 말아라,/도끼날이 찍은 生木은 엇갈린 결로서 스크럼을 짜며/한사코 뿌리치기를 거부하지만/땀을 흘리며 숨을 몰아쉬며 도끼날을 뽑아가는/사내의 노여움은 어쩔 수 없다.

파괴와 상실에서 오는 아름다움, 아니 파괴나 상실 그 자체가 아름다움이라는 그의 미학은 역설이다. 이 역설이 여기서는 화자의 그 특이한 시각에서 연유되고 있다. 즉 화자(또는 시인)가 선택한 피해자의 시각이 그것이다. 도끼날에 파괴되는 '생목'의 입장에 선 시각이다.

물어라/이빨이 아니면 잇몸으로라도 저 쐐기처럼 박히는 金屬의
自慢을/물고서 놓지 말아라.

이런 시각에서 '부드러운 목질'에 대한 연민과 '야성의 힘을 고운 도
끼날'에 대한 공포라는, 화자의 태도가 자명하게 드러난다. 화자의 이
런 태도 속에 윤리적 의미가 함축되어 있고 이것이 우리의 공감을 획
득하는 한 근거가 됨은 말할 필요 없다.

이시인에게 미학적 기본발상이 되는 파괴의 구도가 「장작패기」에
서 피해자의 시각으로 극화되었다면 「빈컵의 노래」에서는 자기파괴
의 가열한 매조키즘으로 독특한 내면공간을 형성한다. 여기서 스스로
의 자기 파괴는 소위 비극적 황홀이라는 또 하나의 역설 형식을 취한
다.

죽고 싶어요, 그대 실수로/돌이킬 수 없는 멸망으로 내가 부서져
서/혼란한 그대 눈빛과 당황하는/아픔의 황홀한 그 심장 위에/조각
난 파편으로 남고 싶어요/오세요, 나는 밤에도/늪처럼 깜깜한 밤에
도 하얗게 서서/죽음의 갈증으로 비어 있는 온 몸으로/노래 불러요,
뜨거운 파멸이 아무쪼록/날 찾아 오시기를.

매조키즘은 샤르트르에 의하면 새디즘, 사랑과 더불어 내가 타인과
의 관계를 맺게 되는 양상이다. 이것은 의식적 주체로서의 고뇌를 벗
어나기 위하여 즉자존재(卽自存在), 즉 사물이 되고 싶어하는 욕망이
다. 의식이 고통일 때 우리를 사로잡은 유혹이다.

사물이 되고 싶다는 것은 무기물로 회기하고 싶다는 것이며 이것은
죽음의 본능이다. 즉 매조키즘은 자기파괴를 그 목적으로 가지는 경향
의 실존성이다. 그것은 내향적 파괴본능이며 여성적인 욕망이다.

죽고 싶어요, 그대 실수로/돌이킬 수 없는 멸망으로 내가 부서져
서/혼란한 그대 눈빛이 당황하는/아픔의 황홀한 그 심장 위에/조각
난 파편으로 남고 싶어요.

이런 섬짓한 매조키즘이 오히려 아이러니컬하게 미적 쾌락으로 앞
에서 말한 것처럼 심지어 비극적 황홀까지로 향수된다면 그 근거는 어
디에 있는가.

우리는 시인이 이 작품에서 보여준 형상미나 또는 매조키즘에 어울
리도록 여성화자의, 다분히 자극적인 목소리를 선택한데서 그 미학적
근거를 기술할 수 있을 것이다. 또는 아주 범박하게 피해자의 시선이
나 매조키즘을 통하여 환기한 연민과 공포의 두 표정을 이 작품의 미
학으로 명명할 수도 있을 것이다.

그러나 보다 중요한 문제로 반성하고 싶은 것은 이 작품이 시사하고
있는 신화적 발상과 그 깊이다. 신화적 발상이란 상처받은 인간만이
치료의 행위자, 즉 의사가 될 수 있다는 진리, 곧 고통 받은 인간만이
고통을 제거할 수 있다는 진리다. 신화가 표상하는 고통의 이런 역설
이 진리가 되는 이유는, 창조인은 자신의 고통 속에서 집단과 자기 시
대의 깊은 상처를 경험하고 또 자기의 내면 깊숙이 자신 뿐만 아니라
공동체의 상처를 치료할 수 있는 재생적 힘을 지니고 있다는 사실에
있다. 이 치료의 힘이 창조과정이 되는 것이다.

그래서 창조적 인간의 삶은 이 삶을 인식하는 길인 고통과 자기 삶
의 모든 것을 형상화하는 쾌락부여의 능력이 두 가지에 의해 이루어진
다.

버어크는 비극을 수동, 능동, 인식의 3가지 측면에서 고찰했다. 수동
에 고통을, 능동에는 행위를 대입시킴으로써 비극이 수동과 능동의 두

통전적 요소로 구성된다는 것이 그의 비극관이다.

이런 발상법들에 따르면 문학은 수동인 고통을 능동의 미적인 것(또는 치료적인 것)으로 변용된 것이다. 「빈컵의 노래」에서 화자의, 자기 파괴의 매조키즘은 스스로 자신에게 파괴의 고통을 가함으로써(또는 고통을 선택함으로써) 이 고통을 치유하는 재생적 힘이 되고 여기에 시인이 말한 파괴·상실의 미의 한 거점이 확보되는 것이다.

더구나 이 자기파괴의 미 속에는 현대시의 한 뚜렷한 경향인 자아탈락의 요소가 잠재되어 있다. 현대시인은 랭그바움의 지적처럼 인지할 만한 자아의 실존을 의도적으로 작품에서 배제해 버리는 인간부재의 현상을 보이고 있다. 이 배제의 결과로 획득되는 것은 자아를 구속하는 모든 사회적 제약으로부터 해방되는 자유다. 이것은 스스로 타인의 요구대로 놀아나는 사물이 되어 줌으로써 오히려 의식적 주체를 지키고 타인을 곤혹케 하는 매조키즘의 의도와 등가된다.

혼란한 그대 눈빛과 당황하는/아픔의 황홀한 그 심장 위에

피해자의 시선과 자기 파괴의 매조키즘은 결국 삶의 수세적 자세다. 그것은 수동적 존재양식이다. 이런 수동성이 시인의 미의식과 결합되어 파괴·상실의 미로 구체화 되는 비밀을 우리는 알 수 있었다.

그러나 시인이 제시한 화자들에게 또 하나의 다른 표정이 아직 남아 있다. 이 표정의 의미를 찾아 보는 것이 마지막 관심사가 되겠다.

3.

이미 분석해 본 두 작품에서도 우리는 시인의 시어 선택이나 상황 설정에 있어서 매우 극한적인 인상을 받았다. 이런 인상은 화자가 지닌 또 하나의 표정을 이해하는데 중요한 관건이 된다. 왜냐하면 극한적인 시어나 상황을 통하여 화자로부터 우리는 자아모험의 대자적 기도를 발견할 수 있기 때문이다. 이 기도는 시인 자신의 자기계획이라고 보아도 무방할 것이다. 화자가 보여준 피해자의 시선이나 자기 파괴적 매조키즘은 실상 이런 자아모험의 단초이거나 그 마스크에 지나지 않는다. 화자의 또 하나의 표정이 바로 이 대자적 기도의 얼굴이다. 이 얼굴은 수동을 통하지 않고는 도달할 길이 없는 능동의 표정이기에 화자(또는 시인)에겐 여간 의미심장한 것이 아니다.

현대 문명인은 흔히 난장이로 비유된다. 무기력한 소시민이 현대인의 어쩔 수 없는 아이덴티다. 소시민의 탈피는 그러므로 필연적인 욕구이면서도 하나의 중대한 모험일 수밖에 없다.

만약 작품 자체가 자아에 대한 시인 자신의 모험을 나타낼 수 있다는 R. P. 워렌의 명제를 받아들인다면 시인의 창작행위란 일종의 자아모험이다.

자아모험이 현재의 소시민적 자아를 탈피하여 새로운 자아를 창조하는 기도이고 이것이 시적 발상법에 있어서 가열성으로 나타난 것이다.

① 밤이면 흐렁 흐렁/숲은 울었다./性愛의 손길이 그리운 女子의 몸으로/뜨겁게/제 앞가슴의 띠를 풀며 울었다.//인적이 끝어진 지 오래/땅에서 풀들은/野蠻을 닮아 가고 있었다./능선을 뛰는 사슴과 노루 멧돼지 무리는/죽어서 그 품에 肥料로 썪었다.//적막의 비듬을

하얗게 덮어 쓴/숲/숲은 가슴 깊이 爆音을 안고 있었다./터지면 일시에 가루로 분살할/불씨의 알갱이들이/一觸卽發/순간의 드라마를 기다리고 있었다. ─「지뢰밭」 중

② 죽음을 바로 앞둔 백조는/마지막으로 제 聲帶의 가장 아름다운 울음을/뿜는다고 한다. 마치 하늘 깊숙이/제 魂을 보석으로 물어두려듯이.// ─ 中略 ─ //지금은 하늘에 상두꾼이 몰려간다./落日의 거대한 죽음이 서녘으로/떨어진 후/그 황홀한 絶頂의 붉은 색채를 밟으면서/들리지 않는 울음들이 흘러간다. ─「울음」

③ 벼슬이 꼿꼿하게 일어서고/눈초리엔 새파란 毒이 불꽃처럼/타오르더니 순식간에,//두 마리 닭은/날쌔게 서도를 향해 뛰어들었다.//날카로운 敵意가 주둥아리 끝에서/상대의 깃털을 비집고 살점을 악물며/연신 푸드득거렸다. ─「鬪鷄」 중

① 지뢰를 품고 폭발 직전에 있는 숲의 이미지로, ②는 백조의 아름답고 장열한 최후 장면으로, ③은 적의의 맹렬한 투견으로 극한 상황이라는 공통성을 지니고 있다. '적막의 비듬을 하얗게 덮어 쓴/숲/숲은 가슴 깊이 폭음을 안고 있었다./터지면 일시에 가루로 분살할/불씨의 알갱이들이/일촉즉발/순간의 드라마를 기다리고 있었다.' 든가, '지금은 하늘에 상두꾼이 몰려간다./낙일의 거대한 죽음이 서녘으로/떨어진 후/그 황홀한 절정의 붉은 색채를 밟으면서/들리지 않는 울음들이 흘러간다.'든가 '날카로운 적의가 주둥아리 끝에서/상대의 깃털을 비집고 살점을 악물며/연신 푸드득거렸다.' 등 원·근적인 세부묘사는 극한 상황의 극적 긴장감을 충분히 형상화하고 있다. 극한 상황 속에 던져졌을 때 실존의 의미가 가장 뚜렷이 드러난다는 것은 실존주의 문학의 잔인성이지만 여기서의 극한 상황은 화자(또는 시인)의 자기변신을

향한 가열한 욕구의 객관적 상관물이다. 따라서 시인의 발상법의 가열성은 세계에 대한 반응이라기보다 무기력한 소시민에 대한 자기 증오이며 대자적 기도에 선행하는 태도 그것으로 볼 수 있다. 이것이 수동 속의 능동, 즉 자아 모험의 표정이다.

그러나 시인은 변신의 윤리성만을 의도한 것 같지는 않다. 이것은 다음의 진술에서 규지된다.

> 詩에서 무엇을 말하려 든다는 것이 부질없는 짓인 줄 알면서도 얼마동안 나의 詩는 그런 쪽으로 기울어지고 있었던 것 같다. 돌이켜 생각해 보면 그것은 나의 意圖에서 비롯된 것이 아니라 詩에 대한 나의 관심과 애정이 부족했기 때문이었다. 이제는 다시 정신 차려야겠다. 詩를 다만 詩로서 사랑하기 위하여……

「인제는 다시 정신을 차려야겠다」는 제목의 이 산문은 작품 ①에 대한 시작 노트다. 이런 발언의 내용에 대하여 순수·참여의 양도론적 논법을 적용시키고 싶은 의욕은 추호도 없다. 필자는 단지 여기서 시인이 부심하고 있는 또 하나의 갈등, 즉(자아모험의 갈등과 더불어) 윤리의식과 미의식 간의 갈등을 애써 강조하고 싶을 뿐이다. 왜냐하면 이중의 갈등이 그의 중요한, 어쩌면 유일한 존재 근거로 느껴지기 때문이다.

문맥을 좇으면 '이제는 다시 정신을 차려야겠다'는 말은 '시를 다만 시로서 사랑'해야겠다는 의지의 표현이다. 이것은 의미, 즉 삶의 문제보다도 시의 아름다움을 '더' 사랑하겠다는 자기 다짐이다. 이런 의식적 전환의지는 말할 필요 없이 삶의 수동성을 예술적으로 극복하려는 적극적 심미의식이다.

사실 작품 ①, ②, ③은 심미적 경향이 농후한 작품들이다. ②, ③은 제재선택이나 처리에서 심미적이다. 특히 ①은 숲·지뢰·섹슈얼리즘의 이미지들이 복합된 입체미를 보여주고 있는데 이것은 시인이 즐겨 다루는 중요한 수법이다. 여기에,

> 아, 차라리
> 廢墟의 아침에 눈을 뜨고 싶었다.

와 같이 다분히 데카단적인 자기 파괴의 매조키즘까지 가미되어 마치 고호의 진한 빛깔의 그림을 보는 것 같은 강렬한 시정을 느끼게 한다. 이런 점에서 ①은 「빈컵의 노래」와 같은 계열에 놓인다.

한계상황을 통한 특이한 미적 쾌락은 「육자배기」와 「소지」에서 더 한층 고조된다.

> 칼 맞은 양 허리가 꼬부라지고/그 목에 불끈 피가 솟구치더니/歌人은 그대로 고개를 꺾고 말았다./(장단도 멎은 사이)//어깨를 들먹이며 南道 사랑이/구비 구비 흐느끼고 있었다. ―「육자배기」

육자배기는 해학적이고 서민적 가락의 남도 잡가다. 그것은 해학 가운데 우수를 그 잠영(潛影)으로 가지는 우리의 재래적 예(藝)다. 여기서 우리는 내적 호흡의 긴장과 이완, 가락의 청각과 조형의 시각, 순간과 지속이라는 이중성이 이 작품의 미적 요소들로 지적할 수 있다.

우선 이 작품에서 시인의 상상력마저 응고되고 만 듯한 어떤 절정을 느낀다. '고개를 그대로 꺾고'만 순간의 가인의 내면을 우리는 도무지 헤아릴 수 없으리라. 그것은 언어를 절(絶)한 절정의 순간이다. 이 순간

의 극적 긴장은 다음 둘째 연에서 끝없이 계속될 감정의 지속으로 서서히 이완된다.

> 어깨를 들먹이며 南道 사랑이
> 구비 구비 흐느끼고 있었다.

그러나 이 두 긴장과 이완은 엄격히 구분되는 것이 아니라 서로가 주선율·부선율이 되면서 묘한 화음을 이루고 있는 것이다. 이 모든 오버랩은 우리 시의 미학으로 이론화되어야 할 앞으로의 과제가 아닐까 한다.

「소지」의 입체미는 동중정(動中靜)의 영상으로 나타난다.

> 두 손 모아 열 개의 손가락 끝에/사루는 화선지 붉은 불꽃/어둠 속
> 에서 焚身하며 타오르다가/머리 풀고 어디론지 사라진 다음,/漆黑
> 속에 홀로 남은 손가락이 열 개/鳴咽을 삼키면서 흔들립니다.

'열 개의 손가락'과 '화선지 붉은 불꽃'이 어둠의 배경 속에 겹치면서 소망의 테마를 육화한다. 그리고 이 겹침은 동이면서도 정인, 두 개이면서 하나인 독특한 아름다움을 보여준다. 여기에다 서구식 기도가 아니라 한국적 축수의 이미저리가 사용되어 이 작품에서도 우리의 재래미를 느낄 수 있다. 이 재래미 속에 시인은 지성이라고 불리는 우리의 재래적 소망의 형태를 다음과 같이 끝맺고 있다.

> 鳴咽을 삼키면서 흔들립니다.

4.

　지금까지 '시인의 두 얼굴'이란 제목으로 이수익 시인의 초신작들이 드러낸 여러 표정들을 살펴 보았다. 두 가지 얼굴이란 결국 그의 시가 가진 다면성과 그 깊이였다. 그것은 첫째로 피해자의 시각과 자가파괴의 매조키즘이 띠고 있는 수동성과 변신의 능동성이라는 양면성이었다. 이 양면성이란 그의 자아갈등이다. 이 갈등이 시어선택이나 상황설정에 있어서 발상법의 가열성을 가져 왔다. 둘째로 그것은 그의 시의 아름다움에 있어서 입체영상의 복합성이었다. 여기서 우리의 재래적 예의 요소들을 발견할 수 있었다.

　그는 목과 사지가 없이 등체만으로 된 한 토르소에서 파괴를 극복하고 하나의 완전을 획득하는 독특한 사물인식과 발상법을 그의 시세계로 소개했다. 파괴와 상실이 미라는 그의 역설적 미학이 이 두 가지 얼굴로 전개되었던 것이다.

　자아의 문제, 그리고 서구시의 미학인 복합성에 맞서는 우리 시의 복합성, 이것은 앞으로 우리가 개발하고 논리화해야 할 과제로 결론짓고 싶다.

명상시와 존재론적 상상력

- 오세영 시집 『사랑의 저쪽』

1.

시는 하나의 인식이다. 그래서 시인의 세계관은 언제나 문제가 되고 그의 독특한 시적 인식은 신선한 감수성으로 우리에게 감동을 준다. 오세영의 연작시 <그릇>은 이런 시적 인식의 면에서 우선 주목을 끈다.

우리는 60년대의 동인지 『현대시』를 잊을 수 없을 것이다. 『현대시』 동인들은 언어실험을 통한 생각하는 시로써 새로운 서정을 창출하여 시의 자율성을 되찾았다. 60년대가 현대시의 실험기라는 문학사적 의의는 그들의 몫이었다. 오세영은 비록 뒤늦게나마 가담했지만 이 『현대시』의 한 동인이었다.

언어의 시적 가능성들을 실험했던 그가 제1회 소월문학상을 수상한 것 매우 아이러니컬 하지만 연작시 <그릇>은 그의 시의 주된 표정으로서 생각하는 시를 전형적으로 보이고 있다.

사물과 사물의 특성은 묘사되지만 삶의 과정과 조건은 서술된다. 사물과 삶은 시의 객관적 내용이다. 이 객관적 내용에 시인은 서정적으로 반응하거나 명상적으로 반응하여 주관적 내용을 낳는다. 말할 필요 없이 (적어도 <그릇>의 경우) 오세영의 시적 태도는 사색적이고 명상적이다. 그의 시는 화자의 비젼을 독자에게 전달되는 것으로 강조하는 전형적 명상시다. 그의 시는 화자의 비젼을 독자에게 전달되는 것으로 강조하는 전형적 명상시다. 그를 철학하는 시인으로, 그리고 그의 시문체를 잠언의 형식으로 기술하는 것은[1] 이 때문이다.

> 살아 있다는 것은
> 스스로 깨진다는 것이다.
> <14>

단정적 담화양식인 잠언이나 속담은 배경이 없이 짧다는 점과 화자의 정신적 비젼을 제시한다는 점에서 서정시와 동질적이다. 흔히 시는 시인의 이념을 독자에 직접 전달하는 의미시(또는 논증시)와 상상적 인간체험의 한 순간을 묘사하고 서술하는 경험시의 두 유형으로 분류된다. 오세영의 의미시는 현대시의 한 유형으로서 새삼 시에 있어서의 관념의 문제를 제기하고 그만큼 우리의 사색적 반응을 요구하고 있다.

서정시는 원래 추상적 관념을 제공하기보다 구체적 현실감을 창조한다. 이런 점에서 오세영시의 관념지향성은 사실 원론적 문제를 안고 있다. 그러나 그의 경우 관념은 특별히 내포를 함축하고 있다. 이것은 그의 시관을 표명한 「현실과 영원 사이」라는 시론 속에[2] 극명하게 드

---

1 조남현, 「정서의 보편성과 상상력의 독자성」(시집 『모순의 흙』, 고려원, 1985)
2 시집 『가장 어두운 날 저녁에』(문학사상사, 1982)

러나고 있다. 그에게서 시적 가치는 '영원성'이다. 예술은 이 영원성의 가능성이다. 여기서 그는 예술을 크게 니체와 유사하게 물질예술과 관념예술로 이원화하고 시는 관념예술이기 때문에 어느 예술장르보다 영원에의 가능성이 크다고 본다. 말하자면 그에게 관념은 영원성이라는 시적 가치를 띠고 있다. 물론 진리는 보편적이고 영원한 것이다.

그러나 관념지향은 보편적인 것만큼 추상적이고 비개성적이며 존재론적 근본적인 것만큼 사회역사적인 것이 결여되기 마련이다. 그래서 그는 이 '서로 모순되는 보편성과 구체성, 영원성과 현실성, 존재성과 사회성이 어떻게 일원화될 수 있는 것인가, 이러한 모순의 조화는 어떻게 가능한 것인가'의 탐구에 그의 시 쓰기를 정위시킨다. 이런 탐구에서 그의 모순어법으로 명명한 '구체적 영원성'의 획득을 꿈꾸고 기대한다.

그가 시적 진리를 '총체적 진리'라고 정의한 것은 여기에 근거한다. 이것은 현대시의 주목되는 형태인 연작시에 직결된다.

연작시는 물론 현대시의 새로운 유형이 아니라 조선조의 연시조나 30년대 이상의 <오감도>에서 이미 볼 수 있듯이 오히려 전통적이고 낯익은 형태다. 연작소설과 함께 연작시는 '집합'*aggregation*의 원리(둘 이상의 짧은, 독립된 작품들이 하나의 작품 전체로 통일되는 것)의 산물이다. 집합은 '크기'와 연관되어 장르 변화(그러니까, 장편화)를 가져오는 한 요인이다. 그러나 중요한 것은 오세영이 말한 사물의 총체적 인식, 다원주의 시각이다.

연작시 <그릇>은 총 70편으로 되어 있다. 그는 모든 것을 '그릇'으로 해석하는 독특한 발상법을 보인다. '그릇'은 그의 세계관의 상관물이다. 따라서 이것은 다양한 의미의 메타포 또는 상징으로 채용되고 있다. 연작시는 한 사물을 다원적 시각에서 관찰하고 사색하는 형태를 취할 수도 있고 서사적 흐름의 형태를 취할 수도 있고 시인 특유의 한 세계관에서 모든 사물을 해석하는 형태를 취할 수도 있다. 물론 '그릇' 은 세 번째 유형에 속한다.

비전 제시의 명상시 또는 의미시와 연작형식, 이 두 가지는 <그릇> 의 원론적 기본항이며 시집에 수록된 70편의 작품들은 그 구체적 변형 들이다.

2.

비록 유형화의 도식적 무리가 없지는 않지만 <그릇>은 주제면에 서 크게 세부류로 나눌 수 있다.

첫째는 인간의 삶과 사물의 현상 뒤에 숨어 있는 보편적이고 존재론 적 진리를 탐구하는 인식의 양상이다. 여기서 보편적이고 존재론적 진 리를 탐구하는 인식의 양상이다. 여기서 보편적이고 존재론적 진리는 인간의 실존적 조건의 인식이고 이것은 다름 아닌 인간의 한계인식이 다.

그에게 인간은 무한한 가능성이 아니라 불완전하고 나약하고 무엇 보다 유한한 존재다. 그의 시에서 인간조건의 이런 한계성은 지배적으 로 '깨진 그릇'의 메타포고 제시된다.

> 合掌한 두 손이 움켜 쥔 空間
> 기도하는 손도 그릇이다.
> 어질고 간절한
> 그, 言語

결국
앙상한 손으로 돌아간다.
저 絕對의 空間에
불을 밝히고
깨진 그릇으로 돌아가는
肉身.

<8>

　이것은 정화수를 떠놓고 비는 우리의 전통적 무속신앙의 발원형식을 통하여 인간의 한계성을 환기시키고 있다. 이런 한계인식 때문에 그의 어조는 다분히 비관론적이다.

올 데까지 왔다.
지금은 내릴 때
수레는 빈 것으로
돌려주고
우리는 자리를 떠야 한다.

<4>

　그의 시점이 삶의 전체과정에 미치고 있지만 그 초점은 과정의 결말부분에 가 있는 것은 결코 이상한 일이 아니다. 그리고 허망함의 어둔 정서를 주조로 하고 있는 것도 당연한 귀결이다. 사실 이 허망함은 '그러나 지금은 罷場의 때 / 취한 손님들은 저마다 재촉해 떠나고 / 남은 것은 다만, 빈 그릇과 깨진 술잔과 / 꺼져가는 촛불 뿐이다.'(<그릇·18>)처럼 종말론적 이미지들로 가장 진하게 환기되고 있다.
　그의 태도는 근심과 정조라는 정서의식을 실존의 근본구조로 본 실존주의에 닿아 있다. 그는 실존주의자다. 그러나 인간조건에 대한 그의 존재론적 통찰은 이런 허무주의적 감성에만 머물지 않는다. 그는 인간존재의 허망함을 오히려 '적극적으로' 수용한다. 다시 말하면 삶의 허망함을 인간을 인간답게 하는 조건으로 수용하는 것이다. 인간존재란 원래 불완전하고 사악하고 상대적인 것으로 보는 것은 종교적 태도의 고전주의적 인간관(흄)으로 대표된다. 인간의 한계를 인식한다는 것은 절망이나 허무가 아니라 그 한계가 비로소 인간이게 한다는 진리로 수용하는 지적 태도다. 조건지워짐, 한계지워짐의 구속 가운데서 그는 오히려 인간을 재발견한다.

> 그릇에 담길 때,
> 물은 비로소 물이 된다.
> 존재가 된다.
>
> 잘 잘 끓는
> 한 주발의 물,
> 고독과 분별의 울안에서
> 정말이 다지는 질서
>
> <6>

여기서 우리는 규칙(형식)에 의해서 획득되는 삶의 질서를 세계관으로 한 고전주의 고유의 안분지족을 쉽게 읽을 수 있다. 히브리스hybris, 곧 인간의 한계를 벗어나려는 터무니없는 욕망은 비극적 주인공의 자질이다. 따라서 이런 고전주의적 절제는 인간을 인간답게 하는 '영혼의 형식'이며 궁극적으로 구원의 한 방식이 된다.

욕망을 다스리는 영혼의
形式이여, 그릇이여

앞에서 말한 것처럼 깨진 그릇은 인간의 한계성의 메타포다. 그러나
<1>에서는 깨진 그릇의 날카로운 물질적 이미지로써 인간조건을 인
식하는 이성의 날카로움으로 변용시킨다. 그리하여 인간조건을 인식
하는 고통의 깊이가 인간적 성숙의 등가물임을 언명한다.

깨진 그릇은
칼날이 된다

節制와 均衡의 중심에서
빗나간 힘
부서진 원은 모를 세우고
理性의 차가운
눈을 뜨게 한다.

盲目의 사랑을 노리는
사금파리여
지금 나는 맨발이다.
베어지기를 기다리는
산이다.
상처 깊숙히서 성숙하는 魂

그는 인간이 본질적으로 결핍의 존재임을 깊이 인식한다. 여기서 인
간의 한계의식은 결핍의식으로 대치된다. 그는 이 결핍을 메꾸려는 욕
망이 또한 '인간적'임을 간파한다.

불완전한 까닭에 탐을 내는
여분의 공간,
네 발 짐승은 결코 옷을 입지 않는다.
<58>

그래서 인간의 삶이란 '항상 빈 공간'을 메꾸는(<23>) 과정이다.
그러나 그는 삶의 과정을 '비어 있음→채움→비어 있음'의 수순으로
추상화된다. 그의 시각은 총체적이면서도 완결적이고 결론적이다. 다
시 말하면 그는 인간존재의 의미를 궁극적으로 '비어 있음'으로 해석
한다.

빈 공간은 왜 두려운 것일까
절대의 허무를
빛으로 메꾸려는 저, 神의
공간,
그러나 나는 그것을
말씀으로 채우려 한다.
(중략)
지상에 떨어지는 씨앗들은
꽃이 되고 풀이 되고 또
나무가 되지만
언제인가 그들 또한
빈 공간으로 되돌아 간다.
<52>

비어 있음이 인간의 본질일 뿐만 아니라 이것이 '신의 섭리'로 보았
을 때 그는 완전히 일종의 신앙적 자아가 된다.

잊혀진 것이 아니다
깨진 유리병,
파랗게 날 선 눈빛으로
虛無를 지켜

있을 자리에 있도록 하는
빈 것일수록 있게 하는 神의 섭리.
<10>

여기서 우리는 자연의 이법에 순응하는 달관된 모습을, 보다 성숙한
고전주의적 인간상을 보게 된다. 따라서 이런 문맥에서 '깨진 유리병'
은 인간적 한계성의 메타포도 아니고 '파랗게 날 선 눈빛으로' 지켜보
는 '虛無'도 통속적 차원의 무상감이 아니라 그에게 구원이 되는 신의
섭리의 등가물들이다. 그의 명상시는 유치환의 허무의지와 동양적 형
이상학의 무(無)와 공(空)을 리얼리티로 추구한 김춘수의 무의미시를
상기시킨다.

그는 결핍의식이란 채움의 욕망이지만 삶의 과정이 끊임없이 채움
에도 불구하고 궁극적으로 빈 것으로 되돌아간다는 데서 그는 인간존
재의 모순을 인식한다. 이 모순은 그의 시적 기교를 본질적으로 역설
이게 한다. 이 역설의 장치로 삶이란 채워감이 아니라 비워감이란 진
리를 환기시킨다.

이 地上의 확실한 소유는
빈 그릇
虛無의 가슴 속에서 울려나오는
바이얼린 솔로,

속이 비어야 共鳴하는
人間의 樂器
<11>

　이런 역설과 형이상학적 공(空)의 세계관은 이제 자연스럽게 '열림'의 시정신으로 연결된다. 그는 무엇에고 집착되는 걸 거부한다. 집착은 구속이며 획일주의다. 그는 이것을 축대를 받치는 돌(<36>, <42>)이나 씨멘트·콘크리트(<29>, <54>)의 비정한 이미지로 형상화한다. 이 집착은 무엇보다 이념의 경직성, 그러니까 이데올로기적 종속성이다. 이념의 경직성은 '맹목의 신념(<34>), 개성말살의 집단주의(<36>), 지배 이데올로기의 폭력(<39>), 흑백의 양도론법(<55>, <64>) 등으로 풍자되고 매도된다.

까마득한 계곡 아래서
꽃들이 잔치를 벌이고 있는 동안에도
축대를 받이고 있는 돌들은
힘과 힘만을 겨누고 있었다.
받드는 이념이 있는 까닭에
<42>

　이데올로기적 경직성을 비판하는 한 그의 시는 다분히 정치적 의의를 띤다. 이런 문맥에서 <그릇>의 핵심 이미지도 이 경직성의 상징이 되며 따라서 그릇의 깨어짐은 그 구속으로부터 해방을 의미한다.

거역해라. 존재여.
꽃이여,

깨지는 그릇이여.
<68>

집착의 또 하나의 의미는 세속적 욕망이다. 인간존재의 본질을 빈 것으로 본 그의 세계관에서 집착하지 않음, 스토이즘은 구원이 되거나 적어도 하나의 행복의 존건이 된다.

빈 손의 공간에서 얻는 가난한 마음의 평안.
<53>

그러므로 집착하지 않는 열림의 정신은 언제나 자유의 정신이다.

열려 있는 공간은 자유다.
인간이여.
<63>

연기가 되어서 비로소 자유를 얻은
이 지상의 존재
<69>

중요한 것은 그의 경우 이 자유가 영원의 내포가 된다는 점이다.

영원이 자유에 있다는 것을
알았으므로
<40>

여기서 우리는 그의 시가 왜 관념 지향적인가를, 그리고 지금 여기

의 사회역사적 존재의미 보다 근본적인 존재론적 인간존재의 의미를 탐구하고 있는가를 다시 한 번 이해하게 된다. 그의 시적 가치는 앞에서 말한 것처럼 영원성에 있었고 이 영원성은 사물에 집착하지 않는 열림의 정신, 자유의 정신에 뿌리박고 있는 것이다.

3.

온갖 식기, 병, 신발, 악기, 원고지, 씨멘트, 인체, 길, 운동장, 봉투, 호수, 창고, 캔깡통, 선물상자, 대지, 우주, 그리고 역사적 공간 등 모든 것을 그릇으로 본 것은 그의 독특한 상상력이며 일관된 세계관이다. 연작시 <그릇>에서 그 모든 일상적인 것, 사회역사적 사건들은 영원성을 추구하는 그의 존재론적 상상력을 촉발시키고 인간의 삶의 보편적이고 근원적 의미를 형상화하는 매개항들이었다. 그의 명상시는 지적 반응이 강조된 만큼 반서정적이고 존재론적 탐구에 치중한 만큼 추상적이고 '지금 여기'의 구체성이 결여되어 있지만 현대시의 한 유형으로서, 그의 시적 개성으로서 주목되는 것이다.

비전과 시의 존재 양식

- 박제천의 시세계

1.

60년대 이후 한국의 현대시는 여러 가지 면에서 많이 변모해 가고 있다. 형태면에서 보면 현대시는 연작의 형식을 두드러지게 선택하고 있으며 또 점차 장형화되어 가고 있다.

물론 이 두 가지 형태상의 특징은 60년대 이후 현대시에서만 볼 수 있는 현상은 아니다. 조선조의 연시조와 사설시조, 가까이 1930년대 이상의 「오감도」의 연작시 등을 누구나 쉽게 상기할 수 있을 것이다. 그러나 60년대 이후 이 두 가지 형태가 크게 유행하게 되어서 그 이전의 시형식과 확연히 구분할 수 있는 것이다. 특히 현대시의 장형화는 유사 판소리 사설, 유사 무가, 또는 유사 모방 장르(곧 유사 서사 장르)라고 명명할 수 있을 만큼 장르상의 문제들을 던지고 있다. 미당의 「질마재 신화」가 연작시의 형태로 발표되었을 당시 많은 비평가와 독자들이 이것도 시냐고 했던 당혹감과 경악감은 오늘날엔 예사로운 것이

되어 버렸다.

『장자시』(1975), 『심법』(1978), 『율』(1981)의 세 권의 시집과 최근
작에 이르기까지 박제천 씨의 작품들은 이런 현대시의 형식적 특징들
을 그대로 보여 주고 있다. 그는 우선 연작시 형식을 누구보다 선호하
고 있는 시인이다. 이것은 마치 그의 시적 체질인 것처럼 여겨질 정도
로 그의 대표적 표정이 되고 있다. 또한 그는 서사적인 기법을 즐겨 쓰
고 있다. 스토리를, 즉 액션을 시에 도입하고 있다. 뿐만 아니라 언어의
의미만이 아니라 소리의 효과조차 시적 긴장을 창조하는 요소로 중시
하고 있다. 무가적 어조가 그것이다. 그는 서정 양식의 고정된 형식의
굴레를 벗어나 자신의 독특한 시세계를 구축하고 있다.

2.

연작시는 한 인간이나 사물의 전체상을 구성하거나 적어도 가능한
한 다양한 모습을 보여 주려는 의도의 산물이다. 원래 서정 양식은 '순
간'의 양식이다. 사물의 순간적 파악, 시인 자신의 순간적 내면 상태를
표현한 것, 인생의 단편적 에피소드다. 서정 양식에는 줄거리가 없고
배경도 시간의 흐름도 없다. 그것은 연속적이고 역사적인 또는 서사적
시간에 관심이 적은 것이 그 본질이다. 따라서 서정 양식에서 서정적
자아는 불연속적 정체성일 수밖에 없다. 현대의 연작시는 이런 서정
양식의 고유한 존재 양태를 벗어나는 데 그 의의가 있다. 박제천 씨의
연작시들은 일단 이런 문맥에 놓인다.

꿈의종鳴에매여벌거벗은겨울의아이들은비둘기

비둘기의나래에묻혀하늘은色彩를뒤집어쓰네

겨울의아이들은油印된꿈의말저바다의하나섬이네

龍의구름을지즐타고겨울의아이들은눈멀리

中央細亞의바람실은저바다의깨어있는섬이네

기러기길을쓸어가는물결이네

별들이하나씩떨어져불붙을때저바다의살아있는섬

겨울의아이들은어둠의주름주름에서스스로의發見으로

번뜩이는燈아래내가풀어놓은꿈의말

바닷물을밀어내는저희彈力으로부딪치고부딪치다가

泡沫로부딪쳐부딪치고있네.「장자시 그 여덟」

「장자시」는 모두 33편으로 구성된 연작시다. 여기서 우리의 시적 체험은 두 가지 놀랄 만한 현상을 목격하는 데서 시작된다. 첫째로 이 작품에서 행은 구분되어 있지만 의도적으로 띄어쓰기가 전연 되어 있지 않으며 구두점도 마지막 시행 끝에 마침표만 찍혀 있을 뿐 전연 사용되고 있지 않다. 30년대 이상 시를 상기시킨다.

둘째로 이미지들의 연결이 좀처럼 해독하기 어려운 암호체계로 되어 있다. 흔히 기상(奇想)이나 절연(絶緣)이라 불리는 수법을 사용하고 있다. 이 두 가지는 33편의 전체에 일관되고 있는 현상이다. '～네'라는, 함축적 청자나 실제의 독자에게 동의를 구하는 종결 의미를 두드러지게 많이 사용하고 있음에도 불구하고 이 두 가지 현상은 아이러니컬하게도 우리의 성급한 접근을 거부하고 있다.

띄어쓰기와 구두점 무시는 우리의 의미론적 접근을 혼란시킨다. 그러나 이 혼란은 시인이 깔아 놓은 미적 장치일 수 있다. 왜냐하면 그는 언어의 잠재적 능력을 다양하게 발휘시키려 하기 때문이다. 그는 언어를 주술적으로도 사용하고 있는 것이다. 현대시에서 언어의 주술적 기능은 소리로써 우리의 영혼을 전율시키는 효과를 가져 온다. 띄어쓰기 때문에 문법적 단위에 구애되지 않고 그대로 읽어 그대로 읽어 버리면 마법사의 주문 같은 것이 된다. 이것은 무가형식의 연작시 「오구대왕의 산문」에서도 느낄 수 있다. 그는 전통의 인위적 리듬을 철저하게 파괴하고 자연스러운 리듬을 노렸는지 모른다.

  이런 비문법적 장치는 이미지의 결합 양식에서 더욱 교묘하게 나타난다. 그는 산문 「사물과 이치」에서 그의 시작 초기의 약 10년간은 '상상력의 훈련'에 전력을 쏟았다고 기술했다. 그에게 상상력이란 무엇보다도 현실을 변용시키는 능력이다. 따라서 상상력의 훈련이란 현실을 변용시키는 훈련이다. 이 훈련의 산물이 이미지들의 돌연한 연결로 나타나고 있는 것이다.

  꿈의委囑에매여벌거벗은겨울의아이들은비둘기

  연작시 「장자시」 33편은 모두 시적 긴장을 자아내는 기상들의 찬란한 박물지다. 그의 상상력은 어쩌면 그렇게도 신기하고 풍부하게 기상들을 창조해 낼 수 있을까 하고 우리가 감탄해 마지 않을 만큼 풍부한 저장고와 같다. 그의 시어는 꿈의 언어다.

  번뜩이는燈아래내가풀어놓은꿈의말

  그는 현대 생활에 꿈이 들어설 자리가 없다고 했다. 왜냐하면 '문명의 발달이 우리가 지닌 꿈을 실현해 주거나 우리의 꿈보다 앞서기' 때문이라는 것이다(「꿈의 하늘」). 요컨대 우리의 삶은 꿈이 없는 산문적 현실이라는 것이다. 과학은 사물에 대한 우리의 꿈을 빼앗아 버렸다.

이 빼앗긴 꿈을 상상력에 의해 다시 회복하려는 것이 그의 시작태도다. 「장자시」가 담고 있는 그 숱한 기상들의 박물지는 이 꿈의 상관물이다.

> 아득한하늘龍의눈알처럼(「장자시 그 스물 아홉」)
> 손오공의九萬里구름을타도(「장자시 그 서른」)

　용과 손오공은 모두 상상적이고 허구적 존재다. 그러나 우리는 이런 존재들을 바로 현실의 존재처럼 느끼고 있다. 이 밖에 하늘, 연(鳶), 별 등의 사물들은 우리의 삶을 상상으로 풍유(豊裕)롭게 하는 이미지들로써 그의 시에 채용되고 있다. 그의 꿈은 현실을 '초월'하고 '배제'하기보다 변용하고 확대한다. 말하자면, 꿈은 현실과의 대립이 아니라 현실의 승화다. 그는 '꿈과 현실의 가름이 아니라 꿈이기도 하고 현실이기도 하였던(「꿈의 하늘」) 경지를 갈망한다. 그는 이것을 장자의 형이상학적 공간에서 발견한 것이다. 여기서 그의 상상력은 연속성의 원리가 된다.

3.

　옛날, 꿈에 장자는 나비가 되었다. 허허연한 것이 나비가 되어 스스로 즐거워하여 뜻이 흡족했던지 자신이 주임을 몰랐다. 문득 깨어 보니 곧 역력한 것이 바로 주 자신이었다. 주의 꿈에서 나비가 나타났는지 나비의 꿈에 주가 나타났는지를 모른다. 주와 나비에는 반드시 구별이 있을 터인데 이것을 물화라 이른다. 『장자』「제물론」

장자가 나비가 되고 나비가 장자가 되는 경지는 무차별의 경지다. 이런 경지에서는 꿈과 현실도 구분되지 않는다.

그의 상상력이 기상을 만들어내는 또 하나의 비법이 이 연속성의 원리다. 그는 서양의 예술(주로 회화를 가리킨다)에서 인간의 상상력이 '갈 수 있는 데까지 가보는 것'을 배웠고 동양의 예술에서 인간과 사물이 습합되는 것을 배웠다고 했다(「환상과 정신」). 전자는 '환상'이고 후자는 '정신'이라고 그는 각기 명명한다. 현실을 변용하는 원리로서의 상상력이 전자에 상응한다면 연속성의 원리로서의 상상력은 후자에 상응한다.

오오인연의 칼 끝에 길이 놓였네「장자시 그 서른 셋」

불교의 인연설은 우리의 전통적 생활관이다. 이것은 연속성의 원리며 변신의 원리다. 특히 그의 경우엔 형이상학인 동시에 시의 방법이다. 다시 말하면 「장자시」의 그 숱한 기상들은 이미지의 연결 방법으로서의 이 인연설에 근거하고 있다. 인연설의 발상은 그의 시들 도처에서 발견할 수 있다.

사람들이 죽으면 새가 되어 하늘과 땅 사이에 있다 하니 더러움과 때에 전 나는 새가 된다 할지라도 하늘 저쪽 귀퉁이나 빗겨 날아야겠지요「두번째 항」

東쪽 거리의 첫 번째 집에 사는 女子여 百年 後에도 그곳에 살면서 그때는 바람에 날리는 티끌인 나를 記憶하실까「첫번째 여」

하기는 어느 날 갑자기 줄이 끊어진 한 조각 鳶이 되어 이 세상과

는 다른 세계로 던져진다면 대가리가 잘린 쇠못 혹은 모가지가 꺾인
들꽃 혹은 얼굴도 없는 비의 모습으로 또 한 세상을 건뎌내겠지요
「첫번째 저」

　인연설은 연속성의 원리이고 변신의 원리이기 때문에 기상이 발생
하고 인간과 사물이 습합된다. 인간과 사물의 습합은 그에게는 동양의
'정신'이다. 이런 점에서 불교의 인연설은 장자의 형이상학과 연결된
다. 다시 말하면 인간과 사물의 습합은 장자의 무차별성과 일치한다.

　　한밤중에 깨어 보니 나는 무덤가의
　　한 조각의 骨片으로 남아 있었다. 「토끼사냥 그 열 하나」

　　이승도 저승도 같이 여기는 풀무치 한 마리의 삶이다. 「과녁 그
　　일곱」

　장자의 형이상학적 공간에서 일체의 만물은 차이가 없고 구별이 없
다. 따라서 죽음과 삶도, 꿈과 인생도 구별이 없다. 무차별은 연속성의
원리에 조응한다. 박제천 씨는 세 번째 시집인 『율』을 상재할 적에는
'자연과의 습합'을 노래했다고 했다(「사물과 이치」). 인간과 자연과의
습합, 사물과 사물의 습합이 장자의 형이상학적 공간이며 불교의 인연
설이다. 그리하여 그는 이미지들을 자유롭게 상상적으로 결합하는 시
의 방법을 이미 「장자시」를 쓸 무렵에 터득했으며 이 방법의 훈련이
'상상력의 훈련'이 되었다.
　그러나 띄어쓰기와 구두점의 무시, 기상의 창조는 결코 자동기술법
의 무의식적 작용이 아니다. 그것은 보다 치열한 의식의 산물이다. 그
는 '각성의 시인'이다. 이것은 「장자시」의 연작시가 보여 주는 전체상

의 한 구성 요소다.

4.

　경험자는 배운자다. 이것은 유명한 그리스의 격언이다. 이 경우 경험이 고통 그 자체라면 배운자의 배움은 더 심화되고 더 확대된다. 스페인의 철인인 우나무노에게 고통은 '의식의 길'이다. 고통을 통해서 인간은 자신을 인식하고 세계를 인식한다. '상상력의 훈련'에서 박제천 시인이 터득한 것은 고통이 의식의 길이요, 깨달음의 계기가 된다는 것이다. 고통을 통해서 그는 자신을 '깨어 있게' 한다.

　　　漢籍갈피에서날리는知慧의숨소리
　　　깨어있는나의안에서해를길어올리는두레박소리「장자시 그 열
　　하나」

　심지어 그에겐 꿈도 깨달음과 병존한다. 어쩌면 그에겐 꿈이 깨달음인지도 모른다. 꿈조차 깨달음과 병존함으로써 그는 철저하게 각성의 시인이다.

　　　늘잠자면서깨어있는例外「장자시 그 스물 여덟」

　그의 시에는 유난히 '피'라는 이미지가 많이 사용되고 있다. 또 '날카로운 잎끝'이라든가 '칼끝' 등과 같은 예민성의 감각을 환기시키는 이미지들도 즐겨 쓰고 있다. 이것들은 모두 고통과 깨달음의 상관물들이면서 역설적으로 아름다움의 감각과 또 병존하고 있는 것이다. 장미의 가시처럼 그의 시의 아름다움 속에는 고통이 숨어 있다.

또한 그의 고통은 뜨끈하면서도 질퍽한 삶의 현실감으로 우리를 압도하기도 한다.

> 紅疫앓는나의뿔피리소리는뜨거워라
> 드문陣痛의손뼈를꺾으며머니의손뼈를꺾으며
> 뿔피리소리는삐이삐이울어라나이든내가슴속의
> 이무기처럼슬픈날이면하늘에서땅에서울어라
> 어린바다의물구비가혈관속을흘러라

고통은 시간의 흐름에도 관계없이 변하지 않는 자기동일성이다. 그것은 그의 전부이며 그의 자기형성의 요소이며 그를 지탱시키는 일관된 인격 자체이기도 하다. 고통이 인간의 필연적 삶의 조건임을 그는 이미 장자의 형이상학적 공간에서 터득하고 있었다. 이것은 그가 '마음의 궁리'에 힘썼다는 두 번째 시집 『심법』에서는 다음과 같은 아니러니로 나타난다.

> 이 밤의 빈 하늘에 매달린 鳶 하나 바람이여
> 내가 마음으로 그려 놓은 怪石하나 사라졌다 나타남이여
> 이 밤을 꾸미는 煩惱여
> 내가 마음으로 가꾼 墨竹에 찔림이여
> 마음 편하게 사는 法을 안 이상
> 무심하고 무심하게 살아 볼 일이다.
> 그렇지 않은가, 諸君 「심법재편」

이 시의 화자는 인생을 달관한 노인이다. 그에게 '마음 편하게 사는

법'이란 '무심하고 무심하게' 사는 것이다. 그러나 이 화자는 박 시인이 뒤집어 쓴 가면에 지나지 않는다. 그는 이 가면 속에 이 세상을 결코 '무심하게' 살 수 없다는 고통을 감추고 있다. 그래서 화자의 어조는 박 시인의 감추어진 어조와 상충되고 아이러니가 될 수밖에 없는 것이다.

고통에는 언제나 인식론적 가치가 잠재되어 있다. 인식론적 가치는 삶의 진실성의 발견과 깨달음에 있다. 그래서 그는 시를 '삶의 진솔성'이라고 정의한다. 삶의 진솔성은 세계가 아무런 허구적 가상을 쓰지 않고 제 모습대로 드러냄이다.

> 어둠도 집으로 돌아오고
> 생각했던 모든 것이 제 얼굴을 드러낸다
> 수만 개의 假花는 결코 한 송이 꽃이 되지 않는다
> 나무가 자라고 풀밭이 자라서 그것들의 인애가 저절로 솟아오를 때
> 高山 소리를 듣는다「여울목에 이르러」

만물은 현상과 실체가 좀처럼 일치하지 않는다. 왜냐하면 인간의 관념이 끊임없이 만물의 실체를 왜곡하고 허구화하기 때문이다. 그래서 그에게 시작행위는 실체가 현상의 탈을 깨고 제 모습을 드러내도록 하는 일이다. 그의 꿈도 현상 속에 감추어진 실체를 몽상하는 행위가 된다.

종교적 발상을 빌지 않더라도 진리는 번뇌의 산물이다. 바꾸어 말하면 진리에의 길은 번뇌의 길이다. 현상과 실체가 일치하지 않는 것도 그의 고통이지만 그 실체를 드러내는 일도 고통이다.

별을 일러 별이라고 말할 수 있도록 분명하게 취한 밤을 보낸 날
일수록 온몸에 멍든 자국이 무수히 남아 있기 일쑤였습니다「취생」

　그는 정직하게 소시민임을 감추지 않는다. 사실 진리가 은폐된 상황
에서 진리를 말한다는 행위는 소시민에게 여간 고통이 되지 않는다.
소시민에게는 꿈도 빈약하고 진리도 은폐되어 있다는 자학적 정조가
「취생」을 비롯하여「방생」,「곡비」등의 작품의 주조를 이루고 있다.
이들 작품 속엔 부처도, 하나님도, 신선도, 심지어 도사도 큰 스님도 되
지 못하는 소시민의 절대적 한계 인식의 체념과 자조가 드러나 있다.

　5.

　연작시의 형태와 더불어 박제천 시인은 또 이야기 시의 형태를 선호
하고 있다. 시는 원래 모방 장르가 아니다. 모방 장르란 인물과 행위를
모방하는 서사와 극의 양식을 가리킨다. 서정 양식은 이와 달리 주제
양식 또는 실존적 양식으로서 인물과 행위의 모방이 아니라 시인의 주
관적 내면 상태를 '표현'하는 형식이다. 서정시에 설화를 도입하는 경
향도 한국 현대시의 특징들 중의 하나가 된다.
　박 시인은『장자시』,『심법』,『율』의 세 시집을 출간한 이래, 그러
니까 1981년 이후부터 삶과 치열한 싸움을 벌였던 한국의 역사적 인
물들을 시의 제재로 즐겨 선택하고 있다. 인물에 대한 관심 자체는 서
정시가 모방 장르화되는 소지를 충분히 안고 있는 것이다. 인물에 초
점을 둘 때 자연스럽게 행위가 따르기 마련이다. 그래서 설화를 도입
한 시는 그 주체성에 있어서는 비록 산문 소설과는 비교될 수 없지만

이미지에만 의존하지 않고 행위로서도 시적 긴장을 창조하게 된다.

> 때묻어 봐라 때묻어 보면 안다 한번 이가 오르면 가려움에 미쳐
> 옴중춤을 출밖에 없을 테니 낄낄거리는 김삿갓의 웃음 소리에 선잠
> 을 깨었지만 허벅다리 밑으로 등줄기로 스물스물 이가 기어다니는
> 것 같아 다시는 잠을 이루지 못했습니다 「김립」

　서정시라는 선입관을 배제하고 본다면 이것은 주석적 시점으로 씌어진 산문 소설이다. 리듬과 이미지가 아니라 하나의 구체적 행위를 우리는 보게 된다. 현대 시인들은 이처럼 구체적 삶의 장면이나 행위를 시의 실체로 삼고 있다.

　「남궁」, 「난설」등의 작품은 서사구조에 고유한 허구적 시간도 구체적으로 제시되어 있다. '어제밤', '그때', '지난 봄'과 같이 그의 시에 사용되고 있는 시간 부사어들은 마치 소설을 읽을 때처럼 서사적 기대감을 갖게 한다. 그의 시의 함축적 사건(서사의 사건과 구별되는 시의 사건)은 이미지가 행위로써 우리의 상상을 자극하고 흥미를 주고 의미를 추리하게 한다.

　「율도」에서 서사의 행위는 독특한 상상적 미학을 구축하는 요소가 된다.

> 지난 여름에는 洪吉童의 나라 聿島를 다녀왔습니다. 聿島 그곳은
> 사실 상상 속의 섬입니다 小說家 許筠의 小說 속에 그려진 이상의
> 나라입니다 그의 別名은 올빼미로서 敗類와 즐겨 노닐었다 합니다
> 그는 또한 머리며 두 팔 두 다리 몸뚱이가 제각기 찢겨져 죽음을 당
> 했던 悲運의 革命兒였습니다 처음에 나는 聿島를 이 세상에 존재하
> 지 않는 섬으로 여겼습니다 물론 춘섬이의 아들 吉童이가 임금으로

있다는 聿島는 지도의 어느 곳에도 그려져 있지 않습니다 그러나 나
는 다녀왔습니다 聿島의 공기를 마셨고 聿島의 하늘을 보았고 聿島
의 사람들을 만나 보았습니다 그러나 이상의 나라는 아니었습니다
許筠은 그곳에서도 또한 머리며 두 팔 두 다리 몸뚱아리가 찢겨져
아무렇게나 길가에 나둥그러져 있었습니다. 명아주풀 한 포기가 다
만 그의 영혼을 받아들여 바람이 불 적마다 시나브로 흔들리고 있었
습니다.

이 작품의 서술자(시의 화자)는 2개의 자아로 분열되어 있다. 아니
서로 대립되는 자아의 융합을 보여 주고 있다. 허균의 소설 주인공 홍
길동의 이상국인 율도를 허구라고 생각하는 현실적 자아와 그것을 현
실로 수용하는 상상적 자아 그것이다. 이 두 자아는 서로 대립되고 있
으면서도 한 서술자의 두 측면으로 수렴되듯이 교묘하게 연속되어 있
다. 즉 현실적 자아가 상상적 자아가 되고, 상상적 자아가 현실적 자아
가 되는, 모순과 불가능의 경지를 '당연하고 자연스럽게' 진실로 설정
하고 있다. 이것이 이 작품을 서사가 아니라 서정 양식이게 하는 근거
가 된다.

명아주풀 한 포기가 다만 그의 영혼을 받아들여 바람이 불 적마
다 시나브로 흔들리고 있었습니다.

그는 인물들에 자신을 투영시켜 자신의 삶의 의미와 상황에 대해서
끊임없이 문제를 던지고 있다. 스토리를 도입하여 역사적이든 허구적
이든 여러 인물들과 자신을 접맥시킴으로써 그는 자아를 심화, 확대하
고 한국의 전체적 정신사를 시적으로 재구성하고 있다. 그리하여 그는
삶의 순간적 파악이라는 서정 양식 고유의 시점을 벗어나 삶을 거시적

으로 바라보고 있으며 여기서 이야기 시의 산문적 형태를 적절하게 채택하고 있는 것이다.

6.

이밖에 박제천 시인은 무가형식을 취하기도 하면서 여러 가지 형식상의 특이성을 보여 주고 있다. 기존 장르를 준수함으로써 작품은 우리가 접근하기 쉬운 형태로 존재하지만 기존 장르를 파괴함으로써도 보다 효과적이고 성공적일 수 있다. 이런 양식의 변형 속에 그는 동양적이고 한국적인 발상법을 구사하여 우리 현대시의 미학을 끊임없이 개발하고 있다. 대화체, 옛말을 적절히 쓰는 문어체, 서술체, 그리고 설화를 도입한 이야기 시에 연작시와는 달리 문장의 끝머리마다 마침표를 사용하고 있는 점 등 그는 시작에 세심한 장인적 배려를 쏟고 있다. 요컨대 그는 서정 양식의 경직된 비전을 넘어서 새로운 미학을 탐구하는 데 매우 열심인 것 같다.

서정 양식과 태도의 비극

- 정호승론

1. 전형적인 서정시인

한 시인은 '지금 한국은 산문이다. 정치도 산문 사회도 산문 시인도 산문이다'(오규원, 「시인들」)라고 선언했다. 흔히 소설의 시대라 불리는 70년대에 이 선언은 단순히 문학사적 의의뿐만 아니라 정신사 내지 문학사적 의의도 함축하고 있다. 현대는 본질적으로 산문의 시대다. 산문정신이 지배하는 산문의 시대에 현대시는 필연적으로 변모되기 마련이다.

이 변화는 우선 제재를 다루는 시인의 태도에서 드러난다. 현대시인은 더 이상 세상일에 좀처럼 공감하지 않는다. 그의 태도는 지적이고 무엇보다 희극적이다. 비판적이거나 유희적인 태도가 그에게 거의 체질화되어 있다. 아이러니와 풍자가 현대시의 두드러진 어조 내지 기교가 되고 있는 것은 이 때문이다. 사실 70년대 이후 현대시의 어조는 너무도 거칠고 진지하지 않다.

산문정신에 지배됨으로써 전통 서정양식의 파괴 현상이 일어나는 것은 말할 필요 없다. 60년대 내면탐구의 모더니즘시들이 시도한 실험과는 달리 70년대 시는 산문시대에 대한 시적 반응으로서 전통 서정양식을 해체시키는 다양한 변화를 보여주었다. 그리하여 80년대 초 일부 과격한 해체시로 우리는 그 극점을 경험하게 되었다.

정호승은 70년대 시인이다. 다시 말하면 그의 시 출발은 산문의 시대인 70년대다. 그럼에도 불구하고 그의 시는 현대시의 변화에 대해서 매우 반동적이고 보수적이다. 왜냐하면 그의 어조는 거의 예외적으로 너무도 진지하고 전통 서정양식을 고수하고 있기 때문이다. 역사적으로 분단시대이고 정치적으로 유신체제이고 사회적으로 산업사회인 70년대 상황에 전통 서정양식으로 버틴다는 것은 여간 어려운 일이 아니다. 그러나 사회역사적 현실을, 시사적 사건들을, 민중의 고통스러운 삶을 많이 다루었음에도 불구하고 그는 일관되게 서정적 반응을 보이고 있다. 그는 민중시인, 참여시인 이전에 전형적으로 서정시인이다. 그는 우리로 하여금 전통 서정양식을 다시 돌아보게 한다.

2. 길과 대화, 그리고 슬픔

정호승은 79년 첫시집 『슬픔이 기쁨에게』를 상재한 이후 『서울 예수』, 『새벽편지』, 『별들은 따뜻하다』등 모두 4권의 시집을 내놓았다. 그의 시편들을 개관해보면 크게 다음과 같은 세 가지 특징을 추출할 수 있다.

첫째로 이미지 면에서 '길'이 그의 시 전편을 압도하고 있다. 물론 그의 시에서 '무덤'과 '별'이 가장 빈번히 나타나고 그래서 그것들이 그의 시의 핵심 이미지로 지목된다. 그러나 이 두 이미지들은 세계에 대한 그의 태도, 곧 미래 지향적 비전을 표상한 것으로서 한정적이다. 이와 달리 '길'은 삶의 탐구에 등가되면서 그의 세계인식의 시적 상관물이며 그의 작품 전체를 지배하고 있다. 그의 시적 자아는 언제나 '길' 위에 서 있다. 이 '길'과 조응하는 시적 이미지는 말할 필요없이 '나그네'다. '나그네'는 그의 자신을 비롯한 인간실존의 의미를 환기하는 핵심 이미지들 가운데 하나다.

둘째로 형식면에서 그의 시는 두드러지게 대화형식을 취하고 있다. 서정시의 목적이 자기표현인 이상, 서정시는 본질적으로 독백이다. 그러나 그의 시에서 이런 독백형식이나 보고형식은 별로 없다. 시적 자아가 어떤 함축적 청자에게 말을 건네는 것이 그의 시의 지배적 담화형식이다. 따라서 화자와 청자의 관계유형이 그의 시의 지배소가 된다. 이런 대화형식은 우리 시가에서 함축적 청자인 '님'이 문화적 관습이 되어왔듯이 전통적이다. 그의 시에서 시적 자아와 청자는 짝말이다. 그의 시는 2인칭의 시다. 이것은 그가 주제를 형상화하는 효과적인 수단이다.

셋째로 '슬픔'이 그의 시의 주조가 되어 있는 사실이다. 그가 역사의식과 현실인식을 지니고 있음에도 불구하고 그의 인식은 언제나 슬픔의 강렬한 서정으로 대치된다. 사실 서정시에서 서정 자체는 세계에 대한 일종의 해석이다. 그리고 서정시인 한 시의 구조는 서정적 구조다. 그의 시는 슬픔의 변주들이며 슬픔의 현상학이다. 이 슬픔은 때로 격정으로 고조되기도 하고 때로는 감상으로 전락하기도 한다. 그의 시가 지닌 문제의 대부분은 사실 여기서 발생한다.

길(나그네)과 대화(2인칭), 그리고 슬픔(정조)은 정호승시를 구성하는 세 요소다. 이 세 요소에 의해서 그는 모든 제재를 처리하고, 또한 그것들을 통시적으로 변화하지 않는 지배소로 삼고 있다.

3. 기다림의 시인

첫시집의 표제시 「슬픔이 기쁨에게」는 제목부터가 서정적이다. 왜 냐하면 슬픔과 기쁨의 두 짝말이 대화의 관계 속에 대립항으로 설정되어 있기 때문이다. 여기서 슬픔은 인간 실존의 근본구조가 되고 있다. 다시 말하면 슬픔은 인간을 인간답게 하는 본질적 조건이 되는 것이다.

> 나는 이제 너에게도 슬픔을 주겠다/사랑보다 소중한 슬픔을 주겠
> 다.

나와 너의 동일성(또는 일체감)의 추구는 원래의 서정적 비전이다. 슬픔이 인간의 본질인 한, 슬픔에 의해서 동일화가 이룩되고 그래서 인간이면 누구나 다 '슬픔의 평등한 얼굴'을 가지게 된다. 그는 인간주의자다. 그래서 이 지상에 인간이 부재한다면 그의 영혼은 지상에 소속될 수 없고 길 위에선 '나그네'일 수밖에 없다. 길은 다름아닌 인간 탐구의 등가물이며 실제로 그는 이 지상의 어딘가에, 그리고 언젠가는 인간이 존재함을 기대하고 믿는다. 다시 말하면 슬픔이 있는 곳에 인간이 있음을 그는 확신한다.

> 아가야 햇살에 녹아내리는 봄눈을 보면/이 세상 어딘가에 사랑은
> 있는가 보다//아가야 봄하늘에 피어오르는 아지랑이를 보면/이 세상
> 어딘가에 눈물은 있는가 보다. —「새벽에 아가에게」

아가를 함축적 청자로 한 이 대화체가 인간이 존재함을 믿고 있는 것만큼 시인의 서정적 어조는 여간 따스하고 부드럽지 않다. 슬픔은 좌절이 아니라 인간발견이기에 그는 '기다림'의 미래지향적 비전을 그의 시 곳곳에서 보인다. 그에게 '기다림의 슬픔'처럼(「슬픔이 기쁨에게」) 기다림과 슬픔은 인간의 외연들로서 동의어다. 그는 슬픔으로부터 자기 중심을 얻고 슬픔에 의해서 인간주의를 표명한다.

그의 시는 슬픔이 깊을수록 오히려 희망과 기쁨의 소명의식이 드높아지는 역설을 시적 견고성으로 지닌다. 슬픔의 인간탐구는 「가두 낭송을 위한 시5」에서는 격렬한 감정으로 고조된다. 여기서 시인은 여성화자를 선택하여 매우 효과적으로 매조키즘적 태도를 구현한다.

> 안아주세요 곧 새벽이에요/저는 결코 당신을 저버리지 않았어요/
> 첫닭이 먼저 목놓아 흐느끼고/총총걸음으로 새벽별이 떠나가요/안
> 아주세요 부디 저를 겁탈하여 주세요/채우면 채울수록 비어 있는 잔
> 을/슬픔으로 가득히 채워 주세요

이 여성화자의 자기파괴적 어조는 '개인의 황폐화'라는 문제적 인간상을 드러낸다. 곧 화자는 내적 공허를 가득 채울 정서적 경험을 애타게 갈망하고 있다. 그러나 '슬픔으로 가득히 채워 주세요'의 자기파괴적 갈망은 다름아닌 인간에 대한 파토스다.

슬픔이 인간의 본질적 조건이기 때문에 슬픔은 '우리들을 완상하기까지' 하며(「슬픔을 위하여」), '세상에서 가장 아름다운 사람'이 (「슬픔으로 가는 길」)되게 하고, 이 세상도 아름답게(「슬픔 많은 이 세상도」) 한다. 따라서 그는 무관심을, 불감증을 두려워하고 혐오한다. 그에게 이것은 비인간적이고 어디까지나 슬픔의 반대말이다.

슬픔을 사랑하는 사람이 되라/희망을 만드는 사람이 되라//절망
도 없는 이 절망의 세상/슬픔도 없는 이 슬픔의 세상
        - 「희망을 만드는 사람이 되라」

　슬픔과 절망의 세상에 슬퍼하고 절망하는 것은 '인간적' 반응이다.
여기서 소외감은 자연스럽게 그리고 필연적으로 그의 시의 지배적 테
마가 될 수밖에 없다. 그의 시는 사실상 소외시다. 무관심의 비인간화
에서 촉발되는 소외감은 그러므로 슬픔과 동종의 시정이다. 이제 그는
소외감으로 인간주의를 표명한다. 이 소외의 서정은 '나를…끝없이
홀로 헤매는 문둥이라 불러다오'(「류관순6」)처럼 천형의 '문둥이' 이
미지를 채용한 서정주적 자학의 어조로 환기되기도 하고 '세상이 나를
버릴 때마다……잠시 나그네새의 집에서 잠들기로 했다'처럼(「쓸쓸
한 편지」) 그의 실존적 의미를 표상하는 핵심 이미지인 '나그네'로 환
기되기도 한다.

　그의 인간론은 참된 인간이란 '슬픈 사람'이고 이 슬픈 사람은 '마음
이 가난한'(「산으로 가는 귀」) 인간이라는 명제다. 그래서 그에게 '슬
픔처럼 가난한 것'이(「마음이 가난한 사람들에게」) 없다. 이 시대는 마
음이 가난한 존재가 소외되는 시대다. 그는 이것을 많은 다른 민중시
처럼 변두리 인간, 곧 서민의 삶에서 발견한다. 그의 시에서 가난한 시
골 사람들을 비롯하여 도시의 신문팔이 소년, 공장의 어린 여공, 고층
빌딩 유리닦이 청년, 직업소개소나 부녀 상담소를 기웃거리는 무직자
들, 지하도의 걸인 등은 한결같이 최소한도의 인간다운 생존을 갈망하
는 소박한 인간들이다. 시인은 신문 사회면 기사로 우리에게 낯익은,
여공의 연탄가스 중독사나 작업장에서 사고사(「유관순9」) 등 주로 가
난한 서민들의 죽음을 통해 진한 소외감을 불러일으킨다. 특히 김준태

의 「샛별이별가」를 상기시키는 「마지막 편지」에서 시인은 가장 노릇을 한 한 여공의 갑작스런 죽음을 애통해하는 시골 어머니의 넋두리를 통하여 변두리인간의 비극적 삶을 연민적으로 처리함으로써 소외감을 가장 감상적으로 환기시키고 있다.

> 남들은 다들 배우러 간다는데/원수놈의 돈을 벌어보겠다고/이른 새벽 종지불 밝혀서 쑥국밥을 먹고/네가 고향을 떠나던 날/웬놈의 진눈깨비는 그렇게 뿌렸는지/처음엔 어느 곳 시다로 있다더니/곧 미싱사 보조가 되어 월급도 올랐다고/좋아라고 보내오던 네 편지/봉투째 부쳐오던 네 월급

시인에게 가난한 서민들은 마음도 가난하다. 이 가난한 시골 어머니의 소박한 어조는 매우 효과적으로 이런 주제에 조응된다. 소외시로서의 민중시에서 그가 두드러지게 서술체를 채용하여 정서적 구체성과 현실성을 획득하는 점도 간과될 수 없다. 소월의 「산유화」의 고독과 「진달래꽃」의 이별을 패러디화하여 소외감을 은근한 서정으로 승화시킨 「소월로에서」의 착상도 여간 흥미롭지 않다.

대화나 서간문 형식으로 시골의 어머니가 도시로 돈벌러 간 딸을 근심하고 슬퍼하는 상황설정은 70년대 이후 민중시의 한 관습이 되고 있다. 여기서 시골과 도시의 대립을 선악으로 이원화하는 관습이 탄생된다. 정호승의 경우도 예외는 아니다. 그에게도 도시는 악마적 이미지다. 이 악마적 이미지는 물화된 세계, 그러니까 산업사회의 비인간화를 대표적으로 표상한다. 여기서 그의 세계인식은 '사랑의 부재'다. 이것은 말할 필요도 없이 소외의 등가물이다.

봄날 어느 날/사랑에 굶주려 죽은 사람있어/자선남비를 들고 거
리에 나가/구세군의 종소리를 울려보았다.

-「자선남비」

사랑에 굶주린 자들은 굶어 죽어 갔으나/아무도 사랑의 나라를
그리워하지 않았다.

-「고요한 밤 거룩한 밤」

오늘도 한 사람이/한 사람을 사랑하지 못하고/해가 저문다…/사
람이 혼자 집으로 돌아가/혼자 밥을 먹는 일은 쓸쓸하다.

-「산성비를 맞으며」

사랑의 부재는 다름아닌 인간의 부재다.

그는 이것을 물화된 세계의 본질로 인식한다. 그래서 그는 「서울을
떠나는 자에게」를 비롯한 도시적 삶을 다룬 시편들에서 도시를 혐오
하는 태도를 일관되게 보인다. '나는 어젯밤 예수의 아내와 함께 여관
잠을 잤다/…생맥주집 이층 서울 교회의/네온사인 십자가가 더 붉게
보였다'처럼(「가을일기」) 시인은 종교의 무력화와 세속화를 통해 물
화된 세계의 비도덕성을 풍자하기도 한다.

그에게 물화된 세계는 「마더 데레사」, 「불빛소리」 등에서 볼 수 있
듯이 구제불능의 세계다. 물화된 세계에 관한 한 그의 세계관은 비관
론이며 절망론이다. 여기서 그의 시는 보다 심각한 양상을 띤다. 이른
바 '지속의 비극'이 그것이다. 이것은 최승호의 문명비판시에서 흔히
볼 수 있는 것으로 역전의 계기도 없이 사태가 계속되는 것, 절망의 상
황이 끝없이 지속되는 비극의 한 유형이다.

…고통 속에 넘치는 평화, 눈물 속에 그리운 자유는 있었을까. 서울의 빵과 사랑과, 서울의 빵과 눈물을 생각하며 예수가 홀로 담배를 피운다. 사람의 이슬로 사라지는 사람을 보며, 사람들이 모래를 씹으며 잠드는 밤, 낙엽들은 떠나기 위하여 서울에 잠시 머물고, 예수는 절망의 끝으로 걸어간다.

　80년대 중반 이후 예수는 인유의 중요한 원천이었다. 물론 이 예수의 인유가 상징하는 의미는 다양했지만 현대시의 이런 현상은 당대의 절망적 상황의식을 반영하고 있는 것이다. 홍미로운 점은 정호승이 다룬 예수는 어디까지나 신의 아들로서의 예수가 아니라 인간 예수라는 사실이다. 정호승의 예수는 '사람의 나라에 살고 싶다'고 절규하는 인간 예수다.

　정호승시에 있어서 역전의 계기가 없이 끝없이 절망이 연속되는 지속의 비극 유형은 산업사회의 비인간화 상황보다도 우리의 역사적·정치적 상황과 상동관계에 놓여 있다. 사실 정호승만큼 역사의식과 현실인식에 압도되어 있는 시인은 드물다. 그만큼 그의 시 대부분은 여기서 촉발되고 있는 것이다.

　토속적이고 전통적인 세계를 다룬 「지게」, 「낫」, 「장터」등 초기시에서부터 그는 민족수난사를 통해 지속의 비극 유형을 예감했다. 이 민족수난사 가운데 중요한 목록은 분단현실이었다. 그는 「사격장에서」와 「감자」등의 초기시에서 이미 분단체제가 우리의 삶을 황폐화시키고 파괴시켜 가는가를 극명하게 보이면서 그의 시의 주조인 슬픔의 한 실체가 분단체제임을 밝힌다(「슬픔은 누구인가」). 최근 그는(네번째 시집 『별들은 따뜻하다』에서 일목요연하게 볼 수 있듯이) 기행시 형태로 분단의 아픔과 통일의 염원을 노래한 애국시를 거의 집중적으

로 쓰고 있다. 말할 필요없이 분단의 오랜 고착화도 지속의 비극유형
으로 구조화되고 있는 것이다.

> 눈물 없이 꽃을 바라볼 수 없고/눈물 없이 별들을 바라볼 수 없어/
> 흩어졌던 산안개가 다시 흩어질 때까지/죽어서 사는 길만 걸어서 왔
> 다.
>
> — 「휴전선에서」

민족의 수난사와 분단체제 못지않게 80년대 민주화 투쟁도 그의 시
를 지속의 비극 유형으로 구조화되게 한다.

> 죽음 앞에서는 누구나 진실이 두려워/희망을 버리기로 약속한 시
> 간은 계속되었다/햇빛도 없이 물도 없이/나무든 새든 그 어떤 사람
> 이든/살아 돌아오지 않는 밤은 깊어/다시 눈이 내려도/그 누구의 인
> 생도 시작되지 않았다/별들도 침묵하는 밤은 계속되었다
>
> — 「그날의 편지」

그의 시세계에서 가버린 것은, 그래서 화자가 기다리는 것은 좀처럼
'돌아오는' 법이 없다. 이것은 역전의 계기 없는 시인의 절망적 상황인
식을 단적으로 표명하는 그의 시적 관습이다(「가을꽃」「또 기다림」
등). 한(恨)은 이런 지속의 비극 유형에 가장 적절한 전통적 정서다. 왜
냐하면 한은 세계를 부정하고 체념하는 '지속적' 감정이기 때문이다.
한은 「삶」, 「가난한 사람들에게」, 「겨울꽃」처럼 의지의 표상이 되기
도 하지만 시인은 주로 이 지속의 비극적 정서를 환기하기 위해 한을
채용하고 있다.

네가 슬프고/내가 아플 때까지//마침내 죽음이 오더라도 영원히/
한번 피면 시들지 않는 아리랑꽃

-「너에게」

아리스토텔레스는 역전과 재인식의 플롯을 가진 복잡한 비극을 최
고의 비극 형태로 지목하고 역전의 계기가 없이 끊임없이 고통이 연속
되는 지속의 비극을 하위의 한 유형으로 분류했다. 그러나 이 하위의
비극유형은 우리의 사회와 역사적 상황의 산물로서 현대시에서 필연
적으로 선택되고 있는 것이다.

70년대 이후의 현대시에서 역사적이든 허구적이든 인물을 테마로
한 인물시(또는 인유의 형태로)가 부쩍 늘어나고 있는 것은 한 특징적
양상이다. 정호승도 예수, 다산, 유관순, 성춘향 등 많은 인물을 다루고
있다. 특히 김주열, 전태일 등 시국 사태와 관련된 인물들이 주종을 이
루고 있다. 다시 말하면 그의 인물시는 민주화투쟁에 희생된 인물을
애도하는 조시 또는 의식시다. 그의 시에서 '무덤'이 핵심 이미지로 채
용되고 있는 것은 대부분 여기에 기인한다.

풀잎은 쓰러져도 하늘을 보고/꽃 피기는 쉬워도 아름답기 어려워
라/시대의 새벽길 홀로 걷다가/사랑과 죽음의 자유를 만나/언 강바
람 속으로 무덤도 없이/세찬 눈보라 속으로 노래도 없이/꽃잎처럼
흘러흘러 그대 잘 가라

-「부치지 않은 편지」

조시에 어울리게 그의 어조는 매우 감상적이다. 비애의 서정을 강조
하기 위하여 그는(30년대 김기림의 표현을 빌리면) 필요 이상의 슬픈
표정을 서슴없이 띠운다. 사실 이런 진한 감상은 조시에 한하여 허용

되고 있는 것이다.

통일의 염원과 함께 민주화는 우리 시대의 신성한 것이다. 숭고한 것의 고뇌와 좌절은 비장미를 자아낸다. 조시 또는 의식시들을 비롯하여 시국 사태와 관련된 그의 정치시들은 하나같이 이 비장미의 무겁고 처절한 표정들을 띠고 있다.

> 여기 저기 가슴 아픈 돌들이 나뒹구는 길가에/허연 최루가스를
> 뒤집어 쓰고/홀로 울고 있는 꽃다발 하나
>
> ─「꽃다발」

그래서 억압체제에 도전하고 억압체제에 희생되는 인간은 '시대의 나그네'(「너의 단신 앞에서」)가 되며 동시에 '바람 부는 대로 피었다 사라지는 한 순례자'(「희망은 아름답다」)가 된다. 나그네와 순례자를 우리 시대의 진정한 삶의 조건으로 규정한 것도 지속의 비극 유형이 띤 주목할 만한 한 양상이다.

그러나 이 시대의 진정한 삶의 의미를 나그네와 순례자로 명명한 것 자체는 그를 단순한 비관론자로만 해석할 수 없게 한다. 어둠, 무덤, 슬픔, 고통의 시어들과 이미지들로 점철되는 그의 시의 절망론이 봄, 새벽, 그리고 별로 환기되는 미래지향적 태도와 공존하고 있는 양면성을 우리는 놓칠 수가 없다. 그래서 그의 시에서 절망의 강조는 희망갖기의 보조관념으로 보이는 것이다. 궁극적으로 그에게 비극은 삶의 끝이 될 수 없다. 그것은 어디까지나 '과정'이고 또 과정이어야 한다. 이것이 그의 시 도처에서 볼 수 있듯이 길 위에 선 나그네가 함축하고 있는 의미이다.

언제나 죽음 앞에서도 사랑하기 위하여/검은 낮 하얀 밤마다 먼
길을 가는 자여/다시 날은 흐르고 낙엽은 떨어지고/사람마다 가슴이
무덤이 되어/희망에는 혁명이/절망에는 눈물이 필요한 것인가
—「눈발」

겨울에서 봄으로, 밤에서 새벽으로 가는 길 위에 자신의 위치를 설
정했듯이 그의 시에서 절망 속에서만 희망이, 슬픔 속에서만 기쁨이
잉태한다. 그래서 '기뻐하기 위하여 저희는 또한 괴로워하나니'(「공동
기도」)와 같은 역설이 그의 시의 원리로 자연스럽게 탄생된다. 그의 시
는 '슬픔을 사랑하는 사람이 되라/희망을 사랑하는 사람이 되라'는
(「희망을 만드는 사람이 되라」) 하소연의 어조를 언제나 표어처럼 달
고 다닌다. 그가 시의 제목이나 본문에서 수없이 되풀이해서, 그러니
까 관습적으로 '기다림'을 주제어로 채용한 것도 그가 복음주의적 비
전을 갖고 있기 때문이다. 그의 시인론은 이 '기다림'이며(「시인예수」),
그 자신 기다림의 시인이다.

4. 사랑하기와 용서하기

윤동주를 시인의 규범으로 삼고 있는(「윤동주 무덤 앞에서」, 「시인
윤동주지묘」) 정호승은 결백증의 시인이다. 그의 「가두 낭송을 위한
시2」와 「눈길」은 윤동주의 「서시」에 제시된 시적 태도와 삶의 태도를
유난히 상기시킨다. 그의 시인론은 '진리의 순교자'(「어느 시인의 죽
음」)이고, 고독한 존재(「김종삼」, 「박종만」)이며, 무엇보다도 '기다
림'과 사랑의 존재다(「시인예수」).

오늘날 도전적이고 비판적인 태도는 현대시의 지배적 태도다. '용서

할 수 없는 자들/용서하지 않기 위하여'(「깃발」)나 '나에게는 아직도/
복수의 길이 남아 있다'(「기다림」)처럼 정호승도 때로 단호한 적대감
정을 표명하기조차 한다. 그러나 이런 도전과 비판은 그에게 예외적인
태도다. 분노의 적대감정에 그는 익숙하지 않다. 「서울복음1」과 「서
울복음2」에서 가장 극명하게 나타나 있듯이 사랑하기와 용서하기의
기독교적 포용이 그의 본래적 태도다. 오늘의 풍자시대에 그의 이런
화해적 긍정적 태도는 그러므로 예외적인 것으로 보이기조차 한다. 그
의 어조는 따스하고 이 따스함은 그의 인간주의에서 비롯되는 것이다.
그가 「눈부처」, 「쓸쓸한 편지」, 「사랑」, 「너에게」(여기에 민족애도 포
함된다) 등 수많은 연시를 쓴 것도 여기에 기인한다.

　도시시들을 비롯하여 많은 현대시들의 어조는 매우 경박하고 거칠
고 장난스럽다. 그러나 정호승 시의 어조는 일관되게 진지하다. 이런
점에서 그의 시는 또 예외적인 것처럼 보이기도 한다. 그의 주된 시정
인 '슬픔'은 원래 '무거운' 정서다. 슬픔을 앞세운, 그의 진지한 태도는
세상을 쉽게 '편리하게' 그러니까 가볍게 살아가려는 현대인들에게는
사실 여간 부담스럽지가 않다. 비록 지나치게 감상적이고 시국 사태를
바라보는 그의 시각에 객관성이 결여된 한계를 엿보이지만 인물시료서
의, 그의 시 또는 의식시에서 볼 수 있듯이 의롭고 순수하고 숭고한
존재를 예찬하고 증언하며 이런 존재의 좌절을 애도하는 데 그는 시의
소명의식을 두고 있다. 김주열의 죽음을 애도한 「어느 어머니의 편지」
를 비롯한 일부 서술적인 시를 제외하고 그의 시어가 일상언어가 아닌
점도 이 때문이다. 그는 암흑, 죽음, 침묵의 숭고하고 신성한 것에만 익
숙하고 그래서 비장미에 유난히 익숙해 있는 시인이다. 그의 시에는
유머가 끼일 한 치의 여유도 없다.

　현대시의 세계에 대한 지배적 반응은 지적이고 사색적이다. 현대시

들은 토의적이고 분석적이고 아이러니하다. 정신사적으로 현대인은 점차 지성화되어간다. 지성화된 사회는 더 이상 '울지 않는다'. 그래서 현대는 희극이 본질적으로 어울리는 장르가 된다. 정호승의 시에도 '죄는 인간의 몫이고/용서는 하늘의 몫이므로'(「새벽편지」)처럼 잠언적인 요소가 도처에 엿보인다. 그러나 그는 체질적으로 서정시인이다. 그에게 감정은 인간다움의 등가물이며 서정시의 구조는 어디까지나 서정적 구조다. 이 점이 또한 그를 전형적인 전통 시인이면서도 예외적인 시인처럼 보이게 하는 근거가 된다. 이런 예외적인 고독한 자리에 그는 완고하게 서 있다.

곡선의 상법(想法)과 전통시
- 송수권의 시세계와 시사적 의의

1.

산업 사회화된 현대는 속도를 사랑한다. 가장 빠르게 달려 가장 먼저 닿는 것을 추구한다. 아니 좀 더 터놓고 말하자면 가장 빨리 앞서가 가장 먼저 목표물을 독점하고자 하는 것이 현대인의 생리라 할 수 있을 것이다. 그것은 비정한 삶의 모습이기에 바깥 풍경을 가린 검은 차단막을 쓰고 오직 앞으로만 달리기에만 열중하는 경주마의 삶이요 속도와 능률을 숭상하는 직선의 삶이다. 그것의 시야는 그래서 언제나 좁고 뒤에서 누군가 달려오는, 그리고 곧 자기를 추월할 것 같은 불안과 고독의 그늘에서 홀로 떨고 있는 세계다. 이 세계의 가치는 앞섬이고 선점이며, 뒤쳐짐이나 추후 획득은 패배요 열등이다. 그래서 현대 사회의 특징은 정상을 지키는 사람이 몇 명밖에 없음으로 인해 대다수 많은 사람은 안으로 스며든 피해의식과 열등의식으로 실의에 젖어 지내게 되고, 또 정상의 몇 사람은 그들마저 언제 그 자리를 잃게 될지 모를 불안에 떠는 나날들로 채워지는 데에 있다. 모두 정신적으로 불구의 삶을 살아가고 있는 것이다.

이 짧막한 언명은 분명 과장된 면이 보이기는 하지만 필자가 보기엔 현대 사회의 단면을 잘 드러내 주는 부분이 있다고 생각한다. 그렇다면 우리는 속도의 유용함, 혹은 직선의 아름다움을 무조건적으로 찬성할 수 없음이 분명하지 않을까. 그러한 삶의 추구는 끝내는 정신적 세계의 불모성을 초래하여 우리 모두를 황폐하게 함을 알 수 있기에 어떤 무엇을 통해 항상 교정되어져야 함을 느낄 수 있다. 그 무엇은 필자가 생각건대 여유, 즉 사방을 보며 나아가는 것이 돌아오는 것이며 돌아오는 것이 나아감이 되는 원환적 전진이 아닐까 싶다. 선으로 이야기하자면 곡선의 아름다움이다. 곡선의 부드러움과 풍요로움은 바로 속도로 직선화된 현대인의 거친 가슴을 치유해 줄 것이다.

송수권의 시는 바로 이 곡선의 미로 가득찬 세계다. 아니 좀 더 분명히 말하자면 현대인의 삶을 원환적 전진의 도정 속에 놓고 우리 모두가 둥글게 둥글게 발전해 가는 것을 꿈꾸고 있다. 그것은 어찌 보면 우리들 뿌리에 해당하는 선조들의 여유와 은근 또는 깊은 정한을 맛보게 하고 또 현대 삶의 중심부에서야 맛볼 수 있는 소외와 고독에 대하여 건강한 현대인으로서 가져야 할 힘에 대해 생각케 한다. 그것은 모두 오늘을 살아가는 우리들의 이야기지만 송수권은 이를 오늘의 상식화된 방식과 다르게 삶의 매듭을 풀어가고 있는 것이다. 즉 여유와 풍요로움 속에서도 힘을 주는 특이한 시세계를 지니고 있는 것이다.

따라서 그의 시세계를 알아보는 것은 오늘의 우리들에게 의의있는 일이라 할 수 있을 것이다. 그렇다면 그의 삶의 자리, 즉 시인으로서 삶의 터전인 그의 시에 대한 인식부터 살펴봄으로써 그의 시세계를 질러가 보도록 하자.

2.

그의 시에 대한 인식은 우리 고유 정서와 사물에서부터 시작된다.

> 그 뒤로 나는 여승이 우리들 손이 닿지 못하는 먼 절간 속에
> 산다는 것을 알았으며 이따금 꿈 속에선
> 지금도 머룻잎 이슬을 털며 산길을 내려오는
> 여승을 만나곤 한다
> 나는 아직도 이 세상 모든 사물 앞에서 내 가슴이 그때처럼
> 순수하고 깨끗한 사랑으로 넘쳐흐르기를 기도하며
> 시를 쓴다.
>
> ─「女僧」중

 이 시를 볼 때 송수권이 추구하는 시가 무엇인가를 알 수 있다. 그 옛날 어렸을 적 보았던 여승처럼 "황홀"하고 "포름"하고 "애지고 막막하여"지는 것이다. 그것은 "이따금 꿈 속에서"나 "만나곤 하"는 것인데 "머룻잎 이슬"처럼 "순수하고 깨끗한 사랑으로 넘쳐 흐르"는 것이다. 송수권에게 시는 그만큼 순수하고 깨끗하며 애절한 것이다. 그것은 끝없는 그리움을 뜻한다. 이 순수하고 애절한 그리움, 이것이 그의 삶의 틀을 결정지우고 그의 시세계를 결정 지운다. 이 그리움은 그의 지나간 시간의 뿌리를 더듬어 보게 하는 것이기에 직선의 삶을 보상하는 곡선의 삶이다. 그에게 있어 이 그리움의 정서는 도처에 나타나지만 대표적인 것이 '꿈꾸는 행위'이다.

> 말없이 꿈꾸는 두 개의
> 섬은 즐거워라

내 어린 날은 한 소녀가 지나다니던 길목에
그 소녀가 흘려내리던 눈웃음결 때문에
길섶의 잔풀꽃들도 모두 걸어 나와
길을 밝히더니

그 눈웃음결에 밀리어 나는 끝내 눈병이 올라
콩알만한 다래끼를 달고 외눈끔적이로도
길바닥의 돌멩이 하나 차지 않고

잘도 지내왔더니
말없이 꿈꾸는 두 개의
섬은 구슬퍼라

—「꿈꾸는 섬」 중

　　그에게 꿈꾸는 행위는 일차적으로는 즐거운 것이지만 이차적으로
는 그 꿈의 이룰 수 없음으로 인해 슬픈 것이다. 그러나 "어린 날"의 순
수함을 떠올린다는 것은 "길섶의 잔풀꽃들이 모두 걸어나와/길을 밝
히"는 일만큼 감미롭고 신비스러운 것이다. 왜냐하면 그에게 있어
'섬'이란 "섬 한개 동두렷이 떠올라/이 못물 속 蓮꽃으로 비쳐오는 것
을"「續 山門에 기대어」에서 보듯 '연꽃'이기도 하고 "눈썹 둘은 비바
람에 휘몰려/두 개의 섬으로 앉았으니"「꿈꾸는 섬」에서 보듯 '눈썹'
이 되기도 하기 때문이다. 연꽃과 눈썹은 둘 다 그 문맥 속에서 파악할
때 때문지 아니한 원초적 생명, 또는 맑고 그리운 유년의 자아를 뜻한
다. 따라서 원초적 생명으로서 꿈꾸는 행위, 혹은 원초적 삶에 대한 꿈
꾸기는 송수권이 갖는 순수하고 애절한 그리움의 실체, 즉 가장 절실
하게 소망하는 삶의 형태다.

이 원초적 삶에 대한 꿈꾸기는 그의 전 시에 자장을 일으킨다. 그 힘은 강력하여 여러 개의 파문을 만드는데 그 원동력은 모두 원초적 삶에 대한 희구인 것이다. 우선 이 힘의 대표적인 외연이 그의 시에 나타나는 고향의 정경 묘사다. 그가 어렸을 적 겪었던 고향의 가락과 빛깔과 사물들은 그에게 삶의 원초성을 강력히 환기시켜 주는 것들이다.

내 幼年의 강에는 한밤내 별들이 쓸리는 소리
한 토리씩 쌓여가는 호롱불 그리매로는
北風도 비키어 가는 소리
조랑말 울음소리도 지나고
꼬부랑 할멈이 지팡이 하나를
짚고 오신다
山길로 동무삼아 나오신다
　　　　　　　　　　　　　－「꼬부랑 할미 옛이야기」 중

1. 가랫불 넘기
피마자 바른 울대
마당귀에 띄워놓고
가랫불을 피워
불을 넘자
　　　　　　　　　－「보름祭－우리들의 잊혀진 고향」 중

　송수권에게 원초적 삶의 모습은 고향에 있다. 아니 어쩌면 우리 모두 사고 싶은 본래의 삶의 모습은 희미하게나마 기억에 남아 있는 고향에 있는지도 모른다. 할머니가 "꼬부랑 할미 이야기"를 들려주던 유년의 시간대, 그 시간대는 "한밤내 별들이 쓸리"기도 하고 "호롱불 그림자도 한 토리씩 넓혀가서" 신비스럽고 안온하기도 하다. 송수권은 그 안에서 무한한 평화를 얻는다. 그러나 성인이 된 현실은 꿈과 평화를 주기보다는 "24시간을 긴장긴장 끝에 저 배불뚝이 키 큰 항아리처럼/온 몸에 된장을 쳐바르고 돈 몇 푼 얻으러 악을악을 쓰며 가는/슬픈 가장이 되지 말았으면 좋겠다/오늘도 아내의 장독대를 지나다 보면 죄도 미움도 부끄러움도 없는데/내 가슴 속에선 웬일인지 자꾸만 장독대가 무너져 내린다" 「출근」에서 보듯 "슬픈 가장"으로서 "가슴 속에서 장독대가 무너져 내리"는 소리를 듣게끔 한다. 성인이 된 것이 그러한 것이 아니라 고향을 떠나 직선화된 도시의 삶에 살다보면 누구나 가슴 무너지는 소리를 듣게 되는 것이다. 그리고 고향을, 그것도 어슴프게 떠오르는 유년의 고향을 그리워하게 된다.

'우리들의 잊혀진 고향'이라는 부제를 달고 있는 고향 연작시인 「보름제」는 바로 이러한 송수권의 마음을, 아니 우리 모두의 마음을 대변하는 시다. 가랫불 넘기, 부럼까기, 숫대놀이, 다례(茶禮), 공(功)불, 불싸움, 달집 사르기, 지신굿, 농점(農占), 복더위 등의 소제목을 달고 연작으로 써내려가는 이 시는 바로 우리 한국인의 정신적 뿌리, 정서의 원형을 보여준다. 이 정서의 뿌리에 거처하고자 하는 것이 송수권의 의식세계다. 그것은 다분히 현대의 도시적 삶과 동떨어져 있지만 그렇다고 과거지향의 복고적인 것으로 볼 수는 없다. 오히려 현실의 삶에서 이런 유년의 삶이 갖는 안온과 평화를 확보하자는 자기 나름의 치열한 의식의 소산이다. 그는 현재 생활해 가고 있는 일상생활에서도 언제나 이 고향의 정서와 가락을 잃지 않으려 한다. 그는 현재 속에 과거를 품고 둥글게 나아가고자 하는 곡선의 삶을 일궈나가고자 하는 것이다.

　　　후줄근히 땀을 쏘며

종로 2街를 지나쳐 온다
가게집 유리창마다 널린 한산 세모시
또는 安東白布로 뚝뚝 지는 먹물 속에서
우리 고향의 대숲 바람을 만났다.
누군들 이 대숲 바람을 외면할 순 없지
암 외면할 순 없지

—「膳物」중

그는 종로 2街 한복판 가게집에서도 "고향의 대숲 바람"을 만난다. 그 바람은 누군들 외면할 수 없는 우리의 근원에서 불어오는 바람이다. 그래서 이 근원을 이어주는 바람, 근원을 인식시켜 주는 바람을 송수권은 다른 사람들에게 "선물"하고 싶은 것이다. 그 점에서 송수권은 참으로 따뜻한 마음씨를 가진 사람임을 알 수 있다.

그래서 송수권의 시에는 우리의 고향의식을 일깨우는 향토적이고도 전통적인 소재들로 가득 찬다. 그의 시에 나타난 이러한 사물들은 모두 오늘의 흩어진 우리 삶을 기워주고 기울어진 우리들 정서를 바로잡아 준다. 그것은 송수권이 갖는 특권적 세계에서 온다.

어머님 한 땀씩 놓아가는 수틀 속에선
밤새도록 오동나무 한 그루가 자라고 있다.

—「刺繡」중

어머니 장롱 속에 두고 가신 모시옷 한 벌
삼복 더위에 생각나는 모시옷 한 벌

—「모시옷 한 벌」중

내 어려선 막내고모 같던 鐘꽃

도라지 너를 보면
三韓 적 맑은 하늘
이슬 내리는 소리
胡弓소리

—「도라지꽃 — 조선삐」 중

위 시들은 그의 시집 속에서 손에 걸리는 대로 뽑아본 것이다. "자수"나 "모시옷"이 갖는 의미의 영역, 또 그리고 그것들이 우리에게 주는 울림의 효과는 분명하고 진지하다. 또 우리 고향 산천에 지천으로 피어있는 '도라지꽃'에 대한 그의 의미 부여는 얼마나 맑고 투명한가. 자연의 청신함이 우리들 거친 피를 씻어주는 것 같다. 그가 즐겨 이러한 소재들을 가지고 시를 쓰는 것은 바로 단편화된 도시의 일상적 삶을 깁고 쓰다듬고자 하는 본능적 발로라 보여진다. 이들 외에도 그가 즐겨 다루는 소재들을 찾아보면 사기잔, 호리병, 금줄, 떡살, 빗접(빗주머니), 보리누름, 산수유꽃, 감꽃, 달개비꽃, 등잔, 대추나무, 대숲, 도리깨질, 처마끝, 물동이 등등 아름답고 정다운 토속적 이름들이 꽉 들어차 있다.

이러한 향토적 소재들에 대한 경사는 자연 우리나라 자연물들에 대한 이름, 즉 맑고 싱그런 한국의 사물을 나타내는 '말'에 대한 사랑으로 번진다. 말에 대해 사랑할 수밖에 없는 것은 시인이 갖는 기질이기도 하겠지만 그러나 송수권이 사랑하는 말은 순수 우리말, 그것도 입으로 중얼거리면 입술을 물들이며 금방 입 밖으로 튀어나와 싱싱한 풀잎으로 혹은 꽃으로 피어날 것만 같은 우리 시골말, 고향말이다.

봄날에 날풀들 돋아 오니 눈물난다
쇠뜨리풀 진드기풀 말똥가리풀 여우각시풀들

이 나라에 참으로 풀들의 이름은 많다
쑥부쟁이 엉겅퀴 달개비 개망초 냉이 족두리꽃
물곳이 앉은뱅이 도둑놈각시풀들
                              - 「우리 나라 풀 이름 외기」 중

감자와 고구마 같은 낱말들
입안에서 요리조리 읽어보면
아, 구수한 흙냄새
초가집 감나무 고추잠자리…
어쩌면 저마다의 모습에 꼭두 알맞은 이름들일까요
                              - 「우리 말」 중

　우리 나라의 풀 이름, 우리 말에 대한 사랑은 송수권이 향토적 소재
에 대한 애정 끝에 가 닿을 수밖에 없는 곳이다. 그 영역은 우리들 존재
의 근거를 밝혀내고 거기에 잠재해 있는 집단적 힘을 통해 새로운 삶
에 도전케 하는 생명력의 원천지와 같은 곳이다. 송수권은 그의 원초
적 삶의 결국 '우리의 삶', 즉 민족적 삶이 그 근저에 놓여 있음을 "눈
물나는" 마음으로 확인한다. 그 점에서 송수권은 갈 데 없이 가장 전형
적인, 가장 순수한 민족시인이다.
　이 인식 끝에서야 필자는 많은 평자들이 그를 전통시인 혹은 향토시
인이라 부르는 것을 받아들이고 싶다. 그는 종래 전통시인이 갖는 한
이나 그리움 등의 면모도 보이고 있지만 가장 한국적이고도 한민족적
인 정서 속에서 우러나는 힘을 보여주는 특이한 시인이기 때문이다.
이러한 시상법(詩想法)은 곡선의 상법이라 이름 붙일 수 있을 것이다.
그것은 또한 과거의 시간대를 현재의 둥글어진 시간 속에 싣고 그것을
뿌리로 삼아 뻗어가는, 즉 나아가는 것이 곧 근원을 찾는 것이고 근원

을 인식하는 것이 곧 한단계 높은 곳으로 나아가는 것임을 알게하는 원환적 전진의 사유법이기도 하다. 송수권의 시적 인식은 그러므로 곡선의 기하학이 갖는 풍요로움과 부드러움이 곧 진정한 힘임을 알게 해주는 데에 있다 하겠다.

참고로 그의 시에는 형태상으로도 곡선의 미를 추구하는 시가 많다. 달, 산등성이, 항아리, 버선볼, 연꽃, 섬, 강 등의 소재들로 쓴 시가 그러하다. 이것들은 물론 우리 한국의 자연이 갖는 미로서 곡선의 미인데 그러나 필자는 곡선의 의미를 이런 형태에서가 아니라 현실세계에 대한 시적 대응 의식에서 찾아보았다. 그런데 다음과 같은 「강」이란 시는 이런 곡선의 힘을 형태면에서도 찾아 노래하고 있어 그는 의식상, 외형상 모두 곡선의 힘과 미에 사로잡혀 있음을 알 수 있다.

> 보아라. 저 방랑의 검객
> 한 굽이 감돌면서 모래밭을 만들고
> 또 한굽이 감돌면서 모래밭을 만드는 건
> 힘이다
> 누가 저 유연한 힘의 가락 다시 꺾을 수 있느냐

3.

송수권은 현재 『山門에 기대어』(1980), 『꿈꾸는 섬』(1982), 『아도(啞陶)』(1985), 『새야새야 파랑새야(동학혁명서사시집)』(1987), 『우리들의 땅』(1988) 등 다섯 권의 시집을 상재하였다. 이 시집 중『山門에 기대어』와 『꿈꾸는 섬』까지만은 주로 앞에서 보았던 향토적이고도 전통적인 소재들을 민족적 정서 위에서 원초적 삶을 희구하는 쪽으로 시를 형상화하고자 한 것으로 볼 수 있다. 그러나 우리 말과 우리 나라 사물에 대한 사랑이 깊어질수록 그의 가슴 속에는 민족에 대한 사랑에서 민중에 대한 사랑, 더 나아가 분단된 조국에 대한 역사의식까지 형상화하는 쪽으로 기울어갈 수밖에 없음을 보여주는 궤적들로 가득차게 된다. 그것은 송수권이란 한 인간이 나아가는 도정 속에 중요한 국면이기에 따로 검토해 보지 않을 수 없다.

먼저 그의 민중에 대한 사랑은 동학군에서 시작됨을 볼 수 있다.

> 봉당 밑에 깔리는 대숲 바람소리 속에는
> 대숲 바람소리만 고여 흐르는 게 아니라요
> 대패랭이 끝에 까부는 오백년 한숨, 삿갓머리에 후득이는
> 밤 쏘낙 빗물소리…
> 머리에 희니 수건 쓰고 죽창을 깎던, 간 큰 아이들, 황토현을 넘어
> 가던 징소리 꽹과리 소리들…
>
> ―「대숲 바람소리」 중

송수권은 "대숲 바람소리"속에는 대숲 바람 소리만 있는게 아니라 오백년 한숨소리, 그 중에서도 고통받고 굶주린 우리 민초들로서 끝내 황토현을 넘을 수밖에 없던 동학군의 징소리, 꽹과리 소리가 들어있다는 역사의식을 가진다. 그 인식은 우리 자연에 투박한 선조들의 피와 땀이 서려있음을 확인하는 민족과 민중에 대한 사랑이다. 이 시는 그 점에서 대숲 바람소리가 백성들의 한숨소리, 징소리, 꽹과리 소리로 자연스럽게 들려오는 까닭을 해명하고 있다. 이 인식선상에서 우리는 송수권의 시선이 부당한 억압과 고통을 받는 존재, 끝내 제도적 모순과 폭압적 힘에 쓰러져가는 민중에 대해 얼마나 따뜻하게 가 닿고 잇는가를 알 수 있다.

언제 한 소쿠리의 쌀밥을 얻어먹어 본 기억조차 없이
어진 목민관 한 사람 만나본 일 없이
우리는 뿌리 뽑힌 民草라 뿌리 뽑힌 채 벌벌 떨며
이 벌판 하나를 속절없이 떼메고 왔구나
-「식민지의 눈」 중

아도란 무엇이냐
질그릇이다
…(중략)…
입이 있어도 벙어리고 귀가 있어도 귀머거리인
못생긴 우리네의 질그릇이다
-「啞陶」 중

　뿌리 뽑힌 민초와 자신을 동일시해 아파하고 있는 「식민지의 눈」이
나 벙어리, 귀머거리로 표현되는 질그릇이 실상 우리 투박한 백성들임
을 암시하는 「아도」는 모두 그의 민중에 대한 깊은 애정의 발현이다.
이 애정의 끝은 항상 민중의 자생적이고 끈질긴 힘으로 우리의 우여곡
절의 역사를 떼메고 왔음에 주목하고 있다. 그것은 놀라운 발견이다.
그것은 우리 민중에 대해, 아니 우리 역사에 대해 건강한 의미부여다.
그 점에서 80년 광주사태에 희생된 사람에 대한 사랑을 표현한 「망월
동 가는 길」이나 동학혁명 서사시인 「새야새야 파랑새야」는 건강하
고 끈질기게 살아 움직이는 민중의 힘을 노래한 시편들이라 할 수 있
다. 이 힘, 그것도 앞에서 보았듯 곡선의 힘에서 연유된 것이라 이름붙
일 수 있는 이 힘은 우리가 송수권의 시를 좋아할 수밖에 없는 중요한
요인인 것이다.
　한편 그의 시선은 우리 민족의 동질적 삶을 가르는 분단에도 가 닿

고 있다. 거기로 시선을 보내는 이유는 물론 민족적 삶의 동일성을 회복하기 위한 것이다. 그래서 분단으로 자신의 삶이 흩어진 실향민의 아픔이 주로 나타난다.

오늘은 할아버지 고향 가는 날
차마 성한 육신, 백발로도 가지 못하고
혼백으로 바람타고 가는 날
살아서는 산도 옮길 듯한 한이
삭아서는 한줌의 재
물길 따라 바람 따라 고향가는 날
바람아 불어다오

－「風葬」중

국토분단으로 인해 본래의 삶의 터전을 잃고 언제나 떠돌이로 살아갈 수밖에 없었던 할아버지가 혼백이 되어서야 고향으로 돌아가는 슬픔을 적고 있다. 언제나 고향으로 돌아가고 싶은 그리움이 비정한 이데올로기의 벽에 막혀 "살아서는 산도 옮길 듯한 한"이 되었다가 결국 "한줌의 재"로서야 돌아가는 비참함을 보여준다. 그리하여 그는 우리 민족의 동시적 삶을 막고 있는 휴전선에 대해 "오는구나 잘들 오는구나/휴전선도 국경선도 밀어붙히고/귀쌈을 패버리고"「임진강 오리떼」라는 자유의 표상인 임진강 오리떼를 통해 분노를 표현하고 있다. 그 분노는 우리 민족이 본래의 민족적 삶을 되찾아야 한다는 의지의 표현이며 그의 원초적 삶에 대한 사랑의 발동으로서 강인한 생명력의 표출이다.

송수권의 민족 혹은 민중에 대한 사랑과 역사 인식은 그러므로 우리 고향을 너무나 사랑하게 되는 사람만이 갖는 구체적 인식이다. 그의 글 속에는 관념적이거나 허황한 구호와 같은 사랑은 없다. 그 점에서 송수권은 전통시인이자 곧 민족시인이고 민중시인인데 이렇게 될 수 있는 것은 세계에 대해, 역사에 대해, 인간에 대해 뜨거운 사랑이 넘치기 때문이다.

4.

송수권 시작의 출발은 1970년대 중반이다. 그의 나이 35세에야 문단에 등단한 셈인데 다른 시인에 비하면 출발이 늦은 편이다. 그러나 문단에 얼굴을 내민 뒤로 왕성한 창작활동을 통해 여타 시인들보다 양적인 면에서나 질적인 면에서 뒤지지 않는 뛰어난 시세계를 구축했다.

그의 시세계는 앞에서 살펴보았듯 우리 전통 서정시 분야다. 그의 이런 뛰어난 서정시 창작은 제2회 소월시문학상 수상 선정 작품이 된다. 그의 작품이 소월시에서 보이는 우리 전통 서정을 가장 잘 계승했다고 보기 때문에 이 상이 주어졌다고 본다. 그러나 그의 시를 단순히 전통시라고만 규정지어서는 안됨을 우리는 그의 민족적 힘, 또는 민중적 힘을 보여주는 부분에서 발견했다. 그의 시는 소월시가 우리 가락과 소재와 정서로 노래했으되 일제하의 억압으로 감상과 나약으로 치우친 취약점을 극복하고 있고, 또한 영랑의 시가 영롱한 향토 이미지와 가락으로 우리 전통 서정을 잘 드러냈지만 역시 나약한 한의 배출이나 의미의 무화(無化) 등에 치우친 한계점을 보완했다. 또 그의 시는 1950년대에 출발한 박재삼이나 박용래의 전통시와도 거리를 갖는다. 박재삼이 갖는 전통적 한의 세계와 토속어의 사용은 서로 공유한 성질이 많으나 송수권에는 박재삼에게는 없는 민중적 힘의 분출이 들어있다. 또한 박용래 시와의 거리도 박재삼의 경우와 마찬가지다. 특히 송수권은 박용래 시인과는 개인적 친분을 맺고 서로 시를 교류하기도 한 모양이어서 박용래 시가 갖는 고향 정경과 유년 지향, 그리고 한국적 정서는 그들의 동질성을 이루는 부분이라 할 만한 것이지만 역시 박용래는 과거지향적임에 비해 송수권은 역사 속으로 전진하는 특이한 전통 시세계를 보이고 있다. 한편 같이 70년대에 나타난 신경림 등의 농촌시하고도 그의 시는 거리를 갖는다. 신경림의 시도 농촌의 가락과 정서를 형상화하고 있지만 그것은 주로 농민과 농촌 현실의 고통, 모순, 비리 등에 초점을 맞춘 농촌현장으로서의 시다. 신경림의 시는 그 점에서 우리에게 여유와 원초적 인식을 환기시켜 주기보다 당대 농촌에 대한 현실의식을 일깨워 주는 점이 완연한 차이를 갖는다.

이상으로 볼 때 송수권의 시는 전통과 현실, 한과 힘, 여유와 역사의식, 더 나아가 기쁨과 슬픔이 어우러진, 그의 표현에 따르자면 '반반쯤 어무린' 특이한 시세계를 갖고 있다. 이러한 시세계를 필자는 앞에서 곡선의 미 (혹은 힘)로 표현하거나 원환적 전진으로 표현하였지만 굳이 이를 그의 시에 기대어 다시 표현한다면 <꼬임과 맺힘>의 시세계라 부르고 싶다. 과거와 현재, 한과 힘 등이 꼬여 더 큰 생명에 대한 사랑으로 맺히는 것이 송수권의 희망이요 그의 시의 얼굴이요 지향점이기 때문이다. 따라서 우리는 그의 이런 의지와 미학이 녹아있는, 시로서 그의 시론을 보여주는 대표적인 시 한편을 감상하는 것으로 그의 시세계 고찰을 끝내도록 하자.

> 한껏 구름의 나들이가 보기 좋은 날
> 藤나무 아래 기대어 서서 보면

가닥가닥 꼬여 넝쿨져 뻗는 것이
참 예사스러운 일이 아니다.
철없이 주걱주걱 흐르던 눈물도 이제는
잘게 부서져서 구슬같은 소리를 내고
슬픔에다 기쁨을 반반씩 어무린 색깔로
연등날 紙燈의 불빛이 흔들리듯
내 가슴에 기쁨 같은 슬픔 같은 것의 물결이
반반씩 한꺼번에 녹아 흐르기 시작한 것은
평발 밑으로 처져 내린 藤꽃송이를 보고 난
그 후부터다.

밑뿌리야 節制없이 뻗어 있겠지만
아랫도리의 두어 가닥 튼튼한 줄기가 꼬여
큰 둥치를 이루는 것을 보면
그렇다 너와 내가 자꾸 꼬여가는 그 속에서
좋은 꽃들은 피어나지 않겠느냐?

또 구름이 내 머리 위 평발을 밟고 가나 보다.
그러면 어느 文匣 속에서 파란 옥빛 구슬
꺼내드는 은은한 소리가 들린다.
                                    ─「藤꽃 아래서」

탈승화 전략과 해체주의

- 김승희 시집 『세상에서 가장 무거운 싸움』

김승희의 시편들은 언제나 보는 사람으로 하여금 아찔한 전율을 느끼게 한다. 광기와 피와 죽음으로 가득 찬 시세계는 독자로 하여금 삶의 진실을 고통스럽게 깨닫도록 한다. 김승희의 시는 현대의 일상적 삶이 얼마나 길들여진 허구인가를 한 편의 묵시록처럼 보여준다. 김승희의 시는 우리들 삶의 존재 방식에 대한 깊은 회의와 거부를 통해 참다운 삶이 무엇인가를 생각토록 하는 어떤 무서운 집요함이 번득인다.

이번 세계사에서 나온 시집 『세상에서 가장 무거운 싸움』은 김승희의 기존 어느 시집보다 더 이것을 잔인하게(?) 보여준다. 이 시집의 시편들은 하나같이 피와 상처, 광기와 악마, 죽음과 파괴 등 그로테스크한 이미지를 통해 현대인의 삶의 무의미함과 무기력을 공격한다. 김승희의 최근 시들은 모두 격앙된 목소리로 현대문명이 갖는 반인간적 반생명적 모순을 신랄하게 꼬집고 폭로한다. 그녀의 시니컬한, 또는 광기 어린 표현은 그것이 단순히 세상에 대한 야유로 끝나지 아니하고 그 내면에 타성으로 굳어 버린 세상을 깨뜨리고 신생의 생명의식을 일깨우려는 시적 진실을 담고 있다는 점에서 새로운 문학적 작업으로 주목을 요한다. 시인이란 존재가 인습이나 굳어 버린 사고 방식을 깨뜨리고 활기찬 상상력을 인간에게 불어넣는 사람이라 정의할 때 김승희의 이와 같은 작업은 가장 시인다운 행동이라 할 수 있을 것이다. 시인이 "아직 없는 것을 위하여/지금 있는 것과 싸우는 사람,/당연의 모욕을 받으며/세계의 낯짝에다 신생의 무엇을 그리는 사람"(「솟구쳐 오르기·3」)이라고 말할 때 이는 시인의 직분이 어떠해야 함을 시인 자신이 이미 체득하고 있음을 보여주는 것이다.

　이번 시집은 바로 시인의 이런 인식의 산물이다. 시집 자체가 시인의 치밀한 의도 하에 구성되고 창작된 것도 이런 연속 선상에 있다. 여기서 이 시집의 예사롭지 않는 편집체제에 주목할 필요가 있다. 이 시집은 총 55편의 작품들을 4부로 나누어 편집하고 있는데 표제시「세상에서 가장 무거운 싸움·1」이 1부의 첫작품으로 수록되어 있고 제4부는「무거움 가벼움 솟아오름」의 한 편만 수록되어 있는 고의성이 그것이다. 다시 말하면 주제적 통일성을 유지하기 위해 수록 작품 전부가 프롤로그, 본문, 에필로그의 한 거대한 구조로 짜여져 있는 것은 시적 전언을 하나의 논리적 질서로 전달하고자 하는 이런 인식의 구조화를 꾀한 것이라 할 수 있다. 이것은 20년대 만해의『님의 침묵』처럼 또한 시인이 이런 시적 주제를 오랫동안 체계적으로 생각해 왔고 이를 형상화하려 했음을 보여주는 예다.

　이번 시집의 또다른 특징은 그녀 시의 시학적 근거로 이 세상의 자동화된 진실, 다시 말해 당연시되는 현실을 의심하고 뒤엎어 버리는 해체주의 정신이 일관되게 작품의 저변에 흐르고 있다는 점이다. 시인

이 당연의 세계를 해체주의적 방식으로 의심하는 것은 시인의 세계관
인 동시에 당대의 현실에 반응하는 시인의 태도라 할 수 있다.

> 아침에 눈뜨면 세계가 있다,
> 아침에 눈뜨면 당연의 세계가 있다,
> 당연의 세계는 당연히 있다,
> 당연의 세계는 당연히 거기에 있다,
>
> 당연의 세계는 왜, 거기에,
> 당연히 있어야 할 곳에 있는 것처럼,
> 왜, 맨날, 당연히, 거기에 있는 것일까,
> 당연의 세계는 거기에 너무도 당연히 있어서
> 그 두꺼운 껍질을 벗겨 보지도 못하고
> 당연히 거기에 존재하고 있다
>
> －「세상에서 가장 무거운 싸움・2」 중

이 시에서 보이는 당연과 '물론'의 세계는 김승희에게 획일과 억압
의 세계로 인식되며 이는 다분히 반인간적, 반생명적 이데올로기를 환
기한다. 다시 말하면 시인의 해체주의는 당연과 물론의 세계를 인간의
참다운 자유와 자발성을 억누르는 지배 이데올로기의 음험한 책략으
로 읽고 있다. 따라서 진정한 인간으로 서기 위해서는 이러한 당연의
세계, 물론의 세계, 타성화되어 버린 일상적 삶으로 다가서는 제도나
체제를 의심해 보고 더 나아가서는 거부해야 한다. 시인이 계속해서
"당연의 세계는 물론의 세계를 길들이고/물론의 세계는 우리의 세계
를 길들이고 있다,/당연의 세계에 소송을 걸어라/물론의 세계에 소송
을 걸어라"라고 지령적 어조의 격앙된 목소리로 절규할 때 이것은 우

리 삶이 얼마나 자기기만 속에 죽어 있는가를 시사한다.

따라서 이런 해체주의적 의심하기에서 김승희가 현실에 대해 '탈승화'의 시적 태도를 취하는 것은 지극히 당연한 일이라 하겠다. 사회 심리학적 용어인 '승화'라는 말이 지배 이데올로기로 편재된 사회 문화 속으로 우리 인간이 순화돼 들어가는 것, 다시 말해 길들여져 가는 것을 의미할 때 개인적 감정의 순화를 시적 진실로 삼는 전통 시 문법은 바로 기존 사회 체제에 순응하는 승화의 논리에 지나지 않는다. 그녀에게 기존 사회 체제가 음험한 지배 이데올로기의 허상으로 인식될 때 기존 사회 문화의 담론 방식인 승화의 논리는 부정되어야 마땅하다. 대신 탈승화의 새로운 시적 태도를 새로운 미학적 가치 체계로 내세우는 창조적 대응 방식을 수립할 수밖에 없다.

> 진실로 무서운 것은
> 우리 머리 위의 그물이 아니다
> 밖에 있는 그물이 아니다
> 현대인의 핏속에 DNA처럼 입력되어 있는
> 무기력, 망각, 순응의 유전자 지문들
>
> 그 그물의 식민통치를 뿌리치지 않고
> 어떻게 솟아오르기를 바랄 것인가?
> 가장 야만스러운 열정이여
> 나에게 와 다오
> 가장 야만스러운 정열
> 잔혹한 그 검은 웃음이 없다면
> 누가 우리를 그물에서 해방시킬 것인가?
>
> ─「솟구쳐 오르기·5」중

여기서 극명하게 볼 수 있듯 시인이 특히 주목하고 있는 것은 어느
덧 내면화되어 있는 체제 순응적 요소들이다. 그것은 삶의 무기력을
뜻하는 것인 만큼 철저히 비인간적이고 반생명적이다. 이러한 비틀린
삶을 구원하는 것으로서 시인이 지향하는 것은 체제에 억압된 인간성
의 자유로운 유출의 세계, 곧 야성의 세계. 시인에게 야성, 곧 원시의
세계는 자유로운 정신과 창조적 열정이 있는 참된 생명의 공간인 것이
다. 이 공간은 승화의 논리를 해체했을 때만 가능한 신생의 땅이다.

　기존의 문화적 가치에 매몰되어 있는 사람에겐 하나의 광기로 비쳐
보여지는 이러한 야성주의는 시인에겐 역설적이게도 참된 인간성이
존재하는 곳이다.

> 그녀의 별명은 사이코 토끼
> 그녀는 원죄처럼 꿈을 벗을 수 없네,
> 입혀진 상처. 야기된 마비.
> 반동적 향수가 그녀를 질질 끌고 달려가네,
> 산하의 냄새, 숲속 호랑이 눈동자, 늑대의
> 외침소리, 독수리 날개 할큄 푸드득 득득, 폭포수
> 추락하며 우는 소리,
> 그녀는 특히 호랑이를 사랑해
> 가끔 테두리 밖으로 터져나가고 싶은
> 심장의 분노(아직도 터질 듯이 적혈구가
> 타오르는 사람이 있다니!)
>
> 반시대적
> 그런 반시대적 때문에
> 그녀는 점점 더
> 사이코 토끼라고 불리고 있네
>
> 　　　　　　　　　　　　　　－「사이코 토끼」중

"반동적 향수", 또는 "반시대적"인 인식이라고 불러도 좋을 이러한 야성의 세계에 대한 동경은 바로 "테두리 밖으로 터져나가고 싶은/심장의 분노"일 따름이다. 그것은 제도 안에 멍들고 상처받은 인간의 본질적 자아의 가장 자연스러운 반응이다. 그것은 제도와 체제에 의해 길들여진 인사이더에서 내부의 무기력을 원시의 야성으로 일소하고 현실의 모순과 부조리를 비판하는 아웃사이더의 자리로 옮겨가는 것을 의미한다. 때문에 그것은 참된 자아를 찾는 고통스러운 작업이기도 하다.

김승희에게 이것은 페미니즘적 시각으로도 나타난다. 시인이 "결혼한 여자라고 해서 FM을 안 듣는다는 건/잘못 유포된 미신이야. 결혼한 여자는 AM의 세계에만/머물렀으면 하는 건, 남자중심주의가 만든/민속신앙이야"(「결혼의 세계 — 뉴욕의 희규에게」)라고 선언했을 때 이것은 갈 데 없이 가부장제의 기만과 모순을 고발한 일종의 해체주의적 저항 담론이다.

삶의 자동성과 기만성을, 그리고 길들임의 억압기제를 들추어내는 것은 시인의 말처럼 "세상에서 가장 무거운 싸움"이며 동시에 이것은 시인의 가장 본질적인 직분이다. 이 벅찬 고통을 자임한 김승희 시인의 태도는(사실 그의 시에 일관되고 있는) 여간 진지하지 않다. 그러나 김승희의 시는 초기시와는 달리 상상력의 기능이 편협하게 축소되어가면서 지나치게 반서정주의 경향을 띠고 있다. 시어가 너무 분석적이고 토의적이며 때로는 선언적이다. 기존 관념을 해체하는 탈승화의 태도가 양식화될 때 이것은 또 하나의 이데올로기적 경직성을 낳기 마련이다. 이것은 물론 김승희 시인만의 문제는 아니다.

그럼에도 불구하고 삶에 대한 진지한 성찰을 해체주의에 고유한 의문의 형식으로 제시하고 있는 점에서 『세상에서 가장 무거운 싸움』은 확실히 문제적 시집의 하나임에 틀림 없다. 이 시집 자체는 유희적 태도와 세속적 경직성이 지배하는 현대의 지성과 즉석 수용의 감미로운 서정에 탐색하는 상업주의와의 싸움이다. 다시 한번 강조하지만 우리는 "당연과 물론의 세계에 길들여져 있는 나 자신과의 싸움"으로서 김승희의 최근 시편에, 아니 그 시작 태도에 깊은 신뢰감을 느끼지 않을 수 없다. 무엇보다 이 시집 에필로그의 마지막 귀절을 우리의 공감적 소망으로 기억하지 않을 수 없다.

　　짤랑짤랑 가벼운 빛의 음악이 되는 그 날까지.

적의(敵意)의 도시시와 돌출적 상상력

— 이경림의 시

1.

　도시문학은 모더니즘의 본질적 특징이다. 그렇다고 모든 도시문학이 모더니즘에 귀속되지는 않을 뿐만 아니라 도시문학으로 획일화되지 않는다. 도시문학은 단순히 제재상의 분류명칭이 아니라 제재를 처리하는 형식(모더니즘의 경우 언어의 불투명성으로부터 형식의 불투명성이 야기되지만)과 나아가서 세계관과도 연관되어 있다. 인식론적으로 도시는 합리적 질서의 이념에 동의하는 개인들의 사회로 정의된다(M. K. Spears, *Dionysus and City*, p.70). 말하자면 도시는 근대성, 곧 질서와 문명의 상징이다. 중요한 점은 이런 도시에 대한 예술가의 반응이다.

　주지하다시피 도시시는 80년대 중반 이후 부각되기 시작한 현대시의 한 유형이다. 당대에 문명화란 다름 아닌 도시화라는 등가물 인식에서 도시시가 불가피하게 한국 현대시의 주류적 방향성으로까지 점처지기도 했다.

  이경림시는 바로 도시시다. 그의 도시시에서 주목할 점은 도시의 건물이 중요한 시적 대상이 되고 있는 사실이다. 시인에게 건물은 도시의 제유이다. 어찌 보면 도시란 다양한 종류의 건물들의 전시장이다. 시인의 도시탐구는 흔히 건물의 탐색으로 구체화된다. 따라서 이경림시인의 도시시는 건물의 핵심 이미지로부터 해석의 가닥을 잡을 수 있다. '눈을 감고 그 곳을 지나왔다'라는 심상치 않은 부제가 붙은 <저 건물>을 인용해 보자.

> 탄피같은 나뭇잎들이 大地를 향해 곤두박혔다
> 그 숲에는 가는 총탄이 만신창이가 된 하늘이
> 살았다 이따금 길 밖으로 銃聲처럼
> 바람이 지나갔다 뚜벅
> 돌층계를 밟고 올라가는 것들의 굽은 등이 보였다
> 길이 급히 꺾이고 그들의 숨소리가
> 모퉁이에서 꺾였다
>
> 어떤 아득한 잿빛 건물 속에 있었다
> 총성같은 바람이 그 속을 휘돌았다
> 타아 ················ ㅇ

  행위를 서술한 부제목은 대상, 곧 건물에 대한 시인의 공포와 더불어 적의를 드러낸다. 건물에 대한 적의는 (건물은 도시의 제유이기 때문에) 도시에 대한 적의에 다름 아니다.

  근대문학은 문명에 대한 적의의 노선을 취한다(Spears, op.cit. p.73). 그러나 여기서의 적의는 문명에 대한 것이 아니라 모종의 폭력과 연관되어 있음을 쉽게 간파할 수 있다. 따라서 이 작품은 알레고리성이 매우 짙다. "탄피같은 나뭇잎"이나 "銃聲처럼 바람이 지나갔다"는 좌절된 비유가 아니라 매우 독창적인 이유는 여기에 있다. 이른바 '낯설게하기'의 효과를 십분 발휘한 이 놀라운 심상형성은 이런 알레고리성의 필연적 산물이다.

정진규는 이경림시의 문체를 대담하고 활달한, 무엇보다 자유로운 표현으로 기술했다. 그러나 이 최근작은 심상이나 어조가 주제와 호응해서 굵직한 남성적 어조를 채용하고 있다. 여기서 간과할 수 없는 점은 "바람이 지나갔다 뚜벅"의 미완결시행이 단적으로 드러낸 리듬이다. 행갈이는 시의 최소정의이기 때문에(곧 최소 필수조건) 많은 시인들이 행갈이에 다양한 기교를 부린다. 가장 흔하고 보편적인 행갈이는 미완결시행이다(이것은 이경림시에 일관된다). 이경림시의 자유롭고 활달한 문체는 사실상 빠른 보법(정진규)에 기인한다. 그러나 이 미완결시행에서 확인할 수 있듯이 완급의 내재율을 형성하고 있는 것이다.

부제가 없는 <저 건물>도 부제가 있는 <저 건물>도 알레고리성이 짙다. 두 작품이 연작시로서 상호텍스트의 관계에 놓여 있음에도 불구하고 부제가 없는 <저 건물>은 부제가 있는 <저 건물>과 대립적인 사실에 주목할 필요가 있다. 의미론상으로 부제가 있는 <저 건물>의 "총성"은 능동적인 데 반하여 부제가 없는 <저 건물>의 "비명"은 수동적이다. 전자의 숲속 "잿빛의 건물"이 공적인 함축을 지닌 반면 후자의 "낡은 집"은 음침한 고가로서 사적 함축을 띠고 있다. 전자에서 시인의 반응이 공포라면 후자의 경우 그것은 연민이다. 따라서 전자가 정치적 폭력과 연관된 알레고리성이 짙다면 후자는 가부장적 사회의 횡포에 연관된 알레고리성이 짙다. "비명이 들렸다"의 느닷없는 진술로(이경림의 상상력은 특이하게 매우 '돌출적'이다) 시작되는 이 작품은 낯설게 하기의 효과를 획득하기 위해 가능한 많은 기교를 동원한다. 우선 어조의 창조에 있어 강온의 양동전략을 구사한다. 인용해 보자.

> 소리 사이로 느닷없이 잡초들이 솟아 올랐다
> 그 속으로 낡은 집 한 채가 뛰어들었다
> 저 건물은 뭘까? 저 창은 저리 침침해도 될까?
> 중얼거리다 잠이 들었다

이 둘째 연의 1, 2행만이 첫행과 서사적으로 연결되어 강한 어조를 타고 있다. 그러나 3, 4행에서 어조가 하강하여 부드러운 어조를 띰으로써 이 둘째 연은 어조상 묘한 부조감을 준다.

주어와 서술어 사이의 부조화도 시인이 노린 이화작용의 효과다. "집 한 채가 뛰어들었다", "느닷없이 잡초가 솟아 올랐다", "한숨 소리가 허공의 잿빛 살을 찢고 솟아 올랐다"처럼 정적이거나 부드러운 이미지의 주어에 어울리지 않게 강렬한 행동의 서술어가 연접되는 것이다. 그리고 마지막 연의 "그 집이 심호흡하는 소리", "대들보가 검붉게 충혈되더니", "그의 한숨 소리" 등은 존재론적 은유다(정서, 사상, 사건을 어떤 실체, 특히 인가의 신체로 처리하는 기법. 의인법도 존재론적 은유의 한 변형이다).

지시 관형어를 사용했음에도 불구하고 <이 건물>의 의미는 매우 모호하다. 과연 "창문도 벽도 없는 이 물렁하지도 딱딱하지도 않은 / 이 건물", 그리고 "지붕도 바닥도 없는 이 건물" 의미는 도대체 무엇일까. 두 번 반복된 "이 건물, 너무 멀어"는 또 어떤 상태인가. 자연(또는 전원사회)이 제한이 없는 공간이라면 도시는 유한한 공간이다. 여기서

"~네"라는, 다분히 감탄의 어조를 띤 서술형 종결의미가 시행 말에 반복되는 운(韻)적 효과를 눈여겨볼 필요가 있다. 이 운적 리듬을 타면서 "엉망진창의 봄날이 안팎으로 뒤척이네"의 존재론적 은유와 "산발한 음지 식물들이 솟구치네"의 동적 이미지까지 곁들여 합리적 이성의 산물인 공간의식이 해체되고 있는 점을 놓칠 수 없다. 이것은 붕괴되고 해체되는 문명의 비전이 아닌가. 다시 말하면 문명이 자연을 지배하는 것이 아니라 자연이 문명을 지배하는 전도현상이 일어나고 있는 것이다. 봄이라는 생명 또는 부활의 원형적 이미지에 기탁하여 시인은 일종의 이상향을 꿈꾸고 있는지 모른다. 그래서 이 작품에서 도시에 대한 적의는 철저하게 간접화되고 있다.

2.

이경림시에서 자아와 세계가 갈등의 관계에 놓이듯이 자연과 문명은 적대관계에 놓인다. 근작시편들에서 자연과 문명의 갈등은 일관된 주제다. 시의 구조가 대화형식(또는 댓귀의 패러디)이지만 철저하게 동문서답의 형태로 대화가 처음부터 단절된 <그가 말했다>는 흥미 이상의 착상을 보인다. 일부만을 인용해 보자.

> 저기 기러기가 가는 곳이 하늘이야
> 내가 말했다
> 저기 피뢰침에 찔린 것이 하늘이야
> 그가 말했다
> 저기 은빛 비행기가 들락날락 하는 곳이 하늘이야
> 내가 말했다

저기 전깃줄이 배를 가르고 있는 곳이 하늘이야
그가 말했다
저기 미루나무가 흔들리고 있는 곳이 하늘이야
내가 말했다

실제의 대화에서는 3인칭은 비인칭의 화재이자 대화의 파트너는 아니지만 '그'가 인식한 자연은 문명에 의해 잔인하게 훼손된 추악한 자연이다. 그러나 1인칭 화자가 인식한 자연은 이와 대조적으로 그림같이 아름다운 원래의 자연이다. 이런 명백한 대조에 의하여 시인은 문명에 대한 적의를 함축한다. 실제로 이 시는 "하늘이 쓰린 배를 끄을고 꿈틀꿈틀 기어가고 있다"처럼 문명에 추악하고 비참하게 훼손된 채 고뇌하고 고통받는 자연으로 귀결된다. 3인칭 '그'와 시인의 갈림언어의 대결에서 3인칭 '그'의 승리이고 1인칭 시인의 좌절이다.

형태시적 요소까지 곁들인 <밤길 간다>에서 시인의 도시에 대한 적의는 정치적 함축까지 띤다. 눈 내리는 도시풍경을 묘사한 이 시에서 시인의 적의는 흑백의 이원적 대조에 의해 극명하게 드러난다. 말하자면 이 흑백의 색깔 대립은 자연과 문명의 대립이다.

검정물감 속으로 떨어지는 희디흰
방망이 정신없이 맞으며 골목으로 골목으로
들어가는 사람들 조선으로, 고려로, 신라로, 백제로
헤매는 사람들. 검정 원피스를 걸치고
검정 신사복을 걸치고 느닷없이
내리는 방망이 얻어 맞는
저 창백한

여기서 또 한 번 시인의 놀라운 심상형성을 보게 된다. 흰 눈을 엉뚱하게 몽둥이에 유추한 것이 그것이다. 이경림의 유추적 상상력은 유사성의 발견에 기여하는 본래의 기능보다 오히려 이화작용에 더 능숙하다. 물론 독창적이라고 하기엔 너무나 전무후무한 이런 비유도 도시에 대한 시인의 적의에 의해서 착상된 것이다. 시인의 적의는 반인간주의로 불릴 만큼 시민에 대한 적대감으로 구체화된다. "골목으로 골목으로 / 들어가는" 개인주의적이고 현실주의적인 메마른 인간(이 부류는 눈내리는 겨울밤을 즐길 줄 모른다)도 적의의 대상이고 "조선으로, 고려로, 신라로, 백제로 / 헤매는" 퇴폐주의자들도 적의의 대상이다. 일반적으로 익명적이고 뿌리가 없는 군중, 소극적이고 책임을 지려하지 않는 소시민, 대중매체에 노예화된 대중은 거대도시의 전형적 인간상이고 이런 인간상에 대한 비판으로 문명에 대한 적의를 대신한다.

적의의 모티브 때문에 <밤길 간다>는 전통 서정시와는 달리 흰 눈이 도시 전체를 하얗게 뒤덮는 낭만적 분위기와는 전혀 무관하다. 그 대신 "어둠을 하얗게 때려눕히며"처럼 선택된 시어들은 매우 투쟁적이다. 시인의 상상력은 여간 돌출적이지 않다.

한 행이 한 연을 이룬 <계단>에서 "가슴이 움푹 꺾인다"나 "머리를 지하에 틀어박고"에서 감지하듯 서술어가 여전히 강렬하다. 이 강렬한 서술어는 도시에 대한 적의와 연관됨은 물론이다. 동사를 일관되게 서술어로 배치함으로써 <계단>은 행위들의 집합이다. 계단을 의인화해서 3인칭시점으로 행위를 서술하지만 이 의인화는 시적 모호성을 지니고 있다고 보아야 한다. 왜냐하면 지하철(또는 육교)의 계단이 연상되고 이 계단에는 으레 동냥을 구걸하는 거지가 앉아 있다. 이렇게 본다면 계단은 공간적 인접성에 의해 거지의 환유가 된다. 이런 상상은, 그러나 중요하지가 않다. 의인법으로 보든 환유로 보든 주목되는 것은 시민은 본질적으로 타인의 희생에 존재근거를 갖는 새디스트이거나 적어도 타인에 대해서 철저하게 무관심한 비정한 존재임을 환기한 점이다.

3.

제재에 대한 태도면에서 <이 건물>과 연속되는 <저 달빛!>은 적의가 스며들 여유가 전연 없을 만큼 자연을 순전히 심미적 대상으로 변용시키고 있다.

> 번들거리는 그의 몸이 빈 들의 물소리처럼
> 부풀어 오른다 세상이 그의 몸으로 가득하다

달빛을 의인화한 존재론적 은유와 30년대 김광균이 <설야>에서 보인 공감각(시각에서 청각으로의 전이)에 의하여 아름다운 서정을 환기한다. 다른 근작시편들과 대조적으로 굵직한 남성적 어조 대신 여성적 포용성을 띠고 있는 어조는 여간 부드럽지 않다. 뿐만 아니라 자유분방하고 대담한 문체 대신 적절한 미적 거리를 확보한 절제의 흔적이 도처에 발견할 수가 있다. 황당하게 느껴질 만큼 근작시편 중에서 너무나 예외적인 서정소품이다.

이경림은 독특한 자기 목소리를 지니고 있다. 그의 돌출적 상상력은 관습화된 화법에 전연 구애받지 않고 빠른 템포의 내재율을 창조하면서 가능한 한 표현의 자유를 누린다.

이경림시에서 주제는 거의 무의미에 가깝도록 리듬과 이미지와 상호동화되어 일체를 이룬다. 그러나 두드러지게 도시에 대한 적의를 품고 있는 근작시편의 경우 시적 모호성을 획득하고 있음에도 불구하고 의도적 의미가 수면위로 떠올라 아쉬움을 준다.

타락된 글쓰기, 시인의 모순

—장정일의 시세계

1.

　80년대 중반 이후 60년대산 일부 젊은 시인들의 태도는 문단의 주목을 받을 만큼 매우 도전적이었다. 그들의 도시적 감수성은 여간 신선하지 않았다. 도시시로 자리매김된, 젊은 시인들의 작품에서 도시적 감수성은 단순한 스타일이 아니라 그 자체 기존관념의 해체라는 의미 심장한 작업이기도 했다. 모더니즘계열의 시운동이 근본적으로 변화된 것은 바로 이 지점이었다. 그들의 도시적 감수성은 내면세계를 탐구한 과거의 추상시들과는 달리 정치·경제·사회와의 연관의식이었다. 다시 말하면 그들의 도시시는 모더니즘시의 자기반성이기도 했다.[1] 이것은 90년대 탈현대 징후들의 예견 내지는 선취라고 할 만한 변화의 시발점이었다.

　은유와 상징 대신 시문체가 서사문학처럼 서술체와 진술체로 변화

---

1 이 점에 대해서 졸고 「한국 모더니즘의 현단계」(『현대시사상』 1집, 1988) 참조.

하고, 3인칭 시점을 자주 채용하며 실없이 독자를 시 속에 끌어들이거나 총체적으로 장르해체 또는 장르혼합을 일으킨 그들의 전략들은 시의 전통문법을 깨뜨리는 데 충분했다.

장정일은 누구보다 전통 시문법으로부터 해방된 자유를 행사한다. 이 자유의 행사는 계산된 고의적인 행위다. 그러나 이것은 엄청난 대가를 치러야만 했다. 시인(또는 영혼)과 작품과의 불일치는 장정일 시의 거점이자 현대시의 가장 심각한 국면이다. 60년대산 시인들이 언어를 남용하고 언어폭력까지 자행하는 현대시의 황폐화는 이와 무관하지 않다. 시를 그리고 시쓰기를 부정하고 모멸하면서도 소설가로 변신하기 전까지 부지런히 시쓰기를 계속했던 엄청난 역설, 그 곤혹스러운 부조리에 장정일 시는 놓여 있는 것이다. 이것이 왜 시를 쓰는가, 도대체 시쓰기란 무엇인가라는 질문에 대한 장정일식의 대답이다. 장정일의 이런 모순은 시집 『햄버거에 대한 명상』의 짤막한 자서에서 <세상의 시집은 모두 다 유고시집이지요>라고 정의하든가 한 작품의 제목을 「나의 유고시집 첫머리에 넣을 것」으로 설정한 데서 충분히 암시된다.

시를 부정(모멸)하기 위해 시를 쓴다는 시적 태도에서 장정일의 문제작들 대부분이 자기반영성과 상호텍스트성을 수반하는 패러디 전략을 구사하고 있는 것은 지극히 당연한 일이다. 이 패러디 전략으로써 장정일은 전통시를, 아니 시의 전통적 개념을 해체하려 했고 여기서 언술행위의 무한한 자유를 행사했다. 그렇다면 그는 왜 시를 부정하기 위해 시를 쓰는가. 도대체 이런 역설은 가당찮기는 한가. 그의 시적 태도의 모순은 <짜증스레 나는/ 살아 있다>(「안 움직인다」)와 같은 자기모멸에서 그 실마리를 발견할 수 있다. 장정일 시의 정조는 자기모멸과 <무위>의 양극단 사이에 놓여 있다. 여기서 자기모멸에 세계에 대한 모멸도 내포되어 있음은 말할 필요 없다. 그의 시가 주로 풍자와 태도의 희극성을 띠고 있는 이유는 여기에 있다. 그리고 노장적 사상을 엿보이게 하는 <무위>란 그러나 자기모멸이 심화된 한 변형으로서 결코 단순한 미덕이 아니다.[2] 이 자기모멸과 무위는 「Job 뉴스」, 「사랑 淸」과 같은 예외도 있지만 그의 시가 (N. 프라이의 용어를 빌린다면) 디스토피아의 <악마적> 심상을 주조로 한 데서 가장 극명하게 드러나고 있는 것이다.

2.

　패러디가 악마적 심상에 있어 중심 주제의 하나라는 것은[3] 적어도 장정일 시의 경우 진리다. 왜냐하면 패러디는 장정일 시의 주조이자 태도인 모멸을 환기시키는 효과적인 전략이 되기 때문이다. 장정일 시의 도처에서 바람직하지 않는 세계를 제시하는 악마적 심상이 주로 기독교적 세계관 내지 인생관을 패러딕하게 전도시키는 사실을 특별히 주목할 필요가 있다. 이 패러딕한 전도는 「텅 빈 껍질」에서는 예수 대신 가랑이를 벌린 여자를 거꾸로 매단 십자가의 악마적 심상에 의하여 제시된다. 패러딕한 전도는 깎아 내리기이며 이것은 세계를 <텅 빈 껍질>로 인식하는 허무주의로 심화된다. 중요한 것은 이런 삶의 무의미가 글쓰기 행위의 무의미를 수반하고 있는 점이다. 말하자면 작품과

---

2 이영준과의 대담에서 장정일이< <잘 살아보세> 구호와 욕망 속에 무위가 철저히 거세되어 왔다>고 했을 때 이 <무위>는 물론 미덕이다. 그러나 이 <무위>의 태도는 미덕 이상의 의미를 함축한 문제적 태도다. 「장정일, 그 악마적 정직의 얼굴」 (『리뷰』, 1996년 겨울호).
3 N. Frye, *Anatomy of Criticism*(임철규 역, 한길사, 1982), p.202.

영혼의 불일치가 불가피하게 탄생되는 것이다.

　　　　무엇하러 이따위 글줄을 나는 여기/ 적어야 하는가?

　글쓰기 자체에 대한 이런 자기반영적 의문은 매우 시사적이다. 여기
서 잠시 장정일 시를 지배하는 해체주의적 발상을 검토할 필요가 있
다. 구약성경의 창세기를 패러디하여 우리 시대를 <망명세대>, <낙
원이 상실된 세대>로 인식한 시인에게 근원으로서의 과거도 없듯이
미래도 없다.

　　　　다가서지 않은 미래로부터도/ 쫓겨났다.

　텅 빈 껍질의 현재로부터 도망치고 싶은 과거도 미래도 없는 이 시
간의식의 탈중심은 제도와 금기의 폭력을 알레고리화한 「저 대형사진
」에서는 타자의 발견으로 변주되기도 하고 「처음 뱀을 죽이다」에서
는 근원에 대한 의심하기로, 「<중앙>과 나」에서는 중심에 대한 전면
불신으로 심화되기도 한다. 만해시 「님의 침묵」을 패러디한 「약속 없
는 세대」에서 시인은 <만났다 헤어질 때 이별의 말을 하지 않는다. 우
리들은 헤어질 때 다시 만나자는 약속을 하지 않는다>고 과거 <약속
있는 세대>와의 차이·이질성을 강조한다. 그러나 이 패러디는 시인
이 자신의 관념을 독자에게 직접 전달하려는 투명한 진술시로써 비유
와 상징에 의한 기존 시의 모호성을 동시에 해체한다.

　　　　거리를 쏘대다가 다시 보게 될 텐데, 웬 약속이 필요하담!

이런 야유 속에 반목적론적인, 과정이 전부라는 우연의 세계관이 효과적으로 표명된다. 장정일 시는 이런 해체주의적 세계관과 패러디의 전략이 자연스럽게 만난다.

세계를 텅 빈 껍질로 모멸했듯이「검은 카농」에서는 <뿌리가 없다>로 모멸한다. 이런 허무의식으로부터 역설적으로 제멋대로의 자유가, 곧 자유방임이 가능해진다. 이것이 이른바 60년대산 젊은 시인들의 주목할 만한 시적 태도이며 구체적으로 언술행위의 자유로 실천되고 있는 것이다.

장정일은 <낙태>를 80년대 시의 새로운 주제로 특히 주목한다.[4] 그는 이 낙태의 악마적 이미지에 자기모멸의 서정을 집약시킨다.

> 세계의 비밀이란/ 나는 부모의 태로부터 낙태당했다는 것/ 나 뿐 아니라/ 혈통 좋다는 너, 너, 너, 너마저/ 한낱 지구란 쓰레기통에 버려진/ 낙태라는 사실!/ 익명으로 이루어진 인류.
>
> ―「극비」

자신의 탄생의미를 자기모멸과 세계모멸의 육화로 규정한 시인은 역사마저도 낙태의 연속으로 격하시킨다. 이런 자기모멸은「달리고, 주저앉아, 죽다」에서는 가상의 자기무화, 기대의 불일치라는 골계미의 형태로 환기된다. 시내 한 복판에서 남이 도와줄 수도, 대신할 수도 없는, 어떤 절박한 일이 있는 것처럼 별안간 달리기 시작한 한 인간이 드디어 도시를 빠져나와 푸른 들판에 이르자 참았던 용변을 보고 자신의 똥을 뭉개고 숨을 거두게 된다는 구조적 아이러니를 통해 시인의

---

4 장정일,「혹성탈출」(시집『서울에서 보낸 3주일』, 청하, 1988). 이 시론은 80년대 젊은 시인들의 시세계의 특징을 기술한 비평이다.

인간모멸이 매우 흥미롭게 제시되고 있는 것이다. 이것은 자기정화의 패러디를 매개로 한 반인간주의 표명이다. 장정일 시에서 자기학대와 자기정화는 구분되지 않는다.

　이런 자기모멸의 태도가 다음과 같이 악마주의로 변용되는 것은 결코 놀랍지 않다.

> 결국 악마밖에 너를 다스릴 것이/ 없을 테니까.
> ─「검은 카농 ─ 4. 지구는」

　여기서 80년대의 글쓰기가 불가피하게 타락된 글쓰기가 되는 근거가 마련된다. 이것이 정작 60년대산 시인들의 가장 문제적 양상이다.

　타락된 글쓰기의 개념은 현존하는 살아 있는 주체(화자)의 부재·죽음을 초래하는 기호의 타락에 지나지 않는다는 서구 전통 형이상학에 이미 내재해 있다. 그러나 60년대산 시인들에게 타락된 글쓰기는 80년대의 시대적 조건에서 빚어진 글쓰기 모멸의 등가물이다.

　포르노의 악마적 심상은 이 타락된 글쓰기의 정점에 놓인다. 「늙은 창녀」에서 장정일 고유의 자기모멸은 매조키즘의 성도착으로 변용된다. 수치 때문에 변태적 성유희를 거부하고 안일하게 정상적(?) 성행위를 원하는 남성에게 늙은 창녀의 간절한 사랑과 진실이 무참히 좌절되는 비극적 상황이 일인독백극의 장르 패러디 형식과 그녀의 하소연을 끊임없이 중단시키는 말 줄임표에 의하여 보다 인상적으로 제시된다. 말할 필요 없이 여기서 늙은 창녀는 악마적인 성적 사랑의 상징이며 이 악마적 심상은 인간모멸을 매우 효과적으로 환기시킨다. 이런 자기 모멸은 연작시 「프로이드식 치료를 받는 여교사·5」에서는 제자에게 강간당하는 꿈을 꾸면서 강간당할 때의 자기 표정을 알고 싶어하는 여교사의 충격적 매조키즘으로 전개된다. 이 연작시 「2」의 테마는 악마적 결혼의 패러디로서 동성애이며 반대로 「9」와 「나, 실크커텐」은 자위행위로 악마적 성에 탐닉하는 황폐한 인간을 설정하고 있다. 「심야특식」은 전형적 서술시 형태로 남자가 여우에 홀려 죽는다는 전설을 인유의 원천으로 채용하면서 한 택시기사가 성행위의 절정 속에서 죽음을 맞이하는 과정을 그리고 있다. 여기서 「달리고, 주저앉아, 죽다」와 유사하게 시인이 성행위의 절정을 이상향이라는 또 하나의 절정(그러니까 이상향의 충격적인 격하)과 등가시킨 엄청난 역설을 간과할 수 없다. 장정일 시의 성적 담론은 육체적 균일주의로서 저질 평준화의 상관물이며 이것은 그대로 인간모멸로 귀착된다.

　장정일 시에는 두 개의 「슬픔」이 있다.5 시집 『길안에서의 택시잡기』의 「슬픔」과 『서울에서 보낸 3주일』의 「슬픔」이 그것이다. 말하자면 후자는 전자의 자기패러디다. 자기패러디 역시 풍자적 수법으로 사용되지만 글쓰기의 관습화와 이념화를 방지하는 의미심장한 기법이며 이것은 우리 현대시의 새로운 가능성으로 실험되고 있다. 이 두 작품이 모두 도입액자와 결말액자의 언술행위를 텍스트의 일부로 설정한 것 자체도 전통시의 통념을 파괴한 실험이다. 더구나 <자비를 … 자비를 … 자비를 … (운다)>라는 결말액자가 두 작품에 반복되고 있다. 그러나 본문의 언술내용과 테마는 서로 다르다.

　시인이 타락된 글쓰기로부터 종말론적 관점으로 심판과 구원의 문제를 다루게 되는 것은 장정일 전체 텍스트의 자연스런 플롯이다. 구약 창세기의 구절과 신약 베드로 후서 구절을 인용하여 인간은 죄짓기

---

5 「자동차」도 두 편 있다. 남자 애인이 교통사고로 사망하는 사건과 시나리오 형식은 이 두 편이 다 동일한데 뒤의 작품이 <자기패러디>인 것은 물론이다. 한 작품의 후속 편을 쓰는 것도 장정일 시의 형식상 특징이다.

마련이라는 기독교적 인간관을 제시하면서 <나를 벌해 줄 심판이 마련되어 있다는 것을 알았으므로, 비로소 안심한다>는 역설을 보여주었을 때 우리는 잠시 시인의 윤리의식을 신뢰하게 된다. 이 역설은 <죄짓고 잡히는 일은/ 훌륭하지>(「자수」)에서도 이미 발견된다. 다분히 자학적인(곧 자기 모멸적인) 장정일의 역설은 단순히 자기정화라기보다 심판되지 않는 현실의 부조리를 반증한 뉘앙스가 오히려 짙다. 그만큼 의도적이다.

샘 셰퍼드의 영화 「파리, 텍사스」를 보고 전자의 「슬픔」을 쓰게 된 동기까지 소개한 「세 번째의 해후(200×22)」는 장르 없이 시쓰기라는 언술행위의 자유를 행사한 작품이다. 시라기보다는 연극평의 산문인 이 작품에서도 인간은 죄를 짓는 존재이고 결국 파국으로 귀결된다는 인간관과 비극관이 제시된다. 그래서 장정일 시는 악마적 심상으로 묵시론적 심상, 곧 기독교적 구원의 테마를 일관되게 패러딕하게 전도시킨다. 특이하게 3인칭 객관적 진술의 보고형식과 문제아가 어머니에게 말 건네는 대화형식을 뒤섞은 「불타는 집」에서 기독교적 구원의 패러딕한 전도는 종교와 세속 사이의 관계 전도로 나타난다.

　　　병들고 지친 개같이 늙으신 당신/ 당신을 구하러 어린 죄수가 달
　　려가요/ 하늘에 계시는 당신.

기독교적 구원을 패러딕하게 전도시키는 이 악마주의자의 어조는 그러나 여간 진지하지 않다. 그러나 화자가 낙원의 뒷문도 만들어 놓으라고 독자에게 권고하는 「프로이드식 … 7」과, 구조적 아이러니의 기법으로 신앙(구원)을 거부하는 화자가 짝사랑하는 연인이 신자이기 때문에 억지로 신앙을 가지게 되는 과정을 그린 「하얀 애인」에서 패러

딕한 전도는 매우 희극적이다. 이런 패러딕한 전도에 의해서 시인의
자기모멸은 여전히 지속된다.

아리스토텔레스가 분류한 계속적 하락의 비극유형을 프라이는 아
이러니 또는 풍자적 양식으로 기술했다. 이런 비극적 양식은 아무런
역전의 계기가 없다. 이것은 현대 문명비판시들에서 자주 채용되는 의
미심장한 형식이다.

> 쓸쓸하여도 오늘은 죽지 말자/ 앞으로 살아야 할 많은 날들은/ 지
> 금껏 살았던 날에 대한/ 말없는 찬사이므로.
>
> ―「지하인간」

계속적 하락의 양식은 「안동에서 울다」와 그 속편인 「세일즈맨의
죽음」에서는 타락된 세계에서 변두리 인간이 끊임없이 좌절해 가는
감상적 하락의 양식으로 변용되기도 한다. 여기서 주목되는 것은 장정
일 시의 어조가 비로소 연민의 어조로 바뀌고 있는 사실이다. 연민의
어조는 장정일 시에서 사실 예외적인 것이다.

역전의 계기가 없으므로 구원의 가능성은 있을 수 없다. 따라서 장
정일 시의 전체 텍스트의 플롯에서 그 결말의 자리에 디스토피아가 설
정되는 것은 너무도 자명한 이치다. 「깨어라!」6가 설정한 가상의 세계
는 남성 동성애자들만 존재하는 희한한 <게이지옥>이다. 물론 이것
은 악마적 결혼의 패러디이자 기독교적 구원의 패러디다. 그러나 다음

---

6 『깨어라!』는 신교의 한 분파인 <여호아의 증인>의 전도용으로 간행되는 정기간행
물이다. 장정일이 여호아의 증인인지 단순한 <관심자>인지 아직 알 길이 없다. 중
요한 점은 장정일 시의 부정적 상상력이 전통 기독교가 이단시하는 <여호아의 증
인>의 성서해석에 의존하고 있는 사실이다. 이것은 「만일 당신이 여호아의 증인이
라면」에서도 확인할 수 있다.

과 같은 화자의 절망은 이 작품을 단순히 타락된 글쓰기로만 볼 수 없게 한다.

> 온 세상이 게이지옥인 이곳에서/ 누가 게이를 손가락질하고/ 누가 게이의 흰 목을 조르려고 하는가?

구원의 불가능을 저항의 불가능으로 대치하고 있는 점에서 우리는 시인의 의도적인 알레고리를 느낄 수 있다. 이 알레고리가 암시하는 의미는 「잔혹한 실내극」과 「즐거운 실내극」의 두 편이 답변한다. 제목처럼 희곡형식인 이 두 작품은 장르의 과잉침해 현상, 곧 장르패러디다. 작품은 두 개로 독립되어 있지만 하나의 텍스트다. 왜냐하면 같은 사건이 시간적 연속으로 연결되어 있고 등장인물과 무대가 동일하기 때문이다. 어머니와 한 방에 기거하는 이 기이한 결손가정의 아들이 정체불명의 쥐소리를 물리치기 위하여 밤새 고양이 소리를 내는 가상의 세계는 여간 음산하지 않다. 쥐와 고양이의 대결에서 쥐가 승리하는, 다분히 우화적인 플롯의 이 디스토피아가 환기하는 주제는 알레고리에 의하여 제시되는데 그것은 고통과 공포가 자기반복적으로 악순환되는 80년대적 위기의식이다.[7] 쥐가 승리하는 기이한 종결 처리로 뒷 작품의 제목에 희비극의 부조리극과 같은 황폐하고 음산한 분위기에 어울리지 않게 <즐거운>의 수식어를 붙인 시인의 의도를 비로소 감지할 수 있다. 디스토피아는 그 자체가 아니라 어디까지나 지금 여기의 현실이 공격목표가 되는 것이다.

그러나 장정일 시의 플롯이 디스토피아의 악마적 세계로만 귀결되지 않고, 매우 드물지만 프라이의 풍자적 양식처럼 신화적 복귀의 징

---

7 장정일, 「혹성탈출」.

후를 보이고 있는 것은 그나마 다행한 일이다. 그것은 비록 죽음과 죽음과 같은 깊고 긴 잠의 매개항을 통하지만 <어머니의 자유>(「파랑새」)이거나(장정일 시의 플롯에서 아버지는 부재하고 어머니와 공존하는 외디푸스적 상황설정은 매우 시사적이다) <천국도 지옥도 없는>, 모종의 중성적 익명의 경지(「긴 여행」)가 그것이다.

　시인의 자기혐오가 시의 모멸로 이어질 때 문제적 양식으로서 메타시가 탄생된다. 패러디시의 변형으로서 메타시라는 시의 자기반영성이 타락된 글쓰기가 되게 작용하는 자리에 또 장정일의 메타시가 놓인다.

　3.

　소설에 대한 소설쓰기나 희곡에 대한 희곡처럼 메타시란 시에 관한 시쓰기다. 전통시에서는 선시(先詩)적인 것이어서 작품으로부터 감추어지는 시쓰기 과정의 시, 시론시, 시인론시 등 메타시의 하위범주들이다. 메타시란 시적 대상의 변화 이상의 의미심장한 유형이다. 삶이 아니라 시의 표현수단인 언어 그 자체를 대상으로 한 일부 90년대 시처럼 메타시의 출현은 우리 시대가 메타시대임을 반영하는 현대시의 새로운 가능성이다.

　장정일의 메타시는 몇 가지 특징을 지니고 있다. 첫째는 이상과 현실 사이의 괴리다. 이것은 그가 낭만주의 예술의 최고기능을 유한 속의 무한과 현실 속의 이상을 가장 아름답게 드러나도록 묘사하는 것이라고 정의했을 때[8] 이미 내재된 비극의 씨앗이다. 낭만적 아이러니는

---

8 장정일, 「혹성탈출」. 그는 이것을 유토피아 탄생의 근거로 제시한다.

이런 괴리의 필연적 산물이다. 현실과 이상의 괴리가 장정일의 경우 사회적 통념과 예술가의 상상력 사이의 괴리와9 등가된다는 점에 주목할 필요가 있다. 이 괴리의 고통 속에서 그는 예술가의 존재이유를 찾았다. 그에게 시인의 자질은 더 이상 감수성의 통일론이 아니라 자아분열(그리고 이 분열의 고통)이다. 그가 자주 쉼표를 고의적으로 남용 내지 오용하고 있는 것은 이와 무관하지 않다.

>   꿈과/ 현실/ 사이에/ 시.
>   —「시」

　어절이 행갈이의 단위가 된 이 시론시에서 시의 위치를 시인의 위치로 대치해도 무방하며 따라서 시인의 자기분열이 함축되어 있다.
　둘째로 여전히 가장 문제적 양상으로서 그의 메타시의 중심주제가 시의 모멸이 되고 있는 점이다. 창세기를 패러디한 「쉬인」에서 시인은 신의 최후의, 그리고 가장 희작적 피조물로 격하된다. 전통 교회 목사의 관습적 어조를 반어적으로 흉내내어 <시인>이 <쉬인>으로 왜곡될 만큼 시인은 <제멋대로 펜대를 운전하는> 저주의 존재로 희화화된다. 흥미로운 것은 그 목사의 작위적 목소리에 시인이 말더듬이로 응수한 점이다.

>   으 은유와 푸 풍자를 내뱉으며/ 처 처 천년을 장슈한 나 나 나는/
>   쉬 쉬 쉬 쉬인입니다요.

　시의 모멸이 시인의 이런 자기모멸로 간접화되고 있는 것이다.

---

9 「장정일, 그 악마적 정직의 얼굴」.

셋째로 이 메타시가 시사하고 있듯이 장정일의 메타시는 미학적 수준을 넘어서서 삶의 문제와 구분되지 않고 있으며 무엇보다 현실비판의 전략이 되고 있는 점을 지적하지 않을 수 없다. 그의 메타시는 체제비판과 연관되어 있다. 서사와 극의 장르혼합 형식인 「진흙 위의 싸움」은 <시인은 법도 없냐>처럼 시인을 관습과 선험성으로부터 일탈된 국외자로 규정한 시인론시다. 그러나 이 메타시는 <되는 대로 지껄이지 말자>는 독백처럼 시인이 언제나 완패할 수밖에 없는 체제의 금기를 여운처럼 남겨 놓는다.

> 종이찰흙으로/ 만들어진 인간/ 그것이 지식인이다// 검열의 조건
> 반사 운동에/ 걸린 자/ 그것이 시인이다// …(중략)… // 나는 검열받
> 을 필요가 없는/ <촌충>의 사본을.
> —「촌충·1」

여기서는 체제가 만든 금기의 폭력에 대한 풍자가 고의적인 결말맺기의 좌절과 함께 스스로 시를 <<촌충>의 사본>으로 격하시킨 자기모멸에 의존하고 있다. 그의 과장된 겸손 자체가 벌써 풍자적이다. 그러나 무엇보다 장정일의 메타시는 타락된 자본주의 소비사회와 연관되어 있다. 「시집」은 그가 세상의 모든 시집이 유고시집이라고 했듯이 유통가치가 전연 없는, 그래서 사회로부터 철저하게 소외 받는 천덕꾸러기로서의 시에 대한 시인의 고통스러운 자기인식이다. 월부책값을 갚지 못해 <기겁한 장정일 시인>을 서술한 「조롱받는 시인」은 90년대 이승훈의 메타시처럼 언술내용의 주체가 전통시와는 달리 1인칭 시점을 3인칭 시점으로 대치시킨 시인론시이다. 여기서 조롱은 다분히 해학적인 자기조롱 이외 다름 아니다.

비망록의 단상형식인 「서울에서 보낸 3주일」의 한 시구는 시집의 자서로 뽑혀 올라가 있는데 다음과 같이 철저한 자기모멸이다.

내 소원은―매독에 걸려 천천히 죽는 것.

그리고 시의 본문에서 이 시구에 연속되는 것은,

그러니까 … 그 … 매독은 … 매문이렸다!

이다. 자기모멸이 글쓰기의 모멸이다. 그에게 자본주의 소비사회에서 시와 영혼과의 괴리는 피할 수 없는 시인의 존재조건이다. 시에 대하여 명백히 앞 뒤 모순된 태도를 보인 「인지 위에 쓴 시」에서도 메타시 유형은 시와 맞서는 상업주의를 비판하기 위한 수단이다.

앞의 실내극처럼 시인 아내와 영화매니아인 남편이 겹치기 출연을 하고 있는 「함프리 보가트에게 빠진 남편」과 「실비아 플라스에게 빠진 여자」는 그러므로 하나의 텍스트다. 시인론과 시론의 메타성을 함축한 이 텍스트에서 영화와 시는 각기 대중문화와 고급문화의 제유이며 따라서 남편과 아내의 부부갈등은 이 두 문화 사이의 갈등을 환기하는 알레고리이다.

시작 과정이 시의 본문으로 격상되는 것은 전통시개념과 전통시법을 해체시키는 장정일 메타시의 가장 의미심장한 특징이다. 그만큼 그의 시는 자의식적이다. 「길안에서의 택시잡기」는 끊임없는 퇴고과정과 이 과정에서 다시 씌어진 시들로 구성된 메타시다. 써 놓은 시를 지우고 다시 고쳐 쓰는 끊임없는 자기부정은 작품이란 본질적으로 불완전한 것이라는 시관의 표명으로 읽히며 이 작품의 결사 <나는 계속,

쓸 것이다>처럼 과정이 전부라는 해체주의 세계관의 표명으로도 읽힌다. 여기서 시작 과정과 시 본문에 현실과 이상을 대입할 수 있다.

> 테크놀러지를 이용할/ 때의 편리성, 그로 인해 그것에 종속되어
> 가는 현대인들을.

　이것은 시작 과정에서 진술된 시쓰기의 한 모티브이다. 철학적 비평적 담론이 뒤섞인 장르혼합만큼 시인은 언술행위의 자유를 거리낌없이 구사하고 있으며 단일 주제의 통념을 깨고 의미의 산종을 시도하고 있다. 시작 과정부분은 철학적 비평적 담론이 극히 우세하다. 말하자면 언술행위의 거리낌없는 자유행사로 장르혼합을 일으키고 있다. 그러나 여기서 특히 주목해야 할 것은 시인이 의도적으로 단일주제의 통념을 깨고 주제를 분산시키고 있는 점이다. 도입액자에서 한 소설작품을 소재로 했다고 밝힌 「p.13~35」나 아버지에 대하여 외디푸스적 적대감정을 비롯하여 <우리 문학이 가능한 마지막 세기에 살고 있다>고 절망한 「열사람」은 현실의 파편들을 나열한 환유적 구성에 의해 주제가 분산되어 있다. 굳이 삶의 디스토피아적 혼란이 주제라고 할밖에 없는 이 작품은 종교적 상징의 패러디다. 「독일에서의 사랑」은 이렇게 쓴다, 계속해서 쓴다, 이렇게 쓰자, 이렇게도 쓰자, 다시 쓴다 등처럼 시쓰기의 자의식이 수시로 개입되어 시상 전개를 차단·지연시킬 뿐만 아니라 시 본문을 끊임없이 수정해 가는 과정을 보인다. 그리고 작품의 결말도 시 본문이 아닌, 시쓰기의 자의식이다.

> 나는 이 시를 찢습니다/ <찌익->

여기서 우리는 시쓰기 행위를 부정하고 시를 부정하기 위해 시를 쓴다는 시의 자기모멸을 다시 한 번 확인하게 된다. 역사와 논리와 시의 장르혼합을 일으킨 그의 언술행위의 자유는 시인의 이런 심각한 모순의 대가를 치른 결과다. 그의 자유는 환상적이고 낭만적인 독일에서의 사랑과 <나 이번 겨울에 군대 가>로 표상되는 산문적인 한국의 사랑, 곧 이상과 현실 사이의 엄청난 괴리와 자아분열의 고통 속에서만 얻어지는 것이다. 시작 과정을 텍스트로 드러냄으로써, 그리고 주제를 분산시키는 자아분열로써 그는 자학적으로 시를 탈신비화하여 모멸한다.

메타시에 일관된 시의 자기모멸과 대척적 자리에 또 하나의 문제적 정조로서 <무위>의 태도가 놓인다. 행위예술을 소재로 한 「나비잡는 소녀」에서 <무의미한 것은 성스럽다>고 했을 때 이 무의미의 예찬은 (김춘수의 무의미시론처럼) 무위의 예찬과 다르지 않다. 왜냐하면 제목이 암시하듯 시 본문 뒤에 장자의 호접몽을 번역한 글을 발췌해서 인용했기 때문이다. 뿐만 아니라 나비 채집에 몰두한 나보코브의 해설도 인용한 장르해체의 자유까지 거리낌없이 자행한다. 더구나 우표수집가와 시인의 유사성을 실용적 가치와 무관한 무상행위에서 발견한, 자작시 「길안에서의 택시잡기」 일부를 발췌하여 작품의 결말로 대치한 것은 매우 의도적이다. 우표수집가의 무상성 <성취 기쁨을 위해 시를 써야 한다>는 당위문장에서 그는 명백히 하나의 시관을 표명한 셈이 된다. 여기서 무상성은 무위와 동의어임은 말할 필요 없다.

대담하게 <가정요리서로 쓸 수 있게 만들어진 시>라는 도입액자식 부제 때문에 「햄버거에 대한 명상」도 시론시로 읽힌다. 시쓰기 과정을 요리의 과정으로 전이시킨 것은 단순한 시의 격하 또는 자기모멸로 볼 수 없다. 요리방법과 요리과정 자체가 어떻게 시의 내용이 되는

가, 명상이 어떻게 음식 만들기이고, <하나의 훌륭한 노동>인가 하는 의문이 제기될 만큼 이 메타시는 전통 시쓰기와 전통 시개념에 충격적 도전이다. 그의 상상이 사회적 통념을 가장 신랄하게 해체하는 순간이다. 유심론과 유물론 사이의 경계를 붕괴시킨 그의 해체주의적 발상은 무위의 한 변형이다. <맛이 좋고 영양 많은 미국식 간식이 만들어졌다>는 결말시행이 이 시를 아이러니로 다시 읽게 만드는 실망을 주지만 ㅡ. <나는 요리책입니다>의 은유로 시작된 「요리책」도 <무위의 시론>으로 읽히는 메타시다(여기서도 그의 특유의 주제분산을 보여준다).

중국 무술영화의 역사를 박학다식하게 서사체로 소개한 「소림사 계보 연구」가 우리에게 주는 충격은 실망 그 자체다. 대중영화의 소개 자체가 어떻게 시가 되는지, 시쓰기의 의도나 동기가 전혀 아리송하다. 무위로밖에는 변명되지 않을 만큼 시쓰기의 무의미를 위해 시를 쓴다는 자기모멸의 혐의가 짙다. 그래서 <(하지만 이 시가 전하려고 하는 암의가 무엇인지/ 어떤 의도로 이 시 같지 않은 시를 쓰게 되었는지 독자들은 잘 모를 것이다)>라는 결말액자가 오히려 의미심장하고 호기심을 돋군다. 구조적 아이러니에 의해 메타시대의 기만성을 코믹하게 드러낸 「꾸쿠루 꾸꾸」나 새디즘적 성적 담론으로 타락된 글쓰기를 보인 「촌충·8」은 독자를 속이는 실없는 장난으로써 전도된 무위의 행위를 보여주고 있다. 독자를 텍스트 내부로 끌어들여 실없는 장난을 치는 상황설정은 60년대산 시인들의 공통된 시적 장치다.

4.

신선한 도시적 감수성은 장정일 시의 상표다. 이것은 대중문화나 소비사회에 대하여 가장 예민하게 반응한다. 「샴푸의 요정」은 3인칭 시점으로 TV 광고 모델을 <현존하는 유일의 표정>으로 믿어 버리는, 이미지 속에 사는 인간을 그려내고 있다. 이 언술내용의 주체에게 환상이 현실보다 더 실재적이다. 그는 소비사회 속의 낭만적 인간이다. 이런 인간상은 「비누 왕자」, 「8미리 스타」에서도 등장한다. 중요한 것은 이런 인간상에 대한 시인의 태도가 전혀 비판적이지 않는 사실이다. 이런 점에서 그의 도시적 감수성은 기성관념을 넘어서고 있다. 그의 감수성이 신선한 근거는 여기에 있다.

화자가 직장을 이탈하면서까지 아가씨의 희고 아름다운 다리에 매혹되어 따라 갔다가 그녀가 같은 아파트촌에 살고 있는 사실을 발견하게 된다는 구조적 아이러니의 「아파트 묘지」는 이상과 현실 사이의 괴리, 그것도 현실 앞에 이상이 좌절될 수밖에 없는 낭만적 아이러니를 보인다. 여기서 시인의 공격목표는 「8미리 스타」처럼 이미지 속에 사는 인간이 아니라 무미건조한 도시적 삶이다.

시인의 풍자적 의도는 인격을 훼손시키는 자본주의 소비사회로 정위된다. 「햄버거 먹는 남자」는 햄버거를 먹는 일이 삶의 유일한 관심사가 되어 있는, 자폐증의 인간을 시인의 풍자적 개입을 유보한 채 3인칭 객관적 시점으로 제시한다. 그의 현실비판은 아이러니에 의존하거나 객관적 시점의 <보이기>에 의존하여 도덕적 판단은 어디까지나 독자에게 양도한다. 「촌충·3」과 「6」, 그리고 「미국고전」, 「낙인」 등은 미국 자본주의를 제국주의로 비판하는 정치적 담론의 성격을 두드러지게 띠고 있다.

이런 도시적 감수성의 시와 더불어 그의 두 번째 개인시집『상복 입은 시집』이 엄연히 실존하고 있는 것은 여간 신기하지 않다. 80년대적 상황의 부채의식이 모티브가 된 정치시를 비롯하여 민중시계열과 전통 서정시계열에 속하는 40편의 작품들은 도시적 감수성의 시편들에 익숙해진 독자에게는 격심한 괴리감과 이질감을 준다. 문체가 지극히 단순·소박하고 그리고 단형이 주류를 이룬다. 이런 단절감은『상복 입은 시집』이 그의 초기작들이 아닌가 의심하게 한다.

장정일 시만큼 시인의 의도가 선명히 드러나는 경우는 그리 흔하지 않다. 이것이 그가 은유나 상징에 의한 감춤의 모호성 대신 서사체나 진술체의 투명성을 선호한 근거다. 포르노장치도 드러냄의 장치가 아닌가. 80년대적 부채의식에 부하된, 타락된 자본주의 소비사회에 대한 모멸과 절망으로부터 촉발된 장정일 시는 당대가 타락된 글쓰기가 될 수밖에 없는 필연성을 보여주고 있다. 이 악마적 심상의 디스토피아는 시쓰기 행위의 무의미함을 증명하기 위해, 시를 부정하고 모멸하기 위해 시를 쓴다는 엄청난 역설의 시적 상관물이기도 했다. 그는 80년대 후반 작품과 혼의 불일치를 문학사적 의미망으로 던져 놓은 문제적 시인이었다. 이상과 현실, 상상과 사회적 통념 사이의 자아분열(시인의 자질과 존재의미론)의 파편들이 장정일 시다.

희극적 태도와 풍자양식

─ 오태환 시 해설

1.

　역사적 인물이든 허구적 인물이든 과거의 잘 알려진 인물들을 채용하는 인유의 기법은 현대시의 한 두드러진 양상이다. 최근 여러 시인들이 예수를 시의 화자나 대상적 인물로 등장시켜 우리의 주목을 끌고 있는 것은 그 좋은 예가 된다. 오태환의 신작 연작시<手話>에도 옛 성현 老子가 등장한다.

　이런 인유는 작품 속에서 중대한 구조적 기능을 수행한다. '병치적 혼융'이라는 의미론적 국면이 그것이다. 좀더 구체적으로 설명하면 과거의 인물이 원래의 문맥에서 띠고 있는 의미와 새로운 문맥에서 띠고 있는 의미가 병치적으로 융합됨으로써 의미론적 풍부성에 기여하는 것이 인유의 구조적 기능이다.

　따라서 인유의 인물은 언제나 '지금 여기'의 삶의 의미를 효과적으로 형상화하는 수단이 된다. <手話>의 경우 老子는 이중의 문맥 속에서 시인이 의도한 의미의 구현에 매우 효과적으로 기여한다.

2.

　<手話1>(작품번호는 논의의 진행을 위해 게재순으로 필자가 붙인 것임)은 매우 희극적이고 또 특이한 느낌을 준다. 이것은 노자가 놀랍게도 다름 아닌 풍자적 문맥 속에서 등장하고 있기 때문이다. 다시 말하면 노자가 시인의 풍자적 의도에 의해서 조종되면서 풍자 고유의 공격적 대상이 되고 있는 것이다.

　사실 노자와 풍자양식과의 만남은 매우 기묘한 문학적 인연이 아닐 수 없다. 전혀 이질적인 이 양자의 결합 자체는 기발한 착상이며 러시아 형식주의의 용어를 빌리면 '낯설게 하기'의 효과를 충분히 발휘한다.

　희극적 태도는 모든 것을 우습게만 보고 엄숙한 것을 무시하는 태도다. 골계의 한 변형인 풍자는, 그러므로 이런 희극적 태도에서 발생한다. 따라서 풍자는 깎아내리는 것이 그 본질이다.

　풍자는 숭고한 것, 진지한 것과는 무관하기 때문에 세상을 떠난 것, 초월적인 것은 다룰 수 없고 언제나 세속적인 것, 인간적인 모든 것을 대상으로 삼는다. 이런 풍자적 태도는 인위적인 것, 인간적인 척도를 거부하고 무위자연을 부르짖은 노자의 세계관과는 정면으로 맞선다.

　시인은 노자를 풍자적 문맥 속으로 끌어와 그를 풍자적 인물로 격하시킴으로써 우리에게 비정한 쾌감을 느끼게 한다.

　　세수를 하고 있었지/ 물도 암물과 수물이 따로 있다면서?/ 老子가

竹筒美女의 손목을 잡았어/ <道德經>속에도 으리으리 눈보라 내리는데/ 눈부시게 발도 씻었어/ 김대중씨 측근 하나이 달무리에 조랑말 메고/ 띳집 마당귀에 머리 조아리며/ 형님 고래의 자식이 금붕어 되는 걸 보신 적 있읍니까/ 은근하게 말했지/ 물을 찬찬히 관상하건데/ 竹筒美女가 맥주 잔을 탁 놓고/ 한 바퀴 반 몸을 회전한 뒤/ 이단 옆차기로 마당귀까지 날아갔어/ 눈썹에 彩가 있는지라 장수할꺼야/ 老子는 보리차를 한 컵 더 마시고/ 하염없이 쥐치포를 씹으며/ 눈 내리는 대숲을 무심한듯 바라보고 있었지/ 생수로 거의 매일 세수를 했지만/ 들리는 소문에 따르면 그후 老子가/ 술은 술이요 물은 물이라 했다기도 하고/ 혁명은 곰방대요 곰방대는 개장국이라 했다는 말도 있어

그로테스크하거나 부조리한 느낌에 근거한 기지, 그리고 공격의 대상은 풍자의 필수적인 요건들이다. 시인의 풍자적 의도는 둘째 행의 '물도 암물과 수물이 따로 있다면서'와 같은 언어골계, 곧 기지로부터 드러나기 시작해서 마지막 시행에 이르기까지 시적 긴장으로 지탱된다.

여기서 '물'은 가장 주목되는 이미지다. 왜냐하면 이것은 풍자적 의미를 구현하는 데 핵심적 구실을 하기 때문이다. 물은 노자가 세수하고 눈부시게 발도 씻는 물이며 또한 노자와 竹筒美人이 마시는 보리차와 맥주의 물이며 개장국의 물이기도 하다. 중요한 것은 이 핵심 이미지에 대한 노자의 두 가지 태도를 화자가 병치시킨 점에 있다. <手話 1>이 풍자를 발생시키는 근본은 바로 여기에 있다.

　　　술은 술이요 물은 물이라 했다기도 하고
　　　혁명은 곰방대요 곰방대는 개장국이라 했다는 말도 있어

노장적 세계는 둘이면서 하나인 세계다. 다시 말하면 그것은 차이·분별의 원리가 아니라 동일·보편화의 원리다. 장자가 나비가 되고 나비가 장자가 되는 경지가 노장적 세계이며 이것이 『道德經』의 道다. 이런 형이상학적 세계 자체가 시적 세계이며 현대의 모더니즘 시에서 볼 수 있는 이미지 결합의 기교(<手話1>에서도 구사되고 있다)로서 의의를 갖는다.

따라서 '암물과 수물'이 구분되고, '고래의 자식'과 '금붕어'가 구분되고 '술'과 '물'이 구분되는 세계는 벌써 노장적 세계가 아니다. 이 노장적 세계가 마지막 시행에서 명백히 드러난 것처럼 풍자의 대상으로 격하되고 있는 것이다. 원래의 문맥에서는 모든 것이 하나인 노장적 세계가 <手話1>의 문맥 속에서는(또한 우리의 상황에서는) 진리를 은폐하는 하나의 위선이다. 그리하여 <手話1>은 노장적 세계관에 대한 풍자적 해석으로 우리 시대의 도덕성의 문제를 밀도있게 다룬 깊은 통찰을 보여 준다.

노자와 죽통미녀(『수이전』에 수록되어 있다고 전해질 뿐 실제로는 『대동운부군옥』에 실려 있는 설화가 암시하듯이)의 관계를 '김대중씨의 측근'에 연결시킨 <手話1>은 다분히 정치적 풍자시가 된다. 이 점은 노자 대신 달마선사가 등장하는 <手話2>에서는 더욱 선명히 드러난다.

　　노태우씨 유세장에 최루탄이 터졌어/ 오골계처럼 생긴 達磨禪師가 식인종들에게/ <인구문제와 식량정책>에 대해/ 3교시째 열강을 하고 었었지/ 군중들이 흑색선전같이 흩어졌어/ 達磨禪師도 육환장으로 구름을 저어/ 때록 때록 고개를 갸웃/ 심각하게 그것들을 구경했어/ 요원들이 민첩하게 상황을 장악하고/ 노태우씨가 "민주주

의 해나가기 어렵구만" 했지/ 達磨禪師가 덜렁 바람이불을 펴고 누
워/ <소설 손자병법>을 읽었어/ 아직 햇빛 향기 넘치고/ 雪綠茶 끓
이는 소리도 맑디맑은데/ 다소 지성적 용모의 식인종이/ 구수회의를
하던 중/ 은인자중 우리가 자제한 것은 옳은 판단입니다/ 라고 말했
어

공상만화와 같은 환상적 처리에도 불구하고 <手話1>처럼 실제인
물을 등장시킴으로써 우리로 하여금 작품 '밖'의 관련상황(이것은 풍
자의 공식이다)에 관심을 집중시키게 한다. 여기서 우리는 2개의 문맥
을 용이하게 분간해 낼 수 있다(문맥의 이중성은 그의 근작시편들에서
풍자적 효과를 위한 문학적 장치로서 구조적 특성이 되고 있다). 1, 5,
10, 11행들로 이루어지는 현실세계와 나머지 행들로 이루어지는 공상
세계가 그것이다. 물론 풍자는 후자의 세계에서 나타난다. 곧 달마선
사가 大乘 禪宗의 시조라는 원래의 이미지와는 달리 풍자적 인물로 격
하되어 있다. 저 스위프트의 <겸손한 제안A modest proposal>을 연상시
키는, 달마선사의 식인종들에 대한 열강행위는 중생제도의 설법이 아
니라 하나의 우행이거나 적어도 책략에 지나지 않는다. 왜냐하면 식인
종에게 '인구'는 바로 '식량'이고 따라서 식량의 증대나 비축은 식인
종들이 식인종임을 포기할 때만 가능한 명백한 모순의 귀류법(이것은
풍자의 한 기교다)을 간파할 수 있기 때문이다. 그리하여 식인종들이
자화자찬한 '은인자중'은 미덕이 아니라 하나의 임시방편적 책략임을
암시한다. 말하자면 달마선사의 설법과 경전과 숭고한 참선행위가 각
각 식인종에 대한 식량정책 열강과 '소설 손자병법'과 식인종의 은인
자중으로 철저히 격하되고 왜곡되어 풍자의 골계미를 보이고 있는 것
이다.

표면상 현실문맥과 공상문맥은 대립되지만 이 두 문맥이 의도적으로 유사성에 의해 몽타쥬됨으로써 궁극적으로 <手話2>도 우리 시대의 도덕적 문제를 다룬 정치 풍자시가 되고 있다.

<手話3>에서 다시 노자는 소시민으로 격하되어 등장한다. 여기서도 시인은 노장적 세계의 환상적 문맥과 정치적 상황의 현실문맥을 대립·병치시키는 기법으로 골계미를 창조한다. 이 두 문맥 속에서 노자는 바둑 훈수 두는 방범대원의 뺨을 치고 다방 아가씨와 놀아나는 지극히 평범한 인간이면서 동시에 우리 시대의 삶의 본질적 문제와 '유리된' 인간상의 상징으로 풍자된다.

노자는 '여드름을 짜고' 있는 무력하고 무책임한 인간(<手話4>)이기도 하고 목적과는 전혀 무관한 우연적 행위로 우중들에게 '민중의 영웅'으로 오인되는 반영웅(<手話5>)이기도 하며 <手話6>에 와서는 원래의 노장적 세계뿐만 아니라 우리 시대의 정치적 상황과도 무관한, 좀더 무력하고 속악한 소시민으로 격하된다.

풍자는 문학의 어느 양식보다 도덕성을 일관되고 뚜렷한 목적의식으로 가진다.

　도덕성이 문제긴 문제야

그러므로 노자를 주제로 한 풍자적 시리즈에서 노자를 여러 풍자적 인물로 격하시킨 시인의 작업은 도덕성의 문제가 우리 시대의 전체적 문제임을 시사한다.

3.

　근작시편 중 <안개>는 예외적인 작품이다. 왜냐하면 일체의 풍자적 어조가 싹 가셔진 전형적 서정 소품이기 때문이다. 여기서 시인은 "안개의 한 쪽이 밝아지는 듯했다"에서처럼 어떤 비전을 제시한다. 이것은 시인에게 '연필로 그린 별빛'과 같은 꿈이며, 그래서 '안개에 얼굴을 가는 것' 같은 참담한 인내이면서 '나뭇가지가 흔드는' 기다림의 자세를 갖도록 한다.

　이 비전지향적 태도는 풍자정신의 한 부분이기도 하다. 풍자는 '있음'과 '있어야 함'의 날카로운 분리의식에서 탄생된다. 다시 말하면 '있어야 함'의 당위적 세계를 지향하는 '개선'의 의도가 풍자의 본질이다.

　풍자가 애호되고 문제양식이 되는 시대는 역시 문제적 시대다. 풍자는 풍자적 인물이 존재함으로써 탄생될 뿐만 아니라 세상사의 모든 것을 우습게만 보는 희극적이고 지적인 태도에서도 발생한다. 머리로만 반응하는 지성사회는 베르그송의 말처럼 더 이상 울지 않는다. 현대는 바야흐로 희극의 시대다. 오태환의 풍자시는 이런 문맥에 놓인다.

인문주의와 90년대

― 유종호 전집 5 『문학의 즐거움』

예술가의 창조행위가 절실한 동기 부여에 의해 촉발되듯이 문학관이나 비평방법론은 어떤 필연성으로부터 출발한다. 비록 전집의 일부로 출간되었지만 유종호 교수의 『문학의 즐거움』에서 제3부의 비평적 담론들에 주목할 수밖에 없는 이유는 여기에 있다. 유 교수가 「문학의 즐거움」을 표제로 삼은 것은 의도적이며 이 의도는 매우 의미심장하다.

제3부의 비평적 담론들은 문학예술을 포함한 90년대의 문제적 문화현상을 비평적으로 재현한 것들이고 그 공통된 테마는 '인문주의적 회복'이다. 잘 알다시피 인문주의는 인간주의와 혈연적 친근성의 관계에 놓인다. 다시 말하면 인문주의란 다름아닌 인간성, 곧 인간의 존엄성에 기인한 인간주의다. 유 교수가 서구의 르네상스가 엘리트를 대표하고 변호했음을 강조했을 때(「인문주의의 허와 실」) 이것은 엘리트주

의 천명이 아니라 인간의 존엄성이라는 인간주의 때문이었다.

중요한 것은 유 교수가 인문주의를 교육의 문제와 결부시킨 점이다. 사실 3부의 비평적 담론은 일차적으로 인문주의 교육론이다. 유 교수가 독일의 인문주의 특히 아놀드의 교양주의에 주목한 것은 여기에 근거한다. 유 교수에게 인문주의란 교양주의다. 동시에 그의 비평적 담론은 인문주의 문학교육론, 그것도 고전문학 옹호론이다. 이것은 유 교수가 『논어』의 공자를 시와 음악을 숭상한 인문주의자로 규정했을 때(『맹자』의 맹자도 마찬가지다) '지난날의 최선의 정신과 영혼으로부터 인간 이성과 덕성이 아름답고 유용한 것'이라고 했을 때(「우리에게 고전은 무엇인가」) 가장 극명하게 드러난다. 유 교수는 고전주의자다. 그러나 유 교수의 '고전'이 좁은 의미의 사조에 한정되어 있지 않고 근본적으로 인간의 존엄성에 기초한 인문주의적 가치개념임은 물론이다.

이런 고전주의자로서의 유 교수의 모습은 우리 시대를 기품이 없는 대중문화와 전투적이고 배타적인 민중문화 사이에 있어야 할 고급문화가 설 자리를 상실한 시대로 인식한 데서(「가망 없는 희망」) 다시 한번 확인할 수 있다.

흔히 우리 시대의 총체적 문제를 인문학적 고뇌의 부재로 진단한다. 유 교수가 새삼스럽게 인문주의를 선언한 것 자체는 매우 역설적으로 우리 시대가 다름아닌 인문주의의 상실 내지는 훼손의 시대임을 반증한 것이다. 유 교수가 유물론적 세속주의 전통과 함께 90년대 문화적 풍토를 강타하고 있는 지적 급진주의(유 교수는 현실사회주의로도 명명한다)와 포스트모더니즘이 문학을 탈신비화하고 언어를 타락시켰다는 근거에서 인문주의 위기의 원흉으로 싸잡아 매도한 것은 지극히 당연하다. 특히 정치·경제·종교·예술 등 모든 것의 실패로 궁극적으로 '인간의 실패'로 해석한 정치적·문화적 야만주의(전체주의)를 끔찍한 '아우슈비츠'의 용어로 기호화한 것은(「인문주의의 허와 실」「가망 없는 희망」) 매우 알레고리적이다. 이것은 사회주의 매력이 자본주의하에서의 불만의 산물이듯이 지적 급진주의가 권위주의 정치의 억압적 요소가 촉진력이 되었다는(유 교수는 80년대 반미주의로 예증한다!), 우리 현대사의 가장 아픈 부분, 그래서 가장 예민한 부분을 유 교수가 건드린 데서(「가망 없는 희망」) 쉽게 감지할 수 있다. 이런 점에서 제3부의 비평적 담론은 인문주의의 '위기의 담론'이다.

따라서 현단계로서는 당위론의 수준에 머물러 있지만 유 교수의 인문주의 회복 선언은 이런 시대적 필연성의 산물이다. 다시 말하면 유 교수가 90년대를 '인문주의 이념과 교양 이상의 가시화가 특별히 요구되는 시점'으로, 그러니까 언어의 위엄, 문학의 위엄, 궁극적으로 인간의 위엄을 회복하는 계기로서 90년대를 인식한(「인문주의의 허와 실」「가망 없는 희망」) 것이야말로 우리가 주목하지 않으면 안 되는 의미심장한 역사의식이자 문학사적 의의다.

유 교수에게 문학의 즐거움은 인문주의의 상관물이다. 다시 말하면 문학의 즐거움의 회복은 인문주의 회복, 그러니까 인간주의 회복의 등가물이다.

여기서 유 교수의 인문주의 선언을 구호화한다면 르네상스의 인문주의자처럼 '고전으로 돌아가라!'이다. 유 교수가 지적 급진주의와 포스트모더니즘을 비판한 것은 말할 필요 없이 이 양자가 독자로 하여금 원전(고전)으로부터 멀어지게 한 데 있다.

문학의 즐거움은 바르트의 『텍스트의 즐거움』을 상기시킨다. 심지어 새로운 비평은 텍스트의 읽기를 예술의 에로틱스라고까지 명명한다. 이것은 물론 독자가 적극적으로 텍스트의 의미를 산출하는 다양한 상상적 놀이를 의미한다. 이 점에서 유 교수가 시인의 자질로 내세운 키츠의 '소극적 능력'을 '이데올로기에 대한 교조적 충실을 거부하는 능력'이라고 해석한 것은(「가망 없는 희망」) 매우 시사적이다.

유 교수가 '치외법권적 사유재산인 내면성'(「가망 없는 희망」)을 배양함으로써 비로소 획득되는 주체성, 곧 개성과 이 소극적 능력을 결부시킨 것은 여간 날카로운 통찰이 아니다. 인간주의로서 인문주의의 회복은 이 주체성의 확보이며 이 조건에서 문학의 즐거움이 향수된다는 것이 유 교수의 지론이다.

『문학의 즐거움』1부와 2부는 인문주의 회복, 곧 문학적 즐거움의 복권이라는 3부의 테마를 실천한 작품론이다. 이 실제비평은 세 가지 틀 위에서 수행되고 있다. 첫째의 원리는 아무 감동 없이 건조하게 이루어지는 해석주의 일변도의 비평에 대한 자기반성이다. 문학의 즐거움을 외면한 오늘의 비평도 인문주의 상실에 기여한 것으로 비판한 것은 정당했다. 즐거움의 복권으로서 작품의 '다시 읽기'는 그러므로 처음부터 메타비평적 성격을 띠게 마련이다. 메타비평이란 주체적 읽기 이외 다른 아무것도 아니다. 둘째로 문학사적 관점, 곧 다른 작품들과의 '관계' 속에서 작품에 접근하는 상호 텍스트성이다. 셋째로 재래 비평의 타성을 벗어나 '작가보다 작품을 믿어라!' 하는 다분히 신비평적인 구호가 무엇보다 우리를 주목하게 한다.

유 교수가 다룬 작품들은 이른바 '현대의 고전'들이다. 이 현대의 고전이 지닌 미학적 가치로서 유 교수는 일관되게 리얼리즘을 강조한다. 『남부군』을 분석하는 자리에서 그는 리얼리즘을 '경험의 교환 가능성'으로 다시 정의한다. 유 교수가 또한 일관되게 모더니즘을 거부한 것은 모더니즘이 경험의 교환 가능성이 없다는(난해성) 판단에서다.

30년대 김동리의 초기 단편들을 페미니즘에 의존한 리얼리즘으로 다시 읽음으로써 현실도피적·신비적이라는, 그래서 순수문학의 전형이라는 정평, 우리의 선입관을(그래서 가장 메타비평적이다) 정면으로 해체시킨다. 그리하여 유 교수는 '토착적 현실의 추구와 재현에서 당대 수준의 한 극점을 보여 주는 것'으로 평가한다.

언어의 위엄은 유 교수의 인문학적 가치의 중요한 한 목록이다. 현대시사에서 드물게 고전주의적 절제미학을 보인 정지용을 시가 언어예술임을 자각하고 실천한 '최초'(이 문학사적 타성은 사실보다 가치 감각이 더 짙다)의 시인, 부족방언의 순화를 성공적으로 수행한 최초의 시인으로 격찬한 것은 그리 과장되지 않아 보인다. 「질마재신화」의 미당과 「농무」 계열의 신경림 시에서 기층민의 '풀뿌리언어', 곧 토속어와 방언을 리얼리즘과 결부시킨 것은 특히 주목된다. 리얼리즘을 효과적으로 살린 이 풀뿌리언어에서 고전의 단순성과 간명성(서정주), 명료한 '평명성'(신경림)을 읽은 것은 카프 계열의 관념적 현실주의 시와 난해한 모더니즘 시와 대비적으로 고찰한 몫이다.

그러나 장르상으로 문제가 많은 「질마재신화」를 두고 '가장 독자적이고 성공적인 민중문학의 하나'로 과대평가한 것은 선뜻 동의할 수 없고 목월의 「나그네」를 체제순응시로 혹평한 신경림이 그 목월에 가장 많이 빚지고 있다고('시인보다 작품을 믿어라') 진술한 것은 매우 아이러니컬하다. 토착어와 리얼리즘의 관계는 '농촌 최후의 시인'으로 명명한 이문구론에서도 볼 수 있다. 유 교수에게 시인이란 '우리말의 탁월한 구사자'다.

상고 취미의 서정적 소설로 평가되는 이태준의 단편소설에서 유 교수가 다시 읽은 것도 식민지 사회현실의 착실한 파악과 민중 고통에의 동참 지향성, 그러니까 소설 고유의 리얼리즘이었다. 60년대 도시적 삶을 재현한 김승옥의 「서울, 1964년 겨울」을 리얼리즘으로 수용하지 못하는 경직된 편견을 반성한 점은 음미해볼 만한 다시 읽기다.

모더니즘 시에서 생리적으로 거부반응을 보이면서도 60년대 모더니즘 계열의 시인으로 지목되는 정현종 시에 주목된 것은 관능적 쾌락의 금기사항(억압체제)을 파괴한 주제와 조응해서 정현종의 시문체가 '문법이나 통사법에 대한 고의적 반칙', 시어의 특이한 개성적 개발 때문이었다.

페미니즘 관점에서 손창섭의 역사소설 「청사에 빛나리」를 우리 소설사에서 희귀한 극적 제시방법(유 교수의 일관된 소설 평가기준)에 의해 인물 설정의 고전적 격조가 성취된 사례로 평가하고 있지만 유 교수의 고전주의자로서의 인문주의적 관점이 가장 극명하게 드러나고 있는 것은 김삿갓의 허구적 평전인 이문열의 『시인』읽기에서다. 여기서 그가 특히 향수한 것은 내면 탐구의 문학에 내장된 정신의 고양력과 교양 체험의 매력이었고 이런 근거에서 그는 우리 문학사에서 드문 작가로 이문열을 평가하고 있다. 김지하의 정신주의 시에서 읽은 것은 투명한 진정성, 그러니까 서정시 고유의 투명한 내면성이라는 인문주의적 가치였으며 조정권의 정신주의 시에서 읽은 것 역시 견인주의에서 촉발된, 비속성을 거부한 시적 기품, 곧 고전주의적 위엄과 품위였다.

유 교수의 실제비평은 더러 이데올로기 비평의 입장을 취하곤 한다. 그러나 고전의 단순성과 간명성, 리얼리즘의 평명성, 인간의 존엄성에 등가되는 시적 품위, 풀뿌리언어와 언어의 위엄은 그의 실제비평에서 지배적인 인문주의 덕목들이며 동시에 미학의 변형들이다. 유 교수의 인문주의는 보수적이고 엘리트적이며 반동적이어서 문학의 새로운 변화를 외면한 태도로 거부감을 불러일으킬 수 있다. 그럼에도 불구하고 이 원로 비평가의 충정어린 충고를 우리는 고스란히 수용할 수밖에 없는 상황에 놓여 있으며 그의 인문주의 회복 선언은 의미심장한 문화 사적 의의를 띠고 있는 것이다.

산문화 시대의 시론
 - 오규원『언어와 삶』

　　한 시인의 미학적 주장은 흔히 개인적 필요성에서 탄생한다. 개인적 필요성이란 시인이 자신의 체험이나 이 체험의 성찰에서 절실히 느낀 삶의 태도다. 어떻게 살아야겠다는 삶의 방식이 엉뚱하게 어떻게 써야겠다는 시의 방법으로 나타나는 것이다. T.S.엘리어트의「몰개성론」은 그 좋은 예가 된다. 오규원시인의 제2시론집『언어와 삶』도 삶의 주장이 바로 미학적 주장이 되는 인상을 주고 있다.

　　전체 3부로 편집된 이 시론집은「언어와 삶, 그리고 꿈의 체계」라는 일종의 문화비평 내지는 인생비평을 의도적으로 모두에 내세우고 있다.

　　여기서 오시인은 여기서 '인간이 인간답다라는 것은 동물과 달리 본능을 "~답다"에 알맞게 스스로 통괄할 수 있음을 전제로 한다' 하여 본능을 제어하고 통괄하는 이성이란 '인간다움'에 접근하고자 할 때 가장 먼저 만나는 기본항이라고 역설한다.

그에게 '인간다움'이란 사랑(인정)과 이해(이성)의 조화를 가리킨다. 이런 인간관을 새삼 내세우는 것은 오늘날 '문명화된 동물성', '보다 기계단계' 철면피한 욕망에 매달린 상황때문이라는 것이다. 그리하여 '인간다움'의 주장은 그의 미학이 되고 있는 것이다.

그는 70년대의 시가 산문화 경향을 두드러지게 드러낸다고 진단한다. 「문화현상 속의 시」. 이 산문화의 경향을 "헛소리 하지 말고 구체적으로 우리의 삶을 좀 노래해 보자는 의식의 소산"이라고 했다. 곧 삶의 진실과 구체성을 서정화 하고자 한 의도의 소산이 산문시라는 것이다. 그러나 그는 시의 새로운 방법론과 새로운 삶이 추가된 '변화'가 없이 소재주의와 고정관념에 사로잡힌 '모범답안지'의 유행을 경계한다. 적어도 산문시는 변혁의 꿈이어야 한다는 것이다.

그는 또한 우리의 전통적 구전문학인 민요와 판소리를 현대시와 문제와 접맥시키고 있다(「문화의 불온성」). 민요는 물론 집단적 민중의 참여와 공명에 의해서 그 성립이 가능한 보편성의 장르다. 그러나 이런 집단성이 개인의 상상력과 조우할 때 진정한 의미에서 현대시로서의 민요가 발생한다는 것이다.

이것을 산업사회의 소외시대에 서정시가 주관과 사회와를 화해시키고 결합시키는 장르여야 한다는 아도르노의 '집단적 저류'의 개념과 연결된다. 그리고 구연자와 청중의 일체감을 위해 판소리가 일정한 주제의 단순한 줄거리에 구연자가 장황한 수사, 길게 부연된 사설, 모순된 에피소드까지 동원시켜 풍자와 아이러니의 멋을 보여주는 것을 현대의 산문시의 시방법으로 접맥시키고 있다.

그는 「시와 변증법적 상상력」에서 관념과 현실로부터 자유로운 시(회화시·무의미시·모더니즘의 시)와 이것들에서 구속되어 있는 시

(주로 관념시 · 참여시)와 이 양자를 변증법적으로 종합한 시등 시외 세가지 유형을 구별하면서 현실과 작가의 의도로부터 독립되어 있으면서도 자체의 힘으로 살아 있는 윤리성의 시가 오늘날 절실히 요청된다고 강조한다. 특히 그는 시인의 자유와 작품의 자유는 역설적인 공존관계에 있다면서 "작품이 자유롭기를 바라는 시인이란 자신이 구속되어 있음을 진실로 절망하는 자들"이라고 풀이한다.

　인생을 날카롭게 관찰하는 아이러니와 동시에 현실의 고차원적 승화인 꿈을 강조하는 그의 태도가 산문화시대의 시론으로 나타나고 있다. 문학도들의 일독을 권하고 싶다.

대상 인식과 시쓰기 바로잡기

- 오규원 『현대시작법』

다분히 정치적 의미를 띠고 있지만 80년대의 문학, 좀 더 직접적으로 말하면 문학운동이 우리에게 준 중요한 교훈은 민주화였다. 창작이 문인 주소록에 올라 있는 전문예술가들만의 것이 아니라 누구도 글쓰기 작업을 할 수 있다는 창작주체의 민주의식도 주목되는 문학적 민주화의 한 현상이었다.

오늘날 문학지망생이 전에 없이 많아지고 있다. 붐을 타고 경향 각지에 문예창작교실이 개설되어 문학 인구의 저변 확대에 기여하고 있다. 다소 문제점을 지니고 있지만 각종 문예지들이 우후죽순처럼 출간되어 이들의 글쓰기 의욕을 더욱 부채질하고 있다. 이런 상황에서 출간된 오규원 시인의 『현대시작법』은 매우 의미심장한 의의를 띤다.

시란 무엇인가, 한 편의 시는 어떻게 창작되는가, 그리고 현대시란 어떤 것인가 하는 원론적이면서도 시대적인 관심사들을, 그러나 저자는 이 책에서 밝혔듯이 '귀납적' 방법으로 해설하고자 한다. 다시 말하면 풍부한 사례 연구를 통하여 결과적으로 창작 기법과 시론을 익히도록 하는 효과를 노리고 있다. 이론보다도 실전경험에 바로 부닥치게 해서 스스로 시작법을 자기의 것으로 체득하게 하는 점이 이 책의 주된 특장이다. 더구나 이 사례연구는 좋은 시와 나쁜 시를 일일이 대조시켜 습작기의 일반적 결함이나 범하기 쉬운 오류들이 무엇인가를 일깨우는 소위 시행착오적 교육방법까지 곁들여 여간 친절하고 실속 있는 안내서가 아니다. 이것은 오규원 시인 자신의 창작경험과 대학이나 문예창작교실 등에서 오랜 실기지도를 해온 실천적 바탕에서 이 책이 탄생되었기 때문이다.

체계화는, 적어도 편제는 저서의 생명이다. 전체 10장으로 구성된 이 책에서 오 시인은 크게 네 항목으로 나누어 이 항목들이 유기적 관계를 갖도록 체계화한다. 그는 인식과 표현을 시쓰기의 출발점, 그러니까 기본항으로서 강조한다. 1장 「시적 표현의 이해」와 2장 「대상과 인식과정」이 그것이다. 그에 의하면 대상에 대한 인식이 시적 표현을 좌우한다. 예술가의 세계관(또는 이데올로기)이 문체를 결정짓는다는 것은 하나의 관점이라기보다 널리 알려진 사실이다. 그래서 우리는 시정신 Poetry과 시형식 Poem을 구분하고 이 양자의 필연적 연관성을 언제나 주의깊게 지켜보는 것이다.

사물의 인식이 시적 표현을 좌우한다고 할 때 나쁜 시란 궁극적으로 잘못된 인식에 기인한다. 오시인은 여기서 나쁜 시의 한 양상으로 무엇보다 관습적 표현을 지적한다. 관습적 표현이란 말할 필요 없이 사물의 관습적 인식 때문이다. 인식은 시각의 문제다. 기성관념이나 선입관 없이 사물을 현상학적으로 바라볼 때, 새롭고 신선한 시각으로 사물을 인식했을 때 좋은 시가 비로소 가능해지는 법이다. 이것은 곧 시적 개성의 문제이기도 하다. 시어를 내포적 언어라 할 때 이 내포적 언어란 개성적 언어를 가리킨다. 언어의 인습적 용법은 원래 시인의 적이다.

이런 신선한 개성적 인식만으로 부족하다. 두 번째로 그는 외화성의 언어, 곧 꾸며쓰기를 나쁜 시의 또 하나의 예로 든다. 이것은 사물에 대한 <피상적> 인식의 산물이다. 따라서 좋은 시는 <흉내내지 않는, 거짓없이 쓴 글>이다. 성실성*sincerity*은 잘 알려진 그대로 낭만주의의 개성론에서 시적 가치기준이다. 성실성은 자기표현의 진실성, 내면적 진실성이다. 동시에 사물의 현상만을 관찰했을 뿐 현상 뒤에 숨은 그 사물의 본질을 파악하지 못하는 피상적 인식은 결국 시가 장식적 언어로 위장되기 마련이라는 것이다. 사물의 새로운 인식과 더불어 인식의 깊이를 획득했을 때 좋은 시가 탄생됨을 그는 반복해서 강조한다.

인식은 철학적 경험양상이다. 철학적 경험이 논증의 형태로 제시되는 반면 시는 예술적 표현 형태로 제시되기 때문에 감각적이어야 한다. 그래서 시어가 추상적이고 보편적인 언어가 아니라 구체적이고 특수한 언어임을 잊지 않고 역설한다.

2장에서는 대상의 인식 뿐만 아니라 미적 인식을 중심으로 시의 승패를 좌우하는 소위 심리적 거리 또는 미적 거리의 개념을 중심으로 좋은 시와 나쁜 시를 대비시킨다. 미적 거리는 시인이 표현하고 싶은 감정이나 관념의 조절을 의미한다. 여기서 그는 사물에 대한 시인의 관점을 크게 관념적 관점과 실재적 관점으로 이원화하고 전자를 다시 피상적·추상적·풍자적·해석적 지각의 네 유형으로, 후자를 기계적·장식적·감각적·사실적 지각의 넷으로 세분화한다. 그리하여 풍자적·해석적·감각적·사실적 지각의 시는 좋은 시가 되고 반면에 피상적·추상적·기계적·장식적 지각의 시는 나쁜 시가 된다. 이런 관점의 분류들이 다소 생소하고 부적절한 감은 없지 않지만 사물의 새롭고 구체적이고 깊이 있는 인식과 이 인식을 예술적으로 형상화하는 미적 인식에서 훌륭한 시적 표현을 얻을 수 있음을 많은 사례를 통하여 입증하고 있다. 그에 의하면 시의 창작 과정이란 <시인→시적 대상→시적 인식→시적 언술→시작품>이다.

인식과 결부시켜 두 번째 큰 항목으로서 3장에서 6장에 걸쳐 시적 언술의 특성과 구조를 검토한다. 시적 언술, 또는 문체를 다룬 점에서는 이것은 앞의 항목 「인식과 표현」과 사실상 중복된다. 그러나 여기서는 언술의 기본적 양식들인 설명·논증·묘사·서사 등을 바탕으로 시적 언술의 특징을 중점적으로 다룬다. 말하자면 장르비평적 관점을 보태고 있다.

시적 언술의 특징을 <묘사>와 <진술>로 이원화한 것은 이 책의 핵심이며 따라서 가장 주목되는 부분이다. 그에 의하면 묘사는 <관찰을 통한 구상화의 관조를 통한 해명, 즉 정서적 등가물을 동원하여 가시화하는> 언술의 형식인 반면 진술은 <등가물의 유무와 관계 없이 느낌 또는 깨달음 그 자체를 고백적 선언적으로 가청화하는> 언술의 형식이다.(<책 머리에>p.vii) <관찰>과 <가시화>가 묘사의 본질이고 사물에 대한 <해명>과 <가청화>가 진술의 본질이다. 이 두 문체적 분류는 시의 일반적 두 유형인 경험시와 의미시를 상기시킨다. 경험시는 개인적 경험의 한 순간을 표현한 것, 객관적 상관물의 시로서 우리에게 서사적이거나 극적인 인상을 주는 대신 의미시는 시인이 자신의 관념을 독자에게 직접 전달하는 시로서 에세이적이고 단정적인 인상을 준다. 이런 시의 두 유형을 문체의 수준에서 기술한 것이 여간 주목되지 않는다.

묘사는 주체와 대상 사이의 <거리>를 본질적 조건으로 한다. 이

<거리>는 <인식>의 등가물이다. 그는 묘사와 인식과의 이런 필연적 관련성을 전제로 묘사를 설명적 묘사와 암시적 묘사로 구분하여 시적 언술의 특징을 물론 후자에 두고 있다. 설명적인 것, 그러니까 일반산물의 명시적 성격을 시의 치명적 결함으로 매도한다. 그러나 중요한 것은 대상을 관찰하는 시각과 그 대상의 성질이, 곧 그 시각(그는 시점이라고 부른다)과 대상의 종류가 시의 구조를 좌우한다고 한 점이다. 여기서 대상이란 가시적 공간에 속하는 <서경>과 <서사>, 그리고 비가시적 대상인 심상이다. 말하자면 전자는 외부세계이고 후자는 내면세계이다. 그래서 그는 묘사를 객관적 묘사와 주관적 묘사로 구분한다. 후자의 극단적 예는 김춘수의 무의미시, 또는 이승훈의 비대상시가 된다. 이것은 달리 <세계상실의 문학>이라는 다소 거창한 이름도 붙여지고 있다. 따라서 여기서 객관적, 주관적이라는 수식어는 시쓰기의 태도가 아니라 대상의 종류를 가리킨 말이다. 묘사란 원래 객관적 태도의 글쓰기이기 때문이다.

그러나 오시인이 <묘사시>와 현대시의 주류적 경향인 <서술시>를 구분하지 않는 것은 아쉽다. 서술, 묘사, 대화는 문학적 언술의 3대 문체다. 묘사는 대상과 대상의 특질에 호응하는 문체이고 서술은 삶의 과정과 조건에 상응하는 문체다. 대상과 삶은 문학의 <객관적>(그가 객관적 묘사라 했을 때 객관적) 내용이다. 이왕 대상의 종류와 문체의 호응 관계를 조명하려 했다면 묘사시와 서술시의 구분도 언급되어야 했다.

진술의 장에서 그는 회고적·기원적 시점이 <독백적> 진술의 구조를, 관행적·비관행적 시점이 <권유적> 진술의 구조를, 관조적·풍자적 시점이 <해석적> 진술의 구조를 각각 결정함을 밝힌다. 시점은 화자의 문제다. 그가 여러 시점으로 자세히 분류한 것은 독창적이지만 사실 시점이라기보다 <어조>의 종류들이다. 어조란 앞에서 말한 객관적 내용에 대한 주체(시인)의 태도, 곧 정서적이거나 명상적이고 사색적인 반응들이고 이 반응에 초점을 둔 것이 그가 분류한 시적 언술의 한 양상인 진술이다. 소설에서처럼 시에 있어서 시점이란 일반적으로 시의 화자가 관찰자이냐 주인공이냐 과거의 한 시점에서 진술하느냐 현재의 시점에서 진술하느냐 등의 문제로 규정되고 여기서 시의 여러 유형이 가능해지는 것이다.

세 번째 큰 항목으로서 이런 시적 언술의 요소들을 다룬다.

시의 요소로서 화자를 우선순위에 두고 가장 역점을 두는 것은 시의 출발점을 대상의 인식에 두고 사물에 대한 관점을 되풀이하여 강조해 온 그의 일관된 시론의 필연적 산물이다. 왜냐하면 인식과 관점은 화자의 몫이기 때문이다.

그는 실제의 시인과 시의 화자를 동일시하는 개성론을 부정하고 이 양자를 구분하는 몰개성론의 입장을 명백히 취한다. 시의 화자는 객관화되고 창조된 만큼 화자는 시의 극적·허구적 상황에 어울리도록 <의식적으로 선택되고 유형화된> 존재임을 밝히고 이 사실을 충분히 인식하지 못한 나머지 유형화되지도 개별화되지도 않는 일상적 자아를 화자로 내세웠을 때 주관적 관념을 표현한 나쁜 시가 된다고 경고한다. 화자 설정도 좋은 시와 나쁜 시를 결정하는 요소가 된다. 그러나 여기서 주목되는 점은 당연한 일이지만 화자를 비로소 원래적 의미의 시점 문제로 다룬 점이다.

그는 시점(화자 설정)을 화자가 일인칭인 경우, 흔히 <배역시>라 불리는, 허구적이거나(예컨대 박재삼의 「수정가」에서 춘향) 역사적 인물이 화자인 경우, 관념(오시인의 「이 시대의 죽음 또는 우화」에서 <죽음>의 의인화)이나 사물을(이하석의 「핀·1」에서 <핀>) 의인화시켜 화자를 삼는 경우, 그리고 서경시나 황지우의 일부 해체시처럼 화자가 숨은 경우 등 크게 네 가지로 분류하고 있다.

그런데 일인칭의 경우는 배역시에 속할 때도 있다. 예컨대 춘향이가 일인칭의 화자가 되어 발화하는 것이 그것이다. 따라서 일인칭 시점은 개성론의 시관처럼 시의 화자를 시인으로 보는(시인이 자신의 경험을 발화하는 것으로) 주인공 시점의 개념으로 정의했으면 보다 타당했을 것이다.

시의 다른 요소로서 그는 비유를 에이브럼즈의 분류체계에 따라 문자적 의미에 뚜렷한 변화를 가져오는 <의미의 비유>와 단어들의 배열 순서로(예컨대 도치·대조 등) 특별한 효과를 노리는 <말의 비유> 두 가지로 나누어 기술하는데 그의 시론으로서 주목되는 것은 <인용적 묘사>의 항목이다. 이것은 하우저가 예술을 현실의 <표절> 또는 <습득물>이라고 정의한 예술의 영점화현상을 가리킨 것이다. 그는 상품광고 문안을 그대로 따온 자작시 「빙그레 우유 200ml 패키지」와 신문의 심인광고를 따온 황지우의 「심인」 등을 예로 들면서 인용의 출처가 전통적 인유와는 달리 일상생활에 흔한 <레디메이드>(기성품)인 경우로 정의한다. 이것은 실험시, 전위시의 한 양상으로서 오늘날 포스트모더니즘에서는 더욱 조장되고 있다.

리듬·이미지·의미는 시의 행과 연을 결정하는 중요한 요소들이다. 여기서도 그는 그가 <회화적 구성>이라고 기술한 소위 형태시와 편지·일기·메모·설문지·시간표 등 일상생활의 <레디메이드>틀을 인용한 패로디적 시형태, 그리고 형태시적 행·연의 처리에서 노린 의미의 해체현상 등 전통시와는 전혀 다른 현대시의 실험적 양상들을 분석하고 있다. 특히 오늘의 자유시가 행의 처리에 의한 전통리듬의 변형과 무가·민요 등 전통시가의 양식과 어조를 차용한 것과 형태소·낱말·이미지·어절·통사의 반복 등에 의해서 그 리듬을 획득한다고 예증한 것은 내재율로만 설명하던 종래의 시론과는 다른 그의 독특한 관점으로 주목된다.

마지막 10장 하나만으로 된 네 번째 큰 항목은 의도적 의미를 구분한 해석학적 연구방법에 따라 시인의 의도적 의미가 실제의 창작작업에서 어떻게 변형되는가를 창작과정의 양상으로 해명한다.

이처럼 크게 네 항목으로 체계화했음에도 불구하고 내용이 중복되거나 잘못 배열된 부분들이 더러 산견된다. 예컨대 제1장 제1절의 <감정의 노출과 감정의 억제>는 2장 1절 <시적 대상과 심리적 거리>와 중복되며 4장과 6장의 <시점>은 제7장 <시의 화자>에서 집중적으로 다루어져야 할 개념이었다. 이것은 대상을 보는 시각(관점)과 화자의 개념으로서 시점을 구분하지 않은데 기인한다.

대상의 인식을 시창작의 출발점으로 보고 대상의 종류와 시각의 차이가 시의 문체는 물론 구조를 좌우한다는 것은 이 책의 일관된 강조점이고 특징의 하나다. 무엇보다 풍부한 사례연구, 곧 좋은 시와 나쁜 시를 여러 면에서 일일이 대비시켜 시인 지망생들에게 시작법을 스스로 체득하게 한 실천적, 시행착오적 방법은 여간 유용하지 않다. 해체시를 중심으로 현대시의 새로운 기법과 양상을 분석·소개한 점도 여간 주목되지 않는다.

이 책이 오규원 시인 자신이 밝힌 것처럼 사례를 통한 시의 이해와 시창작의 이해라는 이중의 목적을 달성하는 데 기여하고자 했다. 이런 점에서도 이 책이 단순한 시작법의 지침서가 아니라 하나의 엄연한 시론이며 시인 지망생 뿐만 아니라 기성시인이나 시연구가들에게도 유용하고 친절한 안내서가 되는 이유도 여기에 있다. 그리고 『현대시작법』의 출간 자체가 시대적 의의를 띠고 있음도 간과될 수 없다.

제2장 ▎시인과 작품의 깊이(2)

서정적 주체와 어둠의 인식

― 김용옥의 시세계

1.

우리가 시라고 하면 의례 서정시를 생각한다. 그러나 한국의 현대시는 서정양식의 원형으로부터 많이 이탈하고 있다. '서정시'라고 부를 수 없을 만큼 '서정적인 것'을 잃어가고 있다. 때로는 시대적 변화와 소명을 이유로, 때로는 실험의식의 핑계로 오늘날 서정시는 많이 변질되어 가고 있는 것이다. 이 때문에 고집스레 서정적인 것을 지키며 끊임없이 이것을 탐구하는 시인은 도리어 귀한 존재로 여겨지게 마련이다. 이런 귀한 자리에 김용옥의 시가 놓인다.

여리디 여린 표정의 그의 시편들은 결코 '의미의 시'가 아니다. 그의 시적 배경이 대부분 '우기'인 것처럼 그의 시의 아이덴티티는 촉촉이 젖어 있는 서정이다. 이 서정의 주체는 역사적 차원이 아니라 존재론적 차원에서 탄생된다. 그의 관심은 존재론적 차원에 집중되어 있으며 그의 시정은 실존주의자처럼 세계에 대한 개인적 정서의식에 뿌리박혀 있다.

그는 소재주의의 태도를 극구 거부하고 있다. 따라서 그의 시정은 소재에서가 아니라 그가 선택한 이미지와 이 이미지의 현란한 결합양식에서 빚어지고 있다. 그의 섬세하고 세련된 시적 기교는 시의 독자성을 최대한 확보한다.

그리하여 그의 시정은 존재론적 차원에 대한 깊은 개인적인 정서의식과 예술적 변용을 통하여 전개된다.

2.

그의 시에서 매력 포인트는 무엇보다도 언어의 연금술과 이미지결합의 참신성에 있다. 그는 매우 부드럽고 비교적 짧은 호흡의 여성적 목소리로 이미지들이 서로 환상적으로 만나 이룩하는 세계를 드러낸다.

> 창문을 열면
> 비의 얼굴은 보이지 않고
> 젖은 목소리만
> 가장 여린 꽃잎 끝에서 흔들리고
> 비의 그늘만
> 무성한 어둠이 된다 (「우중일기」 중)

> 빗 속에 들면
> 비는 지워지고
> 소리만 어둡게 남아 떠나게하고
> 혼자 남아

車窓에 기대어 선
아이의 속눈썹이
허물어져 내린다.

설핏한 어둠으로 돌아와
밤새껏 쓰고 또 썼지만
詩의 행간에서
비는 추운 이마로 떨고 섰다.

엎드려 잠든 울안에
어릴적 와 울던
풀무치 울음이
빗소리보다
낮은 곳으로 가라앉고 있다. (「풀무치 울음에 오는 비」 중)

　　여기서 시인은 독특한 공감각원리로 언어의 연금술과 이미지결합의 현란함을 보인다. 소리와 모습이 만나면 모습이 소리 속에 동화·소멸되고(때로는 소리가 모습 속에 동화·소멸되기도 한다.) 그 소리는 곧 다시 다른 시각적 이미지로 변신된다. 이것은 서로 다른 시각적 이미지들끼리의, 또는 서로 다른 청각적 이미지들끼리의 돌연한 만남이라는 원리와 더불어 섬세한 감각의 서정적 세계로 우리를 이끌어 가는 비결이 되고 있다.

　　그리하여 비와 어둠의 시적 배경 속에 그 모든 이질적 이미지들을 깊은 우수의 서정으로 동일화시키고 있다.

　　그의 시에서 '어둠'은 중요한 이미지가 된다. 왜냐하면 이것은 그의 시세계의 특징을 이해하는데 핵심적인 단서가 되기 때문이다. 어둠은 그의 실존과 세계인식을 표상한다. 그의 시의 화자를 사로잡고 있는 것은 바로 이 어둠이다. 동시에 시의 이미지들은 이 어둠 속에 모두 몰입된다. 다시 말하면 어둠은 이미지들을 동화시키는 원리가 된다.

> 돌아누워도
> 다시 보이지 않는 길,
> 달빛 푸른 성량이 가라앉을 때,
> 어둠의 큰 손이
> 빈 들판 끝으로 우리 등을
> 밀어내고 있었다. (「달빛음」 중)

> 들판의 끄트머리부터
> 짙어오는 어둠은
> 나무도
> 길도 지우고
> 내 안의 거리마저
> 거두어 간다. (「겨울 일몰」 중)

> 기다림보다
> 먼저
> 윤곽을 지우며 오는
> 어둠에
> 우리의 관계가 묻히고 있었다. (「흐린 저녁」 중)

그의 시 도처에 발견되는 어둠은 안개처럼 그의 실존과 세계를 휩싸고 있다. 이것은 그의 시에서 거의 공식화된, 구조원리가 되고 있다. 그렇다면 이런 짙은 어둠의 정체는 무엇이며 어디에서 연유하는 것인가.

도시의 끝에
　　마지막 물기어린
　　바람은 남아
　　저물녘의 하늘을 빛내고.

　　거리의 육교에서
　　기다림보다
　　힘들게 오는 것을 위해
　　내 마음은 비어서
　　가득한 물이 되고자 한다.

　　바람이 날리는
　　하늘의 외곽에서
　　기진한 얼굴로 눕는
　　낙엽의 침묵 끝에
　　길은
　　행인도 없이 넓어지고
　　방향없는 어둠이
　　하나 남은 불빛마저
　　끄고 있었다. (「귀가」)

　　이런 진한 절망감마저 띠고 있는 그의 시의 어둠은 가치있는 것이
상실될 수밖에 없는 상황, 또 상실된 가치가 좀처럼 회복되지도 않는
상황, 그리고 확실한 선택을 할 수 없는 삶의 무방향성과 결부되어 있
는 사실을 볼 수 있다. 다시 말하면 어둠은 가치가 상실되어 있거나 상
실된 가치가 아직 도래하지 있지 않거나 또는 시인이 추구하는 가치가
아직 불확실성의 상태에 있음을 상징한다. 그러므로 이런 어둠이 소멸

또는 붕괴의 이미지로 구체화되는 것은 지극히 당연한 일이라 하겠다.

> 안개꽃의 떨리는 여린
> 어깨 위에서
> 젖고 있는 밤의 눈시울.
> 보이지 않는 어둠 속에서
> 꽃대궁이 꺾어진다.
>
> 스러지는 비안개에 쌓여
> 나는
> 아무에게나
> 꽃으로 쓰러진다.
>
> 메마른 꽃잎이
> 몸 전체로 내 안에서
> 부서질 때
> 꽃 한 송이 마저 버리고
> 거리는
> 문을 잠근다. (「꽃으로 쓰러진다.」중)

소멸 또는 붕괴의 원리는 「비감」에서 역시 '꺾어지는 여린 꽃나무'
와, 「비의 모습」에서는 '혼자서 무너지는 뒷모습뿐'의 '비'와 같은 객
관적 상관물로 전개된다. 어둠과 짝이 되어 제시되는 소멸 또는 붕괴
는 실상 그의 시의 지배원리로 군림하고 있다. 그리고 「나비에게」,
「초부리에서」, 「여수」에서 볼 수 있는, 일종의 종말론적 시상이나 삶
의 무방향성은 모두 소멸 또는 붕괴의 원리와 연관되는 것이다.

더욱이 가치 있는 것의 소멸 또는 붕괴에서 오는 우수와 절망과 고

통은 자아만이 그것이지 이와 무관한 세계는 비정적 타자성으로 존재
하는데 그의 시는 더욱 참담한 어둠의 시가 될 수밖에 없다.

> 꽃 한 송이 마저 버리고
> 거리는
> 문을 잠근다.

　이런 절망적 단절감은 가치 있는 것이 상실되거나 상실된 가치가 회
복되지 않는 세계로부터 소외될 수밖에 없는 고독감이다. 그리하여 고
독의 시정은 그의 시에서 또 하나의 중요한 표정이 된다.
　여기서 그의 고독이 두 가지 의미, 그러니까 두 종류로 구분할 수 있
다. 이것은 곧 어둠이 두 가지 의미로 구분되는 계기가 된다.
　첫째로 「꽃으로 쓰러진다」에서 볼 수 있었던 것처럼 비정적 타자성
으로서의 세계로부터 소외 당하는 고독이거나 세계와 도무지 어우러
질 수 없어 애써 도피하려는데서 오는 고독이다. 이런 고독에는 필연
적으로 고통이 부하되어 있다.

> 거리의 풍경이
> 젖어보이는 가을날,
> 걸어서 힘들게 닿았다.
> 마지막 客車마저
> 떠나보낸 빈 플랫트홈
> 철로 위에서
> 굳게 옷깃을 여미는
> 달빛.

세상의 소리 바깥으로
나앉은 간이역 부근,
마지막 정박한 불빛을 낮추며
잠이 든 선로지기의 꿈 속을 가는
낮은 기적소리.

同行이 없는
오랜 여행의 발자국 소리만
어둡게 먼 길을
떠난다. (「가을 묵시록」)

　여기서 화자에게 고독한 여행이 언제 어디서 끝나거나 적어도 멈추
어질 수 있는 가능성은 전연 없다. 그는 다만 끝없이 '세상의 소리 바
깥으로' 고독의 길을 걸어야 하는 미해결의 상태에 놓여 있다. 고독의
끝없는 여행이 환기하는 화자의 정신적 방황엔 삶의 무방향성이라는
고통도 음영처럼 드리워져 있다. 이런 암울한 고독의 서정은 '젖은 채
로/네가 날아가는 그곳이/어딘지 모르게/비는 넘쳐서 길을 지운다./네
울음도/땅에 떨어져 빗물이 된다.'의 「우기의 새」에서는 일종의 비가
로까지 심화되어 나타난다.
　둘째로 시인이 좀더 적극적으로 수용하려는 고독이며 어둠이다. 여
기서의 고독과 어둠은 그의 안식처이며 내면공간이며 외부세계와는
완전히 독립한 절대 순수로서의 고독과 어둠이다.

외롭게
누구의 어둠을 지키고 있나.
순색의 어둠 속에

홀로, 가슴을 태우며
물기어린 서정으로
메마른 겨울의 들녘을 지키는,
잠이 오지 않는
이 밤의 파수꾼처럼
어느 외로운 이의
길을 따르고 있는가. (「외등」)

손끝으로 퍼지는
나른한 피로도 눕히고
끝없이 가라앉아
흔들림 없는 꿈밭.

나는 혼자서도
황홀하게 어둠 가운데로
떠날 수 있었다. (「어둠, 그 속에서」 중)

　그의 고독은 릴케류의, 내면탐구의 길로서 고독이라는 형이상학적
무게도, 보다 절박한 지적 고뇌도 결여된 채 감미로운 우수의 서정으
로 채색되어 있다. 그러나 이것은 온갖 생경한 비시적(非詩的) 구호가
범람하고 있는 이 시대에 세계에 대한 귀중한 시적 태도임에 틀림없
다.
　어둠이 소멸 또는 붕괴의 서정으로, 또한 고독의 서정으로 환기되듯
이 또 하나의 중요한 시적 표정으로서 허무의 서정으로 환기된다.
　그의 허무는 우선 두드러지게 동심의 유년과 깊숙이 연결되어 있다.
그에게 유년은 '굴러간 구슬에/비스듬이 누워 멈춰 선/낯선 얼굴은,/영
롱한 유리구슬의 빛깔 속에서/어둡게 침잠한/꿈의 색깔을/되찾고 있

다' (「유년의 마당」)에서 볼 수 있는 것처럼 꿈이며 그가 추구하는, 그래서 성인인 그에게는 없는 가치의 상징이다. 동시에 이것은 '하나, 둘/켜지기 시작한 강변 아파트의 창가,/누군가 돌아와/잠든 아이를 고쳐누이며/아무렇지도 않게/열린 창문을 닫아걸고,/휘황한 불빛을 켜/아이의 팔랑개비/오색빛깔을 죽인다' (「팔랑개비」)처럼 세상이 추구하는 가치와는 철저하게 대립되거나 세상에 도무지 용납되지도 않는다. 그는 유년을 철저하게 현실과 대립시키고 고립시킨다.

> 몰려드는 어둠 속에
> 무섭도록 혼자 남은
> 아이의 굴렁쇠를
> 가을보다 큰
> 미루나무 꼭대기,
> 달빛에 걸어두고
>
> 혼자 어두운 자갈길을
> 걸어 내려온다. (「굴렁쇠」 중)

유년은 마치 박제된 아름다운 표본처럼 '지금 여기'와는 괴리되어 있고 또 괴리되어 있어야 한다. 그것은 '지금 여기'에서 현실로서가 아니라 하나의 꿈으로만 존재한다. 그것은 '지금 여기'에 없는 배타적 가치며 그래서 유년시절로의 가치투사행위 곧 꿈의 추구행위 그 자체는 성인인 시인의 가슴에 커다란 허무의 상처로 남아 있기 마련이다.

> 감아올리던 얼레끝에서
> 팽팽히 바람을 몰고 오던

아이들의 함성도
노을 저 편에 묻혀
사라지고,
텅 빈 언덕에는 아이 웃음이 실린
작은 상주연,
혼자 떠 있다.

가슴에
갑자기 빈 터가 넓어지고
나무 한 그루 없는
바람밭이다. (「언덕에서」 중)

그러나 그의 허무는 삶의 진리나 존재의 진리와 결부되면서 통속적
의미의 허무를 지양하고 보다 형이상학적 문제를 우리에게 던진다. 여
기서 그는 허무를 역설적으로 실존이나 실체로, 곧 존재의 진리로 수
용한다. 「거울을 보며」와 같은 탁월한 역설의 시가 이렇게 해서 탄생
한다.

거울 앞에서
수없이 입었다 갈아입는
매일의 분장.

밤마다
벗어던진 옷가지가
그대로 걸린채,
남은 체온은 구겨져
방안의 정물이 된다.

불을 켜면,
다가 오는 옷의 표정 속에
감추어둔 손길이
단추를 풀어내리며
그대로
맨 살이 된다.

걸친 것이 없을 때
걸친 의상보다
허무한 의식으로 쓸어올려보는
머리,
긴 목덜미 밑으로
파리하게 고이는 밤.

거울 저 편에서
어두운 눈빛이
알 수 없는 깊이에서
응결되어 온 몸에 와
박히고 있다. (「거울을 보며」)

　　우리가 세상 앞에서 지어 보이는 모든 표정은 가면이다. 가면은 결코 우리의 실존도, 실체도 아니다. 여기서 화자는 당연히 가면을 벗기고 존재의 진리를 찾으려 한다. 그러나 '걸친 것이 없을 때/걸친 의상보다/허무한 의식으로 쓸어올려보는' 화자의 행위에서 우리는 우리의 실존이 허무 그 자체라는 놀라운 역설적 사실을 발견하게 된다. 존재의 진리 앞에서 화자가 느낀 허무는 이것이 인간에게 하나의 한계상황임을 인식하지 않을 수 없다. 그리하여 이 시인은 「기항일지」와 「손」

에서도 존재와 삶의 허망함을 끊임없이 되씹으면서도 또 어쩔 수 없이 허무를 극복하려는 시시푸스적 고뇌를 보여 주고 있는 것이다.

3.

소멸 또는 붕괴의 서정으로, 고독의 서정으로, 허무의 서정으로 전개되는 이 시인의 어둠의 시학은 그의 시의 지배원리가 되어 왔다. 확실히 그는 고독·허무·어둠을 수용한 시인이다. 그러나 이것은 그의 전체적 초상이 아니다. 그는 계절의 시, 교감의 시, 심정의 시라고 불릴 만큼 「노래」, 「바다 내재율」, 「봄 꿈」, 「봄 비탈」 등의 작품에서 밝은 서정의 표정들을 보여주기도 한다.

그의 시편들은 어둔 표정이든 밝은 표정이든 서정양식의 원형을 그대로 보존하고 있다. 이것은 사물들과의 끊임없는 교감을 통하여, 그리고 현실을 단순히 일차원적으로 소박하게 수용하지 않는, 이미지의 참신한 연결을 통하여 시의 아름다움을 간직하고 있는데서 찾을 수 있다. 구호의 시인이 아니라 심정의 시인이기에 비록 여리디 여린 태도와 도피적 자세가 곳곳에 엿보이더라도 그는 우리에게 항상 친밀한 시인이 아닐 수 없다.

마지막 가난한 시인, 그리고 서정주의

― 박태문의 인간과 문학

1.

집이 없다/不惑을 넘긴 이 나이에도/한 칸 집이 없다

이것은 박태문의 「집」이란 작품의 서두다. 집이 없는 가난의 고통을 진솔하게 읊은 것이다. 어느 때는 반년이 채 안 된 사이에 두 번씩이나 이사짐을 옮기는 바람에 '내가 사는 집 주소를 잘 모른다'고 (「안개」) 그는 절망하기도 했다. 가난은 그가 이 한많은 세상을 등질 때까지 그림자처럼 그를 따라 다녔다.

가정은 있으나 집이 없는 박태문에게 집은 70년대 조세희의 「난장이가 쏘아 올린 작은 공」의 난장이네처럼 어디까지나 사용가치이지 교환가치는 아니었다. 소설가에게는 집이 있으나 시인에게는 눈 닦고 보아도 집 가(家)자가 없는 것처럼 시인은 과연 가난해야 하는 것인가. 물론 시인과 가난 사이의 필연적 관계란 처음부터 없는 일이다.

예술가뿐만 아니라 우리 모두가 못 먹고 헐벗은 절대빈곤의 시대가 있었다. 그때 시인의 가난은, 그러니까 실제생활에 대한 무관심과 무능력은 시인의 미덕이거나 심지어 본질이기도 했다. 그러나 모든 예술이 상업주의로 흡수되는, 교환가치가 지배하는 우리 시대에 이것은 시인을 근본적으로 좌절하게 하는 일종의 '비극적 결함*hybris*'이 될 수밖에 없다.

사실 시쓰기를 생계수단으로 생각하는 사람은 이 세상에는 아무도 없다. 더구나 현대 산업사회에서 진정한 시쓰기란 불가피하게 소외양식일 수밖에 없다. 교환가치의 세속에 좀처럼 적응하지 못한 박태문의 시쓰기는 고독하기 마련이었고 좌절과 절망에 그는 누구보다 익숙해야 했다. 이런 점에서 그는 우리 시대의 드문 시인이었다.

윤동주처럼 박태문도 「서시」를 갖고 있다.

  눈물같은 거/티없이 맑은 거/꽃의 精氣같은 거/꽃의 精氣같은 거//
  거짓 없는 거/夕陽같은 거/六月 어느날/夕陽같은 거

이것은 그대로 그의 시세계를 집약, 함축한 것이다.

2.

박태문시는 산문시가 거의 없고 그 대신 자유시로 일관하고 있다. 그리고 시행이 매우 짧아 긴 호흡에서 초래되기 마련인, 시적 긴장의 해이가 없다. 이런 형태상의 특징들은 박태문 시가 전형적인 서정시임을 증명한다.

박태문의 초기시는 현실의 삶 그 자체보다는 자연에 더욱 깊은 관심을 보인다. 자연은 서정의 원천이든가 내면적 성찰의 매개가 되고 있다. 자연이 시적 대상일 경우 연작시 「겨울 엽서」나 「눈에 관한 두 편의 시」처럼 초기시는 흔히 연가형식을 취한다. 그러나 이 연가형식은 과거 자연시나 전통시의 자연친화와는 다른 신서정을 자아낸다. 사실 그의 초기시는 이국적이거나 도시적인 이미지와 한자어를 많이 채용해서 50년대 모더니즘시의 연장선상에 놓여 있는 인상을 다분히 주고 있다.

역사적 사건도 이런 연가형식으로 용해되고 변용된다. 그래서 4·19혁명을 제재로 한 「눈의 이마주」는 전혀 참여시가 아니다.

눈은 散華한 네 영혼의 누드.

이것은 물론 자연의 묘사가 아니다. 박태문은 서정장르의 고유의 방식대로 자연을 그 자체로 정립시키지 않고 내면화한다. 이 내면화란 자연에 관한 한, 시인이 언제나 의미부여자의 입장에 놓임을 의미한다. 그의 묘사는 감각적 인상의 재현적 수준에 머물지 않는다. 그 대신 인간적 의미와 가치가 부여된 묘사다. 자연에 대한 의미부여는 다름 아닌 시인의 통찰이다. 사물에 대한 시인의 내면적 통찰이 탁월한 은유를 생산하는 것은 결코 놀라운 일이 아니다.

독특한 인식의 틀로서 은유는 시의 본질적인 장치다. 다시 말하면 은유는 본질적인 시어다. 이것은 「네가 자고 있을 때」의 경우 화자 자신을 다양한 이미지들로 변주시키는 확장은유의 형태를 취함으로써 좌절된 사랑의 서정을 효과적으로 환기한다.

네가 자고 있을 때/나는 닫힌 窓/감금된 戀情이다/문풍지를 비비
며 우는 겨울/바람이다

좌절된 사랑으로 통일되는 이 은유적 이미지들의 병치에서 우리는
진한 소외의 서정을 느끼지 않을 수 없다. 사실 박태문시의 연가형식
은 소외양식의 한 변형이다.

소외의 서정은 현대시에서 이미지 선택의 주된 원리다. 박태문의 경
우 이것은 본질적인 시정이다. '아버지는 가난/ 때문에 더욱 외롭고'
(「춘궁의 벌판에서」)에서 알 수 있듯이 박태문시의 소외서정은 삶의
고통을 타인과 도무지 나눌 수 없는 사실에서 근본적으로 발생하기 때
문이다.

하루를 공치면/하루의 生計가 위협 당하는/내 서러운 삶을/아무
도 아무도 알아주지 않는다
                                        ─「내 감기 몸살을」

그래서 '풀 하나가 오직/풀 하나로 있기 위하여/아아 풀 하나가/온
밤을 밝혀 고뇌하는 것을/나는 안다'고 (「풀 하나가 · 2」) 절규할 만큼
소외는 삶의 조건일 뿐만 아니라 시인의 조건이다. 이 「내 감기 몸살을」
은 자학적 어조를 동반하지만 '자화상 1959'이란 부제를 단 「비에 젖
어서」에서 소외감은 자기연민의 어조로 환기된다.

풀 하나가/비에 젖어서/풀 하나가 비에 젖은 그만큼/세계의 한 모
서리가 또한/비에 젖어서

여기서도 다시 확인될 수 있듯이 풀의 이미지는 소외서정을 환기하

는 데 가장 많이 선택되는 객관적 상관물이다. 이런 질퍽한 자기연민의 소외서정은 매우 감상적인 「눈 오는 밤」에서는 이인칭의 청자에게 투사되는 형태로 변주된다. 투사는 대상을 시인 자신과 동질화하는 원리이며 대상을 인식하고 재발견하는 방법이다. 박태문 시의 지배적인 수사인 반복법도 이런 동질화에 효과적으로 기여함은 말할 필요 없다. 소외감은 「풀꽃」의 경우 소외된 존재에 대한 애정으로 간접화된다. 소외시는 소외된 존재들끼리의 고독한 대화다.

소외시는 70년대부터 현대시에 두드러진 시적 반응이다. 이때 시인의 역사의식은 산업사회를 역사의 필연적 전개로 수락하면서도 이를 소외된 변두리 인간의 고유한 체념형태로 받아들인다. 「그 때 그 시절」에서 시인은 소외된 존재에 대한 애정을 느낄 뿐만 아니라 이것을 매개로 가난했던 과거의 향수에 젖는 역설을 보인다.

> 누군가가 이삿짐을 옮기면서/버리고 간 연탄난로,/녹이 슬대로 슬어/어딘가 박혀 있다가/이제사 모습을 드러낸 고물/연탄난로/무심코 그 앞을 지나면서 나도 모르는 새 콧잔등/씨큰해 짐을/어쩔 수가 없었다/어쩌면 전쟁보다도 더욱 암담했던/우리들의 지난날/…중략…/누군가가 버리고 간 연탄난로/버려진 연탄난로/나도 모르는 새 그 앞에/발을 멈추면/그 때 그 시절 오히려/그립고/눈물겹다

이것은 교환가치가 지배하는 소비사회를 부정하는 박태문 특유의 체념적 정신주의다. 다분히 과장된 표현이지만 그는 '어쩌면 전쟁보다도 더욱 암담했던/우리들의 지난 날'을 오히려 그리워하는 타고난 소외시인이다.

가난은 박태문을 언제나 괴롭혔고 동시에 역설적으로 삶의 고통으

로부터 그를 지탱했던 근거였다. 이 가난은 소외시에서 이미 볼 수 있었던 것처럼 자학과 자기연민의 모순된 복합감정으로 채색되어 있었다. 이것은 박태문의 일련의 가족시편들에서 가장 구체적으로 형상화된다. 가족시는 은유적 이미지의 묘사체보다 사실적인 서술체로 그 문체가 바뀐다. 그만큼 가족시는 고백적이고 자전적이며 시인의 따스한 인간애가 가장 짙게 환기되는 곳도 이 사적 시점의 가족시편들이다.

박태문의 가족시는 가난의 고통에 처단된 가족을 무력하게 지켜보기만 하는 시인자신의 고뇌와 비애로 점철된다. 「눈물」은 아내의 비애를 공유하는 정도가 아니라 바로 자신의 비애로 감수하려는 시인의 뜨거운 사랑을 노래하고 있다.

> 가난이 결코 미덕일 수 없는/이 地上에서/아내여,/그대 두 눈 가득
> 히 넘칠 듯 안타까운/눈물 되리라

그래서 시인의 아내에 대한 사랑은 언제나 비애로 더욱 데워진다. 아내는 가난 때문에 병을 내색하지 않거나(「어린 왕자」) 깊은 밤중 천수경을 외우며 많은 소망을 혼잣말로 빌고 있는(「부질없이 문득」), 시인이 화자가 되어 화폭에 영원히 담아두고 싶은 고맙고 사랑스러운 아내였다. 「누이에게」는 '어찌하여 나는 이렇게 지지리도 못나서/기껏 소주나 마시며' 일찍 죽은 누이를 그리워하는 제망매가다. 「탱자 울타리에 서면」도 시인이 자학적 회환 속에서 누이를 그리워한 작품이다.

가정은 시인에게 가난의 고통을 일깨워 주는 비애의 원천이면서 또한 그가 위로 받는 유일한 안식처다. 「내 피로는」에서 자학적이고 체념적인 어조가 가족에 대한 연민의 정을 압도하고 있지만 「막내의 겨울」과 「아침」에서 가족은 시인에게 희망과 용기를 불어 넣는다. 「똘

이 장군」에서 시인은 '애비 안 닮은 게 참/다행이구나'라고 여전히 자학하지만 어린 막내를 비자기의 소망적 인물로 기대하는 소박한 긍지로까지 시인의 가족애는 승화된다.

가족시에 보인 이런 따스한 인간애는 노동자나 서민의 열악한 삶의 조건을 다룰 때에도 연속된다. 박태문은 몇 편의 노동시를 남겨 놓았다. 물론 그의 노동시는 정치적 의미나 가치가 배제되어 있다. 그 대신 시인의 휴머니즘은 가족시의 사적 시점의 한계를 벗어난다. 노동자의 자기 소외를 제재로 한 「겨울 아침」의 경우 좌절과 절망에 빠진 자학적 어조가 지배적이지만 예외적으로 산문시 형태인 「우리 만나서」에서는 한 소년 노동자를 지켜보는 시인의 시선은 여간 따스하지 않다.

> 책가방을 들었어야 할 그 손에 도시락을 움켜 쥐고 만원 버스에 짐짝처럼 실려서 아침 출근길을 서두르는 네 뒷모습을 먼 빛으로 바라보며 이 아침에 나는 血肉의 그것보다 더한 연민의 情을 새삼 일깨웠다

정치적 목적의식을 지닌 노동시 일반과는 달리 그의 노동시의 시적 태도는 어디까지나 서정적이다. 서정적인 것과 연민은 혈연적인 관계에 놓인다. 왜냐하면 양자는 본질적으로 동일성 감각에 기초하고 있기 때문이다. '파도야 쓸어가라/싸그리 깡그리/파도야 쓸어가라/세상은 어차피 잘난/놈들의 것' (「파도야 파도야」)이라든가 '날 짓밟아라/이 세상/잘난 놈들아' (「투항」)와 같이 절제되지 않은 저주를 보이기도 하지만 이런 적대감정은 박태문시의 경우 예외적인 것이다. 그의 시에서 풍자적 어조를 좀처럼 볼 수 없는 것도 그의 서정적 반응이 현실과의 비판적 거리를 유지하는 아이러니 정신을 압도하기 때문이다.

울음과 눈물은 박태문시에서 가장 많이 되풀이되는 모티프다. 그래서 우리는 그의 시 도처에서 나약한 감정적 인간상의 화자(그러니까 시인자신)를 만나게 된다. 그러나 시인은 흔히 '있는 그대로의 나'가 아니라 '있어야 하는 나'를 화자로 내세운다. 이 비자기의 소망적 인간상은 박태문시의 경우 '의지적 자아'가 된다. 이런 점에서 박태문시에서 청마류의 의지적 자아를 보게 되는 것은 그리 놀라운 일이 아니다.

> 이 어쩔 수 없이/漠漠한 曠野에서 너는/끝끝내 너의/忍耐를 持續
> 하면서//가슴에 스미는 것/싸늘한 바람 뿐인 거기, 아득한/碧空 우에
> 너는/不滅의 손, 손을 펴는가 ─「대낮의 시」

정신의 가열성은 좀 약화된 듯 하지만 문체와 어조뿐만 아니라 허무 의지의 주제까지 이 작품은 청마시에 닿아 있다.「황혼의 창가에서」는 역설의 기교를 구사한 인간탐구다. 여기서 의지적 자아는 고통을 인간의 본질로서 오히려 적극적으로 수용한다. 서정적 자아의 감상적 태도는 물론 전연 찾아볼 수 없다.

> 괴로워 하라./참으로 괴로운 者,/괴로워 하라./사랑하지 않으면/정
> 말 아파하지 않으면/너는/아무 것도 아니지. 결국 나는/아무 것도 아
> 니지

서정적 태도가 지배하는 소외시나 가족시에서 연민이 인간의 본질이었다면 의지적 자아의 시편에서 인간다움은 고뇌하는 것이다.

인간들이 같은 정도의 기쁨과 슬픔을 각 개인들에게 분배하는 공평성 속에서 통일된다는 것은 도덕적 세계의 공정한 질서다. 여기서 무

엇인가 얻고자 하면 반드시 대가를 치루어야 한다는 비극적 감각이 탄생된다. 이런 근거에서 비극적 원리는 보편적 도덕률의 표현이다. 「봄이 오면」에서 우리는 이런 비극적 감각의 한 변형을 보게 된다.

> 그대 눈물 그만큼 세상은 밝아오고, 임이여, 그대 눈물 그만큼/그 빛깔만큼/세상은 또 그만치 살고 싶어지리라/한결 더 살고 싶어지리라

슬픔을 느끼는 것만큼, 고통을 겪은 것만큼 삶의 의욕이 고조되는 공평성을 자연의 이법에 의존함으로써 시인의 진술은 벌써 보편적 도덕률을 시위한다.

비극적 감각으로 변주된 이 의지적 자아의 어조는 매우 서정적이어서 도덕률의 시위가 시적 긴장을 잃지 않고 있다.

풀의 이미지는 박태문시의 경우 소외된 존재의 상징으로 자주 채용된다. 이 소외된 존재는 또한 서민이라는 또 하나의 의미를 지닌다. '어떤 풀이 또 다른 풀에게'라는 부제목을 단 「편지」는 서민의 끈질긴 삶의 의지를 노래하고 있다. 서민의 이 끈질긴 삶의 의지는 「축복 받을 일 하나 없어도」에서는 '주어진 삶 오래 간직하겠습니다/열심히 살겠습니다/열심히 더욱 열심히/그리고 善하게/우리 그렇게 살겠습니다'처럼 강렬한 의지미래의 서술형 어미로 비장하게 서술되기도 한다. 청유형 어미의 다분히 선동적 어조를 채용한 「풀아 일어서라」에서 삶의 의지는 어떤 역경에도 좌절하지 않는 저항의지 그 자체가 되고 있으며 「작은 꽃씨 하나가」에서는 생명의지가 시인의 간절한 소망으로 표출되고 있다.

새로운 삶과 새로운 세계를 꿈꾸고 갈망하는 것은 박태문시에서 놓

칠 수 없는 중요한 목록이다. 원래 시어란 꿈의 언어다.

눈은 혁명처럼 신선하다

겨울 첫눈의 신선한 느낌을 혁명에 비유한 것부터 여간 신선하지 않다. 이것은 매우 의미심장한 비유다. 왜냐하면 이 속에는 새로운 세계에 대한 시인의 소망이 벌써 함축되어 있기 때문이다. 박태문은 적어도 몽상가이다. 「이 땅에 살면서」는 일종의 만가다. 시인의 소망이 죽음과 관련된 비탄의 어조를 띠고 있기 때문이다. 만가란 죽음이나 삶의 비극적 양상을 비탄의 시정으로 표현하면서 어떤 영원한 것(이를테면 이상향)을 동경하고 여기서 위안을 받는 장르다. 그러나 이 작품에서 아버지가 자식에게 당부하는 담화형태로 제시된 시인의 소망은 자연과 더불어 사는 것, 그러니까 인간본성대로 사는 것이며 이 소망을 초월적 세계가 아니라 '이 땅'에서 실현하고자 한다.

막내야/너는 커서 이 땅에 살면서/이 땅의 바람/이 땅의 풀들과 함
께 살면서

시인의 소망은 결코 삶의 세계를 등지거나 초월하는 법이 없다. 이 문맥에서 시인의 세계관은 희망의 철학이다. 희망의 철학은 물론 삶의 변화를 꿈꾸는 태도며 무엇보다 이런 삶의 변혁은 상상의 내면세계도 저승도 아닌, 바로 이승에서 새로운 지상의 세계를 만드는 것이다. 이 것은 박태문의 일련의 의식시에서 가장 극명하게 나타난다.

제재가 한정되는 의식시 가운데서 송년시나 신년시는 기원과 축복이 그 관습적 주제가 되기 마련이다. 송년시 「해는 기울고」는 삶의 반

성과 함께 축복을 기원하고 있으나 「종소리 · 1」은 개인주의로 단절되고 소외된 우리의 삶을 비판적 어조로 반성한 송년시다.

> 서로 다른 모습으로/우리들은 싸우고 反目하고 苦憫하고/서로 다른 모습으로/우리들은 서로 서로 외로웠지만/이 밤에 듣는/저 鐘소리의 意味마저 각각일 수는 없다.

　교훈적 성격이 강한 이 송년시는 축원이나 축복의 메시지가 생략된 점에서 희귀한 예외다.

　신년시 「밝아 오는 이 아침에」는 가족 이미지를 원용하여 선량한 인간들의 소망이 이루어지기를 기원한 서정시다. 「1990년 새 해 아침에」도 분단극복과 우리사회의 온갖 불신과 갈등이 해소되는 새로운 세계를 기원한 신년시다. 드물게 참여시적이다.

3.

　현대시는 따스한 인간애보다는 비판의 관점에서 새로운 세계를 고안한다. 이 비판의 관점 때문에 시인의 지성이 극대화되는 대신 서정성의 상실이라는 대가를 치루어야 했다. 그러나 박태문은 비판의 관점보다 따스한 휴머니즘으로 새로운 세계를 꿈꾸어 왔다. 가난이 언제나 그의 영혼을 괴롭혔고 그래서 그의 생애가 좌절과 절망으로 점철되어 이것이 더러 눈물과 울음의 감상적 이미지로 시화되었지만 세계를 저주하고 비판하기보다 세계를 포용하는 따스한 인간애와 긍정적 시각을 견지해 왔다.

생명을 사랑하는 그의 인간애는 결코 초월자에게 의존하는 법 없이 언제나 이 세계를, 인간을 지향하고 있었다. 그는 타고난 서정시인이고 시와 삶에 대해서 일관되게 진지한 태도를 취해 온 우리 시대의 마지막 가난한 시인이었다. 다분히 달관의 여유까지 보인 다음의 두 시편은 부부사이의 사랑을 매개로 하여 삶을 끝내 포기하지 않은 그의 휴머니즘이 형상화되어 있어 메마른 오늘의 우리 가슴에 서럽도록 시인의 정다운 모습을 다시 각인시켜 주고 있다.

슬픈 일일랑 잠시 잊기로 하자./잡다한 세상사/오늘은 잠시 덮어두기로 하자./개나리 멍울 터뜨리는/촌집 울타리,/때로는 따신 햇빛 한 움큼으로도/세상 이렇게 여유로울 수 있다는 것을/오늘사 나는 깨닫는다

―「이 봄날에는」

봄볕 따뜻한 날은/아내여/그대 웃어보아라./봄볕 그것 만큼이나 밝고 환하게/그대 웃어보라./지친 삶/구겨진 日常/그러나 아내여 우리 사는 동안/이렇게 봄볕/따뜻한 날도 더러 있는 것을……

―「봄볕 따뜻한 날은」

자기형성의 보헤미안

― 강남주 시집 『떠도는 자의 일기』

1. 출가의 형이상

실존은 미완성의 개념이다. 그것은 끊임없는 자기형성이다. 완전주의자는 이름 그대로 완전을 꿈꾼다.

그에게 궁극적 가치는 자아와 세계의 완전이다. 그러나 이것은 실현 불가능한 가치일 뿐이다. 오히려 완전에 이르는 과정 그 자체에 우리는 더욱 친밀한 인간적 가치를 느낀다.

"또 한번 행자의 길을 가기 위하여 출가의 마음으로" 지난 날을 정리하려는 의도로 제2시집 『떠도는 자의 일기』를 내놓은 강남주에게서 새삼 시란 이런 인간적 가치 이외 아무 것도 아니라는 명제를 인식하게 된다. "장인(匠人)을 사양함"이라고 「자서」에서 선언한 그의 태도는 이런 명제를 필연적으로 수용한다.

그러나 그의 시가 보여주는 자기형성의 과정은 실존의 고통으로 점철되어 있다. 그의 시적 자아는 스스로 자신을 만들어 가는 행복한 인간이 아니다. 그는 자기 형성에 실패하고 좌절감에 사로 잡혀 있다.

그러나 그가 정작 두려워하는 것은 자기형성의 실패가 아니라 자기형성의 포기나 망각이다. 그래서 그는 자기형성이 좌절되는 고통을 역설적으로 선택하는 비극적 모습을 띠기도 한다. 이것이 강남주의 거점이다. 그의 이런 집요한 자기탐구는 「현상의 거부」와 「자학적 발상」이라는 두 가지 양상으로 전개된다. 그리고 그의 시적 개성은 이 두 양상에서 형성된다.

2. 현상의 거부

하이데거에 있어서 모든 시의 가치는 존재로 수렴된다. 그에게 존재는 존재자를 통해 계시된다. 그러나 현대의 기술적 지성은 존재자를 존재와 혼동한다. 그래서 현대는 존재망각·본질망각의 시대라고 하이데거는 우려한다. 강남주에게 자기탐구는 이 존재자의 제거작업으로 시작된다. 왜냐하면 그에게 진정한 자아는 존재자로 은폐되어 있기 때문이며 이 존재자로 인하여 자기형성이 불가능하기 때문이다. 존재자는 현상이다. 현상의 거부행위 속에 하이데거의 존재에 등가되는 진정한 자아의 발견이 가능해진다.

> 사가셔요./떨이예요./내 가진 모든 것/몽땅 드릴께요.
>
> —「떨이」 중

시적 화자가 가진 모든 것은 사물이다. 사물은 존재자다. 존재자는 화자의 본체가 아니라 그 현상이다. 이 현상에 의해서 화자의 순수한 자아는 은폐되어 있다. 그러므로 물량에 오염된 상태로부터 순수한 자아를 확보하기 위해서 물량의 현상을 철저하게 제거해야 한다.

> 모든 것, 모든 것을/다 사가셔요./사가셔야 비로소/내가 남게 되어
> 요.
>
> —「떨이」 중

이처럼 모든 현상을 없애버릴 때 비로소 시적 화자는 자아의 순수성을 획득할 수 있는 것이다. 여기서 시인은 여성화자의 절박한 목소리를 채용함으로써 그의 자기형성에의 욕구가 얼마나 가열한가를 효과적으로 보여주고 있다.

자기형성의 이런 치열한 정신은 「풍란」에서도 주조로 형성된다.

> 파도 소리에/뼈 끝/으깨어지고 있었다//바람 소리에/귀가/멀어져
> 가고 있었다//行樂의 손 끝에서/피를 말리며/歸去來의 꿈을 織造하
> 며/여름 한나절을/떠돌고 있었다.//한때/소나기로 퍼붓던/햇살이/激
> 烈하게/흔들리고/벼랑끝을 핥고 있던/隱士의 숨결이/가난한 부엌의/
> 질그릇 소리를 내고 있었다.

풍란이 '은사'로 비유된데서 우리는 풍란의 상징성이 자아의 고결성에 있음을 알 수 있다. 시인은 자기의 의도를 노출시키면서까지 성(聖)·속(俗)의 날카로운 대립을 통하여 자아의 고결성의 위기를 고조시킨다. 이 작품에서 현상은 속이다. 속은 '행락의 손 끝'이란 낯익은 이미지를 얻는다. 시인의 의도는 풍란으로 대표되는 성, 곧 자아의 고결성이 이 속에 의하여 유린되는 상황설정에 있다. 속에 의한 성의 유린은 "뼈 끝/으깨어지고", "귀가 멀어져 가고", "피를 말리며", "소나

기로 퍼붓던/햇살이/격렬하게/흔들리고" 등의 묘사로써 얼마나 가혹한가를 느끼게 한다. 이처럼 시적 상황은 자아의 고결성을 지탱키 어려운 극한상황이다. 이 극한상황은 이 작품에 일관된 절망의 구조다. 마지막 연에서도 시인은 "벼랑끝을 훑고 있던/은사의 숨결"과 "가난한 부엌의/질그릇 소리"의 두 장면을 당돌하게 결합시킨 데빼이즈망 수법을 구사하면서 전환의 아무런 실마리도 제시하지 않는다. 그러나 이런 문제제시의 성격은 자기형성의 위기감이 고조될수록 도리어 자기형성의 의식이 치열해지는 역설을 함축한다.

자기형성을 위한 현상의 거부 작업은 「풀의 간증」에서 시적 자아로 하여금 만만치 않은 도전의 자세를 취하게 한다.

> 나비여/사악한 나비여/나의 비듬이나/네가 가져라//…//이 땅/삼천리에/물기가 마르면/누구 하나/영악하지 않고 배길 수 있으랴.//나는 간다./재생의 바람이 흔들 때까지/이 겨울을/지하 깊고 깊은 곳에서/암과 싸울 것이다.

'간증'은 종교 용어다. 이것은 신자가 자신이 지은 죄를 증명하여 자복하고 믿음을 고백하는 일이다. 작품 제목의 '풀의 간증'은 물론 시적 자아의 간증이다. 그렇다면 시적 자아가 지은 죄는 무엇인가. 그것은 '사악한 나비'의 타락된 세계 속에서 살아남기 위해 '영악한' 인간이 될 수밖에 없는 대결의 태도다. 시적 화자는 "사악한 나비"에게 "나의 비듬이나/네가 가져라"고 조소한다. 그의 목소리는 매우 시니컬하다. '비듬'은 세계에 대하여 그가 꾸민 탈이다. 탈은 진정한 자아가 아니라 진정한 자아의 현상이다. 그의 죄는 이 현상의 거짓 자아로 타락된 세계를 살아가는 것이다. 그러나 여기서 주목해야 할 점은 시적 화자의 거짓 자아로서의 삶을 영위하는 타락은 진정한 자기형성을 위한 하나의 방편이라는 사실이다. 말하자면 그는 타락된 세계에서 타락된 방법으로 진정한 가치(진정한 자기형성)를 추구한다. 그러므로 그의 과제는 타락된 현상적 자아를 진정한 자아로 전환시키는 일이다. 이것은 그에게 중요한 '재생'이 된다. 여기서 그의 목소리는 진정한 목소리로 돌변한다.

> 나는 간다/재생의 바람이 흔들때까지/이 겨울을/지하 깊고 깊은 곳에서/암과 싸울 것이다.

'바람'은 시인이 즐겨 사용하는 개인적 심상이다. 이것은 '안개'와 더불어 시인이 추구하는 자기형성의 테마를 함축하고 있다. '바람'은 정적 이미지가 아니라 동적 이미지다. 그것은 아무런 형체가 없다. 그 대신 그것은 끊임없는 운동이다. 시적 화자는 이 '바람'에 자신을 내맡겨 자기형성의 수고로움을 운명처럼 수용한다.

> 머물 수 있어도 떠가는 것아/갈 곳 모르고 떠가는 것아/한 자락 늪으로/이끌고 가다가/대나무 가지 끝에서/소리나 죽이고 울어라
> — 「바람의 가설」 중

> 나를 잊은 떠돌이의 손수건으로/오래토록/애잔하게 나부끼다가/그대를 맴돌며 여월 수 있게/캄캄한 속을 헤매다가/흔적 없는 바람이나 구름으로/내 이제 그대 곁에 머물고 싶다.
> — 「떠도는 자의 일기」 중

이처럼 시적 자아는 현상으로서의 안정된 삶보다는 차라리 자기형

성의 수난의 길을 선택한다. 그는 스스로 불행한 방랑자가 된다. 그러나 그에겐 존재의 순수성이 그 고행의 보상으로 약속된다.

> 가까이서 떨고 있는/알몸의 순수,/잔기침은 멈추지 안하/삶을 증
> 거하고/초겨울 햇볕 속에/손바닥을 훔치게 한다/있으매/더욱 소중한
> 몸살/펼치는 손수건에/묻어나는/아아 간절한/나의 잔기침
>
> ─「감기」

　여기서 우리는 시적 자아가 "알몸의 순수"를 발견하는 계기가 무척이나 역설적임을 간파할 수 있다. 왜냐하면 그가 감기를 통하여 비로소 "알몸의 순수"를 발견했기 때문이다. 정상적 상태에서가 아니라 감기의 비정상적 상태에서 존재의 현상이 아닌 존재의 진실을 보았기 때문이다. 시적 자아에게 잔기침이 "삶의 증거하고", 존재가 "더욱 소중한 몸살"로 충격되고 있는 것이다. 손수건, 잔기침으로 연결되는 감기의 불결한 이미저리가 도리어 존재의 순수성을 효과적으로 표상하는 데 이 작품의 기막힌 파라독스가 발생하는 것이다. 이 파라독스는 "매맞으며 칭칭 묶이며/나는 완전한 자유……우리는 헤어지기 위하여 만나고/완성된 사랑을 위하여/헤어지는 것이다."(「안개꽃」)라든가 "날마다 교정만 하는 나의 질서는/나의 문법으로/반란하고 있다"(「교정」) 등에서 볼 수 있는 것처럼 현상을 거부하고 진정한 자기탐구를 수행하는 중요한 방법이 되고 있다. 말하자면 시적 자아에게 파라독스는 일상적 삶의 인습이나 허구를 파괴하여 개성적인 삶을 영위하는 생의 방식이다. 그것은 단순한 시형식이 아니다. 이런 자기대로의 삶은 존재의 순수성이란 이름으로, 그리고 "불혹의 자유"(「떠나가는 꿈」)란 탁월한 시적 표현으로 명명되는 그의 가치다.

시인의 자기탐구는 '현상의 거부' 외에 '자학적 발상'이란 또 하나의 보다 극열한 양상으로 전개된다.

3. 자학적 발상

자학적 발상은 한국 현대시에서 많이 논란되는 전통적 발상이다. 서구의 모더니즘도 실은 자기파괴의 미학이다. 강남주의 작품에서도 이 자학적 발상은 두드러지게 나타난다. 앞에서 말한 것처럼 이것은 그의 시적 개성의 한 측면이다. 그의 시적 자아가 거짓자아(현상)로서의 안정을 거부한 보헤미안인 이상 이것은 필연적으로 고통의 선택을 수반한다. 이 고통의 선택이 자학이다.

> 우리들의 내장이/나부끼고 있다./한 가닥씩/증발하고 있다./프로메티우스의/습한 간이/독수리의 부리에/뜯겨나고 있다/용궁에서 퍼올린 맑은 물로/씻어도 헹궈내도/더럽혀진 채로/바람의 그물에 감싸여/해체되고 있다/끝내 조립을 거부하며/때묻어/뜯겨나기를 바라고 있다.
>
> ―「빨래」

이 작품은 빨래가 "우리의 내장"에 비유됨으로써 처음부터 섬찟한 매조키즘을 우리에게 암시한다. 이것은 우리의 용궁 전통설화를 도입한 장면에서 재확인된다. 프로메티우스의/습한 간이/독수리의 부리에/뜯겨 나고 있다/가 그것이다. 그러면 이 작품에서 자학의 정체는 무엇인가. 그것은 "우리들의 내장"이 "바람의 그물에 감싸여/해체되고 있다/끝내 조립을 거부하며/때묻어/뜯겨나기를 바라고 있다"의 자기해체다. 이런 자기해체의 매조키즘적 갈망은 말할 필요없이 자기무화, 그리고 자기초월에의 욕구다. 그것은 끊임없는 자기형성을 위한 고육책이다. 스스로 자신에게 고통을 가하는 자학은 강남주 시인의 경우 자기인식을 촉발시키는 수단이다. 아니 자학 그 자체가 자기인식이다.

> 아침 바다는/언제나 안개 속에서 눈뜬다//간밤의 난행/그 무수한 난행에/마른 기침 삼키며/피곤을 일으킨다//…중략…//바다는 언제나/찢어진 옷매무새로/안개 속을 눈뜬다.
>
> —「상처난 바다」 중

아침 바다에 대한 우리의 일상적 느낌은 정적과 평화다. 그러나 여기서의 바다는 우리의 기대를 저버린다. 시인의 시각에 그 바다는 간밤의 '그 무수한 난행'을 당해서 "찢어진 옷매무새로" 지금 "안개속을 눈뜬다." 여기서의 바다는 그러므로 세계가 아니다. 그것은 시적 자아의 표상이다. 따라서 난행을 당한 것은 바로 시적 자아 자신이다. 난행을 당한 고통 속에서 그는 자신을 인식한다. 난행의 고통이 자기인식이라면 안개의 시적 이미지는 중요한 역기능을 수행한다. 왜냐하면 안개는 자기상실 내지 자기망각의 상관물이기 때문이다. 「안개」에서 자기인식의 자학은 자기를 잃어가는 일상적 삶에 대한 회오의 형태로 나타난다. 그리고 이것이 자기형성과 결부된 자학적 발상의 의의를 해명하는 중요한 단서가 된다.

> 시간이 자라면서/남루해지는 우리들의 의복/부끄러운 일상/사물의 행차를 꿈꾸는/우리들도 자꾸 흐릿해져 가고 있다.

인간의 점차적인 자기상실은 인간이 사물화되어 가는 현상이다. 인간의 사물화는 비인간화다. "사물의 행차"를 꿈꾸는 획일화의 물신숭배는 인간성을 상실케 하는 현대문명의 병적 징후다. 자기상실은 인간성 상실이요 개성상실이다. 현대는 이처럼 개성이 없는 인간들을 양산한다. 그래서 시적 자아는 무개성의 집단 속에 묻혀버리는 "부끄러운 일상"을 회오한다.

여기서 우리는 자기형성에 있어서 자학의 궁극적 의의를 규지할 수 있다. 그것은 현상의 일상적 삶에 묻혀 일종의 가사상태에 빠져 있는 자신을 위한 역설적 구원이다. 그것은 엘리어트의 『황무지』의 첫귀절인 "사월은 잔인한 달"을 연상시키는 자학이다. "안개"(가사상태)로부터 자신을 이끌어내는 것이 자학이다.

> 해일로 덮쳐요/활화산으로 녹여요/어제 같은 일출과 오늘 같은 일몰로는/그리운 그대 만날 수 없어요/나를 쳐요/때려요/다시 얼죽게 해줘요/사랑의 통속을 무너뜨리기 위하여/더 큰 고통을/나에게 주어요.
>
> ―「그리운 얼죽음」 중

시적 자아가 두려워하는 것은 자신이 하이데거가 말한 '일상인'이되는 것이다. 일상인이란 자신이 거짓 자아로서 일상적 삶속에 묻혀 있는 사실조차 깨닫지 못하는 존재다. 그는 그 허위적 자아가 자신의 진정한 자아로 생각하고 일상적 삶속에 안주한다. 자기형성을 위해서 시적 자아는 우선 자신이 "사랑의 통속"에 묻힌 허구적 자아라는 사실을 각성하는 일이다. 이 각성을 가능케 하는 것이 바로 자학이다.

그는 끊임없이 자신을 확대함으로써 일상인의 허구적 자아로부터 자신의 실존을 간신히 지탱할 수 있는 것이다.

4. 개성의 미적 가치

시인은 생래적으로 일상의 관습이나 획일성을 싫어한다. 그에게 개성은 생명이다. 더구나 진정한 자아가 엄폐되거나 상실되는 상황에서 자기탐구는 시인의 시작 전체의 작업이 된다. 강남주의 경우 그것은 현상의 거부와 자학적 발상의 두 가지 형태로 전개되었다. 그리고 이러한 자기형성의 탐구는 윤리적 가치뿐 아니라 미적 가치도 창조하는 작업이다. 세계를 자기류의 특수한 시각으로 변형시키는데 시적 개성이 나타나며 이 시적 개성이 바로 예술이기 때문이다. 그의 자기 형성은 아직 미완성이다. 그러나 우리에게 중요한 것은 자기형성의 과정에 니타나는 시인의 윤리적 예술적 의미의 고통이다.

서정적 시간

─ 강남주 시집 『가고 싶은 수렵시대』

1.

이젠 매우 낡은 비유이지만 인간은 나그네고 그가 영위한 인생은 여행이다. 시를 삶의 체험으로 정의한다면 모든 시는 본질적으로 여행시가 된다고 볼 수 있다. 시간적 관점으로 시와 인생을 바라본다면 이것은 진실이다.

인간의 체험에서 그 구체적이고 개인적인 모든 빛깔을 사상해버리고 마지막으로 남은 것이 있다면 그것은 모든 체험의 공통된 원소로서 시간이다. 체험이란 사실 시간적 체험이다. 그러나 시와 인생이 구분되듯이 시가 표현한 체험은 실제의 체험과 다른 양상을 띤다. 그것은 '서정적 시간'의 여러 양상이다.

강남주의 네 번째 시집 『가고 싶은 수렵시대』의 첫인상이자 주된 초상이 되고 있는 것은 바로 이런 서정적 시간의 여러 양상이다. 전체 6부로 나뉘어 배열된 82편의 작품들이 거의 일관되게 시간 의식에서 그 시상이 촉발되고 있다. 이것은 강남주가 이제 자신의 삶을 인간의 실존적 조건인 시간 범주에서 다시 조명해 보고 자신의 문학의 존재가 치마저 시간 범주의 미학으로 구축하고자 하는 인생여정의 단계에 놓여 있음을 시사한다. 그도 어느덧 초연한 태도로 삶을 깊이 성찰하는 진명의 나이에 도달한 것이다.

2.

기억과 기대는 서정적 시간을 창조하는 2대 원리다. 서정시의 현재는 단순히 '지금 여기'의 차원에만 놓이는 법이 없다. 거기에는 수많은 과거나 미래가 함축되어 있는 하나의 결정체다. 이것이 서정적 시간의 모호성이다.

그러나 그의 경우 바라보는 시간보다 '되돌아 보는' 시간이 시의 중요한 구조 원리가 되어 있다. 이 되돌아 보는 시간에서 삶 전체를 조망한 인생축도가 그 중요한 양상으로 자연스럽게 탄생된다. 「가는 비 굵은 눈」은 인간이 어쩔 수 없는 시간적 존재라는 보편적 진리를 새삼스럽게 환기시키는 전형적 여정시다.

　　비가 온다/비가 오는 날에는/아이들은 오지 않는다/회전목마는 가는 비를 맞으며/눈을 껌벅이고 서 있기만 하다//시간 밖에서 맴도는 시간/아이들은 그 동안에도 자라고/그러는 사이에 회전목마는 늙어간다/구름이 가듯/사계절은 공원의 하늘을 스쳐가고…//어느날 회전목마와 함께/마부는 늙어 있음을 발견한다.//즐거운 아이들은 자라서 어른이 되고/회전목마 곁에서/늙어 있는 마부의 서초 머리에/소리 없이 눈이 내린다./굵은 눈이 내린다.

시인은 회전목마를 매개물로 '즐거운 아이들'과 '피곤한 마부'의 두 시간적 존재를 대립시킨다. 이 대립은 '시간 밖에서 맴도는 시간'의 대립이며 '가는 비'와 '굵은 눈'의 계절적 대립, 곧 '자라는' 것과 '늙어가는' 것의 대립이다. 이 상승과 하강의 명백한 대조에 의해서 시인은 시간적 존재의 전체상을 보이면서 궁극적으로 인간이 시간범주를 벗어나지 못하는 존재론적 비애를 환기시킨다.

「밤길」에서 시인은 이런 보편적이고 존재론적 시간을 벗어나 역사적 존재로서 자기 삶을 되돌아 본다. 여기서 시인은 서사시적 수법으로 일제 말에서 해방공간, 6·25를 거쳐 오늘에 이르기까지 자신의 개인적 삶을 역사적 삶으로 확대시켜 서술한다.

> 어둠은 어둠끼리 만나서/두런거리며/도대체 무엇을 말하고 있나?/길은 끝이 없기에 갑갑하기만 하고/계란이 깨어나길 바라며/나는 지금도 갑갑한 밤길을 가고 있다.

이렇게 끝맺는 「밤길」은 한마디로 민족수난사의 축도다. "나는 지금도 갑갑한 밤길을 가고 있다"처럼 시인은 근본적으로 시간을 벗어날 수 없듯이 민족적 수난의 연속을 벗어날 수 없는 고통스러운 존재인식을 보인다.

이처럼 되돌아 본 시간은 존재론적이든 역사적이든 인생축도의 기본골격이 된다. 그에게 삶은 "자의반 타의반/시간 따라 여행하는 생활뿐"이며(「여행」) 심지어 "나를 파괴하는 시간"과의 끊임없는 만남(「저소리」)이다.

흘러간 시간을 되돌아본다는 것, 곧 회상작용이 세계와 자아를 재발견하는 중요한 의의를 갖는 것은 말할 필요 없다. 그는 회상작용을 통해 "한 시대의 빈약한/30왓트 짜리"로서 전봇대 아래서 "왜소하게 떨고" 있던 "청년시절"의 실존을 인식하기도 하며(「보안등」), "자기 얼굴에 책임을 져야만"하는 "나이 마흔"의 존재의미(「자화상문답」) 곧 "이름이 없을 때는/자유로운 꿈"이었지만 "이름이 붙고 난 뒤에는/고객을 바라보는 눈"이 되어 실존이 오직 부자유하고 "무거운 짐"일 뿐임을(「이름 때문에」) 인식하기도 한다.

그러나 그에게 가장 고통스러운 자기 인식과 세계인식은 자신의 삶이 가면의 삶으로서 연속되는 사실에서 비롯된다.

> 또 몸으로 떼운다//억지 술을 억지로 마시고//속이 없는 말에/속에 없으면서도 맞장구 쳤다//아침에는/복어국으로 속을 풀고/독을 독으로 다스리며/출근을 했다//몸이 없었다면/오, 오, 몸이 없었다면/실험은/어떻게 치를 수 있었으랴 (「생체실험」)

혼과 육이 분리되고 소외된 자아는 벌써 비극적 자아다. 시인은 다분히 자기풍자적 어조로 가면의 이중적 삶을 혼과 육의 분열된 자아상으로 형상화함으로써 우리 시대의 삶이 얼마나 고통스러운가를 리얼하게 일깨운다. 그리하여 시적 자아의 마지막 절규는 단순한 아픔이라기보다는 차라리 단말마적 처절함조차 느끼게 한다.

> 몸이 없었다면
> 오, 오, 몸이 없었다면
> 실험은 어떻게 치를 수 있었으랴.

삶이 끊임없이 '몸으로 떼우는' 생체실험일 때 나와 타인과의 진정한 만남은 필연적으로 불가능해질 수밖에 없다. 이것은 30년대 이상문학에서는 희극적 태도로 나타났지만 강남주의 경우는 철저하게 심각한 표정으로 드러난다.

> 거리를 두고 흔들리는
> 우리는 끝내 타인이구나 (「손잡을 수 없구나」)

우리 시대는 '우리'란 말이 허구적 관념의 기호에 지나지 않는 시대다. 왜냐하면 나와 너의 만남이 우리가 되지 못하고 서로 "끝내 타인"이 되기 때문이다. 베르그송적 의미의 '전체적' 자아로서가 아니라 '부분적' 자아로서, 그러니까 거짓 자아로서 우리는 타인과의 관계 속에 들어가기 때문이다.

그러나 되돌아 본 시간은 모두 인식인 것은 아니다. 되돌아 본 시간은 푸르스트의 이미지대로 "잃어버린 시간"이다. 이것은 시인에게 삶의 허망함을 주면서도 동시에 시인으로 하여금 오히려 삶의 가치를 탐구하도록 하는 계기가 되기도 한다. 그래서 시인의 회상작용은 이런 가치 탐구의 행위로서 삶의 의의를 갖게 한다. 이때 이 가치란 '이미 있었던' 것이며 시인의 삶은 바로 잃어버린 시간을 찾는 행위 자체가 된다.

> 앞서거니 달려 가는/잃어버린 시간들…옛날 속에 묻혀 있는 것들
> 을 찾아/집을 떠난다/오늘도 집을 나와 길을 떠난다. (「잃어버린 시
> 간을 찾아서」)

회상이란 이미 있었던 것을 돌이켜 생각하는 것이다. 이 경우 회상의 대상이 되는 (시인이 삶의 가치로 여기고 찾고자 하는) '있었던 것'

은 시인에게 삶의 본질이고 근원이 된다. 따라서 회상은 본질과 근원에 가까이 감이요 본질과 근원에의 충실이다. 그런데 이미 과거에 존재했던 것이므로 이것에 대한 회상은 하이데거의 역설처럼 그 이미 있었던 것이 미래에 도래할 것이라는 예감이고 기대가 되는 것이다. 다시 말하면 과거에 존재했던 것은 시인의 회상에 의하여 미래에 다시 나타나는 성질의 것이 된다. 과거를 되돌아 볼수록 시인은 더욱 강열하게 미래를 기대하는 것이며 여기서 시인은 자신의 존재의미를 획득하게 되는 것이다.

그리하여 이미 있었던 것은 그 본질상 시간의 '연대기적 순서'를 벗어난 예외적인 과거가 된다.

> 사랑은/까마득한 시간의 토막이지만/지금은 토막이 나의 전 생애
> 를 덮고 있다. (「환자의 느낌」)

예외적인 과거는 한 순간이며 일회적이고 특수한 사건이기 때문에 결코 되풀이될 수 없지만 시인의 회상에 의하여 '언제나' 나타남으로써 날짜나 시간적 지표가 없는 '영원한 것'이 된다. 중요한 것은 이것이 시인의 삶에 연속성과 통일성을 부여하는 점이며 시인으로 하여금 삶의 허망을 극복하게 하는 점이다. 그래서 "나를 파괴하는 시간"과의 만남에도 불구하고 "낡아가는 연인의/추억"은 시인으로 하여금 시간의 "끝없고 가없는 둘레 안에서" "소리의 미이라"(이것은 물질 불멸의 원칙이라는 물리학적 진리에 의해서 한번 발화된 소리도 영원히 이 우주공간에 남아 있다는 발상)도 남고 싶은 갈망을 갖게 한다.

영원한 것은 시간의 굴레를 벗어난, 그러니까 연대기적 시간순서로부터 해방된 삶의 정수다. 이것이야말로 서정적 시간의 가장 본질적

양상이다.

영원한 것은 삶의 변화 속에서도 변하지 않는 것, 곧 통시적 동일성이다. 그래서 시인은 "텔레비젼 브라운관"에서 나오는 소리보다 "옛날의 축음기"가 (「축음기」) 더욱 아쉽게 그리워지기도 한다.

통시적 동일성에 대한 갈망은 심지어 시인으로 하여금 원시주의 태도마저 갖게 한다. 여기서 시인의 상상력은 저 먼 신화적 시간으로까지 비상하여 되돌아 간다.

> 그냥 눈부신 자연/그 속의 작은 자연/뉘우치는 것이 무엇인지 모
> 르며/살아가는 생명들//가서 살고 싶다/건강한 시대, 그리운 시대,/
> 그 수렵시대 속에서 (「가고 싶은 수렵시대」)

하이데거에게 자연은 일체의 사물에 앞선 근원적인 것이며 일체의 만물을 창조하는 법칙이며 그래서 순수하고 성스러운 것이다. 그리하여 자연은 '뭇 시간들', 그러니까 인간이나 민족이나 사물에 할당된 가지가지의 시간보다 "더 연로"할 수밖에 없다. 우리는 이 근원적인 것으로서 자연을(우리가 흔히 노장의 자연에서 발견할 수 있는 것) 외곡하고 망각해 있을 뿐이다. 따라서 자연에의 회귀는 단순히 도피적 자세가 아니라 근원에 대한 갈망이다. 여기서 시인의 상상력은 개인적 기억의 차원을 벗어나 위대한 기억의 의의를 띠게 된다.

까마득한 옛날로 비상한 시인의 상상력은 또한 까마득한 미래로도 비상하여 '현재'를 되돌아 보기도 한다.

> 정치가 있고/경제가 있고/문화가 있던/까마득한 옛날 20세기 사
> 회/그 사람들의 사람 사는 모습/지금을 중생대라고 부르고 있는 그

들은/오늘의 우리를 무얼로 판독하고 있을까? (「우리들의 중생대」)

  현재가 중생대라고 했을 때 시인의 상상력은 이미 까마득한 미래로 달려가 현재의 우리 모습을 '되돌아' 보고 있는 것이다. 시간의 진행방향대로 바라보는 것이 아니라 거꾸로 미래에서 현재를 바라볼 때 비로소 현재의 참다운 의미가 탄생될 수 있는 것이다.
  「유년기행」, 「저 소리」, 「꿈에 대하여」 등에서 시인의 회기적 상상력은 과거로 유영하여 거기서 "삶의 순수한 건더기"를(「꿈에 대하여」) 건져 낸다. 이것은 결코 현실이 아니기 때문에 시인에게는 귀중한 '꿈'일 수밖에 없다. 깨고 나면 허망한 것이지만 그러나 그에게 꿈은 삶의 순수한 건더기다.

  3.

  그러나 시인은 되돌아만 보지는 않는다. 이제 바라보는 시간도 서정적 시간의 배제할 수 없는 중요한 양상이다. 인간은 '약속'의 존재다. 약속은 앞으로 무엇이 되겠다는 선언이다. 인간은 자기 삶을 계획하는 기투적(企投的) 존재다. 사물처럼 그냥 있는 그대로가 아니라 있어야 하는 당위적 가능성을 추구하는데 '인간다움'이 있다.

    약속의 관절이/수없이 분절되고 있다/가장 단순한 아쉬움까지도/
    이런 땐/멀리서 들리는 기적소리 같다/어디서 무엇이 되어 다시 만
    나랴/시간이 절룩 거리며/자벌레처럼 기어가고 있다. (「기다리는 날」)

  약속은 언제나 가능성이다. 그것은 현실화되든 안되든, 그래서 때로

는 고통스럽기도 하는 결단이지만 시인이 약속에 상주할 때 존재론적으로 가장 인간다움을 띠게 된다.

> 나는 목관악기이고 싶다/그대 손끝에서 생명을 얻는/나는 건반악기이고 싶다/그런데도 나는 지금 떠나고 있다. 더욱 잘 울고 싶은 갈등 속에서/고도와 시속을 헤엄치고 있다. (「출국」)

되돌아본 시간이든 바라다보는 시간이든, 그리고 삶의 재발견이든 계획이든, 그의 시의 서정적 시간은 모두 긴 여정으로서의 인생으로 수렴된다. 그래서 그의 서정적 자아는 이제 "행자"(「못가는 여정」)이며 이 행자의 여러 표정들이 제4시집의 식구들이다.

고통의 서정적 변주

— 박철석 시집 『하단의 바람』

1.

시인의 의식은 원래 정서적이다. 그는 삶과 사물에 대하여 정서적으로 반응한다. 그래서 시의 구조는 본질적으로 서정적 구조이며 시의 화자는 서정적 자아가 된다.

하긴 정서란 삶과 사물의 원초적 이해라는 인식적 가치를 갖고 있지만 정서는 시의 실체이며 시를 시답게 하는 시성은 정서에 있다.

박철석은 타고난, 그리고 전형적인 서정시인이다. 그의 시는 서정시의 원형답게 어디까지나 서정에 뿌리박고 있다. 그의 시가 "의미성보다 분위기를 강조하고 있다.(김광림, 「사물과 새로운 관계 추구」)" 든가, "이미지즘적인 지향을 통해 현대인의 심성 속에 자리 잡고 있는 서정의 한 모서리를 드러내 주고(김재홍, 「관념의 힘과 이미지즘」)" 있다는 지적들은 지극히 당연하고 타당하며 서정시에 관한 한 이것은 기본항이다.

그의 시에서 리듬과 이미지들은, 요컨대 그가 구사한 언어들은 촉촉한 서정적 밀도가 부하되어 있다. 중요한 것은 그의 시가 지니고 있는 서정의 빛깔이며 이것을 형상화하는 시적 장치들이다.

많은 다른 현대시들처럼 그의 시도 고통이 시상을 촉발시키는 중요한 동기가 되고 있다. 그의 시는 서정에 뿌리 박혀 있듯이 고통에 뿌리 내리고 있다. 그의 경우 고통과 서정은 둘이면서 하나다. 왜냐하면 그의 시적 정서는 언제나 이 고통에서 배어나오기 때문이다.

이 고통에 대해서 그는 매우 도전적이었다. 그가 한때 심취해 마지 않던 고월의 시에서 "어둠이란 어둠은 모조리 끌어안고 스스로 목숨을 끊어야 했던" 비극적 인간상을 발견했을 때(「화개에서」 시작 노트 중) '어둠'이란 말할 필요 없이 고통이었다.

"그래 이 세상을 사는 게 억울해서 목청을 돋우었다"고 절규하면서 그의 시작 태도를 공감도 있게 표명했다.

그의 시는 아픔에 의해, 아픔을 향해 기분 지어진 심정, 곧 우수를 주조로 하고 있다. 그러나 이 우수의 서정은 결코 어설프게 노출되지 않는다. 우수는 그의 시 정신에 아름다운 장신구를 부여한다. 다시 말하면 그는 여러 가지 시적 장치들로, 때로는 매우 정교한 장인적 솜씨로 이 우수를 육화한다. 그래서 그는 인생파 시인이라는 인상과 더불어 기교파 시인이라는 인상도 스스럼없이 우리에게 던져준다.

2.

역사는 특정의 계층이나 개인들의 전유물이 아니다. 모든 인간은 그가 원하든 원하지 않든 역사에 연루되어 있다. 한 인간의 삶은 개인적

이면서 동시에 역사적이다. 인간의 역사적 존재다.

박철석의 시가 띤 우수의 서정은 우선 역사적 삶의 고통에서 발생한다. 그만큼 그의 서정은 공동체적 성격을 띠고 있다.

> 여기 오면 세상의 온갖 뜬소문이란 소문은/ 강물이 되어 흐릅니
> 다/ 무등산 칼바람도 사리암에 잠든 외로운 영혼도/ 모두가 여기서
> 는 어두운 강물이 되어 흐릅니다/ 한 천 년을 울다가 지친 여울물살
> 이 되어 흐릅니다.
>
> — <하단의 바람, 1>

연작시 「하단의 바람」은 시대의 아픔을 의도한 것이다. 여기서 시인은 역사를 존재의 소멸이라는 허무의 관점에서 수용하고 있다. 그에게 역사란 끊임없이 허망하게 존재가 소멸해 가는 과정이다. 그래서 "무등산 칼바람도 사리암에 잠든 외로운 영혼도/ 모두가 여기서는 어두운 강물이 되어" 흐르고 있을 뿐이다.

그러나 주목되는 것은 시인이 이 시대적 고통을 한으로 처리하고 있는 점이다. 주지하다시피 한은 지속적 감정이다. 그것은 내적 욕구가 성취될 때까지 지속되는 끈질긴 감정이다. 여기서 강물의 흐름이 지속적 감정으로서 한을 표상하고 있는 상징임은 말할 필요없다.

한은 주체의 통시적 자기동일성이다. 그것은 비록 소극적 반응양식이지만 주체를 끊임없이 '깨어 있음'의 상태에 놓이게 한다.

> 당리마을에 근심스러움 봄이 왔습니다/ 마을 뒷산 잡목들은 일제
> 히 눈을 떴습니다/ 한을 머금은 진달래도 피었습니다.
>
> — <하단의 바람, 3>

한은 결코 체념이 아니다. 그것은 오히려 끊임없는 집념이다. 그래서 한은 그만큼 해소되지 않는 고통의 끊임없는 확인이요, 수용이다. 스스로 고통을 수용함으로써 한은 세계변혁을 대신한다. 한은 적어도 박철석에게 엘리어트의 「황무지」에 나오는 저 유명한 첫 구절 "사월은 잔인한 달"과 같은 것이다. 한의 이런 시적 재발견과 강조는 매우 소중한 것이다.

그의 이미지 연결은 다분히 윤회적 발상법에 근거하고 있다. 이런 불교적 이미지의 추구도 "밤새도록 내린 눈발 하나가/ 돌이 되어 한 평짜리 뜰을 지킵니다"(「구포역에서」)나 "이승의 한을 삭이는 뻐꾹새가 / 뻐꾹 뻐꾹 운다"(「석굴암 가는 길」)처럼 한의 정서와 밀착되어 있다. 사실 한은 전통적으로 윤회적 발상과 필연적 관계를 맺어 왔다. 그의 시에 유난히 '동사은유'가 이미지의 연결법칙이 되고 있는 것은 이 때문이다. 이 동사은유도 한의 육화에 기여함은 물론이다.

> 여기 오면 슬픔도 돌이 된다/ 그대 눈물 같은 어두운 강물/ 흘러도 흘러도 돌이 되는 강물/ 사람은 죽어서 비가 된다/ 강물은 죽어서 돌이 된다.
>
> — <을숙도에서, 1>

윤회는 원래가 끊임없는 변신이다. 그것은 한이 그 매듭이 풀릴 때까지 지속하듯이, 해탈이 이루어질 때까지 거듭남을 되풀이하는 것이다. 동사은유는 이 변신의 모티프를 구체화한다. 따라서 동사은유는 동적 상상력의 산물이다. 동사은유는 한의 동적인 측면을 표상한다. 그러나 한은 동(動)이면서 동시의 정(靜)이다. 다시 말하면 슬픔이 돌이 되고, 강물이 돌이 되고, 사람이 비가 되는 변신 그 자체가 결코 세계개혁이 아니다. 그것은 세계개혁에 이르는 '과정'일 뿐이다. 더구나 '돌'의 변신 이미지는 한의 정신적 버팀을 견고하게 할 뿐 이와 무관한 것이다.

연작시 <을숙도에서>는 <하단의 바람>과 더불어 80년대 그의 시적 초상을 대표한다. 이것은 이 두 연작시가 모두 한을 비롯하여 절 망·좌절·허무 등 우리 시대의 어둠을 집중적으로 노래했기 때문만 은 아니다. 이 어둠의 정서들을 형상화하는 시적 기교의 한 전형성이 우리의 시선을 끌고 있는 것이다.

형태 면에서 보면 그의 연작시는 짤막한 소품들의 연속이다. 간결성 과 압축성은 시의 생명이다. 시어는 그 집약으로서 빛나기 시작한다. 그러나 그의 경우 간결성과 압축성은 어떤 형이상학적 깊이를 지닌 고 도의 상징성과는 거리가 멀다. 앞으로 말한 것처럼, 정서환기를 노리 기 위한 시적 장치일 뿐이다. 더구나 그의 시적 구문의 서술어들은 대 부분 동사들이고 그것도 대부분 반복의 동사들이다. 문장도 주어에 바 로 종결형의 서술어가 이어지는 단순구문들이다. 이런 간결성과 반복 성, 그리고 단순구문은 시를 단조롭고 단순하게 하기 마련이다. 그러 나 그는 '변주적 반복'으로 단순성과 단조로움을 극복한다. 이것은 시 에 다양성과 통일성의 감각을 부여한다.

> 사리암에 잠든 외로운 영혼도 따라 웁니다/ 낙동강 여울물살도 따라 웁니다/ 잠을 설친 철새들도 따라 웁니다
> > ─ <하단의 바람, 2>

> 명지마을에 눈이 내립니다/ 외로운 섬에도 눈이 내립니다/ 을숙 도 갈밭에도 눈이 내립니다

밤잠을 설친 바람이 휘파람을 붑니다/ 별들도 따라 휘파람을 붑
니다/ 낙동강 여울물살도 따라 휘파람을 붑니다

－ ＜하단의 바람, 5＞

밤마다 강물은 기침을 한다/ 새들도 밤새도록 기침을 한다/ 작은
섬들도 따라 기침을 한다

－ ＜을숙도에서, 2＞

그대 죽음 같은 눈이 온다/ 그대 어두운 마을에도 눈이 온다

－ ＜을숙도에서, 5＞

이런 단순구문의 유아어적 어조의 변주적 반복으로 그는 독특한 서
정문체를 만들어 내고 있다. 더구나 이 변주적 반복은 그의 시에서 리
듬의 기능까지 담당하고 있다.

추억의 세계는 그의 또 하나의 중요한 시 세계이다. 여기서의 고통
은 이제 개인적이다. 추억은, 더 정확히 말하면 추억의 세계는 본질적
으로 개인적이며 사적이다. 왜냐하면 추억에 의한 과거탐구는 바로 자
아탐우긔 작업이기 때문이다. 그러나 박철석의 추억의 세계는 이런 자
기발전의 인식적 가치는 어디까지는 배경화되고 있다. 더구나 그의 과
거 탐구는 유년예찬의 낭만적 도피와는 전연 무관하다. 지금 여기의
고통을 벗어나기 위한 과거로의 도피가 아니기 때문이다. 그의 과거
탐구는 어둠을 천착하는 작업이다. 왜냐하면 그의 추억세계도 철저하
게 삶의 고통으로 얼룩진 어두운 세계였기 때문이다. 말하자면 그의
추억세계도 한의 세계다.

> 분지골 큰형수님 살아온 역사/ 한 권읜 소설책을 써도 다 못 적네/
> 열다섯에 상수형님께 시집 와서 / 이팔청춘을 남편 병들어 죽고/ 장
> 대 같은 자식 하나 월남 가서/ 소식 끊어졌으니 … 중략 … 성주귀신
> 아들귀신 모두 불러 놓고/ 죄없는 문지방만 치고 울었으니/ 분지골
> 큰형수님 살아온 역사…
>
> — <뻐꾹새, 2>

이처럼 추억 속의 과거는 불우하고 가난한 사람들의 슬픈 이야기이
며 정말 "한 권의 소설책을 써도 다 못 적네" 만큼 기나긴, 그리고 깊디
깊은 한의 세계다. 시인은 이것을 이미지에 의존하지 않고 조선조 후
기 서민가사체나 판소리의 어조로 서술하여 토속적인 한의 분위기를
더욱 리얼하게 그려내고 있다.

그리하여 그의 회상 속에 포착된 고향과 가족 이미지들은 "푸른 비
수 뽑아 들고/ 서쪽으로 달아나는 달빛/ 죽은 아비의 혼이/ 달빛에 흔
들리고 있다.(<달빛, 1>)" 나 "봉두난 발로 깨어나는/ 아비의 혼(<달
빛, 2>)"처럼 또는, "밤의 잔등을 적시는 눈발/ 지워도 지워도 깨어나
는/ 어머님 목소리/ 빈 뜨락이 흔들리고 있다.(<눈발>)"처럼 매우 음
산하고 치졸하리만큼 처절한 정경의 진한 한으로 채색되어 있다. 그의
귀거래사는 평화롭고 고통스런 확인이외 아무 것도 아니다. 그의 시세
계는 고통으로부터 도피하거나 고통을 초극하는 법이 없다. 고통은 그
의 시의 통시적 동일성이다. 그는 고통을 수용하고 고통에 익숙해 있
고 고통에 자신을 단련시킴으로써 시적 긴장을 획득하고 또 보지하고
있다.

70년대에 접어들면서 그는 일대 시적 변신을 시도했다. 이미지의 추
구가 그것이다. 이것은 다름아닌 김춘수류의 무의미 추구의 작업이다.

여기서 그는 고뇌하는 인간의 감상적이고 인간적인 어조 대신 고도로 세련된, 때로는 비정하리만큼 비인간적 어조의 장인 모습을 띠고 나타난다.

무의미 추구의 가장 소박한 방법은 사물의 충실한 묘사다. 사물을 더 이상 관념이나 정서의 표현수단인 이미지로 다루지 않는 경우다. 말하자면, 이것은 시인이 아무런 선입관 없이 사물을 대하는 현상학적 태도의 산물이다.

> 청댓잎이 어둠에 젖는다/ 승학산 삐알이 조금씩 흔들리고/ 아직 떠나지 못한 겨울 햇살들이/ 묵은 먼지를 턴다/ 서걱이는 짐승들의 울음/ 하늘 한 자락이 흔들리고 있다
>
> — <명지마을, 1>

사물들로 구성된 객관적 세계 속에 화자는 부재하며, 또 존재할 필요도 없다. 화자의 이미지가 최대한 배제되는 대신 함축적 시인의 선택적 기교에 독자의 관심을 집중시킨다. 여기서 선택적 기교란 이미지들의 참신한 배합과 장면들의 교묘한 연결이다. "아직 떠나지 못한 겨울햇볕들이/ 먼지를 턴다"에서 우리가 시인의 탁월한 장인적 솜씨를 발견하는 것은 결코 어려운 일이 아니다. 그의 이런 예민한 감수성은 "어둠이 새는 옹기(<명지마을, 2>)", "가을꽃이 휠체어에 실려간다(<추억에서>)" 등 이미지의 세계를 추구한 그의 시편들의 도처에서 발견할 수 있다.

그러나 중요한 것은 무의미의 추구가 있는 그대로의 사물을 묘사함으로써만 끝나지 않는 점이다. 오히려 있는 그대로의 사물의 세계를 과감히 해체하여 재구성함으로써 시인은 보다 무의미의 경지에 접근

하게 된다. 이렇게 해체구성을 통한 사물의 세계는 이제 어떤 외부의 대상도 갖지 않는, 그러니까 어떤 실제의 사물과도 무관한 절대적 심상의 세계가 된다. 여기서 탄생된 무의미 시는 새로운, 추상적인 사물 세계가 된다.

> 목선 한 척/ 닻을 내리고 있다/ 사나이들은 떠나고/ 검은 파도만이
> / 빈 배를 지키고 있다
>   — <해운대, 1>

> 하오 일곱 시/ 빈 뜨락에/ 램프의 심지가/ 어둠을 태우고 있다/ 소
> 금물에 절인/ 여인의 끈끈한 엽서/ 푸른 해협을 건너 온 저녁 안개/
> 귀뚜라미는 눈을 감고 울고 있다.
>   — <해운대, 2>

해체구성의 새로운 사물세계는 물론 낯익은 세계가 아니다. 관습적이고 낯익은 사물세계에 대하여 우리의 반응은 거의 무의식적이다. 자동화된 사물세계에 안존할 때 우리는 사실 사물의 존재도, 사물들의 관계도 지각하지 못한다. 해체구성이란 사물들 사이의 새로운 관계정립이다. 다시 말하면 시간적·공간적으로 공존할 수 없는 사물들을, 논리적 필연성이 없는 장면들을 공존시키고 결합시키는 소외구성이다. 이 소외구성으로서 시인은 사물에 대한 잃어버린 우리의 지각을 회복시킨다. 소위구성은 사물에 대한 새로운 비전과 새로운 시각을 창조하는 것이며, 무의미시는 그 산물이다.

이 새로운 사물세계로서 시인은 의미의 구속으로부터 벗어나고 시에 예술적 자립성을 부여한다. 새로운 사물세계는 비인간적인, 익명의 정조를 자아내기 마련이다. 이것은 박철석의 샤머니즘을 시적으로 현

대화시킨 작품들에서 더욱 뚜렷이 부각된다.

연작시 <달빛>이나 <눈썹>등 가족 이미지의 추억세계는 바로 샤머니즘의 세계였다. 샤머니즘적 이미지는 그의 시세계에서 주목되는 또 하나의 중요한 이미지다. 이 전통적 신앙의 샤머니즘과 이미지 추구의 모더니티가 만난 자리에 연작시 <개화에서>가 놓인다.

추적추적 비가 내린다/ 지리산 까마귀야/ 동학란에 죽은 네 아비/ 굵은 빗줄기로 깨어나는/ 네 아비의 시퍼런 넋/ 개화는 저승 곁에 있구나

— <개화에서, 2>

강물이 벌판 끝에서/ 죽음들과 만나고 있다/ 구례 화엄사 쪽에서도/ 바람이 분다/ 바람 부는 하동벌/ 눈썹 검은 귀신 하나/ 저문 들길을 헤매고 있네

— <개화에서, 3>

우리의 경우 혼은 대부분 원혼이다. 이 원혼에 의해 이승과 저승은 연속된다. 이것은 말 할 필요 없이 한의 지속성이다. 여기서의 한은 쓰디쓴 좌절에서 비롯되며, 역시 극복되지 못한 채 "눈썹 검은 귀신"으로 "저문 들길을 헤매고" 있을 뿐이다. 이 좌절의 한은 결코 종교적 신앙으로서도 구원받지 못한다.

샤머니즘은 우리에게 신앙이면서도 한과 본디부터 혈연적 관계를 맺고 있다. 박철석에게 샤머니즘도 한의 세계 이외 아무 것도 아니다. 그러나 그는 이 한을 상상적 질서 속에 놓이는 사물들이 되게 함으로써 이 인간적 정서를 최대한 억제하거나 비인간적인 어떤 익명의 예술적 정조로 승화시키고 있다. 화자의 이미지 또한 최대한 배제되어 있

다. 이 모든 것은 이미지 추구의 장인적 연금술에 기인한다. 새로운 사물의 세계는 극의 개인적 시사에서 중대한 위치에 놓인다. 그는 기교파 시인이다.

3.

박철석은 50년대 소박하고 향토적인 서정의 세계로 출발하여 어느덧 이순의 나이에 이르렀다. 그는 많은 시적 변신을 시도했다. 한의 세계와 샤머니즘의 세계로 그는 우리에게 전통시인의 인상을 준다. 또한 그러면서도 70년대 새로운 사물의 세계로 모더니스트의 모습까지 보여주기도 한다.

그는 대단한 기교파 시인이다. 그는 극도의 언어절제와 언어의 연금술로, 그리고 리듬의 기능까지 발휘하는 변주적 반복과 이미지의 교묘한 배합으로 장인의 솜씨로 유감없이 발휘해 왔다. 그러나 동시에 그는 전형적 인생과 시인이기도 했다. 왜냐하면 그의 작품은 우리 시대 대부분의 시인들처럼 삶의 고통을 주된 모티프로 하고 있기 때문이다. 그는 누구보다도 스스로를 고통에 처단시켰다. 추억의 세계에서조차 극복되지 않는 진한 한의 정조로 물들어 있었다.

그는 고통의 시인이다. 그러나 그는 결코 고통의 순교자 연하지는 않는다. 그는 우리에게 친근한, 평범한 시인에 지나지 않는다. 그는 일관되게 시는 서정적 구조이외 아무 것도 아니라는 명제를 끝까지 밀고 간 서정시인이다.

고통의 시적 변용

– 차한수 시집 『손가락 끝마다 내리는 비』

1.

한국 현대시에 있어서 '고통'은 시작(詩作)의 공통된 출발점이 되고 있다. 사실 고통만큼 우리에게 낯익은 낱말은 아마 없을 것이다. 또한 고통만큼 체험의 현실감으로 충격이 되는 것도 없을 것이다. 또한 고통만큼 체험의 현실감으로 충격이 되는 것도 없을 것이다. 현대시의 다양한 경향들을 모두 이 고통의 무게로 수렴했을 때 우리의 시적 흥미는 시인이 당면한 그의 개인적 고통을 어떻게 처리하고 어떻게 극복하느냐의 문제로 집약된다. 이것은 우리에게 가장 소박하고 일반적인 시적 반응이다.

차한수의 경우도 예외가 아니다. 그의 시도 고통에서 출발한다. 그는 시집 서문에서 다음과 같이 말했다.

살다 보니 온몸에 독이 저렸다.

숨이 차다. 독을 빼고 힘도 빼야 했다. 그 길을 따라 오늘에 이르
렀다. 절망의 아픔이 거듭될 때마다 꽃을 생각한다.

여기서 우리는 우선 그의 시가 커다란 고통의 무게를 지니고 있다는
사실을 알 수 있다. 그는 같은 서문에서 자기 시의 일관된 정조를 '한
(恨)'으로 명명하고 있다.

그리고 이런 고통의 극복을 그는 '아름다움=꽃'의 추구와 창조에
두었다. 그가 서문에서 비록 자기 시의 지배적 정서를 '한'이라고 명명
했지만 이것은 현실적 생활감정으로서 그의 시에 담겨 있지 않고 예술
적 정서로, 심지어 익명의 정조로(이 점에 대해서 다음에 상세히 해명
하겠다) 철저하게 변용되어 있다. 따라서 그의 시에 대한 관심의 대부
분은 고통의 질보다는 고통이 예술적 정서로 변용시키는 방식에 집중
된다. 그의 시에서 서구의 신비적 상징주의의 시학으로 수용된 연금술
을 연상하게 되는 것도 이 때문이다.

연금술 *Hermeticism*은 헤르메스 트리스메기토스 Hermes Trismegistus
라는 이름으로 전해지는 고대 후기의 비교(秘敎) 서적에서 유래한 것이
다. 이것은 비금속을 귀금속으로 만들려는 원시적 화학기술이었지만
문학과 마술 사이에 어떤 동일성이 있다고 생각한 신비적 상징주의자
에게 시학으로 전용되었던 것이다.

신비적 상징주의자에게 시인은 '언어의 마술사', 곧 연금술사다. 언
어의 마술이란 언어의 의미보다는 음악적 암시성을 강조하는 것이다.
시어의 그 이상야릇한 소리가락의 힘으로 언어의 마술이 발생한다. 그
러나 연금술은 음악성의 범주 속에만 머물지 않는다. 시인이 언어충동
에 의해서 시작을 하게 되고 또 이 시작을 이끌어 갈 때도 언어의 마술
이 나타난다.

언어충동이 창작 모티브가 되고 창작과정의 원동력이 된다는 것은 이 작품에서 실제의 현실을 해체하거나 아예 배제하는 결과를 가져온다. 이 경우에 시는 심미적이고 추상적이며 익명의 서정을 띨 수밖에 없다.

물론 그는 서구의 상징주의자는 아니다. 그의 시는 음악적 암시성에 의존하지는 않는다. 비금속으로 귀금속을 만들려는 연금술의 그 신비한 꿈처럼 언어의 마술로 현실의 고통을 미적 정서로 변용시키거나 배제하려 했다. 그리하여 그가 부리는 언어마술은 그가 매달리는 하나의 구명대(救命袋)가 되었다.

2.

그의 시를 고통으로 수렴한다면 그의 대부분의 시가 음산하고 비인간적 풍경으로 되어 있는 것은 지극히 당연하다.

> 불빛이 펄럭이는 바다에 흰 뼈가 떠 있다. 무게를 실은 발자국마다 깔린 불빛은 그림자로 유산(流産)했다. 먹장 구름이 몰려오는 어둠의 늪에서 아이는 울었다. 더 큰 소리로 울었다. 발가벗은 어둠의 층계로 비는 내린다. 빈 수레가 늪을 지나 빛 속으로 가고 있다. 안개 속에 철궁(鐵弓)을 든 신장(神將)이 우는 아이를 달래고 있다. 흰 뼈가 녹은 바다엔 첫닭이 울고 있다.
>
> — <체중 · 1>

흰 뼈와 어둠의 먹장 구름과 비의 소도구들로 구성된 이 작품의 장면은 다른 많은 작품들처럼 음산한 분위기의 음화다. 여기에 '아이의 울음'이 메인 멜로디로 깔리면서 이 작품은 연민의 정서와 더불어 공포의 정서를 진하게 풍긴다. 게다가 "철궁을 든 신장"과 "우는 아이"를 대조시킴으로써 그의 언어마술은 한층 비인간적 상황을 극화시키고 있다.

여기서 우리가 주목해야 할 시어는 "아이"와 "울음"이다. 왜냐하면 이 두 시어는 그가 다른 작품에서도 되풀이해서 많이 쓰고 있는, 그에게는 중요한 시어들이기 때문이다. 고통의 표현이라는 그의 창작의도에서 비추어 볼 때(그가 서문에서 밝힌 것처럼) 아이는 그의 '체중'(이것은 자아의 정체성 *identity*으로 볼 수 있다) 속에 '독'이 부화되기 이전의 원형으로서 그가 회복하고자 하는 순수의 추상적 자아로 해석할 수 있다. 이것은 그가 서문에서 "독을 빼고 힘도 빼야"한다고 말한 것을 연상시킨다. 아이는 현상학적 환원에 의해서 획득되는 순수자아이면서 인간의 근원형상으로 그 의미가 확대될 수 있다. 이 원형적 자아의 상실에 그의 근본적 고통이 발생하고 현실과의 갈등의식이 빚어지는 것이다. 그러므로 그의 고통을 시적 정서로 변용시키는 데 아이와 울음의 결합은 가장 적절하고 자연스러운 방식이 되고 있다.

"살다 보니 온몸에 독이 저린" 오염된 자아로서의 갈등을 끈적끈적한 현실감으로 좀 더 심화시키지 못하고 그의 미의식은 "울음"의 나약한 이미지로 이것을 심미화했다. 그는 독이 저린 자아로서 현실에 대한 만만치 않은 대결의 포즈는 좀처럼 보여주지 않는다. "울음의 바다로/ 도끼자루 하나 흘러가다"(<돌이 되어>의 일절)처럼 거의 생래적으로 그는 대결의 몸짓을 취하지 못한다. 그래서 "울음"이 그의 시세계의 존재의미를 구현하는 지배적 심상이 되어 버렸다.

새들은 가고 있다.

점점이 떼를 지어
하늘 끝에서 하얗게 울었다.

- <진혼제 · 1>의 일절

아이는
신들의 울음을
울고 있었다.

- <진혼제 · 2>의 일절

바다도
울고 있네요
바다마다 감추었던 울음을
쏟고 있네요

- <무적(霧笛)의 일절>

울음은 확실히 그가 자기 시의 지배적인 정서로 명명한 '한'의 대표적 상관물로 의도된 것임에 틀림없다. 그러나 '울음'은 여성적 이미지다. 그는 자신의 고통을 다분히 여성적으로 처리하고 있다. 울음으로 표상된 이런 여성주의적 태도와 더불어 또 하나의 두드러진 태도는 허무주의다.

"절망의 아픔이 거듭될 때마다 꽃을 생각한다"(서문에서)는 그에게 꽃은 물론 자기구원의 가치개념이다. 허무는 그의 유일한 종교적 대상인 꽃마저 소멸할 때 발생한다. 다시 말하면 꽃이 소멸할 수밖에 없는 세계의 불모성에서 허무가 발생한다.

꽃이 필 때 천리향은 죽어 있었다.
꽃망울이 검게 말라 갔다. 마른 꽃망울을 쳤다. 생기가 나는 잎,

남은 꽃 몇 송이가 피었다. 그것마저 시들기 시작하여 봄은 어김없
이 가 버렸다.

- <천리향>의 일절

이 작품의 허무는 부조화로부터 출발한다. "꽃이 필 때 천리향은 죽
어 있었다"가 그것이다. 이 부조화에서 "남은 꽃 몇 송이"마저 시들어
버리는 소멸이 "봄은 어김없이 가 버렸다"는 운명관으로 허무는 귀결
된다.

언어의 연금술은 현실을 벗어나려는 태도에서 서구의 상징주의 시
인에게 시학으로 채용되었다. 그들의 시어는 살아 있는 실제의 현실과
인간을 표현하는 언어가 아니다. 오히려 이것을 여지없이 파괴시킨다.
그들의 시어 속에는 살아 있는 실제의 현실과 인간은 존재할 수 없다.
그들의 시어는 현실을 해체하여 '꿈', '이상' 또는 '절대세계'라고 불
리는 어떤 추상적 내면공간을 암시하는 데 기여한다. 이 추상적 내면
공간에 말라르메는 '허무'라는 이름을 붙였다. 즉 현실을 벗어난 '꿈'
이나 '이상'이 허무가 된다. 따라서 현실을 벗어나는 태도가 허무주의
가 되고 이 허무주의는 이상주의가 된다. 상징주의자의 연금술은 현실
을 제거하여 이상을 창조하는 언어마술이다.

말라르메의 허무의 자리에 차한수의 "꽃"이 놓인다. "독을 빼고 힘
도 빼는" 현실제거의 작업에서 그의 꽃이 탄생한다. 그러나 말라르메
와는 달리 그의 허무는 "꽃"의 소멸에서 오는 것이지 꽃 그 자체가 아
닌 것이다. 말라르메의 허무는 지향적 허무로서 형이상학적 차원이지
만 그의 허무는 감상적 차원에 놓여있다. 이런 '소멸'의 허무는 "하늘
로 뻗는 메아리가 잇는 쪽을 다가서 보아도, 아무 것도 보이는 것은 없
었다"는 <삭망>의 종결부분에서 볼 수 있는 것처럼 그의 시에서 종

결 처리*ending*의 주된 장치까지 되고 있다.

그는 서문에서 자기의 고통은 자신에게 이미 "정지된 아픔"이라고
했다.

꽃을 꺾다가 다친
애기 손가락이
빨간 피를 흘리고 있다
탯줄이 터진 비린내가
작은 손바닥에 흩어진
손금을 타고 간다
파도는 흰 팔목으로
상한 계절을 밀어내고 있다
－<객토·1>

그에게 고통은 피할 수 없는 운명으로 수용된다. 그러나 고통이 그
의 시작의 출발점임에도 불구하고 그의 시들은 고통 그 자체보다 이것
을 시적으로 변용시키는 그의 연금술에 더 관심을 갖도록 한다.

연금술에 의한 그의 시적 변용의 주된 방식은 병치은유의 구사에 있
다. 휠라이트에 의하면 병치은유는 유사성을 근거로 두 사물을 연결시
키는 비유의 양식이다. 미지의 사물(원관념)과 기지(旣知)의 사물(보조
관념)과의 유사성에 근거하는 것만큼 두 사물 사이에는 상호모방적 요
소, 즉 현실모방의 요소가 있다. 그리고 원래 인식의 수단으로 채용되
었다. 이에 반하여 병치은유는 유사성이 없는 두 사물을 당돌하게 병
치시키는 비유의 한 방식이다. 아무런 유사성이 없으므로 병치은유는
모방적 요소가 없다. 치환은유에서 '의미'가 창조되는 대신 병치은유
에서는 '존재'가 계시된다. 유사성이 없는 두 사물의 돌연한 병치에 의

하여 사물들의 존재가 뚜렷이 부각되는 것이다. 이런 병치은유에 의하여 현실은 우리가 도무지 유추할 수 없을 정도로 해체된다. 따라서 작품에서 의미를 추구하거나 현실을 엿보려는 독자의 기대에 반역한다. 이것이 차한수의 시 기법이다.

> 바다는
> 발바닥에 물든
> 노을 털고 섰다.
> 노을 속
> 발자국 흩어진
> 능선을 깨무는 석류
> 두통 앓는 가슴으로
> 겨울이 오고 있다.
> 거미입에서 뽑는 명주올
> 흩어진 꽃밭에서
> 웃는 조기떼
> 달빛 업고
> 누워 있다.
>
> ─ <꽃밭에서>

여기서 시간 상으로나 공간 상으로나 장면들의 연결에 아무런 논리성이 없다. 사물의 이미지들도 전연 유사성이 없이 폭력적으로 병치되어 있다. 어디서든 현실의 모습은 찾아볼 수 없는 공상의 세계다. 그는 병치은유의 기법에 의해서 현실을 해체하여 독자적이고 자족적인 시의 세계를 구축한다. 그 결과 그의 시는 '의미의 시'가 아니라 '존재의 시'가 된다.

마당을 정하게 쓸었다. 사립문에 어둠이 걸렸다. 김이 오르는 떡
시루에 달이 떴다. 머리 푼 달 속에 옷을 벗은 소녀의 덧니, 보드라운
살결에 바다 하나가 비친다. 봄멸떼가 밀린 독발은 무너지기 시작했
다. 구름을 인 바다는 울었다. 그 가슴으로 비는 자꾸만 내리고 있었
다.

- <입춘>

그는 <햇불>, <투시도·10>, <팔매질·1>, <팔매질·2>,
<산울림> 등의 작품에서 볼 수 있는 것처럼 토속적 소재를 즐겨 다루
고 있다. 이 작품도 '사립문', '떡시루' 등의 토속적 이미지로 감미로운
한국미를 진하게 풍기고 있다. 그러나 5개의 문장 속에 담겨진 장면들
은 모두 논리성이 없는 절연*depaysment*의 상태에서 병치되어 있다. 장
면들의 이런 비약적 결합에서 시적 긴장이 발생하며 이것은 의미의 선
입관을 거부하고 사물이 '존재한다'는 느낌만을 갖도록 우리에게 요
구한다.

두 마리 백사(白蛇)
몸을 틀어 오른다
이슬은 입 속에서 빤짝인다
노란 눈의 고란초(皐蘭草) 얼굴 내밀다가
물 속으로 흩어지다
초승달 눈썹 새로
가면의 행렬 지나면
나르는 리어(鯉魚)떼
갯버들 안개의 바다로
헤엄치고 있다

- <폭우>

이미지의 비약적 결합과 병치로 시는 현실을 해체하여 독자를 철저하게 이방인으로 만든다. 이 이방인의 눈에 모든 사물들의 존재는 신기감으로 충격되고 신기감으로 충격된 '존재의 느낌'만으로 만족케 한다. 만약 우리가 의미(또는 현실)를 찾으려고 한다면 우리는 무력해지거나 분노를 느끼게 된다. 현실을 해체시킨만큼 사물들이 존재한다는 느낌은 언제나 무엇이라고 이름지을 수 없는 익명의 정조로 발전한다.

그리하여 오르테가가 말한 비인간화의 예술이 탄생하는 것이다. 비인간화의 예술이란 실제의 현실과 인간을 배제한 예술이다. 오르테가에게 실제의 현실과 인간이 작품 속에 남아 있는 한, 그것은 '부분적 예술품'에 지나지 않는다.

사실 차한수의 작품에는 그의 고통과 관련된 한·허무·절망·공포의 이미지들이 압도적으로 사용되고 있음에도 불구하고 현실해체의 연금술에 의하여 이런 정서들은 우리에게 생활감정의 현실성으로 오지 않고 대부분 비인간화의 예술적 정서, 곧 익명의 정조로 오는 것이다.

이미지나 장면들을 비약적으로 병치시키는 연금술은 또한 불연속성과 대립·모순의 양상을 띤다.

> 그것은
> 불꽃이다.
> 불꽃 속으로
> 쓰러진
> 시퍼런 강물이다.
> 뇌성이 깔린
> 끝없는

하늘을 나는
그
새의 울음이다.

- <춤>

한 개의 원관념에 3개의 보조관념이 결합된 확장은유가 이 시의 전
체 구조다. 그러나 춤의 원관념과 불꽃, 강물, 새의 울음 등 보조관념
사이에는 전연 유사성이 없을 뿐만 아니라 3개의 보조관념들도 아무
런 유사성이 없이 병치된 불연속성을 갖고 있다. 이미지의 이런 불연
속성에서 우리는 아무런 의미도 현실감정도 포착할 수 없고 오직 익명
의 정조만 느낄 수 있을 뿐이다. 실제의 현실과 인간이 해체되어 있으
므로 화자의 목소리도 현실적 인간의 그것이 아니라 그 정체를 알 수
없는 화자의 비인간화된 톤이 될 수밖에 없다.

① 꽃은 죽은 나비를 본다
　페가수스의 입술에
　또 꽃은 피는데
　죽은 나비는 웃고 있다

- <객토 · 4>의 일절

② 밤은
　자위를 하며
　울었다.
　울다가
　잃어 버린 날개가 생각나서
　웃었다.

- <사시(斜視)>의 일절

③ 열병으로 죽은
　돌이는
　휘파람을 불면서 걸었다.
　　　　　　　　　- <계단을 오를 때>의 일절

　작품 ①, ②, ③에서 우리는 무척 곤혹스러운 부조화감을 느끼지 않을 수 없다. 이 부조화감은 하나같이 행위의 대립·모순에서 온 것이다. 이런 대립·모순의 기법도 이미지의 불연속성과 더불어 현실을 해체하여 익명의 정조를 창조하는 연금술이 되고 있다.
　이처럼 그의 시는 현실을 해체하는 극단적인 시적 변용의 양상들을 보여 주고 있으며 이것은 그가 자신의 고통을 처리하고 극복하려는 의도와 연결되어 있었다. 그에게 시작행위는 고통을 치유하는 행위였다.

3.

　연금술이 빚어내는 아름다움은 물론 인공미다. 이것은 철저하게 반자연의 아름다움이다. 그러나 극단적으로 현실을 해체해 버리는 연금술의 시는 우리가 마치 추상화 앞에서 문득 지성과 감성의 임포텐스를 느끼거나 야릇한 배신감을 느끼게 되는 것처럼 우리의 '인간적 시점'을 거부한다. 차한수의 시는 우리의 평범한 인간적 시점 대신 고도의 예술적 안목을 요구하고 있다. 그의 시는 R·P 브랙머가 분류한 것처럼 소수의 계층에만 향수되는 일종의 귀족예술이다. 문학에서 리얼리즘이 절실히 요청되고 민중이 문학적 가치로 대두되고 있는 오늘의 주류적 경향으로부터 그는 멀리 소외되어 있다. 이것은 그가 현실의 삶에서 체험한 고통과 더불어 또 하나의 그의 고통이 될 것이다.

소외기법과 현상학적 상상력

— 조의홍의 시세계

    문명사회에 길들여질수록 메마른 현실의 언어보다 꿈의 언어가 더 절실해지는 것은 매우 자연스러운 일이다. 조의홍 시인의 두 번재 시집 『꿈·2408』에서 우리는 새삼스럽게 시가 다름 아닌 꿈의 언어다, 라는 명제를 깨닫게 된다.

    그의 최근작들은 매우 이색적이다. 이런 특수성은 그의 일종의 시적 관습처럼 되풀이하여 나타나기 때문에 여간 뚜렷하지가 않다.

    첫째로 작품의 제목부터가 이색적이다. 그의 최근작들은 꿈을 테마로 한 연작시다. 물론 연작시란 형태가 새삼 문제되는 것은 아니다. 그러나 그의 작품은 한결같이 <꿈>이란 말 다음에 숫자를 붙여 놓은 제목을 달고 있다. 주목되는 점은 이 숫자가 개별 작품을 구분하는 것 이상의 어떤 의미심장한 내포를 풍기고 있는 듯한 인상이다. 문명사회가 수량이 지배하는 시대임을 감안한다면 꿈과 숫자의 결합은 벌써 아이러니가 된다. 시인은 이런 아이러니를 노리고 있는 것 같다.

둘째로 그의 작품들은 "몇년 몇월 몇일"(그리고 "몇시")이라든가 "일천구백 몇 년 몇월 몇일"(물론 몇일은 며칠의 오류이지만 시인은 의도적으로 이런 문법적 오류를 범하고 있다.) 또는 하루의 어느 일정한 시각을 알리는 말로써 시작되고 있는 점이다. 이것은 제목의 숫자와 무관한 것이 아니다. 그는 실존주의자처럼 시간분석에 부심하고 있으며 시간은 그의 시적 이미지가 창조되는 원천이 되고 있다.

셋째로 꿈을 테마로 한 그의 연작시들은 거의 대부분 산문시 형태를 취하고 있으며 서술형 어미 대신 '~음, ~기'와 같은 명사형 어미로 한 월을 끝맺고 있는 점도 그의 시적 관습으로서의 특색이다.

이밖에 그는 시어 선택이나 선택된 이미지의 결합의 면에서 시적 관습으로서의 여러 특색을 보이고 있다. 이런 이색적인 것은 모두 그의 시세계를 수용하는 데 있어 중요한 단서들이 된다.

그의 시가 꿈의 언어인 이상 그의 작품은 김춘수의 무의미시나 이승훈의 동의어인 비대상시, 그러니까 세계 상실의 시계열에 속한다. 세계 상실의 시에서 외부세계는 해체되어 희석화된다. 그 대신 비논리적인 내면세계가 작품의 실체가 된다. 독자가 좀처럼 근접할 수 없는 내면세계란 실제로 고도의 소외기법의 산물이다. 그래서 장면과 장면, 이미지와 이미지를 연결하는 그의 시문법은 '뜻밖의 연속'이다.

> 나는 지금 문을 잠근 1985년 12월 19일에 누워 있음. 밖에는
> 1986년 12월 20일의 눈이 내리고, 멀리 떠나고 있는 산이 하나 보임.
> (<꿈·29>)

시상전개의 규범은 환유원리다. 이것은 시상이 시간적으로나 공간

적으로, 또는 논리적(인간관계) 인접성에 의해 전개되는 것이다. 그러나 시인은 이런 환유원리를 의도적으로 파괴한다. 다시 말하면 '지금'과 '19일'과 '20일'이 시간적 순서가 없이 '지금'에 공존하고 있는 것이다. 그는 시간을 몽타즈하고 있는 것이다. "쓸데없어, 그것은 과거야, 과거야"하는 논리적 인식을 갖고 있음에도 불구하고 그의 꿈의 세계 속에서는 과거인 19일과 20일이 공존하고 있는 것이다.

그는 고집스럽게 시간을 몽타즈하고 공간을 몽타즈함으로써 우리에게 낯선 꿈의 세계를 펼쳐보인다. 이 몽타즈의 소외기법과 더불어 그의 극단적 시적 변용은 그의 시세계를 더욱 낯설게 한다. 이 놀라운 시적 변용은 "물 묻은 근심들"(<꿈·72>)이나 "일곱시를 가슴에 달았다. 나는 일곱시의 장갑을 끼고"(<꿈·69>)처럼 비가시적인 내면세계나 시간을 사물화·공간화시킨다든지 "나도 지금은 밤 두시"(<꿈·421>)나 "시궁창에 박힌 그대는 지금 타관임"(<꿈·71>)처럼 인간을 시간화나 공간화시킴으로써 현란한 이미지들을 창출해낸다.

그는 일상적이고 평범한 사물에서 뜻밖의 서정을 발견한다. 그래서 그의 시정도 우리가 이해할 수 없는 익명의 정조가 된다. 이 익명의 정조를 개발함으로써 그는 현실로부터 독립된 꿈의 세계를 만들어낸다.

> 나는 정삼각형을 가지고 놀았다. 세 개의 끝과 세 개의 선을 가진
> 정삼각형은 쓸쓸하다. 나는 쓸쓸하지 말아야지 하며 정삼각형을 가
> 지고 논다 (<꿈·94>)

사물에 대한 그의 반응은 정말 여간 엉뚱하지가 않다. 그에게 오리나무와 고로쇠나무가 오리나무와 고로쇠나무로 존재하는 당연한 진

리가 '고집'으로 보이기도 하고(<꿈·99>) "실패한" 달이 떠 있는 바다가 "걱정"되고 "라사리 새벽이 무섭기만"하기도(<꿈·104>)한다. 심지어 "내가 무슨 옷을 입고 있는지… 한 마디 묻지도 못하고 항상 깨어" 버리는 꿈속의 내가 "수상한" 존재처럼 보이듯이(<꿈·3>) 그의 시의 화자는 자신도 이해하지 못하기조차 한다. 이미지의 결합이 비논리적이듯이 그의 정조도 비논리적이다.

<꿈·94>에서 우리는 <날개>의 이상에게서처럼 다분히 유희적인 태도를 엿볼 수 있다. 유희적 태도는 우리의 세속적 삶을 무의미화한다. 사실 그의 꿈의 시편은 "정육면체와 원뿔도형, 그리고 마름모꼴과 직사각형, 나는 결코 반항하지 않았다"의 <꿈·30>에서 두드러지게 나타나 있듯이 이상의 형태시를 순전히 언어기호로 패러디화한 인상을 줄 만큼 유희적이다.

그의 꿈의 시편이 현실을 해체한 만큼 그의 상상력은 근본적으로 현상학적이다. 여기서 현상학적이란 물론 사물에 대한 일체의 기성관념과 선입관을 배제하고 일상적이고 세속적인 판단을 보류하는 것이다. 예술의 본질이 사물을 낯설게 하는데 있다면 시작품 자체는 처음부터 현상학적이다.

> 달빛 차가운 마당에 하얗게 구겨진 시각 한 장, 이슬과 어둠에 젖은 눅눅한 시각의 휴지를 들어봄, 우수수 우수수 떨어지는 모르스 부호.(<꿈·13>)

체험의 모든 개인적이고 구체적인 것을 사상해 버리면 궁극적으로 남는 것은 시간과 공간이다. 이것은 현상학적 환원이다. 사물을 순수하게 시간과 공간으로 환원시켰을 때 비로소 시인은 "모르스 부호"를

푸는 현상학자가 된다. 말하자면 새로운 세계인식이 가능해진다. 그가
몽타즈 기법에 때문에 시간적 연속감이 없다. 그의 시에서 시간은 공
간화되면서 철저하게 파편화되고 단절되고 있다. 시간은 이 시간의 파
편화 이외 아무것도 아니다.

> 나는 지금 야간 12시 시각 속으로 잠입중임. 빨강색 금지 등 서너
> 개가 콘크리트 복도 천장에 매달려 있고 검정색 전선이 수만 가닥
> 얽혀 있음 …… 검정색 전선에 전류가 차단되고 있음. 금지등이 꺼
> 지기 시작하고 누구세요, 누구세요, 복도끝 암호속에서는 지금 소리
> 중임.(<꿈 · 35>)

　　시간이 파편화됨으로써 "잠입중임"이나 "지금 소리중임"의 현재
진행형의 시제에도 불구하고 우리는 시간적 연속감을 느낄 수가 없다.
시인이 노린 것도 불연속감이다. 사실 그의 독특한 꿈의 세계 자체가
외부세계와 단절된 내면세계다. 소외기법이 현대 문명사회의 소외현
상을 반영하듯이 그는 시간을 '시각'으로 파편화함으로써 진한 소외
감을 환기시키고 있다. 그래서 '금지등' '전선' '전류' '콘크리트' 등
문명 이미지는 한없이 싸늘하게만 느껴진다. 뿐만 아니라 그의 시에서
'음, 기'의 명사형으로 각 문장을 끝맺는 특징적 문체도 시 고유의 압
축성이 아니라 단절감 · 불연속감을 환기하는데 효과적으로 기여하
고 있다.
　　문명사회는 숫자가 지배하는 시대이고 그래서 인간의 삶도 숫자에
의해서 끊임없이 파편화된다. 대부분 일정한 시각을 가리키는 그의 시
숫자들은 이제 강한 문명비판도 함축한다.

일천 구백 몇 년, 몇월, 몇일, 문이 한 번 잠기는 소리가 나고 새벽
별이 희게 얼어붙어 있는 것이 보였다. 나는 어제 낮 일을 상상하였
다. 마흔 여섯 개짜리 지하 계단을 스물 네 번 을 내리며 지하철 승차
권을 한 번 끊었던 낮. 내 돈을 삼키고 꼼짝 않는 자동 판매기, 구할
수 없는 열쇠, 무더기로 내리고 타는 지하철의 사람들, 도착을 알리
는 지하철역의 벨 소리, 출발을 알리는 벨 소리(<꿈·80>)

　　화자의 기억 속에 파편화된 시각들, 교환가치의 숫자들, 그리고 파
편화된 삶 등 수량의 엉어리로써만 가득 차 있다. 시인은 문명사회의
핵심적 의미단위인 숫자를 의도적으로 무의미화하여 우리 시대의 세
속적 삶의 무의미를 은근히 꼬집고 있다. 여기서 우리는 그의 시 제목
이 왜 그림의, 그것도 추상화의 제목에 어울림직한 것인지, 그 서로 대
립되는 꿈과 숫자를 병치시키는지, 그 속사정을 이해하게 된다.
　　불연속성의 단절감과 소외감을 노리 그의 꿈의 시편들에서 화자들
이 일관되게 방관자 내지 국외자로 등장하는 현상도 지극히 당연하다.

　　　　나는 지금 풍경 밖에서 손님(<꿈·10>)
　　　　나는 지금 풍경의 손님일 뿐(<꿈·56>)

　　시인은 화자마저 작품세계로부터 소외시켜 국외자로 정립시킨다.
그의 상상력은 철저하게 소외에 길들여져 있다. 이런 국외자로서의 화
자는 또한 철저하게 방관자다. 화자의 유일한 행위는 '본다'는 것이다.

　　　　나는 지금 직립의 오전 여덟시와 섞이는 빛줄기를 관망중임 (<꿈
·62>)
　　　　몇 년 몇월 몇일, 새벽 바다를 보았다 (<꿈·92>)

가로수에 매달린 시각을 구경함 (<꿈 · 45>)

원래 '본다'는 것은 인식의 행위다. 그러나 그의 시에서 화자의 이런 방관자의 지적 태도는 단순한 인식 행위 이상의 소외라는 잉여의미가 함축되어 있다. 그의 태도도 문명의 숫자처럼 비정하기조차 하다.

이 소외의 가장 심각한 국면은 다음 같이 바로 자기 자신으로부터의 소외다.

나는 떠내려가는 내 생애를 구경했다 (<꿈 · 33>)

이것은 분명히 하나의 역설이다. 왜냐하면 화자의 방관자적 여유는 실상 삶의 절망감을 은폐하고 있기 때문이다.

그의 꿈의 시편들은 우리 시대와 좀처럼 화해할 수 없는 갖가지 낯선 내면세계들을 보여주고 있다. 모든 것을 사물화하고 공간화한 시각적 이미지 지배소가 되어 있는 그의 작품은 그러나 소외기법에 의해 시각적 공간적 단절의 소외감을 진하게 풍기고 있다. 그는 시각형의 문명사회에 시가 어떻게 대응하는가 하는 하나의 양식을 보이고 있다. 그리고 그는 무엇보다 모더니즘 시인이다.

지속의 생명성과 가락의 레토릭

- 박해수의 시세계

*

박해수의 목소리는 그의 이름이 이미 함축하고 있듯이 항상 젖어 있다. 그는 아무래도 가슴으로 시를 쓰는 시인이다. 그는 끈질기면서도 격정적인 목소리를 용하게 지탱하고 있다.

이런 그의 목소리는 때론 봄비처럼 우리를 촉촉이 적시기도 하고 때론 소나기나 폭우처럼 논리로 메마른 우리를 흠뻑 적시게 한다.

> 마음 발기발기 찢겨져 흘러가요/ 울음을 주우러 가요/ 마음을, 어
> 둠을 주우러 가요/ 바다는 차가우며 뜨거워요/ 나를 가져 가세요 이
> 대로/ 어둠이 목말라 울고 있어요
>
> — <묵호항>

주로 여성 화자를 내세울 때 그는 감정이 격앙된 목소리를 골라 이것을 숨가쁘게 배열한다. 화끈한 열기의 이런 서정적 자아 앞에서 우

리는 물기를 느끼지 않을 수 없다. 이것이 박시인에게서 받는 첫인상이고 사실 또 이것이 그의 두드러진 문학적 초상이다.

우리의 지성은 흔히 이런 초상을 경계한다. 아니 위험시한다. '낭만적 전율'이란 말로 표현되듯이 서구 낭만시인들의 경우 감정이 인식의 수단이 되지만 우리 시인의 경우 감정이 인식으로까지 발전하지 않는다고 하는 것이 그 근거다. 뿐만 아니라 현실의 차원에서도 감정을 앞세우면 곧잘 실패하듯이 시에서 감정을 다스리지 못하면 20년대의 주정적 감상시처럼 미숙한 시적 표정을 띠기 마련이라고들 한다.

그러나 이런 사정은 시인의 내부보다도 오히려 외부 상황의 문제다. 더구나 메마르고 닳아지고 어쩌면 무기력하게 타락된 오늘의 지성에 감정은 생명을 부여하는 활성 비타민이 된다.

18세기 D.흄은 '이성이 정열의 노예'란 말로 서구 전통철학에 정면으로 도전했다. 이성(지성)의 힘은 좁은 울타리에 국한되지만 정열의 힘은 광대하다는 것이 그의 주장이었다. 그의 회의론의 목적은 감정의 기여로 인간의 경험이 가능하다는 것이었다. 즉 감정은 인간의 사상들을 결합하고 정신의 모든 작용의 기초가 되므로 경험은 어떤 체험이든 그 체험을 가능하게 한다는 것이다.

문학은 체험의 가능성들을 현실화한다. 왜냐하면 문학은 있을 수 있는 세계를 기록한 것이기 때문이다. 흄의 회의론은 오늘의 무기력하고 고립된 지적 풍토란 점을 감안하지 않더라도 시론으로 원용할 수 있는 것이 아닐까.

박시인의 시적 자아는 서정적 자아의 원형 그대로 언제나 감정에 젖어 있다.

　　　이슬에 젖어, 슬픔에 젖어

그래서 그의 시적 자아는 '물, 바다, 이슬, 눈' 같은 액체 상의 상관물로 표현되고 있다. 그의 상상력은 항상 젖고, 흐르는 액체성의 상상력이다.

시적 자아의 이런 감정은 삶을 이해하는 가장 원초적 형태다. 서정적 자아는 언제나 이런 자리에 서 있다. 시인의 감정을 논리화하는 것이 비평가의 임무 중의 하나다. 감정 그 자체가 비평가에게 하나의 알레고리이기 때문이다.

중요한 점은 박시인의 감정이 어둡다는 사실이다. 그의 시는 참 어둡다. 그것도 철저하게 음울하고 진지한 흑백영화다. 그의 음울한 정서는 말할 필요없이 자아나 세계에 대한 인식의 무게를 부하하고 있다.

*

그의 어둠은 삶의 부조리감이나 허무감이다. 이것은 역사적 현실의 비극적 양상(<임진강 가는 길>, <벌판>), 도시문명의 메마름(<방어진 안개>, <달보기>), 짓밟히는 삶의 고통(<쇠뜨기 풀>), 신성함의 상실이나 왜곡(<강설>, <남산>), 그리고 무엇보다도 사물존재처럼 살아야 하는 상황(<절두산>, <뼈>) 등에 대한 그의 인간적 반응들이다. 그는 때론 분노하기도 하고 때론 피학대중환자가 되기도 하고 때론 절망하기도 하고 때론 청승맞게 울기도 한다.

이런 어두운 시적 표정들에게 우리는 첫째로 삶의 무방향성이라는 이름을 붙일 수 있다. 아무런 지평도 발견하지 못한 채 끝없이 표류되는 삶이 그의 시의 골격이 되고 있다. 그래서 그의 자아는 바다가 되고

물이 되고 안개가 되고 바람이 되고 그리고 새가 된다.

> 안개는 흘러서 어디로 가나?/ 안개는 죽어서 어디로 가나?/ 요사
> 이는 참 춥고 피곤해/ 밤늦게 혼자 강을 건너고
>
> — <방어진 안개>

박시인은 귀에 익은 친근한 목소리를 자주 사용한다. 시의 목소리로써가 아니라 현실의 대화로써 오히려 시적 정서를 묘하게 획득하고 있다. "요사이는 참 춥고 피곤해"가 그것이다. 이 직서 언어는 벌써 우리의 건성 피부를 충분히 축축하게 한다. 그러나 "춥고 피곤해"는 그의 고통스러운 현실인식이다. 더구나 이 고통은 쉽게 소멸되지 않는다. 여기서 그는 시간의 흐름을 의도적으로 느리게 조절한다. "밤늦게 혼자 강을 건너는" 안개의 속도가 그것이다. 안개는 "황혼보다 느리게", "시계 소리보다 더 느리게" 흐른다. 이 느릿한 주관적 시간의 흐름이 고통의 지속이다. 고통은 안개처럼 음울하고 답답하게 느릿느릿 지속된다.

고통은 의식의 길이다. 고통을 통해 자기인식과 세계인식이 가능해진다. 그러나 여기서의 고통은 끝없이 지속될 뿐 자아와 세계의 아무런 변화도 구원도 가져 오지 않는다.

어디로 가나?

삶의 이런 무방향성은 그의 시세계에서 반주적으로 변복되는 메인 멜로디가 되고 있다.

지평 없는 삶의 표류성이란 결국 삶이 무의미한 체험의 파편들, 자

아의 파편들의 연속에 지나지 않는상태다. 그것은 체험들이 의의 있는 통일체로 연결되지 못하는 상태다.

> 나는 무심한 바다에 누웠다/ 어쩌면 꽃처럼 흘러가고/ 바람처럼 사라진다/ 외로이 바다에 누워/ 이승의 끝이랴 싶다.
> — <바다에 누워>

바다에는 인간의 흔적이 남겨지지 않는다. 그리고 바다는 끊임없이 그러나 무방향으로 움직이고 있다. 시의 화자는 "하나의 목숨으로" 태어났지만 이 "바다에 누워", 목숨으로 살아가지 못하고 "꽃처럼 흘러가고", "바람처럼 사라진다"는 것이다. 이것은 그가 자기의 삶에 아무런 의의도 느끼지 못하는 절망이고 허무다. 표류하는 삶의 역투(役投)된 그의 자아는 필연적으로 "무당되어/ 넋잃고 살거나"(<무명시2>), "아무것도 말하잖은"(<무명시1>), <무명씨>며, <사무사(思無邪)>며, (<바다에 안기어>), 목(魂)이 잘린 위선자(<절두산>)일 수밖에 없다. 이것이 그의 비극적 자기인식이고 자기초상이다.

*

이런 점에서 그의 시는 서정의 물기를 담고 있는 건만큼 불건전하다. 그러나 물, 바다, 이슬, 바람, 풀 등 그의 개인적 심볼들은 삶의 무방향성이나 무기력하고 수세적 자아만을 표상하지 않는다. 그것들은 삶의 지평을 찾고 어떤 변화를 기대하고 또 좀처럼 소멸되지 않는 생명의 끈질김을 표상한다. 이것이 그의 시가 띠고 있는 지속성의 양면

가치다. 여기서 우리는 그의 시의 어둔 표정에 둘째로 지속의 생명성이라는 명칭을 붙일 수 있다.

> 버려도 슬어 밟아도/ 아프다 소리 하잖고/ 혹은 허허롭게 허위를 버리며/ 흘러 가는 물/ 참담한 것들도 흐를 뿐/ 소리치잖고 아프잖고 / 흐르는 것은 물줄기/ 물줄기는 패연(沛然)하다/ 서늘한 소리로 흘러가고 흘러갈 뿐
>
> — <물줄기>

삶의 흐름은 고통이란 무게와 그대로 흘러갈 뿐인 무방향성을 띠고 있다. 그러나 이제 그 고통은 생명의 본질로 포용되고 극복된다. "물줄기"는 "살아 있는 몸"이다. 생명 그것이다. 그리고 이 생명은 흐름의 무방향성 속에서 오히려 삶의 지평에 대한 간절한 기다림과 수태의 망설임으로 충만해 있다. 여기에 박시인의 형이상학적 역설이 탄생한다. 고통과 무방향성은 생명의 확인이요 그래서 그는 삶을 집요하게 "흐름"으로 인식한다. 그는 드디어 격앙된 어조로 다음과 같이 부르짖는다.

> 그러나 부디 그대/ 마침표는 되지 말라/ 마침표는 되지 말라
>
> — <피의 무덤>

바다에는 마침표가 찍혀지지 않는다. 이렇게 지속적 자아는 수세적이면서도 능동적이고 도전적인 생명의 끈질김을 보인다. 이 끈질김은 "풀"이나 "뼈"나 "돌"의 상관물을 획득한다.

> 함부로 불어도/ 꺾이잖는 쇠뜨기풀/ 오늘도 바람을 막고 있으랴
>
> — <쇠뜨기풀>

어찌 꺾이랴, 질긴 이 목숨/ 모진 목숨의 부러진 허리통을

ㅡ <풀꺾기>

슬픔이 엉켜 단단한/ 뼈로 진화시켜 주십시오

ㅡ <뼈>

돌이고 싶다/ 저녁 되어/ 외롭잖은 산을 바라보며/ 차가운 목숨은/
어디, 미련없이 사라지나

ㅡ <육성>

짓밟히고 뒤엉키고, 부딪히고 갈라지며 끊임없이 유동하는 풀이나
물처럼 고통·절망·허무·고독·상실감을 통하여 오히려 실존의
생명성을 집요하게 도전적으로 확인해 가는 것이 그의 시세계다. '지
속의 생명성', 이것이 그의 시의 비밀을 풀 수 있는 꼬리표다. 그리고
여기에 그의 시의 건강성이 있다.

박시인은 두드러지게 대상을 주관화·내면화한다. 시는 본질적으
로 사물을 인간화하는 것이다. 즉 사물에 인간적 생명을 부여하는 것
이다. 이 생명부여로써 자아와 세계의 동일성을 구현하는 것이 시의
본질이다. 세계를 자아와하는 이런 의인간적 생명부여의 행위가 박시
인의 경우 그가 인식한 자아나 세계를 표현하는데 수사적 차원을 넘어
서 형이상학적 깊이를 지니고 있음은 너무도 당연하다.

*

지속의 생명성이 그의 어둔 시적 표정 속에 포장되어 있는 그의 시
적 정체identity임에 틀림없지만 이와 못지않게 우리의 관심을 끄는 것
은 그의 독특한 가락, 곧 그가 교묘하게 조율해내는 목소리다.

사실 그의 시에 있어서는 이미지보다 가락의 음악성이 우세하다. 이미지가 지성의 사물이라면 가락은 감성의 산물이다. 그리고 박시인의 작품에서 무엇보다 중요한 것은 지속의 생명성이 가락에 용해되어 있다는 사실이다. 즉 가락이 삶의 흐름을 더욱 생명화하고 예술화하고 있는 것이다. 그의 시가 참여적인 냄새를 풍기면서도 예술 이전의 생경한 시사적 소재로 전락하지 않고 미학을 지탱하고 있는 것은 이 때문이다.

> 산이 걸어 나온다/ 산이 걸어 나온다/ 두 눈을 부릅 뜬 산이 걸어 나온다/ 노을 속을 빠져나와/ 힘줄 굳은 목을 내밀고/ 산이 걸어 나온다

처용설화가 모티브가 된 듯한 이 작품의 가락은 어떤 마술적 주술성마저 느끼게 한다. 주술은 의미 기능의 이미지가 배제되고 소리(리듬)만으로 시가 된 경우다. 서구의 순수시나 김춘수의 『처용단장』2부 같은 무의미시가 그 모델이다. 물론 박시인의 작품은 이런 순수라고 부르기엔 너무도 참여적인 요소가 많지만 그는 주술의 인상까지 줄 정도로 가락의 레토릭으로써 시의 내용이나 테마를 예술화하고 있다. "산이 걸어나온다"의 반복은 이런 주술적 가락을 획득함으로써 생명 부여의 힘을 더욱 강화한다.

<고려장>은 이런 가락의 심미적 극치를 보여준다.

> 넋 서린 눈물을 퍼내어 가겠소/ 상칫단 묶듯 묶은 꿈을/ 퍼 내어야 하겠소/ 캄캄한 밤, 녹은 뼛속에/ 별이 박혀, 밤이슬에 젖고 있어요/ 짚신발로 갔던 서역 길/ 유혼초에 묶인 꿈,/ 넋을 찾으러 가야겠소

고려장은 주지하다시피 고구려 때 늙고 병든 사람을 산 채로 광중(壙中)에 두었다가 죽으면 그곳에 묻었다는 슬픈 이야기다. 지금은 존재하지도, 존재할 수도 없는 이 민속적 설화를 시로 재현함으로써 그는 강한 알레고리성을 보여준다. 이 작품의 후반부는 이렇게 되어 있다.

고려의 넋이/ 저 산위에 얹혔고녀/ 산으로나 가서/ 넋 서린 고려의 황토를 퍼내어/ 슬픔처럼 사랑처럼 뿌려야 하겠소/ 푸른 꿈을 찾아 내야 하겠소.

박시인의 의도는 민족적 삶의 원형을 재현해서 이것으로 오늘날 삶의 의미(가치)를 구현하고자 한데 있는 것 같다. 그러나 보다 우리의 주목을 끄는 것은 이런 알레고리성을 주술과 같은 토속적 가락으로 승화시킨 장인솜씨다. 그는 가끔 일상대화체나 끌리세Cliche를 고의로 구사하면서도 이런 심미적 가락의 레토릭으로 시의 목소리를 창조하고 있다.

이 가락의 물리적 바탕은 시간적 연속(흐름)이다. 이 가락 속에 그는 민족의 원형적 감정의 물기를 재생시키고 있는 것이다. 그는 상실된 과거에도 생명을 부여한다. 지속의 생명성에 가락은 필수적이다. 그래서 그의 시엔 이미지보다 가락이 더 지배적이다.

이밖에 연을 구분하지 않은 점, 한 행 속에서 쉼표로 호흡을 조절하거나 반대로 한 행의 호흡이 다음 행으로 연속되는 미완결시행의 수법 등도 지속의 생명성이라는 형이상학적 무게와 무관하지 않다.

*

앞에서 말한 것처럼 감정은 삶을 이해하는 원초적 형태다. 동시에 그것은 체험을 가능하게 하는 요소다. 감정이 단순히 인식에 머물지 않고 새로운 체험을 가능하게 하는 것으로 발전할 때 어둔 표정도 그 한 부분에 지나지 않는, 다양한 시적 개성들을 창조할 수 있다. 박시인 의 '지속의 생명성'은 바로 이런 가능성들을 항상 잉태하고 있고 그래 서 우리는 그의 새로운 목소리를 기대할 수 있게 된다.

언어적 상상력과 재생주의

─ 하현식 시집 『그리움에 대하여』

1.

　오늘날 우리는 실제 삶이든 문학적이든 웬만한 변화에도 그리 충격을 받지 않는다. 역설적이지만 변화에 익숙해 있다기보다 만성화되어 있다 해도 지나친 말이 아니다. 이것은 현대시의 경우에도 진실이다.

　시인이 이런 변화의 영향권에서 벗어나 오불관언하는 것은 전적으로 미덕일 수 없듯이 또 전적으로 한계일 수도 없다. 하현식은 꾸준한 시인이다. 그는 그 흔한 시적 유행들을 좀처럼 타는 법이 없기 때문이다. 서정적 일탈은 그의 관심 밖이다.

　하현식시는 변함없이 서정적 구조를 견고하게 지닌다. 굳이 중용적 용어를 빌린다면 사고된 느낌이라기보다 느껴진 사고가 그의 시적 구조다. 그의 태도는 서정적 반응이 사색적 반응에 우선하고 또 이를 지배한다.

　그의 언어연금술도 여전하다. 그의 연금술은 가히 규범적이다. 그에게 시는 어디까지나 언어예술이고 언어가 시의 유일한 조건이다. 요설체와 언어폭력, 그리고 형태시를 비롯한 격심한 장르적 일탈로 현대시의 자기희생적, 자기반어적 현상들을 많이 경험해 온 우리에게 그의 서정시는 확실히 무척 고집스러운 규범이 아닐 수 없다.

더욱이 그의 언어연금술은 「풍경」에서 가장 확실하게 확인할 수 있듯이 단순히 언어에 미적 가치를 부여하는 기능에 한정되지 않는다. 그것은 보다 시적 변용의 기술이다. 이것은 시를 리얼리즘과 무관하게 하는 대신 흔히 주관주의로 흐르게 하는 요인으로 작용하지만 이 또한 서정시답게 하는 원칙이다. 이런 고유한 서정양식으로서 하현식시는 우리를 원래의 서정적 세계로 귀환시킨다.

2.

시어에 관한 한 그의 태도는 몹시 보수적이다. 왜냐하면 그의 시는 시어와 일반언어가 엄격히 구분되는 이분법이 지켜지고 있기 때문이다. 이것이 그의 언어연금술의 근본이다. 일상언어와 구분되는 시어에 의해서 시적 변용이 가능하며 생활감정과 구분되는 시적 정서가 탄생되는 것이 그의 시쓰기의 일관된 법칙이다.

그의 서정시는 우선 허무주의 양식이다. 그의 언어연금술은 허무의 어두운 정서를 환기하는 데 가장 적절한 기교가 된다.

> 울음으로 노래를 만드는/저무는 땅의 새가 되어 사라진다/저무는 땅의 그리메로 잦아드는길은/왼종일 마른 개펄쪽으로만 기울어지고/사주팔자 이지러진 야윈 얼굴 하나,/젖은 허공에 기대선다.
> —「어둠의 散調」 중에서

그의 허무주의는 90년대의 현대시에서 두드러지게 볼 수 있는 것과는 달리 이념붕괴의 산물이 아니다. 그의 허무는 심정적이거나 근원적인 것이다. 그리고 그의 언어연금술이 자연을 의인화하듯이 이 어두운 허무의 서정은 주로 자연을 그 객관적 상관물로 채용하고 있다. 「잎은 떨어져도」에서도 허무의 서정은 전적으로 계절의 변화라는 자연의 순환에 의존하고 있다. 여기서 시인의 허무감각은 계절의 자기반복성에서 등가되는 허무의 자기반복으로까지 심화된다.

허무는 그에게 고통의 원천이다. 「풍선」과 「사격장에서」는 이런 허무를 극복하려는 태도면에서 매우 흥미로운 대조를 이룬다. 두 작품은 부정을 통해 허무를 극복하려는 점에서는 일치한다. 그러나 두 작품의 명백히 대조되는 어조에 주목할 필요가 있다. 「풍선」의 어조는 여성 특유의 간절한 하소연이다.

제발 입김을 불지 말아 주셔요/서러운 꿈이 두렵습니다/한 껏 배불러 파멸되는 허무를/꿈으로 간직하는/어리석음을 원치 않습니다./하염없이 배불러/지향없이 떠돌아야 할 방황을/꿈으로 간직하는/내일을 원치 않습니다/제발 다소곳이 접혀진 채로/잠들어 있는 순간이/가장 황홀한 꿈을/꿈꾸는 내 보람의 지표입니다.

파멸이나 방황으로 귀결되기 마련인 꿈을 처음부터 갖지 않겠다는 시인의 부정의식은 간절한 여성적 어조와 조응해서 매우 소극적이다. 그것은 허무를 극복하는 소극적 방법이다. 작품 종결 부분의 역설을 통해 일종의 노장적 '무위'를 읽을 수 있는 것은 순전히 여기에 근거한다.

이 부정의 대상으로서 꿈은 「사격장에서」의 경우 욕망으로 대치된다. 물신화된 현대 산업사회에서 욕망은 가장 본질적이면서도 문제적인 인격이다. 우리의 삶과 모든 문화는 욕망의 표현으로 정의된다. 그러나 하현식시에서 욕망의 문제는 보다 근원적이고 본질적이다. 허무는 존재하지 않는 대상, 그래서 성취될 수 없는 목표를 겨냥한 데서 근본적으로 발생한다.

> 총을 쏜다/이제야말로 너를/쓰러뜨리고야 말겠다//집요한 갈망으로/내 겨냥은/번번이 빗나가고 있다//…중략…//오발된 총구 앞에/부질없이 넘어지는/내 우둔한 욕망의 뒤켠에서/너는 드디어 회심의 미소로/흔들리기 시작하는/없음의 正體.

중요한 것은 이 작품의 도전적인 분노의 어조다. 이것은 사실 하현식시에서 거의 예외적인 어조다. 「풍선」과는 달리 시인의 초점은 욕망을 버리는 현명함보다는 끊임없이 "없음의 正體"에 도전하는 욕망의 어리석음에 가 있다. 이 작품이 결코 자기풍자일 수 없는 근거는 여기에 있다. 허무를 극복하려는 욕망의 어리석음이 오히려 공감적인 것이다.

소외는 하현식시에서 또 하나 지배적인 서정양식이다. 그의 언어연금술이 정작 가장 잘 조응되는 곳은 소외서정이다. 「풀잎에게」에서 시인의 시선은 작은 것의 존재의미로 집중된다.

> 계절이 무섭게 지나가는 길목에 앉아/여린 풀잎이여, 너는/가냘픈 손짓을 멈추지 않는다.

의인화의 언어연금술에서 빚어지는 소외의 서정은 여간 부드럽지 않다. 이것은 시인이 현대의 다른 소외시들과는 달리 세계와의 비판적 거리보다는 소외된 존재에 대한 동일성의 감각에 더욱 의존하기 때문이다. 그래서 하현식의 소외시는 불가피하게 서정적일 수밖에 없다. 「떡갈나무」는 다분히 교훈적 의도의 알레고리로 보인다. 왜냐하면 대조법에 의해서 우리의 경직된 이분법적 사고를 해체해서 시인이 소외된 작은 것에서 오히려 삶의 가치를 발견하기 때문이다.

> 길이 있었다/큰 길이 뻗어나간 겨드랑이로 작은 길도 아담하게 뻗어 있었다/큰 길이 가끔씩 기침을 하면/작은 길은 몸통째로 흔들렸다/큰 길의 성큼성큼 내딛는 걸음/한쪽 곁에서/작은 길은 가끔씩 잔기침을 했다/마침내 아장아장 걸어가는/작은 길의 눈꼬리에만/아름다운 떡갈나무의 모습이 잡혔다/그때 비로소 큰 길의/너무 맹목적인 철학이 확인되었다.

참신한 이미지의 결합에서 보인 언어연금술이 매우 돋보여서 해학미까지 곁들이고 있다. 알레고리라고 해서 교훈적 의도에 치중하지 않고 미적 거리를 유지한 점도 여간 적절하지 않다. 이 알레고리가 정치적 가치를 띠지 않음은 말할 필요 없다.

사물을 소외된 존재로 의인화한 「항아리」에서 드디어 화자 자신도 소외된 존재로 등장한다. 그리하여 이 작품은 소외된 존재끼리의 은밀한 사랑을 매개로 소외의 서정을 더욱 농도 짙게 한다.

> 그늘에 가리워 더욱 은은한/우리끼리의 외로움이여.

소외된 존재들이 서로 외로움을 나누는 일체감이 역시 세계와의 비판적 거리를 압도하고 있다. 그러나 창녀를 제재로 한, 수미쌍관의 튼튼한 완결구조인 「겨울이면」에 오면 어조가 갑자기 굵어지면서, 아니 격정적이 되면서 소외의 서정이 도전적 태도를 수반한다.

  우리가 가는 길도 길이다.

  이런 도전적이고 선언적인 어조를 탈소외의 서정은 '개똥벌레는 개똥벌레답게/개똥벌레로 사라지는 자부심 하나"(「개똥벌레」)에서도 여실히 읽을 수 있다. 어두운 배경의 「해가 진다」에서 소외의 서정은 세계의 정화와 관련되어 있다. 여기서 시인은 현실의 모든 부정적인 것을 깡그리 배제시킨 이상국을 꿈꾼다. 이것은 소외를 적극적으로 선택하는 고립주의다.
  하현식시는 허무와 소외의 서정양식이면서 이와 대조적으로 적대감정의 파토스적 양식이다. 파토스적 양식에는 더 이상 부드러운 서정이나 화해의 태도는 존재할 수 없다. 그것은 문명비판시나 저항시 또는 참여시에 어울리는 양식이다. 어조상 「사격장에서」와 연결되는 「암컷이 수컷에게」는 삶의 본질이 투쟁임을 암시하는 심상치 않은 세계관을 내보인다. "너는 항상 무너지면서/쟁취하는 승리를 꿈꾼다"는 역설이 투쟁의 남성원리를 매우 효과적으로 표상한다.
  자연은 현대시에서 흔히 문명비판의 기준으로 채용된다. 「황혼이여」에서 시인은 황혼의 자기반복적 자연현상에 매우 특이하게 '사라짐'의 가치를 부여하여 "너의 결연한 분노가 그립다"는 청마류의 준엄한 어조로 "사라지지 못하는" 기만적이고 부조리한 세계에 대한 강한 적대감정을 표출한다. "막가는 정치판"의 문단과 저질의 속물성, 그리고 얄팍한 상업주의를 비판한 「이어도 雜記」에서 풍자는 그리 신랄하지 않다. 그러나 「잠수교」에서는 "잡놈과 잡년들이 어울려 저지른/죄란

죄는 모조리 뒤집어 쓰더라"라는 저주의 언어를 거침없이 구사할 만큼 그의 풍자는 여간 신랄하지 않다.

외부세계에 대한 풍자의 적대감정은 서정적감정과는 달리 원래 개인적인 것이 아니라 공분, 그러니까 사회적이고 객관적인 것이다. 저항시 또는 참여시의 범주에 속하는 「그해 겨울」, 「낫질하기」, 「四月을 위하여」에서 적대감정은 사회적인 것인 동시에 역사적인 것이다. 전봉준의 동학란을 인유의 원천으로 한 「그해 겨울」에서 적대감정은 바로 역사적 감정이다. 이 역사적 감정은 명시적이고 고정된 투명성을 지닌다. 여기서 주목되는점은 시인의 언어연금술의 기능 변화다. 허무와 소외의 서정양식과는 달리 그의 언어연금술은 어두우면서도 감미롭고 부드러운 서정을 환기하지 않는 대신 "눈알이 튕겨나오고/두개골이 바수어져도"와 같이 파괴본능의 악마적 심상들을 산출한다. 「겨울이면」에서도 볼 수 있는 이런 악마적 이미지의 산출에 원래 그의 특기가 있다. 「낫질하기」 역시 동학란의 민중봉기가 모티브가 된 역사적 분노와 저항의식이 주조다. 그에게 역사적인 것, 사회적인 것은 결코 완료된 형태가 아니다. 현재 시쓰기의 형성과정에도 참여하는 지속적인 '영원한 현재'다. 이것은 4·19 혁명의 좌절을 노래한 「四月을 위하여」의 "거울이 깨어져도/그대 얼굴은 살아 있다"에서도 극명하게 드러나고 있다.

그러나 악마적 이미지로 운명이라는 한계상황을 저주한 「길」에서의 분노는 그 운명의 추상성과 더불어 극히 사적이고 개인적이어서 여간 모호하지 않다.

3.

　사회적이고 역사적인 적대감정은 객관적인 투명성을 지닌(또는 지
니기 마련인) 반면 서정적인 것은 현재적이고 주관적이다. 하현식시의
경우 언어연금술에 의한 시적 변용 때문에도 시의 서정이 더욱 불투명
할 때가 많다. 그럼에도 불구하고 그의 서정시는 특별한 의의를 띤다.
그것은 서정적인 것은 인간다운 것이라는 다분히 윤리적 의의가 그것
이다. 다시 말하면 그의 서정시는 적어도 인간적 가치의 측면에서 아
직 유효하다. 사실 하현식 시인이 가장 두려워한 것은 산문적인 무감
각이다. 이 무감각 속에 윤리적 무감각도 포함되는 것은 말할 필요 없
다.

　그의 「저무는 강을 지나서」는 형태상으로 기행시다. 현대시에서 기
행시는 의미심장한 시의 유형이다. 이 작품에서 화자의 여행은 일종의
고행이다. 그리고 이 고행은 "메마른 사랑을 깨우기 위하여" 끝없이
지속되는 것이다. 붕괴의 악마적 이미지까지 동원한 「요즈음의 시」는
자기반영적 시쓰기, 곧 시쓰기를 반성하는 시쓰기 형태로 "메마른 날"
을 극복하려는 테마를 담고 있다. 이런 붕괴의 악마적 이미지들이 무
감동, 무감각의 시와 삶을 탈바꿈시키는 충격요법으로 의도된 것은 물
론이다. "풍치가 심한 날일수록/결사적으로 생명을 삼키기를/기대합
니다"의 「風齒・2」에서 고통은 역설적으로 강렬한 삶의 의욕으로 승
화되고 있다. 「새벽은 눈을 떠서」와 「꿈」에서 드디어 신화적 재생주
의를 발견하게 되는 것은 여간 다행스럽지 않다.

　3편으로 구성된 「새벽은 눈을 떠서」에서 '새벽'은 결코 삶의 첫출
발이 아니다. 그것은 '밤'의 상황을 극복한 새로운 삶의 세계가 전개되
는 변화의 시점이다.

날마다 새벽은 눈 떠/목수들의 흐릿한 잠을 가르며/모든 사랑하
는 이들의 가슴팍에/쾅쾅 대못을 박게 한다/가슴이 패이는 지상의
여기저기서/거대한 우주가 새로 태어나고/꿈틀대는 도시의 미명에/
뜨거운 피가 흐르게 한다.

시어들이 강렬하고 충격적이다. "모든 사랑하는 이들의/가슴팍에/
쾅쾅 대못을 박게 한다"는 악마적 이미지는 밤의 가사상태를 극복하
기 위한 일종의 통과제의로서 더 이상 악마적인 것이 아니다. 여기서
잠시 하현식시의 문체와 시인의 의도를 구별할 필요가 있다. 같은 작
품의 「3」은 완전한 소멸과 붕괴와 죽음을 간절히 욕망하는 격정적 어
조로 일관한다. 그러나 이것은 퇴폐주의의 붕괴미학이 아니라 신화적
재생에 대한 시인의 간절한 갈망이 숨겨져 있다.
붕괴의 이미지들은 「꿈」에서도 지배적이다. 그러나 이 작품은 다분
히 외설적인 이미지들로써 다음과 같은 신화적 재생의 욕망으로 시상
이 마무리되고 있다.

여자들이/어지럽게 음모를 흔들며/새로운 꿈을 찾아 떠나고 있
다.

사실 그의 어두운 서정과 매우 충격적인 붕괴의 악마적 이미지들은
궁극적으로 이런 신화적 재생주의로 환원되는 것이라 해도 결코 지나
친 말이 아니다. "우리에게서/잎 떠나듯/서로 매정스레 떠나버리자/슬
프게 눈짓하던 뜻도 잊고/봄날에 잎 돋아나듯/안타까이 다가가며 서
있다"라는 「나무의 말씀」에서 재생주의는 삶의 허무를 극복하는 한
방법이기도 하다.

전통민속을 제재로 한「水營野遊」는 매우 인상적 작품이다. 우리의 고유심성에 알맞는 아이러니를 적절히 구사하면서 한을 신명으로 승화시키기는 우리 고유의 카타르시스 방법을 빠른 박자의 리듬으로 매우 생동감 있게 형상화하고 있기 때문이다. 일상적이고 세속적 이미지가 삽입된, 해학미 넘치는 선시「玉蓮禪院・1」도 잊을 수 없는 서정소품이다.

이처럼 하현식은 전연 현대시의 온갖 현란한 유행을 타지 않으면서 시가 언어예술이라는 원래의 명제를, 고유의 서정양식을 고집스럽게 지켜오고 있다. 그의 어조는 여전히 진지해서 세속적 가벼움의 현대적 생리에는 부적절한 것은 사실이다. 그래서 그의 시는 지극히 '비사교적'이다. 그러나 그의 시의 이 비사교성이 또한 여간 미덥지가 않는 것이다.

대화체와 표정의 완성

- 이석의 시세계

1.

표정 없는 인간은 존재할 수 없다. 표정은 인간을 인간답게 한다. 표정이 없으면 그는 이미 인간이 아니다. 인간만이 표정을 지닐 수 있다. 쇼펜하우어는 인간의 얼굴을 마음의 상형문자라고 했다. 얼굴을 통해서 인간의 심리상태나 인성을 알 수 있다는 것이 그의 해석학적 관상론이다. 그래서 인격의 완성이 '표정의 완성'이 이루어진다는 것이다. 얼굴이 표정이다.

그러나 표정은 가장 직접적으로 감정에 의해서 발생한다. 감정의 표현이 표정이다. 표정은 감정의 질과 양에 따라 달라진다. 그래서 감정은 개성적이다.

시는 서정양식이기 때문에 그 주체는 감정이다. 감정의 표현이 시다. 따라서 시도 일종의 표정이다.

감정은 문예학적으로 파토스적인 것과 서정적인 것으로 가를 수 있다. 파토스적인 것은 격정적이고 병적인 감정이다. 이것은 절도와 마음의 평정으로부터 벗어난 모든 것이다. 광기와 방황하는 마음의 상태다. 그리고 무엇보다도 파토스적인 것은 세계와 맞서는 자세를 전제한다. 파토스적인 감정은 자아가 세계와 적대관계를 맺고 저항적인 태도를 취하는 것이다. 20년대 초기시, 특히 상화의 시에서 이런 파토스적인 세계를 보게 된다.

그러나 서정적인 것은 우리의 마음을 부드럽게 한다. 이것은 경직된 것, 딱딱한 모든 것을 융해시킨다. 그리고 이것은 파토스적인 것과는 정반대로 자아가 세계와 적대관계를 맺지 않고 따라서 대결의 태도를 취하지 않는다. 그 대신 세계를 자아화하거나 자아를 세계화하여 일체를 이루는 태도를 취한다. 여기서는 자아와 세계가 서로를 위해 존재한다. 이것이 서정양식의 원형이다. 이석시인의 시정은 이 서정적인 것을 그 본체로 하고 있다.

> 당신은 나의 나
> 언제나 오늘이며 시작이다.
> 　　　　　　　　　－「나의 나」 중

이처럼 그의 시는 감정이 절제되고 부드럽고 고요한 서정을 환기한다. 그리고 세계(당신)는 항상 자아의 반려자로서 자아의 일부가 되거나 자아의 전부가 된다. 뿐만 아니라 자아도 세계에 동화되어 버린다.

> 당신의 눈빛 속에
> 나는 아이가 되고 어른이 되고
> 또 늙어 간다.

그의 서정적 자아는 결코 세계와 맞서지 않는다. 그는 자아와 세계를 조화의 관계에서 바라보고 있다. 조화의 태도는 그의 삶의 방식인 것처럼 보인다. 그의 정신은 동양적이다. 시적 비전, 시적 세계관이라 불리는 시정신은 자아와 세계의 조화를 추구하는 정신이다.

> 푸른 몸둥에 흰 피를 쏟으며/渾身의 힘을 다하는/한없는 바다의
> 熱意를 배우리라//오늘 이후 바다처럼 全幅으로 당신을 믿을 것이며
> /바다의 넓이로 가슴을 열어/떠도는 구름을 사랑으로 안으리라.
> — 「바다의 정」 중

그의 시의 어조는 청마시의 그것을 많이 닮아 있다. 청마의 초기시는 일상회화체 대신 한문투의 문어체를 쓰고 있다. 그의 어조는 남성적이고 가열하다. 그러나 이석의 목소리는 비록 청마의 목소리를 흉내내더라도 이것은 외형상의 유사성이다. 왜냐하면 그의 시는 청마처럼 삶의 세계와 치열하게 대결하는 가열성이 없기 때문이다. 그의 세계는 조화의 세계이며 그의 서정적 자아의 열정도 조화에의 열망일 뿐이다. 그는 근본적으로 파토스적인 것과는 무관하다. 그가 즐겨 꽃을 시적 오브제로 쓰고 있다든가 사랑을 테마로 한 연가류를 많이 쓰고 있는 이유도 여기 있다. 그는 사랑의 시인이고 그것도 조용하고 부드러운 사랑의 시인이다. 이것이 그의 중요한 시의 표정 중의 하나다.

2.

우리는 흔히 시의 진실성에 대해서 말한다. 이 진실성을 대개의 경우 성실성의 개념으로 정의한다. 성실성이란 시인 자신의 내면세계가

아무런 가식이 없이 표현되는 것을 가리킨다. 가장 직접적으로 말하면 감정의 솔직한 표현이 성실성이다. 이석은 별로 기교를 부리지 않는다. 이것이 때로 시를 너무 쉽게 쓴다는 오해를 받기도 한다. 그러나 시의 진실성은 삶의 진실성이다. 시는 허구의 모방장르가 아니라 실재성을 토대로한 실존적 장르다. 삶의 진실성이 그의 시에서 또 하나의 중요한 표정이다.

이 진실성은 자신의 참된 얼굴, 참된 표정을 탐구하는 작업이다.

> 세월이란/얼굴을 갈먹고/얼굴에 부딪히고/얼굴을 쌓아 올리고 무너뜨리는 것//……그 언제던가/누구의 房이었던가 술집이던가/순식간에 내 얼굴을 도적맞아/간신히 찾아온 기억으로/자주 얼굴을 만져본다.
>
> ─「얼굴」중

그의 갈등은 자신의 진정한 얼굴이 마멸되어 가는 삶에서 발생한다. 그는 진정한 자아의 상실에 대한 두려움 때문에 긴장하고 있다. 진정한 자아의 상실은 허구로서의 삶이며 "속 썩는 아픔의 날을"(「노목」) 살아가는 고통이 된다. 그러나 무엇보다도 그가 두려워하는 것은 진정한 자아를 상실한 삶이 "영문모르고 오늘을 사는"(「노목」) 삶이라는 인식에 있다.

시는 끊임없는 자아탐구의 표현이다. 자아탐구란 자신을 만들어가는 자기형성의 작업이다. "영문모르고" 사는 삶은 자아가 아직 제대로 확립되지 못한 상태의 삶이다. 진정한 자아의 상실도 고통이지만 개성의 불확실성도 그의 고통이다.

어느 市井 그 거리의 人足이 되어/절며 틔퉁거리는 한 마리 닭이 되어/중도 속도 아닌 詩人이 되어/오늘 오늘을 살았는가.

　　　　　　　　　　　　　　　　　　－ 서시 「사연」 중

　하나의 바람직한 아이덴티티를 획득하기까지 자기형성은 자신에 대한 끊임없는 질문을 수반한다. 이 질문은 그러나 자기회의의 고통일 수밖에 없다. 더구나 자기의 삶이 "중도 속도 아닌"불확실성의 자아로서 영위된 연속이었을 때 자기회의의 고통은 "오늘 오늘을 살았을까" 하는 절망적 비탄으로 심화된다. 그는 시에는 유난히 "오늘"이 많다. 이 "오늘"은 일관된 자아로서 연속성의 오늘이 아니라 분리되고 고립된 오늘이다. 이것은 분열된 자아를 말한다. 분열된 자아는 진정한 자아도 아니고 바람직한 자아도 아니다. 불확실성의 자아란 이 분열된 자아다. 그것은 하루하루의 순간에 순응하는 파편화된 자아다. 이 분열된 자아의 삶은 '낭비된' 삶이므로 그는 회의와 허무에 젖어들기 마련이다. 그는 자신에게 끊임없이 질문을 던지는 자기회오의 시인이며 실존적 고뇌를 시정으로 한 시인이다. 삶의 진실성을 자기회의로, 자기회의를 자기형성의 끊임없는 탐구로 고행하는 표정을 우리에게 보여 주고 있다. 그는 시란 끊임없는 자기탐구와 자기모험의 표현이라는 명제를 자신의 시학으로 삼고 있다. 이 때문에 그는 「사연」을 시집의 서시로 내세웠던 것 같다.

　진정한 자아의 정립이나 뚜렷한 자아의 확립은 그러나 인생의 궁극이 아니다. 자기를 형성하고 형성된 자기를 넘어설 때 인생이란 완성되는 법이다. 여기서 '표정의 완성'이 이룩된다. 이 완성된 표정에 우리는 흔히 달관이나 선(禪)이란 이름을 붙인다. 이것은 이석이 보여주는 또 하나의 시적 표정이다.

3.

　달관은 단순한 체념도 자기멸각도 아니다. 달관은 시간을 영원히 하고 허무를 극복하는 지혜다. 여기서 서정적인 것은 과거와 현재를 상호동화시킨다. 과거가 현재 속에 동화되고 현재가 과거 속에 동화된다. 시간의 흐름에도 동일성을 발견하는 시선이 달관이다. 서정적인 것은 자아와 세계를 상호동화시킬 뿐만 아니라 과거와 현재도 구분할 수 없는 것으로 융합시킨다.

　　　歷史도 人生도/모두가 떨어지고 敗亡하는/하나의 意味/아니면 記憶일 뿐이다//落花岩/벼랑에서 떨어진 宮女는/봄날의 落花와/무엇이 다를까//저 벼랑에는/千年을/떨어지고 떨어져도/죽지않는 女人들의/숨소리가 들린다.

　　　　　　　　　　　　　　　　　　　　　－「낙화암」중

　이것은 회고조의 노래다. 그러나 이 회상적 자아의 어조는 감상에만 머물러 있지 않다. 낙화암의 그 엄청난 역사적 비극은 오늘날 우리에게 "하나의 의미"나 "기억"으로만 남아 있다. 그것은 "봄날의 낙화" 정도의 하잘 것 없는 사건으로 보인다. 그러나 회상적 자아는 그 비극을 허무로 무화시키지 않는다. 그의 마음 속에 그 비극은 "천년을/떨어지고 떨어져도/죽지않는 여인들의 숨소리"로 살아 있다. 그것은 아득한 시간의 흐름에도 관계없이 영원한 자기공일성(自己共一性)으로서의 영원한 생명이 되고 있다. 그것은 한 순간의 사건이지만 영원의 차원이 되고 있다. 회상적 자아의 달관은 과거와 현재를 동화시켜 역사와 인생의 일체를 허무 속에 빠트리지 않고 영원의 생명력을 부여하고 있는 것이다. 그래서 그의 어조는 회고의 일반적 양상과는 달리 허무의 감상을 극복하고 서정적인 것이 되고 있다.

　달관은 모든 것을 포용하는 태도다. 달관의 세계는 갈등이 없다. 갈등이 처음부터 배제되어 있는 것이 아니라 갈등을 극복한 뫃으로서의 조화가 있는 것이다.

> 　어느날 바람을 맞고/삐끄덕거리던 門이/이제는 닫히지 않고 펄럭거린다/열리지 않는 門의 안타까움보다/닫히지 않는 門이 더 괴롭다//힘차게 쾅쾅 닫히던 門이/門의 구실을 못하니/드나드는 사람을 가릴 수 없다//모두가 힘겹게 열고 닫는/자신의 門을 버리고/크고 빛나는 門안에 모여 산다면/스스로 열고 닫을 괴로움은 없다.
> 　　　　　　　　　　　　　　　　　　　　　－「문1」

　전체 4연 12행 속에 시인은 삶의 전형적 태도를 아주 탁월하게 집약하고 있다. 여기서 우리는 세 가지 세계와 이 세 가지 세계의 변증법적 관계를 볼 수 있다. "열리지 않는 문"과 "닫히지 않는 문"과 "크고 빛나는 문"이 그것이다. 문은 자아와 세계가 만나는 통로다. 그러나 열리지 않는 문은 인간의 이런 본질적 삶의 양상인 만남을 불가능하게 한다. 그것은 삶을 소외와 고립성으로 몰아 넣는다. 닫히지 않는 문은 자아와 세계의 '진정한' 만남을 불가능하게 한다. 그것은 진정한 자아를 잃은 허구적 자아들의 만남인 일상적 삶이다. 진실성이 없는 삶이기에 시인에게 닫히지 않는 문은 더 괴로운 것이다. 마지막 연에 와서 화자의 태도는 달관의 그것으로 승화된다. 세 번째 문은 열리지도 닫히지도 않는 고장난 문이 아니라 크고 빛나는 문이다. 여기에서만 자아와 세계는 진정한 만남 속에 아무런 갈등이 없이 나와 너이면서 나와 너가 일체가 되는 삶의 차원을 이룩하게 된다. 여기서 자아는 허위적 자아도 무개성적 자아도 아니고 자신의 아이덴티티를 서로 진솔하게 공유하는 몰개성으로 승화된다.

> 사람은/自身의 空間을 메우다가/메울 힘을 잃어가서/많은 空間을
> 喪失한 끝에/永遠의 空間 속으로 사라진다.
>
> ─「공간」 중

인간이 끊임없이 자아를 만들어 가고 드디어 이 자아를 극복하여 "영원의 공간"으로 이르기까지의 여정이 우리의 인생이다. "크고 빛나는 문"과 "영원의 공간"에서 인간의 표정은 완성되고 서정적인 것의 절정에 우리는 다다르게 된다.

이 완성된 표정의 자아는 선(禪)의 자아다. 이 자아는 매우 역설적인 존재다. 왜냐하면 그는 기나긴 고행 끝에 표정의 완성에 도달한 종말의 자아이면서 시발의 자아이기 때문이다. 시발의 자아란 동심의 자아다. 선의 자아는 이 동심의 자아를 되찾았을 때의 자아다. 그리하여 서정적인 것은 이제 시발과 종말을 상호동화시킨다.

> 三月의 太陽/둥그런 微笑/어릴 적 본 童話의 그림//노오란 개나리
> 맨 먼저 所願을 풀고//햇살이 간지러워 못견디는 나무들/몸살이 난
> 다/오늘 하루 따스한 햇볕을 먹고/놀놀하게 낮잠을 잘까
>
> ─「개나리」

이 시의 마지막 연에서 우리는 완성된 표정의 선의 자아를 보게 된다. 그러나 이 자아의 표정 속에 동심의 자아라는 또 하나의 표정이 함축되어 있는 것을 우리는 발견할 수 있다. 그것은 아이이면서 어른의 이중적 표정이다. "아이는 어른의 아버지"라는 워즈워드처럼 아이는

인간에게 변하지 않은 자기동일성으로서 한 인간의 원형이 된다. 이 원형은 변용되고 왜곡되었다가 선의 자아에서 다시 회복되는 것이다.

　　놀놀하게 낮잠을 잘까

　이 영원하고 평화로운 휴식은 그러나 인생의 긴 여정을 지나온 고행자에게만 부여되는 보상이다.

　4.

　시는 원래 독백적 자기표현이다. 독백은 은밀한 자기만의 세계를 나타낸다. 그것은 타인에게 공유할 수 없는 극단으로 치닫기도 한다. 그러나 이석의 작품세계는 독백체가 아니라 대화체다. 그의 시에는 항상 나와 너가 있고 나와 너의 말건넴이 있다. 동시에 이 나와 너는 자아와 세계로 구분존재이면서 일체가 되는 조화의 세계를 구축한다. 그의 시적 자아는 항상 우리의 일상 주변에서 친근하게 느껴지고 쉽게 접근할 수 있는 매우 소탈한 인간이다. 때로는 너무 단순하고 때로 너무 나이 많은 인간의 표정을 짓고 있지만 그의 시적 자아는 조용하고 따스한, 달관한 서정적 자아로서 오늘 우리 앞에 존재하고 있다. "서로 거리없이 살 수 있는 인생은 없을까"(「거리」) 하고 이석은 오늘도 우리 앞에 서성거리고 있다.

서정주의와 삶의 껴안기

—김정자의 시세계

1.

찌는 듯이 무더운 여름의 어느 날 난데없이 김정자교수가 50여편의 시작품을 들고 내 연구실로 왔을 때 나는 무척 놀랄 수밖에 없었다. 현대소설의 문체론을 전공하는 김교수가 시를 쓰리라고 전혀 생각하지 않았기 때문이다. 더구나 여성문제연구소의 소장직을 맡으면서부터 더욱 남성중심의 전통사회 모순들을 필요 이상으로 비판하고 있는 페미니즘 비평가이기도 한 김교수가 그 바쁜 총중에도 남몰래 시를 써왔다니, 놀라지 않을 수 없었다.

그러나 정작 놀라운 일은(놀랍다기보다 감동적이었다) 김교수에게 시쓰기가 결코 餘技가 아니라는 사실이었다. 자작시 한 편 한 편 모두가 어쩐지 김교수의 분신들이라는 인상이 깊이 뇌리에 각인되면서 점점 나를 사로잡아가기 시작했다. "글을 쓰지 않으면 너는 죽을 수밖에 없는가, 쓰지 않고는 못 배길, 죽어도 못 배길 그런 內心의 요구가 있다면 그때 너는 네 생애를 이 필연성에 의해 건설하라"고 릴케는 말했다. 그렇다. 김교수의 한 편, 한 편의 시는 바로 '내심의 목소리'이자 절규였다.

내심의 요구에서 나온 만큼 김교수의 시는 전형적인 서정시다. 서정시의 '서정'은 관점에 따라 다양하게 해석되고 문학사의 각 시기마다 의미의 강조점이 주어지는 역사적 국면을 띤다. 김교수의 경우 서정은 개인적 감정에 진실한 것이다. 다시 말하면 김교수의 서정은 어디까지나 사적이고 개인적이다.

장르의 선택, 곧 형식의 선택은 운명의 문제라고 한다. 형식이 왜 운명의 문제인가. 내심의 요구에서 시가 탄생되는 필연성도 하나의 운명이듯이 내심의 요구는 서정시에서만 생명적인 것이 되지만 서사문학이나 국문학과 같은 다른 형식들 속에 들어가면 죽어 버리는 것이다. 따라서 김교수에게 서정시 선택은 필연적인 것, 곧 운명적인 것이다. 이것이 김교수가 왜 시를 쓰고 시인이 되고자 했는가의 비밀을 푸는 원론적 해답이다.

2.

김교수의 서정시를 연가류로 규정하는 일은 어렵지 않다. 사랑이 가장 지배적인 서정이 되고 있기 때문이다. 사랑은 시쓰기의 모티브이고 시상 전개의 원리이고 작품의 통일성을 이룩하는 바탕이다. 그러나 <추억과, 고향과, 사랑과 …>에서 사랑은 단순히 서정의 수준에만 머물러 있지 않다. 이 시의 서정적 자아는 사랑에 처단된 존재다. 사랑은 인간조건이며 본질이다. 다시 말하면 '나는 생각한다'이기 때문에 인간이 아니라 '나는 사랑한다'이기 때문에 인간이다.

> 나의 사랑이 / 소낙비처럼 쏟아지는 / 별빛으로 빛날 때도 / 바다는 또 그렇게 현기증을 느끼며 / 맨몸으로 어두운 가을 언덕을 / 오르고 싶어 했다 / 추억은 / 강 속에 누운 산자락처럼 / 거대하고 조용한 몸짓으로 / 내 삶의 가을 붙들어 안고 / 이승 끝으로도 / 지우지 못 할 사랑으로 하여 / 마냥 / 목이 휘인다.

서정시에서 사물은 서정적 자아와 무관하게 존재하는 객체가 아니다. 그것은 본질적으로 자아화된 존재로 변용된다. 이 시의 '바다' 이미지가 그것이다. 이 이미지는 단순한 수사적 장치가 아니라 사랑에 처단된 서정적 자아를 매우 효과적으로 형상화한다. 이런 사랑에 처단된 서정적 자아의 의미는 이 시의 경우 "지우지 못 할 사랑"으로 직접 진술되고 있는데 연가류의 서정시가 회상형식을 취하는 것은 필연적이다.

회상형식에 의존한 이런 "지우지 못 할 사랑"의 테마는 <편지>에서도 연속된다.

> 가을이 아뜩하게 / 떨어져 내리는 / 하왕십리 묵은 은행나무들의 / 숲을 지나면서 / 내 어린날의 사랑을 / 칭얼대듯 고백하던 / 추억의 설레임들이여 // 知天命의 나이에 / 아직도 / 갈대처럼 서걱이는 사랑의 언어들이 / 남았음인가. // 열병처럼 떠돌던 / 가슴 한 쪽에 / 아직도 작은 촛불들이 / 꺼지지 않았음인가.

서정적 자아의 추억 속에 어김없이 등장하는 것은 사랑에 처단된 자신의 모습이다. 여기서 주목되는 점은 이 사랑이 시간의 흐름에도 소멸되지 않는 '지우지 못할 사랑'이라는 사실이다., 다시 말하면 사랑은 서정적 자아의 통시적 동일성을 이룩하는 실체다. 기억은 자아의 통시적 동일성을 발견하고 이 발견은 다름 아닌 자아의 발견이다. 이 자아의 시적 의미가 이 시편의 경우 사랑의 서정이다. 서정은 인간이 자신의 진실한 정체성*identity*을 탐구하고 발견할 수 있는 수단이지 않은가.

그러나 연가류의 서정적 자아가 체험한 사랑은 심상치 않다. 왜냐하면 여기서의 사랑은 우리의 선입관이나 상식을 해체하기 때문이다. 사랑이 '반드시' 이와 대립되는 감정을 수반하든가 부정적 상황을 동반하는 모순된 복합감정으로 제시되는 데에 연가류의 특징이 있다. 이것은 김교수가 <자서>에서 "사랑한다는 것과 미워한다는 것"을 똑같이 "두 갈래의 아름다운 정서"로 규정한 데서 이미 시사된다. 사랑이 인간조건이고 본질이라면 이런 모순율은 인간존재와 삶의 모순인식과 등가됨은 말할 필요 없겠다. 사랑이 그리움으로 변주된 <친구>에서 사랑은 "얼음 터지는 아픔"과 구분되지 않는다. 그래서 이 연가류는 다음과 같이 모순어법의 역설을 획득한다.

이 황홀한 서러움이여

사랑은 뜨겁고도 차가운 것이며 감미롭고도 고통스러운 것이다. 이 모순된 복합감정에 의하여 서정적 자아는 더욱 충일한 감정에 사로잡힌 존재가 되며 심지어 자학적이리만큼 이 복합감정을 향유하는 모순된 존재가 된다. 사랑을 인연의 동양적 형이상학과 결부시킨 <이별>에서도 사랑은 "내 심장을 / 쪼아도 되는" 고통을 담보로 하고 있으며 <연가>에서는 "앙금으로 / 뒤엉키는 / 아픔"이기도 하다. 사랑은 또한 소외·단절의 서정과 맞물려 있다. <잠 못 이루는 江>에서 사랑은 서정적 자아와 사물, 사물과 사물 사이의 교감되지 않는 진한 소외의 서정으로 채색되기도 한다.

부재하는 님을 그리워하는 것, 기다림의 인고 속에 사는 것은 우리 시가가 묘사한 전통 여인상이다. 연가류에서 이런 전통 여인상을 찾아볼 수 없는 것은 흥미 이상의 관심을 불러 일으킨다. <마중>에서 서정적 자아는 님을 기다리는 수동적이고 정적인 존재가 아니라 적극적으로 "그리운 이를 만나러" 가는 동적 존재로 등장한다. 그래서 <겨울여행>에서 사랑은 불안정한 것, 방황하는 것, 완성될 수 없는 것으로 정의된다.

> '사랑은 방랑을 좋아해 / 여기저기로 정처없이 헤매도록 / 신이 그렇게 마련하셨지' // 빌헬름 밀러의 / 시를 노래하며 / 사랑하는 이에게 / 이별을 고하듯

사랑에 처단된 이 서정적 자아에게 사랑은 끊임없이 방황해야 하는 운명의 형식이다.

사랑이 한없이 채워도 충족되지 않는 욕망일 때, 서정적 자아는 운명적으로 고뇌하는 존재가 된다. 욕망으로서의 사랑은 타자를 '소유'하려는 것이고, 끝내 충족되지 않는 불완전한 것이기에 서정적 자아를 항상 불안하게 하고 방황하게 한다.

> 한없이 채워도 / 끝없는 갈증만 / 가슴을 태운다 // 자아의 손짓으로 / 끈끈한 집념은 / 고독한 단절의 늪으로 / 무너져 내리고 // 소유와 사랑은 / 혼돈의 슬픔에서 방황한다.
>
> —<사랑> 중

여기서 서정적 자아가 욕망이고자 하는 자아와 욕망 아니고자 하는

자아로 분열되는 내적 갈등이 연가류의 근본구조로 형성된다. 이 내적 갈등은 <사랑의 미메시스>의 경우 다분히 자학적인 어조의 자기반성으로 심화된다.

> '사랑이란 타자를 / 소유하려 함이 아니고 / 타자에의 자유로 해석되어야 한다' // 이 작은 미메시스의 논리조차 / 깨우치지 못 하는 / 새벽으로 하여 / 세계와 타자는 / 사랑 하나 / 다스리지 못 하는 / 어리석음을 / 차갑게 조롱할 뿐이다.

김교수의 서정시에서 인용문을 독립된 연으로 설정하는 삽입형식은 구조적 특징으로서 눈길을 끈다. 이 인용문들은 모두 삶을 통찰한 잠언 성격의 사색적 글들이다. 작품세계에 대한 시인의 지적 개입의 형태가 되는 셈이다. 인유와 함께 이런 삽입형식의 상호텍스트성이 구조화됨으로써 주제를 효과적으로 형상화하는 기능을 수행한다. 이 작품에서도 삽입형식은 욕망으로서의 사랑이 다름 아닌 자기집착 또는 자기미망의 어리석음임을 일깨우는 데 기여한다.

이처럼 연가류는 아픔과 비애와 고통을, 방황과 좌절과 고뇌를 수반하는 어두운 그림이 되고 있다. 이런 점에서 <고개를 넘으면 …>은 연가류가 필연적으로 도달해야 하는 일종의 대단원이라고 볼 수 있다. 왜냐하면 이 작품은 구원의 문제와 연관되기 때문이다. 이 구원의 문제는 다음과 같이 동경의 형식으로 제시된다.

> 고개를 넘으면 / 반짝이는 / 추억과 사랑들이 / 오손도손 / 머리를 맞대고 / 아름답게 / 사는 / 세상이 있을까 // 이 고개를 넘으면 / 미움과 애증이 / 서로들 부끄러워하며 // 하룻밤에도 / 천만 번 / 미워했다 사랑했다 / 엇갈리어 / 술렁대는 세상이 없는 / 아름다운

마을이 / 있을까.

　　가정법으로 일관된 이 작품세계는 표층적 주제로는 서정적 자아가
동경하는 이상세계다. 동경이란 무엇인가. 물론 동경은 삶의 전체에
대한 근원적이고 심원한 태도이자 새로운 체험의 가능성이 더 이상 필
요로 하지 않는 궁극적 범주다. 그러나 동경의 의미는 여기서 끝나지
않는다. 동경은 서정적 자아의 현재의 실존을 '지양'하게 할 뿐만 아니
라 자신을 영원한 가치로 구원하는 영혼의 형식이기도 하다. 말하자면
동경은 자아의 문제를 떠나서는 무의미하다. 사랑이 더 이상 갈등을
수반하지 않는 이상세계는 "욕망을 / 잠 재울 수" 있을 때만, 그러니까
욕망으로서의 사랑을, 타자를 소유하려는 욕망을 극복했을 때만 비로
소 의미를 지니는 세계다. 그래서 이 작품은 다른 연가류들이 보인 갈
등의 과정 끝에 놓이는(그리고 놓여져야 하는) 것이다.

　　연가류의 사랑의 주제는 삶을 성찰하는 인생론이다. 연가류는 어두
운 내면풍경이다. 연가류에서 사랑이 왜 증오, 좌절, 소외, 방황 등 대
립감정들과 융합된 어두운 내면풍경이 될 수밖에 없는가 하는 의문은
2부 이하에 수록된 일련의 자전적 성격의 서정시편들에서 풀려진다.

　　3.

　　2부 이하의 서정시들은 두드러지게 자전적이고 고백적인 성격을 띠
고 있다. 시인과 시의 서정적 자아를 동일시하는 개성론과 이 양자를
구별하는 몰개성론은 시사에서 공존하거나 특정의 시기에 어느 한쪽
이 우세해지는 역사적 국면을 지닌다. 허구적이고 극적인 인물을 통하

여 말해지는 몰개성론의 시와는 대조적으로 시인의 목소리로 말해지는 개성론의 시는 필연적으로 자전적이고 고백적일 수밖에 없다.

2부 이하의 서정시들이 전기적 사실에서 촉발되기 때문에 사회역사적 사건으로부터 동기가 부여되는 객관적 사실성과 달리 주관적 사실성의 성격을 띠게 마련이다. 상상적 형식으로서 서정시를 가장 사적인 장르로, 곧 서정시의 '서정'을 어디까지나 개인적이고 사적인 것으로 보는 신념은(낭만주의자들이 대표적으로 지닌) 사회적이거나 정치적 내용의 서정에는 원래 인색한 법이다.

자전적이고 고백적이기 때문에 2부 이하의 서정시들의 목소리는 보다 진술하다. 이것은 시적 진술이 시어의 한 특징인 은유를 별로 채용하지 않고(비유를 사용한 경우에도 인식적인 측면에서나 수사적 측면에서 전경화되지 않는다) 직서법, 곧 직접적 진술로 일관하고 있는 사실과 무관하지 않다. 어두운 내면풍경의 연가류처럼 자전적·고백적 시들은 비애를 주조로 하고 있으며 이 비애는 남편과의 사별이라는 전기적 사실의 필연적 산물이다. 다시 말하면 남편의 죽음은 자전적이고 고백적인 서정시에서 변주적으로 반복되는 모티브이다.

> 울음 소리 한 번 크게 들려 드리지도 못 한 / 아빠의 영면 앞에서
> / 막내야, 네 통곡 소리를 어찌 저승인들 / 잊고 가시겠느냐? / 가
> 을 햇살보다 / 눈부신 들국화에 싸여 / 輓章 휘날리는 가을 하늘도
> / 네 눈물을 서러워하고 있었던 것을.

선택된 제재의 성격상 심리적 거리가 짧을 수밖에 없는 이 서정시는 매우 감상적이다. 막내의 슬픔을 매개로 하여 아내로서의 비애가 보다 진술하고 자연스럽게 환기되고 있다. <딸들>에서는 이 비애가 모성

애와 융합되어 짙은 연민의 서정으로 채색되기도 한다.

전기적 사실에서 촉발된, 극히 사적이고 개인적인 서정이므로 서정적 자아의 목소리는 가정이나 주변의 일상적 삶의 테두리에서만 맴돈다. <친정 아버지>의 경우 비록 다른 종류의 이별이고 이 다른 종류의 이별을 여성의 운명적 질곡으로 깊이 천착하지 못한 아쉬움은 있지만 비애의 서정 속에 이것을 여운처럼 담고 있다. 그러나 <宗婦>에서는 서정적 자아의 페미니즘이 비애의 서정을 압도한 점에서 그리고 보다 사실주의적인 면에서 매우 주목된다.

> 저문 들판의 끝에서 / 조상에게서 물려받은 것은 / 낡은 전셋집과 / 어린 딸들뿐이다 / 宗會, 曺宗會, 曺宗契 ······ / 曺氏 가문의 서슬푸른 모임들은 / 권위와 허욕의 도포자락 속에서 / 거센 목청들만 / 포말을 일으키며 / 허공을 내젓는다 // 아득한 / 하늘에 / 별들은 더 추워 보이고 / 눈물 고인 / 종부의 시린 허리에 / 술렁거리는 족보만 고독할 뿐이다.

'종부'로서의 이미 운명 지워진 서정적 자아의 감상적 자기연민의 태도가 남성중심의 전통사회에 치열하게 도전하는 페미니즘의 보편성을 획득하기에는 미흡하지만 페미니즘의 형태로 서정적 자아의 비애와 고뇌가 보다 리얼리티를 띠고 있는 점이 예외적이다.

3부의 서정시들은 자전적이고 고백적인 시들이라는 점에서 2부와 연속된다. 그러나 3부의 서정시들은 시인이었던 남편의 죽음의 충격으로부터 벗어난 점에서 2부의 시세계와 변별된다. 서정적 자아의 목소리가 차분해진 심리적 거리를 유지하면서 사색적 성격을 띠는 것은 이 때문이다. 말하자면 3부의 시편들은 2부 시의 후일담이 되는 셈이다. <가을 햇살 속으로 …>의 제재는 남편의 죽음이다. 그러나 과거 시제를 채용함으로써 심리적 거리를 유지하는 서정적 자아의 차분한 어조는 "삶이 죽음보다 어찌 못 한 거냐고"의 푸념처럼 죽음의 의미를 성찰하는 놀라운 태도를 나타낸다. 사색의 이런 심리적 거리가 오히려 서정적 자아의 목소리를 효과적으로 더욱 서정적이게 한다. "죽음은 단순한 무가 아니라 / 소유할 수 없는 신비"라고 죽음을 정의하고 있는 <가슴 터지는 소리>는 보다 사색적인 깊이를 보인다. 이 시는 두 번이나 서정적 자아의 통찰을 독립된 연으로 분리시킨 삽입형식에 의해서 서정적 자아의 사색을 전경화하고 있다.

여기서 또 하나 주목되는 것은 이런 죽음의 성찰이 삶의 성찰을 유도하고 있는 사실이다. 이것은 전체 서정시들의 구도에서 여간 의미심장하지 않다. 왜냐하면 <원망>과 <虛像>처럼 자아와 세계에 대하여 부정적 태도를 가지는 갈등도 보여주지만 죽음의 성찰에서 촉발된 삶의 성찰이 서정적 자아가 삶의 긍정과 세계수락의 태도를 획득하게 되는 계기가 되고 있기 때문이다.

> '행복'이란 / 연장된 고통과 / 지연된 약속 속에서 전개된다'는 / 아도르노의 고마운 / 목소리를 들으면서 / 이 남쪽 햇살을 / 주신 / 하느님께 감사했다. // 가장 행복한 것은 / 가장 고통스러운 약속들을 / 허여받음으로써만 / 가능한 것이라고.
>
> —<가장 행복한 것은> 중

이 낯익은 통찰로부터 서정적 자아의 승화된 모습을 읽는 것은 어렵지 않다. 딸에게 삶의 과정과 의미를 가르쳐 주는 담화형식의 <통영 바닷가에서>도 "저녁놀 비낀 / 방죽 끝에서 / 삶이란 / 내일 또한 /

아름답게 열리는 / 오늘로 맞이해야 함을 // 너는 이제 / 선연히 알아야 하느니 …"처럼 서정적 자아의 표정은 여간 밝지 않다. 삶의 이런 긍정적 태도는 <수녀원의 봄>에서는 세속적 삶을, <아름다운 세상>에서는 평범한 일상적 삶을 껴안고 가치를 부여하는 밝은 서정으로 형상화된다.

4.

혼히 감정은 여성적 경험형식으로 간주된다. 이것은 남성중심의 편견인지도 모르지만 김교수의 경우 감정은 삶의 한 본질적 양상이다. 사실 감정의 형식은 경험의 형식을 대표하고 이념화한다. 김교수의 서정주의의 시적 태도는 반서정주의와 거칠고 속악한 정서가 지배적인 오늘날 하나의 의미심장한 의의를 가진다 하겠다. "기쁨은 / 천연한 슬픔으로써만 / 그 이름을 남길 수 있다고 …"(<살아 있다는 것>)처럼 연가류의 그 모순된 복합감정은 자전적이고 고백적인 개성론의 서정시들이 띠고 있는 진솔한 목소리와 함께 우리에게 신뢰할 만한 리얼리티와 깊은 공감을 느끼게 한다. 다시 한 번 강조하여 말하지만 김교수의 서정시들은 모두 그의 아픈 분신들이다. 어떤 체험적 충격에도 인격이 분리되지 않고 삶의 갈등과 모순을 껴안는 태도가 여간 미덥지 않다. 이것이 김교수를 불가피하게 시인을 만들고 있다.

우수의 형이상학

— 이영일 시집 『내 사랑 우수의 마적』

1.

시집에 비평가의 해설을 수록하는 것은 이제 하나의 관습이 되고 있다. 이 해설은 일종의 안내비평이다. 그러나 이영일의 세 번째 시집 『내 사랑 憂愁의 魔笛』(빛남)에는 이런 해설이 없다. 그 대신 <詩란 憂愁와 같다>라는 제목으로 시인 자신의 시론을 피력하고 있다. 물론 시인의 시론은 독자의 다양한 작품수용을 시인이 의도한 방향으로 제한하는 선입관으로 작용하기 쉽지만 공감을 획득하는 데 여간 유효하지 않다.

그의 시론을 요약하면 다음과 같다. 첫째로 그는 시를 현실과 꿈의 변증법적 대립의 긴장 가운데 놓이게 한다. 여기서 그는 시를 "존재의 시원(始原)"에 대한 동경으로 정의한다. 둘째로 그는 시를 내면세계와 외부세계의 끊임없는 교류를 통해 순간적으로 나타나는 모든 '현상형'을 포착한 것으로 정의한다. 그래서 그의 시문법은 몹시도 현상학적이다. 원래 서정장르란 순간의 내면상태를 표현하는 것이 그 본질적 특징이다. 중요한 것은 이 순간의 시학이 형식의 문제와 필연적 연관성을 갖고 있는 사실이다. 그러나 가장 주목되는 그의 시론은 시쓰기를 특이하게 "일종의 질병"으로 규정한 데 있다. 첫 번째의 명제와 분리될 수 없는 이 규정은 그의 시의 지배적 초상이 왜 '우수'의 서정인지를 시사한다.

4부로 배열된 총 65편의 작품들은 이 세 가지(실제로 그는 4가지 시관을 제안하고 있지만) 시론의 그물에 붙잡힌다. 말하자면 그의 시편들은 자신의 시론들을 실천한 다양한 변주들이다.

2.

Ⅰ부의 시편들은 대부분 연가류의 서정소품들이다. 신서정을 창조한 이 연가류의 두드러진 서정주의는 동양적 사유를 보인 Ⅱ부의 명상적 서정시와 그리고 전통서정이 우세하고 현실적 관심을 보인 Ⅲ부의 시편들과 흥미 있는 대조를 이룬다.

> 내 사랑은 / 우수의 마술피리 // 살과 뼈를 녹이며 / 시나브로 타오르는 / 쓰라린 우수 무늬 // 그 수맥에 / 입술을 스트로처럼 꽂고 // 참다랗게 / 갈매빛 목숨을 / 뿜어 올리는 / 넋의 분수 // 내 사랑은 / 우수의 마술피리.

이 표제시 <내 사랑 우수의 마적>은 시인이 '서시'로 선정할 만큼 그의 시론을, 그러니까 그의 시적 세계의 특징들을 집약한 작품이다. 유기적 형식은 목적론적 세계관과 상응하는 시형식이다. "내 사랑은

/ 우수의 마술피리"라는 주제문이 프롤로그이자 에필로그인 이 수미쌍관의 튼튼한 유기적 구조에서 '우수'의 형이상학적 의미로 우리의 관심을 초점화한다. 우수의 서정은 그의 시편들에 일관하는 주조다. 그의 시론대로 시쓰기가 우수라는 일종의 질병이라면 이 우수의 서정이 그의 시적 세계관의 인덱스임을 쉽게 간파할 수 있다. 왜 "내 사랑은 / 우수의 마술피리"인가?

짧은 시행의 행갈이는 서정주의적 태도에 적합한 호흡이다. 이 내재율이 또한 그의 시편들을 지배한다. 서정시는 원래 압축의 원리가 고유한 문법이다. 시인도 이것을 미적 수준의 '제어능력'이라고 부르면서 강조한다. 이 서시에서 압축성은 한 개의 원관념에 3개의 보조관념이 연결되는 확장은유의 구조로 전경화된다. 시적 언어인 은유는 우수의 서정과 필연적 관계를 맺고 있다. 다시 말하면 그의 은유 역시 형이상학적 의의를 함축한다.

그의 시의 우수는 상실감 내지는 부재감이다. 좀 더 정확히 말하면 '존재의 시원'이 상실되는 부재화의 징후다.

> 유리 마스크를 / 입에 낀 / 오 / 하느님 // …(중략)… // 어디로 가시나이까.

신약성경의 한 구절을 인유한 이 <새벽 하늘>에서 '하느님'이 '존재의 시원'을 상징한 이미지임은 물론이다. 시인의 현실인식이란 오직 존재의 시원이 더 이상 존재할 수 없는 상황의 인식이다. 그의 많은 시편들에서 "반딧불이 같은 사람 없나요"(<사라지는 반딧불>), "다 떨어진 세상의 / 텅 빈 그리움마다"(<사랑이여·1>), "바다는 사라진다"(<환상바다>) 등처럼 부재가 시쓰기의 모티프로 반복되고 있는 것은 너무도 당연한 귀결이다.

그러나 우수는 시원 상실의 단순표상이 아니다. 우수는 존재의 시원을 망각하거나 상실한 데서 오는 서정인 동시에 그 망각되고 상실된 존재의 시원에 대한 동경이다. 이것이 시란 "존재의 시원에 대한 그리움"이라고 정의한 그의 시론의 거점이자, 연가류의 정체다. 다시 말하면 우수는 동경과 구분되지 않는 모순율의 복합표상이다. 그래서 시인은 우수를 껴안고 우수를 조장한다.

> 다 떨어진 세상의 / 텅 빈 그리움마다 / 점점이 찍히는 / 너의 붉은 입술 // 사랑이여 해골같은 슬픔을 / 번쩍 안아 올리는 / 가을 속으로 / 네가 살아서 또 돌아오는구나.
>
> ─<사랑이여·1> 중

"해골같은 슬픔"의 비유는 기상(奇想)이라기에는 매우 부자연스럽지만, 시인이 근원의 부재감인 우수를 껴안고 조장하는 모순된 시적 태도를 자신의 시론에서 '왁진의 접종'에 비유한 것은 매우 적절하다. 여기서 다분히 하이데거적 역설을 예감하게 되는 것은 우연이 아니다. 사실 시인이 존재의 근원을 '하느님'으로 상징했을 때 이미 하이데거의 존재의 현상학으로서의 시론을 감지할 수 있었다. 왜냐하면 하이데거의 본질적이고 근원적이며 신비로운 것으로서 '존재'는 신이나 고향의 시적 이미지로 표상되기 때문이다. 그의 연가류에서 하이데거의 시론처럼 시인은 다름 아닌 존재를 탐구하는 자다.

> 수평선에 가까이 좀 더 가까이 / 다가가면 갈수록 / 자꾸만 나는 멀어진다 / …(중략)… / 이 세상 어디에도 존재하지 않는 수평선 ─ / …(중략)… / 그리워도 소리치지 않는 내 가슴 / 폐선이 떠 있

듯이 / 그렇게 호올로 수평선으로 남았다네.

―<수평선> 중

존재의 시원에 대한 동경은 <먼 그대>에서는 유년세계의 동경으로, <바다를 사랑하는 이유>에서는 무위자연의 경지에 대한 동경으로 단순화되지만 여기서는 낭만적 이로니, 곧 우수와 동경의 모순율로 이중화된다. 무엇보다도 시어(언어)와 함께 시인(인간)을 '존재'의 진리에 접근하는 방법론적 통로로 규정했듯이 이 작품의 시적 자아가 자신을 존재의 시원의 흔적으로 인식하고 있는 점이 주목된다.

우수는 존재의 시원이 더 이상 현실이 아니라는 인식이다. 다시 말하면 존재의 시원은 내면화되어 이념형으로만 남아 있다.

내 청춘 / 안개 속으로 / 사라진 것이 아니라 / 안 보일 뿐이다.

―<내 청춘> 중

그것은 환상세계의 형태로만 (<환상바다>) 부활될 수 있을 뿐이다.

우수와 동경의 모순율은 시를 현실과 꿈의 변증법적 긴장 속에 두는, 그의 시론의 제일명제와 자연스럽게 연결된다. 이런 점에서 그의 연가류는 지난한 형이상학적 욕망, 곧 현실을 담보하면서 존재의 시원을 동경하는 안타까운 표정들이다.

너는 아직 어둠도 빛도 / 아니다 / 새벽 어스름 / 가슴 설레이며 찾아오는 / 신의 입김 / 이다 / 우주의 적요한 꿈에 취해 / 천지간에 한순간 사라지는 / 황홀한 현기증 / 이다 / 아직은 죽음도 생명도 / 망각한 채.

―<먼 동>

여기서 '먼동'(이것은 이영일의 호다!)의 이미지는 시인의 독특한 개인적 상징으로서 존재의 시원을 가리키는 의미심장한 기호다. 그러나 이 시의 주조는 세계(현실)에 부재하는 존재의 시원이 다시 도래하기를, 그러나 그 불가능을 꿈꾸는(그래서 "내 사랑은 / 우수의 마적"이라고 할 수밖에 없었다) 안타까움이다. 이 안타까움은 해체주의적 망설임과 함께 "한 순간 사라지는 / 황홀한 현기증"의 모순어법으로 극명하게 드러나고 있는 것이다. 중요한 점은 이 모순어법 그 자체가 이 시의 경우 은유인 사실이다. 은유는 근원어가 아니다. 은유는 근원어로부터 떨어져 나간 변두리언어다. 다시 말하면 은유는 본질이나 고유성 그 자체가 아니다. 본질이나 고유성의 부수적 속성(유사성)에 의해서 본질이나 고유성을 간접적으로 표상하는 언어다. 이처럼 간접적 방법으로나마 본질이나 고유성을 표상하기 때문에 은유는 또한 격상되는 것이다. 다시 말하면 근원에 대한 형이상학적 욕망 때문에 은유는 격상되는 것이다. 이영일 시인의 작품에서도 모순어법과 함께 은유는 존재의 시원에 대한 간접증명의 시적 장치다. "황홀한 현기증"과 함께 또 하나의 은유인 "가슴 설레이며 찾아오는 / 신의 입김" 역시 신으로부터 인간성이 소외된 것, 곧 존재의 시원이 상실된 인식을 통해 간접적으로 존재의 시원에 대한 형이상학적 욕망을 드러내고 있다. 여기서 이제 우리는 자연스럽게 Ⅱ부의 명상적 시편으로 옮겨갈 수 있다.

3.

존재의 시원을 동경하는 형이상학적 욕망은 명상적 시편들에서도 여전히 지배적 모티브로 작용한다. 그만큼 명상적 시들도 역사적 존재의 구체성보다도 존재론적 추상성을 보다 두드러지게 띠고 있다. <타인>에서 시적 자아의 명상은 존재의 근원에 대한 사색으로 모아진다.

> 겉은 현란할지라도 / 가장 깊은 중심에는 / 원시적인 순수성이
> 아직 남아있을 때 // …(중략)… // 존재의 차원으로 옮아가는 순간
> 순간이 / 노을이 저물어 가듯 / 아름답고 행복하다.

시적 자아의 명상은 존재론으로 채워지며 존재론이란 다름 아닌 존재의 시원에 대한 명상이다. 무엇보다 이 명상의 시간은 "아름답고 행복하다."

명상하는 시적 자아는 " …그러나 신은 우리가 손을 내밀 때 / 잡힌다. 신도 언제나 우리를 찾고 / 있는 중이다"(<숨바꼭질>)처럼 구도자의 이미지를 획득한다. <축복받은 바보>, <공>, <깨달음의 씨앗> 등 깨달음의 체험을 변주적 반복으로 강조하는 것은 명상시의 한 특징이다. 명상시에서 이 구도자의 이미지는 가장 두드러지게 자기 찾기의 형태로 제시되고 이 자아탐구 역시 <빛과 그림자>에서 확인할 수 있듯이 자기인식의 부재화에 대한 비판에서 출발한다. 이런 자아탐구는 흔히 불교와 노장사상의 동양적 사색을 동반한다.

> 꿈꾸는 꽃이 나비인지 / 꿈꾸는 나비가 꽃인지 / 꿈의 화관을 쓰
> 고 / 꿈의 안팎을 헤매는 // 나는 누구인가.
> —<나는 누구인가> 중에서

이것은 유명한 장자의 꿈을 패러디한 것이다. 장자의 꿈은 주객일체의 시적 세계관의 전범이다. 그러나 이 시의 문맥에서 장자의 꿈은 "꿈

의 안팎을 헤매는", 그러니까 꿈과 현실 사이에서 방황하는 실존의 자기인식으로 변용된다. 꿈과 현실 사이에 방황하는 실존인식은 <엘리베이터>에서는 "나는 천사도 악마도 / 아니면서 / 천사가 되고 / 악마가 되면서 / 인간이 되기를 까마득히 / 까먹었다"의 자기반성처럼 인간은 천사와 악마 사이의 중간자라는 인간론으로 전이된다. 그의 인간론 역시 '변증법적 인간'으로 귀결된다.

자기 찾기의 명상시에서 또 하나의 특징으로서 단독자의 이미지를 강조하는 점은 매우 흥미롭다. "그대 자신이 되라"(<그대는 그대 자신밖에 될 것이 없다>)라든가 "그대 자신이 바로 / 그대 자신의 추종자가 되어야 한다"(<깨달음 씨앗>)라는 지령적 어조는 단독자의 유아론으로 자기 만들기의 방향성을 웅변으로 드러낸다. 그래서 시인은 <탯줄에 떨어지지 않은 사내>에서 일체의 기존체계에 도전하는 '자유'의 인간상을 비자기의 소망적 인물로 제시하기도 한다.

시인의 자기 찾기는 실존은 본질에 선행한다는 사르트르의 명제와 닮은 점에서 몹시 실존주의적이다. 여기서 자아 찾기는 끊임없이 '자신이고자' 하는 것이 아니라 자신이 '아니고자' 하는, 곧 끊임없는 자아 만들기가 된다. 이런 자기 만들기의 작업에서 시인이 결말(본질)보다 과정(실존) 자체를 중시하는 해체주의적 인생관 내지는 세계관을 채용하는 것은 지극히 당연하다. 자아 만들기는 <길>에서는 예술로 명명된다.

> 예술이란 목적이 아니라 / 걸어가야 할 갈이기에 / 길이란 존재
> 하지 않는 것 / 길은 걸어 나가면서 만들어지고 / 춤추고 탐구하는
> 가운데 / 길은 스스로 창조되어야 하는 것.

삶이란 자기 만들기의 과정이고 그래서 예술로밖에는 표상될 수 없는 일종의 창조과정이다. 더욱 중요한 사실은 이 끊임없는 자아 만들기란 "궁극적으로 / 자기를 자신에게로 인도하는" 길이라는 점에 있다. 그래서 <나의 슬로건>에서도 "매 순간 나 자신을 창조적으로 사는 것'을 "나 자신밖에 될 수 없는 길"로서 단정하기도 한다. 이 끊임없는 자아 만들기의 창조과정이 <한번 뿐인 운명>에서는 드디어 삶의 과정을 "순수한 축복이며 은총"이라고 예찬하는 긍정적 인생관을 낳는다.

그대의 전 생애가 황금처럼 / 빛나는 순간들의 연속이 되게 할 것
― / 우리의 삶은 축복이며 은총이다 / 끝없이 변화하는 자가 될 것.

그래서 시인은 목적 지향적인 삶이나 선험주의적 결정론은 인간과 삶을 기계화하는 것으로 매도한다. <얼굴 벗기>에서 삶의 과정으로서 자아탐구는 불교적 의미의 '진아'(眞我), 곧 실제 삶의 방식으로서 뒤집어 쓰는 가면(사회적 자아)을 끊임없이 벗기면서 진정한 '나'의 찾기로 변주된다.

자아 찾기 내지 자아 만들기의 명상시들은 대부분 관념적 진술에 의존함으로써 시적 긴장이 감소되고 추상성을 면치 못하고 있다. 그러나 <풍경>은 예외적으로 자기발견이 구체적 이미지로 서정화되고 있는 점에서, 그리고 노장사상이나 선사상이 여유자적의 목가적 이미지 속에 함축되고 있는 점에서 주목된다.

소 한 마리의 형식으로 / 고요히 남아 / 유유히 풀을 뜯고 있는 /
나

이것은 시인의 오랜 자기 찾기 작업의 대단원인지도 모른다.

4.

장편 서사시라는 장르명칭을 단 <아아 라인강>은 구체적으로 거대한 서사구조를 지니지는 못했지만 거시적 관점에서 서구의 문화사를 조명한 장시다. 상업주의의 물질문명에 오염되기 이전의 역사와 이후의 역사를 명백히 대조함으로써 이 시는 의도상으로 문명비판시다. 김지하의 어조를 빌려 정치적 자유를 구가한 <새벽별에 타는 목마름으로>와 반핵 · 반전 사상을 고무한 <히로시마>와 같은 정치시도 있지만 이것은 전체 이영일의 시세계에서 예외적이다. 개인적이고 주관적이든 사회적이고 객관적이든 그의 시편들은 체험시와는 거리가 멀다. 현실과 꿈의 이중적 시각을 지니려고 했음에도 불구하고 그가 시를 존재의 시원에 대한 동경으로 정의한 만큼 그의 시세계는 구체적인 역사적 국면이 배경화되고 추상적인 존재론적 국면이 전경화되어 있다. 그러나 끊임없이 신서정을 개발하고 인간과 삶의 본질을 탐구하려는 시적 정열과 진지한 구도적 태도는 우리에게 깊은 신뢰감을 주고도 남는다.

존재의 순수와 회상형식의 체험시

—한민의 시세계

조선조의 선비들에게 시는 일종의 교양필수였다. 선비들은 시의 향수계층이면서 동시에 창작계층이었다. 시로써 풍류를 즐기거나 자신의 내면세계를 드러내기도 했다. 이것은 정년퇴임을 눈앞에 둔 한민교수의 시편들을 접했을 때 제일 먼저 머리 속에 떠오른 생각이었다.

한민교수는 문인주소록에 등재된 시인이 아니다. 언제나 부드러우면서도 조용한 표정의 영문학자, 이것이 내 머리 속에 각인되어 있는 한교수의 인상 전부이다. 그래서 한교수의 시편들을 받아 보았을 때 나는 매우 놀랐고 한교수의 시를 감상하는 기회는 나에게 여간 의미심장하지가 않았다.

내가 입수한 한교수의 시는 모두 84편이었다. 윤동주처럼 작품 말미마다 부기해 둔 날짜를 보면 70년대 씌어진 작품들도 더러 있었지만 대부분 94년 이후, 그러니까 최근 몇 년간에 창작한 작품들이었다.

서정시의 본질을 흔히 回感이라고 부른다. 회감이란 무엇인가. 이것은 회상형식, 곧 과거를 끊임없이 현재화하는 것이다. 시인의 상상력 속에서 현재는 수많은 과거가 침전되어 있으며 이 현재의 상관물이 한 편의 시가 되는 것이다. 한교수의 시편들은 당연히 회상형식이라는 명제에 입각해 있다. 이것은 한교수가 정년퇴임을 앞 둔 원로학자이기 때문만은 아니다.

한교수의 회상형식은 <고독>처럼 유년시절의 회상이라는 개인적이고 사적인 차원의 기억일 때도 있고 <동래산성>이나 <생명의 부정>처럼 과거 역사의 대과거나 창세기의 종교적 근원으로까지 미치는 公的 기억일 때도 있다. 사적이든 공적이든 기억에 의해서 보다 많은 과거에 참여함으로써 시의 현재는 풍부해지고 이 풍요성은 바로 시적 정감이나 의미의 풍요성이 되는 것이다.

기억은 상상력의 어머니다. 기억은 상상력에 시적 자양분, 곧 이미지들을 공급하고 상상력은 이 공급받은 이미지들을 변용시켜 시를 잉태하는 것이다. 중요한 것은 서정시가 회상형식일 때 우선 불가피하게 '체험시'가 되는 사실이다. 물론 이 체험시도 다시 개인적 체험시와 객관적 체험시의 두 유형으로 분류된다. 체험시란 그만큼 자전적이고 고백적인 성격을 띠게 마련이다. 이 체험시는 한교수 시편의 주목되는 유형이다.

시인 자신의 인격적 '현존성'은 체험시의 미덕이고 매력이다. 이 현존성은 진솔한 어조, 그러니까 시인의 육성을 타고 제시된다.

> 운동장을 돌아 집으로 가는 길목에는/ 전봇대가 하나 장승처럼
> 서 있었다/ 밤마다 술에 취해 비틀거리며 돌아 갈때는/ 통행금지를
> 알리는 사이렌 소리가 울린 뒤였다// 어느 날 밤 나는 키가 하늘을

찌르는 거인 앞에 섰다/ 나는 내 앞길을 가로막는 거인을 온 가슴으
로 들이받았다/ 그러나 거인은 끄떡없이 서 있었다// …(중략)… //
전봇대는 그 이후도 그 자리에 그대로 서 있었고/ 나는 그것을 피해
다른 길로 돌아갔다.

                                                           ─<전봇대> 중

　평범한 일상적 사건을 평범한 문체로 곧 진술한 어조로 서술한 체험
시다. 소시민의 고통과 비애가 야단스럽게 노출되지 않고 함축되어 있
는 점도 호감이 간다. 과거시제가 과거감각을 상실하고 현재감각을 환
기하는 것이 시에 고유한 회상형식의 한 특징이다.
　<장미> 역시 일상시로서의 체험시다. "언제나 같은 곳 같은 때에/
나를 기다려 주는 버스가 있다"처럼 일상성은 삶의 반복성이다. 이 반
복성에서 오는 삶의 무의미와 권태를 초극하려는 욕망이 '장미'의 이
미지를 획득하고 있는 것이다.
　한교수의 시편에서 아내에 대한 내밀한 감정을 진술하게 표현한 작
품들이 유난히 많이 눈에 띈다. 그만큼 한교수의 체험시는 개인적이고
사적이다. "그날 시집왔을 때 아내의 떨리던 목 소리는/ 올해도 어김없
이 눈송이처럼/ 담 너머로 하이얗게 피어올랐다"의 <목련>에서는 아
내에 대한 사랑이 목련의 이미지로 형상화되고 있으며 <아내의 숲과
꽃밭에는>에서는 아름다운 자연 속에서 아내를 재발견하기도 하는가
하면 <아내여, 근심을 거두어라>에서는 무한한 모성애 때문에 시집,
장가 간 자식들을 여전히 걱정하는 아내를 근심하기도 한다. 그래서
수술 받는 아내에게서 가족을 위해 한평생을 희생한 "사랑이라는 말
의 살"(<아내>)을 체득하기도 한다.
　아내가 꽃의 이미지로 형상화되듯이 자연시는 또 하나 주목되는 유

형이다. 우리의 전통적 발상법으로서 서정주의는 이 자연시에서 충분하게 실천된다. 사실 자연은 예로부터 서정의 원천이다. 한교수의 자연시는 시상이 극도로 절제된 단형이 그 특징이다.

어린 아기/ 색동 저고리/ 소매가/ 중천 하늘에/ 꿈처럼/ 걸리었다.
　　　　　　　　　　　　　　　　　　　　　　　　　　　－<무지개>

새벽 하늘엔/ 하느님이/ 머리 빗고/ 걸어 둔/ 조각 달 하나
　　　　　　　　　　　　　　　　　　　　　　　　　　　－<새벽 하늘·2>

파아란 하늘에/ 빠알간 홍시/ 산까치가 파먹어/ 별을 심었다
　　　　　　　　　　　　　　　　　　　　　　　　　　　－<가을>

이미지들을 신선하게 결합시키는 상상력과 묘사력은 여간 탁월하지 않다. 이런 자연시에서 가장 '시적인 것'을 느낄 수 있다. 다시 말하면 한교수가 자연시를 쓸 때 가장 시인답다.

자연의 감각적 인상을 재현한 이런 묘사시와 더불어 인간적 의미나 가치가 부여된 자연시도 중요한 양상이 된다. <단풍>은 붉게 물든 단풍을 거역과 저항의 의미로써 묘사하고 있으며 <슬픈 마음>에서 자연대상과 자연현상은 인간사와 연결되어 있으며 <숲속의 노인>에서는 자신의 고독을 투사함으로써 고목을 의인화한다. 인간의 내면세계와 무관한 객관적 자연이 아니라 자신의 내면이 투사된 주관적 자연이 지배적이다.

"얼굴을 치는 비바람에/ 멀리 섬이 하나 둘/ 비끼어 선다"와 같은 원근법적인 묘사력이 동원된 <낚시꾼>에서는 자연으로부터 문명에 때묻지 않은 원초적 생명력을 느끼기도 한다.

창세기의 세계를 기웃거린다

그런가 하면 <눈발>에서 자연은 낯익은 전통 설화의 이미지와 결합되어 <무지개>처럼 동화적 순수의 서정이 아름답게 채색되어 있기도 하다. 자연에 인간적 의미나 가치가 부여됨으로써 자연은 서정의 원천이면서 인식의 대상이 된다. 삶과 사물에 대한 사색적 반응은 한교수의 음미할 만한 시적 태도다.

한교수의 사색시는 시란 끊임없는 자아탐구의 형식이다라는 명제를 구현한다. 자아탐구의 형식을 통해서 삶을 성찰하고 있기 때문이다. 이 사색시에서 보다 리얼하게 한교수의 육성을 감지할 수 있다.

　　　너는 너가 바보라는 것을 알아내는데/ 또 얼마의 세월이 더 흘러
　　야 하는가!

　　　　　　　　　　　　　　　　　　　　　　-<자화상·1> 중에서

이것은 단순한 자기부정도, 자학도 아니고 겸손의 전통적 미덕은 더더구나 아니다. 자아의 진실에 끊임없이 접근하려는 자기성찰이다. 여기서 간과할 수 없는 점은 자신을 이인칭의 청자로 설정한 이 고백형식의 자아성찰로부터 일종의 해학적 세계관이 암시되고 있는 사실이다. 이 해학적 세계관이란 다름 아닌 달관이다. 초월적인, 보다 고차원적 위치에서 삶을 성찰하는 것이 해학적 세계관이고 달관이다. 이것은 <장미의 이름>에서는 탈속의 경지로 변주된다.

　　　나는 사람이 나에게 붙여주는/ 어느 이름의 존재로 아니다/ 굳이
　　말한다면 나는/ 저 하늘을 유유히 흐르는/ 구름조각과 같이 오직 자
　　연의/ 한 조각으로 있을 뿐이다.

이름은 원래 사회적 자아를 표상한다. 그것은 타인이 부여한 자아다. 따라서 이름의 부정은 사회적 자아의 부정을 가리킨다. 이 사회적 자아의 부정이 '구름조각'이라는 비유적 이미지에 의해서 환기되는 탈속의 모습으로 형상화된 것이다. 한교수는 <'귀천'의 시인은 정말 행복할까?>에서 밥대신 막걸리로, 삶대신 시쓰기로 한 평생을 살다간 천상병시인으로부터 이 탈속의 육화를 발견한다. 탈속이야말로 낭만시인 키츠가 시인에겐 정체*identity*가 없다고 말한 그런 경지, 곧 자신의 개성을 초월한 경지가 아닌가. <성묘> 경우 탈속은 자신이 선조의 무덤에 성묘하듯 자식들 역시 자신의 묘에 성묘하리라는 전통사회의 정감으로 환기되기도 한다.

<다시 봄, 다시 꽃>에서 끊임없는 자기반복의 계절순환과 대조하여 시간적 존재라는 인간의 실존조건을 '한숨짓고'의 체념적 어조로 성찰하고 있지만 <앤드루 마아블과 황진이>에서는 시간을 '쫓는' 서구적 시간관과 님을 붙들 듯 시간을 '붙들거나' '가두려는' 동양적 시간관을 대립시킨 점이 여간 흥미롭지 않다.

한교수의 사색시는 짤막한 잠언형식을 취하기도 한다. 전체 5행의 <꿈 속의 꿈 속의 꿈>에서는 꿈이 겹칠 만큼 정비례하여 한숨이 겹친다는 흥미로운 착상을 통해 현실과 이상과의 심한 단절감을 제시한다. <비>도 순수성을 상실한 인간과 삶을 성찰한 잠언형식의 사색시다.

> 비는 순수를 잃었다/ 비는 모든 비순수를/ 씻어주는 순수를 잃었다/ 비는 이제는 비순수를/ 완성하는 또 하나의/ 커다란 비순수에 불과하다.

원론적인 말이지만 잠언형식처럼 언어의 절제는 관념의 노출을 방지하는 하나의 방법이다. 이런 언어의 절제 속에서 사물과 삶의 날카롭고 깊은 통찰이 더욱 효과적으로 환기될 수 있는 법이다.

이 사색시를 중간항으로 개인적 체험시나 자연시의 반대편에 한교수의 객관적 체험시가 놓인다. 여기서 한교수는 시인으로서가 아니라 구체적 시민으로서의 목소리를 그대로 드러낸다. 이 목소리는 사회역사적 현실에 대한 한교수의 깊은 관심의 표명이다. 이 관심은 주로 정치적이다. <오월의 장미>에서 한교수의 정치적 관심은 시적 함축미까지 획득한다.

> 자유의 꽃은 피를 먹고 자란다던가./ 유난히 붉은 오월의 장미꽃
> 은/ 아침 햇살을 받아 슬프도록 아름답구나.

모순어법을 동원한 이 정치적 서정시는 민주화 투쟁의 희생을 붉은 장미로 형상화하여 환기한다. 그러나 한교수의 객관적 체험시는 풍자적 비판시가 그 주류를 이룬다. 그래서 한교수의 사회역사적 현실에 대한 관심은 분노나 저주, 또는 절망의 어조로 변주되기 일쑤다. <돌아가시었다>와 <8·15의 기억>은 식민지시대의 독립투사와 그의 가족을 제재로 한 점에서 서로 연속된다. 전자는 가족을 전연 돌보지 않고 독립투쟁을 한 애국투사에 대하여 "침략자를 향한 싸움이/ 처자를 굶기는 업이 되어/ 자식들로 하여금 숭고한 이기주의에/ 반기를 들게 하고"처럼 '숭고한 이기주의'의 놀라운 역설로써 리얼리티를 획득한다. 후자에서도 독립투사는 같은 인간상으로 제시되지만 독립투사에 대한 아무런 보상이 주어지지 않는, 그래서 투쟁의 업적이 무의미하게 전락하는 역사적 모순을 제시하여 우리의 공감을 획득한다.

한교수의 정치풍자는 당연한 현상으로 주로 정치지도자의 비판으

로 초점화된다. <Hubris>, <야심을 위한 찬가>는 권력욕에 사로잡힌 정치지도자를 신랄히 풍자한다. <오월의 태양과 꽃과 푸르름>에서 권력층은 폭력과 위선으로 역사를 왜곡한 존재로 풍자되면서 억압체제에 항거한 민중은 아름다운 자연의 이미지로 예찬된다.

이런 정치적 풍자는 정치비자금을 소재로 한 <어느 세계제일의 화폐수집가의 한탄>이나, 기지촌의 미군병사가 접대부를 살인한 사건을 다룬 <누가 이 세상을 아름답다고만 하랴>나, 성수대교의 충격적 붕괴사건을 다룬 <성수대교의 최후>와 같이 신문에 보도된 시사적 사건을 제재로 한 시편들에서 보다 강도를 높인다. 그래서 한교수의 정치풍자시는 알레고리적 성격을 강하게 띤다.

이니시에이션(*initiation*—입사식)의 모티프를 상기시키는 <슬픈 일>에서 세계는 악이며 따라서 세계인식은 다름 아닌 악의 발견이다. <부처님 오신날>은 재래의 기복불교에서 세속적 욕망을 읽어 낸 세속풍자시다.

사색적인 시나 풍자시는 언어가 시적으로 절제되거나 여과되지 않은 채 장광설의 요설화되어 시적 긴장을 잃어버리는 경우가 많다. 필요 이상으로 시행이 길고 많다. 자유시의 내재율은 행갈이에서 창조되고 또 유지되는 법인데 <풀밭에 누워>처럼 내재율을 살리지 못하는 경우도 있다. 이런 시적 미숙성에도 불구하고 한민교수의 시편들은 자신의 내면세계를 진솔하게 표백하고 우리의 사회역사적 삶을 통찰하고 고뇌하는 모습을 보여준 점에서 우리에게 의미심장한 시적 경험을 제공해 준다.

시쓰기는 나이가 없다. 좀더 정열적으로, 의욕적으로, 그러니까 본격적으로 시인이 되어 주었으면 하는 우리의 바램은 결코 무리한 주문은 아니리라.

회귀심상과 메타시

─정선기의 시세계

1.

90년대시에서 '길'은 가장 의미심장하고 또 가장 많이 반복되어 채용되는 핵심적 심상이다. 비록 시인에 따라 그 내포는 다양하지만 이것은 90년대의 한 특징으로 지적할 수 있다. 그만큼 90년대시는 암중모색하는 탐구형식의 표정을 유난히 두드러지게 띠고 있다.

늦깎이로 뒤늦게 『심상』지 신인상으로 재평가받은 정선기에게 시는 어디까지나 탐구형식이다. 이 탐구형식은 그의 시편들에서 크게 '회귀심상'과 '메타시'의 두 양상으로 범주화되면서 변주적으로 반복되고 있음을 쉽게 발견할 수가 있다. 전자는 삶의 성찰로서 다분히 현실비판의 도덕적 함축이 내장되어 있으며 후자는 시인 자신의 말처럼 "시로 쓴 시인론", 그러니까 시적 자아를 탐구한 시편들이다.

정선기시의 감각은 매우 섬세하다. 이 섬세한 감수성은 언제나 명상을 수반한다. 그의 감수성과 명상은 때로는 서로간에 방해요인으로 작용하여 튼튼한 시적 구조를 손상시키는 부작용을 일으키기도 하지만 탐구형식으로서의 그의 시를 일관되게 지탱하는 바탕이다.

2.

회귀심상은 반복되는 심상이고 이 반복은 본질적으로 동일한 것의 반복이다. 회귀심상은 정선기시의 모티브이고 이 모티브는 궁극적으로 주제로까지 발전한다. 이것은 시인으로 하여금 필연적으로 진보의 신념을 일종의 邪教로 거부하는 보수주의자가 되게 한다. 진보에 대한 시인의 강렬한 거부감은 「정지신호」의 경우 다음과 같이 현실인식에서 촉발되고 있다.

　　　　　방향 잃은 세상 참 많이도 변했다

이 탄식의 어조가 벌써 도덕적 비판을 함축하고 있음은(그리고 이것이 우리 시대의 보편화된 반응임은) 말할 필요 없다. 삶의 변화가 바람직한 방향이 아니라 명백한 과오일 때 여기서 '더 나아간다'는 진보 그 자체가 이미 파국일 수밖에 없다. "예전같지 않은 낯선 풍경이 산만하다"는 시인의 소외감은 이런 파국에 상응하는 우울의 서정이다. 이 우울의 서정은 매우 역설적으로 '신호등', '공중회선', '백미러' 등 문명의 이미지들로 표상된 '성장에서 오는 우울'이다. 따라서 「정지신호」의 제목이 이미 함축하듯 삶의 흐름을 차단하려는 시인의 의지가 수미쌍관의 장법으로 강조되는 이유는 여기에 있다. 동일한 것의 반복으로서 회귀심상은 다름 아닌, 삶의 흐름을 차단하려는 이런 의지의 산물이다. 이 동일한 것의 반복에서 시인은 타락된 시대로부터의 구원을 기대하고 그리고 어쩔 수 없이 보수주의자가 된다.

산문시 「고장난 시계」의 경우 삶의 흐름을 차단하려는 시인의 의지는 '고착'과 같은 심리적 방어기제 형태로 변주된다.

> 제자리 멈춤으로 그냥 가만히 과거의 시점에 서 있고 싶다. 분주히 팔 다리를 흔들어 댈 이유가 없다. 에너지를 과소비하지 않는 것도 미덕에 속한다. 숨가쁜 교차의 호들갑을 떨지 않는 게 오히려 점잖아 보인다. 달관한 표정이 차라리 부럽다.

고착은 시간적인 것을 공간화하는 반응양식으로서 원래 삶의 변화를 감내하지 못하는 비변증법적 인간의 태도로 기술된다. 그러나 여기서 보수주의자가 비변증법적 인간으로 대치된 것은 단순히 심리적 방어기제가 아니라 제목의 '고장난 시계'가 환기하듯 문명에 의한 삶의 훼손과 왜곡을 비판하기 위한 전략으로 보인다. 이것은 이 반서정주의적 담론이 다분히 풍자적인 어조를 수반한 데서 확인할 수 있다. 그러므로 "과거의 무거운 기억을 늘어 뜨린 채 미동도 하지 않는다"는 고착의 징후는 물화된 세속적 욕망을 폐기하는 "달관의 표정"으로 자연스럽게 연결되는 것이다.

삶의 흐름의 차단을 표상한 고착은 동일한 것이 반복되는 회귀심상의 한 변형이다. 정선기시편들에서 '과거'의 시어가 다양한 내포로써 유난히 반복되고 있는 것은 그의 시문법에서 결코 우연이 아니다. 영물시 「이조백자」는 「정지신호」나 「고장난 시계」와는 달리 시간의 정지가 아니라 과거의 확대로서 서정적 시간의 흐름을 보여 주고 있다. 현재 지각되고 있는 대상에 보다 많은 과거가 집중될수록 그 대상의 의미가 풍부해진다는 베르그송의 기억론처럼 시인은 이조백자의 오브제가 신라와 고려의 역사적 과거까지 내재한 시간적 깊이로 예찬하고 있다.

> 오랜 세월의 무게로 살며시 누르며/그 부피만큼 둥글게 싸안으며/태고의 눈빛으로 그리움을 반추한다/퍼내어도 다함 없는 어머니의 젖가슴 같은/인고의 노래 한 가닥 옷깃으로 여미어/베를 짜듯 여물게 흙을 빚는다/때로는 신라 하늘이 둥근 얼굴을 펼쳐/때로는 고려 수풀이 고운 손을 내밀어/그대 향해 비운 마음을 가득 채운다.

결국 오브제의 가치는 축적된 과거의 무게이고 이것은 다름 아닌 오랜 세월 연속되어 온 민족적 혼의 무게다. 이것이 그의 독특한 영물시의 방법론이다. 여기서 회귀심상은 보다 많은 과거가 현재에 집중되는 (그래서 영원성을 획득하는) 통시적 연속성으로 변형된다. 무엇보다 과거가 서정의 원천이 되고 있는 점이 우리를 주목하게 한다. 그만큼 이 영물시는 심미적 태도로 일관하고 있다.

「로뎅의 추억」은 현대를 예술과 사색의 죽음으로 인식한 절망의 담론이지만 「겨울지대」는 산업화에 오염되지 않는 삶의 본질과 근원으로의 회귀를 갈망한 희망의 담론이다. 과거는 정선기에게 시적 가치이자 시적 품위다. 그러나 「양동리 古墳」의 경우 제재의 동기화(주제)가 좌절되어 불행히도 상상적 유희에 그치고 말았다. 왜냐하면 "과거로 돌아가는 발길"의 과거가 역사임에도 불구하고 이 역사는 단순히 양동리 고분이 증명해 주는 가락국의 실존이라는 사실적 의미 이외 다른 의미를 전연 획득하지 못하기 때문이다.

삶의 흐름을 차단하려는 시간정지나 현재의 순간에 보다 많은 과거를 집중시키려는 통시적 연속성은 정선기의 회귀심상의 시를 구조화하는 서정적 시간의 양상들이다. 이 서정적 시간에 의해서 정선기시는 본질적으로 탐구형식이다. 메타시는 정선기시의 또 하나 주목되는 탐구형식이다.

메타시는 언어의 기능들 중 메타적 기능이 가장 우세한 현대시의 한 유형이다. 그러나 메타시의 현대성은 구조론적 문맥에서 보다 사회학적으로 의미심장하다. 왜냐하면 메타시는 인간의 욕망을 조작하는 소비자본주의 산물인 광고언어에서 극명하게 볼 수 있듯이 언어가 참조대상을 잃은 나머지 불가피하게 언어 그 자체가 참조대상이 되는 현대적 상황과 상동관계에 놓이기 때문이다. 문학관의 중요한 현대적 변화로서 반영론의 거부는 근본적으로 언어가 참조기능을 상실하거나 적어도 메타기능이 우세해진 데 기인한다.

현대시의 주목할 만한 가능성으로서 메타시는 '시론시'를 비롯하여 여러 하위유형들로 전개되지만 모두 '시에 대한 시쓰기'로 수렴된다. 패러디와 인유는 이런 메타시의 필수적인 장치이자 효과적인 전략으로 채용되는 것은 지극히 당연한 일이다. 시적 자아의 탐구를 의도한 정선기의 연작시 「시인의 나라」도 물론 예외가 아니다.

3편으로 엮어진 「시인의 나라·20」은 김영랑을 소재로 한 시인론시로서 그 몽따쥬기법이 매우 흥미롭다. 1편은 김영랑시인의 중요한 전기적 사실들을 극히 선택적으로 집약한 것으로 식민지시대에서 6·25에 이르는 현대 수난사의 한 희생으로서 그를 의미화하고 있으며, 2편은 영랑의 대표작 「모란이 피기까지는」에 대한 단편적 감상이고, 3편은 영랑의 후기시 「내 마음에 독을 차고」의 3연과 4연을 논평 없이 그대로 발췌한 것이다. 물론 우리의 관심은 초기 순수시와는 달리 후기의 저항시인 「내 마음에 독을 차고」 일부를 원문 그대로 차용한 데로 모아진다. 잘 알다시피 이 후기시는 일제에 훼절되지 않으려는 저항의지를 알레고리화한 작품으로 정선기가 이 작품을 자신의 메타시의 결말로 편집한 것은 그의 영랑의 시적 자아 탐구가 자아의 순수성에 있음을 시사한다.

30년대 이상시를 소재로 한 「시인의 나라 · 28」은 이상의 연작시 「오감도」의 「시제1호」의 하오체 어조를 일관되게 차용해서 이 「시제1호」를 비롯하여 「시제11호」, 「시제15호」, 「선에 대한 각서 · 1」, 「1933. 6. 1」, 「지비」 그리고 소설 「날개」 등 이상시들을 논평과 함께 편집한 메타시다. 여기서 정선기는 이상의 태도의 희극 속에서 기만의 일상적 자아로부터의 초월과 근대적 자아탐구가 좌절의 연속일 뿐이었던 이상의 고뇌를 읽고 "외관의 신비로움에 매혹된" 이상시의 해체 양식을 이런 고뇌의 필연적 산물로서 공감적으로 해석한다. 이 메타시의 자유간접화법은, 그러니까 이상과 정선기가 구분할 수 없을 정도로 하나의 일인칭 화자 속에 용해된 담론의 이중성은 이것을 효과적으로 시사한다.

박제천의 시적 자아를 탐구한 「시인의 나라 · 121」에서 그가 심취한 것은 "너라고도 말할 수 없고, 나라고도 말할 수 없는", 그리고 "있음과 없음의 현모한 어둠"의 동양적 형이상학, 곧 서구의 2분법 사고체계를 해체한 불교와 도교의 사유였고, 이 동양적 형이상학의 산물인 이미지의 현란한 결합이었다. 논리적 의미의 질서를 파괴한 동양적 형이상학에서 그가 재발견한 것은 "放逸한 자유인"의 인간상이었다. 그러나 이 메타시는 그의 다른 메타시와는 달리 자기반성적인 면에서 가장 메타적이다. 왜냐하면 그는 박제천의 시적 자아를 탐구한 부산물로서 "오늘도 영원회귀를 꿈꾸며 퍼득이는 일회성 수다쟁이"라는 자기 발견이 가능했기 때문이다. 이 자기반성은 그가 "현실도피의 관념적 유희"로 인식한 현대 정신주의시의 한계에 대한 비판도 동시에 함축하고 사실은 결코 간과될 수 없다.

　메타시는 기존의 다른 시, 다른 담론들과의 상호참조다. 메타시는 기존의 시들에 대한 새로운 해독이며 주석이며 그 자체 역사적 반성이다. 이것이 현대시의 의미심장한 한 가능성으로서 메타시가 띠고 있는 의의다.

　3.

　의미론적 자율성으로서 모호성은 시적 자유의 한 목록이고 품위다. 그러나 「과거를 생각하면 조금씩 죽는다」의 감상적 모호성은 이런 의미론적 자율성과는 거리가 멀고 따라서 주제의 깊이를 훼손시킨다. 간혹 눈에 띄는 부적절한 비유는 기상(奇想)의 남용 내지는 오용이지 참신한 이미지가 아니다. 그러나 현재의 삶의 언어들을 적절히 구사하여 시적 긴장을 지탱하는 정선기의 감수성과 삶에 대한 깊은 통찰은 우리에게 두터운 신뢰감을 준다.

　회귀심상과 메타시는 정선기시의 주된 표정이다. 그러나 "시의 길은 무한한 가능성"이라는 그의 선언은 다양한 시적 개성을 기대하게 한다. 이것은 시란 본질적으로 탐구양식이라는 그의 시학이 띠고 있는 또 하나의 중요한 의미다.

이명수의 시세계와 거리의 문제

　이명수의 작품들은 무척 어두운 내면풍경들이다. 그의 작품에서 무기력한 소시민의 곤혹스러운 표정을 자주 본다. 사실 그가 제시하는 시적 자아는 세계에 대하여 극히 배타적이거나 선별적인 태도를 지니고 있다. 이것은 그의 시상이 대부분의 현대시인처럼 세계와의 갈등의식에서 촉발되고 있음을 입증한다.

　그는 첫시집『공한지』후기에서 현실적 삶이 '동심의 기억들'과 '유년시절 지녔던 동경과 향수'를 상실케 했다고 술회한다. 그래서 그의 세계는『공한지』라는 문패를 달 수밖에 없었고 자기시는 이 빈터를 지키는 '하나의 등불'이며 '언젠가 한번은 내 최후의 증언이 될 것'이라고 한다.

　이런 그의 시론은 비록 단편적이지만 그 자체가 그의 시의 좋은 해설자가 되고 있다. 여기서 동경 · 향수라는 말은 삶의 조화적 이념(우리는 이것을 흔히 시정신이라 부른다)으로 해석할 수 있겠다. 현실을 이런 이념이 상실된 세계로 인식했기 때문에 그의 시가 음화(陰畵)일 수밖에 없는 것은 지극히 당연한 일이다.

그래서 그가 그려놓은 음화들 속에는 자아와 세계와 사이의 거리감각이 시적 무게로 뚜렷이 부각된다. 그리고 삶의 의미로서의 이 거리는 이명수의 경우 소위 미적 거리의 역할까지 병행하고 있다. 그의 시에 있어서 거리는 이렇게 두 가지 의미를 지니고 있다. 이것은 어쩌면 현대시의 공통된 운명일는지도 모른다.

「향두가」를 비롯한 그의 신작 5편도 우리에게 여러 가지 음화들을 보여 준다.

「향두가」는 연작시 형태를 취하고 있다. 「향두가」란 주지하다시피 상여꾼의 노래다. 보통 「상두가」라고 읽는 이 작품의 제목 자체부터 그러므로 무척 음산한 분위기를 풍긴다. 실제로 「향두가」I, II 두 편 속에 상두꾼의 노래가 삽입되어 있다.

그러나 우리의 관심은 이런 음산한 분위기에만 머물지는 않는다. 보다 중요한 것은 이 작품이 가진 미학이다. 상두가의 샤머니즘적 리듬과 현대시의 리듬을 복합한 저 대립법적 화성을 이 작품은 지니고 있다. 그리고 시인은 시형과 시제에 있어서 의도적으로 불연속성을 설정하고 있다. 즉 「향두가·I」은 산문시형태로 과거형을 쓰고 있으나 「향두가·II」는 시행을 구분하면서 현재형을 쓰고 있다. 이런 모든 미학이 음산한 분위기를 예술화하면서 어떤 형이상학적 무게를 지탱하고 있는 것이다. 이 작품에 호감이 가는 주된 이유는 여기에 있다.

이 작품은 단적으로 말해 좌절된, 아니 이미 좌절된 인생의 축도다.

百日紅 심어놓고, 百日紅 지는 날까지 살고싶었다. 百日紅 꽃은

몇 번이나 더 피려는지, 꽃으로 햇수를 헤아리며 몇 번이나 땅을 떠
나지 않겠다고 다짐했다.

　'싶었다' '다짐했다'의 과거서술형이 암시하고 있듯이 시적 화자의
진술내용은 삶의 리얼리티로써가 아니라 자기계획의 희망사항으로
점철되어 있다. 그의 삶의 기반인 땅은 '백일홍 심어 놓고 살고 싶었
다'는 소박한 꿈도, '몇번이나, 땅을 떠나지 않겠다'던 선량한 의지도
용납하지 않았다. 그래서 '땅'을 버리고 자기초월을 기도한다.

　　千日紅 피는 곳이 있다기에 땅을 버렸다. 하늘 가득히 눈이 오더
　니 허공 가득 별이 차 있는 밤, 꿈을 꾸었다. 불꺼진 허공에 발을 묻
　고 허공에서 꾸는 허공의 꿈, 꿈속은 얼어죽은 아이의 울음소리로
　가득했다.

　그러나 '불꺼진 허공에 발을 묻고'와 '허공에서 꾸는 허공의 꿈'에
서 우리가 느끼는 것은 무엇인가. 시인이 반복·축적의 원리에 의해서
지금까지 시적 화자의 삶의 기반이 사실상 '허공' 뿐이라는 인상을 짙
게 한 의도는 무엇인가. 그것은 지독한 아이러니와 삶의 허무감이다.
그것은 그 모든 삶의 방법이 좌절의 허무로 귀결되는 상황인식이다.
그래서 '허공'에서 꾸는 '꿈속은 얼어죽은 아이의 울음소리로 가득했
다'는 화자의 절망은 (그리고 '아이'가 삶의 조화적 이념의 상관물임을
감안한다면) 세계와의 숙명적 갈등을 더욱 실감나게 한다.
　여기서 시인은 상두꾼의 노랫가락을 삽입시켜 I의 파국을 효과적으
로 장식한다. 상두가는 시적 화자로 하여금 그가 의도했던 진정한 삶
이 실현되지 못했다는 상징으로서, 그래서 무미한 삶을 고통스럽게 상

기시키는 것으로 죽음을 예견하도록 한다.

이처럼 「향두가·I」은 일종 과거회상의 설명적 서술형식으로 일관되어 있다. 이 경우 과거형은 가장 효과적인 시제가 된다. 동시에 이것은 시적 화자와 그가 누린 삶과의 사이에 불화의 어떤 내면적 거리가 있음을 시사한다.

「향두가·II」는 현재형의 서정형식으로 되돌아 온다. I의 이미지와 연결되면서 시적 화자의 어조는 I의 느린 템포에 비해 급박해진다. 이 긴박성은 I의 시간의식과는 달리 공간의식으로 압박해 온다.

> 곤돌라에 실려 내려오는/한 老軀는/10층 虛空에 떠 있고,/地上에
> 서 돌아와/나도/10층 虛空에 떠 있을 때,

공간적 긴박성이 빠른 템포로 고조되면서 장면은 가장 극화된다. 게다가 '노구'의 이미지가 등장하여 시적 화자와 병치됨으로써 시의 내포는 더욱 강화된다. 여기서 시인은 「향두가·I」에서 그랬던 것처럼 상두가의 가락을 다시 삽입시킨다.

> 허공에다 다리놓아 저승길로 넘어가니/땅위는 저승이요 허공은
> 이승이라/허공에 혼을묻고 땅에서 피는꽃아

4·4조의 이 재래가락은, 그러나 I의 그것보다는 다른 효과를 지닌다. 이것은 적어도 의미론적 기능상으로 그렇다. 이제 이 상두가는 허무의 빛깔에 기여하지만은 않는다. 그것은 시적 화자를 구원의 갈망으로 유도한다. 시인은 「향두가」 대미를 이렇게 표현한다.

안개꽃 한아름 안고/虛空에 와 눕는 밤/하늘에선/밤새 밧줄만 내
려오고/나는,/虛空에서 목이 마르다.

이제 시적 화자는 I에서처럼 꿈만 꿀 수도 없다. 다시 말하면 더 이
상 허공에 머무를 수는 없다. '밧줄'은 '안개꽃 한아름 안고/허공에 와
눕는' 화자의 행동을 일깨운다. 그래서 화자는 '허공에서 목이 마르
다'. 그러나 화자가 상승할는지 혹은 하강할는지는 아직 미정이다. 이
것은 시인이 풀어야 할 형이상학적 과제다. 상두가의 샤머니즘적 가락
을 현대화하려는 것은 이 작품의 주목할만한 실험이다.「향두가」가 삶
의 의미를 주로 리듬에 의하여 처리하려 했다면「너의 창에 불꺼지고」
는 이것은 시각적 이미지로 압축시키고 있다.

「너의 창에 불꺼지고」는 하나의 깔끔한 소품이다. 시인의 장인의식
이 최대한 발휘된 것 같다. 묘사의 세기가 너무 깔끔해서 도리어 저항
감을 느낄 정도다.

성에 낀 窓에 불꺼지고/달빛은 마른 이파리/목마름은 너와 나의
空間//성에 낀 窓에 불꺼지고/마음 끝에 켜 있는/등불 하나/바라볼수
록 멀어지는/불빛 하나//너의 窓에 불꺼지고/무심히 내리는 빛의 앙
금/나는,/뜬눈으로 새운다.

명암의 배열이라든가 '달빛 − 마른 이파리' '목마름 − 공간'의 유추
와 연결, 그리고 호흡의 조절 등 어느 하나 세심한 잔손질이 안 간데 없
는 서정이다. 특히 '마음 끝' '등불' '마른 이파리'는 이 시인이 즐겨 사
용하는 이미저리다. 이것들은 모두 세계와 동화될 수 없는 시인의 고
립주의와 순결성을 분장하는 소도구들이다. 그리고 무엇보다도 이 작

품 역시 삶의 인식이 어둠으로 표상된 음화다.

이 음화는 「기다리는 자는 잠들고」에서 일상성으로 구체화된다.

> 무교동 골목에서 한 사내를 만났다/街路燈 그늘 속에서/기다리고
> 있었다/돌아오는 골목에서 한 노파를 만났다/保安燈/불빛 아래/흰
> 눈처럼 기다리고 있었다.

밤의 귀가 길에서 시적 화자는 두 사람의 '기다리는 자'를 본다. 그들은 고독하게 무엇인가를 기다리고 있다. 아니 시적 화자가 그들의 모습을 그렇게 읽고 있다. 그들은 타자가 아니라 시적 화자의 내면이 밖으로 투사된 상관물로서 느껴진다. 시적 화자가 어떤 대상을 기다리고 있다. 이 기다림의 정서는 그의 삶의 모습이고 삶의 절실한 근거다.

그러나 이 작품에서 그의 삶을 지탱하는 이 근거는 충족의 극적 계기가 전면 마련되어 있지 않다.

> 기다리는 자는 잠들고,/머리燈 하나만/새벽녘까지/어둠을 쫓고
> 있었다.

'새벽녘까지/어둠을 쫓고 있는' 것은 '기다리는 자'의 눈길이어야 한다. 그러나 '어둠을 쫓고' 있는 주체는 '머리등'의 사물이지 '기다리는 자'가 아니다. 그는 잠들어 있다. 그래서 이 시의 배경은 '기다리는 자'와 날카롭게 대조된다. 이 대조는 '기다리는 자'의 무기력과 좌절, 그를 무력화하는 상황의 절대성이다.

결국 이 작품 역시 삶의 공간과의 거리를 어둡게 채색한 것이다. 이 시의 과거형 시제도 역시 이 '거리'에 효과적으로 기여한다.

「땅뺏기」는 갈등의 세계가 「기다리는 자는 잠들고」보다 더욱 뚜렷이 부각된다.

「땅뺏기」는 평범하면서도 퍽 재미있는 발상이다. 여기서 시인은 일상의 생존양식을 시화하면서 그와 세계의 비동일성이 무엇인가를 현재 시제의 보다 두드러진 정감으로 제시한다.

> 아이들은 어디 갔는지/바람만 놀다가고/노인도 잠깐 와 놀다가고
> /아이들은 어디 갔는지/빈 그네줄을 흔들어봐도/흔들리는 그네에 앉
> 아/내가 흔들려봐도/심심하구나,

아이들이 부재하는 놀이터의 을시년스런 풍경과 '심심하구나'의 투명체 형용사로 시인은 공허감을 아주 자연스럽게 그리고 탁월하게 형상화한다. 이 공허감은 시인의 내면과 그의 삶의 공간과의 아득한 거리로 인식하게 하면서 우리를 압도해 온다.

그러면 아이들이 부재하는 놀이터와 '심심하구나'의 인식적 의미는 무엇인가.

아이들은 놀이터를 버리고 엉뚱하게 '땅뺏기'에 골몰하고 있다.

> 아이들은 山동네에 와서/땅뺏기만 하고 있다

'땅뺏기'는 원래 아이들의 '놀이'다. 이것은 어른의 '땅뺏기'와는 본질적 종차를 가진다. 그러나 이 시에서 '땅뺏기'는 어른의 '땅뺏기'란 뉘앙스를 분명히 풍기고 있다. 프롬의 용어를 빌면 여기서의 '땅뺏기'는 삶의 '소유양식'이란 산문적 현실의 의미를 띠고 있다. 그것은 물질적 욕망의 충돌이요 생존경쟁이다. 말하자면 시인의 삶의 공간은 '동

심' 곧 삶의 조화적 이념, 진정한 가치가 상실된 세계다. 그래서 시인은 '놀이'의 존재양식이 물질적 욕망의 소유양식으로 변질되는 세계를 다음과 같이 짙은 빛깔의 허무로 자기화한다.

빈터에 금을 그어놓고/돌아가는 아이들의 등 뒤로/저녁 눈발이 흩날리고/모든/땅은/다시/눈 속에 지워진다.

지금까지 보아 온 것처럼 이명수는 과거시제와 현재시제를 적절히 구사해서 그의 감정의 호흡을 조심스럽게 조절하고 있다. 그의 목소리는 그렇게 메마르지도 그렇게 격하지도 않다. 알맞게 젖어 있다. 중년의 세련되고 문화적인 스타일이다. 그의 현실인식은 언제나 미의식으로 여과되고 있다.

그러나 세계에 대한 배타적이고 선별적인 데서 오는 그의 고립주의와 결백성은 상상력을 경직하게 할 수도 있는 위험성이 내포되어 있다. 상상력이 경직되었을 때 자아와 세계는 변화불가능한 채 고립적으로 고착되어 버린다. 그 결과는 레토릭만 남는다. 세계혐오보다 오히려 자기혐오에 빠졌을 때 그의 시가 새로운 모습으로 더 건강하지 않겠는가 하는 사족을 달고 싶다.

탈승화와 도시 수사학

— 김형술 시집 『의자와 이야기하는 남자』

1.

현대시의 어떤 특징이나 경향을 기술할 때 주제의 재료는 가장 편리한 참조틀이다. 이것은 일단 사회학적 관심이지만 재료적 관점에서 시를 유형화하는 일은 거의 무제한적이기 때문에 장르비평과 무관함은 물론이다. 그러나 제재의 선택은 매우 중요한 일이다. 왜냐하면 이것은 시대적 요청이나 세계관의 문제이며 적어도 시인의 어떤 의도와 연관되어 있기 때문이다.

김형술의 제재선택은 도시적 이미지, 예컨대 전화, TV, 엘리베이터, 컴퓨터, 양변기, 침대, 정수기 등 낯익은 문명의 이기들이나 소비적 상품 등으로 몹시 한정되어 있다. 그는 도시의 삶이나 사물에서 주로 시상이 촉발되거나 시적 이미지를 채용한다. 그의 시쓰기는 전적으로 도시적 감수성에 의존하고 있으며 이 감수성은 타고난 것처럼 보이기조차 한다.

도시 이미지들은 김형술시의 경우 객관적 묘사로 형성되는 법은 별로 없다. 대신 관념의 표현수단인 비유적Metaphorical 이미지가 지배한다. 뿐만 아니라 이 비유적 이미지들은 도시적 삶이나 사물들을 철저하게 시적으로 변용시킨 산물들이다. 여기서 시적 변용이란 사물들의 내면화·주관화를 의미한다. 물론 이런 내면화의 시적 변용은 시의 한 기본항이지만 김형술시에서는 이를 위해 수사의 남용 내지는 오용도 사양하지 않는다. 이 점에서 그의 시적 진술은 여간 완강하지 않다.

그의 도시적 수사학은 절제되지 않아서 오히려 전달의 기능에 장애요인이 되고 있다. 그럼에도 불구하고 다른 도시시들과는 달리 그의 도시시는 진지한 어조로 도시적 삶의 문제들을 집요하게 파고 든다.

2.

시인의 영혼이 사물들과 교감할 때 이것은 이미 충분히 시적인 것이 된다. 이 경우 사물은 관습적으로 서정의 원천인 자연이기 마련이다. 그러나 자연물 대신 문명의 이기들과 교감하는 김형술시에서는 단순히 시적인 차원에만 머물지 않는다. 그에게 사물과의 교감은 언제나 인간소외의 문제가 내장되어 있기 때문이다.

> 아내가 잠들자 머리맡의 안경을 찾아 쓰고 침대에서 반쯤 몸을 일으킨 채 그는, 벽을 향해 돌아 앉은 의자에게 말을 건네기 시작한다(「의자와 이야기하는 남자」).

이 3인칭 객관적 시점은 다음에 타인과 나눌 수 없는 주인공의 내적 독백을 수반함으로써 현대인의 소외를 효과적으로 환기한다. 여기서 주인공의 내적 독백이란 인간과 사물의 본질이 실용성에 의해 철저히 왜곡되고 훼손됨을 인식한 고통의 언어다

사물과의 교감이 인간소외의 등가물일 때 우리는 이것을 현대시라고 부를 수 있다. 마르쿠제가 산업사회에 있어서 예술적 소외를 고차원적 소외 또는 "매개된 소외"라고 했을 때 시의 소외는 아직 시의 명예였었다. 그러나 시인 자신이 타자기에 투사된 「타이프라이터가 말하길」에서 시가 "아무도 들어주지 않는 노래"에 지나지 않는다는 소외인식은 전연 시의 명예가 함축되어 있지 않다. "토사물같은 비명 소리가 누구의 영혼에게 향기되리라 믿니" 하는 자조적 어조는 오히려 시쓰기에 대한 저주에 가깝다.

가장 의미심장한 소외형식은 사물과의 교감마저 좌절되는 경우다. 「폭풍우치는 밤 비디오는 고장이 나고」는 고장난 비디오를 사랑의 능력을 상실한 불감증의 여인으로 의인화함으로써 화자와 사물과의 교감이 처음부터 차단되어 있다. 따라서 화자가 고장난 비디오의 "헤드부위를 주먹으로" 내리치는 광폭한 행위는 불가능한 사물과의 교감을 회복하기 위한 인격의 왜곡이지 결코 기계문명에 대한 저주나 비판이 아니다.

이런 인격의 왜곡은 「사랑에 빠진 남자」에서는 주체의 객체화라는 현상으로 대치된다. 역시 3인칭 시점을 채용한 이 소외시의 표층구조는 사물과의 교감이 타인의 동의를 획득하지 못해 번번이 좌절하는 한 인간의 정신편력이다. 놀라운 역설은 그가 인간의 조작대로 충실히 반응하는 컴퓨터를 "가장 아름다운 물건"으로 인식한 순간 발생한다. 왜냐하면 이 인식은 지금까지 사물에 일반적으로 사랑을 부여한 주체의 위치에서 사랑을 받는 객체의 위치로 전이됨을 의미하기 때문이다.

··· 때로는 수동적이 아닌 능동적인 사랑을 받아보고 싶어졌다. 하여 그는 모든 책들에서 기계처럼 비정한, 기계처럼 무표정한, 기계처럼 자동적으로, 기계처럼 무심한 ··· 등등의 말들을 지웠다. 대신 컴퓨터와 춤추는, 컴퓨터와 토론하는, 컴퓨터와 식사하는, 컴퓨터와 섹스하는 ··· 등등의 말을 새로 적어 넣었다. 그리고 완전한 사랑을 이루기 위하여 마침내 자신이 컴퓨터가 되기로 결심했다.

그러나 사물과 교감하는 그의 정신편력이란 실상 주체의 객체화라는 자기 정체성의 포기 또는 상실에 이르는 전락의 과정에 지나지 않는다. 이 작품을 인간소외를 간접화한 아이러니로 읽히게 하는 근거는 여기에 있다.

김형술시가 보다 선명히 문명비판의 성격을 띨 때 사물과의 교감이라는 주제적 범주를 벗어나기 시작한다. 과장은 문명비판의 중요한, 그리고 관습적 전략이다. 「텔레비전 광시곡」에서 텔레비전은 "인간의 날개와 눈물마저도" 재생산하는 "전능의 네모난 신전"으로까지 그 절대적 힘을 과장한 대신 인간은 텔레비전에 조종되는 "불쌍한 종"으로 사정없이 격하된다. 인간의 욕망을 조종하는 자본주의 소비사회는 "인간의 영혼마저도 어쩌면 정교한 복제품이 아닐까 의심해 보곤 해요"라는(「가벼운, 무거운 - K양의 귀걸이」) 여성 화자의 말로 과장된다. 「전화기가 있는 실내풍경」에서 전화는 더 이상 문명의 이기가 아니라 인간의 영혼을 망가뜨리는 '흡혈귀'나 '악령'으로 왜곡이 극대화된다. 「TV TV 파란 까마귀」에서 문명세계는 꿈과 상상이 허용되지 않는, 그러니까 영혼이 없는, 유물론적 현상주의가 지배하는 세계로 인식된다.

보이는 것들만을 밀교처럼 신봉하는/당신은 사실은/살점 붉은 영혼을 쪼아먹고 사는 한 마리/파아란 까마귀라면.

이런 점에서 시어는 볼 수 있고 만질 수 있는 것을 진술하면서 보이지 않는 것, 만져지지 않는 것을 진술하는 불온한 언어체계가 된다 하겠다. 그래서 「선풍기」에서 문명의 세계는 "아무것도" 긍정할 수 없는 불모의 절명지로 묘사되고 「전화·5」는 종말론적 세계관으로 새로운 세계의 도래를 꿈꾼다.

문명비판시나 풍자시에서 흔히 부정의 대상에 주체인 나는 으레 제외되어 있다. 세계는 추악하고 무질서하지만 나는 도덕적으로 타당하다는 경직된 이분법 사고가 잠재적으로 작용하고 있는 것이다. 그러나 개인적 실존의 전체성 속에는 모순과 부조리로 관통되어 있는 인간들과 상황에 대한 관계가 내포되어 있다. 다시 말하면 개인은 세계의 죄악으로부터 결코 면죄될 수 없는 것이다. 그는 자기 시대의 긴장과 문제성을 공유하고 있는 것이다. 나와 세계가 공평하게 책임을 지는 이런 공범의식에서 시적 정직성이 비로소 탄생된다. 「하수구의 달」은 바로 이런 시적 정직성의 한 산물로서 유난히 돋보인다.

너 아직 거기 있었구나/숨막히게 비좁고 낮은 지붕들 사이/힘겹게 돌아나가는 어둠보다 검은 물 속/찢어진 콘돔과 녹슨 깡통/죽은 쥐 따위를 끌어 안고.

시대의 죄악에 관통되어 있는 개인의 실존적 전체성을 '하수구의 달'이라는 탁월한 이미지로 형상화한 것은 매우 놀랍고 공감적이다. 그러나 보다 중요한 사실은 실존적 전체성 속의 개인이란 세상을 초월하거나 등지는 법이 없는 '세계내존재'인 점이다. 그는 국외자이면서 동시에 국내자인 이중적 존재다.

> 알 수 없구나/굳이 만나야 할 무슨 그리움 있는 것처럼/네가 이 도
> 시를 떠나지 못하는 이유.

　세계내존재는 세상을 저주하면서도 세상을 떠나지 못하는 모순된 존재다.「달과 택시」가 채용한 눌언의 어조 자체가 벌써 매우 함축적이다. 오염된 언어는 오염된 세계의 표상이기 때문이다. 여기서 시인은 이 눌언의 비정상적 언어로 아무런 삶의 의미를 찾을 수 없는 도시적 삶의 미망과 무목적성을 진술한다. 그러나 세계내존재의 모순을 진술한 작품의 결말은 이 눌언의 발화형식이 다시 정상적 언어로 회복되는 특이한 언어구조를 보인다. 이것은 물론 시인의 고의성이 짙은 전략이다. 말하자면 결말의 세계내존재의 모순인식은 오염된 세계에 대한 일종의 편집자적 논평이다.

> 언제든 이곳에서 떠나야겠다고/입버릇처럼 사람들은 노래하지만
> /모두가 그 자리에 그대로 있네/어디에도 열 수 있는 문은 없다며/무
> 거운 탄식으로 되돌아 오네.

　이런 모순인식에서 김형술시가 흔히 역설의 언어를 채용하는 것은 지극히 당연한 일이다.「칵테일」은 역설의 언어가 '탈승화'의 문제와 연관되어 있는 점에서 주목된다.
　승화란 시적 변용의 심리학적 개념이다. 문명을 억압의 산물로 정의한 프로이트의 문맥에서 승화는 본능적 욕구를 사회가 용인하는 문화적 형태로 변장시키는 압축의 원리가 처음부터 내장되어 있는 것이다.

말하자면 압축의 원리 곧 승화는 감춤의 원리다. 압축의 원리가 지배하는 시의 언어가 원래 환기적 언어라는 사실은 이미 프로이트적이다. 이런 점에서 시는 감춤의 존재양식에 근거한다. 그러나 많은 현대시들은 승화를 일종의 길들임, 그러니까 사회적 억압의 등가물로 해석한다. 그래서 현대시들은 승화된 충동들과 목적들이 보다 일탈되고 사회적 금기들을 서슴없이 넘어서는 탈승화의 태도를 취한다.

탈승화는 김형술시의 또 하나 중요한 특징적 양상이다. 「칵테일」의 경우 탈승화는 다분히 퇴폐주의적인 어조를 수반한다.

> 놀라워라 이 매혹적인 불륜의 향기//눈부신 태양의 갈기와/흐트러진 어둠을 적시던 눈물과/노을에 시들어 버리는 꽃들의/거리낌없는 혼음/그 완벽한 황금비율의 연금술.

더욱 놀라운 것은 이 문제적 개인이 "무엇엔들 타협하지 못하랴"라고 스스로 타협주의자임을 천명한 점이다. 다시 말하면 이 문제적 개인의 탈승화는 기존질서나 세계의 유죄성에 대한 부정과 도전이 아니라 긍정과 수용의 태도가 되고 있는 것이다. 역설과 아이러니가 탄생되는 곳은 바로 이 지점이다. 시인은 탈승화를 반어적으로 채용하고 있는 것이다. 그러니까 탈승화는 현실과의 적대감정을 둔화시키는 '제도화된 탈승화'를 공격하기 위한 전략인 셈이다. 시인은 탈승화의 위악으로 세계의 위선에 버티고 있는 것이다.

시인이 탈승화의 테마를 형상화하기 위해 대중가수와 그의 음악을 제재로 선택한 것은 매우 적절했다. 제목 자체가 벌써 환상적인 「날아다니는 섬」의 화자 역시 마약의 약물중독으로 사망한 외국 여가수를 흠모하는 탈승화의 분열적 인간이다. 그에게 실재는, 그러니까 삶의 진실은 현실이 아니라 그 여가수의 음악과 관련된 상상적 질서다. 현대시에 과거의 낭만주의자가 탈승화의 분열적 인간으로 변용된 채 남아 있는 것은 매우 의미심장하다.

탈승화는 인기절정에 있는 여가수의 음악 비디오에서 취재한 「저 여자가 누구?」의 경우 성모순의 테마와 연관되어 있다. '마돈나'라는 이름의 여가수를 매우 엉뚱하게 "아기 예수를 빼앗긴 마리아"로 상상하는 화자의 탈승화는 성·속의 이분법 사고체계를 붕괴시키는 해체주의 세계관이다.

> 모두가 사랑하지만/아무도 아는 척 않는/저 여자/우리들의 숨겨
> 둔 정부/아내/누이/수태고지를 거부한 性처녀 아름다운/세기말의 성
> 모.

흑백 혼혈아 여가수를 다룬 「아름다운 혼혈」에서 탈승화는 이제 종족모순과 연관되어 나타난다. 여기서 탈승화는 다음과 같은 해체주의적 역설로 시작된다.

> 순수하지 않은 것이 아름답다.

이 역설은 차라리 종족모순에 도전하는 하나의 선언으로 보인다. 대중 여가수를 비자기의 소망적 인물로 욕구하는 탈승화가 유효한 유일의 거점은 체제의 모순과 기만을 효과적으로 드러내고 이에 도전하는 데 있다. 묘하게 중의법이 구사된 그의 연작시 「말 사육법」은 집요하게 체제의 보이지 않는 억압과 기만성을 더듬는다. 그의 도시적 감수성은 「말 사육법·7」에서처럼 규격화되고 관습화된 일상성의 베일에

감추어진 우리 시대의 슬픔과 눈물을 재발견하는 데만 열려 있다.

그의 시어는 「팩시밀리는 날마다 유서를 쓴다」처럼 삶의 진실에 닿으려는 고뇌의 언어들이다. 그는 「윈도우 브러쉬」에서 가치전도와 도덕적 혼란에 빠진 의식의 미망을 눌언의 절박한 어조로 고발한다.

> 아니 내 마, 말은 말이지 … 우우린 지금 코 … 코카인처럼 치명적인 미미망에 사로잡혀 … 있다는 거지. 아무것도 제대로 보이지 않는 화 … 황홀한 환각 속 … 누군가 … 무무언가가 필요하다는 … 눈 앞을 가로막는 이이것들 … 돌아가야 해 … 더 … 더 늦기 전에.

삶의 진실에 대한, 그리고 무엇보다 인간실존에 대한 시인의 갈망은 도덕성 회복의 휴머니즘과 구분되지 않는다. 그가 "오래 전에 내가 버린 집"으로 그것도 "전속력으로" 되돌아가려는 세계내존재를 인간실존의 근본조건으로 반복해서 강조하는 이유는 이처럼 왜곡되고 훼손된 인간과 세계를 포기하지 않는 시정신에 있다. "차마 버릴 수 없는 사람에의 그리움으로 깨어 있다면/그대 어두운 영혼 속에서도 오늘은/푸른 달이 뜨리라"(「달」)는 그의 인간선언이다.

3.

김형술시의 언어감각은 눌언에서부터 요설체에 이르기까지 여간 다채롭지 않다. 전원적 풍경을 묘사한 「TV 속의 햇빛」은 경쾌하면서도 서정적인 언어미를 유감없이 보여준다. 그러나 그의 시는 오히려 요설체가 우세한 편이다. 절제되지 않는 그의 도시 수사학은 때로는 부자연스러운 괴기한 관능적 이미지까지 동원할 정도로 남용되거나 오용되기도 한다. 이것은 그의 신선한 도시적 감수성에 장애가 되고 전달의 회로를 차단한다. 무엇보다 시적 정직성의 문제를 정면으로 제기한다. 우리 시대의 긴장과 문제성을 천착하는 시인의 촉수는 언제나 언어의 진지하고 치열한 탐구를 동반하는 것이다.

인유적 상상력과 소외 현상학

- 송유미의 시세계

1.

독일은 문예학자 슈타이거는 서정시의 본질을 <回感>이라고 말한 바 있다. 이때 회감은 시인의 자아와 세계 사이가 아무런 단절없이 동화되고 과거, 현재, 미래가 그 시혼의 고유한 본성으로 융화되는 것을 말한다. 다시 말해 세계로 자아화하여 그 세계의 모든 딱딱한 것들을 융해시켜 일체를 이루려는 태도를 말한다. 이 특질로 말미암아 서정시는 우리에게 평화와 부드러움, 즉 일체의 안식을 주는 기능을 갖는다.

송유미의 시는 이 슈타이거가 지적한 서정시의 본질을 잘 되살리고 있다. 그녀의 시는 인간의 잔잔한 생명력을 유발하는 그리움, 연정, 기다림, 그리고 그것들과 달리 비쳐보이기도 하지만 종국은 같은 기능을 하는 고독, 한, 소외 등의 정서들로 가득차 있다. 이것들은 끊임없이 부드럽고 애잔한 서정을 형성함으로써 우리에게 생명과 환상을 주는 원천으로 작용한다. 한마디로 그녀의 시는 서정주의를 고집함으로써 싱싱한 생명의 초산을 흘리고 있는 것이다.

> 그의 손짓에/ 아득한 섬에 인도되었다/ 밀려서 오는 물결을 안으
> 며/ 안개꽃으로 피어났다./ 꽃잎은 눈이 되어/ 은세계를 이루고/ 껍
> 질이 벗겨지는 고통이 지나고/ 그리움만이 흐르는 곳에 당도하였다/
> 들뜨는 바다를 바라보면서/ 왼 종일/ 밀물 소리를 들었다./ 다시 아
> 침이 오고/ 바다 밑으로 내려앉는 갈매기 몇 마리/ 날개 돋는 소리/
> 열려진 문틈으로 들려왔다.
>
> — <부활>

그리움만이 흐르는 곳에 당도해 날개 돋는 소리를 듣는 시인! 그것
은 신선하고 환상적이다. 송유미가 꿈꾸는 세계는 바로 이 조화와 화
해를 이룬 세계, 서정의 세계다. 이 서정의 세계는 특히 우리 전통시에
자주 나타나는 것처럼 자연과의 일체를 이루는 면에서 두드러져 보인
다. <봄비>, <이슬>, <꿈속의 정경> 등 도처의 작품에서 이런 전
원적이고 환상적인 푸른 정서들과 이미지들이 산견된다.

한편 송유미는 신산스런 우리들 일상마저 서정으로 승화해 보이고
있다. 가난과 고독과 한, 일체의 우리 삶의 고통을 맑은 서정을 통해 위
안과 꿈속으로 고양시킨다. <꿈을 찍는 벽돌공>에서 「그대들의 집이
되길 기다리는 그 작은 꿈의 조각(벽돌 — 필자)에 물주기를 하면서/ .../
한치의 오차도 없이 이루어질 그대들의 꿈의 건축을 생각하는 것이다」
라고 고백하는 화자는 얼마나 건강한 꿈을 꾸고 있는가. 또한,

> 불행하지 않을 만큼의 가난을 가스등으로 밝혀두고/ 산동네 사람
> 들의 귀가를 기다리며/ 그는 열심히 붕어빵을 구워낸다/ .../ 가난도
> 알맞으면 행복의 재료가 된다는 것을 아저씨는 아는 것일까

에서 보듯 서민의 삶을 따스한 서정으로 승화시키고 있다. 거기에다 「가난도 알맞으면 행복의 재료가 된다」는 번득이는 시적 진실을 잡아 내 보여주기까지 하고 있다. 현실의 삶을 이 정도로 끌어 올릴 수 있는 것은 그녀의 세계에 대한 깊은 애정에서 비롯된다. 이러한 일상적 삶의 승화는 <시장>, <뜨개질 하며> 등 그의 생활시 전반에 걸쳐 나타난다. 따라서 그녀의 시선에 잡히는 모든 것들은 이 서정화의 흐름에 자연 융화해 들어가 나타난다고 말할 수 있다.

2.

송유미의 시는 확실히 서정적이다. 그런데 그녀는 이 서정을 보다잘 형상화하기 위해 특이한 상상력을 펼친다. 그것은 바로 인유적 상상력이다. 여기서 인유란 어떤 인물, 장소, 사건, 또는 다른 문학 작품이나 그 구절을 직접적으로나 간접적으로 인용하는 것을 말한다. 이 인유적 상상력의 의도는 주제와 인유 사이의 불일치를 통하여 주제를 반어적으로 역전시킬 목적으로 사용되기도 하지만 대부분 주제를 확장시키거나 고양시키는 데 이바지하자는 데에 있다. 송유미가 주로 의존하는 인유적 상상력도 물론 후자 쪽이다.

먼저 그녀는 예술작품의 세계를 시적 오브제로 선택한다. 음악, 회화 등이 자주 인용된다. 이들 시의 특징은 고전적 미를 통한 인간성을 구현하는 데에 집중되고 있다.

숲 속에 귀가 작은 나물들이/ 귀를 열었다/ 사람들은 곱게 날개를
접고/ 하늘의 천사들은 길을 떠났다/ 바람도 없는 들판에/ 허리 굽은
눈들이 가득 걸어서 오고/ 언덕을 오리는/ 파리한 안개소리/ 강물을
흔들었다/ 더욱 기울어진 산 저쪽에서/ 낮은 음표로 날아가는/ 뻐국
새 보이고/지평선 밖/나그네가 돌아오고 있다.

- <베토벤을 듣는 날>

이 작품은 베토벤의 음악이 가지는 환상의 세계를 싯가품에 구조적
으로 인용한 것이다. 자칫 추상시로 보이기 쉬우나 선율의 아름다움을
상상의 날개로 시화한 것에 지나지 않는다. 「파리한 안개」나 「낮은 음
표로 날아가는 뻐국새」에서 우리는 음률의 아름다움을 감지할 수 있
다. 이런 음악적 세계를 시적 세계로 변용한 것은 「언젠가 올 슬픔을
위하여/그렇게 귀를 열고 가슴을 열고」라는 슬픔의 회복을 통해 인간
의 회복을 얻는 수일한 이미지의 <마태의 수난곡을 들으며>에서도
잘 나타난다. 뿐만 아니라 그녀는 회화의 세계도 시적 세계로 변주에
우리에게 보여준다.

그 깊은 동굴에서 나는 고갱과 함께 말을 타고 달려가고 있었다./
들어선 길은 하나지만 갈 길은 분명 달라 그는 타이티 여인의 따뜻
한 자궁 속으로 .../ 단 하나 내 여인이던 '크리스틴' 그녀도 가버린
지금/ 나는 캄캄한 절망을 향해 방아쇠를 당긴다. 꽝!

- <빈센트 · 반 · 고호의 소묘> 중

반 · 고호의 자화상의 세계를 시화해 보여주고 있는 이 시는 예술가
의 소외, 고독을 마치 한 폭의 그림인양 이미지화 하고 있다. 그 점에서
이 시는 김춘수의 연작시 <이중섭>을 연상시킨다. 고전의 작품 세계

를 통해 그녀의 내면에 숨쉬는 열정과 고독을 형상화내는 이런 기법은 의도한 만큼의 효과를 충분히 얻고 있음을 알 수 있다. 또 한편 그녀의 인유적 상상력은 그녀의 서정을 보다 전통적이게 한다. 그녀의 서정은 객관적 상관물로 우리의 전통 문학작품이나 전통 유물을 들여와 보다 고전적 미와 인간성의 발현을 얻는다. 이 시들의 어조는 한결 진지하고 진실하며 그래서 그만큼 우리 영혼의 근원에 호소해 보이고 있다.

> 무엇일까 나로 하여금 세상의 명리를 이별하게 하고 바람소리에 우주를 느끼게 하는 이 은밀하고 부드러운 자연의 신비는. 마음을 비우고 시간도 비우고 좌정하는 시간이면 理의 본체를 느끼게 하는 이 氣의 오묘한 시원 속으로 나는 걸어 들어간다. 결국 나의 사랑은 이 넓고 무한한 우주 속에서 샘물처럼 넘치는 생명을 이끌어가는 끈을 잡는 일이 아닌가 하고
>
> — <도산십이곡 중 제6곡> 중

> 촛불켜 태양을 맞을 수 있는 내일이 나에게 있다면 이 무거운 죄조차 깊이 앓아서 사랑하리라
>
> — <백치 아다다> 중

이기철학의 형이상학적 세계를 명징한 사정의 세계로 변용해 보이는 <도산십이곡 중 제 6곡>은 진지하고 사색적이며 근원적이다. 그것은 인간의 원형을 추구하는 하나의 몸짓에 해당한다. 오묘한 시원 속으로 걸어 들어가는 화자는 얼마나 파편화된 현대인의 세계를 잘 극복해 보여주는 모습인가. <백치 아다다>에선 또한 무상의 사랑을 얻기 위해서 어떤 고통도 감내하겠다는 진실한 삶의 갈망을 보여 주고 있다. 이 무거운 죄조차 깊이 앓아서 사랑하리라는 비극적 결의는 도

저한 삶의 체득이다. 송유미 시에 인각된 이와 같은 고양된 인식들은 참으로 우리들 삶을 건강하게 살 찌우는 영양소와 같다. 이러한 인식들은 <사모곡>, <아서녀의 비가>, <아리랑 별곡>, <청산별곡> 등 고전의 작품 세계에 잘 구현돼 있고 그럼으로써 우리 원형의 세계를 잘 담보해 준다. 거기에다 송유미는 전통적 소재를 활용하여 이를 더 한층 상승시킨다.

> 바람을 비운 수틀 속에서/먼 산의 돌깨는 소리 들려왔다/탑 그림자 어리질 않고/귓가를 맴도는 범종소리/아픈 빛살로 뜨이고 있었다./산 그늘에 잠이 든 사슴 몇 마리/창자엔/물레소리 은은히 그늘을 드리우고/산빛을 닮고 태어난 아가의 울음이/달빛에 감기면/미류나무 잎새가 고운 색실을 묻다.
>
> — <刺繡> 중

한 폭의 한국화를 보고 있는 듯한 이 시는 자수에 나타난 한국적 미의 세계를 시적으로 형상화한 작품이다. 고전미와 선적(禪的)인 분위가가 어울려 은은한 인간의 원초적 서정을 더 잘 보여주고 있다. 수틀, 탑 그림자, 범종소리, 창지, 물레소리, 색실 등 전통적 소재가 잘 융해된 채 우리들 고유의 정서를 환기한다. 이 밖의 <촛불>, <피리>, <대나무 일기>, <팽이> 등 전통적 소재를 한 작품들은 다 전통정서를 바탕으로 한 채 인간의 원초적 본향을 강하게 암시하는 작용을 하고 있다.

이 점에서 송유미의 인유적 상상력은 현대에 있어서 탁월한 가치를 지닌다고 말할 수 있다. 그녀의 상상력은 분명 현대인의 분열된 정신을 지고한 것으로 통합시키는 그 나름대로의 의의를 가지고 있는 것이다.

3.

　문학작품은 흔히 총체적이라 한다. 그때 총체적이란 다양한 정서의 총합이란 뜻이다. 송유미의 작품도 일면적 정서만 노출하지 않는다. 서정성 이외에도 그녀의 시는 고독과 소외를 갖는다. 특히 소외는 서정의 그림자인양 그녀 시의 지배적 정조가 되고 있다. 그녀가 다루는 소외는 감쌈의 서정에 비해 다분히 폭로성을 띤다. 그것은 아무래도 그녀 또한 절박한 이 현대를 살아가는 시인으로서의 위치를 자각했기 때문이 아닐까 싶다. 기층민의 소외의식을 다루고 있는 그녀의 시를 따로 살펴보는 것은 그러므로 의의있다 할 것이다.

　　세상에 살면서도 흙에 뿌리를 내리지 못하고/언제나 떠도는 그리움을 향한다/가슴에 휘몰아치는 바람에도 정녕 따르지 못하고/언제나 밀려오는 물결에만 온몸을 뒤척을 뿐이다/세상에 살면서도 세상에 접목하지 못하고/이만큼 떨어져나간 빛 자락에서/꿈의 아득한 벼랑을 오를 뿐이다.

　　　　　　　　　　　　　　　　　　　　　－ <섬 · 1> 중

　　나는 어디서 온 것일까/저 땅끝의 어둠에서 태어나 걸어온 것일까/원장 선생님 말씀처럼 하느님이 보내신 것일까

　　　　　　　　　　　　　　　　　　－ <89년 종덕원의 겨울> 중

　　등 굽은 아버지를 떠나 보내며/나는 잠들지 못하는 나라의 불나비가 되고 말았어/낡은 노랫가락이/파도로 부서지고 깨어지고/아침이 없는 선술집의 작부가 되어 있었어/그리고, 참/캄캄한 바다를 바라보는 일이/산처럼 쌓여 갔었어

　　　　　　　　　　　　　　　　　　－ <西生에서 쓰는 便紙> 중

이 시들을 읽으면 그녀의 소외가 단순한 소외가 아님을 깨달을 수 있다. 그것은 분명 사회적 소외, 실존적 소외의 양상이다. 세상에 살면서도 흙에 뿌리를 내리지 못하는 뿌리뽑힌 삶을 보여주는 <섬·1>, 고아 이미지를 통해 실존의 근원에 대한 끊임없는 의문을 제기함으로써 진한 소외감을 나타내주는 <89년 종덕원의 겨울>, 선술집의 작부가 되어 캄캄한 바다만 바라보는 한 많은 여인을 보여주는 <西生에서 쓰는 便紙> 등 이 세 작품은 모두 소외된 계층의 절망과 슬픔을 잘 형상화해 보여주고 있다. 그것은 역으로 자의든 타의든 어떤 제도적 구조에 의해 막다른 상황으로 몰려가야 했던 사람들의 처절한 심정을 대변하는 것이기도 하다. 송유미의 이런 대사회적 소외의식은 도시를 버리고 오히려 시골로 돌아가는 것을 택하는, 반세속주의 <빈 마을에서>에서는 하나의 현대적 세태에 반항하는 서정을 지니기도 하고, 고래잡이가 그쳐진 <장생포>의 모습을 통해 가난하고 힘없는 하층민들의 아픔을 웅변한다. 그러나 송유미의 소외의식은 거기서 그치지 않는다. 보다 실존적인 면에까지 확산된다. 나는 누구일까를 끊임없이 제기하여 자기정체성을 밝히려하나 밝히지 못함으로써 강한 소외감을 표출하는 <89년 종덕원의 겨울>을 비롯하여 「단 하나도 내것이 되어주지 않는 가난 속에서 그 어느 것도 나의 것이 될 수 없는 소외 속에서/.../단 하나의 방도 갖지 못하고 살아가는 이름없는 시인을 지아비로 둔 아내여, 나를 정말 용서해다오」라고 부르짖는 <세 개의 슬픔>은 인간적인 한계에 슬퍼하는 화자를 강하게 노출시키고 있다. 그것은 인간 실존의 근원적인 고독에서 오는 소외를 뜻한다. 그 점에서 이들 시는 <시는 소외양식>이라는 명제를 잘 구현해주고 있다.

그런데 이런 소외의식은 송유미에게 보다 외적으로는 역사적, 정치적 차원으로 확대되며 내적으로는 자신의 능력의 한계에 따른 자기형벌의 양가적 태도로 귀착된다. 외적으로 확신되는 그녀의 인식은 역사적, 정치적 존재로서의 자각에 따른 것이나 내적으로 심화되는 자기폐쇄는 현실의 모순에 적극적 대처를 하지 못하는 미미한 존재로서의 무능력에 대한 자기 처단이다.

> 그 피울음 들리는 독한 유배는 북해도의 잔물결에 실여와 나의
> 가슴을 치는구나, 개화당 동지들 뿔뿔히 흩어져 섬처럼 외로와도 그
> 섬들은 점점 가슴 비비며 모여든다. 조선의 가슴에 그리움으로 밝혀
> 질 불씨 하나 저 깊은 아궁이에서 숨어 타오르고, 타오르고
> ─ <독립신문을 만들며 ─ 서재필 일기 중에서> 중

시인 자신을 서재필이라는 역사적 인물에 투사해 보여주는 <독립신문을 만들며>는 한말의 상황 속에서 지사의 고뇌를 통해 역사적, 민족적 소외를 보여준다. 한편 현실에 적극적으로 참여하지 못함으로써 도피한 서재필의 심정을 같은 시에서 「나를 가두는 창살이 되어 아메리카 넓은 땅도 감옥만 같다」라고 토로함으로써 자기형벌의 일면을 반영하고 있다. 이것은 <벽화를 그리는 이유>에 가선 확실한 자기유배로 나타난다. 이러한 소외의식은 민족의식쪽에서 뿐만 아니라 비록 내향적이지만 엄정한 자기 엄격성을 띠는 것으로 발전함을 볼 때 송유미의 시정신이 치열함을 엿볼 수 있는 것이다. 그것은 분명 현대인으로서 가져야 할 좋은 시정신이 아니겠는가.

4.

송유미시가 다 완성된 것은 아니다. 특히 그녀의 시세계에서 하나의

맹점이랄 수 있는 것은 갈등이 배제된 채의 화해의 모습이다. 그것은 어떻게 보면 미숙한 세계인식이랄 수 있다. 그러나 지금의 그녀의 시가 가지는 구조로서는 그렇게 될 수밖에 없다. 그것은 그녀의 시인식이 대부분 그리움과 기다림 등 인간 서정에 주력하고 있기 때문이다.

그러나 이러한 염려는 곧 극복되리라 본다. 왜냐하면 「늘, 나는 다른 사람과 달라야 한다고 주문을 건다/그것은 나는 천상의 길을 걸어가고 있기 때문이다/그러기에 엄청난 고독과 외로움도 삼켜야 한다」(천상의 길을 걷는 자는 혼자이어야 한다)는 분명한 자기인식을 하고 있기 때문이다. 그녀가 걷는 천상의 길은 분명 뼈아픈 이 시대의 시인의 길임을 우리는 넉넉하게 짐작해낼 수 있다. 송유미가 아무것에 흔들리지 않고 이 길을 가는 한 우리는 우리 곁에 참으로 시인다운 시인이 있음을 행복히 여길 것이다.

전통의 변주와 여성언어

─ 박정애 시집 『개운포에서』

1.

시란 무엇인가, 왜 시를 쓰는 것인가. 이런 사르트르적 질문은 시가 사회와 긴장관계에 놓여 있을수록, 오늘날처럼 시쓰기만 있고 시읽기가 없는 시의 위기의 시대일수록 절실한 기본적 의문이며 이런 질문에 대한 답은 물론 정답이 없다. 서시(序詩)의 중요성은 여기서 발생한다. 고백적 어조로 시작 태도를 천명한 박정애의 「序詩」도 예외가 아니다.

> 내가 앓던 가슴앓이를 시인病이란 자가 진단을 내리고 나도 시인
> 되기로 한다 세상이 잠든 시간, 나만 깨어 기침하고 각혈한다 가끔
> 정거장을 놓치고 몇 정거장 다시 거슬러 오르기도 하면서 그런 나를
> 관대하게 용서한다 왜냐면 시인은 그런 구석도 더러 있어야 하기 때
> 문이다.

많은 현대시처럼 박정애시의 경우에도 시는 우선 고통의 산물이다.

사실 내면적 고뇌가 박정애시의 주선율을 이루고 있다. 박정애시는 고통의 근원에 대한 탐색이며 삶의 조건으로서 고통들을 변주적으로 표백한다. 그러나 보다 중요한 사실은 박정애의 시정신이 근본적으로 전통주의에 뿌리내리고 있는 점이다. 이것이 "정거장을 놓치고 몇 정거장 다시 거슬러 오르기도" 한다는 고백의 의미심장한 속뜻이다. 시의 가치와 요소들이 능욕 당하는 문명사회의 시대에 박정애가 "가슴앓이"로서 시인을 선택했을 때 전통주의는 박정애의 시정신 속에 이미 뿌리내리고 있었던 것이다. 따라서 박정애시는 고통의 변주이면서 동시에 전통주의의 변주다.

> 화선지 蘭을 치고 竹을 치면 향기를 불어 넣고 창날같은 바람 귓날이 서데
> 눈썹에 서리친 오천년 미닫이가 흐리고 처마밑에 낙수비 귓속을 들이쳐도 한갓귀로 흘리더니 품안에 질러넣은 은장도 귀가 밝은 새처럼 마음 조이고 풀벌레 울음소리 서릿발에 돋치는 밤
> 갓테 삭은 선비여, 내 흰술 걸러 잔을 채우랴
>
> ―「한지(韓紙)」

제목 자체부터 전통적이고 토속적인 이 작품은 우리 고유의 전통적 세계를 그대로 서정화하고 있다. "蘭을 치고 竹을" 치는 "갓테 삭은 선비"의 모습은 동양 정신의 세계에 다름 아니다. 물질문명에 맞서는 고전적인 정신의 세계, 이 시는 상고주의(尙古主義)의 태도를 통해 이를 극명하게 드러내고 있다.

> 툇마루 걸터앉아 발밑으로 흘러가는 아득한 산세를 바라보면 마음은 청동오리 둥두렷 보름달로 떠 올라서 도원경(桃源境) 건너가는

무지개 끈을 당긴다 서늘은 다듬잇돌 소리를 아직 독과점 품목으로
지키고 두 손을 겨드랑이 찌른 채, 고개를 숙이고 내려다 보는 저 깊
은 세상은 너무 멀다.

—「世俗圖—청학동」

이 작품의 소재 역시 토속적이다. 여기서 우리는 시인이 "다듬잇돌
소리"를 "독과점 품목"으로 인식한 이중성에 주목할 필요가 있다. 첫
째로 이 문제적 비유는 과거에는 엄연한 우리의 삶 그 자체였던 전통
적이고 토속적인 세계가 이제는 이념의 형태로 남아 있다는, 그러니까
일종의 이상향이 되고 있다는 전통주의의 소산이다. 둘째로 이것은 세
속으로부터 소외된 이 토속적 세계가 이제는 한낱 상품으로 그 흔적을
남기고 있다는(그래서 다분히 풍자적인) 안타까움의 산물이다. 이 작
품의 제목이 '世俗圖'인 것에 유의해 보면, 이 시에는 세속적인 대도시
에 사는 박정애가 지닌, 삶의 역설이 배어 있는 것이다. 이 역설적인 삶
의 태도는 「安樂洞에서」라는 시작품에서 대조의 수법에 의해 보다 뚜
렷이 드러난다.

기개높은 지사의 별도달도
청빈의 선비 글소리 따라 읽던 귀뚜라미
등창에 눌러붙은 허기를 옥죄며
손톱밑에 발긋발긋 피가 배이게 긁어대던
이며 빈대며 또 불벼룩이 어찌됐건
　　…(중략)…
아파트가 들어서고 12층에서
불혹인 내가 安樂하게 살고있다는 사실.

우리는 "등창에 눌러붙은 허기를" 옥죄면서도 꼿꼿하게 글을 읽는 "청빈의 선비 글소리"에서 전통의 정신주의를 쉽게 감지할 수 있다. 이 정신주의를 하나의 이념형으로 설정한 이상, 시인은 전통에 가치를 두는 상고주의자가 된다. 여기서 "어찌됐건"이라는 서술어에 유의해야 할 필요가 있다. 왜냐하면 이 서술어는 이상적인 삶의 태도와 시인의 생활양식과의 거리감을 함축하고 있기 때문이다. 다시 말하면 시인 박정애는 청빈의 선비와 대조적으로 현대적인 삶의 공간인 대도시의 아파트 12층에서 안락하게 살고 있는 것이다. 도시의 생활공간인 安樂洞이란 동네명과 安樂이라는 지극히 세속적인 삶의 태도와의 호응이 언어유희(pun)를 통해 적절히 뒷받침되고 있다. 그래서 이 시는 바로 이 지점에서 자기 풍자로도 읽히는 것이다.

그런데, 언어유희는 여기서 그치지 않는다. 시인이 지향하는 정신주의적 삶의 태도인 安貧樂道(상점 찍은 것을 읽어 보라)와 물질주의적인 세속적 삶의 태도인 安樂의 대비까지에도 연결되는 것이다.

박정애의 상고주의는 연작시 「關東別曲」에서도 자연친화의 전통적 태도를 수반하면서 연속된다. 사실 이런 상고 취미는 현실도피적 혐의를 불식하지 못한다. 그러나 농민의 가난한 삶을 전통가락인 타령조로 환기시킨 「장마전선」은 매우 사실주의적이다. 어리석지만 선량하기 짝이 없는, 우리의 전통적 인간상을 일종의 판소리 사설의 어조를 빌려 재현한 「우리동네천석氏만석氏」는 매우 사실주의적이면서도 동시에 해학적이다.

박정애의 전통지향정신은 자연의 묘사를 위주로 삼는 이른바 '사물시'쪽으로도 가지를 뻗고 있다.

어깨너머 활촉 뽑아 장진하고 시위를 당겨 과녁을 맞힌다 바다에

서 건진 해를 다시 바다로 던지는 가장 볕살이 많이 드는 여기, 일출
과 일몰은 구별이 되지 않지만 지우고 다시 쓰는 물새
　끼 ─ 억 니 ─ 언 운다

─「아침, 성산포」

　일출과 일몰이 구별되지 않을 뿐만 아니라, 자연과 시적 자아가 구
별되지 않는 물아일체의 자연친화는 우리 시가의 가장 전통적인 문학
적 관습이다. 현대시사에서 청록파가 일궈 낸 이른바 '자연시'의 면모
를 박정애도 갖고 있다. 시어의 선택이 매우 섬세하고 특히 의성어 유
추는 감각적이고 인상적이다. 그런데 박정애의 자연 묘사시는 사물의
내면 관찰, 나아가 자연에 인간적인 의미와 가치를 부여함으로써 윤색
되어 있는 경우가 많다.

　　고름이 피가 되고 살이 되는 미세한 암세포를 숨기고 뿌리 내릴
　곳 찾는 구근없는 소문들
　　뒷짐으로 내려놓은 한 시대가 무죄의 사면은 또 무언가
　　더 자라지 못한 나무들 진이 빠지지 않은 몸체를 숯구덩에 차곡
　차곡 안치고 저 물 끝에 쏟은 빈하늘에 흰 연기를 올린다

─「안개는 무화과꽃을 피우고」

　이 시는 자연 묘사의 이면에다 시사적인 사건과 의미를 배경에 깔고
있는 작품이다. 암세포를 숨긴 뿌리 내릴 곳 찾는 소문들과 나무의 뿌
리와의 연결은 매우 자연스럽다. 여기서는 생물학적 의미인 '암세포'
는 물론 알레고리적 이미지로 채용된 것이다. "더 자라지 못한 나무
들"과 효과적으로 연결된 암세포를 법의 공정성을 뒤엎고 "무죄의 사
면"을 자주 일삼는 당대적 죄악의 이미지로, "빈 하늘"의 "흰 연기"를

희망 없는 시대의 표상으로 읽히는 이유는 순전히 여기에 근거한다. 표면의 자연 묘사와 이면의 현실 비판과 같은, 박정애의 시에 보이는 이런 전통의 변주는 여기에서 한 극점을 이룬다. 전통 서정주의를 주조로 한 박정애 시편들에서 풍자적 어조를 자주 발견하게 되는 것은 전연 놀라운 일이 아니다.

2.

박정애시에 나타난 현실 비판은 풍자의 여러 기법으로 실천되고 있다. 다음에 인용하는 「쓸개가 없는 것은 착하다? ― 고라니」라는 시가 대표적인 것이다.

> 조선 감투는 혼자 쓴 듯이 청각채(靑角菜) 뿔을 이고
>
> 난 채 보다 좀 못나고 양지보다 음지를
> 어진 듯 순한 것이 제 방귀 소리도 놀라면서
>   …(중략)…
> 말 한마디에 얼고 녹는
> 저 쓸개도 없는 이치를
> 딱, 한 사람만 모르는 것 같으이.

풍자의 대상을 동물에 기탁하여 간접적으로 공격하는 우화적 방법은 우리 문학에 나타난 풍자의 전통적인 한 방법이다. 이 작품에서 풍자되고 있는 것은 우리 사회에 뿌리 깊게 만연되어 있는 감투의식과 줏대 없음이다. "감투는 혼자 쓴 듯이" 으스대며 일반 서민들을 억압

하면서 기실 속으로는 눈치만 보는 관료나 정치인, 그리고 윗사람 "말한마디에 얼고 녹는" 그들의 줏대 없음, 이것이 "쓸개도 없는" 고라니로 격하되어 풍자되고 있는 것이다.

그런데, 박정애시에서 보이는 현실 내지 일상적 세계에 대한 비판의식이 가부장제적 성모순 인식과 결합되는 자리에 페미니즘적인 색채의 시편들이 놓인다. 박정애시의 주조인 내면적 고뇌는 사실 이 페미니즘과 결코 무관하지 않다.

> 사십년 장기 복역중인 내몸이 비를 맞는다
> …(중략)…
> 비속에 씻긴 것들은 눈빛을 반짝이고 우리 영혼은 어디에 있니?
> 심장 혹은 가슴에? 어떻하나 영혼이 젖으면 날지 못할걸…
> ─「우산은 비를 가리고」

나약한(그리고 善한) 자아와 막강한(그리고 惡한) 세계 사이의 불균형은 비가적 세계관의 골격이다. 이것은 우리의 전통적 용어로는 '한'의 세계관에 등가된다. 이런 비가적 세계관에서 성모순의 인식은 일방적 피해자로서의 여성인식으로 집약되기 마련이다. 가부장제 하의 이런 성모순 인식이 "사십년 장기복역중인 내몸"의 질곡의식, 운명의식으로 극화된 것은 전적으로 비가적 세계관에서 촉발된 것이다. 이런 운명의식은 "식구가 남긴 몫도 내 차지라예"라는 「칼국수는 싫다」에서도 감지된다. 방언의 해학적 어조에도 불구하고 이 작품은 전통 시골 여인의 입을 빌려 "여자와 명태는 사흘드리 매로 다스리는 법이니라심은 시어님 말씀이라예"에서처럼 남성중심주의가 다름 아닌 여성의 마음 속에 원초적으로 내면화되어 있다는 시인의 인식에 의해 묘한 희비극적 양상을 띠고 있다. 「얼굴 지우기」도 출산이라는 여성의 신체적 질곡을 매개로 성모순 인식이 매우 리얼하게 형상화되고 있다.

여기서 여러 작품에 변주적으로 반복되는 박정애시의 핵심 이미지로서 '영혼'에 주목할 필요가 있다. 왜냐하면 이 '영혼'의 이미지는 신화·원형비평의 관점을 빌리지 않더라도 순수한 자아, 이상적 자아의 상징이기 때문이다. 시인은 이 영혼의 이미지로써 타자성으로서 여성을 주체로서의 여성으로 정립시키려는 존재론적 전환의 욕망을 환기시킨다. "주섬주섬 안개를 걷어 내고 사람들은 비처럼 일어서서"(「빗줄기처럼 혹은,」)에서 확인할 수 있듯이 박정애의 시에서 이런 주체 세우기의 의도는 지배적으로 '물' 내지는 '빗줄기'의 이미지로 드러난다. 이러한 주체 정립의 의도는 「코스모스」와 같은 작품에서는 "서서 지키라"와 "넌 버티라" 처럼 명령형 어미의 매우 의지적인 어조로도 드러난다. 「전신 마취중 2」에서 성모순 인식은 "나의 밖에선 …(중략)… 나를 개조수리하는 소리가 들렸다. 나는 주둥이가 좁아터진 술병 속에서 울었다"처럼 길들이기를 거부하는 고뇌의 몸짓으로 변주되고 있다.

그런데, 박정애의 시에서 매조키즘적인 어조와 시어를 구사하고 있는 작품들이 상당히 많은 것을 또한 짚고 넘어가지 않을 수 없다. "대팻날을 세우고 가슴을 문지른다"(「바다, 變奏曲 2 - 거미」), "굴착기로 내 두개골을 파낸다"(「夜行 1」) 등 이런 매조키즘적인 어조와 시어가 페미니즘과 무관하지 않음은 말할 필요가 없다. 성모순은 박정애 시인에게 가장 의미심장한 고통의 근원이다. 「눈은 한 밤에 온다」와 "평생을 여성 교육에 몸바치고도/당신의 안사람 마음 하나 알지 못하고"(「아내의 털조끼」)에서 성모순 인식은 타인과 나눌 수 없는 내적 고뇌로 보다 심각한 양상을 띠기도 한다. 박정애시의 내적 고뇌는 가부장제하의 타자성으로서의 고통이며 그의 시어는 본질적으로 이런 고통으로서의 여성언어다.

3.

박정애의 언어구사력은 범상치 않다. 무엇보다 그 풍부한 시어들이 우리를 놀라게 한다. 무릿매, 가투리 틀 등 토속적인 고유어와 "낯익은 달, 저거 우리꺼제"(「몰운대에서」)와 같은 방언을 비롯하여 시정어(市井語), 고어, 시사적 언어, 문명어, 과학용어 등 박정애가 선택한 어휘들은 가히 백과사전적이다. 뿐만 아니라 "호주머니에 든 따스한 예감을 어루만지며/쓸쓸한 어깨들이 골목을 물소리로 흘러간 뒤/오사리 햇감자 같은 말들이 굴러간다"(「銀쟁반 돈을 무늬」)나 "화석처럼 빛나는 내면의 파도를 봉합엽서로 접어 둔다/창 밖에 비처럼 울고 있는 그대를 하얗게 빨아 넌다"(「찻잔 속에」)나 또는 "빼닫이를 열면 까시를 따 낸 어둠이 내린다 문턱에 턱을 걸고 내다보면 추억은 하객처럼 걸어온다"(「서랍 속의 잠」) 등이 보여 주는 언어연금술도 여간 놀랍지 않다. 박정애시의 조촐한 서정은 이런 감각적이고 섬세한 언어연금술에 의해 효과적으로 환기되고 있다.

그리고 "태풍이 대권주자처럼"(「난장이가 본 하늘」), "섬들이 무허가로 난립하고"(「겨울 삽화」), "헌 타자기 활자로 박히는 빗소리"(「우산은 비를 가리고」)에서 보는 것처럼 박정애는 자연물을 정치적이거나 시정적(市井的)인, 그리고 문명의 이미지로 유추하는 비유적 언어는 기상(奇想)처럼 참신하여 인식의 지평을 새롭게 열어 준다. 서정소품은 물론이고 풍자적 어조의 시편이나 「울릉도 日出」을 비롯하여 열악한 삶의 조건을 묘사한 서민적 어조의 시편들에서도 박정애 시인이 선택한 시어들은 좀처럼 시적 품위를 잃는 법이 없다.

언어의 풍부화에 기여하는 일은 시인의 사명이자 그 자체 시인의 영예다. 박정애만큼 언어에 봉사하는 시인은 그리 흔하지 않다. 시인은 언어를 사랑하는 존재이고 그 언어의 사랑이란 무엇보다 언어를 '아끼는 데' 있다. 그러나 박정애의 경우 언어의 사랑은 언어의 순발력이 지나친 나머지 흔히 언어에 대한 탐욕의 차원으로 전락해 버린다. 장시 「十長生 벽화에 바람 소리가 난다」를 비롯한 많은 시편들이 췌사적이고 사설적이어서 언어의 남용이 두드러진다. 그 결과 박정애시의 언어가 감각적이고 구체적일수록 오히려 의미와 서정이 추상적 차원으로 희석화되는 묘한 아이러니를 보이기도 한다. 이미지들의 결합이 기상에 가깝거나 참신하다기보다 작위성이 두드러져 시적 문맥의 흐름을 차단하는 현상이 자주 나타난다. "요철도 흠집도 없는 고속도로 같은 어둠"(「야간열차」), "조간신문 활자 같은 얼음을 밟고"(「시장통에서」)와 같이 박정애시의 비유에서 원관념이 실패하거나 보조관념이 실패되는 유추의 좌절을 쉽게 발견할 수 있는 것은 여기에 근거한다.

흔히 시인에게 시쓰기 행위는 단순한 카타르시스가 아니라 일종의 구원이 되고 있다. 이런 구원의 경지는 언어에 대한 진정한 사랑에서만(삶을 껴 안는 태도에 등가되는) 획득될 수가 있다. 언어의 사랑은 80년대 이후 우리 현대시사의 총체적 반성이자 과제다.

종말론과 현대시의 운명

─ 이상원 시집 『낙토를 꿈꾸며』

1.

> 여나므편 詩를 읽었다, 세상에! / 이런 별종들이 아직도 / 존재하
> 고 있었다니

이것은 경남 고성의 90년대산(産) 이상원의 <무료한 저녁> 모두
부분이다. 이상원의 말처럼 과연 우리 시대에 시는 더 이상 존재할 수
없는 것일까. 시는 왜 존재의미나 가치를 잃어버린 장르가 되었을까.
그렇다면 오늘날 시쓰기란 도대체 무엇일까. 이런 심각한 정신사적 문
제들을 제기하고 있기 때문에 이 글의 모두에 인용하지 않을 수 없었
다. 다시 말하면 그의 <무료한 저녁>은 현대시의 운명을 근본적으로
성찰하도록 우리를 일깨운다.

문제의 이 싯귀는 명백히 반어적이다. "세상에" 하는 시인의 놀라움
은 시가 더 이상 존재할 수 없다는 절망의 반어적 표현이다. 그래서 종

말론의 어둔 풍경이 그의 시세계의 주조를 이룬다. 그에게 시(그리고 시인)는 세상과 어울릴 수도, 화해할 수도 없는 '별종'이다. 여기서 우리는 시인의 절망뿐만 아니라 타협할 수 없는 세계에 대한 도전의 목소리를 놓쳐서는 안 된다. 그에게 시쓰기란 "도처에 서릿발만 난분분하지만, 때로 / 言語를 날세워 그걸 찔러대"(<후회>)는 반항이다.

시의 위기는 유감스럽게도 오늘날 시쓰기의 기반이다. 형이상학의 신성함이 사라진, 태도의 희극과 물신숭배의 소비사회에서 시인은 유통가치가 전연 없는 시를 무모하게 양산하고 있다. 현대시는 이 정신사적 운명으로부터 면제될 수 없다. 이상원의 시는 이런 운명의 자각에서 출발한다. 그에게 시쓰기는 좌절의 글쓰기고 도전의 글쓰기다. 그래서 그의 시세계는 사실 여간 침울하지 않다. 그의 시의 어조는 매우 고압적이고 진지하며 알레고리성이 유난히 짙다. 별종으로서 그의 시는 쉽게 접근하는 태도를 허용하지 않는다. 우리도 진지하고 침울한 표정으로 그의 시세계를 여행할 수밖에 없다.

2.

종말론은 90년대 문명비판시에서 자주 채용되는 관점이다. 종말론의 문명비판시에서 우리는 구원의 여지가 전연 없는, 그래서 심판 받아야 마땅한 세계의 종말을 직면하게 되거나 예감하게 된다. 그러나 이상원의 종말론적 세계인식은 기독교적 세계관과 무관한 것같이 보인다. 말하자면 반기독교적이다. 이것은 기독교의 창세기 신화를 패러디한 <뱀의 말>에서 확인할 수 있다.

허상의 神, 무능한 그 품으로부터 벗어나 / 超人과 열반의 길을
내가 주리라

에덴 신화와는 달리 이 시에서 뱀은 악마가 아니라 세상을 창조하고
주재하는 실세로 군림한다. 초인사상의 니체적 이미지를 입은 이 악마
의 발언이 복음의 목소리가 됨으로써 신에 의한 구원을 거부한다. 이
런 전도(轉倒)는 기독교의 인격신을 거부한 청마시의 고압적 문체까지
상기시켜 매우 흥미롭다.

기독교적 세계관 대신 지구과학적 상상력과 연관된 것이 이상원시
의 특이성이다. 그의 종말론은 "모두들 앞서가 결빙의 때에 들어"
(<間氷期>), "빙산은 이제 곧 이 도시에 이르러"(<氷山은 이제 곧>),
"세상은 이제금 結氷의 때에 들어"(<후회>)처럼 주로 '결빙'의 지구
과학적 이미지로 형상화되고 있는 것이다. 그의 종말론적 세계인식은
지구사를 빙하기와 간빙기의 반복으로 상상하는 그의 거대담론의 문
맥 속에 놓인다.

이 거대담론은 그의 연작시 <바다에서 보내는 메시지>에서도 발
견할 수 있다. 이 연작시는 이상향을 찾아가는 시인의 정신적 편력이
그 거시구조다.

… 영혼만 / 한마리 물새로 날아 그 너머에 닿으리라 / 한 바다가
스스로의 빛으로 밝음을 이루어 / 비로소 바다인 그 나라에 이르리
라

그러나 이 연작시의 대부분은 유토피아가 아니라 디스토피아의 어
두운 세계로 채워진다. 다시 말하면 디스토피아는 시인의 종말론적 세

계인식의 지배적인 양상이다. "마침내 그들은 새끼를 사육하였으되 / 새끼들의 때에 이르러 다시는 / 회임하지 못하였다"(<3. 影像>)나 "비로소 눈물로 회임을 기도하지만 / 그대들이 누렸던 잠의 깊이만큼 무겁고도 긴 / 불임의 시간"(<4. 싸이보그>)이 시사하듯이 시인이 예감한 디스토피아는 회임이 불가능한 불모성으로 표상된다. 여기서 시인은 유전공학과 같이 자연의 이법을 파괴하는(그리고 전지전능의 신을 대신하는) 과학적 만능주의 내지 진보주의가 다름 아닌 디스토피아임을 읽는다. 이것은 <예감>의 테마이기도 하다. 공상과학적 상상력이 작용한 <바퀴벌레에 대하여>는 흉물스럽게 자란 바퀴벌레들의 침략으로 인간뿐만 아니라 신들까지도 피난하는 디스토피아를 묘사하고 있으며 <1994년 여름 일지>는 (이것은 조지 오웰의 디스토피아 소설 『1984년』을 인유한 흔적을 보인다) 논픽션의 보고형식으로 디스토피아를 다음과 같이 기록한다.

> 마침내 쥐들이 / 사람을 습격하기 시작했다 / 하느님도 미처 / 예기치 못한 일이었다.

디스토피아를 예감하는 그의 시어들은 사실상 너무나 진지하고 긴장되어 있어 여유가 없다. 그러나 디스토피아의 예감 자체는 타락된 세계를 비판하는 윤리적 함의를 이미 내장하고 있다. 다시 말하면 시인의 종말론적 세계인식 자체는 벌써 윤리적이다. 이런 점에서 이상원 시는 또한 대부분 풍자성이 높다. 그가 이미지를 두드러지게 알레고리적으로 사용하는 근거는 이런 풍자적 의도에 있다. 이상원시의 알레고리적 성격은 일상적 삶을 제재로 한 시편들에서 보다 두드러진다. 이런 풍자시에서는 종말론의 비판시들과는 달리 문체가 더 이상 고압적

이지 않다. 그의 종말론에서 윤리적 함의의 무게에 짓눌려 좀처럼 느
낄 수 없던 시적 긴장미가 살아나는 곳이 바로 이 풍자시다. 무엇보다
도 현대의 다른 풍자시들과는 달리(사실 풍자는 원래 진지성과는 거리
가 멀다) 반서정주의적 담론에 빠지지 않고 서정성을 여전히 확보한
친근감을 준다. 주제와 호응해서 비속어의 하급문체를 채용한 <우리
들의 아침은>은 해학을 동반한(그래서 어조가 다분히 골계적이다) 풍
자시다.

> 길 위에서 잠든다 여자들은 / 세상에서 퇴근해 집으로 돌아가고
> / 발정난 수컷들은 싸구려 / 주막에서 싸구려 세평이나 떠들다가
> / 골목 어디든 팽이처럼 쓰러진다 / 취하지 않으면 돌 것 같은 술판
> 을 / 날마다 떠도는 생은 얼마나 지겨운가.

　　다분히 70년대 민중시의 인상을 줄 만큼 <우리들의 아침은>은 매
우 사실주의적이다. 이 사실성은 "골목 어디든 팽이처럼 쓰러진다"든
가 "여자들은 단꿈을 / 서방처럼 껴안은"의 적절한 비유에 의하여 (그
러나 후반부 "아침은 수컷들의 낭자한 피냄새로 온다"의 비유는 과장
이어서 실패) 보다 효과적으로 환기된다. 미완결시행(이것은 이상원
시의 지배적인 행갈이 방식이다)으로 행갈이를 한 첫 두 행에서 이미
지의 겹침에 의해서(서술어에 호응되는 주어가 여자인지 그렇잖으면
"발정난 수컷"인지) 시적 모호성을 띠고 있는 점이 눈길을 끈다. 그러
나 이 작품에서 초점화된 것은 "발정난 수컷"의 동물적 이미지로 인간
을 격하시킨 풍자성이다. 곧 지루하고 무의미한 반복성으로서의 일상
성 속에서 인간의 왜소화를 전경화시키는 것이 이 작품의 풍자적 의도
다.

이 인간 왜소화의 테마는 술을 의인화한 <술집, 로시난테>에서도 "허망하구나, 우리들 不惑의 날 / 지상의 다만 한 피난처라니!"의 탄식으로 변주된다. 역시 꽃을 의인화하여 화자로 설정한 <꽃의 말>은 외설적 이미지들의 여성적 어조로 육체적·물질적 쾌락만 추구하고 사랑(정신)이 부재한 타락된 사회를 비판한 풍자시다. 이 외설적 이미지에 의한 풍자성은 <비 오는 날>에서도 골계적 효과까지 획득하면서 변주된다. "한낮에도 부끄럼 없는 숲 속 / 당당히 일어서는 男根을 보고싶다"고 원시주의를 표방한 <아프리카로 가고 싶다>는 획일화되고 길들여진 삶을 풍자하고 있으며 <아파트>는 인간이 아파트의 호수로 익명화되는 개성상실을 비판한 풍자시다. 여기서 인간은 '짐승들'이나 '두칸 내용물'처럼 동물이나 부속품으로 격하된다. 이상원의 풍자시는 외설적 이미지와 성차별성에 주로 의존한다. 그러나 이것은 풍자적 전략이지 페미니즘의 성담론과 무관하다.

과학적 진보주의에서 디스토피아를 예감한 이상원의 문명비판은 근대성에 대한 비판으로 수렴된다. 동식물을 의인화하여 언술내용의 주체로 설정하는 것은 이상원시에서 반복되는 모티프다. 이런 기법은 오만한 인문주의에 대한 시인의 혐오감의 산물이다. 이 때문에 그는 연작시 <바다에서 보내는 메세지>의 <2. 碑銘>에서 이성중심주의와 주체중심주의의 이데올로기를 바탕으로 한 근대 인문주의(인간중심)를 "한 때 지상에서 번성하였으나 / 스스로의 오만으로 멸망해 간 / 오직 한 種 한 屬"의 생물학적 이미지로 신랄히 비판했다. 연작시 <바퀴를 보며> 2편은 인간의 삶을 획일화하고 지배하는 기계문명에 대한 혐오감을 드러낸다. 특히 <바퀴를 보며·2>에서는 이런 기계문명을 산출한 근대적 이성을 '神算'으로 비꼰다. <터밭의 고추나무>는 <꽃의 말>처럼 전근대적인 토속적 이미지들과의 대조에 의

하여(그리고 일상구어체에 의하여) 근대화를 거부하고 있으며 <幻聽> 역시 비속어를 동원한 하급문체의 일상구어체로 자연을 대신한 기계문명의 반생명성과 인공성을 풍자하고 있다.

풍자는 세상을 등지지 않는 점에서 도피문학과 구별된다. 그리고 개선의 의도를 지닌 점에서 풍자는 야유와 변별된다. 이상원의 풍자시는 세계의 개선을 욕망하는 그의 변혁의지의 산물이다. 이상시처럼 띄어쓰기를 무시한 산문시 <통화>와 <그 여자>, 그리고 연작시 <바다에서 보내는 메세지>의 종곡 <7. 에필로그> 등은 부활의 이미지(이 문맥에서 여성은 부활의 원형적 이미지가 된다)에 의하여 세계변혁의 꿈이 함축적으로 시사된다.

더욱 중요한 것은 시인의 '세상 껴안기'의 태도다. "귀항은 버릇처럼 / 출발의 부두에서 이루어질 것이다"(연작시 <바다에서 보내는 메세지> 중 <6. 歸港>)나 "겨울 山行은 언제나 그 끝이 / 下山이게 되어 있다"(<겨울 山行>)에서 감지할 수 있듯이 세계는 인간의 실존적 상황이다. <華陀>에서 세상 껴안기는 "회한처럼 무겁게 지나가야 한다"와 "지상의 끝날까지 한 점 남루로 떠돌아야 한다"의 당위(의무) 문장에 의하여 삶의 고통을 선택하는 숭고한 사명의식으로 승화되고 있다.

세계변혁의 의도 때문에 풍자시는 매우 자연스럽게 참여시로 연결된다. 이상원은 현실에 대한 관심을 버리는 법이 없다. 참여시에서 알레고리성은 더욱 짙게 깔린다. <그림 속에서 보는 세상은>은 지배체제의 폭력성을 비판한 정치풍자로서의 참여시다. <역사>는 잠언과 같이 매우 짧은 단시 형태 속에 역사에 대한 신랄한 혐오감을 담고 있다.

날마다 내 피 속을 잉잉거리는 / 이 역겨운 유전인자의 / 똥파리

들. / 아무데나 빨판을 들이밀고 / 구걸의 발바닥을 부벼대는 / 처연한 延命

역사에 대한 이 혐오감은 추악한 정치현실에 대한 혐오감으로 읽는 것이 보다 타당할는지 모른다. <四月에는>은 분단체제의 극복을 전통적 한의 서정으로 채색한, 이미지의 알레고리성이 짙은 참여시다. <전라도> 역시 정치적 소외에 대한 연민의 감정을 한의 서정 속에 융해시킨, 알레고리성이 유난히 짙은 참여시다. 이 작품은 다음과 같이 예외적으로 그 어조가 격정적이다.

전라도여, 全裸의 몸뚱아리로 흘러 / 해남이나 강진 앞바다 어디 / 물보라에 젖는 개펄이어. / 한 터를 이루고도 거듭거듭 잊혀지는 / 서러운 눈빛들로 저들끼리 돌아누워

다분히 조시(弔詩)의 비가적 어조를 빌린 <겨울 등판에서>는 민중의 저항의지를 한의 서정으로 형상화한 참여시다. 선택된 이미지들과 이 이미지들이 환기하는 서정이 앞의 <전라도>와 유사한 점은 매우 시사적이다. 여기서 주목해야 할 점은 이상원의 경우 참여시와 전통시가 구분되지 않는 사실이다. 사실 이상원은 전통시로 출발한, 타고난 전통시인이다.

대동강 강물도 풀리더냐, 징글맞게 / 간밤 내내 알몸으로 휘감아 오던 / 高句麗적 여인아 그대 끈적한 땀냄새로 흘러 / 개구리 버들 개비 겨울잠도 흔드느냐. 아직도 / 유언비어가 계절풍으로 휘도는 不似春의 봄은 / 지겹도록 되풀이 되더라만
　　　　　　　　　　　　　　　ー<雨水날의 편지> 중

의도상으로 이 시는 <四月에는>과 같이 분단극복의 의지를 담고 있다. 시인의 시대인식은 5행의 "不似春의 봄"에서 단적으로 드러나고 있다. 이백의 유명한 "春來不似春"의 싯귀는 이상화의 <빼앗긴 들에도 봄은 오는가> 등 현대시에서 시대상황을 알레고리화하는 데 자주 채용되는 인유의 원천이다. 그러나 이런 참여성보다는 외설적 이미지의 골계화에 의하여 효과적으로 환기되는 전통서정 미학이 오히려 무거운 주제를 압도하고 있다. 적어도 이 작품은 참여시와 전통시가 구분되지 않는다. 판소리의 어조를 패러디한 <호박씨>는 판소리류의 언어골계까지 동원하면서 전통적 성담론을 서정화한다. <세 개의 스케치>와 <그 마을로 가는 길>은 전통적 발상법인 서정주의의 산물들이다.

전통설화와 무가적인 어조를 채용하여 어두운 시대상황을 환기한 <옥녀봉을 바라보며>, <竹島를 그리며>, <巨濟山城에 올라>, <겨울, 자란만> 등의 서정시에서 낯익은 한의 서정은 지지학적 상상력과 연관되어 있다. 다시 말하면 우리 고유의 전설과 역사적 사건들이 서려 있는, 유서 깊은 곳임에도 불구하고 망각되고 소외되고 있는, 고성 부근의 자연들을 소재로 한 전통시들이다. 물론 그의 시적 관심은 소외된 변두리 인간이나 소외된 좌절의 땅으로 초점화되고 있다.

3.

이상원시의 전통성은 존재론적 탐색의 사색적인 시편에서도 산견된다. 봄을 생성의 계절로 인식하는 우리의 선입관을 해체하고 오히려 소멸로 읽은 <봄이어도>에서 이 소멸은 다름 아닌 근원에로 회귀다.

여기서 존재의 근원은 "원래였던 깊숙한 無明"처럼 '무명'과 어둠으로 표상되고 있는데 이것은 "無明天地之始"(道可道章 제1)라는 노자의 형이상학을 인유한 것이다. <골짜기를 찾아서>에서 근원을 탐색하는 시인의 사유 역시 노장적이다. '골짜기'의 이미지는 노자에게 존재의 근원을 상징하는 비유적 이미지다(영국 낭만시인 키츠에게 정체성이 없다는 명제가 노자의 경우 성왕은 일정 불변하는 마음이 없는, 비어 있는 골짜기와 같다처럼 정치가의 자질로 대치된 점은 매우 주목된다). 이와 달리 <따개비, 그의 생각>, <개펄에서>는 자기반복성으로서의 자연법칙이 영겁회귀의 사상과 결합되어 있다.

> 걸어가면 길인 길들을 날마다 / 긋고 또 지우는 이 무한 되풀이를

해마다 계절이 반복되든가 매일 밀물과 썰물이 반복되는 자연의 순환현상은 과학의 진보주의가 보인 단일방향적 목적론을 거부한 순환론의 상관물이다. 따라서 동일한 것의 영원한 반복인 영겁회귀는 허무주의의 한 극단적 형태다. 그러나 영겁회귀의 준엄한 법칙을 겸허하게 받아들일 때 목적론을 거부한 만큼 자기 자신과 세계의 초월이 가능하고 이 초월이 기독교적 구원과는 다른 구원을 의미한다. 이 영겁회귀의 사유에서 청마류의 허무의지를 감지하게 되는 것은 결코 놀라운 일이 아니다. 여기서 주목되는 것은 청마의 자연관처럼 자연친화의 전통적 자연관과는 대조적으로 자연이 비정적 타자성으로 수용되고 있는 점이다.

> 세상은 끝내 / 미동조차 하지 않았다
> —<어떤 절망> 중

비정적 타자성으로서의 자연관은 <겨울산책>의 "애고추 시절까지 눈익은 나무도 알고보니 / 남남일 뿐이었다"처럼 소외의 서정을 수반하고 있는 것은 지극히 당연한 귀결이다. 그러나 이상원은 아직 일체의 인간사와는 무관한 비인격신에 의존한 청마의 허무의지의 경지에는 도달한 것 같지는 않아 보인다. 이상원시가 환기하는 소외의 서정이 그 심증이자 물증이다. 여기서 자연의 비정적 타자성은 전근대와 근대 사이의 정신사적 변화와 연관되어 있다. <어느날의 밤바다>에서는 자연의 비정적 타자성이 "애당초 / 함께 세상 하나 이루고 있다는 건 / 내 착각일 뿐이었다"는 단독자적 인식으로 전개된다. 인간이란 원래 공시적으로 유일무이한 존재라는 우나무노의 비극적 자기인식을 발견하게 되는 것도 비정적 타자성으로서 자연관이 배태한 부산물이다.

이상원의 종말론적 문명비판시를 비롯하여 존재론적 탐색의 사색시들이 보인 진지한 태도와 고압적 어조는 현대적 감수성이 감당하기에는 너무나 무겁다. 그러나 시가 더 이상 존재하기 어려운 시의 위기의식에서 무모하리 만치 도전적으로 시쓰기를 감행하고 있는 그의 시적 정열과 진정성은 한국 현대시의 요청사항이다. 되풀이 하지만 이상원 시인은 과연 우리 시대에 시는 어울리지 않는 '별종'인가 하는 시의 존재론적 의문을 던진 점에서 우리의 신뢰를 얻고 있는, 어쩌면 우둔하기조차 한 '별종'의 시인이다.

가족주의와 주관적 체험시

— 최옥의 시세계

1

대부분의 시인들은 자신의 작품 속에 시인이란 어떤 존재인가(또는 존재이어야 하는가), 또는 시란 무엇인가(또는 무엇이어야 하는가) 하는 기본 문제를 다룬다. 다시 말하면 자신의 시인관이나 시론을 작품들을 통해 표명한다. 물론 이것은 산문의 형태로 표명되기도 한다. 이두 가지 기본 문제는 크게는 한 시대의 특징, 사조적 형성의 요인이면서 작게는 특정한 시인의 시세계를 이해할 수 있는 결정적 실마리가 된다.

최옥의 첫시집의 시편들도 결코 예외가 아니다. 아니, 오히려 이 시인의 작품들은 유난히 이 기본적 질문에서 접근하도록 독자를 유도한다고 하는 것이 더 적절한 표현이겠다. 그렇다면 최옥의 시인론, 또는 시론은 무엇인가. 그 해답은 「詩人의 밤」에서 극명하게 드러난다.

詩人의 밤은/광부의 검은 얼굴을/닮았습니다/다이아몬드나 황금을/꿈꾸지 않는/그저 가난한 사람들의/추운 아랫목을 덮혀 줄/한 덩어리 검은 석탄을 위하여.

시인을 광부에, 시를 석탄에 비유한 것은 사실 여간 엉뚱하지 않다. 그러나 이 엉뚱한 발상이 최옥의 작품세계 전부를 대변한다고 헤도 지나친 말이 아니다. 가난한 사람들의 추운 마음을 따스하게 해 주는 것이 시의 기능이다. 최옥에게 시란 가난한 사람들끼리의 대화다. 여기서 가난한 사람들의 가난은 마음이 가난한 사람의 가난과 구분되지 않는다. 마음이 가난한 자는 복이 있다는 성경의 구절에서 우리는 최초로 시인의 자질을 읽을 수 있다.

엉뚱한 비유임에도 불구하고 '석탄'의 이미지는 매우 시사적이다. 석탄은 석유와 가스의 자원시대에 더 이상 유통가치나 교환가치가 없는, 소외된 자원이다. 시는 시장경제 체제에서는 불가피하게 소외형식일 수밖에 없다. 동시에 석탄은 '지금 여기'의 우리에겐 아직 서민의 삶이란 의미와 연관되고 있다. 최옥 시세계가 생활시편이 주류를 형성하고 있는 것은 이 때문이다. 최옥의 생활시는 그러나 정치적이거나 사회적 무게를 감당하지 못한다. 그저 소박하고 단순한 서민의 일상적 삶이 주된 시적 표정이다. 이 생활시는 두 가지 양상으로 전개된다. '회귀' 모티프와 '가족' 이미지가 그것이다.

2.

최옥의 시편들 도처에서 변주적으로 반복되고 있는 '회귀' 모티프란 투박하게 표현하면 '집으로 돌아감'이다. 최옥시는 출발의 형식이 아니라 도착의 형식이다. 이 도착은 그 앞의, 하루의 생활이란 과정을, 곧 일과를 필연적으로 함축한다. 「파장에서」는 이 회귀 모티프가 가장 압축된 형태로 서정화된다.

> 오늘 몫으로/팔려 간 가난이/지금쯤 어느집 식탁에/한끼 찬이 되어 오를 시간/시들어 가는 채소 단만큼/피곤한 눈을 비비며/하나 둘 일어서는 사람들.

여기서 자신의 노동이 상품과 무관하다는 이른바 마르크스적 노동의 소외와 비슷한 소외감을 느낄 수도 있다. 그러나 이 작품이 환기하는, 또는 환기하고자 한 생활감정을 가난한 사람들, 서민들끼리의 어떤 연대감이지 적의를 숨긴 그런 소외감이 결코 아니다.

도착의 형식으로서 최옥의 시에 황홀, 밤이 시간적 배경이 되고 도착의 공간적 배경은 '집'이다. 이 공간적 배경은 때로 하루의 삶과 명백히 대립되는 공간이 되기도 한다. 「퇴근」의 공간이 그것이다.

> 내 따뜻한 방이 반갑다.

말하자면 회귀의 공간은 하루의 생활을 감내 한 몫이며 이것은 시인에게 "어김없이 마중 나온"의 믿음이 되고 있다. 매우 관습적이지만 '집'은 안식처다. 이런 믿음 때문에 시인은 생활의 고통이든가 내적 갈등을 마다하지 않고 수용한다. 「저녁 풍경」에서 일상적 삶의 고통이 오히려 가족을 애정의 끈으로 튼튼히 묶는 내면공간으로서 승화된다. 이 내면공간이 가능한 곳이 다름 아닌 도착의 공간으로서 '집'임은 말할 필요 없다.

> 달그락거리는 수저와 수저/대단한 것처럼 주고받는/대단치도 않
> 는 이야기들/조금씩 켜져가는 그대와 나만의 영역.

다분히 자기 폐쇄적인 이 내면공간은 그만큼 사회역사적 조건과의
관계성을 배제한 점에서 한계를 보이지만 「가로등」에서는 삶의 고통
에 역설적으로 행복을 느끼는 긍정적 태도로 변주된다.

> 일제히 피로한 귀로에 서는 사람들/어느땐 한없이 막막해 뵈던
> 저의 뒷모습//그들의 발끝을 따르던 그림자 속에/나의 행복은 언제
> 나 기쁘게 숨어 있지.

그러나 도착의 형식으로서 최옥시가 이런 낙관론의 긍정적 태도로
만 일관하지 않는다. "한낮의 햇볕에 숨겼던/내 쓸쓸함"(「노을 속에서」)
처럼 시인의 내면세계가 끝내 삶의 세계와 화해하지 못하는 평행선의
관계에 놓이기도 한다. 이 경우 어김없이 어둡고 감상적인 색조가 노
출된다.

> 내 삶의 秩序 속으로 저무는/그런 하루의 뒷모습은 쓸쓸했다 하
> 늘도/저녁이면 취하지 않고는 돌아갈 수 없는/그 어디쯤 쓸쓸한 집
> 이 있을까.

'쓸쓸함'은 고독이고 소외이며 이것은 일상성에 대한 시인의 반응
이다. 그러면 왜 일상성에 대한 시인의 반응이 '쓸쓸함'인가. 적어도
「노을 속에서」는 이 정서의 객관적 상관물, 곧 그 근거가 보이지 않아

막연하기 짝이 없다. 근거 없는 서정은 더 이상 시적 정서가 아니라 감상주의다. 그러나 「전자렌지를 돌리며」에서는 일상성은 무의미한 삶의 '반복성'으로 제시된다. 말하자면 일상성은 변화 없음이다. 이 일상성은 시인에게 극복할 수 없는 한계상황으로까지 내면화된다.

> 나의 삶 나의 詩는 시간만큼/왜 달아오르지 않을까 반응이 없을까/왜 파지처럼 찢겨지는 게 더 많을까//전자렌지처럼 확실하게 돌 수 있는/그런 삶이었음 좋겠다 돌고 도는 나의 하루가.

우리의 시간체험이란 지속과 변화다. 그럼에도 불구하고 시인의 시간의식은 지속의 체험만 느낄 뿐 변화의 체험은 느끼지 못한다. 중요한 것은 이 변화 없음이 삶의 좌절감뿐만 아니라 시쓰기의 좌절감으로 연결되는 사실이다. 무의미한 반복으로서 일상성이 시쓰기의 동기부여가 전연 되지 못하는 것이다. 뿐만 아니라 이것은 시세계의 변화를 불가능하게 한다는 시인의 내적 고뇌도 놓칠 수 없는 부분이 아닌가 한다.

최옥시의 문맥에서 회귀의 모티프는 가족 이미지와 분리될 수 없다. 왜냐하면 하루의 일과를 마치고 돌아 온 공간이 바로 '집'이기 때문이다. '집'은 일과와 단절되고 고립된 공간이 아니라 일상적 삶의 도착지점으로 연속되는 전체 삶의 공간의 일부로 설정된다. 그렇다고 '집'은 단순한 주거공간이 아니다. 그것은 '가정'이라는 내밀한 내면공간의 정서적, 정신적 함의를 띠고 있다.

> 가족만이 나를 적시는 빗물인양/어느덧 저녁찬거리에 분주해지고 만다.

이렇게 시인의 생활은 따스한 가족애로 귀결되기 일쑤다. 생활감정이 가족애와 상승작용을 한다. 이 가족의 이미지는 "철없는 육남매 날마다 벗어 내던 근심들"(「친정엄마」)처럼 食口들의 이미지, 곧 가난한 서민의 환유가 되기도 한다.

도착의 형식으로서 최옥시에서 하루의 삶의 과정과 도착공간으로서의 '집'이 연속되듯이 가족애는 과거와 현재를 연속시키는 매개가 된다. 회상형식의 「의자·2」에서처럼 가족애는 통시적 동일성을 이룩한다. 이 통시적 동일성은 "日常 속에 힘나는 거름이 된다"(「바다에 서면·2」)처럼 무의미한 반복으로서 일상성을 극복하는 계기가 되기도 하고 「마당을 쓸다가」, 「엄마의 잠」 등에서는 연민과 비애의 서정으로 지탱되기도 한다. 「빨래」에서 통시적 동일성은 자기인식의 계기가 된다. 이 자기인식은 다음과 같이 은유로 제시된다.

　　　나는/어머니 오십 줄에 널린/깔끔한 한 벌 빨래.

이런 가족주의가 전통주의와 연결되는 것은 매우 자연스럽다. 이런 점에서 최옥 시의 어조는 보수적이고 전통적 여인상의 그것이다. 여기서 회귀 모티프는 과거로의 회귀라는 또 다른 의미를 띠게 된다. 「겨울 印象」은 인간과 자연이 하나의 공동체가 된 과거 전통적 삶의 모습을 묘사하고 있다. 문제는 과거로의 회귀라는 태도가 그 과거를 가치의 규범, 동경의 대상으로 설정함으로써 과거와 현재 사이의 극심한 단절에 촉발되는 사실에 있다. 이 단절은 과거와 현재의 차이를 일종의 선·악 이원론으로 고착시킨다.

　　　지금은 모두 응접실에 걸린/박제된 고향.

이것은 향수를 테마로 한 대부분의 현대시가 함몰하기 쉬운 이원론이다. 「슬픈 가을」에서는 풍요의 과거와 불모의 현재 사이의 명백한 대조에 의해서 과거를 상실한 현재 삶에 대한 시인의 좌절과 절망이 너무도 단호하게 표출된다.

뿌린 것도 없고 거둘 것도 없는/사각형의 일상 속에/고여 버린 나.

그러나 과거와 현재의 이원론적 단절에도 불구하고 최옥시로부터 우리가 외면할 수 없는 것은 생활시로서의 무게가 여성 특유의 섬세한 감정으로 진솔하게 표현되기 때문이다.

최옥시에서 일상적 삶과 가족주의가 서정의 원천이듯이 자연도 역시 중요한 원천이 되고 있다. 최옥시에서 자연은 전통 자연시처럼 인간과 무관한 객관적 자연이 아니라 인간적 가치와 감정이 투사된 주관적 자연이다. 「벼랑」은 신라 향가 「헌화가」가 연상될 만큼 자연의 서정을 극도로 압축시킨 서정소품이다. 흥미로운 것은 시인의 자연친화적 태도도 "내 스무몇해를 키워 낸 엄마 손발이 저러할까"(「겨울나무·1」)처럼 가족애와 구분되지 않는 점이다. 「바다, 그 눈부신 창」이나 「가을의 끝」처럼 자연은 시인의 은밀한 내면공간을 표상 하는 상관물이기도 하고 「바다에 서면 1」처럼 자연은 언제나 귀의하고 싶은 안식처이기도 하다. 인간적 감정과 위치가 투사된 만큼 최옥 시의 자연은 시인의 내면세계와 분리될 수 없듯이 현실의 삶과도 분리되지 않는다.

3.

　최옥시는 페미니즘 시와 무관하고 생태계의 오염문제를 다룬 문명
비판시들과 무관하고 정치적·사회적 상황과는 더더욱 무관하다. 최
옥 시인의 체험시는 어디까지나 사적이고 개인적인 수준에 머물러 있
다. 말하자면 주관적 현실주의 수준에 머물러 있다. 그리고 전통의 서
정주의, 곧 모든 소재를 서정적으로 처리하는 태도를 고수하고 있다.
이 서정주의가 때로는 시세계의 애매성을 낳기도 한다. 서정주의 자체
가 나쁜 것이 아니라 새로운 서정을 추구하든가 서정이 세계인식 또는
자기인식의 계기로 작용하는 데까지 나아가야 하는 것이 서정주의의
미덕이다. 그러나 주부시인임에도 불구하고 꾸준히 시쓰기에 정진하
고 있는 최옥을 우리는 신뢰하지 않을 수 없다.

서정의 본질과 삶의 성찰

— 김명옥 시집 『지금 삐삐가 운다』

1.

90년대를 흔히 분열·혼돈의 시대라고 부른다. 이것은 삶의 방향성 감각이 상실된 사실에 근거하기도 하고 이와 관련하여 어떤 주류적 경향을 중심으로 한 우리 현대시의 방향성이 보이지 않는 점에도 근거한다. 뿐만 아니라 반서정의 타성으로 인한 서정성의 상실도 시의 위기의 원인으로 진단되기도 한다. 이런 점에서 김명옥의 작품들은 우선 신뢰감을 주고 그만큼 친밀감을 준다. 왜냐하면 김명옥의 시세계는 서정주의적 태도로 삶을 진지하게 성찰하고 세상을 껴안으면서도 당위적 세계를 동경하고 꿈꾸고 있기 때문이다.

김명옥은 서정의 본질에 맞닿아 있는 시인이다. 본질시학에서 서정은 자연과 인간의 일체감이 그 근본을 이룬다. 김명옥에게 있어 자연과 인간의 일체감은 자연이 시적 자아가 펼치는 서정 사색의 원천이 되고 있음을 의미한다. 전통적인 시학에서 자연은 자연 그 자체 즉, 즉

물적인 존재가 아니라 인간적인 의미를 내재한 인간화된 자연을 말한
다. 이때 인간화된 자연이 바로 자연과 인간의 일체감을 이루고 있음
은 두말할 필요 없다.

> 잘 자라지 않는
> 사색의 빈터를 일구며
> 마침내 몸짓으로 깨어난 작은
> 깨달음
> ─<팬지꽃>

이 시는 김명옥에게 있어 자연이 인간적인 사색의 원천이 되고 있음
을 단적으로 보여주고 있다. 팬지꽃의 개화라는 자연의 현상을 자연
그대로가 아닌 "사색의 빈터"에서 "깨어난" "깨달음"이라는 인간적인
의미로 환치시키고 있다. 그래서 김명옥의 시에서 자연친화는 필연적
인 것처럼 보인다.

> 어느 씨방에서
> 반짝이는 축복의 말 캐고 있을
> 야생화처럼
> 가녀린 희망
> 쓸쓸하게 키우며
> 세월을 적셔 가는 江 다스린다
> 일제히 열려진 층계로 오르는 사람들
> 다소 속도를 늦추어 볼까
> ─<층계를 오르며>

자연 친화는 전통적인 삶의 태도 가운데 하나이다. 김명옥은 이 시

에서 시적 화자를 통해 자신이 지닌 삶의 태도를 자연물인 "야생화"의 속성에 비유함으로써 드러내고 있다. 자연을 인간화하여 일체감을 이루는 것 못지 않게 인간을 자연에 투사시켜 일체감을 이루는 것도 전통 서정의 한 방법이다. 이 시의 시적 자아는 자신을 "씨방"에서 씨를 퍼뜨리려고 커 오는 "야생화"에 투사시키고 있는 것이다. 시인에게 있어 씨는 다름 아닌 "축복의 말"이 된다. 이는 또한 삶의 "희망"이기도 하다.

그러나 김명옥은 축복의 말과 희망을 이루려고 서둘지 않는다. 그는 이것을 "쓸쓸하게" 키운다. 이들을 이루기 위해선 그만한 노력과 시간이 필요하다는 것을 알기 때문이다. "세월을 적셔 가는 江 다스린다"란 구절은 바로 이것을 의미한다. 여기서 우리는 시인이 자연에서 깨달은 삶의 태도 하나를 주목하게 된다. 그것은 자연의 순환적인 법칙을 아는 데에서 오는 여유를 가진 삶의 태도이다. 여유로운 삶의 태도는 오늘날 산업사회에서 속도주의에 대한 저항의 의미를 담고 있다. 주지하다시피, 산업사회는 컴퓨터와 통신 등 문명이기의 발달에 따른 속도에 대한 추구가 팽배해 있는 사회이다. 그런데 속도주의는 어떤 사람과 사물을 제대로 이해하기 전에 새로운 사람과 사물을 알아야 하기 때문에 사람들 상호간만이 아니라 사람과 사물 사이에도 진정한 이해와 만남을 가로막게 한다. 현대인의 소외의식은 바로 여기에도 기인하는 것이다. 아닌게 아니라 김명옥은 <지하철을 타며>라는 작품에서 "시간에 쫓겨 / 낯선 그대들과 나누는 공간은 / 점점 웅크려진다"라는 구절을 통해 이 문제를 부각시키고 있다. 그럴 뿐만 아니라 이 시에서 바로 인용 앞 구절 "다들 어디로 가는 걸까"를 통해 현대인이 일상생활 가운데 오직 실용적인 목적을 좇아 살아갈 때 근본적인 삶의 목적을 스스로 잊고 지내고 있다는 사실을 극명하게 보여주고 있기도 하다.

시인은 "층계로 오르는" 바쁜 "사람들" 가운데에서 "다소 속도를 늦추어 볼까"(<층계를 오르며>)라 하여 속도주의에 대한 회의와 반발을 보이고 있다. 여기서 삶의 여유로운 태도는 다름 아닌 자연에게서 배운 것이다. 그래서 시인에게 있어 자연친화는 삶의 반성과 등가물이 되고 있는 것이다.

시인의 반속도주의는 현대인의 소외의식을 극복코자 하는 것과 연관된다. 그는 "무관심의 世界에" "엽서 한 장만한 사랑"(<가을이 지고>)을 갈구하는 것이다. 자연에서 배운 삶의 태도 중 하나는 소외의식을 극복하여 인간들 사이에 정과 사랑을 나누는 태도이다. 시인에게 있는 그대로의 이 세상은 무관심의 세계이고, 있어야 할 동경의 세계는 사랑의 세계인 것이다.

> 간혹
> 마음이 따뜻한 이들은
> 우리를 이름 모를 들풀로 부른다.
>
> 키 작은 친구는
> 무참히 짓밟히기도 하고
> 키가 큰 친구는
> 뿌리째 뽑혀나가 내동댕이치기도 하지만
> 꼿꼿한 의지 다독거리며
> 서로의 살갗 부비면서
> 情을 일구어 내는 걸까
> ―<잡초>

시인이 꿈꾸는, 있어야 할 사랑의 세계는 인간적인 교류나 유대가 끈끈한 세계이다. 소외의 극복은 바로 타인을 받아들여 더불어 살고자 하는 데에서 가능한 것이다. 그런데, 김명옥은 자신이 추구하는 당위의 세계를 위에 인용한 데에서 알 수 있듯이 자연물을 통해서 형상화하고 있다. 그럴 뿐만 아니라 인간을 "들풀"로 비유하고 있다. "꿋꿋한 의지 다독거리며 / 서로의 살갗 부비면서 / 情을 일구어 내는" 사회는 사랑이 넘치는 사회임에는 틀림없다.

<사월에는>, <먼지의 노래>, <새 집에 살면서> 등 일련의 시편들은 "푸른 색 꽃무늬의 커튼 밖으로 / 지나가는 사람아 // 이 가득한 기쁨을 풀어 / 하얀 설탕으로 / 차 한잔에 녹아들까"(<새 집에 살면서>)처럼 세계와의 화해·수락의 태도로부터 서정이 환기되고 있으며 <목련>에서는 "목젖까지 / 다 드러나는 / 늦은 봄날 오후 / 미니 스커트 입은 / 어느 숙녀의 앞가슴으로 / 내려앉고 싶다"처럼 세속적 삶을 바람직한 아름다운 세계로 승화시키기도 한다.

2.

그러나 한편으로 시인은 이러한 당위의 세계를 이루는 것이 얼마나 어려운 일인지 절실히 느끼고 있기도 하다. <이웃들에게>라는 작품에서 "빗장도 잠그지 않은 채 / 기다림의 불빛 밝혀 두지만 / 캡슐 속을 빠져 나올 정다운 얼굴은 없다"는 구절을 통해 이를 보여주고 있다. 다시 말하면 삶의 세계에 대하여 화해·수락의 태도만을 지니고 있지 않다. 삶의 현장을 벗어나 자연을 찾는 시편들이 그것이다. 이러한 시편들은 물론 바로 사람과 사회를 벗어나 자연에서 위안을 찾고자 하는 태도의 소산으로 여겨진다.

> 북문 가는 길 도중 제4망루대
> 세상은 저 발 아래 가라앉아 있다
>
> ―<금정산을 오르며>

> 길이 열리고
> 세상 밖으로 탈출하는 都會人
>
> ―<쌍계사 가는 길>

　위에 인용한 시구절에서 알 수 있듯이 때로 시인에게 자연은 "세상 밖으로 탈출"하기 위한 것이며 이때 세상과는 최대한 거리를 두기도 한다. 그러나 화엄의 세계를 묘사한 <後童山房>, 철새도래지의 어둔 풍경을 묘사한 <주남저수지> 등 일련의 탈도시의 시편들 자체는 실상 현실에 대한 관심의 변형이다. 시인은 자연 가운데에 있어도 세상에 대한 관심을 버릴 수 없었던 모양이다.

> 부끄러워하는 이파리들의
> 목소리를 닮고 싶어
> 가만히 가만히 콧노래를 부르면
> 방금 상수리나무에서 떨어진 도토리가
> 반쯤 방에 갇힌 채
> 세상 구경을 하려고 해요
>
> 솔내음 싸아하게 풍기며
> 그대 맞을 준비로 들뜨는 가슴
> 무관심에 쫓긴 생활의 모서리에

한 장의 여유를 꽂아두고 싶어요

　　　　　　　　—<숲속에서>

　이 작품은 세속 도시에서 자연에 관심을 갖거나 찾는 게 아니라 자연 속에서 세속 도시에 관심을 가지고 있는 시에 해당한다. 일종의 관점의 역전을 행하고 있는 것이다. 여기서 시적 화자는 자연에 몰입해 있는 게 아니라 자연 가운데에서 세상을 생각하고 있다. 자연물이 "세상 구경"을 하듯이 시적 화자는 숲 속에서 "생활의 모서리"를 돌아보고 있다. 그러나 세속도시 가운데에서 생활을 돌아볼 때보다는 마음의 여유를 가지고 자신의 삶을 반성하는 태도를 취하고 있다. 그러나 <모델 하우스>에서 현실에 대한 관심은 현실비판의 태도로 대치된다. 가난한 서민의 삶과 화려한 모델 하우스의 명백한 대조에 의존하여 비판적 태도를 효과적으로 환기한다.

　　　뭇사람들의 현재가 주인 없는 방을 기웃거릴 때마다 커텐자락 사
　　이로 빠져나가는 상승기류의 무늬는 아름답다.

　화자의 어조는 분명히 아이러니다. 아이러니에 의해서 서민과 모델 하우스 사이의 거리가 뚜렷이 드러난다. <광고>에서 상업주의의 허구성에 대한 비판이 전이의 기법으로 형상화되고 있는 점도 매우 인상적이다.

　　　멋진 여배우의 몸매 뒤로
　　　상품이 쓸쓸히 웃고 있다.

그러나 물화되는 인간과 삶에 대한 시인의 비판적 태도는 그렇게 신랄하지가 않다. 이것은 시인의 체질화된 서정주의의 탓이 아닌가 한다.

3.

시란 원래 자아탐구의 양식이다. 김명옥의 경우에도 결코 예외가 아니다. 그러나, 사실 김명옥은 좀처럼 자아를 드러내지 않으려는 태도를 지니고 있는 시인이다. "내가 선뜻 내어 줄 수 없었던 깊이까지 / 두드리는 고백의 내부는 차마 들여다 볼 수 없어라"(<고백의 줄기를 따라>)라고 스스로 나지막하게 고백하기도 한다. 그래 그런지 그에게 있어 자아탐구는 독특한 모습을 띠고 있다.

> 때없이
> 자꾸 나를 훔쳐보는 너의 정체는 무엇인가
> 있는 그대로 환하게 투영시키며
> 시각의 테두리 속으로
> 사라지고 마는 너는 빈 그림자
> …(중략)…
> 언젠가
> 앙상하게 드러날 알몸
> 추스른 부끄러움 보려고
> 거울 속의 얼룩을
> 닦고 또 닦지만
> 너는
> 어느새 나를 가두고 웃고 있누나.
>
> ─<거울 앞에서>

위 인용에서 보는 바와 같이, 이 시의 화자는 일반적인 자아 탐구의 시편과는 달리 관찰자가 아니라 피관찰자이다. 이 작품에서 자아 성찰을 행하는 시적 화자는 '훔쳐보는' 주체가 아니라 '훔쳐 보이는' 대상인 것이다. 그래서 이 작품은 주체의 시선이 아니라 타자의 시선으로 자아를 성찰하고 있는 독특한 형식을 취하고 있다. 그러나 타자에게도 시각이 있다. 바라보는 주체는 바라보이는 타자의 시선을 의식하지 않을 수 없는 것이다. 이 시의 시적 화자는 훔쳐보는 시선을 '느끼고 있는' 것이다. 그런데, 여기서 보는 주체는 거울을 통해서 보임을 당하는 대상을 바라본다. 이때 보이는 대상은 거울에 비쳐진 보는 주체이다. 이 작품이 바라봄과 보임의 변증법을 통한 자아 성찰을 행하고 있다고 말할 수 있는 것은 바로 이 때문이다. 이 시의 제목과 인용에 보이는 "거울"의 이미지는 이상, 윤동주, 서정주 등의 시에서도 표상된 바 있는 전통 깊은 자아 성찰의 이미지인 것이다.

김명옥 시세계에 있어 근원에 대한 추구도 또 하나 주목되는 양상이다.

> 그 옛날 맑은 물은 어디로 사라졌을까
> 기억의 층계에 갇혀
> 돌아오지 못하는 고향의 하늘은
> 다 닳아버린 채
> 빈 숲을 지키고 있는 지
> 아버지는
> 버거운 외로움을 한베낭 쏟으며
> 찰랑찰랑 차오르는
> 슬픔보다 청정한 물을 긷는다
>
> ─<아버지의 숲·2>

이 시에서 "옛날 맑은 물"은 근원의 이미지에 해당한다. 현대 산업 사회의 속도주의와 당대주의에 떠밀려 뿌리의식과 영속감은 그 가치를 상실한 지 이미 오래 된다. 그러나 김명옥은 이러한 세태에 저항하여 "기억"을 더듬는다. 속도는 현대인들을 자기 정체성 혼란에 빠뜨리게 하는 중요한 요소 가운데 하나이다. 이에 대항하는 기억은 인간의 본질을 재발견케 하고 자아의 연속감과 공유성을 부여함으로써 현대인의 분열과 소외를 극복하게 해주는 중요한 의미를 띠고 있다. 기억을 더듬고자 하는 김명옥에게 있어 근원에 대한 탐색이 바로 인간성의 회복을 의미하는 것은 바로 이 때문이다. 여기서 "아버지"는 인간을 묶어 주는 인간애의 상징적 존재이다. 인간애의 근본은 가족애이기 때문이다. 그래서 근원의 이미지를 지니는 아버지는 시인이 꿈꾸는 세상에 대한 동경의 매개물이 되기도 한다. 김명옥은 <춤추는 연어떼>라는 작품에서 연어를 통해 근원 회귀의 의미를 변용시키고 있기도 한다.

이처럼 김명옥은 서정의 본질에 닿아 있어, 자연을 통해서 삶을 인식하고 있다. 그리고 어떤 경우 그 자연은 세속적인 삶의 현장인 도시를 벗어나 위안을 찾는 공간이 되기도 한다. 또 어떤 작품에서는 자연 속에서 세상을 바라보는 관점의 역전을 통해 삶에 대한 성찰을 보이기도 한다. 그리고 기억과 근원 회복을 통해 인간성의 회복을 꿈꾸기도 한다.

그러나, 시인의 어떤 작품들은 구체적인 상황에 대한 형상화가 부족한 데서 오는 추상성과 특히 기행시에서 볼 수 있는 것처럼 사물이나 삶에 대한 치열한 의문이나 탐색은 없이 표피적인 묘사로 일관하고 있는 등의 문제점도 노정시키고 있다. 앞으로 이러한 단점들은 시인의 노력으로 충분히 극복되리라 본다.

서정주의와 어둠의 인식

- <행간> 동인의 시세계

1.

　발표매체의 관점에서 보면 신문학의 형성기부터 오늘에 이르기까지 문학사와 문단사를 주도해 온 것은 신문과 문예지를 비롯한 각종 잡지의 저널리즘이다. 동인지 역시 이런 저널리즘에 의하여 끊임없이 부침되고, 때로는 비제도권의 문학운동이라는 성격을 뚜렷이 띠면서 현대문학사에서 중대한 일익을 담당해 왔다.

　문학 동인지의 주종은 물론 시동인지다. 80년 전후하여 많은 시동인지들이 출현했다. 이것은 시인 인구가 급증하고 문예진흥원의 지원 범위가 확대된 데도 기인하지만 무엇보다 문학활동의 중앙집권적 타성을 극복하자는 강렬한 지방주의의 대두에 기인한다.

　우리 고장에서 새로운 시동인지가 탄생하게 되었다. 김형술, 이규열, 이성희, 조성래 등 네 젊은 시인들의 <行間>이 그것이다. 동인지란 원래 어떤 뚜렷한 이념으로 결속한 문학적 집단주의를 표방하기 마련이다. 그러나 90년 전후 많은 시동인지들이 이런 집단주의의 구속성과 경직성을 지양해서 서로 이질적인 시인들이 규합된 개방적 태도로 변모하기 시작했다. <行間> 동인들 역시 '한 지붕 세 가족'처럼 그들의 시적 개성은 서로 다르다. 그러니까 <行間>은 어떤 고정된 문학적 이념에 구속되지 않는, 각기 다른 목소리들의 합창이다.

주류화가 부재하는 탈중심주의는 시단의 현주소다. 이런 현주소에서 <行間> 동인의 시들은 감히 우리 시대의 정답이나 모범답안이 되려는 꿈을 꾸지 않으며 또 그럴 필요도 없다. 그러나 고뇌에 찬 그들의 시적 개성은 각기 뚜렷한 지향점을 드러내고 있다.

2.

김형술시는 반재현주의에 입각해 있다. 그는 언어의 지시적(표상적) 기능을 극소화시켜 가능한 한 전달의 회로를 차단시키려 한다. 현실을 해체하고 일상적 의미망을 해체하는 것이 그의 시문법이다. 그 결과 그의 시계계는 현실로부터 미적 거리가 최대한 확보된 어떤 추상적 세계다. 그는 적어도 소박한 모사론을 용납하지 않는다. 그의 시는 추상의 형식이다.

그의 지나친 원격조정, 그러니까 심한 시적 변용은 물론 현실의 비판적 거리에 등가되는 그의 비타협주의를 함축한다. 「새를 위한 저녁」에서처럼 그의 시는 대부분 고통의 언어로 구축된다. 연작시 「흐린 날」을 비롯한 시들에서 어둠의 서정이 주조가 되어 있는 것은 이때문이다. 그가 설정한 시적 상황은 여간 심상치가 않다. 그의 시는 추상의 형식이면서 동시에 절망의 형식이다.

그의 시의 주조인 어둠은 「한밤의 눈」에서는 "끝보이지 않는 어둠의/미궁 속으로" 그의 영혼이 끊임없이 방황하는 절망으로 심화된다. 그의 어둠의 인식은 역전의 계기를 수반하지 않는다. 「워우워우워우」에서 어둠의 인식은 다분히 칼 부세의 저 유명한 「저 산 넘어」를 패로디화한듯한 전략에 의존하고 있다.

> 봄 한낮 장미꽃 보러갔더니/꽃은 없고 숨막히는 향기도 없고/어둠만 있더라 제가슴 뜯어가며/울부짖는 짐승 눈빛 피빛같더라.

어둠의 인식을 절망의 서정으로 형상화하기 위해 시인은 배암, 승냥이같은 악마적 이미지들을 적절히 채용한다. 「어린 매춘부」에서 어둠의 인식은 소외된 존재에 대한 진한 연민의 정과 연결되어 있고 청유형의 권고 어조를 채용한 「증오와의 만찬」에서는 정서를 강렬하게 갈망하는 내적 공허의 '황폐화된 개인'의 이미지로 변주된다. 이런 소외된 존재에 대한 시인의 유별난 관심은 「水菊, 혹은 水國」에서도 발견할 수가 있다.

그러나 「어둠 속에서 부르는 노래」, 「밤비행기」, 「별」 등에서 어둠은 수단으로서의 어둠으로 변화된다. 다시 말하면 어둠은 어둠을 극복하는 유일한 통로가 된다. 특히 이들 작품들이 종지법 대신 미완의 문장으로 끝나는 것은(그의 독특한 어법이다) 이런 신화적 재생주의의 강렬한 욕구로 읽힐 수 있는 것이다.

김형술의 상상력은 지금까지 주로 도시 이미지들에서 촉발되었다. 그의 감수성은 두드러지게 도시적이다. 「워우워우워우」처럼 선인장, 뱀, 하수구, 사막과 같은 악마적 이미지들이 채용되고 있는 「모과나무가 있는 길」은 어둠의 인식이 불모의 메마른 산업사회에 대한 그의 반응임을 드러낸다. 여기서 시인은 화자의 절망을 단말마적 저항으로 전이시킨다.

> 난 이제 사막이야 어둠을 헤집고/모과나무는 미친듯 꽃피우고 있
> 었네.

이런 명백한 대조 자체는,그리고 생명의 발견 그 자체는 세계에 대한 비판적 거리를 시사한다. 삽입의 몽따쥬기법을 원용한「길 건너 전신주에 기대 서 있는 不在」에서 도시는 낯익은 삶의 공간이 아니라 사람이 모두 떠나버린 절명지로 묘사되고 있다. 시인이 와이셔츠나 넥타이의 환유적 이미지로 인간존재를 환기하고 있듯이 도시는 인간이 모두 물화될 수밖에 없는 불모의 공간이다. 흥미로운 점은 시인이 소망하는, 세계에 저항하는 국외자의 이미지를 파격적 삶을 누린 인기있는 대중가수부터 얻은 점이다. 이 점에서 이 작품이 부권에 도전하는 외디푸스의 잠재적 욕망으로 끝맺고 있는 것은 매우 함축적이다. 제목을 비롯하여 시상과 기법이 유사한「길 건너 신호등 아래 서 있는 不在」에서도 인기가수와 그의 대중예술세계를 현실의 삶에서는 전연 용납되지 않는 일종의 소망적 인물, 유토피아로 변용시키고 있다. 회상에 의해 유년시절로 도피하려는 퇴행의 방어기제를 보인「바다로 날아내리는 비행기가 있는 봄날」에서도 아비와 갈등하는 모성지향적 외디푸스의 복합감정이 작품의 구조적 정서가 되고 있다.

그의 언어구사는 매우 헤프다. 그는 언어를 절약할 줄 모른다. 이것은 반재현주의의 추상시에는 적절하지 않다. 그러나 언제나 피감시자로서의 불안한 실존조건 속애 놓인 현대인을 관찰대상의 곤충 이미지로 형상화한「엘리베이터 속의 거울」은 예외적으로 원래의 함축미를

회복하고 있다.

이규열시는 김형술의 반재현주의적 추상시와 가장 대조된다. 그는 연작시 「우물 속의 물」에서 햄릿의 유명한 독백처럼 '부술 것인가 주워 담을 것인가'의 문제가 시작태도의 가장 큰 원리 갈등임을 고백한다. 그러나 그의 시는 체질적으로 '부수는' 시다. 그 결과 그의 시는 풍자시가 주종을 이룬다.

그의 풍자시는 좀 이색적이다. 의학적 술어의 신체적 질환이 형상화의 주된 수단이 되고 있기 때문이다. 이것은 그가 정형외과 의사라는 사실에 전적으로 기인한다. 이 신체적 질환의 이미지들이 부조리한 세계를 비판하고 폭로하는 데 여간 효과적이지 않다.

객체아*me*는 그의 풍자시에서 가장 문제적 양상이다. 말하자면 객체아를 반성하는 자기풍자가 지배적인 풍자양식이다. 그러나 이것은 단순한 자기성찰을 가리키지 않는다. 왜냐하면 객체아란 타인들의 태도로 구성되는 사회적 자아이기 때문이다. 그러니까 객체아는 외부세계를 비판하는 매개항이 되는 것이다. 그의 풍자시가 자조적 어조를 수반하는 것은 지극히 당연하다.

그래 나도 갈보였구나/이제는 돌아갈 수 없는/거리의 꽃이었구나.

이것은 사회적 자아로서의 삶에 충실한(그는 부패 이미지와 비속어를 동원하여) 나머지 주체아*I*를 상실해버린 데 대한 짙은 회한이다. 그래서 「강직성 척추염」과 「퇴행성 관절염」에서는 제목이 이미 시사하듯이 시인은 사회적 적응에 실패하더라도 주체아를 회복하겠다는 강한 의지를 내보인다. 「혈행성 골수염」에서는 자기풍자의 연민이 고통스러운 풍자시가 될 수밖에 없는, 자기 시에 대한 연민으로까지 변용된다.

> 시여 너 이제/골병들었구나.

자기연민은「폐쇄성 혈전 혈관염」에서는 짙은 소외의 서정으로 변용되기도 한다. 풍자란 삶의 세계를 등지는 법이 없다. 그것은 어디까지나 현실을 지향한다. 풍자시에서 풍자의 대상은 원래 외부세계다. 「구획증후군」이란 매우 낯선 제목의 작품은 순환계의 신체적 이미지들을 십분 활용하여 자명한 진리와 가치와 체제 속에 안주하는 우리의 타성적이고 안일한 삶의 태도를 경계한다. 역시 전혀 낯선 제목의 「요추부 추간판 탈출증」에서 감시자와 피감시자의 긴장된 관계를 매개로 지배체제의 내면화된 억압구조를 폭로하고 이 억압구조에 대한 대결의지를 강조한다.

> 똑똑히 보아라/언제나 나의 뒷면이 너의 앞면인 것을.

풍자시는 묘사체보다 서술체가 보다 적격이다. 이 서술체는 자전적 시편들인 연작시「영주동 연가」에서도 지배적 문체가 된다. 산문시 형태의 이 연작시는 모두 회상형식이기 때문에 자전적인 만큼 고백적이고 따라서 시의 화자는 경험적 자아와 동일시된다. 일종의 액자식 구성으로 시장 주변 서민의 평범한 삶을 리얼하게 서술한 연작시「1」은 순전히 시인 자신의 과거를 고백한 것이다. 회상 속의 그 과거는 영원한 현재로 되풀이되면서 그의 서정적 원천이 되고 있다. 그의 고백은 진지하거나 감상적인 어조의 관습과 달리 다분히 해학적이어서 매우 흥미롭다. 향가「제망매가」를 상기시키는「2」는 병으로 죽은 누이 때문에 의사와 시인의 이중적 삶을 선택하게 된 개인적 고뇌를 간절한 청유형의 어조로 서술하고 있으며 "諷刺가 아니면 解脫이다"(「新歸去來·7」)라는 김수영의 유명한 싯귀를 "길 아니면 해탈이다"로 고쳐 인유한 「3」은 혼과 정신이 부재하는 물화된 자아를 자기풍자적 어조로 고백하고 있다. 운명론적 어조의 「예정된 떠남을 위해」도 자전적이고 고백적인 작품이다. 이규열시의 풍자적이거나 자기고백적 경향은 현대시의 주목되는 덕목들이다.

조성래시는 묘사체가 지배적이다. 그의 시는 주로 이미지에 의존한다. 이 이미지는 삶의 의미보다는 정서의 객관적 상관물로 기능한다. 「남망산 공원」에서 볼 수 있듯이 그의 최근작들은 자연의 이미지에 의하여 조촐한 서정을 환기하는 전형적 서정시들이다. 산문시(그의 시는 흔히 자유시와 산문시 형태가 병치된다)마저 서정적인 그의 시는 두드러지게 서정주의를 지향한다.

서정적인 감정은 부드럽고 유동적인, 조화의 감정이다. 그러나 조성래시에서 주목되는 것은 향토적 서정이다. 분단의 비애를 노래한 「가을楚辭」는 향토적 이미지들이 유연하고 자연스러운 어조를 타고 흐르면서 주제를 효과적으로 형상화한다.

> 강 서쪽에 오면 나도 갈대 되어/아득하게 시린 분단 세월 이쪽/울대 서럽게 목이 여윈다.

정치적 제재를 서정 속에, 그것도 다분히 민족적 정감이 어린 고통스러운 향토적 정서에 융해시킨 점이 유독 주목된다.. 「항구」에서도 비록 부분적이나마 도시적 이미지를 채용했음에도 불구하고 향토적 서정으로 동일화되고 있다. "도시의 이마에 수평선이 걸린다"와 "노란 봄이 깔깔깔 돗대 끝에서 웃는다" 등 감각적 이미지에 의한 묘사는 여간 인상적이지 않다.

조성래의 서정주의는 정치적 테마와 마찬가지로「시월의 끝」에서 처럼 딱딱하고 메마른 도시 이미지들을 축축하고 부드러운 이미지로 변용시켜 서정을 환기시킨다. 부드러운 목소리의 여성 화자를 선택한 「手話, 겨울나무」는 의도적인 언어의 단속에 의존하면서 도시 서민의 소외감을 묘사한 서정소품이다.

도시의 생활감정은 원래 조성래시의 주된 제재였다. 도시의 극히 평범한 일상생활을 그린「바퀴 위에서 잠자기」는 제목부터 매우 흥미로운 착상을 보인다. 퇴근길 버스 속에서 잠시 조는 그 흔한 일상사를 무미건조한 반복성을 본질로 하는 일상성의 초월로 해석한 것이 그것이다.

> 나는 달리는 바퀴 위에서 조금씩 나를 해체한다 차츰 현실로부터
> 해방되면서.

도시 서민의 지루하고 고통스러운 삶을 넋두리 없이 다분히 희극적으로 환기하는 것은 그리 쉬운 일이 아니다.「나무실 가기 위하여」와 함께 현실도피적이지만 김정희의「세한도」풍을 다분히 풍기는「폭설을 꿈꾸며」의 압축된 묘사와 날카로운 서정도 매우 인상적이다.

이성희는 자기반성적인「나의 詩」에서 (낡은 분류법의 용어를 빌린다면) 참여시나 순수시 등 어느 유파에도 어떠한 시대적 유행에도 귀속되지 않는 자신의 시를 "아무 것도 아니거나 또는 별 볼 일 없다"로, 그래서 저주받은 존재처럼 "어디서도 안식하지 못하고 떠돌 것"으로 자학하고 있다. 그러나 이것은 이성희시의 무성격이 아니라 오히려 그

의 강한 시적 개성을 느끼게 한다.

사실 그의 많은 작품들은 정치적 상황에서 기인한 우리 현대사의 상처와 고통을 제재로 하고 있다. 그럼에도 불구하고 이성희시들(굳이 분류한다면 참여시)은 정치시이기 이전에 서정시다. 다시 말하면 그는 정치적 테마를 시의 서정으로 승화시킨다. 이것이 이성희시에게 우리가 애정을 느끼는 비밀이다.

기행시 형태의「동해남부선」은 반전없이 지속되기만 하는 시대적 아픔과 절망적인 무력감을 거의 완벽하게 시정으로 융해시키고 있다.

　　그러나 길 끊긴 바다에 이르러/왜 우리는 아직도 이렇게 막막해
　야 하는지/모든 이름의 시대는 가고 우리만 남았다.

무거운 정치적 테마를 다룬 만큼 그의 서정은 공적이고 언제나처럼 그의 어조는 여간 진지하지 않다. 좌절된 민주화 운동을 다룬「그리운 축제」의 테마는 매우 의미심장하다. 축제란 원래 감정적으로 모든 윤리도덕과 법질서로부터 해방된 상태다. 그래서 축제정신은 자유・해방의 정신이다. 그러나 축제의 자유・해방은 어디까지나 한시적이고 예외적인 자유이고 해방이다.

　　아침이면 또 잡풀더미에 잠복하는 역병일지라도/오늘은 달빛에
　목이 쉰 노래다.

한시적이고 예외적인 자유・해방은 최소한의 자유・해방이며 궁극적으로 이것의 부재를 함축한다.「최민식의 사진첩을 펴면」에서 시대적 고뇌는 가난한 서민들의 삶과 겹쳐 있으며「금강초롱에 관한 명

상」에서는 분단 극복의 정치적 테마가 교묘하게 상업주의와 오버랩되면서 제시되고 있다.「새벽 龜浦길의 수은등은 마치」와「비 개인 저녁에」는 "부서진 시대를 온 몸의 울음으로 겨우 받치고 있던". 그리고 "한 시대를 온 몸으로 부딪쳐간 투사였던" 제자들의 좌절된 삶이 이제는 역사 속으로 점점 희석화되어 가는 안타까움을 스승의 시점에서 서술한 후일담이다. 여기서 이성희시는 가장 심화된 역사적 고뇌의 증언이 된다. 이것은 다음과 같이 매우 감상적으로 허무주의적이고 자학적인 어조로 진술된다.

> 너희들 그렇게 걸리어/새벽 구포길 음험한 회색을 견디고 있구나/술취한 나를 지켜 보고 있구나/빛 바랜 노란 수은등으로 외롭게 떠다니면서/아직도 누덕누덕 어둠으로 기워진 새벽을/자꾸만 춥게 비추고 있구나.
>
> —「새벽 龜浦길의 수은등은 마치」

역사적 시련을 다룬 이성희시의 서정은 여간 암울하지 않다. 이 어두운 서정 자체만으로도 세계인식이고 현실의 반영이다. 경어체의 부드러운 여성적 어조로 일관한 연가형식의「G읍에서」는 비록 무거운 시대적 고뇌는 전연 내비치고 있지 않지만 일제말기 윤동주시와 같은 어둠을 느끼게 한다.「下棺」역시 여성 화자의 시점에서 애이불비하는 우리 고유의 인고주의를 권고의 청유형으로 형상화한 것이 매우 인상적이다.

자본주의 소비사회의 무한한 욕망을 풍자한「공룡시대」는 그 풍자적 의도 때문에 예외적으로 어조가 진지하지 않고 언어절제가 되지 않는 요설체다. 풍자는 이성희시의 한 취약점인 것같다. 그러나 다시 되

풀이하지만 역사적 시련을 세심한 언어의식과 묘사에 의하여 미적 정
서로 승화시킨 시인다운 고뇌도 그의 시대적 고뇌와 똑같이 소중한 것
이다.

　이처럼 <行間> 동인들의 시적 개성은 서로 다르다. 그들은 서로 다
른 눈과 방법론을 지니고 있다. 강요된 집단주의에 더 이상 구속되지
않는 것이 오늘의 동인지의 특징이다. <行間> 동인들의 합창이 침체
된 부산의 동인지 활동에 활력소가 되었으면 하는 바램을 사족으로 덧
붙여 본다.

전통과 상상력
– <진단시> 동인의 시

1.

『진단시』 동인들은 그 엄격한 규율 때문에 우리의 동인지 역사에서 특별한 의미를 갖는다. 이 특별한 의미는 사실 매우 역설적이다. 왜냐하면 그 엄격한 규율이란 (창간호의 서문에 표명했듯이) '우리 것에의 관심'에서 출발한 테마시를 싣는다는 것이고, 그래서 1982년 제 1집부터 오늘에 이르기까지 테마시의 공통된 제재들이 우리에게 매우 낯익은, 허구적이거나 역사적 인물 아니면 사물들이었기 때문이다.

이처럼 우리에게 낯익은 제재들을 공통적으로 그리고 집요하게 다룬 것이 오히려 우리에게 별난 일처럼 보이는 것이다. 그만큼 우리가 전통적으로 멀리 떨어져 있거나 망각하고 있는 것인지도 모른다.

제재가 '우리의 것'이라고 해서 『진단시』 동인들의 테마시가 반드시 전통시일 필요는 없다. 테마시의 의의는 '우리의 것'의 재발견에만 있지 않다. 오히려 그것은 전통적인 제재에 대한 시인 저마다의 새로운 해석에서 찾을 수 있는 것이다. 이것은 '모험 아닌 실험'을 (『진단시』 창간호 서문) 모색하겠다는 동인들의 다짐에서 이미 표명된 바 있다.

2.

그러나 『진단시』의 테마시들은 지금까지 대부분 전통시의 범주에 속했다. 제재를 비롯하여 정서와 사상이 전통적이고 때로 가락도 전통적이었다. 14집의 <피리> 테마시들도 두드러지게 전통 지향적이고 그리고 서정적이다.

<피리>의 경우 우선 무엇보다도 민족적 과거의 고립된 기억군들의 객관적 상관물로 수용되고 있다. 박진환의 <피리소리>, 신규호의 <한 토막 삭은 피리로 누워>, 장순금의 <그대, 외로운 악기>등 테마시들은 여기에 놓인다.

우리의 것은 우리의 것이 아닌 것과의 대조에서 보다 명백히 드러난다. 박진환은 이런 대조법을 구사하여 피리(즉 소리)의 특성을 드러낸다. 그러니까 동·서양의 소리는 외향적이지만 '어떤 조선소리'는 내향적이다. 이 내향적인 것은 '대마디를 뚫고 나온 / 나사못이 되어 / 내 가슴을 후벼파 들어' 온 것이기에 그 시적 의미는 고토이다. 다시 말하면 박진환의 피리는 고통으로 수용된다. 그리고 다음과 같이 그 고통마저 잠재되었을 때 우리의 영혼으로서 민족적 과거의 고립된 기억의 끝없는 방황이 시작되는 것이다.

> 밤의 뚜껑을 열어 / 원혼을 불러 냈다가 / 다시 잠들게 한 / 그런
> 소리 어디쯤에서 / 달도 길을 잃고 / 나도 길을 잃었다. / 미로의 어디

쯤에서 / 피리소리도 길을 잃고 있었다.

  민족적 과거의 고립된 기억은 그러나 지속되기 마련이다. 우리의 기억과 집단 무의식이 그 과거를 보존하고 있기 때문이다. 장순금의 <그대, 외로운 악기>에서 피리는 '공허를 견디고' 아직 살아 있는, 소외된 존재로 수용된다.

  들리는 그대 남루한 꿈의 / 숨죽인 울음소리 / 돌아앉은, 시간의
  흐느낌

  그래서 장순금에게 '외로운 악기'는 '숨죽인 울음소리'라는 통시적 동일성으로서 소외된 채 지속되는 '우리의 것'이 된다.
  소멸의 이미지로 시작되는 신규호의 <한 토막 삭은 피리로 누워>에서 우리의 것과 시인의 관계는 '사랑'과 '숙명'이란 이름의 끈이다. 다른 테마시들에서 우리의 것은 주체이거나 객체이거나 분명히 어느 한쪽이 되어 있지만(이것은 테마시에 나타난 중요한 기본 발상이다) 여기서 시인과 우리의 것은 서록 서로를 넘나드는 통주체성이 되고 있다. 중요한 것은, 제목에 명시되어 있듯이 시인이 우리의 것인 피리를 '한 토막'으로 인식한 점이다. '한토막'은 단절이다. 시인에게 있어서 우리의 것은 이제 더 이상 견디지 못하는, 소멸의 극점에 놓인 고통과 슬픔 그 자체이다. 그래서 통주체성과 화자는 다음과 같이 스스로 불가피하게 소외된 단절을 선택할 수밖에 없는, '지그 여기'의 세계에 대한 거부의 안타까운 절규로 시상을 끝맺는다.

  이제는 더는 날 울리지 말라 / 만지면 폭삭 무너져 내릴 / 삭아 버

린 내 감성의 하늘. / 건드리지 말라. / 잠 깨지 말라.

시인에게 피리는 '만지면 폭삭 무너져 내릴' 만큼 철저하게 고통과 슬픔에만 처단되어 있는 우리의 것이다. 시인은 고통과 슬픔을 우리의 것의, 그러니까 우리의 아이덴티티로 인식하고 있는 것이다. 그래서 그의 우리의 것에 대한 관심과 탐구는 그의 다른 테마시 <피리를 불면>의 '인연의 마디마디 / 흐르는 정부 구비마다 / 사람도 내 사람 / 나라도 내 나라면 / 한숨 한 가닥으로 / 노래도 사랑도 절절한 것을'에서 볼 수 있는 것처럼 매우 자연스럽게 민족적 감정, 좀더 정확히 우국적 정서로 확대된다.

이런 우국적 양상, 정치적 양상은 제14집 테마시들의 또 하나의 주목되는 유형이다. 그만큼 전통의식이 사회 역사적 의식과 접맥되어 있는 것이다.

정의홍의 테마시 <대금산조>는 가장 두드러지게 풍자적이고 우국적인 정치의식을 내비치고 있다.

> 식민지 시대 남몰래 지껄이던 / 그리움의 조선말처럼 들려온다.…… 민족의 혼이 죽어 가는 이 시간 / 그대 목소리마저 쓰러지면 어찌하랴 / 가을날 피리소리에 기대어 / 조용히 눈을 감으면 / 먼 바다의 파도소리처럼 묻어 오다가 / 내 뒷모습으로 우뚝 선 소리 / 검은 기미 가득하게 피어오른 내 아내의 / 안타까운 울음소리처럼 들려 온다 / 욕심 많은 독재자의 / 감춰진 헛웃음소리처럼 들려 온다.

시인의 반응양식은 <대금산조>라는 제목에 걸맞게 매우 다양하다. 이 다양성은 마치 거북한 불협화음의 음악을 듣는 것처럼 시상의 복잡성이 아니라 불통일성을 느끼게 할 만큼 여간 산만하지 않다. 그에게 대금의 소리는 '그녀의 요염한 몸짓'이라든가 '아들놈의 잠꼬대'라든가 '나뭇잎들의 / 바람이 난 양 몸 비비는 소리'라든가 '먼 바다의 파도소리'라든가 '내 아내의 / 안타까운 울음소리'등 시인의 자유연상을 자극시킨다. 그럼에도 불구하고 우리의 것을 처리하는 거의 기본적 태도는 역사적·정치적 상상력이다.

그의 정치적 상상력은 정치 풍자시 <미국산 놀부·2>에서 좀더 극명하게 드러난다.

> 떠나야 해도 떠나지 않고 / 떠나지 말라 해도 떠나갈 줄을 / 나는
> 알고 있다 / 그대에게 우리는 짝사랑을 호소하는 연애편지일뿐 / 답
> 장을 기다리거나 / 한눈을 팔아서도 안 됨을 / 나는 알고 있다.

해학까지 곁들인 이 풍자시에서 놀부라는, 우리에게 너무나 낯익은 전통의 은유적 이미지를 채용한 것은 여간 흥미롭지 않다. 그 착상은 정치적 시각의 문제와 관계없이 구호로 그치는 오늘의 많은 생경한 정치가 무색할 만큼 우리의 정치 감각을 자극한다. <女子頌>도 송(頌)이란 장르를 패러디화한 것으로서 흥미 있는 정치 풍자시이다. 송(頌)이란 원래 대상을 예찬하는 시의 양식임에도 불구하고 시인은 이와 전혀 반대되게 추악한 정치 풍토를 풍자하는 데 원용하고 있는 것이다. 이 작품에서 풍자의 함축성도 주목된다.

의성어로 시작되는 김규화의 테마시 <날라리>도 민족감정과 정치 의식을 주조로 하고 있다. 그에게 피리소리는 정치적 가락으로 변용되고 있는 것이다.

> 외치는 통일 소리, 민주화소리에 / 날라리 날라리 리리리 / 가늘고

서럽게 이어나가는 / 남사당 가슴의 그 한 쪽은 / 그늘진 민족 하얀
여백

  우리 시대의 신성한 것은 통일과 민주화라는 정치적 과제이다. 시인
은 이 신성한 것에 대한 간절한 소망을 '가늘고 서럽게 이어나가는' 민
족의식에 연결시킨다. 그의 역사의식은 통일과 민주화를 유토피아로
설정하고 이 유토피아 지향성을 민족사의 방향으로 인식한다. 그래서
다른 테마시들과는 달리 다분히 정치적 성격으로서 그의 테마시는 예
술적 화해의 태도를 보이고 있으며, 우리의 것에 대한 탐구는 회고적
이 아니라 미래지향적이다.

        내일의 물줄기로 허공에 퍼지는 / 한민족의 하얗게 바랜 노래여

  밝은 비젼의 긍정적 시각으로는 그는 『진단시』 동인들 가운데서 별
난, 예외적 존재로 느끼게 한다. 이것은 우리의 전통적 정서인 한을 전
제로 한 <恨>에서도 볼 수 있다. 그에게 한은 더 이상 어둡고 소극적
인 민족정서가 아니다.

        한숨을 물레에 잣는 사람들은 / 세월을 잣는 사람들, / 늦여름 들
        판에 나와 / 푸른 하늘을 처다보아라 / 이태리포플러가 줄줄이 늘어
        선 / 들길 이맘쯤에서 / 나무끈에 내려 앉은 하늘을 보아라 / …… 뜨
        거운 한여름 익을대로 익은 / 반짝이며 소리지르는 뼛속 깊은 노래 /
        저 눈빛 반짝이는 희열 / 저 눈 속 깊은 슬픔을 / 한없이 처다보아라

  시인은 한의 전통적 정서에서 인내라는 전통적 미덕을 재발견한다.
이 작품에서 두 번이나 되풀이되는 (그래서 주 선율처럼 보이는) '한숨

을 물레에 잣는 사람들'과 뜨거운 한여름 하늘을 이고 서 있는 '이태리 포풀러' 나무로 형상화되어 있는 이 미덕은 드디어 '저 눈빛 반짝이는 희열'을 획득하게 된다. 시인이 한을 삶의 희열로 승화시킨 것이다. 시인은 '보아라'라는, 문법적 명령형에 교묘하게 감탄형의 의미를 함축시켜 이를 주선율로 되풀이되게 함으로써, 우리로 하여금 우리의 것에 대한 시인의 긍정적 화해의 태도를 깊은 감동으로 공감하게 한다. 그를 유별나게 하는 그런 태도는 사실 한국 현대시사에서 그리 흔하지 않다. 우리는 그의 작품에서 한의 긍정적 의미를 다시 한 번 발견하는 기쁨을 맛볼 수 있는 것이다.

강경훈의 테마시 <피리>도 유토피아를 꿈꾸고 있다. 그러나 그의 유토피아는 미래에 도래하는 것이 아니라 과거에 이미 있었던 것이다. 단군의 개국신화에서 착상된 그의 테마시는 그러므로 정치적이면서도 신화적 성격을 띤다.

> 白頭大幹은 檀君님의 피리. / 백두에서 한라까지 젓대 하나로 잡으시고 / 神市의 그윽한 하늘 숨결로 트시었네. / 폭포런듯 신단수는 하늘 찌르고 / 白衣의 춤사위로 넘치는 강물 / 하얀뼈 붉은 살의 沃土도 내리시고 / …… 萬波息笛 가락도 오늘토록 모두가 / 白頭大幹 피리소리 이음이어서 / 열두 律 民草들을 햇덩이로 품으셨네.

널리 사람을 이롭게 한다는 것은 우리의 최초의 정치이념이다. 시인이 탐구한 '우리의 것'은 다름 아닌 이 정치이념이다. 그러나 이것은 오늘날 한낱 교과서적 지식처럼 유토피아로만 남아 있는 것이다. 작품의 실제의미와는 관계없이 시인의 의도는 매우 의미심장하다. 왜냐하면 매우 함축적이지만 '홍익인간'이란 우리 고유의 정치이념을 현대의 온갖 정치이데올로기와 대비시키고, 그 현대적 의의를 발견하자는 데 그의 의도가 있기 때문이다. 그리고 그의 이런 의도는 앞에서 말한 우리 시대의 신성한 것과 바로 닿아 있는 것이다.

그러나 무엇보다도 테마시들의 가장 두드러진 양상은 서정주의이다. 그들의 우리의 것 탐구는 실상 우리의 전통적 정서의 발견과 개발이다. 테마시들의 서정주의는 우선 연가풍으로 나타난다.

피리를 의인화시켜 시의 화자로 설정한 유승우의 연작시 <내가 피리가 되어>는 전형적 연가풍이다. 시인은 다음과 같이 우리의 것을 영원한 사랑의 서정으로 극화한다. 사랑은 원래의 인간의 지속적 감정이지만 사랑의 영원화는 연가의 관습적 테마이다.

> 님이여, / 마른 대나무로 버려진 나를 / 한 토막의 시간으로 잘라 / …… 시간의 아픈 마디를 풀어 / 영원으로 이어지는 나의 목숨이, / …… 그대와 내가 가진 오랜 입맞춤 / 혀끝으로 울려오는 뜨거운 사랑 / 이승과 저승을 넘나드는 / 절절한 목청으로 울려퍼진다. / 님이여.

악기적 조건으로 보면 피리는 에로스적 사랑의 관능적 이미지와 깊이 연관되어 있다. 그것은 보다 촉각적이다. 그래서 피리의 테마시가 목가풍과 더불어, 연가풍으로 흐르는 것은 지극히 자연스럽다. <내가 피리가 되어·1>은 이런 관능적 이미지를 곁들이면서 '이승과 저승을 넘나드는' 영원한 사랑을 노래하고 있는 것이다. <1>이 이처럼 사랑을 통시적으로 본 데 반하여 <2>와 <3>은 사랑을 공시적 측면에서 본다. 다시 말하면 이 두 작품은 고려속요 <靑山別曲>의 한 구절을 인유하여 대절한 사랑의 농도와 깊이를 천착한다.

울어라, 울어라 새요, / 널라와 시름한 나의 가슴도 / 온밤 내 새빨간 울음을 뱉어 / 온 산비탈이 마침내 / 진달래꽃으로 불타 오른다. / 님이여

울어라, 울어라 비여, / 널라와 시름한 나의 가슴도 / 무서운 욕망의 옷을 벗고 / 푸르게 일어서는 나뭇잎들과 풀잎들의 촉촉한 알몸이 되어 / 긴긴 여름날을 울고 있다. / 님이여.

<내가 피리가 되어 · 2>

새소리든 악기소리든 '소리'를 '울음'으로 체험하는 것도 우리의 전통적 반응양식이다. 여기서 '울음'은 말할 필요 없이 애절한 사랑의 농도에 적합한 이미지이다. 님과 나 사이의 사랑의 농도를 과장한 나머지 이 두 작품은 잘 정제되지 않고 산만해진, 수사학의 차원으로 떨어진 결합을 벗어나지 못하고 있다. 그러나 <만전춘>과 <쌍화점> 등 가식 없는 육욕적 사랑의 애절함을 노래한 고려속요에 닿아 있다는 점에서도 그의 연가는 전통적이다.

권천학의 테마시 <피리>도 연작시이다. <1 · 누구인가>는 엄밀히 말해서 연가풍이 아니라 종교시적 빛깔을 다분히 띠고 있다.

누구인가 / 내 이름을 부르는 이 / 저 깊디깊은 영혼의 끝간 데까지 / 따라오는 이 / 가뭇한 목숨으로 이어온 나날들 / 죽음까지도 끌어 내어 / 한 소절로 엮어 휘어져 놓는 이 // …… 누구인가 / 내 흙발 닦아 주는 이 / 무섭타는 영혼을 멀고 먼 저 들 밖에 / 외롭게 세워두는 이 / 三世無明을 관통하는 빛으로 / 무릎까지 차오른 세상을 / 씻어 건져 내는 이.

그에게 우리의 것으로서 피리는 영적 교류의 대상이고, 인간의 영혼

과 세계를 정화시키고 구원하는 숭고하고 신비로운 존재이다. 무엇보
다 그것은 나의 내면 전체를 지배하고 관여하는 존재이다. 시인은 우
리의 것에 대한 사랑을 종교적 사랑의 차원으로까지 끌어 올리고 있는
것이다.

> 한 마리 피리새이게 하시든지 / 한 송이 이슬꽃이게 하시든지 //
> 사랑이게 하시든지 / 자유이게 하시든지 // 당신의 무엇이든 되게하
> 소서 //아아 / 나로 하여금 / 당신의 피리가 되게 하소서.

　사랑은 두 연인들로 하여금 서로가 서로를 주체로 삼고자 하면서 서
로가 자기 자신을 대상이고자 하는 감정이다. 내가 연인을 절대적 존
재로서의 주체로 삼고자 하는 사정은 연인 쪽에서도 마찬가지이다. 그
래서 사랑에는 처음부터 파탄의 위험이 잠재되어 있다. 이것이 싸르트
르가 분석한 사랑의 구조적 모순이다. (이것은 앙드레 지드의 <좁은
문>에서 극명하게 드러나 있다). 내가 연인을 절대적 존재의 주체로
삼고, 내가 그의 대상이 되고자 하는 것은 연인에게 나의 존재근거를
만들어 달라는 것이다. 이 작품의 화자는 (또는 시인은) 우리의 것을 절
대화하고, 자기 자신을 우리의 것에 일방적으로 종속되는 여러 가지
존재의미의 상대적 존재이고자 하는 소극적 자세를 보인다. 여기서 우
리는 메조키즘적 태도의 전통적 반응양식을 놓칠 수가 없다. 그만큼
시인은 우리의 것을 절대화하고 있는 것이다.
　임보의 테마시 <大笒>은 우선 판소리 사설조 또는 무가적 어조를
채용하고 있는 점에서 전통적이다. 서술체의 서사적 흥미를 바탕에 깔
면서 애절하고 영원한 사랑을 노래한다.

두메산골 청대밭에 몰래 자란 쌍골대 / 쌍골이 서러워 가슴 묻고 사는데 / 지나던 웬 浪人께 그 설움 들켜서 / 수족 두발 다잘리고 오장육부 다 헐리어 / 指孔 淸孔 七星孔 아홉 구멍 뚫린 다음 / 동지섣달 긴긴 밤을 자진토록 올려놓네 / 아리리 아릴리야 아리리 알릴리야

의성어를 후렴구처럼 달고 있는 이 테마시는 4음보의 전통율격으로 사랑을 전통적 서정으로 변용시키고 있다. <律·100>이란 부제목이 시사하듯이 그의 '우리 것'의 탐구는 단순한 문학적 장치의 차원이 아니다. 그에게 리듬은 우리의 미학이고 생명이고 정신이다. 이것은 <律·81>과 <律·82>, 그리고 <律·83>의 부제를 각각 단 <紅酒>와 <등돌리기>, <꿈만 꾸다>에서도 자명하게 드러난다. 그는 우리의 삶 자체에서 우러나오는 우리의 멋, 그 풍류를 리듬의 이름으로 끊임없이 재창조하는 작업을 계속하고 있다. 그의 작품은 풍류적이고 서술적이다.

전통미학으로서 리듬의 탐구는 홍해리의 테마시들에서도 그대로 드러난다. 그의 <피리소리>, <입술피리>, 그리고 <茶墨室>은 모두 4음보의 전통율격을 채용하고 있다. 특이한 점은, 앞의 두 작품은 변형된 형태이지만 4행시의 전통 시가형식이라는 점이다.

꼭같이 2행씩 한 연에 배치하여 총 18행으로 구성된 <피리소리>는 의미단락으로 보면 4행시의 변형(한 연을 한 행으로 한)이고, 연작 4행시이다. 그의 시어는 지나치게 선택적이어서 우리로 하여금 순수한 서정의 세계, 그것도 동양화적인 세계로 이끌고 간다.

아쉽고 그리워라 / 어릴 적 피리소리 // 끈·길·듯·끊·어· 질·듯 / 이-어-지-는-가 // 천 마디 만 마디 말 / 소리 하나로

//구멍마다 피가 돌아 / 윤이 나는데

　시인은 둘째 연을 비롯하여 전체적으로 행의 배열에서 일종의 형태
시적 시각효과를 의도하고 있다. 다시 말하면, 둘째 연은 문자가 아닌
<ㆍ>과 <ㅡ>의 부호를 각 음절 사이에 끼워 넣고 의미의 시각화에
기여하도록 하고 있는 것이다. 그러나 서정을 환기하는 제재가 한정적
이고 너무도 부드럽고 가냘픈 시어 선택으로 시어와 일상 언어의 2분
법적 엄격한 단절을 노중하는 감상적 태도를 면치 못하고 있다. 이런
점은 다분히 동화적 어조의 분위기까지 자아내고 있는 <입술피리>
에서도 드러난다. 전형적 4음보의 4행시인 <茶墨室>은 신선적 풍류
의 세계를 형상화한 일종의 예술가 시이다. 그의 시는 가장 시적이다.
　문효치의 테마시 <피리소리는 새가 되어>에서 우리는 전통적 서
정의 탁월한 감각을 보게 된다.

　　　기왓골에 흘러내리는 / 서러운 하늘의 푸른 물감을 / 온몸에 버무
　　려 바르며 / 날개를 저어서 날았다 // 감나무 단풍잎을 / 톡톡 분질러
　　머리에 꽂고 / 울타리 말뚝 위에 잠시 나비처럼 앉았다가 / 갈대꽃
　　몸부림치는 / 만경강 달밤을 피리리리 날았다.

　이미지의 섬세한 아름다움에 우리는 감탄하지 않을 수 없다. 특히
'감나무 단풍잎을 / 톡톡 분질러 머리에 꽂고'와 피리를 의성화한 '피
리리리'에서 이미지를 발견하고 창조하는 시인의 솜씨가 얼마나 섬세
한가를 실감할 수 있다. 이미지의 이런 아름다움이 바로 우리의 것의
아름다움에서 얻어지는 것임은 물론이다. 그에게 우리의 것은 무엇보
다 아름다운 것이다. 그리고 다음과 같이 그도 사랑의 본질을 영원성

에 둔다.

> 무덤의 문을 삐걱 열어 / 이승이고 저승이고 아무데나 넘나들었
> 다.

이것은 유승우의 테마시에서도 볼 수 있었던 구절이다. 그만큼 관습
적주제인 사랑의 영속성은 이승과 저승의 연결이라는 관습적 이미지
로 환기되고 있는 것이다.

이용주의 <피리소리>도 <에피메테우스의 날개>나 <수선화>
등의 이국적 이미지로 덜 전통적이다. 그도 우리의 것을 전통정서인
한으로 규정하지만, 여로의 이미지로 한을 역동화한다.

> 어디로든 / 빈 수레로 가서 / 애수로 가득 담긴 항아리를 싣고 / 꿈
> 속의 바람처럼 / 또 어디든 가야지 // …… 품은 한 풀며 바람으로 간
> 다 // 구겨진 골목골목을 돌아 / 어깨를 밟고 / 잠든 의식을 깨우며 /
> 두레박 소리에 밝아 오는 / 내일을 짊어진다.

맺힘과 풀이는 한의 구조이다. 그래서 한은 역동성이 잠재되어 있는
복합감정이다. 이 작품의 여로 이미지는 한맺힘에서 한풀이로 이행하
는 삶의 과정의 객관적 상관물이다. 그도 김규화의 <恨>처럼 한의 기
능을 의식의 일깨움에 두고 미래지향적이게 하는 등 긍정적 화해의 시
각을 표명하지만, 이런 건강성에도 불구하고 그의 태도는 서정화되지
않고 관념화되어 버린 시의 단면을 보인다.

3.

서정시의 원형은 동일성이다. 이 동일성은 통시적인 것과 공시적인 것의 두 유형이 있다. 전자의 통시적 동일성은 불변성 또는 영원성이고, 후자의 공시적 동일성은 자아와 세계와의 일체감과 조화감이다. 적어도 『진단시』 14집이 작품에 관한한 영원성과 불변성은 지배적·시적 가치로 수용된다. 테마시들이 두드러지게 제재에 시간적 연속성을 부여하고 있는 착상이나 연가풍의 시에서 영원성을 사랑의 본질로 설정한 것 등은 이런 통시적 동일성의 양상들이다.

강경훈의 <무령왕비의 사랑니>에서 가치는 영원한 것이다.

> 천년을 지나도 남을 일이면 / 무령왕릉 곁에 / 오두막이나 한 채 짓고 배우고 싶어요.

이런 통시적 동일성은 문효치의 연작시 <지리산 詩(- 通天門)>에서는 전통사상인 인연관의 형태로도 나타난다.

> 앞서 가던 그녀는 / 이미 선녀가 되어 / 계단을 밟아밟아 / 구름 속으로 올랐다. // 선녀는 몸을 헐어 / 한 폭의 깃발이 되고 / 깃발은 바람을 모아 / 한마당 춤이 되었다.

이런 변신은 통시적 동일성과는 무관한 것 같이 보인다. 그러나 끊임없는 변신의 거듭 태어남 자체는 시간적 영속성에 등가된다. 불교의 인연관은 영속성의 세계관이다. 그래서 서정주는 <춘향유문>에서 거듭 태어남의 불교적 모티프로써 영원한 사랑을 육화할 수 있었던 것이다.

이런 통시적 동일성과 함께 공시적 동일성의 세계관은『진단시』동인들의 시정신이 되고 있다.

> 남매탑에서 내려오는 / 오래 묵은 바람이 / 甲寺의 아랫마을까지
> 와서는 / 감나무 흔들어라. // …… 감들도 어느새 / 맑은 佛經소리를
> 들며 / 익고 있어라.
>
> <甲寺의 감나무> 중

이 작품은 자연을 매개항으로 성(聖)과 속(俗)이 조화·일치되고 드디어 매개항인 자연과 성(聖)도 구분되지 않는 전형적 동일성의 세계를 표사하고 있다.『진단시』동인들의 시정은 대부분 이런 동일성의 시정신에서 비롯되고 있는 것이다.

테마시는 마치 일반 백일장의 시처럼 시인이 제재를 '선택'하는 것이 아니라 제재가 '주어지는' 것이다. 그만큼 테마시는 제한적이고 시인의 상상력을 구속한다. 이런 제한성과 구속성을 얼마나 극복하는가 하는 것은『진단시』동인들이 표명한 것처럼 각자 개성의 문제이고, 역설적이지만 '모험 아닌 실험'의 모색에 관한 문제이다. 동일성과 '낡은' 세계관과 서정의 바탕이 되어서는 안 된다.

정의홍과 신규호의 정치적 성격의 시처럼 테마시의 전통 지향성과 서정주의와의 다른 면모를 발견하게 되는 것은 우리의 기쁨이 아닐 수 없다.

이런 점에서 가장 흥미로운 것은 홍해리의 <세상은 깨어 있다>가 그의 테마시와 너무도 명백하게 대조되고 있는 점이다. 이 명백한 대조는 한 시인이 어떻게 그처럼 이질적 작품들을 시간적 거리와 별로 상관없이 생산할 수 있는가 하는 경악감까지 준다.

눈으로 사기치고 몸으로 사기치고 / 세상은 깨어서 반짝반짝하는
구나 // …… 다 깨어 있구나 시퍼렇게 깨어 있구나 / 세상은 깨어 세
상에서 사기치고 있구나

이 작품은 우선 문체면에서 테마시와 대조적이다. 그의 테마시의 시
어선택과 배열은 극히 제한되고 절제되어 있었다. 그러나 이 작품은
70년대 이후 한국 현대시에 두드러지게 나타나 요설체이다. 언어절제
가 결핍된 요설체의 장광설은 언어의 애정결핍을 상징하고 이 결핍은
또 그대로 현실에 대한 깊은 혐오감을 반영한다. 사실 이 작품은 아이
러니와 해학을 동원한 풍자시이다. 테마시가 동일성의 시정신으로 제
재를 처리한 반면, 이 풍자시는 비판적 산문 정신으로 근본적 시인의
상반된 태도의 산물이었던 것이다.
　문효치의 <시골집 감나무>는 이 비판적 태도를 서정적 태도로 감
싸고 있다.

뒤란에 늙은 감나무 한 그루 서 있는데. / 허연 수염을 나부끼며
한 그루 서 있는데. / 잔기침 콜룩거리며 한 그루 서 있는데. // ……
내가 어쩌다 시골집에 들르면 / 빈집을 지키고 서 있는데

시인은 우리의 삶이 더 이상 전통적 가치에 뿌리박고 있지 않음을,
그래서 전통이 이제는 소외와 고독을 그 존재조건으로 하고 있음을 상
실감의 서정으로 비판한다. 문효치는 세계관이나 이데올로기의 방향
으로가 아니라 심상과 세계의 방향으로 시를 끌고 간다. 그의 시의는
튼튼한 미학을 견지하고 있다.
　그의 시의 정직성은 우리 시대의 삶을 비판하는 태도를 마지막 연에

서 내비친 것처럼 자신에게도 돌리고 있는 점이다. 박진환의 <구두를 닦으며>도 매우 흥미있는 자기풍자의 착상을 보인 작품이다.

내 足跡을 알아차린 모양이다 // 퉤퉤퉤 침을 뱉는다 // 지우고 닦아 내도 / 까맣게 드러내는 구두코 끝의 / 俗塵. // 그것마저 보아 버린 모양이다 / 퉤퉤퉤 침을 뱉는다.

경험적 자아의 세속성을 극복하려는 자기풍자가 구두닦이라는 극히 평범하고 낯익은 일상적 소재로(사실 이 소재 자체도 일상적인 것만큼 세속적이다) 형상화된 것이 여간 흥미롭지 않은 것이다. 이것은 시인의 날카로운 직관이 산물이다. 이 작품의 또 하나 매력은 자기분석이 해학적인 데 있다. 해학의 부정 속에는 자기부정도 포함된다. 그러나 해학의 부정은 연민의 태도가 또 내포되어 있다. 그래서 그의 자기풍자는 신랄하지 않다. 해학과 풍자가 공존하는 것도 전통적이다.

앞에서 말한 것처럼 『진단시』 동인들이 '우리의 것'에 대한 관심과 모색은 재현적 작업만으로는 불충분하다. '우리의 것'을, 우리의 과거를 개성적으로, 그리고 '지금 여기'의 당대적으로 해석했을 때 테마시는 그 의의를 획득할 수가 있는 것이다. 이것은 누구보다도 『진단시』 동인들이 이미 잘 알고 있는 사실이다.

존재론적 탐색과 局部化의 시학

—≪다층≫의 시세계

1.

　신서정 또는 반서정주의(이 두 용어는 동의어가 아니다)는 현대시의 새로운 경향을 기술하는 용어들이다. 신서정 또는 반서정주의는 90년대 시단의 쟁점이 될 만큼(그 극단적 형태는 시의 위기론과 연관되어 있다) 문제적이다. 제주도의 90년대産(≪다층≫은 1990년 5월 19일 결성되었다) ≪다층≫ 동인들의 시세계에서 이런 90년대적 특징들을 쉽게 발견할 수 있는 것은 매우 놀라운 일이다. 다소 성급한 판단일 수 있지만 ≪다층≫의 시세계를 모더니즘계열로 규정하는 것은 순전히 여기에 근거한다.

　왜 하필 '다층'인가. 여기서 잠시 동인 명칭의 의미론적 국면을 따져 볼 필요가 있다. 대부격인 시인 윤석산 교수의 엄격한 지도하에 놓여 있지만 젊디젊은 동인들의 감수성은 매우 자유롭고 신선하다. 그들은 모든 가능한 관점들을 동원하여 삶과 사물에 대한 기성관념들을 해체하는 시적 인식을 보인다. 그래서 오인식 내지 모순을 의도적으로 과감히 겨냥하기도 한다. 역설과 구조적 아이러니(또는 낭만적 아이러니)를 지배적 시적 장치로 채용하고 있는 것은 이런 시적 인식의 필연적 산물이다.

이 글은 현대시의 전체 흐름 속에서 ≪다층≫의 시세계를 관찰하고자 한 것이다. ≪다층≫의 시세계는 크게 '존재론적 회의 또는 메타성'과 '국부화의 시학 또는 일상성'의 두 유형으로 범주화했다. ≪다층≫의 시들은 이 두 범주의 변주적 반복들이다.

2.

환상과 실재의 이분법에 대한 존재론적 회의는 ≪다층≫ 동인들의 거점이다. 이런 이분법에서 환상의 자리에 관념, 기호, 가상 등의 용어를 대치시켜도 사정은 마찬가지다. 연작시 <소를 찾아서>에서 변종태는 진술시의 불교적 담론형태로 "세상에 있음은 무엇인가, 없음은 무엇인가. 또 그대는 누구며 나는 누구인가. 진짜 그대는 존재하는가, 나는 존재하는가" 하고 숨가쁘게 존재론적 의문을 제기한다. 이런 존재론적 회의 자체는 '탈근대'의 역사적 국면을 반영한다.

진주리의 시편들에서 존재론적 탐색은 존재론적 회의로 채워진다. <아직 끝나지 않은 시>에서 실재 또는 의미의 근원을 '그대'의 2인칭 청자로 표상한다. 그대는 1인칭 화자의 존재근거가 되고 그리움의 대상이지만 그대에 대한 화자의 반응은 앞뒤 모순의 연속이다. 이 모순은 "존재라는 이름의 그대여, 존재하지 않는 나의 그대여"처럼 그대라는 기호("이름")만 남아 있지 그대는 부재한다는 부정의식으로 귀결된다. 말하자면 화자는 그대라는 기호를 그리워하고 자신의 존재근거로 삼고 있는 것이다. 실재 또는 의미의 근원을 부정하는 이 모순이 다름 아닌 존재론적 회의다. 반복(이것은 ≪다층≫ 동인들의 지배적 전략이다)의 리듬이 이 존재론적 회의를 시적 긴장으로 지탱시킨 점이 유난히 눈에 뜨인다(이런 존재론적 회의는 '부재에의 사랑'이라는 이별가의 전통적 발상법을 패러디한 것으로도 읽을 수도 있으리라). 이 모순의 우울한 어조는 새나리의 <슬픈 기억 한 조각>의 "그대에 대한 기억 속에 그대는 없고, 비가 내리고 있다"나 윤지영의 <정전사고>의 "그대는 빛이 있어야 보이는 그림자였는지도 모르겠습니다"에서도 발견할 수 있다. 이 존재론적 회의의 시편들은 끊임없는 오인식의 모순된 진술과 불확정의 추측문장을 공통적으로 채용하고 있다.

동화적 발상법을 동원한 강수의 <거북아, 거북아, 뭐하니>에서 "세상 사는 법을 반쯤은 알아버린" 존재론적 회의는 존재론적 불안의 서정으로 채색되고 있으며 정찬일의 <언어의 집>의 경우 "아이의 손 끝에 내가 짓던 언어의 집이 흔들리고, 두드려도 되울리지 않는 내 언어의 집이 무너져 내리고 아이는 언어의 집을 끝내 짓지 않는다"처럼 언어기호와 실재 사이의 괴리, 그 존재론적 탐색의 좌절이 진지한 어조를 타고 흐른다. 시인은 언어(시어)를 '존재의 집'이라고 정의한 하이데거의 명제를 패러디 함으로써 명명행위의 좌절을 의도적으로 드러낸다.

강수의 <8월, 그 유혹>에서 기호와 실제 사이, 그러니까 상상과 현실(또는 의미차원과 존재차원) 사이의 경계선이 붕괴되고 있다. 이 붕괴는 "그냥 8월의 햇살에 걸려 죽는 나를 바라본다"는 '나'의 상징적 죽음으로 표상된다. 여기서 모든 행위를 되풀이해서 한정하는 부사 '그냥'(이것은 시쓰기를 의미의 구속으로부터 해방시켜 유희적이게 한다)에 주목할 필요가 있다. 왜냐하면 '그냥'은 의미의 회피를 함축한 부사어이기 때문이다. 이 의미의 회피는 김춘수의 무의미시처럼 의미의 거부 내지 의미의 무화와 다름 아니다. 삶의 회피를 담보한 이 의미의 회피가 존재론적 회의의 한 변형임은 말할 필요 없다. 윤예영의 <그 방에는 사람이 없다>는 '그냥' 대신 직접적으로 '아니'라는 부정의 부사어를 반복시킨다. '아니'는 이미지와 장면을 전환시키면서 연결하는 연쇄법의 기능을 한다. 이것은 모든 이미지나 장면에 관심을 분산시킴으로써 의미를 고정시키지 않는 효과를 획득한다. 말하자면 '아니'는 앞의 이미지나 장면들을 계속 지우는 모순을 통해 의미를 제거한다. "반쯤 열린 창, / 아니 닫히고 싶은 창틈으로 / 바람이, / 그래 바람이 바람처럼 빠져나갔다"의 결말의 허무인식은 시쓰기 행위 자체까지 도로화시키는 심각한 징후를 내비친다. 시행의 끝을 불완전 명사 '것'을 각운처럼 반복시킨 김민경의 <종점 여행을 해 본 적이 있습니까> 역시 의미의 기화하는 점에서 역설적으로 여간 의미심장하지 않다. "그래도 남은 기억이 있으면 / 바다를 보면서 / 모두 다 파도에 실려 보낼 것"처럼 이 '것'은 '그냥' 또는 '무작정' 등의 부사의 도움을 받으면서 독자에게 의미를 제거하라는 권고의 지령적 기능을 수행한다. 여기서 '종점 여행'이란 마치 불가의 탈속처럼 기억으로부터 해방되고 기억을 기화시키는 과정으로 진술한 점에 주목할 필요가 있다. 왜 기억을 거부할까. 기억은 실재를 전제로 한 모방론의 기반, 그러니까 의미화의 기반이기 때문이다. 사중희경의 <흔적도 없어 서글픈 날에>는 김민경의 다분히 유희적인 가벼운 어조와 대조적으로(그리고 서정주의 <부활>과 대조적으로) "어둠 속으로 사그라드는 노을처럼 기억이 아득해지는 것을 여태 그의 흔적을 찾지 못했기 때문이다"처럼 실연의 체념적 어조를 빌어 존재론적 회의가 실재의 흔적마저도 찾을 수 없다는 짙은 허무의 서정으로 변주되고 있다.

관념해체 또는 '낯설게 하기'는 ≪다층≫ 동인들이 보인 존재론적 회의의 중요한 양상이다. 강수는 <말초신경이 지배한다>에서 사물을 거꾸로 보는 해체주의자임을 선언한다. 이 선언은 풍자적 의도와 연관되어 있다. 그의 <횡단보도 긋는 남자>에서 "'안전주의'라고 씌어진 표지판 옆에 / 내가 전혀 안전하지 않게 서 있다"의 불신감을 '흔들림'의 이미지로 형상화한다. 그의 관념해체는 진실을 위하여 역설적으로 인식론적 불안을 조장한다. 이 불안의 시적 이미지가 바로 바람에 의한 흔들림이다. <놀이터에서>는 "낯익은 사람"으로 표상된 인간본질을 반어적으로 "참 이상한 일"이나 "바보"로 타자화시킴으로써, 그러니까 낯설게 함으로써 그리고 이 "낯익은 사람"의 존재를 환상적으로 처리함으로써 관습화된 선입관을 효과적으로 해체한다. 여기서 관념해체는 "그를 볼 때의 공포가 그리워서"라는 놀라운 역설을 획득한다. 윤지영의 <말과 침묵 사이에 일어난 일>은 이분법사고체계의 서열을 해체함으로써 이 사고체계가 무의미함을 드러낸다. 진주리의 <접속사적 관계>, <이별은 기억 속에도 자라지 않는다>, <만성적 결막염> 등은 자동화된 선입관을 거부함으로써, <그러나 으스러지게 슬픈>은 인과관계를 거부함으로써 기성관념들을 해체한다. 박한나의 <무제·1>은 의미차원과 존재차원(달리 말하면 기호와 사물)의 대립을 전경화시켜 의미차원을 부정하는 태도를 취한다. 여기서 관념해체는 언어를 반성하는 메타언어적 성격을 띠고 있다. <동키호테의 연구> 역시 패러디 기법에 의해 ≪동키호테≫의 이상(상상)과 현실의 대립을 '잘 살기'와 '잘 죽기'의 대립으로 치환시켜(이 치환은 원전의 재해석이기도 하다) 우리의 선입관을 해체한다. 여기서 '잘 죽기'는 기성관념 속에 묻혀진 타자성으로서의 삶의 태도다.

변종태의 <잠든 자는 꿈꿀 자유가 있다>, 현희의 <바람의 계절>, 새나리의 <백지에 쓰인 그의 이름에는 ―> 등은 명백히 모순된 진술의 역설에 의해 의도적으로 인식의 혼란을 일으킨다. 3인칭 시점을 채용한 윤예영의 <날조된 로맨스는 낭만적이다>는 타인의 시선, 곧 화자의 타자성에 의하여 기성관념을 해체한다.

관념해체의 시편들은 대부분 담론적 진술, 곧 산문적 진술에 주로 의존하는 반서정주의의 계열에 놓인다. 그러나 윤지영의 <외로움에 대한 불결한 상상>은 선입관 내지 기성관념을 낯설게 하는 관념해체가 서정성을 확보하여 유난히 돋보인다.

> 속 쓰린 사람들은 화장실에 간다 / 쪼그리고 앉아 속 쓰린 이유를 헤아려 본다 / 외로운 사람들도 화장실에 간다 / 한 칸에 한 명씩만 / 쪼그리고 앉아 외로움의 냄새를 피워낸다 / 그 냄새가 몸에 밸까 계속 물을 내리며 / 왜 외로운지 생각해 본다 / 생각이 안 나면 가끔 / 옆 칸에 앉은 사람의 외로움을 / 헤아려 보기도 한다 / 가만가만 떨어지는 / 외로움의 소리에 귀를 기울이기도 한다 / 속이 가득 쌓인 외로움을 / 힘주어 밀어내기도 한다 / 외로움에 지쳐 문을 열고 나오면 / 문 앞에 줄지어 기다리는 / 외로운 사람들.

예외적으로 전문을 인용해 보았다. 시적 진술은 매우 구체적이고 사실주의적이다. 그러나 이 작품에 유난히 주목하는 이유는 여기에 있지 않다. 이 작품의 탁월성은 시인의 놀라운 유추적 상상력에 있다. 관념해체의 시들이 차별성에 초점을 둔 것과는 달리 외로움의 서정을 뜻밖에 배설물에 유추함으로써 기성관념을 해체하는 낯설게 하기의 효과를 얻고 있다. 이 유추적 상상력이 미와 추, 깨끗함과 불결함이란 이분법을 해체하여 진한 소외의 서정으로 동화시키고 종합하고 있는 것이다.

관념해체의 낯설게 하기는 기성관념에 대한 반성이고 도전이다. 전통 시개념을 반성하고 도전할 때 메타시가 탄생된다. 메타시는 90년대 현대시의 한 가능성이다. 그러나 시에 대한 시쓰기의 자기반영성과 자위성 때문에 메타시는 문제적 유형이다. 이것은 주지하다시피 언어가 사물이라는 참조대상을 상실하고, 언어 그 자체가 참조대상이 된 탈근대적 징후를 반영한다. 따라서 ≪다층≫ 동인들의 시에서 메타시를 많이 발견하게 되는 것은 놀라운 일이 아니다. 이 메타시 역시 존재론적 회의와 연관됨은 말할 필요 없다.

새나리의 <결론에 책임지지 않는 시>는 시적 모호성을 지닌 점에서 그 착상이 매우 흥미롭다. 여기서 시적 모호성이란 이면적 주제는 어떤 풍자적 의도에 있는 것같이 보이지만 우리 시대에 시쓰기란 무엇인가, 왜 쓰는가, 누구를 위해 쓰는가(이것은 사르트르의 효용론이다) 하는 문제를 시사하고 있다. 시와 현실과의 관계, 시의 기능에 관한 시인 자신의 견해를 표명한, 시의 옹호이자 변명이다. PC화면을 복사한 형태시인 <창밖에감나무한그루있다>도 세속적 대중문화와 영상매체에 의해 위축되는 시의 위기를 환기한 메타시다. 사중희경의 <폭풍우 부는 날에는 ->은 시쓰기 행위와 과정을 소재로 하여 시를 쓸 수 없는 모종의 상황을 암시한 메타시며, "나는 즉흥적으로 시를 쓰지 않는다"는 <슈베르트의 불길한 즉흥곡을 들으며>도 시쓰기에 대한 시인의 태도를 표명한 메타시다. 강수의 <대화>는 실제의 삶을 주관하는 이성과 시쓰기를 주관하는 감성을 분리시킨 상황을 제시한다. 이런 감수성의 분리, 곧 이성과 감성의 분리는 (엘리어트가 우려한) 삶과 시의 분리에 등가된다. 시와 삶을 분리시키는 이런 시관은 진주리의 <손톱을 자르며>도 "목적 없이 쓰여지는 시"와 "목적 없이 사는 건 사는 게 아니다"는 차별성으로 제시된다. 말하자면 시쓰기란 일종의 무상행위다. 진주리의 <이별가>는 시쓰기과정과 시의 정직성 문제에 기탁하여 진정한 사랑을 잃어 가는 과정을 다분히 외설적 분위기로 형상화한 메타시의 변형이다.(그러나 이 작품은 '나', '그', '그녀'의 대명사들이 시점의 혼란을 빚고 있다).

새나리의 <길고 절망스러웠던 우울 ->은 시를 쓰지 못하는 우울로부터 시작해서 "아름답게 죽기 위해서" 그리고 "아름답게 살기 위해서"(이 마지막 두 시행들 자체가 연이 되고 있다. 시행을 연의 단위로 독립시켜 시상을 강조하는 것은 ≪다층≫ 동인들의 지배적인 시형태다) 시를 써야 한다는 시쓰기의 긍정으로 귀결된다. 말하자면 희극적 결말처리로 시적 변용이 시의 본질임을 환기한 메타시다. 그러나 김소라의 <베토벤의 '운명'교향곡을 써본다>는 진정한 시를 쓰지 못하는, 그래서 시와 시인의 영혼이 불일치되는 우울한 상황을 고백한다. 시를 불신하는 이런 태도는 여간 시사적이지 않다. 윤예영도 <시들은 무인도에서 죽는다>에서 '시의 죽음'이라는 악몽을 꾸었다. 이런 메타시들은 우리 시대에 시의 존재이유와 존재가치가 무엇인가를 묻고 있으며 이 문제는 궁극적으로 삶의 문제로 연결되는 것이다.

정보화시대 삶의 세속적 일상성은 ≪다층≫ 동인들의 상상력을 촉발시키는 또 하나의 문제적 양상이다. 이것은 90년대 몫으로서 일상시를 지목하는 문학사적 관점의 거점이다. 탈근대적 징후로서 일상성은 ≪다층≫ 동인들에게 다양하게 인식된다. 강수의 <도시 여자는 지금 ->은 "부추전 몇 조각에 피자집 전화번호를 찾다가"가 시사하듯이 전통사회와의 대조를 통하여 소비사회의 일상성을 관찰한다. 이 대조는 배고픔·기다림 / 편리·안락, 포식 / 다이어트의 차이들이다. 상업자본주의 소비사회의 일상성은 윤예영의 <겨울 밤, 현금 인출기 ->에서는 "나는 유리벽을 두드리며 아무도 듣고있지 않은 세상 향해 버둥대며 소리쳤다"는 소외·단절의 감옥으로 인식되고 <목욕탕에서>의 경우 "벗겨도 벗겨버릴 수 없는 시간들의 피부 아래 고인다"처럼 도무지 벗어날 수 없는 반복성의 한계상황으로 심화된다. 박한나의 <태광 식당 앞 사거리>는 일상성을 "별은 이미 하천 아래로 떨어진 지 오래이다"라는 꿈의 상실로 해석하며 <TV 보는 여자>의 경우 "오늘도 그녀는 TV 속 고층빌딩의 디자이너로 출근"하는, 이미지 속에 사는 인간을 발견한다. 이런 인간형은 사중희경의 <멜론맛 아이스크림 ->에서도 볼 수 있다.

윤예영의 <이건 하루 분의 특종감일 뿐이다>는 아프리카의 "후투족 10만명이 소리 없이" 증발한 역사적 사건을 소비사회의 하찮은 일상적 삶과 병치시킴으로써 역사의 무거움을 가벼운 것으로 격하시키고 있다. 변종태의 <멕시코 행 열차는 어디서 타지>는 제목의 의문형 문장을 반복시켜 창출한 내재율로 시적 긴장을 지탱하면서 소비이데올로기의 환상과 실제가 구분되지 않는 일상성을 형상화한다. 이 작품은 일종의 디스토피아를 예감하게 한다. 그의 패러디시 <니이체와 함께 ->에서 일상성은 탈신비의 세속성이다.

> 니이체는 떠나고 / 그가 떠난 자리에서 / 어둠도 떠나고 / 어둠 대신 두통이 찾아왔다 / 신은 없고, 나는 구두 한 짝을 잃어버렸을 뿐이다.

이것은 결말부분이다. 여기서 주목되는 것은 구조적 아이러니 내지 낭만적 아이러니의 시적 장치다. 일상성은 형이상학(또는 존재론적 본질)의 상실이라면 이 시적 장치는 필연적이다. 다시 말하면 구조적 아이러니 내지 낭만적 아이러니는 형이상학의 거대서사를 일상적 수준으로 격하시키는 장치다. 박한나의 패러디시 <지나친 생각>은 심청이 상징하는 원전의 효의 의미가 '눈 먼 오징어'로 격하되고 있다.

> 낚시줄이 팽팽해지고 / 해 지고 / 오징어 대신 / 커다란 연꽃 하나 낚았다 / 눈 먼 오징어 한 마리가 올라 왔다.

동음이의어의 언어골계까지 구사된 이 작품에서 이런 탈신비의 구조적 아이러니는 낯설게 하기의 효과도 획득한다. 평강공주의 설화를 패러디한 강수의 <유리집에 사는 평강공주>에서 평강공주는 몸가꾸기의 성형수술을 받은 세속적 여인으로 격하되고 있다.

구조적 아이러니에 의한 이런 격하가 현실비판을 함축하고 있음은 물론이다. 시인의 목소리(시점)를 감춘 객관적 묘사의 아이러니시는 풍자적 기능을 수행한다. 이 아이러니시에서 진술하는 주체(시인의 시점)와 진술내용의 주체(세속의 인물)는 엄격히 분리된다. 이 두 주체 사이의 거리에서 아이러니가 탄생한다. 시인의 개입을 자제(감춤)한 만큼 객관적 묘사가 지배한다. 새나리의 <8월, 서점에서>는 3인칭 관찰자시점의 일상시다. 이 시점이 진술행위의 주체와 진술내용의 주체 사이의 분리에 등가된다. 여기서는 다음과 같이 아이러니가 발생한다. "여자는 윤간을 당하고도 해맑게 웃을 수 있어 행복하다." 이것은 페미니즘과도 무관하지 않을 것이다.

사중희경의 <피서지에서 생긴 일>은 외국 브랜드의 음식을 중심으로 소비 이미지들을 열거할 뿐(이 열거는 몽따쥬기법도 동반한다) 시인의 주관적 개입이 억제되고 시점이 사물의 표면에만 머문 표층시다. 소비사회에 대한 비판을 철저하게 감춘다. <토스트를 먹는 여자>도 물론 3인칭시점의 일상시다. 진술내용의 주체인 '그녀'는 머리카락이 자꾸 빠져 "인생무상이야"하고 탄식하지만 이 탄식은 결코 심각한 슬픔이 아니다. 그리고 사랑의 지속은 기대하지만 그녀의 관심은 오직 음식과 날씨, 그리고 신문의 가십난의 사건들 등 일상성의 수준을 벗어나지 않는다. 그래서 "먹다 남은 토스트 반쪽은 아침에 느끼는 그녀의 욕망 한계다"라는 유물론적 결말이 매우 인상적이다. 윤지영의 <기다림을 위한 식탁>에서 기다림의 태도와 정서가 통조림의 꽁치 수준으로 유물화된다. 물론 이런 유물화는 격하와 동의어다. <커피 두 스푼에 행복을 팔아요> 역시 3인칭시점에 의하여 가능한 한 시인의 목소리를 감춘 (그래서 비판을 내장한) 아이러니시다.

새나리의 <권태로운 날>은 "한낮의 권태가 잡혀 / 죽는다고 죽는다고 소리를 지르고 있다"의 투사기제의 반어법을 구사하면서 죽음의 이미지와 결부시켜 일상성 극복의 테마를 함축한다. 윤예영의 <화장실에 앉아 →> 역시 무미건조하고 권태로운 일상적 삶을 극복하려는 고통을 드러내고 있다. 윤지영 역시 <시간 죽이기>에서 일상성에 함몰된 자신을 자책하고 있지만 '기다리다'의 동사를 재귀동사로 변형시킨 <기다림을 기다리는 기다림>에서는 "언제나 기대하기를 그치지 않는 나는 기대한다"처럼 기대의 연속으로 일상성의 허무를 지연시키려는 안타까운 표정을 감추고 있다.

환유는 일상시에서 또 하나 주목되는 시적 장치다. 환유는 "등뒤를 따라 들어오는 구두발 소리"(강수, <엘리베이터 안에서 →>), "카페 문을 조심스레 열고 지나간 시간들이 들어온다"(새나리, <누군가를 기다리기>)와 같이 '부분'(또는 소유물)으로써 그 부분이 속해 있는 '전체'(또는 소유주)를 가리키는 기법이다. 그러나 90년대 일상시에서 주목되는 것은 기교적 차원이 아니다. 중요한 것은 부분밖에 보지 못하는, 삶의 전체적 시야를 상실한 환유적 세계관이다. 여기서 수사학의 이데올로기성이 탄생된다. 이것을 '국부화'(局部化)로 부르기로 하자. 이 국부화는 주체(자아)의 왜소화 내지 상실의 테마와 필연적으로 연관된다.

윤지영의 <구두코가 지나갑니다>는 "하얀 이마와 검은 눈동자와 짙은 눈썹 / 오똑한 코와 꽉 다문 입은 보였지만 / 얼굴은 보이지가 않았습니다 / …… 껌자국을 밟고 검은 구두코가 지나갑니다"처럼 묘사가 세부적이고 미시적이다. 그러나 이마, 눈, 눈썹, 코, 입 등 신체 부위들의 분열은 자아의 왜소화를 벌써 시사한다. 현희의 <슬픈 눈으로 세상 읽기>도 "무관심이 걸어간다 / 무관심이 하이힐을 신고 걸어간다"에서 알 수 있듯이 주체를 국부화하고 있다. 여기서 무관심이란 물론 세속적 삶에 대한 무관심이다. 새나리의 산문시 <숫자로 가득한 거리>에서 인간은 주민등록 번호나 전화번호, 그리고 호출기의 번호 등으로 익명화되어 있다. 이것은 현대 소비사회의 계량주의와 물신성, 그리고 인간의 도구화 등을 암시하며 무엇보다 인간의 국부화를 상징한다. 이 국부화는 인간 본질의 상실에 다름 아니다. 그래서 시인의 "숫자가 아닌 아름다운 이름이나 얼굴로 살아가고 싶은 욕망"은 인간의 본질에 대한 욕망 이외 아무것도 아니다.

진주리의 <가끔씩 허명이 들리는>은 "옆 집 여자의 하루가 세탁기 안에서 꼬이고 있다"는 탁월한 심상으로 일상성 속에 함몰된 주체상실을 소외와 단절의 서정을 동반하여 형상화하고 있으며 강수의 3인칭시점의 <그녀는 누구일까>도 다양한 객체아(사회적 자아)의 다성격적 인물을 통해 자아분열의 테마를 다루고 있다.

정찬일의 <21세기의 나는 없다>는 임꺽정의 인유적 이미지를 채용하여 주체가 "덩치 큰 여자에 매달린 자그만 남자"의 소시민으로 왜소화되고 "그림자"로 국부화되는 고통스러운 실존인식을 디스토피아

의 어둔 풍경으로 형상화하고 있다. "임꺽정이가 부릅뜬 눈빛"의 시선
은 강수의 <늦은 밤 슈퍼마켓에서>도 자아상실을 인식하는 모티브
로 작용한다.

> 죽은 시인의 영혼이 / 슈퍼마켓 냉장고 안에 존재하고 있다 / 맥
> 주를 꺼내려는 순간 / 누군가, 병 속에서 / 나를 노려보고 있다.

사르트르에게 타인의 시선에 의한 실존인식의 징후는 '수치'였지만
여기서는 소시민의 '두려움'으로 대치되고 있다

3.

신라 향가 <헌화가>를 패러디한 변종태의 <헌화노옹의 진달래를
꺾어드릴까요>는 전통 서정시다. 특히 "진달래 / 한다발에 부끄럼 없
어 / 아지매 앞에다 터억하니 내밀었더니 / 텅 빈 들녘에 아지매는 보
이잖고 / 예비군복 바짓춤만 흘러내리네"의 구조적 아이러니는 7·5
조의 리듬을 통해 서민적 풍류의 서정을 환기하고 있는 점이 여간 인
상적이지 않다. 그의 연작시 <소를 찾아서>도 불교적 사유를 바탕으
로 한 전통 서정시다. 비록 과거 동인이었던 서안나, 김창호, 이현숙의
시편들과 정찬일의 <바다>, 이재환의 <정을 매고 날아간 새> <첫
사랑> 등은 모두 전통 서정시계열에 속한다. 그러나 ≪다층≫ 동인
들의 주조는 어디까지나 존재론적 탐구의 반서정주의시와 도시적 일
상시에 있다. 지면관계로 현희의 연작장시를 분석하지 못한 것은 유감
이다.

모더니즘계열에 놓이는 ≪다층≫ 동인들의 시세계는 개성적 목소리가 결여된 아쉬움을 준다. 이것은 반서정주의 담론적 진술의 산문시에서 두드러진다. 감정의 미적 거리 확보가 아니라 사상의 미적 거리 확보가 문제가 되는 자리에 90년의 반서정주의시가 놓여 있다. 평자의 해석에 적합한 이른바 '이론시'는 시성(詩性)의 희생을 담보로 하는 함정이 언제나 도사리고 있다. 주제적 깊이와 참신성은 미덕이지만 이론이나 사조에 지나치게 의존할 일이 아니다.

시의 형식과 기교는 체험적 진실과 세계관과 유기적 관계에 놓이는 필연성을 띠고 있다. 형식과 기교의 선택은 제재의 선택과 세계관의 선택과 구분되지 않는다. 이런 점에서 매체가 메시지가 된다는 탈근대적 명제를 음미해 볼 만하다. 그러나 ≪다층≫ 동인의 만남은 여간 기쁘지 않다. 기성관념을 해체하고 현대성으로서의 일상성과 실존의 문제를 진지하게 탐구하는 동인들의 모습이 눈앞에 선연히 떠오른다. 나의 원론적 근심이 철회되길 기대해 본다.

시적 변용의 감수성
─ 강유정 시집 『푸른 삼각형』

서정양식에 있어서 대상은 '사물 그 자체'일수는 없다.

적어도 서정양식에서 사물은 자립적 요소가 될 수 없고 언제나 시인의 주관에 예속되어 있다. 시인의 의식이나 욕망, 가치에 따라 사물은 변용되거나 이런 의식·욕망·가치가 창조한 것으로서의 사물이 시적 대상이 된다.

그래서 시인은 사물의 고유의 본성그대로가 아니라 그의 영혼의 고유의 본성대로 사물을 변용시킨다. 시인의 영혼은 유동적 요소인 정조를 타고 사물 하나하나를 용해시켜 자신의 모습으로 창조한다. 이런 점에서 강유정의 시는 서정양식의 원형을 지탱하고 있다. 그의 시는 이런 사물의 내면화로 부드럽고 상호동화적 따스함을 주조로 하고 있다.

흐르는 물이 언제 흐르는 물이 아닌 때 있었는가/검은 눈가를 적
　시며 화장을 지우는 여자일 적/몸을 버린 여자의 첫사랑으로/흐르는
　물일 때….

인간과 사물이 구분되지 않고 하나로 용해되는 이런 상호동화는 서
정시를 서정시답게 하는 본질적 원리다. 이 원리에 의해서 그의 시는
끊임없는 유동성의 부드러운 감각을 준다.

그의 시는 딱딱한 모든 것을 서정적으로 용해시킨다.

상호동화라는 서정적 변용 작용은 때로 도무지 연결될 수 없는 상호
이질적인 이미지들의 돌연한 만남으로써 시의 아름다움을 창조한다.

　　강이 만든 푸른 삼각형/그 건너에 무엇이 있어/모서리에 다쳐 뒤
　척이는 강물/벗어버린 옷가지 몇벌/꿈이 길어 짧은 이불을 당겨 덮
　는/당겨 덮는 세상.

이미지들은 실제의 사물을 재현한 상대적 심상이 아니라 이것과 전
연 무관한 절대적 심상이다. 왜냐하면 이미지들은 강이 푸른 삼각형으
로 변신하는 상상의 세계를 구축하는데만 기여하고 있기 때문이다.

이미지들이 아무런 논리에도 구애되지 않고 자유로이 만나는 강유
정의 시적 기교는 「범어사 운」, 연작시 「산방일기」 등에서 볼 수 있는
것처럼 선(禪)감각에 뿌리박고 있기도 하다.

무장무애한 무차별의 선감각이 이질적 이미지들로 몽따주한 추상
적 시세계를 형상화하고 있는 것이다. 그의 형이상학이 시의 기교로
굴절된 것이다.

시가 다른 장르처럼 현실에 근거하고 있는 것은 기본항이다. 그러나

시는 이 기본항을 다양하게 벗어나는 변수들이다.

시적 변용의 이런 예민한 감수성은 한국의 현대시에 절실히 요청되는 과제이며 강유정의 시집 『푸른 삼각형』은 새롭고 가장 서정적인 표정으로 이 감수성을 보여주고 있다.

서정주의와 일상성, 그리고 시적 정직성

1.

방언은 표준말이 특권화되어 엄연히 존재할 때만 비로소 그 고유의 존재의미를 지닌다. 그러나 만약 그 특권화된 표준말이 소멸되었거나 적어도 헤게모니적 위치에 서지 못할 때 방언은 더 이상 방언일 수 없다. 방언들의 그 다양한 독특성들만 범람할 때 그 어느 독특성도 독특성으로 인식되지 않기 때문이다.

표준말을 잃은 시대, 이것은 물론 현대성의 본질을 함축한 하나의 비유다. 확실히 우리 시대는 총체성·규범·중심주의·거대서사·정전과 같은 세계관들이 붕괴되거나 기껏해야 향수의 형태로 남아 있다. 90년대 한국 현대시의 허무주의적 징후들은 근본적으로 이런 현대성의 반영이다. 그러나 이 글은 현대시의 허무주의를 초점화하여 분석하고자 한 것은 아니다. 현대시의 여러 경향들을 진단하고 전망하기 위한 출발점으로서, 그러니까 불가피한 전제조건으로서 탈중심주의를 강조한 데 지나지 않는다. 사실 이것은 현대시에 접근하는 합의적

글읽기다.

탈중심주의는 하나의 준거체, 곧 하나의 이론적 틀을 가지고 일관되게 현대시를 분석하는 종래의 단일한 독서를 지양한 문학연구 방법론으로서도 매우 유효하고 그래서 바람직한 것이다. 이것은 시적 담론을 그 형성요인들이 집합적으로 작동하는 아이러니컬한 복수성의 중첩적 구조로 인식한 점에서 타당성을 획득한다. 탈중심주의적 시읽기가 부지런히 시적 담론의 안과 밖을 넘나드는 것은 이 때문이다.

이 글의 텍스트들은 부산시단으로 한정된다. 이런 제한은 그러나 부산시단의 어떤 지정학적 특성을 부각시키고자 하는 기도와는 전혀 무관하고 또 그런 의도도 전혀 없다. 왜냐하면 부산시단의 계보는 전체 현대시 계보의 한 단면이기 때문이다. 그리고 여러 경향들에 비평적 관심을 공평하게 분산하는 것은 말할 필요 없다.

2.

신서정 또는 서정성의 회복은 현대시를 반성하는 자리에서 현대시의 과제로 으레 제기되는 요청사항이다. 특히 이것은 최근 시의 위기론과 연관되어 마치 시장르의 운명을 좌우하는 결정인자처럼 보다 절박한 문제로 부각되고 있다. 이런 현대시의 반성은 서정이 아무래도 시의 본질이라는 신념이 암암리에 전제되어 있으며 서정의 재발견 내지 강조는 따라서 현대시가 이런 본질로부터, 그리고 오랫동안 현저히 이탈되어 있었다는 자기반영의 몫을 하고 있다.

서정은 시의 고정된 정체성이 아니라 사회역사적 조건에 한정되는 동적 개념임에는 이론의 여지가 없다. 이것은 단순히 신서정(흔히 모더니즘시로 극단화되는)의 당위성만을 의미하지 않는다. 보다 중요한 사실로 이것은 전통 서정이 '지금 여기'의 변화된 문맥(상황)에서 새로운 의미를 생산할 수 있는 가능성을 열어 놓는다.

오늘날 서정시란 용어는 큰갈래 명칭이 아니라 암묵적으로 현대시의 '한' 유형을 가리키는 데 사용되고 있다. 전통시는 이런 서정시의 계열을 대표한다. 현대시 흐름을 개관할 때 현대시의 변화에 특권을 준 나머지 흔히 전통시는 간과되기 일쑤였다. 그러나 전통 서정시는 여전히 부산시단의 중요한 한 계보다.

조순시는 전통시의 관습처럼 과거에 존재했던 삶의 본질과 가치의 상실을 우리 삶의 변화로만 해석하는 상고주의(尙古主義) 이데올로기에 입각해 있다. 그의 자연친화적 태도도 여기에 수렴된다. 과거 자동화된 전통적 삶의 양식이 현대문화에 저항하는 타자성으로 재발견한 그의 「風物祭」는 전통의 해학을 동반하면서 일종의 문화적 원시주의를 드러낸다.

> 죽음도 허락될 수 없는/신선들만 사는 아파트에서//시골 어머니
> 가/아들을 위해 청국장을 띄우다가/큰 소동이 벌어졌다.

그의 서정의 거점인 상고주의는 사실 휴머니즘의 변형이다. 조순시의 상고주의가 주로 현재의 일상적 삶에서 촉발된다면 유병근의『설사당꽃이 떠나고 있다』의 산문시편들은 60년대 미당의『질마재』산문시편들처럼 전통적 세계, 좀더 정확히 말하면 과거 전통의 설화적 세계를 끊임없이 편력한다. 이런 상상적 순례로서 그의 전통시는 전통사상, 우리의 형이상학을 탐구하는 양식이다. 이런 전통시 형식은 현실도피의 혐의에도 불구하고 「途中」에서 암시되듯 자본주의의 저항

이데올로기인 민족주의의 산물로 보인다.

> …… 구름도 띄우고 구름과 살 부비며 잠겨 있다 아주 옛날 그랬
> 듯이 잠겨 있다 먼 훗날 세상이 바뀌어도 잠겨 있다 시방 저 꽃 속의
> 아른대는 그림자로 잠겨 있다 그림자여 불러보면 다소곳한 모습으
> 로 잠겨 있다(「傳說」 중)

　그의 과거탐색은 인간과 사물, 과거와 현재, 이승과 저승 등 이분법
사고체계가 처음부터 해체된 '연속적' 세계관 위에 전통사상을 정위
시킨다. 이 연속적 세계관은 자아와 세계가 하나로 융해되는 서정적
비전과 구분되지 않는다. 묘사적이거나 몽상적인 시어로 일관되게 부
드러운 어조를 지탱하는 그의 시적 태도는 이런 연속적 세계관과 효과
적으로 조응한다. 「도천수대비가」를 비롯한 향가작품이나 『심청전』
(「저녁눈」)을 비롯한 『삼국유사』 소재의 설화(「노혜부득 달달박박」
과 「居陀知에게」)를 원용한 인유의 장치는 과거 담론의 정전화에 기여
하지 이것을 소격화시키는 패로디의 기능이 아니다. 이런 인유의 확산
은 그의 전통시가 완강한 민족주의에 근거하고 있는 사실의 예증이다.
그러나 그의 민족주의는 서정주의에 가려져 있다.
　경어체의 겸손한 어조를 일관되게 시문체로 채용하고 있는 김영준
의 연작시 「흙의 노래」는 전통적인 서정소품들이다. 그의 시정신은 문
체와 시형태와 더불어 전혀 변화를 타지 않는 고집스러움을 보인다.
그의 시정신이 의존하고 있는 원형적 이미지로서의 '흙'은 생명의 근
원의 상징이며 이 생명의 근원에는 언제나 따스한 인간애(특히 가족이
미지로 환기된다)가 내포되어 있다.

가슴 펴고 선/숲을 향해 걸어갑니다/팔팔 살아 숨쉬는 생명들이/
나의 전신을 감싸줍니다/오랜 옛날 어머니 아버지가/정성들여 귀엽
게 키우던/어린 동생들의 얼굴이 웃고 있습니다

（「아늑한 숲의 심장」 중）

　　따라서 그의 연작시들은 '흙의 노래'라는 동일한 테마의 변주들이
다. 단일한 목소리, 단일한 원리로 통일되는 그의 연작시는 규범적이
고 규범적인 것만큼 보수적이다.

　　다산 시인 김석규의 『먼 나라』 시편들은 집요하게 동심의 세계를
다룬 낭만적 퇴행성이 전경화되어 오히려 이색적으로 느껴진다. 여기
서 동심의 세계란 전통적이고 토속적인 삶의 세계여서 전통 서정은 전
적으로 이런 소재선택에서 촉발되고 있다. 이문걸의 『나의 시간여행』
시편들에서 발상법은 아예 회상형식이다. 그의 회상형식에서 과거가
현재를 타자성으로 동반하는 경우도 있지만（「예감의 눈·3」） 대부분
근원적이고 본질적인 가치의 상관물로서 무엇보다 서정이 원천으로
서 배타적으로 고착된다. 청록파 시인을 규범으로 삼은 그의 서정주의
가 전통의 자연친화를 주조로 하고 있는 것은 지극히 당연한 이치다.

　　엄국현에게 시는 원형을 보존하는 형식이다. 그의 전통성은 이런 시
학에 근거한다. 이 원형은 「그대 사는 마을까지」에서는 다분히 유토피
아 지향성으로 형상화되고 「뱀산」에서는 일종의 아나키즘으로 변주
된다.

절없고/교도소 없고/아파트는 더더욱 없으며/돌 돌 돌/바람 나무
바위 침묵 …… /그리고 뱀이 사는/국가 없는 자연의 나라/뱀산은
뱀산입니다.

이 아나키즘을 무위자연의 동양적 형이상학으로 읽을 수 있는 점에서 그의 시적 정체성을 보다 정확히 감지할 수 있다. 이것은 "시대가 어두울수록 말씀은 빛난다"(「가을산」)처럼 원형을 근원적이고 초월적인 어떤 원리(흔히 섭리나 자연의 이법으로 불리는)로 제시한 그의 종교적 태도에서 다시 확인할 수 있다. 말하자면 그의 최근시는 90년대시의 한 뚜렷한 경향인 정신주의시의 계보에 놓인다. 물욕을 초월한 점에서 시와 선을 하나로 본 「관음에서 일어난 일」도 정신주의시의 주종인 현대적 선시다.

정신주의시는 전통시의 한 가능성으로서 그리고 80년대시를 극복한 탈이데올로기 지향으로서 주목되는 현대시의 한 유형이다. 심층적 역설이나 고도의 상징성에 의존하지 않고도 짧은 시행의 단형으로 동양적 형이상학을 지탱하고 있는 것은 매우 놀랍다.

박태일의 전통지향적 감수성은 소멸되었거나 소외된 자연의 재발견으로 집중된다. 역사적 시련에 훼손된 자연을 제재로 한 「개덕 복지원」에서 소외의 서정은 허무의 서정까지 동반하고 있다. 토속적 세계를 리드미컬한 언어로 묘사한 「당각시」는 전통의 샤머니즘과 연관되어 있다. 그의 전통시에서 주목되는 것은 정서를 제재선택에만 의존하지 않고 역시 소멸되었거나 망각된 고유어를 재생산한 언어형식에도 의존하고 있는 점이다. 그는 망각된 제재와 고유어의 재생이 오히려 낯설게 하기의 효과를 발휘하는 이점을 최대한 활용하고 있다.

시가 사회역사적 조건에 한정되면서 고유의 담론양식을 가진 상대적 자율성으로 규정하는 것은 탈중심적 관점이다. 그러나 시가 사회역사적 조건에 구속되지 않고 순전히 자립적인 담론영역을 고집할 때 순수시 또는 추상시가 탄생된다. 순수시는 언어의 표상적 기능을 극소화하고 시적 기능 곧 미적 기능을 극대화한다. 순수시 또는 추상시는 시가 어디까지나 언어예술이라는 명제가 준수되고 기의로부터 독립된 기표에 특권을 부여하는 경향을, 띤다.

60년대 <현대시> 동인이었던 허만하의 「오오베르의 들녘」은 언어의 기호성, 그러니까 추상성에서 언어예술로서 시적 담론의 고유성을 발견한다. 다시 말하면 언어의 추상성이 사회역사적 조건(현실)과 무관한 순수성이 되는 것이다.

> 새가 나는 것은/두 날개가 있어서가 아니라/난다 ─ 는/말이 있기
> 때문이다.

박청륭의 『낙타와 함께 가는 맨하탄』 시편들은 언어가 오직 형식적 예술적 기능만을 가지도록 의도한 짜움zaum의 시, 곧 김춘수류의 무의미시다. 그의 시적 변용은 사회역사적 조건을 일체 사상해 버린 절대순수의 추상적 영역으로까지 극단화된다.

> 사막은 고장이다/분수는 살아 있지만/임파선이 막혀 있다(「혹성
> 시첩 · 1」)

하현식시도 시가 언어예술이라는 기본시학을 견지한다. 그도 문명비판시와 같은 의미시를 쓰면서도 여전히 「풍경」처럼 놀라운 언어연금술을 보이고 있다. 시를 '언어의 사원'(詩를 言과 寺로 파자한 것)으로 인식하는 김창근의 경우 시어에 대한 그의 관심은 신앙에 가깝다. 그가 '존재'를 드러내는 유일의 본질적 언어로서 시어에 최고의 영예를 부여한 하이데거의 존재시론을 규범으로 하고 있는 것은 전연 놀라운 일이 아니다. 하이데거의 존재는 일상적 언어로는 표현할 수 없는

근원적이고 신비로운 형이상학적 실재다. 따라서 김창근에게 시는 사물의 본질을 탐구하는 양식이다.

> 한 세계의 태어남을 위하여/言語는 그렇게/포효하는 짐승으로/다시 눈을 뜬다(「태풍의 눈」).

그가 시와 현실과의 경계선을 시와 산문의 장르적 경계선으로 인식하는 것은 이런 존재의 시학과 무관하지 않다. 시가 산문(현실)에 훼손되고 있는 데 대한 그의 불만은 단지 미학적 범주에만 머물지 않는다. 그의 시는 지금 여기의 구체적 현실보다 인간과 사물의 본질을 지향한 점에서 순수시가 된다.

일상시 또는 도시시는 90년대시의 의미심장한 흐름일 뿐만 아니라 현단계에서 현대시의 가장 확실한 전망일 수 있다. 80년대 후반 부각된 일상시는 그러나 80년대시를 극복하는 90년대시의 몫으로 양도된다. 말하자면 일상시는 탈이데올로기(또는 탈정치)라는 시사적 의미망 속에 놓인다. 도시의 일상적 삶을 취재하는 일상시에서 시의 리얼리즘을 기대하는 것은 결코 무리가 아니다. 그러나 일상시의 리얼리즘은 있는 그대로의 현실을 반영하는 것이 아니라 현실의 의미화다.

신진의 『江』 시편들은 문명비판시나 현실풍자가 주종을 이루지만 그의 「시장골목」은 타인들과 더불어 사는 평범한 서민의 일상적 삶의 아름다움을 노래하는 밝은 시각을 보여주는 데도 인색하지가 않다. 가난했던 과거 전통적 가정의 극히 평범한 일상사를 서사적 과거시제로 서술한 정일근의 「흑백사진」은 80년대 그의 유배시와는 달리 탈정치적 담론이다. 그대신 이 탈정치적 담론은 상업주의 소비이데올로기에 대한 비판을 완벽하게 감추고 있다.

최영철의 「막걸리빵」은 현실의 구체적 묘사로 우리의 일상적 삶이 자본주의에 지배되고 있음을 환기한다. 에로티시즘이 담론의 효과로 작용하는 그의 「이상한 글래머」는 인간성의 황폐화에 대한 도덕적 함축보다는 반어적 어조로 이미지에 조종되는 현대인에 대한 연민을 함축한 점에서 여간 주목되지 않는다. 문명비판시의 한 가능성을 보이고 있다.

제목부터 무거운 정치시를 상기시키는 이진욱의 「양김의 땅」은 그러나 일상시다. 일상의 구체적 삶이 당대 보편적 문제를 형상화하는 매개항이 되는 것은 전통 리얼리즘미학이다. 그러나 보편적 문제를 일상적 삶의 매개로 역전시킨 그의 해체주의적 발상법은 매우 흥미롭다. 이런 점에서 탈정치의 이 작품은 리얼리즘의 패로디로 읽히기에 충분하다.

조성래의 다분히 해학적인 「바퀴 위에서 잠자기」에서 일상성은 무미건조한 반복성이고 이 일상성을 초월하는 방식도 지극히 일상적이다. 「양심선언」은 타인의 불우한 삶을 자신 때문으로 생각하는 선량한 소시민상을 통하여 자아란 모순과 부조리로부터 결코 면제될 수 없다는 개인적 실존의 전체상을 보인 것은 일상시의 의미심장한 한 성과다.

동길산의 「잡음·1」은 삐삐를 차고 다니는 도시 소시민의 심리적 갈등과 긴장을 일상언어로 진술하고 있지만 예사로운 일상시가 아니다. 왜냐하면 삐삐의 제재선택이 여간 함축적이지 않기 때문이다. 이 일상시는 인간의 실존적 조건으로서 강요된 관계망 속에 갇혀 있는 세계내존재를 환기하고 있다. 이데올로기는 모든 개인을 호출하고 따라서 모든 개인은 이데올로기의 종속에서 벗어날 수 없다고 정의한 알튀세가 만약 삐삐의 이미지를 이용했다면 그의 이데올로기학은 보다 효과적이었을 것이다.

일상성의 공간이 도시라는 점에서 일상시는 도시시와 동의어가 된다. 도시의 새로움이 시의 새로움에 등가되는 점에서 모더니즘시는 원래 도시시가 주류였지만 작금의 도시시는 이런 사조적인 의미보다 도시의 일상적 삶을 다룬 소재적 분류의 한 유형에 지나지 않는다. 김형술시는 자연물보다 타이프라이터, 선풍기, TV, 전화 등 주로 문명의 이기들에 감수성이 작동하는 도시시다. 물화된 욕망을 분석하는 그의 도시적 감수성은 세속문명의 날카로운 비판을 함축하고 있지만 그의 반재현주의적인 수사학은 도시시의 한 특이한 변형이다.

90년대적 허무주의 양식으로서 일상시는 정치시의 후유증 내지는 후일담으로 읽힐 수 있다. 그러나 임수생의 『혁명철학』시편들은 여전히 선명한 정치시다. 그의 정치시는 계급모순과 종족모순, 그리고 지배체제의 온갖 기만과 부조리를 직선적으로 폭로하고 공격한다. 반수사학적인 그의 정치시는 상대적 자율성이라는 시적 담론의 법칙을 처음부터 지키지 않는다. 강영환의 『황인종의 시내버스』는 시집 제목부터 종족모순을 시적 담론의 효과로 제시한 것같이 정치적이고 이데올로기적이다. 민주화투쟁을 다룬 「그러나」와 노동자의 삶의 고통을 다룬 「공단노을」 등으로 대표되듯 강영환시가 보여주는 현실의 의미화는 정치적 성격이 지배적이다. 그러나 그는 이런 정치적 제재를 언제나 서정적 구조로 승화시킨다. 이성희의 「새벽 구포길의 수은등은 마치」, 「비 개인 저녁에」, 「그리운 축제」 등은 지배체제의 내면화된 억압구조를 배경으로 처리한 역사적 고뇌의 증언들이다. 이 증언은 분노의 적대감정보다 진한 소외의 서정으로 채색되어 있어 정치시라기보다 오히려 서정시다. 그러나 이런 서정화는 물론 정치적 테마의 약화가 아니라 강화다.

서규정의 「육체의 땅」, 「내 고향으로 망명」, 「상처」 등은 부산시단에 드문 민중시다. 객관적인 서술과 미시적인 묘사로 소재주의를 벗어난 점은 여전하다. 무엇보다 그의 민중시는 이데올로기적으로 고착된 만성적 비판보다 따스한 서정을 타고 흐르는 희망의 담론을 발견할 수 있는 기쁨이 있다. 그러나 민중시와 전통시의 접점을 보인 이 최근시들은 지역적 갈등과 콤플렉스를 내비치면서 체제의 모순에 대한 저항적 담론의 성격을 다분히 띠고 있다.

삶과 사물에 대한 명상적인 반응은 시의 전통적인 유형이다. 박철석의 정년퇴임기념시집 『외로운 귀하나』의 최근 시편들은 삶을 달관의 관조적 태도로 사색한 인생시들이다. 이것은 『하단의 바람』까지 김춘수류의 무의미시에 가까운 순수서정을 일관되게 노래해 왔던 그의 개인시사적 측면에서 보면 매우 의미심장한 시적 변모다. "관념은 이렇게 곧바로/실재가 된다"(「자기최면」)고 했을 때 이영일시는 분명히 유심론적이다. 사실 그의 시적 사유는 불교의 쏫사상에 심취해 있다. 매우 역설적인 그의 「신은 존재한다」에서 그의 시적 사유는 허무주의에 닿아 있다.

완전무결한 것은/죽어야 한다/신은 불완전하다/불완전하기 때문에/신은 존재한다/오직 죽음만이 완전무결하다.

이것은 매우 놀라운 해체주의적 사유다. 그의 명상시가 짧막한 잠언형식으로 사유의 깊이를 지탱하는 점은 결코 예사롭지 않다. 이와 대조적으로 배광훈의 「140번 버스」는 도시의 극히 평범한 일상적 사건을 매개로 인간실존의 근본조건으로서 불가해한 부조리를 발견하는 사색적 반응을 보인다. 사물은 소멸되고 사물의 이름만 남아 있는, 그러니까 실재와 실재에 대한 관념 사이의 괴리를 테마로 한「장미의 이름」에서 시인의 사유는 매우 허무주의적이다. 그러므로 이 작품의 다음과 같은 결말은 시작 동기라기보다 시의 존재의미를, 적어도 명상시의 필연성을 시사한 것으로 읽힌다.

> 그리고 나는 지금 장미의 이름으로 시를 쓴다/긴 세월이 지났고
> 내겐 그 이름밖에 아무것도 남아 있지 않은 때문에.

그의 차분하고 부드러운 어조는 매우 적절하게 그의 시적 사유와 호응한다. 김욱경의「시간의 섬」을 비롯한 일련의 사색시들에서 시인의 사유와 상상력이 구분되지 않는다. 그러나 이런 명상시는 부산시단에 그리 흔하지 않다.

3.

차한수, 임명수, 양왕용의 꽃을 제재로 한 최근 시편들은 모두 아름다운 서정소품들이며 류선희, 류정희, 김광자의 여류 시인들의 작품도 전형적인 서정시들이어서 서정주의는 여전히 부산시단의 가장 뚜렷한 인상임을 확실하게 한다. 현대시가 언어폭력과 절제되지 않은 요설체로 얼룩지고 비판적이고 토의적 성격이 우세한 '냉담한' 담론의 방향으로 전개된 사실을 상기하면 서정성의 회복은 그 반동적인 혐의에도 불구하고 충분히 이유 있는 시사적 요청사항이다. 문제는 서정주의가 사회역사적인 조건에 대한 감수성으로서 의미를 획득하지 못할 때 발생한다. 신서정의 개발에 보다 기대치의 강조점이 부여되는 것은 순

전히 여기에 근거한다.

서정성의 회복이 주체의 문제와 연관될 때 비로소 현대시의 한 전망일 가능성이 충분히 있다. 여기서 주체란 60년대식 내면탐구가 아니라 세계내존재로서의 주체를 의미한다. 이것은 이념적이고 허구적인 집단주의를 극복하는 방법론이다. 이런 문맥에서 시란 본질적으로 자아탐구의 양식이라는 명제가 자연스럽게 부활된다.

김규태의 연작시 「달팽이 詩」에서 자아탐구는 세계 속에 매몰된, 있는 그대로 '나'를 재발견하는 것이 아니라 비자기, 곧 있어야 하는 당위적 존재를 탐색하는 것이다. 「달팽이 詩·5」에서 비자기는 새로운 인간상이 아니라 인격의 총체성이다.

> 온몸으로 버티며 사는/그래서 헷갈리지 않는 하나의/불꽃이/하나
> 로 사는 지사다.

여기서 인격의 총체성은 수많은 사회적 자아의 분열로부터, 그러니까 객체화된 존재로서 종속성을 벗어나 세계와 대결하는 주체성을 의미한다. "하나로 사는 지사"에 우리가 주목해야 하는 이유는 여기에 있다. 그러므로 그의 자아탐구는 매우 윤리적이다. "진실이 아니면 그 어느 것도 담아서 수용할 수 없는/그런 순수로 빛으로 나를 지키며 살아가고 있습니다"(「그릇」)라는 송유미의 자아탐구 양식은 세계의 미망에 오염되지 않으려는 자아의 순수성을 지키는 일이었다. 이런 순수한 '빛'의 이미지는 "금빛 반짝이는" 모래의 이미지로 변주되면서(「모래」) 세계의 혼탁함과 자아의 순수함이라는 경직된 이항대립의 구조로 전개된다.

우리가 강경주의 「勿禁」과 「어느 '변태'에게 바치는 사랑·2」에 주

목하는 것은 단순히 금기의 이데올로기를 파괴한 섬짓한 광기의 감수성 때문만은 아니다. 매조키즘의 자조적 어조와 새디즘적 성도착증의 어조로 명백히 대조되는 이 두 작품이 고백시의 한 가능성을 보여 주었기 때문이다. 고백시는 세계의 혼탁함과 미망의 책임을 자아와 세계가 공유하는, 그러니까 자아와 세계의 공범자적 동질성 인식에 근거하는 시적 정직성이 아니다. 이 정직성을 위해 고백시는 때로 공식적 지배적 담론의 금기영역을 서슴없이 파괴하는 광기를 과장하기도 한다. 무엇보다 그것은 하나의 기의를 하나의 기표에 고착시키는 헤게모니적 기만성을 폭로하고 한 사물에 서로 모순된 다양한 의미를 부여하여 진실에 이르는 탈중심적 해체주의적 세계관이 생산한 시형식이다. 요컨대 고백시는 현대시의 한 전망이다.

일상시와 도시시는 여전히 확실한 현대시 경향이고 전망이다. 일상성은 현대성의 모든 문제를 내포하고 있기 때문이다. 변화는 예술사의 불변적인 조건이다. 이런 변화를 우리는 일상시와 도시시에서 한번 기대해 본다.

부산 시문학의 6 · 70년대

I. 전통 · 근대성의 양극화와 부산 문단형성

1. 60년대 부산 시문학

60년대는 부산 문단사의 측면에서 매우 의미심장한 시기라 하지 않을 수 없다. 50년대는 6 · 25 동란으로 인해 전국의 문인들이 임시수도인 부산에 집결하여 부산문단이 일종의 중앙 문단적 성격을 띠게 되었던 것이 60년대 접어들면서 비로소 독자적이고 자율적인 부산문단이 형성되기 시작했기 때문이다.

발표매체의 확보는 문단을 형성하기 위한 선결 요건이다. 이런 점에서 1962년 한국문인협회 경남지부가 발행한 『문협』은 최초로 부산문단의 존재를 알리는 신호탄이었다. 말하자면 『문협』은 경남지부의 기관지인 셈이다. 전란의 상처가 아직 남아 있는, 절대빈곤의 당대에 개인 시집은 차치하고서라도 종합문예지를 발간하기란 매우 어려웠던 사정은 충분히 짐작되고도 남는다. 그리고 독자적 문단을 형성하는 일 자체도 많은 진통을 겪었음을 『문협』지는 그대로 보여주고 있다. 「지부발자취」기사에 의하면 총 회원 31명 중(6월 7일 임시총회 때 회원은 42명으로 불어남) 18명이 참석하여 이주홍이 지부장으로, 고두동이 부지부장, 시분과위원장에 김민부, 사무국장에 조유로로 임원이 선출되었는데 당시 새파랗게 젊은 시인이었던 김민부가 시분과위원장으로 선출된 것은 여간 흥미롭지 않다. 『문협』지는 9월 5일자로 발간되었지만 그동안 난데없이 지부장에 김상옥, 부지부장에 이영도, 서정봉, 시분과위원장에 박노석으로 임원진이 바뀌었다. 이것은 예총 부산지부 결성 때 모종의 부정 혐의로 조향, 고두동이 문협 임시총회에서 제명된 사건과 함께 이해하기 힘든 해프닝이다.

이렇게 형성기의 부산문단은 혼란의 산고 끝에 탄생된 것이다. 비록 빈약하나마 예총부산지부가(지부장 박두석) 64년 2월 10일자로 간행한 『예총』은 부산문인들에게 발표지면을 할애했다. "이 나라 예술계는 참 너무도 가난하다"는 푸념으로 시작되는 편집후기는 "이번만은 우리들의 얼굴과 노력으로 이루어진 것"이라는 대단한 자부심을 표명함으로써 저간의 난관과 의지를 드러내기도 했다.

64년 12월 10일자로 발간된 『부산문예』는 여전히 예총부산지부(지부장 박두석)의 발행이었다. 문협부산지부가 형식상으로 예총부산지부의 산하에 있었기 때문이다. 당시 문협부산지부장인 유치환의 권두사는 매우 인상적이다. 이 글에서 유치환은 예술이 진실의 태반이 없이는 성립되지 않는다는 전제 밑에 곡학아세하는 도도한 조류에 휩쓸리지 않고 버티는 부산문학의 자긍심을 일깨우고 고무했다. 이 권두사는 중앙문단의 타락에 대한 비판을 함축하면서 부산문학의 순수성과 진정성을 부각시키는 데 초점을 두었다. 조국통일을 한국문학의 방향성으로 관심을 집중해야 하는 점을 절실한 시대적 요청으로 강조한 것은 60년대가 분단체제가 더욱 심화되는 시기임을 반증했다고 보기에는 너무도 이색적인 권두사였다.

67년 12월 25일자로 간행된『부산문학』은 오랫동안 중단되었던 『문협』의 속간호였다. 당시 지부장이었던 김정한은 권두사「속간호를 내면서」에서 이 속간호가 제6대 대통령의 취임 경축 기념호로서 발행된 사실을 알리면서 문화부재 책임의 일단이 문인들에게도 있다는 자기반성을 촉구했다. 민중을 위한 리얼리즘의 문학관을 일관되게 견지한 김정한은 문학이 항상 "대중의 빛"이 되어야 함을 새삼스럽게 역설했다. 이 권두사는 "얄팍한 한 권의 책자로 문협지부가 엄존한다는 증거가 될상 싶다"라는 편집후기와 더불어 부산문학의 존재근거가 얼마나 열악했던가를 웅변으로 증명해 준다.

여기서 놓칠 수 없는 것은 발행인 추성구(태화출판사 사장), 주간 이주홍, 편집 최해군의『문학시대』가 1966년 3월 월간지 형태로 창간된 사실이다. 비록 집필진을 전국으로 확대시킨 종합문예지이지만 기관지가 아닌 상업지로서 부산에서 창간된 것은 부산문단사의 관점에서 매우 주목된다 하겠다.

한국의 현대시가 동인지를 중심으로 전개되어 온 사실은 아무도 부인할 수 없다. 60년대 시단 역시 동인지가 커다란 역할을 했다. 부산 시단의 경우도 결코 예외일 수 없다.

총 회원 21명으로 구성된『詩旗』가 창간된 것은 1962년 1월 31일자였다. 최계락, 박철석, 조영서, 김규태 등이 편집인이 된 이 시동인지에는 손경하, 李民英, 하연승, 신소야, 서림환, 홍준오, 천종민, 한찬식, 장세호, 윤일, 鄭永泰, 이동섭, 허천, 원문갑, 조순, 김규태 등의 시 작품이 수록되어 있고 박철석은「시와 진실」이라는 평론을 발표했다. "우리가 뜻하는 바는 단순한 시의 전개가 아니라 시학의 창조이며 시정신의 옹호인 것이다.…(중략)…개체적인 '에스프리'의 신장과 더불어 공감의 광지를 획득하기 위해서" 운운하는 발간사가 시사하듯이 시적 경향이나 이념을 같이 하는 동인지가 아니라 다양한 개성들을 보여 주는 부산의 범시단적 성격의 동인지였다.

63년 정영태와 문재구를 편집위원으로 하고 시 12편, 평론 2편, 소설 1편을 수록하여 간행된 『일요문학』은 시동인지라기보다 종합 동인지였다. 조향, 정영태, 구연식, 조봉제, 노재찬, 김춘방, 문재구, 양병식, 이옥형, 정화식, 한봉옥 등이 동인인 『일요문학』은 부산문단사 측면에서 특히 주목을 요한다. 왜냐하면 이 동인지는 「후반기」(조향은 20세기 후반의 뜻인 후반기를 後半期가 아니라 後伴期로 바로 잡아 주어야 한다고 주의를 촉구했다)의 중심인물이었던 조향을 비롯하여 정영태, 장호, 노영란 등이 동인으로 참가하여 54년 간행한 『현대문학』의 연장선상(56년 조향이 동인대표로 되어 있는 『Geiger』와 62년 간행된 『오후』도 조향의 영향력 밑에 있던 이른바 '동아맨'들의 동인지도 같은 맥에 놓인다)에 놓여 있기 때문이다. 다시 말하면 『일요문학』은 현대시사의 전체적 흐름에 있어서 하나의 기본항인 모더니즘 계열을 표방하면서 이것을 부산지역 시문학의 특수성으로써 정립시키는 데 기여한 동인지였다. 전위시의 한 유파인 서구의 다다이즘을 합리주의 정신에 절어 빠진 서구 문명의 파국의 표정으로 정의한 조향의 「Dada, Dada, Dada」는 『일요문학』동인지의 성격을 극명하게 드러낸다.

64년에 창간된 『계간시문예』는 박재호, 한찬식, 김규태, 박태문, 신명석, 김석 등이 참여했지만 그 회원은 전국에 확산되어 있었다. 그러나 65년에 간행된 『신어』는 최계락, 김규태, 한찬식, 박재호 등의 편집위원을 비롯하여 손경하, 박태문, 신명석, 박상배, 임수생, 박응석, 장승재 등이 동인으로 참여한 순수한 부산의 시동인지였다. 동인지의 성격과 방향 설정이 하나의 고충이라고 동인들은 입을 모았지만 '경악'과 '신선'을 도모하는 것을 목표로 했다. 실제로 '신어'란 동인지명이 시사하듯이 14편 중 한두 편을 제외하고 대다수가 두드러지게 모더니즘적 경향을 띠고 있다.

이밖에 이상개가 동인으로 참여했지만 울산지역 시인들이 주축을 이룬 『잉여촌』이 63년 간행되기 시작해서 최근까지 발간될 정도로 가장 생명이 긴 동인지였고 같은 해 아직 정식으로 문단에 등단하지는 못했지만 김창근, 오수일, 강상택, 김갑수, 임종찬, 정진농 등 부산대학 재학생들이 간행한 『간선』은 부산문단사에 있어서 기억할 만한 종합동인지였다. 비록 대부분 생명이 짧고 심지어 창간호가 바로 종간호가 되는 경우도 있었지만 종합 문예지 및 동인지를 비롯한 각종 형태의 발표매체들이 60년대에 많이 출현한 것은 그 자체 부산 시문단의 존재 이유와 존재가치였다.

60년대는 강상구, 이수익, 박태문, 박응석, 김영준, 임수생, 이상개, 김석규, 양왕용, 김용태(75년 『현대문학』 「보살도의 미학」이 추천됨으로써 평론가로 주로 활약했다), 김철 등이 문예지나 신춘문예를 통하여 등장함으로써 우선 부산 시단이 양적으로 50년대보다 풍성해졌다. 50년대 활동한 시인들을 제1세대라 한다면 이른바 한글세대로 불리는 60년대 시인들은 제2세대라 할 수 있다.

50년대가 전통시와 모더니즘시의 대립으로 현대시가 전개되었듯이 60년대는 순수·참여의 양극화 시대로 시사적으로 자리매김되고 있다. 60년대의 현대시가 순수·참여의 대립으로 특징 지워지는 것은 명백한 사실이지만 모든 개열체로써 구성된다. 이 계열체는 전통주의 계열, 모더니즘 계열, 그리고 리얼리즘 계열 등 세 계열체로 분류되는 것이 해방 이후 현대시사의 일반적 현상이다. 비록 문학사의 각 시기

마다 서로 상대적 우세의 차이는 보일지라도 이 세 계열체는 항상 공존한다. 따라서 부산 시문학의 흐름도 여기서 예외가 될 수 없음은 말할 필요 없다. 그러나 조향을 비롯한 극히 제한된 예외적 시인들을 제외하고 한 시인이 같은 시기에 여러 경향의 시를 발표하는가 하면 개별 작품의 경우에는 이 세 계열체의 어디에도 귀속시키기 곤란한 작품도 있다. 시 정신면이나 문체면에서 청마류의 시풍과 모더니즘적 경향이 뚜렷한 반면 리얼리즘 계열이 약화된 인상은 일반 시문학의 흐름과 변별되는 부산 시문학의 특징으로 먼저 지적해 두는 것이 좋겠다.

전통시 계열은 부산 시사에서 그 맥이 풍성한 편이다.

우리 부산 시사에서 60년대를 주도적으로 이끌어 간 시인으로 청마 유치환을 가장 먼저 들 수 있다. 그는 이 시기에도 전통서정시의 경향을 선도해 간 대표적 주자다. 우리가 익히 알고 있는 "파도야 어쩌란 말이냐/임은 물 같이 까딱 않는데/…/날 어쩌란 말이냐"의 「그리움Ⅱ」를 비롯, "멧비둘기 종일을 구구구 울고/동백꽃 피 뱉고 떨어지는 뜨락"의 「落花Ⅰ」등을 발표하여 초기시의 의지적 자아와는 다른 감상적 자아에 대한 극복의 문제에 대한 성찰과 사라져 가는 것들에 대한 애정 표시가 주종을 이룬다. 그가 이 시기에 낸 시집으로는 『미루나무와 남풍』(1964), 『파도야 어쩌란 말이냐』(1965)를 들 수 있고, 수상집으로 『나는 고독하지 않다』(1963), 『행복은 이렇게 오더니라』(1967), 그리고 그의 연구에 중요한 자료가 되는 자작시 해석집 『구름에 그린다』(1963)도 이 시기에 나왔다. 그런 그가 67년에 불의의 사고로 세상을 달리한 것은 부산 시사로 볼 때 큰 불운이다.

1952년 『시문』동인으로 문단에 나온 살매 김태홍의 시도 이 시기 전통서정시의 결을 풍성하게 해주고 있다. 「당신이 빛을」이란 연작시를 통해 '당신'이란 대상으로 인해 깨닫는 삶의 자성의 순간을 노래하면서 숲과 별 등의 자연물과 하나 되는 순수한 마음의 상태를 표현한다. 즉 연작시 Ⅰ의 "넘치는 푸름 속에/당신이 빛을 받들고 설 때//나의 마음은/祈禱하는 숲으로 된다"에서 볼 수 있듯 숭고한 대상과의 동일성을 추구하여 순수하고 겸허한 존재로 서고 싶다는 열망을 드러내고 있다. 그것은 삶의 지고성에 대한 서정적 탐색이라 부를 만하다. 그는 65년에 이런 시들을 묶어 『당신이 빛을』이란 시집을 냈다.

이동섭의 시 역시 전통적 정서를 중시하고 있다는 점에서 전통시 계열에 포함된다. 「가을날」이란 시를 보면 "이리 맑고 고요한 날은/삶은 차라리/한잎 물에 뜬 지푸라기.//구원한 일순에 앉아/하나의 영상을 조각한다"는 표현은 바로 동양적 달관과 체득의 정조를 내비치고 있다. 또 「內在의 꽃꿈」에서 보여주는 내면성 탐구, 즉 "꿈이 자란 樹園"이라든지 "조촐한 심장이 昇華된/오롯한 城터", "法堂의 향내" 등도 바로 자연과 하나 되어 성숙한 인격으로 서고 싶은 동양적 정신을 형상화하고 있다. 그렇지만 그의 시는 표현 면에서 감정을 절제하고 이미지의 명징화를 추구하여 점차 모더니즘 시쓰기로 전개된다. 그가 이 시기에 발행한 시집으로는 「강물에 띄우는 시」(1961), 『바다의 창』(1964), 『별이 내리는 정원』(1966) 등이 있다.

박노석의 시 또한 이 계열에 속한다. 「갈숲」 동인으로 활동하면서 자유와 평등사상을 고취하는 무정부주의운동에 몸을 바친다. 이 시기에 발표된 「山寺의 비」를 볼 것 같으면 "고요"와 "가슴에/나리는/비소리"를 동일시함으로써 선적 경지를 획득하고 있다. 50년대부터 시작된 그의 시 일부에 무정부주의적 요소인 투쟁과 거부의 요소가 간혹 나타나긴 하지만 60년대에 들어서면서 전통 서정시를 통해 마음의 평화를 추구함으로써 자유와 평등의 세계가 시의 세계임을 드러내고 있다. 이는 시적 정신의 추구가 사상적 추구의 궁극과 잘 결합되는 한 양상으로 특기할 만하다.

1955년『문학예술』지의 추천을 통해 문단에 나온 박재호의 시는 상당히 낭만적 서정시풍이다. 이 시기에 들어와 발표된 「瓦斯燈처럼」을 보면 그의 시는 행과 연의 구별에서 리듬을 중시하며, "悲哀는/瓦斯燈처럼/피어오르지 않아"라든지 "鄕愁란/먼곳에서 흐르는 江물보다/말이 적고" 등 낭만주의적 정서를 표출하고 있다. 1959년부터 「석화」동인으로 활동한 바 있는 그의 시는 우리의 감수성을 자극시키는 전형적 서정주의시다.

최계락의 시도 크게 보아 박재호 시와 맥을 같이 한다. 「寒日」이란 시에서 보여주는 리듬감 어린 행과 연 배열, 그리고 내용에 있어서도 "山을 넘어 온/어린/기억"이라든지 "오늘도/너는/그 언덕에서/빛깔없는/回想의/얼레를 감고" 등 잃어버린 동심의 추구와 현실적 삶의 무상함의 표현은 감상적 낭만주의 성향을 띠고 있다. 이것들은 그가 동시를 주로 써나간 것과 무관하지 않을 것이다. 그렇지만 이후 「小曲」이란 시에서 볼 수 있듯 시적 긴장감을 유발하기 위한 시행의 단형화와 이미지의 응축 등은 그의 낭만주의 시가 점차 순화돼 간다고 할 수 있다. 이 시기에 발표한 시집으로는 동시 『철둑길의 들꽃』(1966), 『꽃씨』(1969) 등이 있다.

이미 50년대에 한 권의 시집을 내면서 모더니즘 경향을 띤 바 있는 정영태의 시 또한 이러한 시풍으로 바뀌고 있다. 60년대 작품인 「바람」이란 시를 볼 때 우선 그는 "풀과 나무들의/몸짓에도 나는 본다/바람의 얼굴을…"이란 표현을 통해서 자연 세계와의 서정적 동화의 양상을 드러낸 뒤 "아아 바람이여/너 애달픈/永遠의 새여"라고 노래함으로써 낭만주의적 현실인식을 보여준다. 그러한 인식의 바탕에는 자연의 영원성에 다가가려는 인간의 순진한 꿈이 깃들어 있다. 그것은 곧 정영태의 시가 우리 전통적 정신, 즉 자연과의 동화를 통한 인격 수양에 이르는 세계관을 보유하고 있음을 말해 주는 부분이라 하겠다. 이 외 「서정의 가을」이나 「余光」 등의 이 시기에 발표된 시들도 그의 이러한 시적 특성을 잘 보여준다. 이러한 시들을 묶어 1966년 『능금과 바람과 하늘』을 펴냈다.

1955년 『현대문학』지를 통해 문단에 나온 이석 시인 역시 크게 보아 전통시 계열에 포함된다. 그는 역사적 사건이나 그것을 기념하는 행사시 등을 쓰고 있어 현실참여시적 경향도 보이긴 하지만 그의 주된 관심 사항은 전통 서정의 표출이라는 점에서 그렇게 볼 수 있다. 가령 이 시기에 발표된 「개나리」란 시를 두고 볼 때 "三月의 태양/둥그런 미소/어릴 적 본 동화의 그림"이나 "오늘 하루/따스한 햇볕을 먹고/놀놀하게 낮잠을 잘까" 등에서 그의 시적 지향을 엿볼 수 있다. 즉 순수한 자연과 동화되는 서정의 세계를 그의 시적 이상으로 삼고 그것을 현실에 적용하고 싶어함을 볼 수 있는 것이다. 그러한 시적 열망이 여러 가지 양상으로 변주돼 나타나곤 하지만 이석 시의 경향은 전통서정시의 울림에서 크게 벗어나지 않는다. 그는 1965년 『남대문』이라는 시집을 묶어 낸다.

1955년에 『현대문학』 추천을 받아 문단에 나온 박철석은 이미 50년대에 두 권의 시집을 낼만큼 왕성한 창작을 보여줘, 60년대에 들어서서는 부산 전통시의 흐름을 주도하고 있다고 볼 수 있다. 그의 시는 전통적 소재에 대한 탐색을 중심으로 60년대 부산 전통시의 맥을 잇고 있는데, 「歸鄕」은 고향의 "솔바람 소리", "모닥불", "늙으신 어머니" 등 향토적 정취가 물씬 나는 소재들을 차용하여 도시적 삶에서 잃어버린 동심과 자연에의 향수를 불러일으키고 있다. 또 「가을 2」에서 "아픈 육신이 떨어져 아간/자국에는/텅빈 가을의 여백/시월의 청자빛 하늘"의 표현은 바로 자연과 동화되는 서정적 자아의 모습이 잘 드러나고 있다. 이것들은 그의 시가 전통 서정에 기반을 두고 있음을 보여주는 대목이다. 그러나 1969년에 발간된 시집 『실내악』을 두고 보면 전통서정시 못지 않게 사물에 대한 탐색과 도시적 삶에 대한 탐색 등 감정을 절제하고 이미지를 중시하는 시도 많이 나타나 점차 모더니즘시로 변화해 감을 볼 수 있다.

1959년 『사상계』 신인상을 받으며 등장한 서림환의 시는 전통시 계열에 들면서 조금 모더니즘 경향을 띠고 있다. 그의 지적 생활이 시적 바탕으로 나타나기 때문이다. 60년대 발표된 「어떤 彼岸」을 보면 "바람 속에 잠들어 흔드는 모습 따위/어느 기다림마저/거부하고 있는 무수한 痛症을 보아라"라거나 "가까이 오지 말라/돌을 던지는 거리가 있다/견딜 수 없는 慾望 다음은 코웃음소리다 嘲弄이다" 등 서정의 외현화가 감상적이면서 동시에 사색적인 분위기를 띠고 있다. 특히 시 속에서 '아이야'하며 우리 고유어를 잘 부려 쓰는 것이라든지 이미지의 파격과 의미의 이질성을 강조하는 것 등은 부산 전통시의 흐름을 새롭게 인식하게 한 점도 있다.

이미 50년대에 시집을 낸 바 있는 박송죽은 60년대에 들어와 더욱 섬세해지고 순화된 감성을 노래한다. 「가을 산에서」란 시에서 보면 "무심한 생에 찬바람 이는/고뇌를 봉해 둔 채/나도 뉘의 무덤 풀로 살 섞어/산새 울음이 될까./그리운 산, 그리운 산/흙 묻은 발길/털털털 털고 갈/안개 마을 저쪽"처럼 삶의 체득과 겸허함이 물씬 묻어 나온다 할 수 있다. 감정의 절제를 통해 삶의 아름다움을 노래하는 그녀의 시는 이로 인해 점차 회화적 이미지를 중시하는 모더니즘 풍으로 바뀌어 가기도 한다.

65년에 월간 『시문학』으로 등단한 이상개도 부산 전통서정시의 흐름을 잇고 있다. 이 시기에는 아직까지 추상적이고 관념적 성격이 나타나고 있지만 「바다」라는 시를 보면, "상기 이른 새벽은/내 잠깬 머리맡에 설레이는/물미나리같은 욕망을 본다"는 아주 빼어난 표현을 얻고 있다. 또 「비」라는 시를 두고 보면 "허연 뼈다귀마저 갉아 먹는 빗줄기/소금에 절인 듯이/마음만이 남아서 따갑다"로 육체의 소멸 뒤에도 남는 정신의 치열성을 강조하면서 생명의식과 죄의식이 문제되고 있는 60년대적 상황의식을 드러내기도 한다.

한편 60년대 우리 부산 전통서정시를 풍성하게 해준 것으로 시조를 빠뜨릴 수 없다. 그럴 때 시조시인 정운 이영도는 우리 부산의 전통서정시의 맥을 잇는 아주 중요한 인물이다. 이 시기에 들어와 발표된 이영도의 시조들을 보면 삶의 체득과 인간의 정에 대한 깊은 관심을 엿볼 수 있다. 가령 「구름」이라는 시조를 보면 "슬기는 宇宙를 갈(耕)아도/목숨은 가파르네//삶에 지칠수록/마주 앉는 먼 稜線//달래는/가슴을 질러/둥 둥 구름이 간다."고 표현되어 있는데 이는 이영도의 삶의 고뇌에 대한 내면화라 할 수 있다. 또 「어머님의 손」이라는 시조에선 "갈쿠리 손을 잡고/가만히 눈 감으면//꽃버선 색동옷/고이 짓던 그 모습이//星霜도/예순을 거슬러/뽈이 고운 새댁이여!"라고 하여 어머니에 대한 애정을 표현하고 있어 그의 시세계를 엿보게 한다. 66년에 수필집 『비둘기 내리는 뜨락』을 내고, 68년에 시조집 『석류』를 냈다.

황산 고두동의 시조 역시 전통적 정신을 그의 시적 세계로 표현하고 있다는 점에서 전통시 계열에 속한다. 즉 「梵鐘」이라는 시조를 보면 "문득 깨우친듯/헤치고 이는 새벽//千年斤 그 소리에/永劫이 묻어 넘네//始生이 여기일런가/나도 일어 헤도다"처럼 불교적 세계를 그의 시적 세계로 구현하고 있다. 장엄한 화엄의 세계를 시조라는 형식을 빌려 표현함으로써 우리 전통 정신과 전통 정서를 민족적 형식 속에 잘 살아나게 하고 있음을 볼 수 있다. 63년에 『황산시조집』이 나왔다.

이 외 60년대에 들어와 문학적 활동을 활발히 하지는 않았으나 그 문학적 업적을 남기고 있는 홍두표의 시도 전통시 계열에 든다 하겠다. 그의 「달팽이」란 시는 "달팽아! 달팽아!/네가 부럽더구나/네 신세가 부럽더구나.//너는야/이고 다니는 집이라도/있어서 좋겠더라."에서 볼 수 있듯 강한 서정의 유로를 보여 준다. 나이 들어 거처할 곳 없는 인간의 비애를 다루고 있어 감상적 서정시의 한 유형을 이룬다. 그리고 이 시기에 홍준오도 전통서정시 계열에서 활동하고 있다고 보여 진다. 가령 그의 작품 「湖心처럼」을 보면 "어쩌다 한때 외로움을 달래는 바다의 魅惑으로 永永 깊이도/모를 深淵으로 철철히 내달아 흘러 갔을 너" 식으로 시적 화자의 감상을 중시하고 있다. 그것은 앞에서 말하여 왔듯이 자연이 주는 의미를 인간적 입장에서 되새기려는 동양적 사유에서 바탕을 둔 시작법이라 할 수 있겠다. 그는 시조도 같이 썼는데 66년에 『그늘진 양지』, 68년에 『빛은 어느 비탈에』 등의 시집을 남기고 있다.

60년대 부산 시사에서 모더니즘 시 계열 역시 풍성했다고 말할 수 있다. 부산이 50년대 6·25 전쟁으로 임시수도가 됨으로써 잠정적이나마 중앙 문단의 성격을 띠게 되고 이런 상황에서 나타난 『후반기』동인의 모더니즘 시운동은 일정하게 60년대에까지 영향을 미쳤다고 보여진다. 그래서 시를 시작하는 신인들의 입장에서는 모더니즘적 시풍을 전범으로 삼아 창작의 실마리를 풀어 나갔다고 말해도 과언이 아닐 정도다.

이 모더니즘 계열을 앞장서 보여준 시인으로 조향을 들지 않을 수 없다. 그는 이미 50년대에 『후반기』동인에 가담하여 초현실주의적 시쓰기로 30년대 이상 시를 이어 우리 한국문학사에 특이한 궤적을 남겼는데 60년대에 들어와서도 그 경향은 여전했다. 특히 이 시기에 쓴 「붉은 달이 걸려 있는 風景畵」를 보면 "街路燈이 갑자기 꺼져들 가고 나면,/페브멘트 위엔,/여름처럼 무성해 가는 붉은 독버섯들,/독버섯들은 생쥐 귀 모양으로 생겼다,/거기 뱀 같은 외눈들이 차갑게 꺼무럭거리고/「좀생이 같은 놈들!」" 등 논리적 연결을 뛰어넘어 그가 주장하고 있는 절연기법을 보여주고 있으며 의식의 자유로운 흐름을 자유연상 기법으로 펼쳐 보이고 있다. 또 익히 아는 「코스모스가 있는 층계」처럼 형태시를 실험하기도 하며, 시어에서 관념어와 일상어의 종횡무진한 사용에다 더 나아가 영어와 불어 등을 사용하고 아예 영시로 발표하기도 함으로써 시에 대한 고정관념을 깨뜨리고 있다. 이러한 것들은 부산 시사에서 새로운 반향을 일으켜 시단의 확장을 가져오기도 했지만 시가 너무 추상적으로 흘러감으로써 독자로부터 시의 소원화를 가져오기도 했다.

조향의 뒤를 이어 구연식도 초현실주의적 시세계를 보여준다. 이미 1955년 「Geiger」 동인으로 있으면서 초현실주의적 시 쓰기를 한 바 있는데 60년대에 들어와 더욱 현대적 감각의 표출 차원에서 그의 시풍을 다듬고 있다. 가령 이 시기에 발표된 「감각 A」란 시를 보면 "언제/거울 앞에 앉은 아내의 香水甁을/彩色한 일곱가지 무지개 빛깔,/BEER병 안에서 沈沒한 太陽,/어둠이 피부에 기면,/피가 나도록 긁는 快感. 빈대"로 이미지의 자동연상에 따른 의식과 감각의 자유로운 흐름을 보여준다. 그는 특히 이러한 분열되고 감각적인 감수성 탐색을 두고 '고현학(考現學)'이라 부르며 의미를 주고 있는데 이는 단적으로 그의 시적 세계가 모더니즘 시로서 도시성, 현대성 탐색에 있다고 할 수 있다. 그는 1962년 시집 『검은 산호의 도시』를 낸 바 있다.

이들이 과격한 모더니즘 시 쓰기를 하였다면 회화적 이미지 중심의 온건한 모더니즘 시쓰기를 한 시인들이 역시 부산 시단의 중심을 이룬다. 그럴 때 조순의 시는 좋은 보기다. 1958년『자유문학』지로 시단에 나온 조순은 이미 61년에 50년대 경험을 쓴 시집『전후에 내리는 비』를 내 바 있다. 전통 서정시 계열에 속하나 60년대에 들어와 그의 시는 점차 모더니즘 풍으로 바뀌어 간다. 가령 이 시기에 발표된「零點의 辨」을 보면 "내가 살고 있는 現代의 헛방에서/생각의 차표/ㄱㄴㄷ……, 하늘天, 따地……손에 쥐고/ABC……의 패철로 줄을 놓아본다/磁針은 푸로펠라 처럼 멈추지 않는다/故障난 旋回./一九六0年代/眩暈의 廣場/時計塔은 二十五時, 地球의/유리窓 너머로 망서리는 나를 가만이 지켜서 觀望한다."라고 분열되는 현대 도시적 감수성을 표현한다. 그러나 그의 다른 시「抱擁」에서는 "동그라미 그리는/두개의 王國은/전쟁을 범하는 신병처럼/안으로 울림하는/먼 천둥"처럼 사물의 본질을 비유적으로 탐구하는 모더니즘풍의 신서정적 시 쓰기도 볼 수 있다.

50년대 초반부터 문단에 나온 이민영은 모더니즘적 시풍으로 60년대 부산 시단을 풍성하게 하였다.「나는 본다」의 경우 "나는 본다//사과 나무에/발갛게 타는 사과의 意味를,//애기 볼 같이/灼熱하는 內波 그 속을/별무리 이랑 짓고/江물 미어지듯"처럼 회화적 이미지를 통해 신서정을 드러내고 있다. 특히 '나는 본다'라는 주지적 태도의 반복과 아울러 "산의 무게와/바다 몸부림 곁에/차라리 뜨거운 背理의 逆說에 익어"에서 볼 수 있듯 일상적 논리에 대한 거부와 삶의 문제에 대한 회의적 태도를 보여주고 있어 현대인의 감수성을 잘 드러내 주고 있다. 65년에 시집『花禱일기』를 냈다.

그러나 무엇보다 60년대 부산 시단에서 모더니즘 계열을 풍성하게 한 것은 60년대를 풍미한「현대시」동인들의 작품일 것이다. 부산 시단에서 김규태, 허만하, 이수익 등의 작품이 바로 그것이다. 김규태의 시는 「현대시」 동인답게 현대적 감각과 지성적 판단을 위주로 한 내용을 보여준다. 1957년 『문학예술』로 등단한 그는 현대 도시적 삶의 문제를 중점적으로 제기하고 도시민의 일상적 감수성을 노래한다. 시 「恐怖의 장르」를 보면 "層階를 급히 내려오는 발자국소리,/하늘 한 가운데서 터져 버린 風船", "살아서 움직이지 않는/항아리 속의 금붕어" 등을 두고 "나에겐 恐怖다"라고 말하고 있는데, 이는 바로 세계와 자아가 분열된 근대적 삶의 불안의식을 표현한 것에 지나지 않는다. 때문에 이러한 의식은 자연 문명비판, 현실비판 쪽으로 나아가게 되는데 그의 60년대 대표작 「鐵製장난감」의 "鐵製 장난감을 매만지는/어린이들의 瞳子를 보고 있으면/저들이 어른들의 피어린 눈망울을 닮아가는 것 같아/자꾸만 미심쩍어 진다."라는 표현은 바로 그의 모더니즘 인식과 현실 비판적 주제가 결합되는 부분임을 잘 드러내 준다 하겠다. 그의 시가 이후 현실 참여적 성향을 띠게 되는 것도 이러한 현대적 지성 위에서 시작을 한 것이 원인이다. 69년에 시집 『철제장난감』을 펴냈다.

역시 1957년 『문학예술』로 등단한 허만하의 시 또한 회화적 이미지 중심의 주지적 시의 태도를 견지하고 있다. 이 시기의 대표적 시인 「銅店驛」을 보면 "성난 잇발같이 다가선/壯年期 山의 銀빛 살갗-/그 가파른 벼랑 발치를 깨물며/悠然히 흐르는 검은 山脈의 물/그 기슭에 추락할듯 간신히 붙어선/한없이 조용한 시골驛"처럼 대상을 객관적으로 그리는 이미지즘 시풍이다. 그러한 경향은 「잎」이라는 시에서 "스스로를 아득히 앞선 透明한 地帶에서/언제나 그날처럼/구비치고 있는/푸른 푸른 들길 같은 始作이다"라고 표현하고 있듯 '잎'이라는 대상이 갖는 의미를 지적으로 탐구하는 태도를 보여준다. 69년에 시집 『해조』

를 냈다.

1963년의 『서울신문』 신춘문예를 통하여 등단한 이수익의 『우울한 샹송』은 바로 부산 모더니즘 시의 좌표라 할 만하다. "우체국에 가면/잃어버린 사랑을 찾을 수 있을까"로 시작하여 "풀잎되어 젖어 있는/悲哀", "그리움을 가득 담은 편지 위에/愛情의 핀을 꽂고 돌아들 간다", "그것은 저려오는 내 발등 위에/행복에 찬 글씨를 써서 보이는데"등으로 연결돼 가는 이 시는 고독하고 우수에 찬 도시적 감수성을 빼어난 표현으로 그리고 있다. 그리고 「성냥개비」같은 시도 "可燃性 유황분의 그 끝을/가볍게/그숫는다.//불이 될 潛在를/비위처럼 건드린다."처럼 압축된 표현 속에 사물의 한 본질을 예리하게 포착하여 인간의 사랑에 빗대고 있다. 이러한 것들은 이수익의 시가 종전 서정주의를 계승하면서도 감상에 빠지지 않은 채 도시적 삶의 정서를 잘 표현해 내고 있는 점이라 하겠다.

한편 1959년 『현대문학』으로 등단한 박태문도 60년대의 시풍은 지적 태도 속의 현실 비판이다. 그의 이 시기 대표작이라 할 수 있는 「밤의 遍歷」을 보면 "命令은 어디선가,/나를 기다리면서 있다."라든지 "램프의 燈皮가 저렇게 떨고,/잠이 崩壞하는/네 울음의 層階 위에서 밤은/오히려 우리를 멀리한다."등의 표현에서 도시적 삶의 불안과 소외의식이 나타나고 있다. 그리고 그 연장선상에서 현실적 모순에 대한 비판의식을 드러내고 있다. 다른 시 「大理石 圓柱를」에서도 "그것들이 우리를 명령할/수 없다/그것들이 우리를/우리를 지배할 수 없다."라고 하여 이러한 강한 현실부정이 바로 주지적 시작 태도와 관련된 것임을 알게 한다.

50년대부터 활동해 온 하연승의 시도 대상에 선명한 이미지 부조를 위해 노력한다는 점에서 모더니즘 계열이라 하겠다. 그의 시 「靑枾와 죽음의 形相」속의 "戰爭은, 그 진한 火藥 내음새로/無知한 여름의 太陽처럼 번져가고,/감나무와 숲의 葉綠이 이웃이든/그때에,/照輝하든,/짙푸른 色素로서 있던 그 未果"라는 표현은 자연 사물과 인간 삶의 관념을 결합해 보고자 하는 시도로 볼 수 있다. 관념을 객관적 상관물로 구체화해보고자 하는 그의 시적 태도는 감정의 절제와 시의 논리성을 추구한다는 점에서 현대적 감각을 지니고 있다.

1957년『문학예술』로 작품 활동을 시작한 조영서의 작품도 감정의 절제와 이미지를 중시하고 있다는 점에서 모더니즘 계열에 든다. 「雪日微吟」이라는 작품에서 "꽃잎이/사위져 가는 拍手소리./나직히/흐르는……/憂愁에 수풀진 나의 눈시울에서/흔드는/하이얀 손수건같은/그 손수건에/휘날리는/숱한 생각들."이라고 표현하는 것은 그가 전통적 시 쓰기에서 벗어나 관념과 이미지의 연결을 통해 새로운 시적 세계를 획득하고자 함을 의미한다. 그것은 곧 관념과 정서의 결합을 추구하는 엘리어트 류의 모더니즘적 시풍이라 할 수 있다. 그는 69년에 시집 『언어』를 발간하였다.

1959년에『자유문학』지를 통해 등단한 한찬식의 시도 모더니즘 계열에 속한다. 60년대에 발표된 그의 대표작 「下降記」를 보면 그는 "整然한 數式을 잊은/旋回하는 宇宙의 눈부신 破片/加速하여 추락하지 않는 것은/法悅과 重力들의 질서이리라"하고 노래함으로써 근대 과학문명이 발달함에 따른 위기의식과 상실감을 내비치고 있다.

60년대 말에 등단한 김영준, 임명수, 김철의 시도 모더니즘 계열에 든다. 김영준의 「內心이 소리」는 "부러지고 녹슨 家具들이/머리맡에서 나를 부른다./「일어나 나의 全部를 확인해 주십시오..」라고" 표현하여 자의식적 내면탐구가 엿보인다. 임명수의 시 역시 마찬가지다. 개미, 귀뚜라미 등 여러 곤충의 특징을 표현한 「昆蟲詩抄」는 자아 탐색과 연결되고 그 표현에 있어 객관적 형상화에 노력하는 것으로 보아 모더니즘적 성향을 지닌다. 그리고 68년에 「말의 宇宙」로 『현대문학』에 추천 받은 김철의 작품도 모더니즘적이다. 이 작품에서 가령 "천지는 人工의 하늘에 찬란히 흩어져/두 개씩 따로 떨어져 있는 乳房의 자유 위로/미묘한 혼잣말의 香水를 뿌린다"는 표현은 관념의 구현에 있어 지적인 태도를 드러내고 추상적 경향을 띤 채 현대 사회의 의미를 예리하게 부각시키고 있다. 이러한 성향은 점차 현실 비판적 성격을 띠게 된다.

60년대 리얼리즘 시 계열은 그리 풍성하지 못하다. 아직 반공 이데올로기의 잔재가 당시 문인들에게 강한 여운을 남기고 있어 직접적 현실 참여의 목소리를 내기에는 버거운 상황이라 할 수 있다.

1950년 『문예』지에 「강가에서」, 「코스모스」 등의 작품이 추천되어 등단한 이형기는 초기에 전통 계열의 작품을 써 오다 현실 비판적 시를 쓰면서 리얼리즘시 계열에 합류하고 있음을 볼 수 있다. 즉 60년대에 오면 "박약한 의지를 가누지 못한 채/부질없이 원한만 늘어 가는 시인/후생주택 뜨락을 거닌다"의 「詩를 쓰지 못하는 詩人 2」와 "심사가 산란하면 노름이 안 된다. 그날 밤 나는 잃고 잃고 또 잃었다. 공산 빈 깍지 그 희멀건 공백에는 달이 뜨지 않고 나를 배반한 그 여자 얼굴이 떠올랐다."의 「반딧불」 등에서 확인할 수 있듯이 비록 전통 지향적 경향을 완전히 벗어나지는 않았지만, 다분히 자학적 어조로 도시 소시민의 일상적 삶을 비판하는 현실 참여적 성격으로 시세계의 변화를 보이기 시작한다. 전통시로부터 70년대 이후 두드러지게 아이러니의 기법으로 세속도시를 풍자하는 문명비판시의 참여시로 건너가는 과정이 그에게 매우 자연스럽다. 그의 60년대 시는 이런 시적 변화의 과도기에 놓인다. 전통시인이 참여시인으로 변신하는 것은 50년대 『청록파』

처럼 흔히 볼 수 있는 현상이다.

이런 상황에서 1959년 10월 9일 부산 경남 한글날백일장에서「지붕」이란 작품을 발표하면서 문단에 나온 임수생은 독특한 현실참여 시인이다. 이 작품은 "남빛이며 젖빛으로 아우성하는/지붕이 갈라진 나의 조국", "쓸쓸한 강변이나/여인의 웃음이 돈에 팔리는/사보텐의 거리"처럼 분단된 조국 현실을 고발하고 부조리한 사회 현실을 폭로함으로써 그는 사직당국에 끌려가 문초를 받아야만 했다. 이후「대화」를 비롯한「미스강에의 연가」등으로 60년대 초『자유문학』지를 통해 정식으로 등단하면서「일등항해사」,「얼어버린 땅」,「전쟁일지초」란 작품들을 발표하여 전쟁으로 황폐해진 조국 현실을 제시하고 통일된 조국의 영상을 그림으로써 일정한 리얼리즘적 성취를 얻고 있다.

박응석 또한 부정적 현실을 비판하고 나선다는 점에서 리얼리즘 계열에 든다. 1960년『서울신문』과 1963년『조선일보』신춘문예를 통해 등단한 그는「化石 곁에서」,「未開地의 꽃」,「낮달」등의 작품을 통해 당시 부조리하고 부패한 정치현실을 비판한다. 그러나 "兩棲類의 박쥐떼들의 끊어진 念佛소리"라든지 "불평하는 꽃가루" 등 그 표현에 있어 관념적 경향을 드러냄으로써 구체적이고도 철저한 현실참여의 목소리를 담아내지는 못한다.

이와 더불어 이미 1957년에 시집『表情』을 낸 바 있는 신소야의 시도 이 시기에 들어와서 4·19를 소재도 당시 부조리한 사회현실을 풍자적으로 그리고 있다는 점에서 리얼리즘시 계열에 속한다.「群衆 속의 孤獨」이란 제목으로 발표된 시를 보면 산문시 형태로 4·19가 일어날 수밖에 없는 부조리한 현실을 "곪지 않는 멍우리", "검칙한 짐승들"등 풍자와 우화로 일관하여 현실 참여적 성격을 명확히 하고 있다. 다만 그 표현의 전달 면에서 그 의도는 짐작케 하나 생경한 관념성을 노출시키고 있어 당시 시대적 제약과 아울러 시인의 추상적 현실인식을 느끼게끔 한다.

1953년『신작품』동인으로 활동을 시작한 손경하의「善意의 꽃을」이란 시는 이 시기에 발표된 정제된 사회 비판시다. "누구도 꽃을 꺾을 권리는 없다"라는 표현이나 "선의에 찬 노력이 값없이 짓밟히는 어두운 하늘이다", "얼마나 많은 불신과 비정으로 여위어 갔나" 등의 표현은 당대 사회 현실의 불의와 부조리를 비유적으로 잘 드러내 주고 있다. 손경하는 그러나 모더니즘적 시 쓰기도 하여 가령「一日」에서 "거기 벌레와 꽃과 蟄居하는 人間/無數한 樹木과 일어서는 噴水/그 속을 솟구치는 저 눈물겨운/時間의 아지랑이"라고 하여 현대적 삶의 문제를 제기하기도 한다.

II. 신서정의 모색과 지방주의

1. 70년대 부산 시문학

70년대 부산 시단은 전에 없이 많은 시인들이 등단하여 매우 풍성해졌다. 유병근, 김창근, 박지열, 김성식, 이달희, 강남주, 박송죽(58년도 이미 시집『보랏빛 의상』을 간행한 바 있다), 김인환(64년에 시집『님의 마음』을 간행했다), 배달순(69년 시집『겨울과 여름 바다』를 출간했다), 정순영, 황양미, 이해웅, 박윤기, 정대현, 박청륭, 최휘웅, 신진, 조남순, 하현식, 이승하, 이상호, 차한수, 임종성, 이문걸, 원광, 김수경, 임명수, 양은순, 진경옥, 이윤택 등이 신춘문예나 문예지 또는 개인 시집 출간을 통하여 시인의 반열에 올랐다. 여류시인들의 두드러진 진출이 70년대 특기할 만한 부산 시단의 풍경이다.

70년대에도 많은 문예지와 동인지가 속출했고 시집은 60년대와 비교가 되지 않을 만큼 출간되어서 시단이 부산 문단을 보다 주도한 인상을 주었다.

부산으로 이주해 온 김인환이 72년에 간행한 『시인들』은 격월간의 시전문지로서 지면을 전국의 시인에게 할애한 부산 최초의 본격 시전문지였다. 김규태, 박재호, 허만하가 편집위원으로 앉은 『시인들』은 시정신의 본령을 옹호하는 기치 아래 중앙집중의 문학적 현실에서 새로운 영토를 마련한 자부심도 가졌었다. 등록되지 않은(당대까지 비상업적인 부산의 문예지들의 일반적 현상) 이 『시인들』은 이른바 KSCF 사건의 여파로 7집으로 폐간의 비운을 맞이했지만 중견시인과 젊은 시인들의 만남의 장소로서 문단의 기능을 십분 발휘했다. 72년 제3집(9·10월호)에 유병근, 윤정숙을 제4집(11·12월호)에 하현식을 신인으로 등단시킨 것과 중앙문단에 만만찮은 충격을 던진, 제3집 신진철의 『이상은 과연 표절시인인가?』는 특기할 만한 문학적 사건이라 하겠다.

아성출판사 대표 정화식(50년대부터 조향과 더불어 초현실주의 시운동에 참여했다)이 74년에 간행한 『남부의 시』는 부산시인협회(부산시인협회는 73년에 결성되고 허만하가 초대회장으로 선출되었다)의 사화집니다. 김규태, 조순, 허만하가 편집위원인(제4집부터 조순 대신 손경하, 이형기가 편집위원이 되었다) 이 『남부의 시』는 다분히 격앙된 어조로 "시가 겪지 않으면 안 되었던 굴욕으로부터의 자유를 이 지방 예술문화권의 주체성을 위하여 목마르게 구상해 본 것"이라고 그 후기에 적고 있다.

소한진, 김석, 최휘웅, 송상욱 등의 시동인지 『시와 의식』은 1974년 11월 25일자로 창간되었다. 뒷날 이옥형, 김용태, 하현식이 동인으로 참여한 이 『시와 의식』은 75년 4집을 출간한 뒤 76년 봄 호부터 동인 대표였던 소한진에 의해 계간 문예종합지로 탈바꿈함으로써 원래의 동인지 성격을 상실해 버렸다. 중요한 것은 창간호 후기에 62년 『오후』 1집, 63년 『오후의 입상』2집, 64년 『시와 의식』3집이라고 함으로써 『오후』동인지의 속간호라는 연속성을 표명한 점이다. 말하자면 『오후』와 『시와 의식』은 조향의 지도를 받아 초현실주의의 토착화를 기하려는 '동아맨'들의 시운동이었다. 「무의식 Surrealism의 토착화, 순수시」라는 부제를 단 「선언서2」가 시사하듯이 『시와 의식』은 50년대 『현대문학』, 『Geiger』, 60년대 『오후』, 『일요문학』등으로 이어지는 하나의 뚜렷한 맥을 형성했다. 그만큼 『시와 의식』은 초현실주의로써 동인지의 성격을 극명하게 드러내고 있다. 당대 일간지들이 50년대 「후반기」동인들이 전개했던 초현실주의 문학운동이 20년 만에 다시 등장했다고 기술한 것은 너무도 당연하다.

96년 20주년을 기념호까지(제26집) 낼만큼 1976년 4월 5일자로 창간된 『목마』는 부산에서(아마 전국적으로) 가장 생명이 긴 시동인지이다. 이아석, 강남주, 이승하, 이문걸, 임명수 등의 동인이 28편의 시작품을 모아 출발한 『목마』는 20년의 긴 세월 동안 비록 동인들은 더러 바뀌었고 또 하나의 뚜렷한 동인지적 성격을 보여 주지 못했지만 사회역사적 상황의 시류나 세속, 이념적인 혼란에 좌우되지 않고 각기 시적 개성을 탐구하면서 순수한 시 정신을 지켜 왔다. 시낭송회, 해변 시인학교 등 『목마』동인들이 시 인구 저변확대에 기여한 점도 놓칠 수 없는 부산 시단의 성과다.

강성화, 강인수, 김석, 김용태, 노석기, 박광익, 성병오, 이규정, 이옥형, 정순영, 차한수, 최상윤 등 당대 비교적 소장층이었던(이들 대부분은 대학강단에 섰다) 시인, 소설가, 평론가들이 참여한 『남부문학』이

77년 3월 10일자로 창간되었다. 역시 중앙집권적 문단현실에 대한 불만, 그러니까 지방문단의 소외감이 하나의 모티브가 된『남부문학』은 창간사에서 "한 두 편의 작품을 발표하거나 유행가적 저질 작품으로 문인의 명예를 갖고자 하는 만네리즘에 빠진 기성세대들과 그 차원을 달리하고 있다"라고 기성세대를 과감하게 비판했다. 기성세대와의 차별성을 필요 이상으로 강조한 것이 유난히 눈길을 끈다. 동인지 형식으로 출발했지만 계간 종합문예지를 목표했기 때문에 78년 봄호(통권 5호)부터 계간지의 정기간행물로서 탈바꿈했는데 이 혁신호는 김용태가 발행인 겸 편집위원이었고 권일송, 최해군, 김규태, 허만하, 이형기, 신동집 등 기성세대의 시인 작가들이 기획위원으로 되어 있었다.

「낙동문학회」가 77년 9월 10일자로 창간한『오늘의 문학』은 학·예계간지였다. 다시 말하면 국문학·국어학·사회과학의 학술논문에도 지면을 제공했다. 수필가 김병규가 발행인이고 소설가 윤정규가 편집주간이었으며 박지홍·최해군·서인숙·강남주·김중하·김용태·임신행·이성순 등이 편집위원이었다. 창간호에 이경순·조순·황선하를 비롯한 12명의 시 작품이 발표된 데서 알 수 있듯이『오늘의 문학』은 부산 시단의 활력소가 되었다.

특히 주목되는 것은 「지방·지방문화·지방문학」의 권두좌담(김병규·최해군·김용태·김중하·이규정이 참석했고 윤정규가 사회를 맡았다)이다. 파격적으로 노상방담의 형태로 열린 이 좌담회는 한국문협이 서울의 문협인 중앙집권적 모순을 성토하는 장이 되었다. 말로 주고 되로 받는 문예진흥기금, 지방신춘문예의 무시, 인맥 위주로 운영되는 신인 추천제도, 서울의 측근문인의 작품만 언급하는 비평의 타락, 상업주의와 대중주의로 추수되는 경향 등 중앙집권적 문화현상의 갖가지 모순들을 신랄히 비판했다.

지방 문인들의 콤플렉스 극복을 주장하면서 부산 문학의 특수성과 향토성을 개발하고 동인지를 통해 문단에 데뷔할 만큼 동인지를 보다 높이 평가하고 신뢰하는 서구의 경우처럼 동인지 활성화를 촉구한 것은 부산문단사적 의의를 띠고 있다 하겠다.

차한수·박청륭·하현식·이승하·정대현 등 동인들의 작품 21편을 수록한『탈』이 79년 2월 15일자로 창간됨으로써 70년대 부산 시단의 대미를 장식했다. 창간사나 편집후기와 같은 일체의 산문이 없는 『탈』은 공통적으로 시가 무엇보다도 언어예술임을 인식하고 사회역사적 상황의 구속으로부터 언어를 해방시켜 언어의 미질을 개발하든가 내면세계를 탐구하는 신서정의 순수시를 지향함으로써 동인지의 성격을 뚜렷이 드러냈다.

이밖에 이병규·鄭暎太·이상호·배광훈·강경주·김경수·이규열 등 당시 아직 등단하지 못한 부산 의대생들이 70년대에 창간한 동인지『회귀선』, 유명선의『석초』(1974), 정비동의『시로』(1975), 김의암·이은경·강정화 등의『한국여성시』(1977)등의 동인지들이 탄생되어 부산 시단을 풍성화했다.

70년대는 본격적으로 산업사회로 진입하는 변형기에 해당한다. 산업사회의 초기적 징후는 60년대 후반 김광섭의 문명 비판시「성북동 비둘기」에서 이미 볼 수 있지만 근대화와 산업화에 부수되는 문제적 양상은 70년대 시의 몫이다. 근대화 내지 산업화가 비록 역사발전의 필연성과 절실한 요청사항이었다 하더라도 민주화의 희생을 담보로 한 산업화에 대하여 시인들의 눈이 결코 고까울 수 없었다. 농촌이 해체되는 대신 거대도시화로 인해 농민이나 거대도시 변두리의 노동자 등 소외계층들의 삶의 열악한 조건과 과정에 대하여 시인들의 관심이 보다 집중되었다. 그래서 민중시가 70년대 시의 주류가 되었다. 뿐만 아니라 도시적 감수성도 70년대 시의 중요한 목록이 되었다.

60년대 모더니즘 계열은 김춘수를 비롯한『현대시』동인들(부산에서는 허만하, 김규태, 이수익이 참여했다)이 보여 준 언어실험과 내면탐구의 순수시로써, 리얼리즘 계열은 소시민의 일상적 삶을 풍자적으로 다룬 김수영 등의 참여시로써 문학사적으로 자리매김 된다면, 70년대는 리얼리즘 계열이 민중시로써(물론 60년대부터 민중시는 존재해 왔다) 자리매김 되는 것이다. 60년대가 소시민의 일상적 삶이나 내면탐구가 시세계를 지탱해 왔다면 70년대 시는 사회역사적 상황이 보다 커다란 비중을 차지한다고 그 차별성을 둘 수 있다. 그러나 지금까지 문단사를 개관할 때 암시되어 있듯이 부산 시문학의 경우 지방이라는 낙후된 지역적 조건 탓으로 산업사회의 문제적 징후에 대해 치열한 탐구정신과 도시적 감수성이 주류가 되지 못했다.

전통 사상이나 토속적 소재를 정서적으로 처리하는 서정시, 자연시, 정신주의시, 감정적 처리가 우세한 인생 탐구의 내면고백시 등이 모두 전통시 계열의 항목들이다. 성정(性情)의 시적 발로, 정신주의의 중시, 범신론적 세계관 등이 한국시의 오랜 전통의 맥이 되어 왔음은 이 계열에서 새삼 강조할 필요가 있다. 왜냐하면 전통시가 당대의 중요한 시적 흐름 가운데 다소 소홀히 취급되는 것은(70년대도 마찬가지다) 주류이냐 그렇지 않느냐의 문제 이전에 전통 서정시가 한국시의 저류로 언제나 자리 잡고 있기 때문이다. 산업화 시대에 부응하여 새로운 시적 대응 방법이 모색되던 70년대에 부산 시단에서 전통 서정시가 그 명맥을 뚜렷이 유지하고 있는 점은 여간 주목되지 않는다. 이 시기 부산 시단에서는 존재론적 고뇌와 실존문제를 바탕으로 한 인생탐구시가 압도적으로 많이 양산되었고, 자연시와 선(禪)적 사유의 정신주의시가 두드러졌으며, 명상적 서정시, 그리고 세시풍속 등 민속적 소재를 다룬 작품들이 더러 창작되었다.

우선, 존재론적 고뇌와 실존문제를 바탕으로 한 인생탐구시를 쓴 시인으로 손경하, 이석, 한찬식, 이상개, 박송죽, 박지열, 김봉룡, 박웅석, 김인화, 배달순, 정순영, 박윤기, 이문걸 등을 들 수 있다.

간간이 현실참여시를 발표해 온 손경하는 주로 존재론적 고뇌가 어린 경향의 시들을 발표하였다. 이러한 그의 시적 성과는 1985년 『忍冬의 꿈』(예문관)에 집약되어지는데 여기서 우리는 오랫동안 범신론적 세계관으로 삶을 견뎌 낸 시인의 끈끈한 시적 태도를 엿볼 수 있다. 한 마리 '새'를 "상한/내 영혼의 피묻은"(「새」) 존재로 인식하는 시인의 시적 성찰은 엄격하게 그러나 겸허하게 삶을 통찰하려는 태도에 다름 아니다. 오랜 기간 교육에 몸담아 온 시인의 고집을 함께 읽어 볼 수 있어 흥미롭다.

이석은 초기에는 자연을 의인화하여 생명감이 충일하고 이미지가 선명한 시를 주로 썼으나 1970년대에 들어서면서 역사적 유적을 소재로 한 관념적인 면과 인생 탐구의 내면적 고백의 경향을 보이고 있다. 「이산가족」, 「조국」, 「8월 15일에」등 사회역사적 사건을 취재한 참여시를 더러 쓰기도 하였지만 이석은 뚜렷한 70년대 전통시 계열의 작품을 주로 발표한 시인이다.

> 하늘을 쏘며 오르는/노고지리는/처음부터 비상의 확신이 있었을까.//제비들은 날개 잿겨 바람을 끊고/鶴은 유유히 하늘을 나는/그 모두 날개의 힘인 것을/너는 지금에 진실로 아느냐/候鳥들 고달픈 행렬에도/무모한 이탈이 없듯/너는/홀로 날 수 있는/한 마리 새가 아니다.

70년대 이석의 시적 세계관을 단적으로 보여 주고 있는 작품 「새와 나와」 전문이다. 홀로 살 수 없는 세상살이의, 함께 서로 어우러짐만이 진정한 존재의 근거가 됨을 설파한, 인생탐구의 전통시다. 1973년에 묶여진 『향관(鄕關)의 달』(현대문학사)에서는 이러한 시인의 시적 태도를 집약적으로 살필 수 있다.

현대 시문학에서 전통 계열의 모더니즘 계열과 대립됨은 주지의 사실임에도 불구하고 한찬식의 시편들은 이 양극단에 걸쳐 있다. 그의 전통시는 자신이 몸소 겪은 6·25동란의 역사적 체험과 인간성을 상실해 가는 현실에 뿌리내리고 있다. 따라서 그의 실존적 고뇌가 자주 분노와 치열한 현실대결의지를 수반하는 것은 당연한 현상이다. 『落葉日記』(연문출판사, 1974)와 유고시집 『다시 섬에서』(현대출판사, 1978)에서 이러한 그의 시적 세계를 여실히 볼 수 있는데 특히 「簡易驛에서」는 "背信도 없으면 그런대로/담담히 살 수도 없는 일이지만….//業苦의 먼 幽谷까지/車窓을 스쳐간 잡다한 風景들.//山河의 찬란한 빛들을 흔들며/意志의 胸壁을 겨누는/威壓의 匕首에 오히려/나는 하늘을 가르는 長劍을 뽑는다"처럼 마치 청마의 「首」를 연상시킬 정도로 세계에 대한 그의 태도와 어조, 문체 등이 청마류의 허무의지에 닿아 있어 주목되는 작품이다.

이상개는 관념적인 서정을 바탕으로 꾸준히 시의 전통성에 주력하고 있는 시인이다. 「신인간론(新人間論)」처럼 세계와 대결하는 자아의 태도 문제를 다룬, 다소 고뇌와 격정에 사로잡힌 풍자적인 시도 있지만, 대체적으로 그의 작품 경향은 「만남을 위하여」, 「꽃」 등에서 볼 수 있듯이 자아와 세계의 동일성을 추구하는, 성정론적 순수시관에 입각해 있다. 특히 심심찮게 등장하는 죄의식의 태도는 온전한 서정성을 열망하는 그의 시적 노력을 보다 극명하게 드러낸다.

또 한번/일어서는 殺意를 죽이기 위하여/성냥불을 켠다/한 개비
의 장작이 되어/불타고 있음을/거듭 확인하면서,/모든 辨明을 난도
질한다/어둠의 뼈가 되어/마지막 불꽃이 사라진 후/태연히 걸어가는
/保護色의 罪名,/치를 떨면서/서쪽 하늘 한 귀퉁이/남아있는 그을음.

    '성냥을 켜며'라는 부제가 붙은 「지금 이 時間(12)」 전문이다. 60년
대 그의 작품 「비」와 시상이 연결되는 위 작품에서 죄의식이 생명의식
과 결부되어 있는 점이 흥미 이상의 관심을 불러일으킨다. 이러한 그
의 시적 태도는 충족되지 않는 그리움을 배경으로 죄의식을 드러낸
「햇볕에 타는 詩」와 "뉘우치고 또 뉘우쳐라/…(중략)…/改心하라./改
心하라"(「불타는 안개」)라는 단호한 어조에서도 찾아진다.
    1971년 『한국일보』 신춘문예에 「유년의 겨울」이 당선되어 시단에
나온 박지열은 감각적인 이미지에 의존하여 서정성의 구체성을 획득
하면서 삶의 소박한 '행복' 문제를 서정 속에 담아 내고 있다. 「인과율
3·4··」, 「행복」 등이 그의 주요 작품이다.
    박웅석은 60년대에는 주로 리얼리즘 계열의 작품을 발표하다가 70
년대에 와서 전통 서정시 경향을 보여 준다. 예컨대 사랑의 문제를 중
심으로 삶의 고행적인 여로를 노래한 「悲歌」에서 "그러니까 사랑 때
문에 呪術을 걸어/미끄러운 찬피 동물이 되었다며/그러니까 지금도 달
밝은 밤이면/合浦灣 물굽이 출렁이며 부디치는/어느 기슭 안 살피는
일 없이/날치가 되어 날치가 되어/달빛에 휘푸른 비늘을 번쩍이면서/
苦行을 한다며"처럼 불교적 변신 모티프를 발견하는 일은 어렵지 않
다. 비가의 어두운 정조를 타면서 시인의 존재론적 고뇌가 이런 변신
모티프를 매개로 형상화되고 있는 것이다.
    정순영은 1973년 『풀과 별』에 시 「죽음 꽃」, 「아낙네의 죽음」 등을

발표하면서 작품 활동을 시작했다. 농도 짙은 서정을 환기하는 「들꽃」
에서 시인은 자신의 실존적 고뇌를 낭만주의 시인의 세계인식 방법처
럼 자연에 '투사'한다. 이 투사된 자연은 다름 아닌 변두리 인간, 곧 소
외된 존재다.

> 바뀌는 철마다 쫓겨나는 들꽃의 신세/도대체 우리들/무엇을 노래
> 하자는 건가./목이 부은 새가/울어대는/어스름녁의 하늘가에 서서/
> 아픔에 더한 아픔을 섞고 달래는/나들이를 탓하는 것인가.

　그의 시어는 별로 막힌 데 없는 자연스러운 어조를 만들어 내는 미
덕을 지닌다. 이 미덕을 십분 살리면서 시어들이 소외된 존재의 삶의
태도인 한을 서정화한다. 이 전통적 서정인 한을 현실적으로는 체념의
태도이지만 내면으로는 강렬한 성취 욕구를 잠재하고 있는 이중성이
그 본질이다. 그래서 한은 정중동의 모순된 이미지를 동반하게 마련이
며 욕망이 좀처럼 채워지지 않는 안타까운 표정을 띤다. 실존적 고뇌
를 드러낸 「들꽃」의 한은 윤회의 전통적 모티프를 채용함으로써 더욱
시적 깊이를 획득한다.

　1974년 『월간문학』 신인상에 「풀과 뱀」이 당선되어 등단한 박윤기
의 전통시는 어눌한 표현과 짧은 시행으로 삶의 성찰과 실존적 고뇌를
특이하게 형상화한다. 시행이 주로 서술이 없이 명사를 끝나는 「落調」
는 "絶壁 떨어지는/설된 변두리/가라앉은 돌부리/비오듯/날름거린다//
下官式을 내리고/잠든 곳은/棺 안쪽/핏기가 쉰 기침 소리/싹마른 가시"
처럼 메마른 시어로 하관식이라는 체제가 환기하기 마련인 그 흔한 감
상주의, 허무주의, 그리고 달관의 태도를 초극한 점이 여간 특이하지
않다. 이런 독특한 시적 개성은 「어느 中世의 記」에서 다분히 자학적

어조를 채용하면서 삶의 실존적 고뇌를 자아탐구와 연결시킨 데서도 드러난다.

> 섬이 다 해친 夕陽 속/그 허수아비의 안내로/나는/길을 왔다//歲月
> 가에 자란/古木의 섞은 속심정을/저러듯 키우면서

  짧은 시행의 어눌한 어조, 메마른 이미지와 더불어 이런 '닳아지는' 이미지로써 드러나는 그의 독특한 시적 개성은 여간 미덥지 않다. 자아와 삶을 성찰한 만큼 동시에 현실참여적 성격을 띠고 있는 점도 특기할 만하다.

  이문걸은 1977년 『시와 의식』에 「개화초」, 「물레질 속의 율무」등의 작품으로 신인상을 받으면서 시단에 나왔다. 그의 자아탐구 내지 자기인식도 "내 오늘은/일체의 모멸 속에/천만 겁을 죽어도/치욕일 수 없는/고적한 회오를/삶으리라//銀絲/주렴폭을 물고/늘어지는/號哭" (「蠶室入口」)에서 가장 극명하게 드러나듯이 실존적 고뇌로 가득 채워진다. 그의 이런 자기인식은 세계인식과 구분되지 않는다. 청마의 자학적 어조의 초기 시를 보는 듯 그의 시어와 어조는 청마의 시풍을 닮았다. 이미지에 의한 형상화도 전통적이다. 인생 및 정신주의가 그의 전통 서정시의 원천이 되고 있다.

> 목말라 애태우는/마음의 갈구를/위하여/뿌린 者의 얼룩진/愛情을 위하여/彈雨 빗발치는/이승의 무쇠솥에/한 줌의/이슬로 승화하는/누에의 殉//징을 쳐라/모세 혈관을 죄는/단말마/내 오늘은/일체의 모멸 속에/천만 겁을 죽어도/치욕일 수 없는/고적한 회오를/삶으리라.//銀絲/주렴폭을 물고/실실이/늘어지는/號哭.

「變客의 언어」, 「물레질 속의 律舞」, 「燈」에서 확인할 수 있듯이 그는 주로 내면세계의 천착에 주력한다. 80년대에 오면 자연을 소재로 한 조촐한 서정시로 그의 시적 정서가 순화되지만 자아의 문제, 나아가 실존의 문제는 그의 일관된 시적 관심사이다.

다음으로 자연을 전통 서정시의 원천으로 삼고 있는 시인들로 박재호, 이동섭, 유병근, 이달희, 신진, 조남순, 진경옥 등을 꼽을 수 있다.

자연시 또는 자연이 서정의 원천으로 삼는 경향 역시 전통적이다. 박재호는 50년대 등단 이후 일관되게 자연에 대한 섬세하고도 미세한 인식과 따스하고 인정 어린 정서를 탐구해 왔다. 자연에 대한 인식과 아울러 삶의 성찰을 꿰뚫고 있는 작품 「東海点描」는 이후 『간이역』(1981)과 유고시집 『낙도산조』(1987)에도 꾸준하게 이어지는 성정의 시적 발로가 되고 있다.

50년대 전통시인인 이동섭 역시 "숲은 무성할수록/綠色이 짙은데,/人間 속의 맺힘은/밝을수록/虛誕 웃음이 으시댄다"(『黙視』)에서 엿볼 수 있듯이 자연과 인간의 대비로써 대자연의 섭리 및 그 원리를 삶에 원용하고자 하는 시적 태도를 주로 표명하였다. 이러한 그의 시적 세계관은 1971년에 상재한 『탄생 B』(태화출판사)에 집약되었다.

1954년 『신작품』으로 이미 시단 활동을 시작한 유병근은 70년 「봄빛」으로 『월간문학』 신인상을 받으면서 재등장한다. 그의 시적 태도는 1978년에 상재된 『연안집(沿岸集)』(연문출판사)에서 충분히 짐작할 수 있듯이 동양적인 자연에 대한 관조의 세계에 집중된다. 무엇보다 언어의 미감은 그의 전통시의 미덕이다.

눈물 하나/저녁내 오지 않는다/정은 달빛 한 아름 날라가는/반딧불/수달피 목도리에 눈이 쌓인다/삭은 오두막 잠든 강뚝 밖으로/헤어지는 눈발/때묻지 않는/바람의 입술에 불리우고 있다.

「點燈」작품이다. 담백하고 정결한 수묵화의 분위기를 형상화하는 데 주력한 그의 이러한 동양적 관조의 태도는 이후 무속(巫俗)에 대한 관심으로 변주되기도 한다.

신진은 1974년에서 1976년에 걸쳐 『시문학』에 「유혹」, 「장미원」, 「멀리 계시는 하느님」등 추천되어 작품 활동을 시작했다. 서정성을 바탕으로 『목마』동인으로 지속적인 시작 활동을 펴고 있다.

> 새떼들이 날아와/화살을 꺾고 있다/아궁이불은 山에서 타고/山연 기 돌아와 우물에 괸다//아이는 竹針 하나로도 넉넉히/江을 붙들고 섰고/老人은 태백산 까지/성긴 망을 던진다//무덤을 열면/아아 향기 로운 어머님 微笑.

위의 작품은 '목적있는 풍경'이란 부제가 붙은 「고향부근」이다. 자연친화와 가족애가 융해된 전형적인 전통 서정시다. 체험시인 「여학교 교정」처럼 더러 전통 서정성에다가 모더니즘적 색채를 가미하기도 하지만 시인의 주된 시적 태도는 전통의 서정주의다.

이런 자연시는 선시류에서 지배적이다. 좀더 구체적으로 선(禪)적 사유가 서정화된 경우는 70년대 전통시의 중요한 양상이다. 선시류는 90년대 초 정신주의시로서 시사적 의의를 획득하게 되지만 전통시의 한 유형으로서 오랫동안 존속해 왔다.

김태홍은 1946년 시집 『땀과 장미와 시』로 문단에 등단한 이래 1973년 시문학사에서 상재한 시집 『공』의 시편들에서 사실을 통한 선의 경지를 시적으로 형상화하는 데 주력했다. 내면의 고독을 노래한

「묵란의 마음」은 70년대 그의 서정시적 경향을 살피는데 눈여겨볼 만한 작품이다.

원광은 주지하다시피 1976년에서 1978년에 걸쳐 『현대문학』을 통해 「나는」, 「치어」등이 추천되어 등단한 승려시인이다. 선의 사상이 그의 작품에서 주된 전통 서정의 원천이 되고 있음은 말할 필요 없다. "마당 쓸다 줏은/옛애기 한 토막을/호주머니에 넣고/맨질맨질 달궜더니, 어느틈에/손톱밑에 낀 나물냄새랑/눈이 맞어/푹 빠져버린 진탕 속에서/한 송이 옥 울음/활짝 눈을 떴네"(「치어」)처럼 그의 선적 상상력은 관념, 정서, 행위 등을 물리적 실체로 간주하는 존재론적 은유를 창조하면서 이미지의 연결에 있어서도 탁월한 변환을 보여주기도 한다. 1979년에 상재된 「풍경」(배제서관)이 있다. 김의암의 선시류 연작시 「선일기 · 3」에 오면 "비늘 벗겨//귀 돋는 바람//청천벽력으로 찌르는//칼날//검은 햇빛 쓰러지며//그 한 놈이 무어냐고/다구쳐 온다//먼 다리//불 단 소 한 마리//지나가고 있다"처럼 시구 다다이즘이나 초현실주의 실험시와 같은, 비논리적 이미지의 결합이나 병치의 기상을 창조할 정도로 이미지의 변환이 보다 충격적인 선시류의 한 유형을 보인다.

조남순은 70년대 중반에서 후반에 걸쳐 전통 서정시 계열의 작품을 집중적으로 발표한 시인 가운데 하나다. "몇 劫의 물소리 따라/經을 읽고 앉았을까", "훨훨 가볍게/신선이 되어 내려온다"(「용문사 계곡에서 내려오는 사람들」)처럼 자연이 서정의 원천이 되기도 하고, "열기 어린 눈짓으로/맨 나중까지 난 너를 바라보나/한가닥의 흔들림과 방황이 없는/無爲로 돌아 앉아/거기 구름처럼 흐르고 있네"(「겨울 산하」)처럼 정신주의시의 경향을 보이기도 한다.

전통 서정시의 한 모습으로서 우리는 70년대 부산 시단에서 명상적인 시적 태도를 만날 수 있다. 강남주는 1972년에 시집『해저의 숲』을 발간하고 1974년『시문학』에 추천을 받으면서 본격적인 시작 활동을 해 나갔다. 1976년에는 동인지『목마』를 결성, 지금까지 동인활동을 계속하고 있다. 70년대 그의 시는 주로 서정적이라기보다 명상적이다.

> 싸늘히 식어버린 체온 속에서도/無垢한 사념들은 溶解되어 있었다.//손수건을 흔들며/머얼리 사라져버린 ……//시방은 하나의 아쉬운 邂逅만을/염원하는 자세//꽃잎이 지면/화안히 솟아오르는,/고요의 내부에서/화안히 솟아오르는/사연이 있다.//허나/그것은/지날수록/안타까운 勿忘의 소리.//시방도 싸늘해진/체온 속에/사념은 외곬으로 피어오르고/마음은 자꾸/비등하려는 것이다/비등하려는 것이다.

초극의 의지를 보이는 이「이정표」는 관념적이고 추상적인 성격이 우세할 만큼 그의 시적 태도는 명상적이다. 그의 개인적 시사는 '이정표'란 시제가 시사하듯 내면적 편력이라 해도 지나치지 않다. 그러나 모더니즘 성격이 다분히 배어 있는「눈길에서」처럼 따스한 서정의 세계를 보여주기도 하면서 80년대에 접어들면서 소시민의 일상적 생활에로 그 관심이 옮아가기도 한다.

배달순은 1972년『월간문학』신인상에「아침연습」이 당선되면서 작품 활동을 시작했다. 70년대 그의 시적 경향은 "나는 발견한다/가장 위대한 母性의 손 끝에/머무는 하늘/과거의 언덕에서/착한 나무들은 자라고/초록의 머리칼을 빗질하며/조금씩 키를 낮추는/바람의 美學/잃어버린 交感의 작은 새들은/순금의 언어를 뿌리며/어둔 內面의 거울을 닦는다/참회의 아픈 시간과/별빛 흐린 밤의 혼돈 속에서도/맑게 회복하는 경건한 신뢰의 눈은/기쁨의 혀를 갖는다/그리고 나는 듣는다/조용히 빛의 搖鈴을 흔들며/일요일 새벽 층계를 내려오는/그녀의 발자국 소리/발자국 소리/밤이 밀려가는 침실의 창밖에는/영원의 바다가 펼쳐 있다"(「아침연습」)에서 알 수 있듯이 서정적 태도와 종교적 명상이 만 남으로써 궁극적으로 삶에 대한 긍정적 세계관을 꾀한다. 이러한 그의 시적 태도는 1976년에 상재된 시집 『헤매는 于勒』(월간문학사)에서 집약된다.

이런 명상적 태도의 대극에 서정적 태도가 놓인다. 사실 서정주의는 가장 확실한 전통이며 서정시의 기본항이다. 이미 1964년 시집 『님의 마음』을 내면서 등단한 김인환의 연작시 「비가 나리는 이야기」는 서 정주의의 한 전형이다. "빗줄기 줄기마다 내 심장의 파편덩어린 것을// 님이여 거둬 주소서 이 세상 단 한번//이루고픈 이 至純한 마음을"의 간절한 구애의 어조는 연가풍으로서 충분히 보편성을 획득한다. 한 행 이 한 연으로 처리된 점도 주목된다. 그는 이런 연가풍을 벗어나 현대 문명을 비판하거나 인간의 죽음이라는 실존적 조건을 천착하는 지적 태도를 보여주기도 한다. 그러나 서정주의는 여류시인의 작품에서 보 다 지배적으로 나타난다. 박송죽의 「바람의 한」은 내면적 갈등과 부조 리한 현실을 처리하는 태도는 철저하게 서정주의적이며 종교적 차원 의 사랑을 희생제의적 모티프와 결합시킨 「사랑법 연습」도 서정주의 적이다. 자연과 인사가 시의 원천이 되고 있는 진경옥도 79년 등단부 터 서정주의로써 전통의 맥을 잇고 있다. "서성이는 자정/빈 하늘 어디 선가 젖은 바람이 온다"로 시작되는 그의 「변방에 와서」는 소외된 존 재들과 삶의 소외를 어두운 서정으로 채색하고 있다. 「편지」, 「겨울 아침」, 「봄빛」등도 여성화자 특유의 부드러운 어조와 언어의 미감을 동반한 서정소품들이다.

한편, 세시풍속, 민족주의, 역사적 소재 등을 서정성에 담아 내려는 노력들도 70년대 전통서정시 계열에서 빠뜨릴 수 없다. 서정의 질은 표현형식에 좌우되지만 제재의 선택에도 연관된다.

조순은 그의 작품에서 일관되게 순수한 인간서정을 참신한 감각과 이미지로 형상화하는 한편, 현대문명 속에서 말살되어 가는 인간성을 옹호하는 문명 비판적인 관심도 아울러 보여준다. 70년대에는 특별히 시집을 상재하지는 않았지만, 2월 할만네 바람 올리기의 세시풍속을 시화한 「바람(II)」에서 살필 수 있듯이("할맘, 燒紙하는/二月의 바람//白紙종이/불꽃 바람/씨앗을 뿌린다.//햇미나리 향내같은/새끼 바람들이 나뭇가지에서/고개를 맞대고/의논을 한다") 시인은 생명에 대한 애틋한 감각을 신선하게 이미지화하고 있다.

1972년『한국일보』신춘문예에 시「낙동강」이 당선되면서 작품 활동을 시작한 이달희는 "繡를 놓는다/겨울 한 三冬을/창호지 봉창 밖에 눈은 쌓이고/시린 달빛/나는 깊이깊이 숨은/冬眠의 밤에/호롱불 아래서/繡를 놓는다/내 곁에서 잠들어 있는/神의 숨소리는/꽃무늬 성에로 서리고"(「낙동강(3)」)처럼 서정이 선택된 제재에 많이 의존하고 있다.

이상호는 1975년에서 이듬해에 걸쳐『현대문학』에 「하나가 되는 하늘」, 「진달래 술」, 「상여가II」등이 추천되어 시단에 나왔다. 그의 시 세계는 전통 서정성을 여러 각도에서 조망한다. 「하나가 되는 하늘」에서는 남북통일을 염원하는 민족주의를 담아 다소 참여시적 성격을 아우르기도 하고, 「변신」에서는 인연사상과 굿의 무속적 세계에 탐닉하기도 한다. 「진달래술」에서는 평화롭고 정겨운 자연에 희로애락의 인생사를 걸치기도 하고, 「상여가II」에서는 민속적 세계를 통한 실존문제를 다루고 있다. 이러한 그의 전통 서정시적 경향은 80년대 접어들면서 모더니즘 계열로 그 시적 변모를 꾀한다. 이러한 사정은 김수경의 경우도 마찬가지다.

김수경은 1975년에서 1978년에 걸쳐 『현대문학』에 「황진이에게」, 「자명고」 등이 추천되어 작품 활동을 시작했다. 역사적 소재를 서정의 원천으로 삼기도 하고(「황진이에게」, 「자명고」), 신서정의 정감을 드러내기도 한다(「정물」, 「반 고호」). 이러한 그의 서정적 세계관은 80년대 이후 모더니즘 계열로, 특히 상당히 실험적인 포스트모더니즘 계열로 그 시적 경향을 전회한다.

시사적으로 볼 때, 70년대는 산업화 시대의 시적 대응으로서 사회적 관심이 위주였고, 그래서 60년대 참여시가 70년대 와서 그 구체성과 리얼리티를 획득하여 이른바 민중시가 주류화된 시기다. 한편에서는 일상어와 시어의 구분이 허물어지는 시도도 이루어진 시기다. 이러한 시기에 부산 시단에서 전통 서정시 계열의 작품들이 상당수 건재해 있음은 중요한 시사적 사건이 아닐 수 없다. 전통적 정감의 세계와 아울러 인간 성정의 세계에 주력한 전통 서정시 계열은 이른바 원형적 동일성을 궁극적으로 의도함으로써 인간 소외, 세속화, 의식의 물화 등 70년대 산업사회의 변형기의 문제적 양상들에 대해 대응한다. 전통시는 무엇보다 70년대 부산 시단의 주류이자 파수꾼이다.

70년대 모더니즘 시에서는 우선 과격한 모더니즘이라 할 수 있는 초현실주의 경향의 시를 들 수 있다. 50년대 「후반기」 동인으로 활발한 시 창작 활동과 시 이론을 펼친 조향은 70년대에도 꾸준히 초현실주의 경향의 작품을 발표하였다.

> 마루턱에선 바람들이 하얀 잇발의 아코오덩을 씨르면서./해골들
> 은 안개 기어 오르는 산자락을 가리키고./왁자지근하게 屍體들의 웃
> 음소리가 깔려 간다./…(중략)…/고요한 禪榻에./하얀./꽃잎이 하늘
> 하늘거린다./너는 먼 곳에서 莊子의 나비처럼 하고 오너라.

이 시는『시문학』제2집(1971)에 발표한「고현환상」이란 작품인데, 조향의 시세계를 잘 보여주고 있다. 여기에 나오는 이미지들은 현실의 모습을 재현한 것이 아니다. 이른바 절대적 심상이다. 그리고 그 이미지의 연결도 시·공의 논리적인 연관성이 없는 돌연한 결합이다. 일종의 절연(데빼이즈망)에 해당한다. 데빼이즈망은 사물 사이의 현실적이고 합리적인 관계를 박탈하여 새로운 창조적인 관계를 맺어 주는 기법이다. 위에 인용은 하지 않았지만, "정치는 검은 영겁의 벽"이라는 비유도 논리적인 연관성이 없는 돌연한 결합에 의한 비유로서, 현실의 모습을 지우려는 절대은유에 해당한다. 초현실주의 시가 이러한 기법을 활용하는 것은 초현실의 세계는 본질적으로 현실적이고 합리적인 연결을 거부하고 파괴하는 것을 지향하기 때문이다. 70년대에 발표한 다른 시에서 "焦燥해진 意味"(「칸나가 불을 켜 들면」)와 같이 추상언어를 실체화하는 것이라든지, "赤十字病院이 무성하다"(「처처춘방동」)와 같이 주어와 술어의 불일치 등도 이러한 초현실주의의 정신에서 나오는 시적 방법인 것이다. 초현실주의는 현대인의 내면세계를 이러한 여러 가지 기법으로 형상화한다.

조향의 초현실주의시는 모두 경험했듯이 난해하기 짝이 없다. 그의 초현실주의시는 이론이 전제가 되고 이에 따라 시를 쓰는 일종의 이론시에 해당한다. 그리고 그의 시는 프로이트가 발견한 비논리적인 무의식의 세계를 기법적으로 드러내는 것에만 한정되지 않는다. 그는 여기에 동양의 노장사상과 무속신앙을 습합시킨 독특한 시세계의 지평을 열어 보이고 있는 것이다. 위에 인용한 시「고현환상」의 뒷부분은 이를 잘 보여준다.

구연식은 70년대에 발표한 자신의 시 가운데에 "愛憎의 세월은/두 줄기 山脈이 天使의 다리"(「지환의 낭만」)에서 보는 바와 같이 연관성

이 전혀 없는 돌연한 결합의 절대은유를 활용하고 있다. 최휘웅은 70
년대에 젊은 세대로서 초현실주의에 경도된 시인이다. 이 시기에 발표
한 「축제」는 산문시로서 무의식의 세계를 그리고 있는데, 이미지들이
비논리적으로 결합되어 있다. 그럴 뿐만 아니라 "門이 걸어 나온다. 紙
燈을 켜고 나온다."처럼 주술관계도 논리성을 뛰어넘고 있다. 이는 야
콥슨이 말하는 바 인접성의 혼란인 것이다. 그런데 이 작품은 상례 또
는 무(巫)의 행위를 심미화시키고 있는 것으로 여겨진다. 작품 제목
'축제'가 바로 이것을 환기시킨다. 산문시 「어족」과 「환상」도 초현실
주의적 경향을 진하게 띤다. 그러나, 그후 최휘웅은 80년대를 거쳐오
면서 현대 물질문명의 부정성과 인간성 상실의 도시생활에 대한 비판
을 모더니즘적 기법으로 그려 보이는 등 시세계의 변화된 모습을 드러
내고 있다.

70년대 시에서 허만하와 이수익 그리고 양왕용의 시는 전통서정하
고는 구분되는 이른바 신서정의 시로 분류된다. 이때 신서정은 지적이
고 도시적인 서정을 일컫는데 언어미학을 추구하기도 한다. 이들 중에
서 69년에 첫 번째 시집 『해조』를 상재한 허만하의 시는 사색적이고
주지주의적인 성격이 농후한 시에 해당한다.

> 안드로메다星雲의 블랙.홀 저켠에서/밤도 낮도 없는 그 絶對空間
> 에서/물은 온몸으로 일어설려고/다시 쓰러지고 있다.

위에 일부 인용한 작품은 70년대에 발표한 「바다의 이유」라는 시이
다. 허만하는 이 시에서 바다를 통해 인간의 실존적 존재양상을 드러
내고 있다. 인간은 시지프스의 신화처럼 쓰러지는 줄 알면서도 끊임없
이 일어서려는 존재이다. 그리고 그러한 행위를 반복하는 게 인간의

숙명이다. 그래서 인간은 절대고독 속에 홀로 선 존재이다. 이 작품에 나오는 "絶對空間"은 이러한 사실을 환기시킨다. 그만큼 허만하의 시는 관념적인 것이다. 그런데, 허만하는 「데드마스크」에서 "바다 위에서 눈은/부드럽게 죽는다"처럼 주로 감각적 이미지에 의존한다. 그러나 이 이미지들은 사물의 감각적 인상을 묘사하지 않는 대신 부드러운 죽음이라는 놀라운 공감각을 창조한다. 눈이 바다와 만나 하나로 융해되는 그 동일성을 죽음으로 명명한 데서 그의 시의 신서정이 지성의 산물임을 간파할 수 있다. 여기서 허만하는 언어미학적인 측면에도 상당히 배려한 흔적을 남긴다. 그래서 그에게 시는 우선 언어예술이다.

70년대 신서정의 시를 쓴 시인 가운데 언어미학을 가장 잘 표출한 시인은 이수익과 김창근이다.

> 드디어 한 가닥 전류와 같은 관통이/풀어헤친 들판의 裸身을 꿰뚫고 지나가는 동안/황홀해진 들판은 온몸을 떨면서/다만 신음할 뿐인,/올가즘에/그 最後의 눈마저 뜨고 있더니.

이 작품은 이수익의 79년에 상재된 두 번째 시집 『야간열차』의 표제시 「야간열차」이다. 야간열차가 밤 들판을 질주하는 상황을 남녀의 성행위 장면으로 환치하여, 생생한 이미지와 언어미학을 드러내고 있다. 독특한 상상력에 의한 미적인 메시지가 이 작품의 전부이다. 이수익의 눈에는 야간에 들판을 달리는 열차도 그냥 평범하게 보이지 않는다. 이를 치밀하고 참신한 비유와 생동감 있는 언어로 표현한 것이 여간 놀랍지 않다. 그의 70년대 작품 「가을언덕」도 예사로운 시가 아니다. 이 시는 가을날 바람에 나부끼는 풀들의 낮게 흐르는 소리가 들리는 언덕을, 능욕 당하여 머리를 풀어헤치고 땅바닥에 엎드려 흐느끼는 한 여자로 환치하여 표현하고 있다. 역시 성적 이미지를 차용하고 있으나 그 분위기는 「야간열차」와는 완전히 다르다. 이수익의 시에 있어, 환희와 슬픔의 정서에 따라 각 작품마다 선택되는 단어의 결합력도 대단하다. 새로운 시각과 근본비교에 의한 참신한 비유와 이에 따른 언어미학은 이수익에게 있어 가장 두드러진 시적 방법이 되고 있다.

75년에 시집 『미납편지』를 상재한 김창근도 신서정의 모더니즘 계열에 속하는 시인이다. 특히 그의 70년 『조선일보』등단작 「단추를 달면서」를 비롯하여 「검은 고양이」, 「미납편지」는 이 시기 김창근의 시세계를 대표한다. "땀에 젖은 나의 追憶이/떨어져나간 欄干 위에 놓이고/어머니는 季節의 色感 고운/繡를 놓셨지"(「단추를 달면서」)에서 보는 바와 같이, 그는 기존의 시어를 독특하게 결합하는 뛰어난 언어의 연금술로 이 시기 신서정을 표출한 대표적인 시인이다.

양왕용도 신서정의 시인에 속하는데, 그의 신서정은 흔히 자아 탐구를 수반한다. 1975년에 상재된 첫 번째 시집 『갈라지는 바다』에 실려 있는 「일상」에서 "나의 形象을 찾고 있지만/떠나온 나의 집에도/도달한 室內의/작은 의자에도 항상 不在 中이고"처럼 그의 자아 탐구 혹은 내면 탐구는 끊임없는 부재의식에서 촉발되면서 새로운 서정을 환기시킨다. 시집 『갈라지는 바다』는 이 시기 내면 세계의 분석과 이를 통한 고뇌의 형상화라는 그의 시세계를 집약하고 있다.

전통 계열의 시를 써 온 서림환과 가끔 참여적 시를 발표한 손경하 그리고 한찬식은 도시풍의 딱딱한 시어와 관념을 통해 지적이며 사색적인 서정을 드러낸 모더니즘 계열의 시들을 70년대에 남겨 놓았다.

70년대 모더니즘 시의 또 한 계열은 김춘수의 영향을 받은 이른바 순수시 계열이다. 박철석, 박청륭, 하현식 그리고 차한수가 여기에 속한다. 박철석은 70년대에도 매우 활발하게 작품을 발표한 시인인데, 「연산홍」 연작시와 「해운대」 연작시는 이 시기 그의 대표작에 해당한다.

> 문패가 온종일/비에 젖고 있었다/대문은 빗장에 걸려 있고/한 사
> 나이가 두고 간 뜨락/연산홍도 젖고 있었다

위의 전문 인용한 작품은 「연산홍」 연작시 가운데 맨 처음 작품인데, 박철석의 시세계를 집약적으로 보여주고 있다. 박철석은 60년대 시에서도 묘사를 위주로 했는데, 이때는 묘사를 해도 주관이 뚜렷이 드러나 있었다. 그런데, 70년대에 발표한 시에서는 주관적인 요소는 감쪽같이 숨고 오직 객관적인 묘사만 드러나는 모습을 보여주게 된다. 비정하리만큼 객관적인 묘사는 위에 인용한 시에서도 확인할 수 있다. 그의 시는 대개 단형인데, 이른바 서술적(묘사적) 이미지에 의해 형상화되어 현실세계의 관념이 배제되고 있는 순수시의 세계이다. 이때 순수시는 김춘수적 의미에서의 순수시이다. 즉, 그는 다분히 김춘수의 무의미시적 경향을 보이는 시인이다. "목선 한 척/닻을 내리고 있다/사나이들은 떠나고/억센 팔뚝만이/빈 배를 지키고 있다"(「해운대1」)와 같은 작품을 보더라도 이러한 사항을 알 수 있다. 이미지의 변용면에서도 그렇다.

박청룡의 시는 순수시의 또 다른 모습을 보여준다. 그는 상당히 낯선 분위기를 자아내는 이미지를 사용하여 시를 형상화하는데, 이 경우 그가 활용하는 이미지가 실재 대상의 재현이 아니다. 다시 말하면 시인의 상상에서만 존재하는 이미지들이다. 일종의 절대심상인 것이다. 그런 의미에서 그의 시는 삶의 현실과 무관한 순수시가 되는 것이다.

그런데, 그의 시는 주로 괴기스럽고 환상적인 이미지와 분위기로 가득 차 있다. 78년에 『불의 가면』과 『제7미사』두 권의 시집을 상재한 박청룡의 대표작은 「칠옥도」 연작시와 「불의 가면」 연작시이다.

> 清伊는 작두를 들고/사나이들의 탯줄을 끊는다./잘린 손들이 일
> 어서고/발바닥도 일어선다.

위에 부분적으로 인용한 시는 「칠옥도」 연작시 중 다섯 번째 작품이다. 역시 괴기스럽고 환상적인 분위기를 자아내는 시이다. 그런데, 이 작품은 고대소설 「심청전」의 주인공이며 효의 상징인 심청을 인유함으로써 타락된 세계에서 타락된 방식으로 살아가는, 그리고 폭력에 물든 현대인의 모습을 환기하고 있는 것으로도 보여진다. 그의 시의 특이성은 토속적 미학이 오히려 모더니즘을 획득하는 데 있다.

절대적 심상을 활용한 순수시의 한 켠에 하현식이 있다. 72년과 79년에 시집 『브니엘일기』와 『암장』을 상재한 그는 시의 순수성과 미학을 위해 언어미와 비극적인 분위기를 추구한 시인이다.

> 투박한 팔뚝에 묶여/너는 녹색 부라우스를 찢고 있다./사내들은/
> 네 가슴의 깊은 늪을 헐고/헐어낸 늪의/어둠을 꺾는다.

이것은 「유자」의 일부인데, 여기서 제시된 이미지도 현실의 세계가 아니다. 오직 시인의 상상력에 의해 구성된 이미지이다. 생활감정과 구분되는 시적 정서를, 주관화된 이미지를 통해 표출하는 것이다. 그런데 "팔뚝", "찢고 있다", "헐고", "꺾는다" 등의 동적 이미지는 에로티즘의 정조를 띠면서 어둡고 공포스러운 분위기를 자아낸다. 「암장」

역시 음산한 암장의 분위기를 통해 허무감, 삭막함들을 전하면서도 동적 이미지가 성적인 분위기를 자아내는 묘한 시이다. 비논리적인 이미지의 결합은 그의 시를 여러 갈래로 이해하도록 만든다. 그리고 하현식의 시에서 두드러진 언어연금술은 그가 76년『현대시학』추천소감에서 "언어에 있어서 아름다움이 무엇인가를 규명하는 일이 장중한 과제일 것 같다"고 말했듯이 시가 어디까지나 언어예술이라는 자각에서 나온 것이지만, 생활정서와 구분되는 예술정서를 드러내야 한다는 모더니즘의 입장을 대변하는 것이기도 하다.

77년에 시집『신들린 늑대』를 펴낸 차한수는 모더니즘의 순수시 계열에 속하는 시인이다. 그는 지적인 신서정의 시세계를 보이면서도 김춘수풍의 순수시도 보인다. 여기에 언어에 대한 성찰을 겸하고 있다. "辭典 밖으로 쏟아진 單語들이/함성을 지르며 흩어지고 있다./假面을 벗어 버린 무서움, 全裸의/뼛속까지 물이 된 소리의 殘骸만/쌓이고 있다"(「함박눈」)같은 작품을 보면 이를 확인할 수 있다. 함박눈이 내리는 상황을 단어들이 흩어지는 것으로 환치시킨 유추적 상상력이 여간 신선하지 않다. 그래서 눈은 뼛속까지 물이 된 소리의 잔해로 비유되고 있는 것이다. 그의 시는 삶의 현실과 일정한 거리를 둔 묘사에 의존한 순수시들이다.

이밖에 70년대에 두드러지게 활동한 시인들로는 김영준, 이해웅, 임종성 그리고 이승하를 들 수 있다. 이들은 기본적으로 60년대 모더니즘 시의 특징인 어두운 내면의 세계를 그리는 시적 지향을 이어가면서 각기 다른 시세계를 보여준다. 75년에 시집『내심의 소리』를 펴낸 김영준의 모더니즘은 도시적 감수성으로 지탱된다. 그는「구두」라는 작품에서, 구두를 통해 "비틀거리며 걷는 나의 실체" "한 사람의 順한 市民"이라는 구절에서 알 수 있듯이 소시민의식을 파헤치고 있다. 그리고「광복동」이라는 작품에서, 친구의 또 다른 얼굴을 통해("그의 얼굴이 아닌/또 다른 그의 얼굴") 본질을 상실한 인간존재의 모습을 보여주고 "화창한 예쁜 인형들이/더러운 몸둥이를 칭칭 동여"맨다는 표현을 통해 경박해져 가는 세태를 비판하고 있다. 김영준은 도시 속에서 살아가는 소시민의 자의식과 물질문명에 의해 타락해져 가는 도시생활을 예리하게 포착한 시인이다. 그후 그는 자연친화적 정서와 생명정신의 시세계를 드러내게 되는데, 연작시집『흙의 노래』가 이를 잘 보여주고 있다.

이해웅은 73년 시집『벽』을 통해 본격적으로 작품활동을 한 시인이다. 77년에 나온 두 번째 시집『반란하는 바다』의 표제작「반란하는 바다」는, "밤마다 들려오는/천식을 앓는 저 바다의 기침소리" 등의 표현에서 알 수 있는 바와 같이, 강렬한 이미지를 통해 물질문명의 세계를 비판하는 모더니즘의 시세계를 대변하고 있다. 현대 물질문명의 표상으로 '바다'를 상정하는 것은 30년대 김기림 이후의 모더니즘 시에서 일반화된 관행으로 이해된다. 그런데,「반란하는 바다」가운데 "염색공장 下水口를 빠져나오는 시커먼 피가/바다의 血管 속으로 흐르고 있다"라는 구절도 강렬한 이미지를 통한 현대 물질문명 비판이라는 모더니즘적 지향을 잘 드러내고 있지만, 오늘날 환경생태적 인식의 일단을 드러내고 있어 주목된다. 이해웅이 나중에 리얼리즘적 인식에 의해 현실세계의 여러 부정성을 비판하는 참여시적 경향의 작품을 보이게 된 것은 이와 같이 삶에 대한 인식이 밑바탕을 차지하고 있기 때문이 아닌가 생각한다.

임종성 역시 도시의 일상적 삶을 취재하면서「새벽바다」에서 볼 수 있듯이 그의 묘사력은 매우 참신하다. 그의 신선한 감수성에 의해 그의 시편들은 두드러지게 신서정을 창조한다. 이승하는 내면의 세계를 그리는 60년대 모더니즘적 경향을 이어간 시인으로 손꼽을 수 있다. "높은 곳에서/그림자 하나가 떨어진다./거대한 어둠이/우울한 도시의 지붕에 걸려 쓰러지자/풍경속에 잠긴 사람들이/죽어 가고 있다"(「어둠의 구도.2」)와 같은 구절에서 보는 바와 같이, 그의 이미지는 주로 어두운 내면의 풍경을 축조하는 데 동원된다. 작품 제목 중의 '구도'가 이미 내면의 구도를 시사하고 있으며 이것은 이미지즘의 경향과 함께 그의 시를 모더니즘적이게 한다.

임명수는 서정주의의 시인으로 순수시의 세계를 보이고 있다. 그는 이미지를 중시한 시인으로 넓은 범주의 모더니즘 시인에 포함될 수 있다. 첫 번째 시집 『잠』의 표제시 「잠」에서 "아내와/아이들이/採集된 나비처럼/잠의 핀에 꽂혀 있다."의 구절에서 이 사실을 확인할 수 있다. 그리고 풀의 시인, 민중의 시인으로 알려진 박태문은 75년에 상재된 첫시집 『밤의 편력』까지는 도시적인 이미지와 관념어에 의한 모더니즘의 시세계를 견지했다. 시집 『밤의 편력』시편들은 존재의 불안과 소외 의식을 표출한 시세계가 주조를 이룬다.

70년대에는 많은 여류시인들이 등단한다. 73년 『현대시학』을 통해 작품활동을 시작한 황양미는 60년대 모더니즘의 특징인 내면 탐구의 순수시를 쓴 시인이다.

> 한 때는 청정한 숲/이었네. 희고 매끄럽던 살갗,/…(중략)…/분노여, 분노여, 출렁이는 격정으로 끓어/활활활 타오르리라.

이것은 「유전을 꿈꾸며」의 일부분이다. 내면세계의 고뇌를 서정적으로 형상화시킨 이 작품은 그의 시세계를 집약시키고 있는데, 전반부의 차분한 어조가 후반부에서는 격정적인 어조로 바뀌는 어조의 이중화 현상을 보이고 있어 주목된다. 이런 어조의 이중성은 시쓰기에 작용한 그의 지성의 산물로 보인다. 이미지도 "숲"과 "살갗"의 정적인 이미지에서 "타오르"는 불꽃의 동적 이미지로 변화되고 있다. 이것은 작품 제목이 이미 시사하듯이 존재의 전환을 꿈꾸고자 한 것으로 이해된다. 그의 내면 탐구는 자아 탐구이고, 이 작품에서처럼 어조와 이미지의 변화를 통해 고뇌에 찬 존재의 전환을 추구하고 있는 것이다. 한편,「부산바다」는 처음부터 격정적인 어조에 의해 파토스 지향의 세계를 보여주는 시이다. 이와 달리「봉덕사 종에 관하여」는 차분한 어조로 불교적인 세계 탐구를 한 전통지향성도 보여주고 있다.

양은순은 78년과 79년에『시와 의식』과『월간문학』을 통해 작품활동을 시작한 모더니즘의 경향을 지닌 시인이다. 처음에는 초현실주의적인 분위기를 자아내는 시를 선보였으나, 연작시「사랑의 체온」으로 대표되듯이 내면 탐구와 김춘수적 경향의 순수시가 그 시의 주류를 이루게 된다.

1970년대 부산지역 시단에서는 비록 뛰어난 시적 성취를 이루지는 못하지만 현실비판의 논리를 전제로 하고 있는 리얼리즘시 계열의 작품을 두루 발견할 수 있다. 그러나 그것은 전후 부산시사의 전개양상이 크게 보아 전통시, 모더니즘시, 리얼리즘시 계열로 전개된다고 볼때 특히 70년대의 리얼리즘시는 이전 시기의 작품과 비교하면 구체성의 확보라는 측면에서 뚜렷한 시적 성취를 확보한다고 볼 수 있겠다. 부산 시단의 현실지향적인 시풍은 대체로 소외계급의 문제와 역사의식을 시의 전면에 내세우고 있는 정영태, 한찬식, 임수생, 김석규, 박응석, 배달순 등의 민중시 계열과 김봉룡, 정상구 등의 서사시 계열, 도시의 일상적 삶을 다룬 김규태, 이형기, 박태문, 김철, 양왕용, 정대현, 이윤택 등의 일상시 계열, 그리고 드물게 해양문학의 범주에 넣을 수 있는 김성식의 해양시 계열로 나눌 수 있다.

1946년『문예신문』에「애화」를 발표하면서 등단한 정영태는 초기에는 모더니즘에 경도된 시작활동을 하였으나 60년대에는 자연세계와의 동화를 추구한 전통서정시를 창작한 시인이다. 그러나 70년대 접어들면서 도시서민의 일상적 삶을 시 속에 적극적으로 채용하는 변신을 시도한다. 물론 이러한 시적 변모 속에서도 리얼리즘시는 그의 시의 본령이라 할 만하다. 즉 그는「자갈치시장1」,「아지매」,「저녁 놀」등의 시를 통해 "저자가 아니라 삶의 홍정터인, 저자가 아니라 전장인 자갈치시장"의 생동적인 삶의 상황과 조건을 구체적으로 형상화했다. 특히 그의 시는 다른 시들과는 달리 지역주의적인 색채를 강하게 내장하고 있어서 70년대 지역문학의 뚜렷한 성과로 꼽을 수 있겠다. 이후 4시집『너들 바보앙이다』(세문사, 1981)에서는 6·25전쟁 당시 전쟁고아들의 집이었다가 79년 정신박약아들의 양육시설로 바뀐 거제도 애광원의 현실과 심신장애자들의 아픔을 형상화한 시들을 발표하였다. 이른 통해 그가 일관되게 불쌍하고 가난한 삶의 현장을 염두에 두고 있음을 알 수 있다. "내 詩는 詩가 아니어도 좋다. 메마른 사회에 던지는 하나의 '呼訴文'이 되어도 좋다"는 그의 말대로 그는 민중의 고통을 자기화하려고 애쓴 시인임에 틀림없다.

한찬식의 시 역시 역사에 대한 회한이 잘 드러나 있다는 점에서 리얼리즘시로 볼 수 있다. 그는 함남 출신으로 모더니즘 계열의 시작품을 쓰면서도 70년대 들어 서정적 태도를 유지하면서 북방적 상상력을 구가한 시인이다.「삼 부두에서」는 "歷史를 더럽힌 動亂/무너진 都市와 村落들은/새로운 모습을 가꾸었는데/끄슬린 異域의 證言과/눈부신 깃발의 물결은/기억들을 일깨우면서/가장 피곤한 表象으로/三埠頭에

雲傳하였다"처럼 6·25전쟁에 대한 회한이 잘 드러나 있다.

임수생은 부산 시단의 대표적인 저항시인이다. 1959년 등단한 이래 일관된 시세계를 고집하고 있다. 그는 자신의 시작을 "폭정과 독재와 억압으로부터 우리를 해방시키기 위한 피나는 싸움"으로 규정한다. 따라서 그의 시는 철저하게 현실에 바탕을 두고 있으며 남북통일과 주체성 확립으로서의 민족주의, 민주화와 고통받는 민중의 해방을 주된 시적 주제로 삼고 있다. 이러한 태도는 제1시집 『형벌』(정토문화사, 1959)부터 최근의 『진달래꽃 한아름 보듬고서』(지평, 1996)까지의 시기를 관류하고 있어 주목된다.

> 베트남의 기복없는 날씨를 닮아/언제나 맑은 얼굴이던 소년은/하나의 이념을 위하여 싸우는/아니 인류의 최대 죄악이 저질러지는/조국 베트남에서/무슨 철학을 남겼을까/소녀의 죽음은 많은 교훈을 남긴 채/우리들의 가슴에 못 박혀 있다./임진강에 하얗게 피어 있는 많은 갈꽃처럼/그렇게 서글픈 상징을 안고 있다.
>
> ─「베트남 전쟁」중

6·25전쟁 당시 김해가 고향인 "어린 병사"의 죽음을 그린 「임진강 딸기」나 월남전 때 죽은 베트남 소녀 "수안 투이 리엔"의 이야기를 회상의 형식으로 엮은 위 시를 통해 전쟁의 참혹함을 고발한다. 비록 이데올로기의 대리전에 참가한 이국병사의 시각일지라도 시인에게는 베트남 전쟁이 우리 민족의 역사적 현실과 다르지 않은 것으로 다가선다. 따라서 그의 시는 60년대의 연장선상에서 이데올로기의 폭력성을 고발하고 남북통일을 시적 이상으로 승화시키려는 노력의 결실이다. 또한 임수생은 역사적 사실을 인유한 「총통 프랑코」같은 시를 통해 독

재권력의 폭력성을 비판하면서 자유민주주의의 실현을 추구하기도 한다. 그의 저항의식은 너무나 완고하여 일종의 편집증이 되고 있다.

임수생과 마찬가지로 70년대 민중의 삶을 줄기차게 노래한 시인으로 김석규를 꼽을 수 있다. 그는 1965년『부산일보』신춘문예에「파수병」이 당선되었고, 1965년『현대문학』지에「봄 언덕」,「초동」(1966),「삼천포 기행」이 천료되어 등단하였다. 초기에는 주로 토속적인 농촌 세계를 노래한 서정소품을 썼으나 후기로 접어들면서 역사의식에 바탕을 둔 리얼리즘시 계열의 작품을 왕성하게 창작하였다. 70년대 들어 제3시집인『풀잎』(현대문학사, 1974) 외에『닭은 언제 우는가』(새빛사, 1976),『백성의 흰 옷』(신라출판사, 1976),『남강 하류에서』(시문학사, 1978)를 상재하였고, 이영걸・홍해리와 함께 3인시집『산상영음』(금방울사, 1979),『바다에 뜨는 해』(금방울사, 1980)를 간행하는 등 70년대 부산 시단에서 가장 활발하게 시력을 펼쳐 보인 시인으로 꼽을 수 있다.

산 모롱이 돌아가는 황토빛에 그을어 진다./빳빳한 옷고름은 햇빛에도 풀이 죽어 풀리고/구름과 바람에도 쉽게 헝클리고/어둠의 몇만 리 소리없이 흘러가는 강물빛/밟히고 찢기고 또 시달리면서 땅에 끌린다./속절없이 흙탕이 된다. 까마귀가 까옥거려도 벌벌 떨고/헛기침 소리에도 숨을 곳부터 찾는/어쩔 바 몰라 쩔쩔 매는 한 세상/일년 내내 날 저물도록 나부대는/때묻은 목숨의 한 자락이 펄렁거린다.

－「백성의 흰 옷」

그의 주된 관심은 민중수난사이다. 인용시 "백성의 흰 옷"의 상징성도 바로 시인의 민중의식에서 찾아야 할 것이며, 그것은 곧 저항성으로 직결된다. 그리고 "어쩔 바 몰라 쩔쩔 매는 세상"에서 "일년 내내 날 저물도록 나부대는 때묻은 목숨의 한 자락"은 무엇을 의미하는가. 그것은 "권세의 얼룩"이나 "높은 나리들의 곧은 수염", 심지어 "우편 배달부의 모자"에도 크게 놀라 시달리며 "양반은 양반대로 천민은 천민대로"(「그늘」) 살아야 했던 봉건왕조시대부터 현대까지 지속되고 있는 민중의 울분과 분노를 상징하는 것이다. 그 "펄렁이는" 분노는 김석규 시를 관통하는 저항성의 중요한 핵을 이룬다. "긴 칼 찬 순사"를 거머리에 비유한 「거머리」나 「윷놀이」등의 민속적인 놀이를 차용하여 민중수난사를 전면적으로 부각시키고 있는 김석규의 시는 70년대 부산 시단의 대표적인 민중시라 볼 수 있다.

박응석은 초기에는 생경한 관념어의 남발로 현실의 구체성을 확보하지 못하던 경향에서 벗어나지 못하고 있지만 「문제풀이 2」의 "뼈 있는 말은 양쪽으로 날선 시퍼런 칼날"이며 "남도 베이고 나도 베이는 것"이라는 인식에서 드러나듯이 유신체제 하의 억압적 상황을 점잖게 비꼰다. 「문제풀이 3」에서도 장수의 비결을 "이 시대고 저 시대고 가리지 않고 만장일치로 다 박수치고 거짓말 잘하고 염치없이 산 덕"으로 은근히 야유한다. 즉 시인은 강요된 침묵과 획일성을 요구하는 당대의 시대상황에 대하여 언론의 자유와 다양성의 획득을 위해 저항할 것을 역설적으로 표현하고 있다.

첫 시집 『겨울과 여름바다』(노동, 1969)를 간행하고 72년 『월간문학』지 신인상에 입상함으로써 문단에 나온 배달순도 역사적 사건을 인유하여 현실비판적 태도를 표출한 시인이다. 일제 강점기 양곡수탈의 관문이자 6·25전쟁 당시 유엔군의 군수물자를 하역하던 장소로 민족 수난사의 상징적 거점인 "赤崎"에서 "아비의 울음 역사의 검은 더미"를 발견하고 있는 「화물」이나 거창양민학살사건을 시화한 「우리의 달」에서 역사의식과 등가되는 시인의 윤리의식을 쉽게 접할 수 있다. 그것은 "부끄럽구나 눈 위에 찍힌 박자국, 발자국 따라가면 온 들판 껴안고 우는 朝鮮의 거울, 거울 반쪽"(「우리의 달」)이라는 자각을 동반한다는 점에서 민족의식으로 치환할 수 있다. 또한 그녀의 윤리의식은 "切開하고 봉합하는 젊은 外科醫 곁에서 나사렛 마을의 의사 그리스도의 손 끝에 보였다"(「우리들의 미아」)에서 보이듯 기독교적인 신앙심 내지는 비판정신으로 확장되기도 한다. 이는 「신아리랑」이나 「기해일기」등의 시에서 지속적으로 발견할 수 있다. 그러나 역사를 통한 개인의 자각과 자기성찰에도 불구하고 그의 시는 "모가지 긴 비", "시대의 음산한 터널" 등의 관념적인 표현으로 말미암아 현실의 구체성이 약화되고 있다. 이러한 경향은 제2시집(월간문학사, 1976)의 표제이기도 한 「헤매는 우륵」에서도 "亂世의 어둔 별빛"이나 "들찔레 가시에 돋는 질긴 봄" 등의 표현으로 지속된다.

김봉룡의 『다시 살아나는 생명』(산호장, 1973)과 『영곡』(아성출판사, 1973)은 거의 사실적인 전쟁시편이다. 특히 『영곡』은 6·25전쟁 발발부터 1953년 7월의 휴전협정까지의 과정을 기록한 17부 288장의 방대한 서사시이다. 이 시는 한국전쟁 당시 정훈장교 소위였던 시인이 북한의 함흥 형무소 양민 학살사건의 현장을 답사하고 정훈실로 돌아와 대민 방송원고를 쓰던 중 죽은 원귀의 영신들과 만났다는 창작동기를 지니고 있다. 신동엽의 「금강」계열의 작품으로 현대사를 대상으로 한 시인의 자전적 체험을 바탕으로 했다는 점과 그 길이에 있어 유례를 찾아보기 힘들다는 점(800페이지 이상)에서 장르비평적 검토가 요청된다. 제2시집 발간 이후 김봉룡은 거의 10년간 절필의 과정을 거쳤다가 83년 문단에 복귀한다.

정상구 또한 줄곧 대하 역사서사시를 고집해 온 시인이다. 특히 서

시와 본시 7장으로 구성된 『잃어버린 영가』(문예비평사, 1979)는 구한말 을사보호조약에서부터 기미운동 직전까지의 민족의 고통과 항쟁을 다루고 있다. 이 시는 전봉준 · 장지연 · 안중근 · 김구 등 역사적 인물들이 등장하지만 주인공은 없이 우리의 현대사를 기술하고 있다. 역사적 서사와 허구적 서사로 이루어지는 서사시적 종합성이 결여된 점에서 이 장시는 엄밀한 의미에서 사시(史詩)다. 역사는 일종의 기만이며 양심과 정의가 역사정신이라는 시인의 사관과 역사의식이 눈길을 끈다. 『잃어버린 영가』는 『영곡』과 함께 서사시가 현실참여의 한 형식임을 보인, 70년대 부산 시사에서 예외적인 참여시다.

무거운 역사적 · 정치적 소재 대신 산업화 과정에 필연적으로 수반되는, 또 가속화되는 세속적 · 일상적 삶을 비판하는 시편들도 리얼리즘 계열의 주목되는 시유형이다.

이형기는 초기에는 전통적이고 서정적인 경향의 시를 썼으나 70년대에는 「자전차와 맥주가 있는 풍경」과 같은 문명비판적인 경향으로 변모를 거듭한다. 그러다가 80~90년대에 이르러 아이러니시로서 리얼리즘시 계열의 문명비판시를 집중적으로 창작한다.

김규태의 시는 도시 일상인의 삶을 다루고 있다는 점에서 일상시 계열의 리얼리즘시에 속한다. 그는 초기에는 「현대시」 동인으로서 순수시 계열의 시를 썼으나 70년대 접어들면서 리얼리즘시 계열의 풍자시를 창작한다. 「졸고 있는 신」에서는 "요즈음/너무 變怪스러운 일이 많아/한밤에도 잠자리를 펴지 못하고/天上에서 안절부절하는 老人.//하느님이 한 낮에도 졸고 있는 以上/우리는 모두 不眠症으로 고생하게 된다"처럼 전지전능의 존재가 아니라 무기력한 존재로 전도된 하느님을 통해 부조리와 모순에 가득 찬 삶을 풍자하고 있으며, 「소리의 허상」에서는 다람쥐와 나비와 같은 존재들의 "아니라고 아니라고 否定"하는 모습을 통해 시인을 둘러싼 세계에 대한 부정으로 나아간다. 하지만 이것은 결국 "살아남은 것은 소리의 虛像뿐"이라는 자각으로 귀결된다. 이를 통해 당대의 삶이 "交代로 다람쥐 체바퀴 돌"듯이 끊임없는 자기부정의 연속이라는 점을 시사한다. 그의 풍자는 경박하지 않고 진지하며 신랄하지 않고 점잖다.

박태문 시 상당부분 역시 일상시 계열의 리얼리즘시에 속한다. 그의 시는 일상생활에서 표출되는 고독과 비애의 정서와 더불어 일상인의 삶에 대한 깊은 성찰을 드러낸 작품들이 많다.「그때 그 시절」에서 화자는 지난 날 "친구네 단칸방을 구원처럼 지켜주던 연탄난로"가 고물로 버려지는 현실에 직면하여 "전쟁보다도 참담했던" 과거를 눈물겹도록 그리워한다. 이 경우 과거 체험은 현재의 삶을 반추하는 거울로 기능한다. 그러나 박태문의 시는「풀 하나가 2」에서 보듯 고도의 상징적 수사를 채용한 작품들이 많아 현실과의 연관성을 파악하기가 쉽지 않다.

1969년『대한일보』신춘문예 당선작「부활」의 당선소감에서 밝히고 있듯이 그는 시를 "순수한 자아를 되찾기 위한 작업으로서, 주위의 양심과 대치한 모든 적들과 싸울 수 있는 무기"로 인식한다. 그가 "무식한 사이비와 속물을 싫어하시던 故金洙暎의 사랑이 그립다"고 한 것도 이러한 태도에서 연유한다. 그의 시관이 직접적으로 표출된「사랑」이라는 시를 보아도 세속적 현실과 대비하여 "표준 삼을 사랑의 견본"으로 "金洙暎의 신발"이, "영원을 가르쳐주는 외로운 金洙暎의 사랑"이 제시되어 있다. 말하자면 그에게 있어 김수영은 시적 세계의 동경이다. 73년 김수영 시를 영역하여 한국문학번역상을 받을 만큼 김수영에 대한 그의 집착은 남다르다 하겠다. 그러나 일상적인 리얼리즘 계열의 시에서도 추상시라 할만큼 60년대 그의 시가 지녔던 관념성을 쉽게 버리지는 못하고 있다.

　제1시집『갈라지는 바다』(형설출판사, 1975) 이후 제2시집『달빛으로 일어서는 강물』(문장사, 1981)에 이르는 동안 양왕용의 주된 관심은 제2시집「책머리에」에서 밝히고 있듯이 "文明과 原始 혹은 純粹와의 대결"이다. 문명이 압도적인 우위를 점하고 있는 현실과는 달리 그의 시 속에서는 원시가 문명을 극복하고 그러한 관념을 배제한 자리에 순수의 세계, 즉 절대시가 자리한다. 이러한 시적 변모는 유년의 상상력이 지배적인『여름밤의 꿈』에 수록된「유년점묘」연작시를 보아서도 거의 필연적이라 할 만하다.

　연작시는 양왕용 시의 특징이다. 시적 화자를 모두 아이들로 내세운「도회의 아이들」연작시편은 산업사회로 변모하는 과정에서 야기되는 인간성 상실이나 환경파괴의 문제를 다루고 있다. 특기할 만한 사실은 그의 시에서 문명은 거의 대부분 자연에 의해 역설적으로 비판된다는 점이다. 가령「도회의 아이들·3」에서 시적 화자인 아이는 주로 문명의 상징들인 "정유공장"이나 "탱크와 장갑차", "활주로"등을 장난감으로 만들고 "산과 나무는 아무래도 힘들"거나 "흙이나 풀 가져오기는 우리집 너무 예쁜 걸"이라는 태도로 표출한다. 그러니까 시인은 동화적인 세계를 상실한 아이의 시각을 통해 궁극적으로는 자연을 상실한 도시인의 정신적 풍경을 그려냄으로써 문명비판적인 태도를 선명하게 드러낸다. 그런 면에서 양왕용은 반문명주의자이면서 소박한 순수주의자이다.

　도시인의 일상적 삶을 사실적으로 묘사한 정대현의「일기」와「별곡」연작시편은 비정한 현실 속에서 살아가는 현대인의 좌절과 고통이 잘 묘사되어 있다. "계단을 오르면서 넘어진 주민등록증과 性慾"이나 "주민등록증을 분실한 오후 二時"는 자기정체성과 존재의미를 상실한 도시인의 삶을 비유적으로 표현한 것이다. 달리 말하면 "계단"으로 상징되는 도시적 삶의 폭력성에 의해 "한 시대의 집들을 貫通하고 있는 이마에서 흘린 피"는 도시의 악마적 삶을 드러내는 징표에 다름 아니다. 정대현의 시는 리얼리즘시 계열인 일상시와 더불어 「야간통화6」에서처럼 정신주의적인 면모를 보이기도 하는 등 다양한 경향이 혼재해 있다.

그리고 1978년 『현대시학』지의 신인작품모집 제도인 신풍시집에 당선되어, 78년 동지에 추천 등단한 이윤택은 「도깨비 불」이나 「천체수업」 등의 시에서 볼 수 있듯이 삶과 존재의 본질에 대한 탐구를 심화시켜 간 시인이다. 이후 제1시집 『시민』(청하, 1983)을 발간함으로써 80년대의 대표적인 시인으로 현대시사에서 뚜렷한 족적을 남기게 된다.

1971년 『조선일보』 신춘문예에 「청진항」이 당선되어 문단에 나온 김성식은 우리 시단에서 보기 드문 해양시인이자 실제로 외항선 선장이기도 하다. 그의 시의 본령은 한 마디로 바다이다. 「청진항」 이후 일관된 태도로 시세계를 지켜 온 점이 그렇고, 첫 시집 『청진항』(수문서관, 1977), 『바다는 언제 잠드는가』(청하, 1986), 항해기 『시인 선장 세계를 누비다』(1977)를 보아도 그의 삶의 터전이 바다임을 알 수 있다. 그의 시는 대부분 바다나 바다 위의 일상을 묘사했거나 하선했던 세계에서 촉발된 것이다. 그런 면에서 김성식을 통해 한국 해양문학의 한 가능성을 기대한다는 것은 무리가 아니다. 남북통일을 주제로 삼은 초기작 「청진항」을 보더라도 알 수 있듯이 그의 시를 관류하는 것은 역사의식이다. 그리고 그의 시를 볼 때 뱃사람으로서 가지게 되는 귀소본능이 민족이나 역사와 쉽게 친화될 성질의 것이라는 점을 염두에 두어야겠다. 특히 「장보고」는 역사적 인물을 인유한 일종의 배역시로서,

자신이 곧 "革命이요 바다의 法令이었"던 장보고가 외세의 간섭에도 "좁은 땅뗑이 안으로만 여름의 양떼처럼 모여 드는" 후손들을 점잖게 나무라고 있는 시이다. 이러한 주제의식은 최근 간행된 제3시집 『누이야 청진의 누이야』(빛남, 1991)에 실린 장시 「아메리카의 꿈」에서 발견할 수 있다. 그리고 김성식 시의 한 특징으로 구어체의 유장한 호흡을 지적할 수 있을 것이다.

1970년대 부산 시문학은 여전히 전통시 계열과 모더니즘시 계열이 우세했다. 산업사회의 시대적 특징을 드러낸 민중시 계열이 상대적으로 약세인 점은 부산 시문학의 특수성이다. 그러나 70년대 부산 시문학은 동인지를 중심으로 질적·양적으로 풍성해지면서 시문학이 보다 활기를 띤 80년대 시문학의 전사임에 틀림없다.

현대시의 해부

지은이 김준오

인쇄일 초판1쇄 2009년 3월 09일
발행일 초판1쇄 2009년 3월 13일
펴낸이 정구형
　편집 박지연 강정수 이원석
디자인 김숙희
마케팅 정찬용
　관리 이은미
펴낸곳 새미

　　　등록일 2005｜03 15｜제17-423호
　　　서울시 강동구 성내동 447-11 현영빌딩 2층
　　　Tel 442-4623 Fax 442-4625
　　　www.kookhak.co.kr
　　　kookhak2001@hanmail.net

　ISBN｜978-89-5628-303-6 *93800
　가격｜32,000원

* 저자와의 협의하에 인지는 생략합니다.
　새미는 **국학자료원**의 자회사입니다.
　잘못된 책은 구입하신 곳에서 교환하여 드립니다.